Sarah MacLean

Lehrmeister der Leidenschaft

Roman

Aus dem Amerikanischen von
Petra Lingsminat

MIRA®

MIRA® TASCHENBUCH
Band 25648
1. Auflage: Februar 2013

MIRA® TASCHENBÜCHER
erscheinen in der Harlequin Enterprises GmbH,
Valentinskamp 24, 20354 Hamburg
Geschäftsführer: Thomas Beckmann

Titel der nordamerikanischen Originalausgabe:
Nine Rules To Break When Romancing A Rake

erschienen bei: Avon Books, New York

Konzeption/Reihengestaltung: fredebold&partner gmbh, Köln
Umschlaggestaltung: pecher und soiron, Köln
Redaktion: Bettina Lahrs
Titelabbildung: Harlequin Enterprises S.A., Schweiz
Autorenfoto: © Harlequin Enterprises S.A., Schweiz
Satz: GGP Media GmbH, Pößneck
Druck und Bindearbeiten: CPI – Ebner & Spiegel, Ulm
Printed in Germany
Dieses Buch wurde auf FSC®-zertifiziertem Papier gedruckt.
ISBN 978-3-86248-503-2

www.mira-taschenbuch.de

Mit neun verruchten Dingen einen Lord bezwingen

Jemanden leidenschaftlich küssen
Eine Zigarre rauchen und Whisky trinken
Im Herrensitz reiten
Fechten
Bei einem Duell dabei sein
Eine Pistole abfeuern
Spielen (in einem Herrenclub)
Auf einem Ball keinen einzigen Tanz aussetzen müssen
Wenigstens einmal als schön betrachtet zu werden

Für den Spion und Italiener, der mir – was keinen überraschen sollte – all meine Geschichten geschenkt hat.
Für Eric, meinen Fels in der Brandung.
In liebevollem Gedenken an Barbara Delhi, Joan MacLean, Thomas Pearson, Ada Fiori und Giuseppe Trabucchi.

PROLOG

London, April 1813

Mit Tränen in den Augen flüchtete Lady Calpurnia Hartwell aus dem Ballsaal von Worthington House, wo sie ihre jüngste und schrecklichste Niederlage erlebt hatte. Die Nachtluft war angenehm frisch mit einem Hauch von Frühling. Sie rannte die breite Marmortreppe hinunter, von Verzweiflung vorwärtsgetrieben, und hinaus in die dunklen Schatten des nächtlichen Parks. Sobald sie außer Sichtweite war, stieß sie einen tiefen Seufzer aus und verlangsamte ihre Schritte. Endlich in Sicherheit. Ihre Mutter wäre außer sich vor Zorn, wenn sie ihre älteste Tochter draußen ohne Anstandsdame erwischte, doch nichts hätte Callie bewegen können, länger in diesem schrecklichen Ballsaal zu verweilen.

Ihre erste Saison war ein kompletter Misserfolg.

Seit ihrem Debüt war nicht einmal ein Monat vergangen. Als älteste Tochter des Earl und der Countess of Allendale hätte Callie eigentlich strahlender Mittelpunkt des Balls sein sollen; sie war zu diesem Leben erzogen worden, zu anmutigem Tanz, vollkommenen Manieren und atemberaubender Schönheit. Genau da lag natürlich das Problem. Callie mochte ja eine gute Tänzerin sein und über vollkommene Manieren verfügen, aber eine Schönheit? Sie war ziemlich realistisch veranlagt und wusste nur zu gut, dass sie das bestimmt nicht war.

Ich hätte wissen müssen, dass das eine einzige Katastrophe werden würde, dachte sie und ließ sich auf einer Marmorbank am Eingang des Heckenlabyrinths nieder.

Seit drei Stunden war sie nun schon auf dem Ball und bisher kein einziges Mal von einem Gentleman aufgefordert worden, der diese Bezeichnung tatsächlich verdient hätte. Nach zwei stadtbekannten Glücksrittern, einem fürchterlichen Langweiler und einem Lord, der keinen Tag jünger als siebzig sein konnte, war Callie einfach nicht mehr in der Lage, Freude zu heucheln.

Offenbar war sie für den *ton* wenig mehr wert als die Summe ihrer Mitgift und ihrer Herkunft – und selbst in Kombination reichte das nicht aus, sie mit einem Tanzpartner zu versorgen, der ihr tatsächlich sympathisch war. Nein, im Gegenteil, Callie war von den beliebten und begehrten Junggesellen den Großteil der Saison schlicht übersehen worden.

Sie seufzte.

Dieser Abend war bisher der schlimmste gewesen. Als reichte es nicht schon, dass sie nur von Langweilern und Großvätern aufgefordert wurde, an diesem Abend hatte sie dazu auch noch die Aufmerksamkeit des restlichen *ton* zu spüren bekommen.

„Ich hätte meiner Mutter nie erlauben dürfen, mich in diese Monstrosität zu stecken", murmelte sie vor sich hin und sah an dem fraglichen Gewand hinab, auf die zu enge Taille, das zu kleine Mieder, das ihre Brüste gar nicht halten konnte, die zu allem Überfluss auch noch größer waren als von der Mode vorgesehen. Sie war sich ganz sicher, dass keine Ballschönheit je in einem so grellen Sonnenuntergangsorange geglänzt hatte. Oder in einem so schrecklichen Kleid.

Das Kleid, hatte ihre Mutter ihr versichert, sei ganz gewiss der allerletzte Schrei. Als Callie angemerkt hatte, dass das Kleid ihrer Figur nicht besonders schmeichele, hatte die Countess ihr rundweg erklärt, sie irre sich. Callie würde einfach überwältigend aussehen, hatte ihre Mutter ihr versprochen, während die Schneiderin um sie herumschwirrte und an dem Kleid zupfte, zog und zerrte. Und während sie im Spiegel der Schneiderin ihre Verwandlung verfolgte, kam sie allmählich zu dem Schluss, dass ihre Mutter recht hatte. Sie sah in diesem Kleid tatsächlich überwältigend aus. Überwältigend schrecklich.

Sie schlang die Arme fest um sich, um sich gegen die Abendkühle zu schützen, und schloss vor Demütigung die Augen. „Ich kann nicht wieder zurück. Ich werde wohl einfach für immer hierbleiben müssen."

Aus den Schatten drang ein tiefes, leises Lachen, worauf Callie erschrocken auffuhr. Sie konnte den Mann kaum erkennen, während sie sich zu voller Größe aufrichtete und versuchte, ihr wild klopfendes Herz zu beruhigen. Bevor sie noch an Davonlaufen denken konnte, sagte sie, wobei in ihrer Stimme ihr Widerwille gegen den gesamten Abend mitschwang: „Wirklich, Sie sollten sich nicht im Dunkeln an fremde Leute anschleichen. Das gehört sich nicht für einen Gentleman."

Sofort gab er mit tiefer Stimme zurück: „Ich bitte vielmals um Verzeihung. Natürlich könnte man auch dagegenhalten, dass es nicht gerade ladylike ist, im Dunkeln zu lauern."

„Ah. Da liegen Sie aber falsch. Ich lauere nicht im Dunkeln. Ich verstecke mich. Das ist etwas ganz anderes." Sie zog sich weiter in die Schatten zurück.

„Ich werde Sie nicht verraten", sagte er leise, fast als könnte er ihre Gedanken lesen. „Sie können sich genauso gut zeigen: Sie sitzen jetzt nämlich in der Falle."

Hinter sich spürte Callie die stachelige Hecke, vor ihr hatte sich ihr Peiniger aufgebaut, und sie wusste, dass er recht hatte. Verärgert seufzte sie. *Wie viel schlimmer kann dieser Abend denn noch werden?* In diesem Augenblick trat er ins Mondlicht, sodass Callie ihn erkannte. Damit hatte sie ihre Antwort. *Noch viel schlimmer.*

Vor ihr stand der Marquess of Ralston – charmant, umwerfend attraktiv und einer der berüchtigtsten Lebemänner Londons. Sein Ruf war ebenso verrucht wie sein Lächeln, das er gerade direkt auf Callie richtete. „Oh nein", flüsterte sie, und es gelang ihr nicht, ihre Verzweiflung zu verbergen. Sie konnte nicht zulassen, dass er sie sah. Nicht in diesem Aufzug, nicht wenn sie aufgedonnert war wie ein Pfingstochse. Ein *sonnenuntergangsorangefarbener* Pfingstochse.

„Was soll daran denn so schlimm sein, Kindchen?" Das lässige Kosewort wärmte ihr das Herz, während sie gleichzeitig nach einer Fluchtmöglichkeit Ausschau hielt. Er stand so nahe vor ihr, dass sie ihn hätte berühren können, überragte sie um mindestens sechs Zoll. Zum ersten Mal seit Langem fühlte sie sich klein. Beinahe zart. *Ich muss hier weg.*

„Ich … ich muss gehen. Wenn man mich hier sehen würde … mit Ihnen …“ Sie beendete den Satz nicht. Was dann passieren würde, wusste er ohnehin.

„Wer sind Sie?“ Er kniff die Augen zusammen, musterte ihre Züge in der Dunkelheit. „Warten Sie …“ Sie stellte sich vor, wie in seinem Blick das Erkennen aufblitzte. „Sie sind Allendales Tochter. Ich habe Sie heute Abend schon bemerkt.“

Darauf konnte sie sich eine spöttische Antwort nicht verkneifen. „Das kann ich mir vorstellen, Mylord. Ich war schließlich kaum zu übersehen.“ Sofort hielt sie sich die Hand vor den Mund, selbst schockiert von dieser ungebührlichen Bemerkung.

Er lachte. „Ja. Nun ja, das Kleid ist vielleicht nicht übermäßig schmeichelhaft.“

Ihr entschlüpfte ein Lachen. „Wie überaus diplomatisch von Ihnen. Sie dürfen es gern zugeben. Ich sehe darin viel zu sehr aus wie eine Aprikose.“

Diesmal lachte er laut heraus. „Ein passender Vergleich. Die Frage wäre noch, ob es möglich ist, *genau richtig* wie eine Aprikose auszusehen?“ Er bat sie mit einer Geste, wieder auf der Bank Platz zu nehmen, und nach kurzem Zögern setzte sie sich.

„Wahrscheinlich nicht.“ Sie lächelte über das ganze Gesicht, erstaunt, dass sie seine Zustimmung bei Weitem nicht so demütigend fand, wie sie erwartet hätte. Nein, im Gegenteil, sie fand es eher befreiend. „Meine Mutter … sie hätte so gern eine Tochter, die sie anziehen kann wie eine Porzellanpuppe. Leider werde ich ihr diesen Wunsch nie erfüllen können. Ich warte schon sehnlichst darauf, dass meine Schwester debütiert und meine Mutter von mir ablenkt.“

Er setzte sich neben sie. „Wie alt ist Ihre Schwester denn?“

„Acht“, versetzte sie betrübt.

„Ah. Nicht gerade ideal.“

„Das ist die Untertreibung des Abends.“ Sie sah hinauf in den sternenübersäten Himmel. „Nein, bis meine Schwester in die Gesellschaft eingeführt wird, bin ich schon längst eine alte Jungfer.“

„Wieso sind Sie sich so sicher, dass aus Ihnen einmal eine alte Jungfer wird?“

Sie warf ihm einen verstohlenen Seitenblick zu. „Auch wenn ich Ihre Ritterlichkeit zu schätzen weiß – mit Ihrer gespielten Unwissenheit beleidigen Sie uns doch bloß beide.“ Als er nicht antwortete, starrte sie auf ihre Hände hinab und erwiderte: „Große Auswahl habe ich schließlich keine.“

„Wie das?“

„Freie Auswahl habe ich offenbar nur unter den Verarmten, den Uralten und den Todlangweiligen“, erwiderte sie und zählte ihre Optionen dabei an den Fingern ab.

Er lachte. „Das kann ich kaum glauben.“

„Aber es ist wahr. Ich gehöre nicht zu den jungen Damen, denen die Gentlemen zu Füßen liegen. Jeder, der Augen im Kopf hat, kann das sehen.“

„Ich habe Augen. Und ich sehe nichts dergleichen.“ Seine Stimme wurde tiefer, samtweich, und dann strich er ihr über die Wange. Sie hielt den Atem an und staunte, mit welcher Intensität sie sich seiner Nähe bewusst war.

Unwillkürlich drängte sie sich der Liebkosung entgegen, schmiegte sich in die Berührung, als er ihr Kinn umfasste. „Wie heißen Sie?“, fragte er leise.

Sie zuckte zusammen, wusste nur zu gut, was ihr bevorstand. „Calpurnia“, sagte sie ergeben und schloss die Augen. Der extravagante Name war ihr peinlich – nur eine hoffnungslos romantische, von Shakespeare besessene Mutter käme auf die Idee, ihr Kind mit einem solchen Vornamen zu belasten.

„Calpurnia.“ Er ließ sich den Namen auf der Zunge zergehen. „Nach Cäsars Gattin?“

Mit hochrotem Gesicht nickte sie.

Er lächelte. „Ich muss wohl die Bekanntschaft Ihrer Eltern suchen. Das ist ein wahrhaft kühner Name.“

„Ich finde ihn einfach schrecklich.“

„Unsinn. Calpurnia war Cäsars Kaiserin – sie war stark und schön, klüger als die Männer um sie herum. Sie konnte in die

Zukunft sehen und ließ sich auch vom Mord an ihrem Gatten nicht aus der Bahn werfen. Sie ist eine wundervolle Namensvetterin." Beim Sprechen schüttelte er ihr Kinn.

Nach diesem freimütigen kleinen Vortrag war sie erst einmal sprachlos. Ehe sie etwas sagen konnte, fuhr er fort: „Und jetzt muss ich mich verabschieden. Und Sie, Lady Calpurnia, müssen in den Ballsaal zurückkehren, mit hoch erhobenem Haupt. Glauben Sie, dass Sie das können?"

Er tätschelte ein letztes Mal ihr Kinn und erhob sich. Sobald er nicht mehr neben ihr saß, wurde ihr kalt, und sie stand ebenfalls auf. Mit glänzenden Augen meinte sie: „Ja, Mylord."

„Braves Mädchen." Er beugte sich noch einmal näher und flüsterte ihr zu, wobei sein Atem warm über ihren Nacken strich: „Nicht vergessen, Sie tragen den Namen einer Kaiserin. Verhalten Sie sich dementsprechend, dann werden die anderen gar nicht umhin können, ebenfalls die Kaiserin in Ihnen zu sehen. Ich tue es jetzt schon ..." Er hielt inne, und sie wartete mit angehaltenem Atem darauf, dass er fortfuhr. „Eure Hoheit."

Und damit ging er davon, verschwand tiefer im Labyrinth, während Callie mit einem albernen Grinsen im Gesicht zurückblieb. Sie überlegte nicht lange, ehe sie ihm folgte – ihr einziger Wunsch war es, in seiner Nähe zu sein. In diesem Augenblick wäre sie ihm überallhin gefolgt, diesem wunderbaren Prinzen von einem Mann, der *sie* bemerkt hatte, nicht ihre Mitgift, auch nicht ihr schreckliches Kleid, sondern sie *selbst*!

Wenn ich eine Kaiserin bin, dann ist er als einziger Mann würdig, mein Kaiser zu sein.

Sie brauchte nicht weit zu gehen, um ihn einzuholen. Nach einer kurzen Strecke weiteten sich die Hecken des Labyrinths zu einer Art Lichtung, auf der sich ein großer puttengeschmückter Springbrunnen befand. Und dort, in silbernes Licht getaucht, stand ihr Prinz, breitschultrig und mit langen Beinen. Bei seinem Anblick hielt Callie den Atem an – er war so schön, als wäre er selbst in Marmor gehauen.

Dann entdeckte sie die Frau in seinen Armen. Callie riss den

Mund auf, doch kein Laut entwich ihr. Sie schlug die Hand vor den Mund. In den siebzehn Jahren, die sie nun auf dieser Welt weilte, hatte sie noch nie etwas so … wunderbar Skandalöses gesehen.

Seine Geliebte wirkte im Mondlicht überwältigend ätherisch, ihr blondes Haar leuchtete weiß, ihr helles Kleid schimmerte in der Dunkelheit wie feinstes Gespinst. Callie trat in die Schatten zurück und spähte um die Ecke der Hecke. Halb wünschte sie sich, sie wäre ihm nicht gefolgt, konnte sich aber nicht von dem Anblick lösen. Liebe Güte, wie die sich küssten!

Und tief in ihrem Innersten wich ihr jugendliches Erstaunen brennender Eifersucht: Nie in ihrem Leben hatte sie sich so sehr gewünscht, eine andere zu sein. Einen Augenblick erlaubte sie sich, in der Vorstellung zu schwelgen, es wäre sie, die in seinen Armen lag, es wären ihre langen, zarten Finger, die durch sein dunkles, glänzendes Haar strichen, ihr geschmeidiger Körper, den seine starken Hände liebkosten, ihre Lippen, an denen er knabberte, ihre Seufzer, die durch die Nachtluft klangen.

Während sie zusah, wie seine Lippen am Hals der Frau nach unten glitten, ließ Callie die Finger über ihren eigenen Hals wandern und stellte sich dabei vor, die federleichte Berührung käme von ihm. Sie beobachtete, wie seine Hand über das Mieder seiner Geliebten strich, den Ausschnitt sanft nach unten zog und eine Brust entblößte. Verwegen blitzten seine Zähne im Mondlicht, während er auf die vollkommene Wölbung blickte und nur sagte: „Wunderschön!“, ehe er die Lippen zu der dunklen Spitze senkte, die sich in der Nachtluft und durch seine Liebkosungen verhärtet hatte. Seine Geliebte warf ekstatisch den Kopf zurück, unfähig, die Lust zu bezähmen, die sie in seinen Armen empfand. Callie konnte sich von dem Schauspiel nicht losreißen, strich sich über die eigenen Brüste, spürte, wie die Spitzen unter dem Seidenstoff hart wurden, und stellte sich vor, es wäre sein Mund.

„Ralston …“

Der Name, von der Geliebten gestöhnt, drang durch die

Lichtung herüber und weckte Callie aus ihren Träumen. Schockiert ließ sie die Hand sinken und wandte sich von der heimlich beobachteten Szene abrupt ab. Sie lief durch das Labyrinth, wollte nun unbedingt weg und hielt erst wieder an der Marmorbank inne, an der ihr nächtliches Abenteuer begonnen hatte. Schwer atmend sammelte sie sich, entsetzt von ihrem eigenen Benehmen. Eine Dame lauschte nicht. Vor allem nicht auf *diese* Art.

Außerdem hatte sie nichts von derartigen Fantasien.

Sie versuchte, den Schmerz beiseitezuschieben, der sich einstellte, als sie die Wahrheit erkannte: Den wunderbaren Marquess of Ralston würde sie niemals bekommen, auch nicht jemand Vergleichbaren. Sie war sich nun absolut sicher, dass das, was er vorhin zu ihr gesagt hatte, keineswegs die Wahrheit gewesen war, sondern die Lügen eines unverbesserlichen Verführers, die nur dazu dienen sollten, sie zu beruhigen und aus dem Weg zu schaffen, um ihm das Stelldichein mit seiner strahlenden Schönheit zu ermöglichen. Er hatte kein Wort von dem geglaubt, was er gesagt hatte.

Nein, sie war nicht Calpurnia, Kaiserin von Rom. Sie war die gute alte Callie, eine graue Maus. Und etwas anderes würde sie niemals sein.

1. KAPITEL

London, April 1823

Das hartnäckige Hämmern weckte ihn auf.

Erst ignorierte er es, da er noch zu verschlafen war, um die Quelle dieses Lärms auszumachen. Schließlich trat eine lange Pause ein, und über das Schlafzimmer senkte sich bleierne Stille.

Gabriel St. John, Marquess of Ralston, blinzelte in das Morgenlicht, das in das opulent eingerichtete Zimmer fiel. Einen Augenblick lag er ganz still, nahm die satten Farben in sich auf, die Seidentapeten und den vergoldeten Stuck, die ganze Pracht sinnlicher Genüsse.

Dann streckte er die Hand nach der üppigen weiblichen Gestalt neben sich aus. Ein Lächeln huschte über sein Gesicht, als sie sich willig an ihn schmiegte – die Kombination aus früher Stunde und warmem, nacktem Fleisch ließ ihn beinahe wieder einschlummern.

Er lag still da, mit geschlossenen Augen, strich ihr nur träge über die bloße Schulter. Dann jedoch fuhr ihm seine Bettgefährtin mit zarter Hand über den Oberkörper, lockend, verheißungsvoll.

Ihre Berührung wurde fester, drängender, worauf er mit einem leisen Knurren der Lust reagierte.

Und dann begann der Lärm von Neuem – jemand hämmerte laut und ausdauernd gegen die schwere Eichentür.

„Ruhe!“ Ralston sprang aus dem Bett seiner Geliebten, durchaus bereit, den Störenfried so einzuschüchtern, dass der ihn den Rest des Vormittags in Ruhe ließ. Kaum nahm er sich die Zeit, den seidenen Morgenrock überzuwerfen, ehe er die Tür mit einem lauten Fluch aufriss.

Auf der Schwelle stand sein Zwillingsbruder, makellos gewandet und manikürt, als wäre es vollkommen normal, seinen Bruder bei Morgengrauen im Haus der Geliebten aufzusuchen. Hinter Nicholas St. John stand ein aufgeregter Dienstbote. „Mylord, ich hab mich nach Kräften bemüht, ihn zurückzuhalten …“

Ein eisiger Blick von Ralston brachte den Mann zum Schweigen. „Gehen Sie.“

Sein Bruder zog amüsiert eine Augenbraue hoch, während der Lakai sich eilig davonmachte. „Ich hatte ganz vergessen, wie reizend du in aller Frühe bist, Gabriel.“

„Was in Gottes Namen führt dich um diese Zeit hierher?“

„Zuerst habe ich es in Ralston House versucht“, erklärte Nick. „Als ich dich dort nicht angetroffen habe, dachte ich mir, dass ich dich vermutlich hier finden werde.“ Er ließ den Blick zu der Frau wandern, die mitten in dem riesigen Bett saß. Mit trägem Grinsen begrüßte Nick die Geliebte seines Zwillingsbruders. „Nastasia. Bitte die Störung zu entschuldigen.“

Die griechische Schönheit rekelte sich wie eine Katze, sinnlich und genusssüchtig, ließ das Laken fallen, das sie sich in gespielter Sittsamkeit vorgehalten hatte, und entblößte eine üppige Brust. Mit verführerischem Lächeln sagte sie: „Lord Nicholas, glauben Sie mir, das stört mich nicht im Geringsten. Vielleicht möchten Sie ja mit uns zusammen …“, sie machte eine kunstvolle Pause, „… frühstücken?“

Nick lächelte anerkennend. „Ein verlockendes Angebot.“

Ralston achtete nicht weiter auf das Geplänkel und meinte: „Nick, wenn du so erpicht auf weibliche Gesellschaft bist, hättest du doch auch anderswo anklopfen können, wo du meinen Schlaf nicht hättest stören müssen.“

Nick lehnte sich an den Türrahmen und ließ den Blick noch ein Weilchen auf Nastasia ruhen, ehe er sich wieder seinem Bruder zuwandte. „Du hast tatsächlich geschlafen, Bruderherz?“

Entnervt drehte Ralston sich um und marschierte zu einer Schüssel mit Wasser, die in einer Ecke des Zimmers stand. Während er sich Wasser ins Gesicht spritzte, knurrte er: „Das macht dir wohl einen Riesenspaß, was?“

„Allerdings.“

„Wenn du mir nicht gleich sagst, was du hier willst, Nick, habe ich genug davon, einen kleinen Bruder zu haben, und werfe dich raus."

„Interessant, wie passend du deine Worte wählst", erwiderte Nick lässig. „Zufällig führt mich gerade deine Rolle als älterer Bruder hierher."

Ralston hob den Kopf, um seinem Bruder in die Augen zu sehen.

„Es ist nämlich so, Gabriel: Anscheinend haben wir eine Schwester."

„Eine Halbschwester."

Ralstons Ton war ausdruckslos, während er seinen Anwalt mit starrem Blick fixierte, in der Hoffnung, dass der bebrillte Mann endlich seine Nervosität überwand und die näheren Umstände dieser erstaunlichen Neuigkeit offenbarte. Diese Einschüchterungstaktik hatte Ralston in den Spielhöllen ganz Londons perfektioniert; er erwartete, dass sie auch hier Wirkung zeitigte und der Anwalt zu reden begann.

Er täuschte sich nicht.

„Ich … also, Mylord …"

Ralston wandte sich ab, durchmaß das Arbeitszimmer und goss sich etwas zu trinken ein. „Nun spucken Sie es schon aus, Mann, ich habe nicht den ganzen Tag Zeit."

„Ihre Mutter …"

„Meine Mutter, wenn man die lieblose Kreatur, die uns zur Welt gebracht hat, so nennen mag, hat England vor über fünfundzwanzig Jahren verlassen. Sie lebt jetzt auf dem Kontinent." Er ließ die bernsteinfarbene Flüssigkeit im Glas kreisen und setzte einen gelangweilten Blick auf. „Woher sollen wir wissen, dass das Mädchen wirklich unsere Schwester ist und nicht irgendeine Hochstaplerin, die aus unserer Gutgläubigkeit Kapital schlagen möchte?"

„Ihr Vater war ein reicher venezianischer Kaufmann, er hinterließ ihr ein üppiges Erbe." Der Anwalt hielt inne, rückte seine Brille zurecht und warf Ralston einen wachsamen Blick zu. „Mylord, er hatte keinen Grund, wegen ihrer Geburt zu lügen. Im Gegenteil, nach allem, was ich höre, hätte er es wohl vorgezogen, Sie nicht auf ihre Existenz aufmerksam zu machen."

„Warum hat er es dann getan?"

„Sie hat sonst keine Familie mehr. Ein paar Freunde hätten sie wohl aufgenommen. Laut der Dokumente, die meiner Kanzlei zugesandt wurden, geht das alles auf Ihre Mutter zurück. Sie hat verlangt, dass ihr …", unsicher hielt er inne, „… Gatte Ihre … Schwester im Falle seines Todes hierher schickt. Ihre Mutter war sich sicher, dass Sie …", er räusperte sich, „… Ihrer familiären Verpflichtung nachkommen würden."

Ralston lächelte freudlos. „Was für eine Ironie, dass ausgerechnet unsere Mutter an unseren Familiensinn appelliert."

Der Anwalt gab nicht vor, die Bemerkung misszuverstehen. „In der Tat, Mylord. Aber wenn ich mir die Bemerkung erlauben darf, das Mädchen ist bereits hier und sehr lieb. Ich bin mir nicht sicher, wie ich weiter vorgehen soll." Er schwieg, doch was er meinte, war offenkundig: *Ich bin mir nicht sicher, ob ich sie Ihnen überhaupt überlassen soll.*

„Natürlich muss sie hierbleiben", meldete sich endlich auch Nick zu Wort, was ihm die dankbare Aufmerksamkeit des Anwalts und einen verärgerten Blick seines Bruders eintrug. „Wir nehmen sie bei uns auf. Bestimmt ist sie noch ganz durcheinander."

„Allerdings, Mylord", stimmte der Anwalt bereitwillig zu, offenbar froh über die Freundlichkeit in Nicks Blick.

„Mir war ja gar nicht bewusst, dass du in der Lage bist, derartige Entscheidungen in diesem Haus zu treffen, Bruderherz", sagte Ralston schleppend, wobei er den Anwalt nicht aus den Augen ließ.

„Ich verkürze nur einfach Wingates Qualen", erwiderte sein Bruder und nickte dem Anwalt zu. „Du wirst eine Blutsverwandte nicht abweisen."

Natürlich hatte Nick vollkommen recht. Gabriel St. John, Siebter Marquess of Ralston, würde seine Schwester nicht wegschicken, auch wenn er das insgeheim am liebsten getan hätte. Er fuhr sich durch das schwarze Haar und staunte, wie viel Zorn immer noch in ihm aufloderte, wenn er an seine Mutter dachte, die er doch seit Jahrzehnten nicht mehr gesehen hatte.

Sie hatte sehr jung geheiratet – mit kaum sechzehn – und innerhalb eines Jahres Zwillinge zur Welt gebracht. Zehn Jahre später war sie verschwunden, auf den Kontinent geflüchtet, und ihre Söhne und deren Vater waren voller Verzweiflung zurückgeblieben. Für jede andere Frau hätte Gabriel Mitgefühl empfunden, hätte ihre Angst verstanden und ihr die Flucht verziehen. Doch er hatte den Kummer seines Vaters miterlebt, hatte den Schmerz gefühlt, den der Verlust der Mutter verursacht hatte. Und bei ihm war die Trauer heißem Zorn gewichen. Es hatte Jahre gedauert, bis er von ihr sprechen konnte, ohne dass es ihm vor Wut die Kehle zuschnürte.

Und jetzt, wo er erfahren musste, dass sie eine weitere Familie zerstört hatte, war die alte Wunde wieder aufgerissen worden. Dass sie ein weiteres Kind zur Welt bringen würde – und auch noch ein Mädchen – und sie zu einem Leben ohne Mutter verdammte, machte ihn fuchsteufelswild. Natürlich hatte seine Mutter sich nicht getäuscht: Er würde seiner familiären Verpflichtung nachkommen. Würde tun, was er konnte, um ihre Sünden gutzumachen. Und vielleicht war dies das Ärgerlichste an der ganzen Situation: dass seine Mutter ihn immer noch verstand. Dass zwischen ihnen immer noch irgendeine Verbindung bestehen mochte.

Er stellte das Glas ab und setzte sich wieder an den breiten Mahagonischreibtisch. „Wo ist das Mädchen, Wingate?“

„Ich glaube, sie wurde im grünen Zimmer untergebracht, Mylord.“

„Nun, dann könnten wir sie ja mal herholen.“ Nick ging zur Tür, öffnete sie und schickte einen draußen wartenden Lakaien los, das Mädchen zu holen.

In dem darauffolgenden bedeutungsschweren Schweigen stand Wingate auf und strich sich nervös die Weste glatt. „In der Tat. Wenn ich etwas sagen dürfte, Sir?"

Gabriel warf ihm einen irritierten Blick zu.

„Sie ist ein sehr braves Mädchen. Sehr lieb."

„Ja. Das erwähnten Sie bereits. Trotz der offenkundigen Meinung, die Sie von mir hegen, Wingate: Ich bin kein Ungeheuer, das kleine Mädchen frisst." Er hielt inne, grinste schief. „Zumindest nicht, wenn die kleinen Mädchen mit mir verwandt sind."

Die Ankunft ihrer Schwester hielt Gabriel davon ab, sich an der Missbilligung des Anwalts zu weiden. Stattdessen erhob er sich, als die Tür geöffnet wurde, und begegnete stirnrunzelnd dem so unheimlich vertrauten Blick aus blauen Augen.

„Lieber Himmel." Nicks Worte gaben genau wieder, was Gabriel dachte.

Es bestand keinerlei Zweifel daran, dass die junge Frau ihre Schwester war. Abgesehen von ihren Augen, die ebenso tiefblau waren wie die Augen ihrer Brüder, hatte sie dasselbe kräftige Kinn, dieselben dunklen Locken wie sie. Sie war das Ebenbild ihrer Mutter – groß, geschmeidig, liebreizend, mit unleugbarem Feuer im Blick. Gabriel fluchte leise in sich hinein.

Nick fasste sich als Erster und verneigte sich tief. „Enchanté, Miss Juliana. Ich bin Ihr Bruder Nicholas St. John. Und dies …", er deutete zu Ralston, „… ist *unser* Bruder Gabriel, Marquess of Ralston."

Sie knickste anmutig und deutete mit schmaler Hand auf sich. „Ich bin Juliana Fiori. Ich muss sagen, ich habe nicht erwartet …" Sie hielt inne, suchte nach dem Wort. „*I gemelli.* Entschuldigung, ich weiß nicht, wie das auf Englisch heißt."

Nick lächelte. „Zwillinge. Nein, ich könnte mir vorstellen, dass unsere Mutter ebenfalls keine *gemelli* erwartete."

Das Grübchen, das sich nun in Julianas Wange zeigte, passte genau zu Nicks. „Genau. Es ist ziemlich frappierend."

„Nun." Mit einem Räuspern lenkte Wingate die Aufmerksamkeit der anderen auf sich. „Ich werde mich jetzt verabschieden, falls die Herren mich nicht mehr benötigen." Der Anwalt sah von Nick zu Ralston, sichtlich erpicht darauf, entlassen zu werden.

„Sie können gehen, Wingate", sagte Ralston kühl. „Tatsächlich kann ich es kaum erwarten."

Der Anwalt empfahl sich, verbeugte sich eilig, als hätte er Angst, nie mehr zu entkommen, wenn er jetzt zu lang zögerte. Sobald er draußen war, sagte Nick beruhigend zu Juliana: „Lassen Sie sich von Gabriel nicht hinters Licht führen. Er ist nicht ganz so schlimm, wie es scheint. Nur an manchen Tagen benimmt er sich, als würde ihm weit und breit alles gehören."

„Ich glaube, das tut es auch, Nicholas", meinte Ralston trocken.

Nick zwinkerte seiner Schwester zu. „Vier Minuten älter, und er kann nicht anders, als mir das dauernd unter die Nase zu reiben."

Juliana lächelte Nick matt zu und richtete dann ihren klaren Blick auf ihren älteren Bruder. „Mylord, ich würde gern gehen."

Gabriel nickte. „Sehr verständlich. Ich lasse Ihre Sachen in eines der Zimmer oben bringen. Bestimmt sind Sie erschöpft von der Reise."

„Nein, Sie verstehen nicht. Ich möchte England verlassen und nach Venedig zurückkehren." Als darauf weder Gabriel noch Nick etwas erwiderten, fuhr sie fort, wobei sie ihre Worte mit den Händen unterstrich. Je emotionaler sie wurde, desto stärker wurde ihr Akzent. „Ich versichere Ihnen, ich kann nicht verstehen, warum mein Vater darauf bestand, dass ich hierherkomme. Ich habe Freunde zu Hause, die mich gern bei sich willkommen …"

Gabriel unterbrach sie entschlossen. „Sie bleiben hier."

„*Mi scusi*, Mylord, lieber nicht."

„Ich fürchte, Ihnen bleibt gar nichts anderes übrig."

„Sie können mich nicht hier festhalten. Ich gehörte nicht hierher. Nicht zu Ihnen … nicht nach … England." Sie spuckte die

Worte förmlich aus, als hätten sie einen ekelhaften Geschmack.

„Sie vergessen, dass Sie eine halbe Engländerin sind, Juliana", sagte Nick amüsiert.

„Niemals! Ich bin Italienerin!" Ihre blauen Augen blitzten.

„Und Ihre Persönlichkeit beweist es, Kätzchen", meinte Gabriel gedehnt. „Aber Sie sind das Abbild unserer Mutter."

Juliana sah zu den Wänden empor. „Abbild? Unserer Mutter? Wo denn?"

Nick lachte leise, entzückt von dem Missverständnis. „Nein. Bilder gibt es von ihr hier nicht. Gabriel meinte, dass Sie wie unsere Mutter aussehen. Genau wie sie sogar."

Juliana zerteilte die Luft mit der Hand. „Sagen Sie so etwas nie wieder. Unsere Mutter war eine …" Sie unterbrach sich, doch das unausgesprochene Schimpfwort hing schwer im Raum.

Ralstons Lippen verzogen sich zu einem reuigen Lächeln. „Anscheinend haben wir einen Punkt gefunden, in dem wir vollkommen übereinstimmen."

„Sie können mich nicht zum Bleiben zwingen."

„Ich fürchte doch. Ich habe die Dokumente bereits unterschrieben. Bis zu Ihrer Hochzeit stehen Sie unter meinem Schutz."

Sie riss die Augen auf. „Das ist unmöglich. So etwas hätte mein Vater nie verlangt. Er wusste, dass ich nicht die Absicht habe, je zu heiraten."

„Warum denn nicht?", erkundigte sich Nick.

Juliana fuhr zu ihm herum. „Ich hätte gedacht, dass Sie das besser als jeder andere verstehen könnten. Ich werde die Sünden meiner Mutter nicht wiederholen."

Gabriels Augen verengten sich. „Es gibt doch keinerlei Grund, dass Sie wie sie …"

„Sie werden mir nachsehen müssen, dass ich nicht bereit bin, ein solches Risiko einzugehen, Mylord. Bestimmt können wir zu einer Übereinkunft kommen?"

In diesem Augenblick fiel Gabriels Entscheidung.

„Wie gut haben Sie unsere Mutter denn gekannt?"

Juliana stand stolz und aufrecht da und begegnete Ralstons Blick, ohne mit der Wimper zu zucken. „Sie hat uns vor beinahe zehn Jahren verlassen. Soweit ich weiß, war es bei Ihnen genauso?"

Ralston nickte. „Wir waren noch nicht einmal zehn."

„Dann nehme ich an, dass wir alle nicht besonders gut auf sie zu sprechen sind."

„Allerdings nicht."

Einen langen Augenblick standen sie sich so gegenüber, versuchten zu beurteilen, wie ernst es dem anderen war. Gabriel ergriff als Erster das Wort. „Darüber lasse ich nicht mit mir verhandeln. Sie werden zwei Monate bleiben. Wenn Sie sich danach entschließen, doch lieber nach Italien zurückkehren zu wollen, werde ich es arrangieren."

Sie legte den Kopf schief, als dächte sie über sein Angebot nach und ihre Möglichkeiten, ihm zu entrinnen. Schließlich nickte sie zustimmend. „Zwei Monate. Keinen Tag länger."

„Na dann, willkommen in meinem Haus, kleine Schwester. Du kannst dir oben ein Zimmer aussuchen."

Sie versank in einem tiefen Knicks. „*Grazie*, mein Bruder." Sie wandte sich schon zur Tür, doch Nick plagte die Neugierde, und er hielt sie zurück.

„Wie alt bist du?"

„Zwanzig."

Nick warf seinem Bruder einen flüchtigen Blick zu und meinte: „Du wirst in die Londoner Gesellschaft eingeführt werden müssen."

„Das halte ich nicht für nötig, schließlich bin ich nur acht Wochen hier." Die Betonung, die sie auf die letzten Worte legte, war kaum zu überhören.

„Das alles besprechen wir, wenn du dich eingewöhnt hast", sagte Ralston abschließend, geleitete sie zur Tür und rief nach dem Butler. „Jenkins, bringen Sie Miss Juliana bitte nach oben, und weisen Sie jemanden an, ihrer Zofe beim Auspacken zu helfen." Er wandte sich an Juliana. „Du hast doch eine Zofe, oder?"

„Ja“, sagte sie amüsiert. „Muss ich darauf hinweisen, dass es die Römer waren, die *euch* die Zivilisation brachten?“

Ralston hob die Augenbrauen. „Du hast wohl vor, recht schwierig zu werden?“

Juliana lächelte ihn engelsgleich an. „Ich habe mich bereit erklärt, hierzubleiben, nicht aber, den Mund zu halten.“

Er wandte sich an Jenkins. „Sie wohnt ab jetzt bei uns.“

Juliana schüttelte den Kopf und sah ihren Bruder an. „Für zwei Monate.“

Mit einem Nicken verbesserte er sich: „Sie wohnt *fürs Erste* bei uns.“

Angesichts dieser überraschenden Neuigkeit verzog der Butler keine Miene, sagte nur gelassen: „Sehr wohl, Madam“, und scheuchte mehrere Lakaien nach oben, damit sie Julianas Koffer verräumten, ehe er die junge Dame nach oben geleitete.

Nachdem er sich davon überzeugt hatte, dass seine Anordnungen befolgt wurden, schloss Ralston die Tür zum Arbeitszimmer und wandte sich an seinen Bruder, der mit trägem Lächeln an der Anrichte lehnte.

„Gut gemacht, Bruderherz“, sagte Nick. „Wenn der *ton* wüsste, dass du ein derart überbordendes Pflichtgefühl hast, wenn es um die Familie geht … wäre dein Ruf als gefallener Engel ein für alle Mal dahin.“

„Du tätest gut daran, den Mund zu halten.“

„Wirklich, es ist herzerfrischend. Der schlimme, schlimme Marquess of Ralston, von einem Kind außer Gefecht gesetzt.“

Ralston wandte sich von seinem Bruder ab und marschierte zu seinem Schreibtisch. „Hast du nicht irgendwo eine Statue herumliegen, die gesäubert werden müsste? Eine ältere Dame aus Bath, die eine Skulptur besitzt, die sie unbedingt identifiziert haben möchte?“

Nick zuckte nur mit den Schultern und ließ sich nicht ködern. „Das habe ich zwar tatsächlich, aber die Dame muss eben warten, zusammen mit meinen zahllosen anderen Verehrerinnen. Ich will den Nachmittag viel lieber mit dir verbringen.“

„Meinetwegen brauchst du nicht zu bleiben.“

Nick wurde ernst. „Was geschieht in zwei Monaten? Wenn sie immer noch abreisen will, du das aber nicht erlauben kannst?“ Als Ralston nicht antwortete, fuhr Nick eindringlich fort: „Für sie war es nicht einfach. So jung von ihrer Mutter verlassen zu werden … und dann auch noch den Vater zu verlieren.“

„Auch nicht anders als bei uns.“ Ralston gab sich ungerührt, während er einen Stapel Briefe durchblätterte. „Außerdem haben wir unseren Vater kurz nach unserer Mutter verloren.“

Nick ließ sich nicht beirren. „Wir hatten einander, Gabriel. Sie hat niemanden. Wir wissen besser als jeder andere, wie es ist, in ihrer Lage zu sein, von allen verlassen zu sein, die man je hatte – die man je liebte.“

Ralston begegnete Nicks Blick, in dem die düsteren Erinnerungen ihrer gemeinsamen Kindheit lagen. Die Zwillinge hatten den Abgang ihrer Mutter überlebt, ebenso die tiefe Verzweiflung, in die ihr Vater danach gestürzt war. Ihre Kindheit war nicht angenehm gewesen, aber Nick hatte recht: Sie hatten einander gehabt. Und das war für sie entscheidend gewesen. „Von unseren Eltern habe ich vor allem eines gelernt: Die Liebe wird stark überschätzt. Verantwortung ist viel wichtiger. Ehrgefühl. Für Juliana ist es sicher gut, dass sie dies schon in so jungen Jahren gelernt hat. Jetzt hat sie uns. Vermutlich ist das für sie keine große Entschädigung. Aber es wird ausreichen müssen.“

Die Brüder schwiegen; jeder war in seinen eigenen Gedanken verloren. Schließlich meinte Nick: „Es wird schwierig werden, den *ton* dazu zu bringen, sie zu akzeptieren.“

Ralston fluchte lauthals – sein Bruder hatte recht.

Als Tochter einer nicht rechtmäßig geschiedenen Frau würde Juliana es in der Gesellschaft erst einmal schwer haben. Bestenfalls wäre sie das Kind einer gesellschaftlichen Außenseiterin, das mit dem schlechten Ruf der Mutter zu kämpfen hätte. Schlimmstenfalls wäre sie die illegitime Tochter einer gefallenen Marchioness und deren bürgerlichen italienischen Liebhabers.

Nick fügte hinzu: „Man wird ohne jeden Zweifel ihre Legitimität in Zweifel ziehen."

Gabriel dachte einige Augenblicke nach. „Wenn unsere Mutter Julianas Vater geheiratet hat, heißt das, dass die Marchioness bei ihrer Ankunft in Italien zum Katholizismus konvertiert sein muss. Die katholische Kirche hätte eine Ehe mit einer Anglikanerin niemals anerkannt."

„Ah, dann sind jetzt also wir diejenigen, die hier illegitim sind?" Nicks Worte wurden von einem ironischen Lächeln begleitet.

„Zumindest für einen Italiener", erklärte Gabriel. „Zum Glück sind wir aber Engländer."

„Hervorragend. Da sind wir ja noch einmal davongekommen", erwiderte Nick. „Aber was ist mit Juliana? Bestimmt werden sich eine ganze Reihe Leute weigern, mit ihr Umgang zu pflegen. Es wird ihnen nicht gefallen, dass sie die Tochter einer gefallenen Frau ist. Und dann auch noch Katholikin."

„Sie hätten Juliana ohnehin nicht akzeptiert. Wir können es nicht ändern, dass ihr Vater von bürgerlicher Herkunft ist."

„Vielleicht sollten wir versuchen, sie als entfernte Verwandte auszugeben statt als unsere Schwester."

Ralstons Antwort duldete keine Widerrede. „Kommt nicht infrage. Sie ist unsere Schwester. So werden wir sie den anderen vorstellen und die Konsequenzen dann eben tragen."

„Die Konsequenzen wird wohl eher sie tragen." Nick sah seinem Bruder in die Augen, und seine Worte hingen schwer im Raum. „Bald wird die Saison in vollem Gang sein. Wenn uns die Sache glücken soll, müssen wir ganz korrekt vorgehen. Ihr Ruf kann nur so gut wie unserer sein."

Ralston verstand, was sein Bruder damit meinte. Er würde die Liaison mit Nastasia beenden müssen – die Opernsängerin war für ihre Indiskretion berüchtigt. „Ich rede noch heute mit Nastasia."

Sein Bruder nickte und fügte hinzu: „Juliana muss in die Gesellschaft eingeführt werden. Dazu brauchen wir jemanden mit blütenreinem Leumund."

„Ja, daran habe ich auch schon gedacht."

„Wir könnten ja Tante Phyllidia bitten." Nick schauderte schon bei der bloßen Erwähnung der Schwester ihres Vaters – ihre Tante Phyllidia verfügte nicht nur über jede Menge Meinungen, die sie im Brustton der Überzeugung vorzutragen wusste, sie war eine Herzoginwitwe und eine Säule der guten Gesellschaft.

„Nein." Ralstons Antwort kam umgehend. Ihre Tante besaß für eine so delikate Situation – eine mysteriöse Schwester, die zu Beginn der Saison in Ralston House auftauchte – nicht genügend Fingerspitzengefühl. „Unsere weiblichen Verwandten sind alle nicht geeignet."

„Wer dann?"

Ihre Blicke trafen sich. Beide waren sie entschlossen, beide hatten sich der Sache verschrieben.

Doch nur einer war der Marquis. Und seine Worte ließen keinerlei Raum für Zweifel. „Ich finde jemanden."

2. KAPITEL

Weinend lief sie hinzu, und fiel mit offenen Armen Ihrem Gemahl um den Hals, und küsste sein Antlitz, und sagte (...):
Jetzo besiegst du mein Herz, und alle Zweifel verschwinden.
Also sprach sie. Da schwoll ihm sein Herz von inniger Wehmut:
Weinend hielt er sein treues geliebtes Weib in den Armen.

Callie Hartwell hielt in ihrer Lektüre inne und stieß einen tiefen, zufriedenen Seufzer aus. Das Geräusch durchbrach die Stille in der Bibliothek von Allendale House, in die sie sich auf der Suche nach einem guten Buch vor Stunden zurückgezogen hatte. Nach Callies Meinung brauchte ein gutes Buch eine Liebesgeschichte, welche Zeit und Raum überdauerte – und Homer enttäuschte nicht.

Ach, Odysseus, dachte sie seelenvoll, blätterte eine vergilbte Seite des Lederbandes um und wischte sich eine Träne aus dem Auge. *Nach zwanzig Jahren kannst du deine geliebte Frau endlich wieder in die Arme schließen. Die wohlverdienteste Wiedervereinigung, von der ich je gelesen habe.*

Sie hielt inne, lehnte den Kopf an die gepolsterte Lehne ihres Sessels und atmete tief durch, sog den Duft der sorgfältig gepflegten, geölten Lederbände ein und stellte sich vor, sie sei die Heldin dieser speziellen Geschichte – die liebende Ehefrau, Ziel einer heldenhaften Irrfahrt, die Frau, die ihren wunderbar listenreichen Ehemann dazu inspiriert hatte, gegen die Zyklopen zu kämpfen, den Sirenen zu widerstehen, alle Widerstände für ein einziges Ziel zu überwinden: an ihre Seite zurückzukehren.

Wie es wohl wäre, eine solche Frau zu sein? Eine, deren unvergleichliche Schönheit mit der Liebe des größten Helden ihrer Zeit belohnt wurde? Wie es wohl wäre, einen solchen Mann in sein Herz zu schließen? In sein Leben aufzunehmen? In sein

Bett? Ein Lächeln spielte um Callies Lippen, als ihr dieser ungebührliche Gedanke durch den Kopf schoss. Ach, von wegen Odysseus.

Sie lachte in sich hinein. Wenn die anderen nur wüssten, dass Lady Calpurnia Hartwell, die sittsame, wohlerzogene alte Jungfer, geheime und völlig undamenhafte Sehnsüchte nach fiktiven Helden hatte. Sie seufzte selbstkritisch. Natürlich war sie sich bewusst, wie albern es war, von den Helden in ihren Büchern zu träumen. Es war eine schreckliche Angewohnheit, und sie ging ihr schon viel zu lang nach.

Es hatte angefangen, als sie im Alter von zwölf Jahren *Romeo und Julia* gelesen hatte, und war ihr bei sämtlichen kleinen und großen Helden gefolgt – von Beowulf, Hamlet und Tristan bis zu den düsteren Schurken der Schauerromane. Ob Epos, Drama oder Roman spielte dabei keine Rolle: Callies Fantasien galten allen fiktiven Helden gleichermaßen – und manchmal eben auch den Schurken.

Sie schloss die Augen und stellte sich vor, dass sie sich an einem ganz anderen Ort aufhalte als diesem hohen Raum, der von Generationen von Allendales mit Büchern und Manuskripten bestückt worden war. Sie stellte sich vor, dass sie nicht die unverheiratete Schwester des Earl of Allendale sei, sondern Penelope, die ihren Odysseus so liebte, dass sie alle anderen Verehrer verschmähte.

Sie stellte sich ihren Helden vor. Sie saß am Webstuhl, er stand in der Tür, groß und stark. Sich seine äußere Erscheinung auszumalen fiel ihr nicht schwer – sie hatte sie die letzten zehn Jahre immer wieder für ihre Fantasien verwendet.

Groß, stark, mit dichtem, dunklem Haar, bei der es einer Frau förmlich in den Fingern juckte hineinzugreifen, Augen vom selben Blau wie das Mittelmeer, über das Odysseus zwanzig Jahre lang gesegelt war. Ein kräftiges Kinn, beeinträchtigt nur von einem Grübchen, das aufblitzte, wenn er lächelte – dieses besondere Lächeln, ein Lächeln, das gleichermaßen verrucht wie vergnügt war.

Ja … sie alle waren dem einzigen Mann nachgebildet, von dem sie je geträumt hatte – Gabriel St. John, Marquess of Ralston. Man hätte mit Fug und Recht erwarten können, dass sie nach zehn Jahren unerfüllter Sehnsucht ihre Träume beerdigt hätte … aber betrüblicherweise hatte es den Anschein, dass sie dem Wüstling ein für alle Mal verfallen war. Offenbar war sie dazu verdammt, bis an ihr Lebensende davon zu träumen, er sei Antonius und sie Kleopatra.

Bei dem Vergleich musste sie laut herauslachen. Abgesehen von dem Umstand, dass sie nach einer Kaiserin benannt war, müsste man schon ziemlich verrückt sein, um Vergleiche zwischen Lady Calpurnia Hartwell und Kleopatra zu ziehen. Zum einen hatte Callie noch nie einen Mann mit ihrer Schönheit überwältigt – etwas, worin Kleopatra als besonders erfahren galt. Im Gegensatz zu Callie hatte Kleopatra eben keine langweiligen braunen Augen und langweiligen braunen Haare. Auch hätte man die ägyptische Königin kaum als füllig bezeichnen können. Callie konnte sich zudem nicht vorstellen, dass Kleopatra je einen ganzen Ballabend lang am Rand der Tanzfläche hätte stehen müssen. Und Callie war sich ziemlich sicher, dass es keinerlei Anhaltspunkte dafür gab, dass Kleopatra je ein Spitzenhäubchen getragen hätte.

Von Callie konnte man bedauerlicherweise nicht dasselbe sagen.

Aber in diesem Augenblick war Callie die schöne Penelope und Ralston der überwältigend attraktive Odysseus, der ihr Ehebett eigenhändig aus einem weit umschattenden Ölbaum gebaut hatte. Ihre Haut rötete sich, als sie die Geschichte weiterspann: Er kam näher und führte sie zu dem legendären Bett, hob langsam seine Tunika und entblößte seine Brust, wettergegerbt von den vielen Jahren in der ägäischen Sonne und wie in Marmor gehauen. Als er bei ihr ankam und sie in die Arme schloss, stellte sie sich die Wärme der Umarmung vor und wie klein sie neben ihm wirkte. Auf diesen Augenblick hatte er Jahre gewartet … genau wie sie.

Er strich über ihre Haut, legte eine Spur aus Feuer, wo immer er sie berührte, und dann beugte er sich herab, um sie zu küssen. Sie spürte, wie er sich an sie drückte, spürte seine Hände an ihrem Gesicht, seine starken, sinnlichen Lippen, die sich direkt vor ihren eigenen teilten. Kurz bevor er ihren Mund mit einem brennenden Kuss verschloss, sagte er etwas, so leise, dass sie es kaum hören konnte.

„CALLIE!“

Sie fuhr auf und ließ das Buch fallen, aufgestört von dem lauten Geschrei vor der Bibliothek. Sie räusperte sich. Ihr Herz klopfte immer noch ziemlich heftig, und insgeheim wünschte sie sich, derjenige, der diesen Lärm veranstalte, möge doch weggehen und sie ihrem Tagtraum überlassen. Der Gedanke war flüchtig, wurde mit einem Seufzer unterdrückt – Callie Hartwell war besonders wohlerzogen und würde niemals jemanden ignorieren, der nach ihr rief. Sosehr sie das auch wollte.

Die Tür zur Bibliothek flog auf, und ihre Schwester kam hereingestürzt, voll Energie und Aufregung. „Callie! Da bist du ja! Ich habe überall nach dir gesucht!“

Callie warf einen Blick auf das leuchtende, aufgeregte Gesicht ihrer Schwester und musste lächeln. Mariana war schon immer eine charmante, übersprudelnde Naturgewalt gewesen – jeder, der sie sah, schloss sie sofort ins Herz. Mit achtzehn war Mariana die Königin der Saison … die Debütantin, welche die Aufmerksamkeit des gesamten *ton* gewann – und den Spitznamen Allendale-Engelchen.

Im weichen Licht der Bibliothek leuchtete ihr butterblumengelbes Kleid aus feinem Chiffon ebenso strahlend wie ihr süßes, liebevolles Lächeln, ihre kastanienbraunen Locken glänzten – Callie wunderte sich nicht, dass die Londoner Gesellschaft ihrer Schwester förmlich zu Füßen lag. Es fiel schwer, Mariana nicht zu lieben.

Selbst wenn ihre Vollkommenheit für eine viel ältere, viel unvollkommenere Schwester manchmal recht schwer zu ertragen war.

Mit neckendem Lächeln sagte Callie: „Wozu solltest du mich wohl brauchen? Ich finde, du hast heute schon einiges allein vollbracht, Mariana!"

Über Marianas Porzellanteint breitete sich ein hübsches Rosa – Callie hätte sie um diese zarte, ebenmäßige Röte beneidet, wenn ihr dieses makellose Erröten nicht schon ein Leben lang vertraut gewesen wäre. „Callie! Ich kann es nicht fassen! Ich zwicke mich schon den ganzen Tag, weil ich glaube, ich träume!" Mariana lief durch den Raum und ließ sich in den Sessel gegenüber ihrer Schwester fallen. In ganz benommenem Ton fuhr sie fort: „Er hat mir tatsächlich einen Heiratsantrag gemacht! Das ist doch kaum zu glauben! Ist es nicht wunderbar?"

„Er" war in diesem Fall James Talbott, sechster Duke of Rivington und begehrtester Junggeselle von ganz England. Zu Beginn der Saison hatte der junge, attraktive, reiche Herzog einen Blick auf Mariana geworfen und sich Hals über Kopf in sie verliebt. Darauf war eine stürmische Brautwerbung gefolgt, und an diesem Morgen hatte der junge Duke seine Aufwartung im Allendale House gemacht und um Marianas Hand gebeten. Angesichts von Rivingtons Nervosität hatte Callie ihre Heiterkeit kaum bezähmen können – trotz seines Titels und all seines Reichtums konnte er Marianas Antwort offensichtlich kaum abwarten, ein Umstand, der ihn Callie nur noch mehr ans Herz wachsen ließ.

„Mir fällt es nicht schwer, es zu glauben, meine Süße." Sie lachte. „Als er heute hier ankam, haben seine Augen richtig geleuchtet ... genau wie jetzt deine." Schüchtern senkte Mariana den Blick, während Callie fortfuhr: „Aber du musst mir alles erzählen. Wie fühlt es sich an, einen Mann gefunden zu haben, der dich so liebt? Und dann auch noch einen Duke!"

„Ach, Callie", schwärmte Mariana, „auf den Titel gebe ich keinen Penny! Mir geht es allein um James. Ist er nicht der wunderbarste Mann?"

„Und dann auch noch ein Duke!" Überrascht drehten sich die beiden Frauen um, als diese in schriller Erregung hervorgestoßene Bemerkung von der Tür herübertönte. Callie seufzte, als sie daran dachte, was sie vorhin überhaupt erst dazu gebracht hatte, sich in der Bibliothek zu verstecken.

Ihre Mutter.

„Callie! Sind das nicht wunderbare Neuigkeiten?" Während sie sich entnervt fragte, wie oft sie diese Bemerkung an diesem Tag wohl noch würde beantworten müssen, öffnete Callie den Mund. Sie war jedoch nicht schnell genug. „Und dabei ist Rivington auch noch so verliebt in Mariana! Das ist doch unglaublich! Ein Herzog, verliebt in unsere Mariana!" Wieder wollte Callie antworten, doch sie wurde gleich wieder unterbrochen. „Ach, was jetzt nicht alles zu tun ist! Die Hochzeit vorbereiten! Einen Verlobungsball geben! Speisenfolgen entwerfen! Einladungen verschicken! Ganz zu schweigen von Marianas Kleid! Und die Aussteuer! Ach, Mariana!"

Die Miene der verwitweten Countess zeigte ebenso viel Seligkeit, wie sich blankes Entsetzen in Marianas Gesicht spiegelte. Callie unterdrückte ein Lächeln und stürzte sich ins Getümmel, um ihre Schwester zu retten. „Mutter, Rivington hat ihr doch erst heute früh einen Heiratsantrag gemacht. Meinst du nicht, dass wir Mariana erst einmal ein wenig Zeit lassen sollten, sich über dieses bedeutsame Ereignis zu freuen?" Ihre Stimme schwankte ein wenig, als sie mit vielsagendem Seitenblick zu ihrer Schwester meinte: „Vielleicht ein, zwei Tage?"

Es war, als hätte sie nichts gesagt. Die Dowager Countess of Allendale fuhr fort, wobei ihre Stimme vor Eifer immer schriller wurde: „Und du, Callie! Wir müssen uns genau überlegen, was für ein Kleid *du* zur Hochzeit tragen sollst!"

Oh nein. Die Dowager Countess of Allendale mochte so einiges sein, aber sie war *keine* verlässliche Modeberaterin für ihre Tochter. Wenn es Callie nicht bald gelang, ihre Mutter abzulenken, würde diese sie in irgendeine federbesetzte Scheußlichkeit samt passendem Turban stecken.

„Wir sollten uns erst den wichtigen Punkten zuwenden, Mutter, findest du nicht auch? Wir könnten doch zur Feier des Tages heute Abend ein kleines Dinner geben." Sie hielt inne und wartete ab, ob ihre Mutter auf diesen Vorschlag anspringen würde.

„Eine wunderbare Idee!" Callie stieß den Atem langsam aus, hocherfreut von ihrer Geistesgegenwärtigkeit. „Das machen wir! Natürlich nur im Familienkreis – die offizielle Ankündigung müssen wir uns für den Verlobungsball aufsparen –, aber ich finde, ein Dinner ist genau das Richtige für heute Abend. Oh! Jetzt gibt es noch mehr zu tun! Ich muss die Einladungen austragen lassen und mit der Köchin reden!" Die Dowager Countess wandte sich um und eilte geschäftig zur Tür. Dort blieb sie jedoch noch einmal stehen, da sie ihrem Entzücken einfach noch einmal Luft machen musste. Mit hochrotem Kopf und schwer atmend rief sie aus: „Oh! Mariana!", dann verließ sie den Raum endgültig.

In der darauf eintretenden Stille saß Mariana wie betäubt da. Callie konnte sich ein Lächeln nicht verkneifen. „Du hast doch wohl nicht geglaubt, dass es leicht werden würde, oder, Mariana? Vergiss nicht, unsere Mutter wartet seit zweiunddreißig Jahren auf eine Hochzeit, seit Benedicks Geburt. Und jetzt bekommt sie eine, dank dir."

„Ich glaube nicht, dass ich das überlebe", erklärte Mariana und schüttelte benommen den Kopf. „Wer war diese Frau nur?"

„Eine Mutter, die eine Hochzeit zu planen hat."

„Mein Gott", sagte Mariana schwach. „Wie lange, glaubst du, wird sie sich so aufführen?"

„Ich bin mir nicht sicher, aber ich würde meinen, bestimmt die ganze Saison."

„Die ganze Saison? Gibt es keinen Ausweg?"

„Doch." Callie, die das Ganze sehr genoss, machte eine Kunstpause.

Mariana stürzte sich auf sie. „Welchen denn?"

„Glaubst du, dass Rivington bereit wäre, mit dir nach Gretna Green durchzubrennen?"

Mariana stöhnte gepeinigt auf, während Callie in Gelächter ausbrach.

Es würde eine außerordentlich unterhaltsame Saison werden.

Es würde die schlimmste Saison ihres Lebens werden.

Callie stand in der Ecke des Salons, wo sich nach dem Dinner und den traditionellen Zigarren (für die Männer) und dem traditionellen Klatsch (für die Frauen) die gesamte Familie versammelt hatte und Mariana und ihren Duke mit guten Wünschen überschüttete. Dutzende von Kerzen tauchten den Raum in sanftes Licht und verliehen ihm ein intimes Flair. Normalerweise liebte Callie kleinere Veranstaltungen, bei denen alle Gäste in einen Salon passten, da es sich dabei meist um gemütliche, fröhliche Feste handelte, an die sie sich immer wieder gern erinnerte.

An diesem Abend jedoch war es anders. An diesem Abend bereute Callie zutiefst, dass sie am Nachmittag dieses Dinner im Familienkreis vorgeschlagen hatte. An diesem Abend schienen sogar die Ahnen aus ihren Porträts spöttisch auf sie herabzublicken.

Sie schluckte ein Seufzen hinunter und setzte ein Lächeln auf, als sie ihre Tante Beatrice mit strahlendem Gesicht auf sich zusteuern sah. Callie wusste genau, was ihr jetzt bevorstand … und dass es unvermeidbar war.

„Ist es nicht wundervoll? Ein so glückliches Paar! Was für eine feine Partie!"

„Das ist es in der Tat, Tante Beatrice", stimmte Callie ihr zu und wandte sich zu dem besagten Paar um. Im Lauf dieses endlosen Abends hatte sie festgestellt, dass dieses spezielle Gespräch etwas leichter zu ertragen war, wenn sie dabei Mariana und Rivington ansah. Eine *winzige* Spur leichter zu ertragen. „Es ist herrlich, Mariana so glücklich zu sehen."

Die alte Dame legte eine verrunzelte Hand auf Callies Arm. Jetzt kommt es, dachte Callie und biss die Zähne zusammen. „Bestimmt ist deine Mutter froh, dass sie endlich eine Hochzeit planen darf", meinte die alte Dame und gackerte vor Belustigung. „Bei dir und Benedick bestand da ja wohl wenig Hoffnung, dass es je dazu kommen würde!"

Callie rang sich ein Lachen ab, das ihr etwas zu laut geriet, und sah sich im Salon nach jemandem – *irgend*jemandem – um, der sie vor diesem schier unerschöpflichen Strom von unhöflichen, impertinenten Familienmitgliedern bewahren könnte. In den drei Stunden, die seit Eintreffen des ersten Dinnergastes vergangen waren, hatte Callie Variationen dieser Unterhaltung mit zwölf verschiedenen Leuten geführt. Beim Dinner hatte sie besonders gelitten, denn da hatte sie zwischen Rivingtons rechthaberischer Großmutter und einem besonders gefühllosen Vetter gesessen, die beide der Ansicht waren, Callies unverheirateter Status sei ein passendes und angemessenes Gesprächsthema. Allmählich gelangte sie zu der Überzeugung, dass es weder bei den Rivingtons noch bei den Allendales ein Familienmitglied gab, das über ein Mindestmaß an Takt verfügte. Glaubten sie denn wirklich, dass es ihr nichts ausmachte, ständig daran erinnert zu werden, dass sie eine vertrocknete alte Jungfer war, die ein für alle Mal keinen passenden Mann mehr abbekommen würde? Es war wirklich zu viel.

Da keinerlei Rettung in Sicht war, entschied sie sich stattdessen, einen Lakaien mit einem Tablett Sherrygläsern heranzuwinken. Sie nahm ein Glas, wandte sich ihrer Tante zu und fragte: „Darf ich dir auch ein Gläschen anbieten, Tante Beatrice?"

„Ach herrje, nein, ich vertrage das Zeug doch nicht", erklärte die alte Dame. In ihrer Stimme schwang leise Empörung mit. „Weißt du, Calpurnia, dein Ruf könnte Schaden nehmen, wenn du so in aller Öffentlichkeit Wein trinkst."

„Nun ja, heute Abend brauche ich mir deswegen wohl keine Gedanken zu machen, meinst du nicht auch?"

„Nein, dein Ruf ist vermutlich nicht in Gefahr, Calpurnia." Tante Beatrice tätschelte ihr mit unbewusster Herablassung den Arm. „Es ist wirklich tragisch, nicht? Man hätte es nicht vorhersehen können. Bei deiner Mitgift hätte man eigentlich nicht erwartet, dass du nie heiratest."

Die Andeutung, dass nicht einmal ihre Mitgift ausgereicht

hatte, sie erfolgreich unter die Haube zu bringen, weckte in Callie erst Bestürzung und dann Zorn. Bevor sie jedoch antworten konnte, redete Tante Beatrice schon weiter.

„Und jetzt, in deinem Alter, sollten wir die Hoffnung einfach aufgeben. Unmöglich, dass dir jetzt noch jemand einen Antrag macht, nein, das kann ich mir nicht vorstellen. Es sei denn, es handelt sich dabei um einen alten Herrn, der sich kurz vor dem Grab noch ein wenig Gesellschaft wünscht. Das wäre *vielleicht* noch denkbar."

Vor Callies innerem Auge spielte sich eine hübsche kleine Szene ab, eine, bei der ihre Tante am Ende mit Rotwein bekleckert war. Sie verscheuchte den Traum, stellte ihr Glas sorgfältig ab und wandte sich wieder ihrer Tante zu, die immer noch über Callies Ehelosigkeit schwadronierte.

„Natürlich ist es der Sache nicht besonders dienlich, dass deine Figur ein wenig … nun ja … unglücklich ist. Rubens' Tage sind schließlich längst vorüber, Calpurnia."

Callie war sprachlos. Sie konnte dieses schreckliche Weib nicht richtig verstanden haben.

„Hast du schon in Erwägung gezogen, dich eine Weile von gekochten Eiern und Kohl zu ernähren? Wie ich höre, soll diese Diät wahre Wunder bewirken. Dann wärst du nicht so … nun ja … üppig!" Wieder gackerte Tante Beatrice entzückt auf. Offenkundig genoss sie ihre kleine Ansprache und war sich gar nicht bewusst, wie unverzeihlich rüde sie war. „*Dann* könnten wir vielleicht doch noch einen Ehemann für dich finden!"

Callie musste entrinnen, ehe sie entweder einem Familienmitglied oder ihrer eigenen geistigen Gesundheit Gewalt antat. Ohne ihre Tante anzusehen – andernfalls hätte sie sich vielleicht dazu hinreißen lassen, der alten Schreckschraube ein paar unangenehme Dinge zu sagen – verabschiedete sie sich von ihr. „Verzeihung, Tante Beatrice, ich glaube, ich müsste mal in die … Küche." Ihr war egal, dass das nicht sehr plausibel klang, schließlich war das Dinner längst vorüber – sie wollte einfach weg.

Die Tränen mühsam unterdrückend, floh Callie ins Arbeitszimmer ihres Bruders. Dort war sie vor unhöflichen Gästen in Sicherheit. Im hellen Mondlicht, das durch die großen Fenster an einer Wand des Arbeitszimmers fiel, ging sie zur Anrichte, nahm sich ein Glas und eine Karaffe Sherry und wandte sich dann zu einem großen Sessel in der Ecke des Raums, der den männlichen Allendales schon seit Langem als Zuflucht diente.

Heute Abend wird er einer weiblichen Allendale Zuflucht bieten müssen, dachte sie und stieß seufzend den Atem aus, während sie sich ein Glas Sherry eingoss. Dann stellte sie die schwere, geschliffene Karaffe auf dem Boden ab, legte die Beine über die Sessellehne und machte es sich gemütlich.

„Was gibt es zu seufzen, Schwesterlein?“

Callie fuhr zusammen und sah in Richtung des imposanten Mahagonischreibtisches, der an der gegenüberliegenden Raumseite stand. Schemenhaft erkannte sie die Gestalt am Schreibtisch und lächelte breit in die Dunkelheit. „Hast du mich erschreckt.“

„Na, du musst schon entschuldigen, wenn ich dich nicht um Verzeihung bitte. Du bist schließlich in *meiner* Höhle.“ Benedick Hartwell, Earl of Allendale, erhob sich, durchquerte das Zimmer und setzte sich Callie gegenüber in einen Sessel. „Hoffentlich hast du dafür einen guten Grund, sonst muss ich dich zurückschicken.“

„Ach ja? Mich würde ja schon interessieren, wie du das anzustellen gedenkst, schließlich kannst du nicht auf meine Flucht aufmerksam machen, ohne dich selbst zu verraten“, neckte sie ihn.

„Wie wahr.“ Benedicks weiße Zähne blitzten auf. „Also gut, du darfst bleiben.“

„Danke.“ Sie prostete ihm mit ihrem Glas Sherry zu. „Zu freundlich von dir.“

Benedick ließ seinen Whisky im Glas kreisen, Callie nahm einen großen Schluck Sherry und lehnte sich mit geschlossenen Augen entspannt zurück. Sie genoss das einträchtige Schweigen. Nach ein paar Minuten fragte er: „Und, was hat dich veranlasst, vor dem Familienfest davonzulaufen?“

Callie machte die Augen nicht auf. „Tante Beatrice.“

„Was hat die alte Schachtel denn jetzt schon wieder angestellt?“

„Benedick!“

„Willst du mir etwa weismachen, dass du in Gedanken nicht bemerkenswert ähnliche Worte für sie verwendest?“

„Von ihr auf diese Weise zu denken ist eine Sache. Es laut zu sagen ist etwas ganz anderes.“

Benedick lachte. „Du bist viel zu wohlerzogen. Was hat unsere liebe, verehrte, hochgeschätzte Tante also zu dir gesagt, dass du dich in einen dunklen Raum flüchten musst?“

Sie seufzte und schenkte sich nach. „Nichts, was die anderen Familienmitglieder in diesem Raum nicht auch gesagt hätten. Sie war nur sehr viel unverschämter.“

„Ah. Es ging ums Heiraten.“

„Sie hat doch wirklich gesagt ...“ Sie hielt inne, holte tief Luft. „Nein. Ich werde ihr nicht die Freude machen, es zu wiederholen.“

„Ich kann es mir vorstellen.“

„Nein, Benny, das kannst du nicht.“ Sie nippte an ihrem Sherry. „Wahrhaftig, wenn ich gewusst hätte, dass das Leben einer alten Jungfer sich derart gestaltet, hätte ich den ersten Mann genommen, der mir einen Antrag gemacht hat.“

„Der erste Mann, der dir einen Antrag gemacht hat, war ein verblödeter Pfarrer.“

„Du solltest nicht so schlecht vom geistlichen Stand sprechen.“

Benedick schnaubte nur und nahm einen großen Schluck Whisky.

„Na schön. Ich hätte den *zweiten* Mann genommen, der mir einen Antrag gemacht hat. Geoffrey war recht attraktiv.“

„Wenn du ihn nicht abgewiesen hättest, hätte Vater es getan, Callie. Er war ein Spieler und ein Säufer. Meine Güte, er ist in einer Spielhölle gestorben.“

„Ja, aber ich wäre dann *Witwe* gewesen. Witwen werden von keinem beleidigt."

„Ja nun, ich bin mir nicht sicher, ob das stimmt, aber wenn du darauf bestehst …" Benedick machte eine Pause. „Wünschst du dir wirklich, du hättest einen von ihnen geheiratet?"

Callie trank noch einen Schluck und ließ sich den süßen Sherry genüsslich auf der Zunge zergehen, während sie über die Frage nachdachte. „Nein, keinen von denen, die mir einen Antrag gemacht haben", sagte sie. „Ich wäre nicht gern das Eigentum irgendeines grässlichen Kerls, der mich nur wegen meines Geldes geheiratet hat oder weil er eine Verbindung zur Earlswürde der Allendales suchte … gegen eine Liebesehe hätte ich jedoch nichts einzuwenden."

Benedick lachte. „Nun ja, eine Liebesehe ist auch etwas ganz anderes. So etwas passiert nicht jeden Tag."

„Nein", stimmte sie zu, und dann schwiegen sie ein Weilchen. Schließlich meinte Callie: „Nein … was ich mir wirklich wünsche, das wäre, ein Mann zu sein."

„Wie bitte?"

„Aber ja! Wenn ich dir zum Beispiel sagen würde, du müsstest die nächsten drei Monate damit verbringen, dir gefühllose Bemerkungen über Marianas Hochzeit anzuhören, wie würdest du dann reagieren?"

„Ich würde mich nicht weiter darum kümmern und der Sache einfach aus dem Weg gehen."

Callie wies mit dem Sherryglas in seine Richtung. „Genau! Weil du ein Mann bist!"

„Ein Mann, der einer ganzen Reihe von Veranstaltungen, bei denen er wegen seines Junggesellentums kritisiert worden wäre, erfolgreich aus dem Weg gegangen ist."

„Benedick", sagte Callie offen und hob den Kopf, „du konntest diesen Veranstaltungen einzig und allein deswegen aus dem Weg gehen, *weil* du ein Mann bist. Für mich gelten leider andere Regeln."

„Aber warum denn?"

„Weil ich eine Frau bin. Ich kann nicht einfach all den Bällen, Abendessen, Teegesellschaften und Anproben fernbleiben. Oh Gott. Anproben. Nun muss ich all diese furchtbaren mitleidigen Blicke schon wieder ertragen … während Mariana ihr Hochzeitskleid anprobiert … im *Schneidersalon*. Oh Gott." Schaudernd legte sie die Hand auf die Augen.

„Mir erschließt sich immer noch nicht ganz, warum du nicht wenigstens den schlimmsten Veranstaltungen aus dem Weg gehen kannst. Na gut, beim Verlobungsball wirst du wohl dabei sein müssen. Und bei der Hochzeit. Aber sag doch alles andere ab."

„Das kann ich nicht."

„Und wieder frage ich dich: Warum denn nicht?"

„Nette, anständige Frauen sagen derartige Veranstaltungen nicht ab, genauso wenig, wie sie sich einen Liebhaber nehmen. Ich muss schließlich auf meinen guten Ruf achten!"

Benedick schnaubte erneut. „Was für ein Unsinn, Calpurnia. Du bist achtundzwanzig!"

„Es ist nicht sehr freundlich von dir, von meinem Alter zu sprechen. Und du weißt, wie ich es hasse, wenn du Calpurnia zu mir sagst."

„Du wirst es überstehen. Du bist achtundzwanzig, unverheiratet und hast vielleicht den makellosesten Ruf des gesamten *tons*, unabhängig von Alter oder Geschlecht. Meine Güte, wann bist du zum letzten Mal ohne dein Spitzenhäubchen irgendwohin gegangen?"

Wütend funkelte sie ihn an. „Mein guter Ruf ist alles, was ich habe. Genau das versuche ich dir doch die ganze Zeit zu erklären, Benedick." Sie bückte sich, um sich noch ein Glas Sherry einzuschenken.

„Da hast du allerdings recht. Dein guter Ruf ist alles, was du *im Moment* hast. Aber du könntest mehr haben. Warum nimmst du es dir nicht?"

„Ermutigst du mich, unseren guten Namen zu beflecken?", fragte Callie fassungslos und erstarrte, die Karaffe in der einen

Hand, das Glas in der anderen. Benedick hob bei diesem Anblick eine Augenbraue. Callie stellte die Karaffe ab. „Dir ist doch sicher klar, wenn ich das tue, wirst du als Earl unter den Konsequenzen zu leiden haben.“

„Ich sage doch nicht, dass du dir einen Liebhaber nehmen sollst, Callie. Genauso wenig, wie ich mir wünsche, dass du eine Szene machst. Ich meine nur, dass du dauernd furchtbar hohe Maßstäbe an dich selbst anlegst. Wegen eines kleinen Vergehens bräuchtest du mit deinem Ruf dir doch gar keine Sorgen zu machen. Glaub mir, die Earlswürde wird nicht darunter leiden, wenn du irgendwelche ekelhaften Veranstaltungen ausfallen lässt.“

„Wenn ich schon mal dabei bin, könnte ich doch auch Whisky trinken und eine Zigarre rauchen?“

„Warum nicht?“

„Das meinst du nicht ernst.“

„Callie, ich bin mir ganz sicher, dass das Haus nicht über uns einstürzen wird, wenn du dir einen Whisky genehmigst. Allerdings bin ich mir nicht sicher, ob du es genießen würdest.“ Er machte eine längere Pause, ehe er fortfuhr: „Was würdest du denn sonst noch gern machen?“

Sorgfältig ließ sie sich diese Frage durch den Kopf gehen. Was würde sie gern tun, wenn keine Folgen zu befürchten wären? „Ich weiß nicht. Bisher habe ich mir nie erlaubt, über derartige Dinge nachzudenken.“

„Na, erlaube es dir doch jetzt einmal. Was würdest du denn tun?“

„So viel, wie ich nur könnte.“ Die Antwort kam wie aus der Pistole geschossen und überraschte sie beide. Doch sobald die Worte heraus waren, erkannte Callie, dass es die Wahrheit war. „Ich will nicht so furchtbar wohlerzogen sein. Du hast recht. Sich achtundzwanzig Jahre lang tadellos zu benehmen ist einfach zu viel.“ Sie lachte, als sie sich diese Worte sagen hörte.

Er stimmte in das Gelächter ein. „Also, was würdest du dann tun?“

„Ich würde mein Spitzenhäubchen wegwerfen."

„Das hätte ich eigentlich als Selbstverständlichkeit vorausgesetzt", spöttelte er. „Na komm, Calpurnia. Lass dir etwas einfallen. Keine Folgen. Denk dir drei Dinge aus, die du zu Hause tun kannst."

Sie lächelte und kuschelte sich tiefer in den Sessel. Das Gedankenspiel fing an, ihr Spaß zu machen. „Fechten lernen."

„Na also, jetzt hast du es", sagte er ermutigend. „Was noch?"

„Zu einem Duell gehen."

„Warum dort haltmachen? Nutze doch deine frisch erworbenen Fähigkeiten, eines auszufechten", schlug er nüchtern vor.

Sie rümpfte die Nase. „Ich glaube nicht, dass ich jemanden tatsächlich verletzen möchte."

„Ah", sagte er ernsthaft, „dann haben wir also die Grenze entdeckt, die du nicht überschreiten willst."

„Eine der Grenzen, denke ich. Aber es würde mir Spaß machen, mal eine Pistole abzufeuern. Allerdings nicht auf einen anderen Menschen."

„Das macht vielen Leuten Spaß", räumte er ein. „Was noch?"

Nachdenklich blickte sie zur Decke. „Im Herrensitz zu reiten."

„Wirklich?"

Sie nickte. „Wirklich. Ein Damensattel wirkt so ... affektiert."

Die geringschätzige Bemerkung brachte ihn zum Lachen.

„Ich würde gern ..." Sie hielt inne, als ihr ein weiterer Punkt in den Sinn kam. *Jemanden küssen.* Nun ja. Das konnte sie ihrem Bruder ganz gewiss nicht anvertrauen. „Ich würde gern all die Dinge tun, die für Männer selbstverständlich sind. Und mehr", erklärte sie. Und dann: „Ich möchte gern spielen! In einem Herrenclub!"

„Oho! Und wie würdest du das anstellen?"

Sie dachte einen Augenblick nach. „Ich würde mich wohl als Mann verkleiden müssen."

Amüsiert schüttelte er den Kopf. „Ah ... Mutters Shakespeare-Begeisterung schlägt sich nun endlich auch in unserem Leben nieder." Sie lachte, als er fortfuhr: „Ich glaube, hier ziehe ich die Grenze. Die Earls of Allendale könnten ihre Privilegien bei White's verlieren, wenn du es damit versuchen würdest."

„Nun, du hast Glück gehabt, denn ich habe nicht die Absicht, mich bei White's einzuschleichen. Oder irgendetwas von all den anderen Dingen zu tun." Schwang da in ihrer Stimme Enttäuschung mit?

Wieder senkte sich Schweigen herab, während die Geschwister ihren eigenen Gedanken nachhingen. Schließlich hob Benedick das Glas, um den Whisky auszutrinken. Bevor es jedoch seine Lippen erreicht hatte, hielt er inne und bot das Glas stattdessen mit ausgestrecktem Arm seiner Schwester dar. Einen flüchtigen Moment nahm Callie das geschliffene Glas in Augenschein; ihr war klar, dass ihr Bruder ihr mehr als den Fingerbreit Whisky anbot, der sich noch im Glas befand.

Doch am Ende schüttelte sie den Kopf, und der Augenblick verstrich. Benedick trank den Whisky aus. „Wie schade", erklärte er und stand auf. „Es würde mich freuen zu erfahren, dass du auch einmal das eine oder andere Risiko eingehst, Schwesterherz."

Dieser Kommentar, ganz beiläufig geäußert im Moment des Aufbruchs, traf Callie mit ziemlicher Wucht. Sie hörte kaum auf die ironische Frage, die er noch stellte: „Glaubst du, es ist sicher, diesen Raum zu verlassen? Oder müssen wir uns bis zur Hochzeit hier verbarrikadieren?"

Sie schüttelte nur verwirrt den Kopf und erwiderte: „Bestimmt ist es sicher. Sei vorsichtig."

„Kommst du auch mit?"

„Nein, danke, ich glaube, ich bleibe noch ein wenig hier und fasse ein Leben als Abenteurerin ins Auge."

Er grinste sie an. „Hervorragend. Lass es mich wissen, wenn du dich entschließt, morgen früh in den Orient aufzubrechen."

Sie erwiderte das Lächeln. „Du erfährst es als Allererster."

Darauf ging er hinaus und überließ die nachdenkliche Callie

ihren Überlegungen.

Sie saß lange da, hörte auf die allmählich abebbenden Geräusche im Haus – erst verabschiedeten sich die Gäste, dann ging die Familie zu Bett, schließlich räumten die Dienstboten die Zimmer auf, in denen die Dinnerparty stattgefunden hatte – und ließ sich dabei immer wieder die letzten Augenblicke mit Benedick durch den Kopf gehen. *Was, wenn ich es tatsächlich wagen würde?*

Was, wenn sie ein anderes Leben führen könnte als die langweilige, gesetzte Farce, die sie im Augenblick lebte? Was, wenn sie all die Dinge tun könnte, von denen sie nicht einmal zu träumen wagte? Was sollte sie davon abhalten, ein solches Wagnis einzugehen?

Jetzt, wo sie achtundzwanzig war, nahm niemand sonderlich viel Notiz von ihr. Ihr Ruf war seit Jahren blütenrein – Jahre, in denen es eine Rolle gespielt hatte, dass sie ihren guten Namen nicht besudelte. Außerdem hatte sie jetzt auch nicht vor, ihren Ruf ganz und gar zu zerstören. Sie würde nichts tun, was ein ehrbares *männliches* Mitglied des *ton* nicht jederzeit ohne Bedenken tun konnte und auch tat. Und wenn er das konnte, warum nicht auch sie?

Sie hob die Hände und entfernte die Nadeln, mit denen ihr Spitzenhäubchen befestigt war. Sobald sie es freibekommen hatte, nahm sie es ab, wobei sich gleichzeitig auch ein paar lange Locken lösten und ihr auf die Schultern herabfielen, und drehte es nachdenklich in den Händen herum. Wann hatte sie sich in die Sorte Frau verwandelt, die Spitzenhäubchen trug? Wann hatte sie alle Hoffnung fahren lassen, je *en vogue* zu sein? Wann war sie zu der Sorte Mensch geworden, die sich vor Tante Beatrices Boshaftigkeit verstecken musste?

Schwankend erhob sie sich und ging langsam zum Kamin, das Spitzenhäubchen in den Händen. Das Gespräch mit Benedick und der Sherry verliehen ihr ein berauschendes Gefühl der Macht. Sie blickte auf die verlöschende Glut und hatte das Gefühl, als verhöhnten sie die orange glühenden Kohlen.

Was würde sie tun, wenn sie tatsächlich etwas ändern könnte?

Ohne innezuhalten, warf sie das Spitzenhäubchen in den Kamin. Lange Augenblicke passierte gar nichts, das zarte Gebilde lag einfach da und hob sich in seiner weißen Reinheit deutlich von den schmauchenden, verkohlten Holzscheiten ab. Gerade als Callie sich fragte, ob sie hineingreifen und das Häubchen wieder herausholen sollte, fing es Feuer.

Sie keuchte und tat unwillkürlich einen kleinen Schritt zurück, als die Flamme zornig hell vor ihr aufloderte und das Häubchen einschloss, beugte sich dann aber doch vor und sah zu, wie das zarte Gebilde ein Eigenleben entwickelte, sich einrollte und aufleuchtete, während jeder Zoll lichterloh brannte.

Und dann begann Callie zu lachen, fühlte sich skandalös und wunderbar zugleich – als könnte sie alles tun, wovon sie je geträumt hatte.

Sie machte auf dem Absatz kehrt und ging entschlossen zum Schreibtisch des Earls. Nachdem sie eine Kerze entzündet hatte, zog sie die oberste Schublade auf und holte ein frisches Blatt Papier heraus. Sie glättete es mit der Hand und betrachtete die weite cremeweiße Fläche, die sich vor ihr ausbreitete, nickte entschieden, schraubte das silberne Tintenfass auf dem Schreibtisch auf und griff nach einem Federkiel.

Sie tauchte die Feder in die schwarze Tinte und stellte im Geist eine Liste der Dinge zusammen, die sie tun würde … wenn sie den Mut dazu fände.

Der erste Punkt verstand sich von selbst. Auch wenn sie ihn ihrem Bruder nicht hatte verraten wollen, hatte sie doch das Gefühl, dass sie ehrlich zu sich selber sein und ihn aufschreiben sollte. Schließlich war dies der einzige Punkt, bei dem sie befürchtete, sie werde nie in der Lage sein, ihn abzuhaken.

Sie setzte die Feder an und begann zu schreiben, und ihre Schrift war entschlossen und kraftvoll.

Jemanden küssen.

Sie sah auf, sobald die Worte geschrieben waren, als hätte sie Angst, bei solch skandalösem Treiben erwischt zu werden. Dann widmete sie sich wieder dem Geschriebenen, legte den Kopf schief, dachte nach. Irgendwie reichte ihr das nicht. „Jemanden küssen" schien nicht ganz das auszudrücken, was ihr vorschwebte.

Sie biss sich auf die Lippen und korrigierte ein Wort hinein.

Jemanden leidenschaftlich küssen.

Callie atmete langsam aus – dabei hatte sie nicht einmal gemerkt, dass sie die Luft angehalten hatte. Nun gibt es kein Zurück mehr, dachte sie, das Skandalöseste habe ich ohnehin schon aufgeschrieben.

Die nächsten Punkte auf der Liste kamen wie von selbst, ein Ergebnis ihres Gesprächs mit Benedick.

Eine Zigarre rauchen und Whisky trinken
Im Herrensitz reiten
Fechten
Bei einem Duell dabei sein
Eine Pistole abfeuern
Spielen (in einem Herrenclub)

Nach einer Weile hob Callie den Kopf, lehnte sich zurück und las, was sie geschrieben hatte. Mit dem Hauch eines Lächelns dachte sie über jeden Punkt auf ihrer Liste nach, stellte sich vor, wie sie, den Degen zu ihren Füßen, in einem verrauchten Salon bei White's saß, mit den anderen Karten spielte und über das Duell plauderte, das sie am nächsten Morgen besuchen wollte. Die Vorstellung entlockte ihr ein tiefes Lachen. Man stelle sich nur vor!

Beinahe hätte sie dann aufgehört, nachdem sie die sieben Punkte aufgelistet hatte, die ihr in rascher Folge in den Sinn gekommen waren. Aber auch wenn die Liste vollkommen unrealistisch war, wusste Callie doch, dass sie mehr war als ein schöner Traum. Sie bot ihr eine Chance, endlich ehrlich zu sich selbst zu sein und die Dinge niederzuschreiben, die sie so gern einmal selbst erlebt hätte. Dinge, die sie noch niemandem gestanden hatte, noch nicht einmal sich selbst. Mit tiefem Seufzen betrachtete sie die Liste, wohl wissend, dass die nächsten Punkte die schwierigsten sein würden.

„Also dann." Sie schlug einen energischen Ton an, so, als rüstete sie sich für eine Schlacht. Dann nahm sie die Feder zur Hand.

Auf einem Ball keinen einzigen Tanz aussetzen müssen.

Ihre Lippen verzogen sich zu einem verächtlichen Lächeln. *Na, Callie, das beweist ja wohl, dass diese Liste ein einziges Hirngespinst ist.* Sie tanzte so furchtbar gern, schon immer. Als Kind hatte sie sich oft aus ihrem Zimmer geschlichen, um einen Blick auf die Gesellschaften zu werfen, die ihre Eltern veranstalteten. Hoch über dem Ballsaal hatte sie sich im Takt der Musik gewiegt und gedreht und sich vorgestellt, ihr Nachthemd sei ein ebenso prächtiges Ballkleid wie diejenigen, die unter ihr durch den Ballsaal wirbelten. Zu tanzen war das Einzige, worauf sie sich in ihrer ersten Saison gefreut hatte, doch je älter sie wurde, desto seltener wurde sie aufgefordert. Sie hatte schon seit … nun, seit langer Zeit keinen Kontretanz mehr getanzt. Seit viel zu langer Zeit.

In der Dunkelheit gestand sie sich ein, dass die Zeit, die sie wartend am Rand von Ballsälen verbracht hatte, nicht spurlos an ihr vorübergegangen war. Sie hasste ihr Dasein als Mauerblümchen, aber es war ihr nie gelungen, daraus auszubrechen. Und in den zehn Jahren, die seit ihrem Debüt vergangen waren, hatte sie sich so in ihrer Rolle als Beobachterin der vornehmen Welt eingerichtet, dass sie sich gar nicht mehr vorstellen konnte, im Mittelpunkt dieser Welt zu stehen. Natürlich würde es auch *niemals* so weit kommen. Frauen, die im Mittelpunkt des *ton* standen, waren schön. Und Callie war zu unscheinbar, zu rundlich, zu langweilig, um als schön zu gelten. Sie blinzelte die Tränen zurück und schrieb den nächsten Punkt nieder.

Wenigstens einmal als schön betrachtet zu werden.

Dies war der unwahrscheinlichste Punkt auf ihrer Liste … sie konnte sich an einen einzigen Moment erinnern, einen einzigen flüchtigen Augenblick, als sie diesem Ziel nahegekommen zu sein schien. Aber wenn sie nun an jenen lang zurückliegenden Abend dachte, an dem der Marquess of Ralston ihr das Gefühl gegeben hatte, sie sei schön, war Callie überzeugt, dass er sie nicht so gesehen hatte. Nein, er war einfach ein Mann, der sich nach Kräften bemüht hatte, ein junges Mädchen aufzumuntern, damit er selbst zu seinem mitternächtlichen Stelldichein kam. Aber in diesem Augenblick hatte sie dank seiner Worte geglaubt, schön zu sein. Wie eine Kaiserin hatte sie sich gefühlt. Wie sehr sie sich gewünscht hatte, wieder dieses junge Mädchen zu sein, wie sehr sie sich gewünscht hatte, sich wieder wie Calpurnia zu fühlen.

Natürlich war das unmöglich. Es war albern, nur daran zu denken.

Seufzend stand Callie auf, faltete das Papier und steckte es ins Mieder ihres Kleids. Dann stellte sie Tinte und Federkiel beiseite, löschte die Kerze und ging zur Tür. Gerade als sie die Bibliothek verlassen und nach oben gehen wollte, hörte sie von draußen ein Geräusch – leise und fremd.

Sie öffnete die Tür – nur einen Spaltbreit – und linste in den dunklen Flur hinaus, mit zusammengekniffenen Augen, um vielleicht doch irgendetwas zu erkennen. Vergeblich, es war so dunkel, dass sie nichts sehen konnte. Allerdings stand fraglos fest, dass sie nicht allein war: Durch den Türspalt drang leises Kichern an ihr Ohr.

„Du bist so schön heute Abend. Vollkommen. Mein Allendale-Engelchen."

„Solche Sachen musst du ja sagen … um deiner gerade Frischverlobten zu schmeicheln."

„Meine Verlobte." Die Ehrfurcht in seinem Ton war unmissverständlich. „Meine zukünftige Duchess ... meine Liebste ..."

Die Worte verklangen, eine Frau seufzte, und Callie schlug die Hand vor den Mund, um das schockierte Lachen zurückzudrängen, das ihr zu entschlüpfen drohte, als ihr klar wurde, dass das dort draußen Mariana und Rivington waren. Sie erstarrte einen Augenblick und blickte wild um sich, ungewiss, was sie als Nächstes tun sollte. Sollte sie leise die Tür schließen und warten, bis sie gegangen waren? Oder sollte sie so tun, als überraschte sie die beiden zufällig, um das geheime Stelldichein zu unterbinden?

Ihre Gedanken wurden durch ein Aufkeuchen unterbrochen. „Nein! Wir werden noch erwischt!"

„Und dann?", ertönte die Antwort mit einem männlichen Lachen.

„Dann wirst du mich wohl heiraten müssen, Euer Gnaden."

Callie riss die Augen auf, als sie die erstaunliche Sinnlichkeit in der Stimme ihrer kleinen Schwester hörte. Seit wann war Mariana eine Verführerin?

Rivington stöhnte in der Dunkelheit auf. „Hauptsache, ich bekomme dich so schnell wie möglich in mein Bett."

Diesmal lachte Mariana, völlig unangemessen. Und dann wurde es still, und das Schweigen wurde nur hin und wieder vom Geräusch von Lippen und Seide auf Haut durchbrochen.

Callie blieb der Mund offen stehen. Ja, sie sollte die Tür wirklich zumachen.

Warum tat sie es dann nicht?

Weil es nicht gerecht war.

Es war einfach nicht gerecht, dass ihre kleine Schwester – die so lang zu ihr aufgesehen hatte, die sich so lange Jahre immer an sie gewandt hatte, wenn sie Rat, Führung oder Freundschaft brauchte – nun diese erstaunliche neue Welt der Liebe erlebte.

Marianas Debüt war ein rauschender Erfolg gewesen, sie hatte als die *belle* der Saison gegolten, und Callie war furchtbar stolz auf sie gewesen. Und als Mariana Rivingtons Aufmerksamkeit erregt hatte, der besten Partie des *tons*, hatte Callie sich mit ihrer kleinen Schwester gefreut.

Callie freute sich *wirklich* für Mariana.

Aber wie lange konnte sie noch fröhlich danebenstehen, während Mariana das Leben führte, das Callie immer für sich selbst ersehnt hatte? Alles würde sich verändern. Mariana würde all das tun, was Callie nie getan hatte. Sie würde heiraten, Kinder bekommen, einen Haushalt führen und alt werden in den Armen eines Mannes, der sie liebte. Und Callie würde hier in Allendale House bleiben, eine alte Jungfer.

Bis Benedick eine Frau gefunden hat. Dann wird man mich aufs Land schicken. Allein.

Callie schluckte die Tränen hinunter, wollte angesichts von Marianas Glück nicht in Selbstmitleid versinken. Sie trat zur Tür, um sie zu schließen und die Liebenden in Ruhe zu lassen.

Bevor sie dazu kam, sagte Mariana jedoch atemlos: „Nein, Rivington, das könnten wir nicht. Meine Mutter würde uns beide auspeitschen, wenn wir ihr die Hochzeit verderben würden."

Rivington stöhnte leise. „Sie hat doch noch zwei Kinder."

„Ja, aber ..." Eine kurze Pause trat ein, und Callie brauchte ihre Schwester nicht einmal anzusehen, um ihre Gedanken zu lesen. *Wie hoch ist denn die Wahrscheinlichkeit, dass einer von beiden demnächst heiratet?*

„Benedick wird heiraten", erklärte Rivington. In seiner Stimme schwang Belustigung. „Er wartet einfach bis zum letzten Moment."

„Wegen Benedick mache ich mir auch keine Sorgen."

„Mariana, wir haben doch schon darüber gesprochen. Sie ist auf Fox Haven willkommen."

Empört riss Callie den Mund auf, als der Name von Rivingtons Landsitz fiel. Sie? Meinten sie etwa sie selbst? Sie hatten über ihr Schicksal gesprochen? Als wäre sie ein Waisenkind, um das man sich kümmern musste?

Als wäre sie eine x-beliebige unverheiratete Frau ohne jegliche Zukunftsaussichten.

Was sie natürlich war.

Und so schloss sie den Mund wieder.

„Bestimmt gibt sie eine wunderbare Tante ab“, fügte Rivington hinzu.

Na wunderbar. Schon reicht er die Erben der Herzogswürde an die unverheiratete Tante weiter.

„Sie hätte eine wunderbare Mutter abgegeben“, sagte Mariana, und die eindringlich geäußerten Worte entlockten Callie ein schwaches Lächeln. Sie versuchte den Konjunktiv zu überhören, als ihre Schwester hinzufügte: „Ich wünschte nur, dass ihr dasselbe Glück beschieden gewesen wäre wie uns. Sie hätte es wirklich verdient.“

Rivington seufzte. „Das stimmt. Aber dazu müsste Callie auch mit beiden Händen nach diesem Glück greifen. Wenn sie weiterhin so …“, er hielt inne, suchte nach dem richtigen Wort, und Callie beugte sich noch ein Stückchen vor, um besser hören zu können – so weit, dass sie vornüberzukippen drohte, „… wenn sie weiterhin einfach so abwartet, wird sie es nie dazu bringen.“

Abwartet?

Im Geiste sah Callie vor sich, wie Mariana zustimmend nickte. „Callie bräuchte ein Abenteuer. Natürlich würde sie nie so weit gehen, eines zu suchen.“

Darauf trat eine lange Pause ein, während ihre Worte – die vollkommen ohne Bosheit geäußert worden waren – auf Callie einwirkten, sie mit ihrer Schwere zu ersticken drohten. Und plötzlich bekam sie keine Luft mehr, und ihr Gesicht war von Tränen überströmt.

„Vielleicht wünschst du dir ja auch ein Abenteuer, meine Schöne.“ Rivingtons Ton hatte wieder diese sinnliche Note angenommen, und das Kichern, mit dem Mariana darauf reagierte, war für Callie plötzlich unerträglich. Leise schloss sie die Tür, um es nicht mehr hören zu müssen.

Wenn sie doch nur auch jegliche Erinnerung an ihre Worte

hätte ausschließen können.

Abwarten. Was für ein schreckliches Wort. Was für ein schreckliches Gefühl. Jemand, der einfach abwartet, unattraktiv und langweilig, bestimmt für ein fades, gesetztes, absolut uninteressantes Leben. Sie drängte die Tränen zurück, lehnte die Stirn an die kühle Mahagonitür und überlegte bang, ob sie sich tatsächlich gleich würde übergeben müssen.

Um sich zu beruhigen, atmete sie ein paarmal tief durch – das Zusammenspiel von Sherry und heftigen Gefühlen drohte sie beinahe zu überwältigen.

Sie wollte diese Frau nicht sein – die Frau, von der die beiden gesprochen hatten. Es hatte nie in ihrer Absicht gelegen, zu dieser Frau zu werden. Irgendwie war es jedoch passiert … irgendwie war sie vom Weg abgekommen und hatte sich für dieses langweilige, gesetzte Leben entschieden statt für ein anderes, riskanteres.

Und nun stand ihre Schwester kurz davor, durch eigenes Zutun ruiniert zu werden, während sie selbst noch nicht einmal geküsst worden war.

Das ließ eine alte Jungfer schon mal zur Flasche greifen.

Nur dass sie das an diesem Abend bereits oft genug getan hatte.

Das ließ eine alte Jungfer *aktiv* werden.

Entschlossen griff sie in ihr Mieder und holte das gefaltete Stück Papier heraus, das sie vor wenigen Minuten dort verborgen hatte. Während sie das zerdrückte Papier betastete, überlegte sie, was sie nun tun sollte.

Sie konnte zu Bett gehen, sich in Tränen und Sherry ertränken und den Rest ihres Lebens bedauern, dass sie nichts unternommen hatte und – schlimmer noch – dass die Menschen in ihrem Umfeld glaubten, sie hätte einfach nur abgewartet.

Sie konnte sich allerdings auch ändern.

Sie konnte ihre Liste in die Realität umsetzen.

Jetzt. Noch heute Abend.

Sie strich sich eine Locke aus der Stirn und wurde sich dabei wieder bewusst, dass sie kein Spitzenhäubchen mehr trug.

Heute Abend. Sie würde mit einem Punkt anfangen, der eine Herausforderung darstellte. Mit einem Punkt, der sie unwiederbringlich auf diesen neuen, kühnen, vollkommen Callie-untypischen Pfad führte.

Noch einmal atmete sie tief durch, öffnete die Tür und trat in den dunklen Flur von Allendale House. Inzwischen war ihr gleichgültig, ob sie auf Mariana und Rivington stieß. Tatsächlich fiel ihr kaum auf, dass die beiden verschwunden waren.

Ohnehin hatte sie keinen weiteren Gedanken für sie, als sie die breite Marmortreppe zu ihrem Schlafzimmer hinaufeilte. Sie musste sich umziehen.

Lady Calpurnia wollte ausgehen.

3. KAPITEL

Callie sah der Droschke nach, als diese auf der dunklen Straße davonfuhr und sie vollkommen allein zurückließ.

Sie seufzte etwas erschrocken auf, als das Hufgetrappel in der Ferne verklang und sie nur noch ihr stürmisch pochendes Herz und das Blut in den Ohren hörte. Sie hätte auch mit dem Whisky anfangen können. Auf jeden Fall hätte sie *nie* so viel Sherry trinken dürfen.

Wenn sie den Abend enthaltsam verbracht hätte, stünde sie nun gewiss nicht hier, vor dem Stadthaus eines der berüchtigtsten Lebemänner von ganz London, ganz allein und mitten in der Nacht. *Was habe ich mir nur dabei gedacht?*

Offenbar hatte sie sich gar nichts dabei gedacht – ganz und gar nichts.

Einen flüchtigen Augenblick erwog sie, zurück zur Hauptstraße zu gehen und sich die nächste Droschke zu nehmen, doch gleich darauf erkannte sie, dass ihr Ruf vollkommen zerstört wäre, wenn sie dabei entdeckt würde.

„Dafür reiße ich Benedick den Kopf ab", murmelte sie vor sich hin und zog sich die Kapuze ihres dunklen Mantels tiefer in die Stirn. „Mariana auch." Natürlich waren es weder Benedick noch Mariana gewesen, die sie gezwungen hatten, in die Droschke zu steigen und ihre Sicherheit und ihren guten Ruf zu riskieren. Das hatte sie sich ganz allein selbst zu verdanken.

Also atmete sie tief durch und akzeptierte die Wahrheit … sie hatte sich in eine unhaltbare Situation gebracht, sie stand kurz vor dem absoluten Ruin, und ihre beste Chance, die Sache heil zu überleben, lag innerhalb von Ralston House. Bei dem Gedanken verzog sie das Gesicht.

Ralston House. Lieber Gott. Was hatte sie getan?

Sie musste hineingehen. Etwas anderes blieb ihr gar nicht übrig. Schließlich konnte sie nicht die ganze Nacht auf der Straße stehen bleiben. Wenn sie erst einmal im Haus war, würde sie den Butler bitten, ihr eine Droschke zu besorgen, und wenn alles gut ging, läge sie binnen einer Stunde im Bett. Er würde sich verpflichtet fühlen, ihr zu helfen. Schließlich war sie eine Dame. Selbst wenn ihr Verhalten an diesem Abend nicht recht dazu passen wollte.

Und wenn Ralston selbst ihr die Tür öffnete?

Callie schüttelte den Kopf. Erstens ging ein Marquess nicht selbst an die Tür. Zweitens war es höchst unwahrscheinlich, dass dieser spezielle Marquess um diese Zeit zu Hause war. Vermutlich trieb er sich irgendwo mit einer Geliebten herum. Ein Bild flackerte vor ihrem inneren Auge auf, das einer zehn Jahre alten Erinnerung entstammte: von ihm in heißer Umarmung mit einer atemberaubend schönen Frau.

Ja. Sie hatte einen schrecklichen Fehler begangen. Nun würde sie einfach so schnell wie möglich entfliehen müssen.

Sie straffte die Schultern und ging auf den imposanten Eingang von Ralston House zu. Kaum hatte sie den Türklopfer fallen lassen, als die große Eichentür aufschwang und einen altersgebeugten Butler offenbarte, der nicht im Mindesten überrascht schien, vor dem Haus seines Brotgebers eine junge Frau zu entdecken. Er trat zur Seite, um sie hereinlassen, und schloss die Tür hinter ihr, während sie sich in der warmen, einladenden Eingangshalle zum Londoner Stadthaus des Marquess of Ralston umsah.

Ohne nachzudenken, begann sie, die Kapuze zurückzuschieben, erkannte dann aber, dass die Sache leichter für sie wäre, wenn sie nicht erkannt werden konnte. Sie widerstand dem Impuls und sagte zu dem Dienstboten: „Vielen Dank."

Der Butler verneigte sich ehrerbietig und schlurfte zu der breiten Treppe, die in die oberen Regionen des Hauses führte. „Wenn Sie mir bitte folgen möchten?"

Folgen wohin? Callie erholte sich rasch von ihrer Überraschung. „Oh, ich hatte nicht die Absicht …" Sie hielt inne, da sie nicht recht wusste, wie sie den Satz beenden sollte.

Der Butler blieb am Fuß der Treppe stehen. „Gewiss nicht,

Madam. Es macht keine Mühe. Ich begleite Sie einfach an Ihr Ziel.“

„Mein … mein Ziel?“, fragte Callie zutiefst verwirrt und blieb abrupt stehen.

Der Butler räusperte sich. „Das obere Stockwerk, Madam.“

„Das obere Stockwerk.“ Allmählich fand sie selbst, dass sie wie ein Dummkopf klang.

„Dort hält Seine Lordschaft sich im Moment auf.“ Der Butler warf ihr einen neugierigen Blick zu, als stellte er ihre Geisteskräfte infrage, und wandte sich dann zur Treppe, um den Weg in den ersten Stock anzutreten.

„Seine Lordschaft.“ Callie sah dem Butler nach, während ihr allmählich die Wahrheit dämmerte. Ihre Augen wurden groß wie Untertassen. Lieber Himmel. Er hielt sie für eine Dirne! Auf diese schockierende Erkenntnis folgte rasch die nächste: Der Butler hielt sie für *Ralstons* Dirne. Was bedeutete, dass Ralston *hier* war. Im Haus.

„Ich bin keine …“ Ihre Worte verklangen.

„Natürlich nicht, Madam.“ Sein Ton war höflich und gemessen, doch sie hatte das Gefühl, als hätte er dieselben Worte schon von zahllosen anderen Frauen gehört. Frauen, die sich nur um der Schicklichkeit willen unschuldig gaben.

Sie musste hier raus.

Es sei denn …

Nein. Sie erstickte die leise Stimme. Kein *„Es sei denn“*. Ihr Ruf hing an einem seidenen Faden. Es wäre sicherer für sie, auf den dunklen Straßen Londons mutterseelenallein auf eine Droschke zu warten, als diesem altersgebeugten Butler Gott weiß wohin zu folgen.

In Ralstons Privatgemächer.

Bei dem Gedanken hätte Callie sich beinahe verschluckt. Sie würde nie wieder Sherry trinken.

„Madam?“ In dem so höflich geäußerten Wort lag eine unausgesprochene Frage. Würde Callie dem Butler folgen?

Dies war ihre Chance. Ob töricht oder nicht, jetzt hatte sie

Gelegenheit, das zu tun, was sie sich erhofft hatte, als sie sich aus dem Haus geschlichen und eine Droschke angehalten hatte. Sie hatte Ralston sehen wollen – um zu beweisen, dass sie über Mut und Abenteuerlust verfügte. Und hier stand sie nun, ihr Ziel in greifbarer Nähe.

Dies ist deine Chance zu beweisen, dass du nicht nur einfach abwartest.

Sie schluckte und starrte stumm zu dem alten Mann empor. Also gut. Sie würde ihm folgen. Und sie würde Ralston bitten, ihr zu helfen, nach Hause zu kommen. Es wäre peinlich, aber er würde ihr sicher helfen. Musste er doch. Sie war die Schwester eines Earls, und er war ein Ehrenmann.

Hoffte sie.

Vielleicht aber auch nicht. Bei dem Gedanken überlief sie ein heißer Schauer.

Sie schob ihn beiseite und stieß ein stummes Dankesgebet aus, weil sie daran gedacht hatte, ihr schönstes Kleid anzuziehen, bevor sie sich auf den Weg machte. Nicht dass Ralston das lavendelblaue Seidenkleid sehen würde, das sie unter ihrem schlichten schwarzen Reisemantel trug – sie hatte gewiss nicht die Absicht, ihm zu offenbaren, wer sie war, es sei denn, dass dies der letzte Ausweg war – aber das Bewusstsein, ihr schönstes Kleid zu tragen, gab ihr Auftrieb. Sie lüpfte den Rock und setzte den Fuß auf die erste Stufe.

Auf dem Weg nach oben hörte Callie von Weitem gedämpfte Musik. Die Klänge wurden lauter, als der Butler sie gemessenen Schrittes einen langen, schwach erleuchteten Korridor entlangführte. Vor einer großen Mahagonitür, hinter der die Musik hervorperlte, blieb er stehen. Einen Augenblick machte Callies Nervosität blanker Neugier Platz.

Der Butler klopfte zweimal, und dann ertönte ein lautes, klares „Herein". Er öffnete die Tür, trat jedoch nicht über die Schwelle. Stattdessen machte er einen Schritt zur Seite, um Callie allein eintreten zu lassen, was sie auch tat, zögernd.

Die Tür fiel hinter ihr ins Schloss. Sie stand in der Höhle des

Löwen, in einer Wolke aus Schatten und Musik.

Der große Raum war kaum erleuchtet, nur ein paar wenige Kerzen spendeten ruhiges, anheimelndes Licht. Auch ohne die tiefen Schatten war dies der maskulinste Raum, den sie je gesehen hatte – er war ganz in dunklem Holz und satten, erdigen Farben gehalten. Die Wände waren mit weinroter Seide bespannt, auf dem Boden lag ein riesiger Webteppich, der nur aus dem Orient stammen konnte. Die Möbel waren groß und repräsentativ – an zwei Wänden streckten sich vollgestopfte Bücherregale empor. Vor der dritten Wand stand ein ausladendes Mahagonibett, das mit mitternachtsblauem Stoff verhüllt war. Als ihr Blick darauf fiel, musste sie an ihren Tagtraum von Odysseus und Penelope denken – das Bett hatte anders ausgesehen, war aber ebenso verlockend gewesen.

Callie schluckte nervös, wandte den Blick von dem skandalträchtigen Möbelstück ab und schaute stattdessen auf den Hausherrn, der am anderen Ende des Raums mit dem Rücken zur Tür an einem Pianoforte saß. Bisher war sie nicht auf die Idee gekommen, dass ein Pianoforte in einem anderen Raum als dem Musikzimmer oder dem Ballsaal stehen könnte – jedenfalls nicht in einem Schlafzimmer. Er hatte sich bei ihrem Eintritt nicht vom Piano abgewandt, sondern hob eine Hand, um jede Unterbrechung zu unterbinden, die ihn in seinem Spiel hätte stören können.

Das Stück, das er spielte, klang dunkel und melodisch, und Callie war sofort gefangen von der Mischung aus technischer Begabung und Gefühl. Sie sah ihm zu, wie gebannt von seinen Unterarmen, deren sehniges Muskelspiel von den lässig hochgekrempelten Hemdsärmeln offenbart wurde, von seinen kraftvollen Händen, die über die Tasten tanzten, von der Rundung seines Nackens, als er sich in tiefer Konzentration über das Instrument beugte.

Nachdem er das Stück beendet hatte und die letzten Noten verklungen waren, hob er den Kopf und blickte zur Tür. Dabei sah Callie die langen muskulösen Beine, die in hautengen Kniehosen und kniehohen Stiefeln steckten; das Stückchen Haut, welches sein Hemd offenbarte, das er mit offenem Kragen und ohne Krawattentuch und Weste trug, die mächtigen Schultern, als er sich auf dem Stuhl rekelte.

Als er sie bemerkte, war ihm seine Überraschung nur daran anzusehen, wie er kaum wahrnehmbar die Augen zusammenkniff, um im düsteren Licht zu erkennen, wer sein Besuch war. Nie war sie dankbarer für ihren Kapuzenmantel gewesen als in diesem Augenblick. Ralston stand auf und verschränkte die Arme.

Einem ungeschulten Auge wäre diese Haltung lässig erschienen, doch Callies langjährige Beobachtung der Londoner Gesellschaft hatte ihre Wahrnehmung geschärft: Er wirkte plötzlich irgendwie steif, angespannt, seine Armmuskeln traten straff hervor. Er war nicht erfreut, Besuch zu bekommen. Zumindest keinen weiblichen.

Sie öffnete den Mund, um etwas zu sagen, um sich für ihr Eindringen zu entschuldigen, um zu entfliehen, doch er kam ihr zuvor. „Ich hätte mir ja denken können, dass du es nicht hinnehmen würdest, wenn ich unsere Verbindung beende. Allerdings überrascht es mich doch, dass du die Dreistigkeit besitzt, mich hier aufzusuchen."

Überrascht schloss Callie den Mund, während er fortfuhr. Sein Ton war entschlossen, seine Worte kalt. „Ich wollte das nicht schwieriger machen als nötig, Nastasia, aber anscheinend bist du nicht bereit, meine Entscheidung zu akzeptieren. Es ist vorbei."

Lieber Himmel. Er hielt sie für eine verflossene Geliebte! Zugegeben, sie präsentierte sich nicht gerade als vornehme junge Dame, schließlich war sie mitten in der Nacht ungebeten auf seiner Türschwelle erschienen, aber das war wirklich zu viel! Sie sollte ihn korrigieren.

„Nichts zu sagen, Nastasia? Na, das will aber nicht recht zu dir passen, oder?"

Zu schweigen erforderte andererseits sehr viel weniger Mut,

als sich diesem imposanten Mann zu offenbaren.

Er stieß einen verärgerten Seufzer aus; offenbar missfiel ihm die Einseitigkeit ihrer Unterhaltung. „Ich glaube, ich habe mich nach der Beendigung unserer Vereinbarung überaus großzügig gezeigt, Nastasia. Du darfst das Haus behalten, den Schmuck, die Kleider – ich habe dir mehr als genug Köder gelassen, damit du deinen nächsten Kunden schnappen kannst, findest du nicht?"

Callie schnappte nach Luft, empört darüber, dass er eine Liebesaffäre so herzlos und unbekümmert beenden konnte.

Ihre Reaktion entlockte dem Marquess ein humorloses Lachen. „Es besteht keinerlei Grund, die schockierte Miss zu spielen. Wir wissen doch beide, dass dir die Naivität schon vor Langem abhandengekommen ist." Mit kühlem, unbewegtem Ton verabschiedete er sie. „Du findest ja allein hinaus." Er setzte sich wieder ans Klavier, kehrte ihr den Rücken zu und begann zu spielen.

Callie hätte nie gedacht, dass sie sich einmal in eine der Kurtisanen würde einfühlen können, die sich als die Geliebten des Adels an den Rändern des *tons* herumdrückten, aber sie kam nicht umhin, sich anstelle der betreffenden Dame gekränkt zu fühlen. Und dabei hatte sie Ralston für einen so großartigen Mann gehalten!

Mit geballten Fäusten stand sie da, ein Bild weiblicher Entrüstung, und fragte sich, was sie nun tun sollte. Nein … was sie tun *sollte*, wusste sie längst. Sie sollte diesen Raum, dieses Haus umgehend verlassen. Sie sollte in ihr stilles, ruhiges Leben zurückkehren und ihre alberne Liste vergessen. Aber das war eben nicht das, was sie tun *wollte*.

Was sie tun *wollte*, das war, diesem Mann eine Lektion zu erteilen. Und ihr Zorn verlieh ihr den Mut zu bleiben.

Ohne aufzusehen, sagte er: „Ich möchte dich bitten, die Situation nicht noch unangenehmer zu machen, als du es ohnehin schon getan hast, Nastasia."

„Ich fürchte, die Situation kann nur noch unangenehmer werden, Mylord."

Er fuhr zu ihr herum und sprang auf. Wenn sie nicht so verärgert gewesen wäre, hätte sie das überaus unterhaltsam gefunden. „Sie müssen wissen, dass ich nicht die bin, für die Sie mich offenbar halten."

Sie musste den Hut vor ihm ziehen; seine Überraschung machte fast umgehend verschlossener Selbstbeherrschung Platz. „Offenkundig nicht, Miss ..." Abwartend hielt er inne, damit sie sich vorstellen konnte. Nach langer Stille fuhr er fort: „Anscheinend sind Sie mir gegenüber im Vorteil."

„Das will mir auch so scheinen." Callie war schockiert von ihrer eigenen Keckheit.

„Kann ich Ihnen in irgendeiner Weise behilflich sein?"

„Das hatte ich ursprünglich gehofft. Nachdem ich aber hören musste, wie Sie sich gegenüber den Frauen in Ihrem Leben verhalten, bin ich zu dem Schluss gekommen, dass ich mich nicht zu ihnen gesellen möchte."

Bei diesen Worten hob sich eine seiner dunklen Augenbrauen. Callie nahm dies als ihr Stichwort zur Flucht. Ohne ein weiteres Wort drehte sie sich um und legte die Hand auf den Türknauf. Sie hatte die Tür erst einen Spaltbreit geöffnet, als eine große, starke Hand über ihre Schulter griff und die Tür zudrückte. *Lieber Himmel ... das war aber schnell.* Mit beiden Händen zog sie am Türknauf, doch war sie Ralstons Kraft nicht gewachsen: Sicher hielt er die Tür zu – mit nur einem Arm.

„Bitte", sagte sie im Flüsterton, „lassen Sie mich gehen."

„Sie reden ja, als hätte ich Sie hierhergebracht, Madam. Dabei ist das Gegenteil der Fall: Sie sind in mein Haus eingedrungen. Finden Sie nicht, dass Sie mir wenigstens sagen sollten, wer Sie sind?" Er sprach leise, ganz nah an ihrer Kapuze, und zitternde Panik überkam sie. Nur wenige Zoll trennten sie von ihm – wenn er ein winziges Stück näher kam, würde er sie berühren. Beinahe fühlte es sich schon so an, seine Nähe verströmte eine Hitze, die ihre Sinne zu überwältigen drohte. Callie starrte auf den Türrahmen und fragte sie sich, wie sie ihrem Schicksal entrinnen sollte.

Sie hatte diese Eskapade als Calpurnia angefangen. Sie konnte jetzt nicht einfach aufgeben. „Wir …" Sie räusperte sich und fing noch einmal an: „Wir sind uns schon einmal begegnet, Mylord."

„Sie können nicht erwarten, dass ich mich daran erinnere, Madam, wenn Sie dick vermummt zu mir kommen." Er zupfte an ihrem Ärmel, strich ihr dabei aus Versehen über den Handrücken. Bei der Berührung sog sie hörbar die Luft ein. Sein Ton wurde schmeichelnd. „Kommen Sie, glauben Sie wirklich, ich lasse Sie wieder gehen, ohne herauszufinden, mit wem ich es zu tun habe? Sie sind schon zu weit gegangen."

Natürlich hatte er recht damit, wie Callie sich sofort eingestand. Sie atmete tief durch, ließ den Türknauf los und drehte sich langsam um. Er löste die Hand von der Tür und trat einen Schritt zurück, während sie sich die Kapuze vom Kopf zog und sich zu erkennen gab. Bei ihrem Anblick legte er den Kopf ein wenig schief, als versuchte er sie einzuordnen. Dann erkannte er sie, und er trat noch einen Schritt zurück, unfähig, seine Überraschung und Verwirrung zu verbergen. „Lady Calpurnia?"

„Genau die." Sie schloss die Augen. Ihre Wangen brannten, und ihr war vor Reue ganz übel. Sie würde dieses Haus nie verlassen.

Er stieß ein freudloses kleines Lachen aus. „Ich muss zugeben, ich wäre nie im Leben darauf gekommen, dass es sich bei meiner nächtlichen Besucherin um Sie handeln könnte. Geht es Ihnen auch wirklich gut?"

„Ich versichere Ihnen, ich bin keineswegs verrückt geworden, selbst wenn es den Anschein hat. Zumindest glaube ich das."

„Verzeihen Sie die Frage, aber was um alles in der Welt tun Sie hier?" Plötzlich schien er zu bemerken, wo sie sich befanden. „Das ist kein passender Ort für eine Dame. Ich empfehle, dass wir diese Unterhaltung an einem … annehmbareren Ort fortführen." Er wies mit ausladender Geste auf den Raum und streckte denn die Hand nach der Tür aus.

Callie legte keinen Wert darauf, diese katastrophale Begegnung unnötig in die Länge zu ziehen. Sie trat zur Seite, damit sein Arm sie nicht streifte, und wich dann noch ein wenig weiter zurück, um den Abstand zwischen ihnen deutlich sichtbar zu vergrößern. „Unsinn, Mylord. Ich halte es für absolut unnötig, diese Unterhaltung überhaupt weiterzuführen. Ich habe mich unter recht … merkwürdigen … Umständen nach Ralston House verirrt, und ich finde, es wäre das Beste, wenn wir einfach vergessen, dass es je passiert ist. Das dürfte ja wohl nicht so schwierig sein, denke ich.“ Sie setzte ein strahlendes Lächeln auf und zupfte dabei an einer Quaste ihres Mantels herum.

Ralston nahm ihre Worte in sich auf, schwieg aber, ließ zu, dass die Stille sich ausdehnte. Callies Blick huschte unstet im Raum herum, versuchte stets, ihn zu meiden. Er bemerkte ihre Nervosität. Es dauerte nicht lange, bis sich seine Überraschung und Verwirrung in Neugier verwandelten, und so nahm er eine weniger bedrohliche Haltung ein und lehnte sich lässig an die Wand. „Da bin ich mir keineswegs sicher, Mylady. Frauen, die mich in meinem Schlafzimmer aufsuchen, vergesse ich keineswegs so schnell, auch wenn Sie da anderer Ansicht sein mögen.“ Heiße Röte stieg ihr in die Wangen. Er fuhr fort: „Was führt Lady Calpurnia Hartwell mitten in der Nacht zu mir? Offen gesagt, scheinen Sie mir nicht zu diesem Typ Frau zu gehören.“

Callie rang nach einer Antwort. „Ich … war … gerade in der Nähe.“

„Mitten in der Nacht.“

„Ja. Ich stand plötzlich … vor Ihrer Tür … und brauchte eine Droschke, die mich nach Hause bringt.“

„Vor meiner Tür.“ Sein trockener Ton verriet, dass er ihr kein Wort glaubte.

„Allerdings.“ Vielleicht würde er nicht weiter auf eine Erklärung dringen, wenn sie sich nur standhaft genug zeigte.

„Wie konnte es denn geschehen, dass Sie plötzlich vor meiner Tür standen und eine Kutsche brauchten?“ Als sie die lässige Neugier in seiner Stimme hörte, biss sie die Zähne zusammen.

„Ich würde es vorziehen, nicht darüber zu sprechen“, erklärte sie, wandte den Blick ab und versuchte, ihn mit purer Gedankenkraft von diesem Thema abzubringen. Kurzes Schweigen trat ein, und einen Augenblick dachte sie, dass er sich mit ihrer ausweichenden Antwort zufriedengäbe.

Aber hier irrte sie.

Er verschränkte die Arme arrogant vor der Brust und verlieh seinem Ton eine Note amüsierter Ungläubigkeit. „Und dann dachten Sie sich natürlich, dass es sicherer wäre, bei mir anzuklopfen, statt die nächste Droschke anzuhalten."

Wenn schon, denn schon. „Allerdings, Mylord. Schließlich sind Sie ein Mitglied des Hochadels."

Er schnaubte. Ihr empörter Blick traf seinen spöttischen. „Sie glauben mir nicht?"

„Kein Wort." Er musterte sie scharf. „Erzählen Sie mir doch einfach die Wahrheit."

Sie senkte den Blick, suchte verzweifelt nach einer anderen Lüge, die sie ihm erzählen könnte, nach *irgendetwas*, was sie aus dieser Lage befreien könnte.

Er schien ihre Gedanken lesen zu können. „Lady Calpurnia."

„Mir wäre es lieber, wenn Sie Callie zu mir sagten", sagte sie eilig.

„Gefällt Ihnen Calpurnia nicht?" Sein Ton verriet flüchtige Neugier.

Sie schüttelte den Kopf und wich seinem Blick aus.

„Callie ...", schmeichelte er mit tiefer, samtiger Stimme. Sie war sich sicher, dass er diesen Tonfall immer dann einsetzte, wenn er von einer Frau etwas wollte. Es hätte sie nicht überrascht, wenn sie entdeckt hätte, dass es stets funktionierte. „Warum sind Sie hier?"

Und dann beschloss sie – ob aus Feigheit oder Mut oder weil sie zu viel Sherry getrunken hatte, würde sie nie erfahren –, ihm die Wahrheit zu sagen. Noch schlimmer konnte dieser Abend ja nicht werden.

Im Flüsterton verkündete sie: „Ich bin hergekommen, um Sie zu bitten, mich zu küssen."

Diese Antwort hatte er nicht erwartet. Die schüchternen Worte, kaum zu hören in dem stillen Raum, überraschten ihn. Einen Augenblick glaubte er, sie falsch verstanden zu haben, aber die tiefe Röte, die ihr Gesicht überzog, überzeugte ihn, dass er von Lady Calpurnia Hartwell jetzt in diesem Augenblick wirklich und wahrhaftig ein unmoralisches Angebot bekommen hatte.

Der Abend hatte ganz harmlos begonnen. Er hatte alle Einladungen ausgeschlagen und mit seinen Geschwistern zu Abend gegessen – Juliana war erst kürzlich zu ihnen gekommen. Danach hatte er sich auf sein Zimmer zurückgezogen, in der Hoffnung, dass er in der Abgeschiedenheit seiner Privaträume am Pianoforte Zerstreuung finden würde. Irgendwann hatte es funktioniert, und er hatte sich in seiner Musik verloren.

Bis ein Klopfen an die Tür Lady Calpurnias Ankunft angezeigt hatte. Jetzt musterte er sie ganz offen: Sie war nicht unattraktiv – etwas rundlich und unscheinbar, aber das lag wohl hauptsächlich an ihrem schlichten schwarzen Mantel. Sie hatte volle Lippen, einen makellosen Teint und große, wunderschöne Augen, die vor Emotionen blitzten. Er fragte sich kurz, welche Farbe sie wohl hatten, ehe er sich zwang, sich auf die vorliegende Sache zu konzentrieren.

Offenbar war dies das erste Mal, dass sie etwas so Dreistes tat – etwas so Abenteuerliches; wenn er sich ihres blütenreinen Rufs nicht schon bewusst gewesen wäre, hätte er es aus ihrem deutlich spürbaren Unbehagen geschlossen. Die kleine Calpurnia Hartwell, die er nur vom Sehen kannte, aus all den Jahren, die sie am Rand von Ballsälen und Salons verbracht hatte, war ein Mauerblümchen erster Güteklasse.

Ihr Benehmen an diesem Abend war allerdings nicht sehr mauerblümchenhaft.

Er beobachtete sie ruhig, ohne sich anmerken zu lassen, was er dachte. Sie wich seinem Blick aus, sah angelegentlich auf ihre gefalteten Hände hinab und linste immer wieder zur Tür, wie um ihre Fluchtmöglichkeiten abzuschätzen. Unwillkürlich überkam ihn ein warmes Gefühl für sie, diese kleine Maus, die sich offensichtlich in einer Situation wiederfand, die weit außerhalb ihrer Erfahrung lag.

Er könnte sich wie ein Gentleman benehmen – sich ihrer erbarmen, ihr einen Ausweg offenbaren und ihr anbieten, den ganzen Abend zu vergessen. Aber er spürte, dass sie gleichzeitig diese Sache zu Ende bringen wollte, trotz ihrer offenkundigen Nervosität. Er fragte sich, wie weit sie wohl gehen würde.

„Warum?"

Bei dieser Frage machte sie große Augen, sah ihn ganz flüchtig an und wandte den Blick sofort wieder ab. „M…Mylord?", stammelte sie.

„Warum eine solche Bitte? Nicht dass es mir nicht schmeichelte, das versteht sich von selbst, aber Sie müssen doch zugeben, dass das ein wenig merkwürdig ist."

„Ich … ich weiß nicht."

Er schüttelte langsam den Kopf, wie ein Raubtier, das die Spur der Beute aufnahm. „Das, meine Liebste, ist die falsche Antwort."

„Sie sollten mich nicht so nennen. Das ist zu intim."

Einer seiner Mundwinkel hob sich zu einem schiefen Lächeln. „Sie stehen in meinem Schlafzimmer und bitten mich, Sie zu küssen – ich würde sagen, wir haben die Grenzen von Anstand und Schicklichkeit längst hinter uns gelassen. Und jetzt frage ich Sie noch einmal: warum?"

Sie schloss die Augen, und gleichzeitig stieg ihr die Schamröte ins Gesicht. Einen Augenblick dachte er schon, dass sie nicht antworten würde. Doch dann atmete sie tief durch, und sie sagte: „Mich hat noch nie jemand geküsst. Ich dachte, es wäre allmählich an der Zeit."

Die Worte schockierten ihn – es schwang kein Selbstmitleid darin mit, auch kein Flehen. Stattdessen klangen sie so ehrlich, so nüchtern, dass er sie unwillkürlich für ihren Mut bewundern musste. Es war sicher nicht leicht, eine solche Aussage zu machen.

Er offenbarte nicht, wie überrascht er war. „Warum ich?"

Ihr Geständnis schien ihr Selbstvertrauen eingeflößt zu haben, und so erwiderte sie sofort, als wäre es eine Selbstverständlichkeit: „Sie sind ein berüchtigter Lebemann. Ich habe den Klatsch gehört."

„Ach ja? Welchen Klatsch denn?"

Callies Wangen färbten sich rot.

Er drängte: „Lady Calpurnia, auf welchen Klatsch beziehen Sie sich da?"

Sie räusperte sich. „Ich … habe zufällig mit angehört … dass Sie eine gewisse Viscountess halb nackt im Wintergarten ihres Gatten zurückgelassen haben, als Sie aus dem Fenster kletterten, um seinem Zorn zu entgehen."

„Das ist eine Übertreibung."

„Es heißt, dass Sie Ihr Hemd dort ließen. Und dass er es aus Rache verbrannt hat."

„Eine *schamlose* Übertreibung."

Ihr Blick begegnete dem seinen. „Was ist mit der Pfarrerstochter, die Ihnen durch ganz Devonshire nachgereist ist, in der Hoffnung, ruiniert zu werden?"

„Wo haben Sie denn das gehört?"

„Manche würden sich wundern, was man am Rand eines Ballsaals alles erfahren kann, Mylord. Ist es wahr?"

„Sagen wir, ich hatte ziemliches Glück, dass sie mich nicht eingeholt hat. Wie ich höre, lebt sie derzeit glücklich verheiratet in Budleigh Salterton." Sie lachte, doch das Lachen verwandelte sich in ein Keuchen, als er hinzufügte: „Nun, wenn man all den Klatsch betrachtet, wer garantiert Ihnen dann, das ich mich mit einem Kuss begnügen würde?"

„Niemand. Aber Sie würden nicht weiter gehen."

„Woher wissen Sie das?"

„Ich weiß es einfach."

Er konnte in ihrer Stimme hören, wie wenig sie selbst von ihren Reizen überzeugt war, ignorierte das aber. „Warum jetzt? Warum warten Sie nicht darauf, dass ein Mann zu Ihnen kommt und Sie … im Sturm erobert?"

Sie lachte kurz auf. „Falls dieser Mann, von dem Sie sprechen, je die Absicht hatte, zu mir zu kommen, Mylord, dann hat er sich unterwegs wohl verlaufen. Ich bin achtundzwanzig und habe einfach keine Lust mehr zu warten."

„Vielleicht sollten Sie die Seiten Ihres Wesens, die Sie mir heute Abend offenbart haben, auch in der Öffentlichkeit zeigen?", meinte er. „Ich muss zugeben, dass ich Sie weitaus interessanter finde, als ich Ihnen aus der Ferne zugetraut hätte, Mylady, und Interesse ist der Grundstein der Begierde."

Seine Worte trafen ins Schwarze, und ihr stieg erneut das Blut in die Wangen. Ralston konnte nicht leugnen, dass er diese unerwartete Wendung genoss. Tatsächlich war dies genau das, was er brauchte, um sich von Julianas bevorstehender Einführung in die Gesellschaft abzulenken.

Doch gleich darauf meldete sich ein anderer Gedanke.

Lady Calpurnia Hartwell war die Lösung seiner Probleme. Und sie hatte sich an genau demselben Tag auf seiner Türschwelle – nein, in seinem Schlafzimmer – präsentiert, an dem seine Schwester bei ihm eingetroffen war. Das erfüllte ihn mit großer Befriedigung.

Er würde sie küssen. Und dafür eine Gegenleistung verlangen.

„Ich frage mich, ob Sie wohl bereit wären, einen kleinen Handel abzuschließen?"

Callie sah ihn skeptisch an. „Einen kleinen Handel?" Sie trat einen Schritt zurück, um Abstand zu gewinnen. „Was für einen Handel?"

„Nichts Schlimmes, auch wenn Sie das offenbar befürchten. Wissen Sie, wie sich herausstellte, habe ich eine Schwester."

Sie machte große Augen. „Eine Schwester, Mylord?"

„Ja, mich hat das selbst ziemlich überrascht." Er erzählte kurz, was sich an diesem Tag ereignet hatte – Julianas Ankunft, seine Entscheidung, sie nicht als entfernte Verwandte auszugeben, sondern als Schwester anzuerkennen, sein Entschluss, eine Gönnerin mit reinem makellosem Ruf für sie zu finden, die ihr den Weg in die Gesellschaft ebnen würde.

„Wie Sie sehen, trifft es sich wirklich günstig, dass Sie heute Abend hierhergekommen sind. Sie sind die perfekte Lösung. Vorausgesetzt natürlich, Sie haben es sich nicht zur Gewohnheit gemacht, unverheiratete Gentlemen zu nachtschlafender Stunde aufzusuchen."

Sie lachte verlegen. „Nein, Mylord. Sie waren der erste."

Er hatte schon gewusst, dass dies der Fall war, und nahm sich insgeheim vor, noch herauszufinden, was diesen nächtlichen Besuch veranlasst hatte. „Und auch der letzte, hoffe ich, zumindest bis Juliana erfolgreich in die Gesellschaft eingeführt ist."

„Ich habe mich noch nicht bereit erklärt, Ihnen diesen Gefallen zu tun."

„Aber Sie werden es." Sein Ton war arrogant. „Und als Lohn bekommen Sie Ihren Kuss."

„Verzeihen Sie", sagte sie amüsiert, „aber Sie scheinen eine übertriebene Vorstellung vom Wert Ihrer Küsse zu haben."

Er legte den Kopf schief, zum Zeichen, dass er ihren Einwand akzeptierte. „Also schön. Nennen Sie Ihren Preis."

Callie sah nachdenklich zur Decke hinauf, ehe sie erwiderte: „Der Kuss reicht fürs Erste, aber ich habe dann noch einen Gefallen bei Ihnen gut."

„Dann stehe ich in Ihrer Schuld?"

Sie lächelte. „Betrachten Sie es als Geschäftsabkommen."

Er hob eine Augenbraue. „Ein Geschäftsabkommen, das mit einem Kuss beginnt."

„Als *einzigartiges* Geschäftsabkommen." Erneut wurde sie rot.

„Sie scheinen über Ihre eigene Kühnheit erschrocken", sagte er.

Sie nickte. „Ich bin mir nicht ganz sicher, was da über mich gekommen ist."

Wieder einmal war er von ihrer Ehrlichkeit überrascht. „Also schön, Mylady, ich nehme Ihre Bedingungen an. Sie sind eine formidable Verhandlungspartnerin!" Er ging auf sie zu, seine Stimme nahm ein verführerisches Timbre an. „Wollen wir es also mit einem Kuss besiegeln?"

Callie hielt den Atem an und verkrampfte sich. Ralston lächelte über diese offensichtliche Unruhe. Er strich mit einem Finger an ihrem Haaransatz entlang, steckte ihr sanft eine vorwitzige Locke hinter das Ohr. Aus großen braunen Augen sah sie ihn an, und er verspürte einen Stich Zärtlichkeit in der Brust. Er beugte sich vor, langsam, wie um sie nicht zu erschrecken, und seine festen Lippen streiften die ihren, blieben kurz dort liegen, berührten sie kaum, ehe sie zurücksprang und die Hand vor den Mund schlug.

Er sah sie direkt an und wartete darauf, dass sie etwas sagte. Als sie schwieg, fragte er: „Gibt es ein Problem?"

„N…nein!", sagte sie eine Spur zu laut. „Ganz und gar nicht, Mylord. Das heißt … also, danke."

Er stieß den Atem mit einem halben Lachen aus. „Mir scheint, Sie haben die Rechnung ohne den Wirt gemacht." Er hielt inne, sah die Verwirrung in ihrem Blick. „Sehen Sie, wenn ich mich bereit erkläre, etwas zu tun, dann tue ich es auch richtig. Das hier war nicht der Kuss, dessentwegen Sie gekommen sind, kleine Maus."

Callie rümpfte ob dieser Anrede die Nase. „Nein?"

„Nein."

Ihre Nervosität flackerte von Neuem auf, und sie begann, an der Quaste an ihrem Mantel herumzuzupfen. „Ach, na ja. Es war recht nett. Ich bin durchaus zufrieden, was die Erfüllung Ihrer Seite des Geschäfts angeht."

„Sie sollten nicht darauf abzielen, ‚recht nette' Erfahrungen zu machen", sagte er, ergriff ihre ruhelosen Hände und senkte die Stimme. „Und ein Kuss sollte einen nicht zufriedenstellen."

Sie versuchte, sich aus seinem Griff zu befreien, gab jedoch auf, als er sie an sich zog und ihre Hände auf seine Schultern legte. Ihre Stimme war nur noch ein Quietschen, als sie erwiderte: „Was sollte ein Kuss denn dann?"

Da küsste er sie. Richtig diesmal.

Er zog sie an sich und presste seine Lippen auf die ihren, nahm sie auf eine Weise, die sie sich niemals hätte vorstellen können, in Besitz. Seine Lippen, so fest und warm, drängten sich gegen die ihren, lockten sie, bis sie nach Luft rang. Er fing ihr Stöhnen auf, machte es sich zunutze, dass sie den Mund geöffnet hatte, indem er mit der Zunge an der Innenseite ihrer Lippen entlangfuhr, sie kostete, bis sie es nicht mehr ertrug. Er schien ihre Gedanken lesen zu können, denn gerade als sie glaubte, es keinen Moment länger aushalten zu können, drückte er sie noch fester an sich und intensivierte den Kuss. Er drang tiefer in sie vor, fester.

Und dann war sie verloren.

Callie glühte vor Leidenschaft, wollte seinen Liebkosungen mit eigenen begegnen. Ihre Hände schienen sich wie von selbst zu bewegen, strichen über seine breiten Schultern, seinen Hals. Zögerlich berührte sie Ralstons Zunge mit der ihren und wurde mit einem tiefen Knurren der Befriedigung belohnt. Er verstärkte seinen Griff, und erneut überrollte sie eine Woge heißer Leidenschaft. Dann zog er sich ein Stück zurück, und sie folgte ihm, passte sich seinen Bewegungen an, bis er seine Lippen um ihre Zunge schloss und sanft daran saugte – die Empfindung erschütterte sie bis ins Innerste. Und auf einmal brannte sie lichterloh.

Er hatte recht. Dies war der Kuss, dessentwegen sie gekommen war.

In diesem Augenblick unterbrach er den Kuss, ließ seine Lippen über ihre Wangen hinauf zu ihrem Ohr wandern, nahm das weiche Ohrläppchen zwischen die Zähne und biss sanft zu. Wellen der Lust überrollten sie, als er die empfindsame Haut dort berührte. Von Weitem hörte Callie ein Wimmern … und erkannte mit einiger Verspätung, dass es von ihr selbst stammte.

Seine Lippen bewegten sich an ihrem Ohr, als er flüsterte, und sein heftiger Atem machte aus den Worten eine Liebkosung: „Ein Kuss sollte einen nicht zufriedenstellen.“

Wieder nahm er ihren Mund mit seinen Lippen in Besitz, machte mit seinen berauschenden Liebkosungen jeden vernünftigen Gedanken unmöglich. Alles, was sie wollte, war, ihm noch näher zu sein, noch fester von ihm gehalten zu werden. Und wie zur Antwort zog er sie dichter an sich, intensivierte den Kuss. Seine Hitze überwältigte sie, seine weichen, liebkosenden Lippen schienen all ihre Geheimnisse zu kennen.

Als er den Mund von ihrem löste, hatte sie keine Kraft mehr. Seine Worte drangen durch die Benommenheit ihrer Sinne.

„Ein Kuss sollte einen stets voll Sehnsucht zurücklassen."

4. KAPITEL

Callie erwachte erst spät, und sofort meldete sich tief in ihrem Inneren nervöse Unruhe. Ein paar flüchtige Augenblicke konnte sie sich diese merkwürdigen Gefühle nicht recht erklären – doch dann fielen ihr die Ereignisse des Vorabends wieder ein, und schlagartig war sie hellwach. Sie fuhr im Bett auf und saß mit weit aufgerissenen Augen da; sie hoffte, die ganze Nacht sei nichts anderes als ein wilder, lächerlicher Traum gewesen.

Aber dieses Glück war ihr nicht beschieden.

Was hatte sie sich nur dabei gedacht, einfach mitten in der Nacht zu Ralston zu gehen? Hatte sie sich dem Marquess of Ralston ernsthaft in seinem Schlafzimmer genähert? Hatte sie Londons berüchtigtstem Draufgänger tatsächlich Avancen gemacht? Sie hatte ihn doch ganz gewiss nicht gebeten, sie zu küssen. Als sie an ihr Verhalten dachte, wurde Callie tiefrot, ihr wurde ganz heiß, und dann schlug sie die Hände vors Gesicht und stöhnte laut auf vor heißer Reue und Scham.

Sie würde nie wieder einen Tropfen Sherry anrühren. Nie wieder.

In wilder Panik rasten ihre Gedanken dahin, bis sie den Kopf hob und voll Entsetzen laut verkündete: „Ich habe ihn gebeten, mich zu *küssen*." Mit einem Seufzen ließ Callie sich wieder aufs Bett sinken und bat das Universum, sie auf der Stelle tot umfallen zu lassen oder ihr zumindest eine zehrende Krankheit zu schicken. Sie konnte es einfach nicht riskieren, Gabriel St. John je wieder unter die Augen zu treten. Nicht nach diesem Kuss.

Aber was für ein Kuss es gewesen war! Sie kniff die Augen zusammen, als sie daran dachte, konnte jedoch die Flut der Erinnerungen, die sich bei diesem Gedanken einstellte, nicht zurückdrängen. Der Kuss hatte allen Erwartungen entsprochen, die sie je gehegt hatte. Nein, er hatte sie noch übertroffen. Schier überlebensgroß hatte Ralston vor ihr aufgeragt, das dunkle Haar zerzaust, die Augen glitzernd im weichen Kerzenschein, und dann hatte er sie geküsst, ganz warme Lippen, starke Hände und wunderbarer Mann.

Wie von selbst strichen Callies Hände über ihren Oberkörper, als sie an die weiche Berührung seiner Lippen dachte, die starke Umarmung. Wärme überflutete sie, als sie daran dachte, was seine Lippen mit den ihren gemacht hatten, an den Schauer der Erregung, den sie verspürt hatte, als sein Atem über ihren Hals gefächelt war. Ralston war die Verkörperung all ihrer Träume.

Und danach hatte sie ganz weiche Knie gehabt. Er hatte gesagt, dass ein Kuss einen immer voll Sehnsucht zurücklassen sollte … Doch sie war nicht auf die Leere gefasst gewesen, die sich in ihr ausbreitete, als er sich aus der Umarmung gelöst und dabei so ruhig und gefasst gewirkt hatte, als hätte er soeben den sonntäglichen Gottesdienst besucht.

Sie war voll Sehnsucht. Immer noch.

Die ganze Erfahrung, so peinlich sie gewesen war, erschien ihr gleichzeitig auch intensiv und befreiend; sie hatte so etwas noch nie erlebt und sich immer danach gesehnt. Und es war Ralston gewesen! Dieser Kuss hatte sie dafür entschädigt, dass sie zehn Jahre lang am Rand des Ballsaals gestanden und ihn mit einer Schönen nach der anderen am Arm beobachtet hatte, dass sie zehn Jahre lang die Ohren gespitzt hatte, wenn man in den Salons auf ihn und seine neuesten Affären zu sprechen kam, dass sie all die Zeit die lange Liste seiner Geliebten mit – wie sie sich einredete – müßigem Interesse verfolgt hatte. In Wirklichkeit war ihr Interesse natürlich niemals müßig gewesen.

Callie schüttelte den Kopf. Männer wie Ralston waren jedoch nicht für Frauen wie sie bestimmt. Wenn sie letzte Nacht etwas gelernt hatte, dann das. Ralston war dunkel, aufregend, ein Abenteuer … und trotz allen Sherrys, den Callie am Abend davor in sich hineingeschüttet hatte …

… war sie, bei Tageslicht besehen, schlicht nichts dergleichen.

Aber an einem Abend war sie es gewesen, einen flüchtigen Augenblick lang. Und was für ein wunderbarer Moment es doch gewesen war. Sie war kühn und dreist gewesen und hatte ganz entschieden nicht bloß abgewartet – hatte nach etwas gegriffen, was sie unter normalen Umständen niemals bekommen hätte. Und selbst wenn dieser Abend ihr gezeigt hatte, dass Ralston für sie unerreichbar war, gab es keinerlei Grund, warum die übrigen Dinge auf ihrer Liste ebenso schwer umsetzbar sein sollten.

Ich könnte die Punkte auf meiner Liste umsetzen.

Der Gedanke machte ihr Mut. Entschlossen drehte sie sich zu ihrem Nachttischchen, auf dem sie das skandalöse Stück Papier vor dem Schlafengehen abgelegt hatte. Sie griff danach, und ein leises Lächeln spielte um ihren Mund, als sie noch einmal las, was sie geschrieben hatte. Wenn ihr Erlebnis vom Vorabend irgendwelche Rückschlüsse zuließ, würde sie bei der Verwirklichung ihrer anderen Vorhaben jede Minute genießen. Die neun Punkte waren alles, was zwischen Callie und dem Leben stand. Alles, was sie nun tun musste, war, das Risiko einzugehen.

Und warum auch nicht?

Voll Energie schlug Callie die Decke zurück und stieg aus dem Bett. Sie straffte die Schultern und ging zu dem kleinen Schreibtisch in der Ecke. Dort legte sie die Liste ab, strich sie glatt und las noch einmal das Geschriebene durch, ehe sie nach dem Federkiel griff und ihn in das Tintenfass tauchte. Sie hatte jemanden geküsst. Leidenschaftlich.

In einer einzigen fließenden Bewegung strich sie den ersten Punkt durch und konnte sich dabei das breite Grinsen nicht verkneifen. Was lag als Nächstes an?

Es klopfte an die Tür, und Callie warf einen raschen Blick in den Spiegel, ehe die Tür aufschwang und ihre Zofe hereinkam. Als sie den strengen Blick sah, mit dem die ältere Frau sie bedachte, erlosch Callies Lächeln.

„Guten Morgen, Anne." Rasch ließ sie die Liste unter einem Band mit Byron-Gedichten verschwinden.

„Calpurnia Hartwell", sagte Anne langsam, „was haben Sie nur getan?"

Callies Blick wich dem Blick ihrer Zofe aus und schaute zu dem großen Mahagonischrank. „Ich möchte mich jetzt ankleiden", sagte sie munter. „Ich bin heute Morgen verabredet."

„Mit dem Marquess of Ralston?"

Callie riss die Augen auf. „Woher ... Was? – Nein!"

„Wirklich? Es fällt mir schwer, das zu glauben, vor allem, da unten ein Lakai von Ralston House steht und darauf wartet, dass Sie die Nachricht beantworten, die er für Sie gebracht hat."

Callie hielt den Atem an, weil sie bemerkte, dass ihre Zofe tatsächlich einen Brief in der Hand hatte. Sie stand auf und ging zu ihr. „Lassen Sie mal sehen."

Anne verschränkte die Arme vor ihrem üppigen Busen und versteckte den Brief unter einem Arm. „Warum schreibt Ihnen der Marquess of Ralston Briefe, Lady Calpurnia?"

Callie errötete. „Ich ... ich weiß nicht."

„Sie sind eine schlechte Lügnerin. Das waren Sie schon von klein auf." Anne benahm sich wie ein Hund, der einen Knochen witterte. „Seit Jahren verzehren Sie sich nach Ralston. Warum ist er plötzlich an Ihnen interessiert?"

„Ich ... das ist er ja gar nicht!" Sie bemühte sich um einen entschiedenen Ton und streckte die Hand aus. „Und jetzt möchte ich meine Nachricht lesen, Anne."

Anne lächelte, ehe sie beiläufig fragte: „Waren Sie letzte Nacht bei Ralston?"

Callie erstarrte, ihre Wangen färbten sich dunkelrot, und dann stieß sie hervor: „Natürlich nicht!"

Anne warf ihr einen wissenden Blick zu. „Nun, irgendwo waren Sie jedenfalls. Ich habe Sie kurz vor Sonnenaufgang zum Dienstboteneingang hereinschleichen hören."

Callie ging zum Schrank und riss die Türen auf, um von diesem Thema abzulenken. „Wissen Sie, Anne, Sie mögen ja seit meiner Geburt für mich sorgen, aber deswegen haben Sie noch lange nicht das Recht, so vertraulich mit mir zu reden."

Anne lachte nur. „Natürlich hab ich das." Die Zofe nutzte Callies Gang zum Schrank, um sich von der Frisierkommode die Liste zu schnappen, die unter dem Gedichtband hervorlugte, und sie zu lesen.

Callie drehte sich um, als sie hörte, wie ihre Zofe entsetzt aufkeuchte. Sie sah den Zettel in Annes Hand und rief: „Nein! Geben Sie den zurück!“

„Lady Calpurnia! Was haben Sie getan?“

„Nichts!“ Sie riss das Stück Papier an sich und hielt dann inne, als sie Annes ungläubige Miene sah. „Nun ja, eigentlich nichts.“

„Diese Liste scheint mir nicht nichts zu sein.“

„Ich möchte nicht darüber sprechen.“

„Das kann ich mir vorstellen.“

„Es hat nichts zu bedeuten. Es ist nur eine Liste.“

„Eine skandalöse Liste. Von Dingen, die unverheiratete junge Damen einfach *nicht tun*.“

Callie drehte sich zum Schrank zurück und tauchte in seine Tiefen, in der Hoffnung, dem Gespräch auf diese Art ein Ende zu bereiten. Als sie mit einem pfirsichfarbenen Tageskleid herauskam, wartete Anne immer noch auf Antwort. Seufzend murmelte Callie: „Nun ja, vielleicht sollten unverheiratete junge Damen ihren Status nutzen und ein paar dieser Dinge ausprobieren.“

Bei diesen freimütigen Worten musste Anne blinzeln. Und dann lachte sie. „Einen der Punkte haben Sie ja schon erledigt.“

„Ja.“ Callie errötete.

Anne linste auf das Papier, versuchte, die ausgestrichenen Worte zu entziffern. Dann schaute sie schockiert auf. Callie wandte sich ab. „Nun, Calpurnia Hartwell, Sie haben ja keine Zeit vergeudet, sich das zu nehmen, wonach Sie sich Jahre gesehnt haben.“

Callie konnte das Lächeln nicht unterdrücken.

„Sie haben die letzte Nacht tatsächlich bei Ralston verbracht!“

Callies tiefrote Wangen sprachen Bände.

„Ich sag Ihnen eines“, begann Anne, und in ihrer Stimme

schwang eine Spur Stolz mit, „Sie sind das einzige Mädchen, das mir je untergekommen ist, das eine derartige Liste anlegen und dann auch noch in die Tat umsetzen würde.“ Ihr Ton änderte sich. „Allerdings würde es mich sehr verwundern, wenn Sie nicht binnen einer Woche ruiniert wären.“

„Ich werde ganz vorsichtig sein!“, protestierte Callie.

Anne schüttelte den Kopf. „Wenn Sie nicht gerade für das Kriegsministerium arbeiten, Lady Calpurnia, können Sie diese Liste nicht mal halb abarbeiten, ohne dass Ihr Ruf in tausend Stücke zerschellt.“ Sie hielt inne. „Das wissen Sie doch, oder?“

Callie nickte. „Ist es falsch, wenn ich mir heute Morgen nicht allzu viel daraus mache?“

„Ja. Sie können das nicht tun, Lady Calpurnia. Spielen? In einem Herrenclub? Sind Sie verrückt geworden?“

Callie wurde ernst. „Nein.“ Die beiden schwiegen einen langen Moment. Schließlich fand Callie die Worte, nach denen sie gesucht hatte. „Aber, Anne, es war so wunderbar. Ein ganz unglaubliches, befreiendes Abenteuer. Können Sie nicht verstehen, dass ich mehr will?“

„Mir scheint, Sie bekommen schon mehr, als Sie erwartet haben. Geben Sie her.“ Anne nahm Callie das pfirsichfarbene Musselinkleid aus der Hand und gab ihr stattdessen ein Tageskleid aus grasgrünem Kattun.

„Was war denn verkehrt an dem Kleid, das ich ausgesucht habe?“

„Ach, hören Sie auf zu schmollen. Wenn Sie ins Ralston House gehen, sollten Sie dieses Kleid tragen. Grün steht Ihnen ganz ausgezeichnet.“

Callie akzeptierte das Kleid und beobachtete, wie Anne nach Unterwäsche suchte. „Wir gehen nicht ins Ralston House.“

Anne antwortete nicht, war vollauf in Anspruch genommen vom Inhalt des Schrankes. Doch sie gab Callie das Schreiben. Ohne auf das Zittern ihrer Hände zu achten, erbrach Callie das Siegel, hin und her gerissen zwischen brennender Neugier und panischer Angst.

Lady Calpurnia,
meine Schwester erwartet Sie um halb zwölf.
R.

Jetzt gab es kein Zurück mehr.

„Anne", sagte Callie, nicht in der Lage, den Blick von der kurzen Nachricht zu wenden, „wir gehen ins Ralston House."

Einen Tag nach ihrem ersten Besuch fand Callie sich erneut auf den Stufen vor Ralston House wieder – diesmal ganz ehrbar bei Tageslicht und in Begleitung ihrer Zofe –, um Miss Juliana Fiori kennenzulernen, die geheimnisvolle kleine Schwester des Marquess.

Callie atmete tief durch und sandte ein stummes Stoßgebet zum Himmel, dass Ralston nicht zu Hause war, damit ihr die unvermeidliche Demütigung noch ein Weilchen erspart blieb. Natürlich wusste sie, dass sie dem Zusammentreffen nicht für alle Zeit aus dem Weg gehen konnte … schließlich hatte sie zugestimmt, seine Schwester in die Gesellschaft einzuführen. Doch sie konnte hoffen, dass er ihr wenigstens heute noch nicht begegnete.

Ein Lakai öffnete ihr die Tür, dahinter stand Jenkins mit unbewegter Miene. Bitte erkenn mich nicht, flehte sie im Stillen, als sie in das faltige Gesicht des Butlers sah, während sie sich bemühte, nach außen hin kühl und beherrscht zu wirken.

„Lady Calpurnia Hartwell, für Miss Juliana", sagte sie betont ruhig und richtete sich zu voller Größe auf. Sie reichte dem Butler eine Visitenkarte, die dieser mit tiefer Verneigung entgegennahm.

„Gewiss, Mylady. Miss Juliana erwartet Sie. Bitte folgen Sie mir."

Sobald Jenkins sich von ihr abgewandt hatte, stieß Callie einen lautlosen Seufzer der Erleichterung aus. Sie folgte ihm zu einer offenen Tür, die vom marmorgefliesten Korridor abging, und nickte ihm hoheitsvoll zu, als er sie in einen bezaubernden grünen Besuchersalon vorgehen ließ.

Callie musterte die grasgrüne Seide, mit der die Wände bespannt waren, die Chaiselongue und die Sessel, die alle kunstvoll aus Mahagoni gearbeitet und mit herrlichen Stoffen bezogen waren. Die Leichtigkeit des Raums wurde vervollkommnet durch eine atemberaubende Marmorstatue auf der einen Seite – eine große, geschmeidige Frauengestalt, die über dem Kopf ein wogendes Stück Stoff hielt. Callie war überwältigt von der Schönheit dieser Statue; sie musste einfach näher treten, wie magisch angezogen von dem leisen, geheimnisvollen Lächeln, welches das liebreizende Gesicht der Göttin zierte, von der fließenden Bewegung, in Marmor festgehalten. Sie bewunderte den Faltenfall des Kleides, streckte die Hand danach aus, halb in der Erwartung, warmen Stoff zu spüren statt kühlen Stein, als von der Tür eine Stimme erklang.

„Sie ist wunderschön, nicht wahr?"

Mit einem erschrockenen Aufkeuchen drehte Callie sich um. In der Tür stand Ralston und warf ihr ein verwegenes Grinsen zu, als amüsierte ihn ihr Unbehagen.

Nein – es war gar nicht Ralston.

Der Mann in der Tür war Lord Nicholas St. John, ebenso groß und breitschultrig wie Ralston, mit demselben gemeißelten Kinn und den glitzernden blauen Augen. Nur in einem unterschied er sich von seinem Zwillingsbruder: Seine rechte Wange war von einer Narbe gezeichnet, einer langen, dünnen weißen Linie, die sich hell von dem gebräunten Teint abhob und so gar nicht zu dem restlichen Mann passen wollte, einem untadeligen Gentleman. Eigentlich hätte die Narbe St. John eine gefährliche Aura verleihen sollen, doch stattdessen ließ sie ihn nur noch verführerischer wirken. Callie hatte schon gesehen, wie ehrbare Damen des *ton* sich wie die reinsten Gänschen aufführten, wenn er in ihrer Nähe war – etwas, was er jedoch gar nicht mitzubekommen schien.

„Lord Nicholas", sagte sie mit einem Lächeln und neigte den Kopf. Er ging zu ihr, nahm ihre Hand und verneigte sich tief.

„Lady Calpurnia“, sagte er und lächelte warmherzig, „wie ich sehe, haben Sie meine Freundin entdeckt.“ Nicholas deutete auf die Statue.

„Allerdings.“ Callie sah wieder zu der Marmorfigur. „Sie ist atemberaubend. Wer hat sie denn geschaffen?“

St. John schüttelte den Kopf. Ein Glitzern in seinem Blick verriet, wie stolz er auf seinen Schatz war. „Das ist nicht bekannt. Ich habe sie an der Südküste von Griechenland gefunden. Vor einigen Jahren verbrachte ich dort sieben Monate auf der Suche nach Marmorstatuen. Ich schleppte viel zu viele mit nach Hause und ließ diese Schönheit nach Ralston House bringen, unter der Voraussetzung, dass mein Bruder ihr ein ordentliches Heim bietet.“ Er hielt inne, fasziniert von der Statue. „Ich glaube, es handelt sich um Selene, die Göttin des Monds.“

„Sie wirkt so zufrieden.“

„Das überrascht Sie?“

„Nun ja“, meinte Callie zögernd, „Selenes Geschichte ist nicht besonders glücklich. Schließlich war sie dazu verdammt, einen Sterblichen zu lieben, der ewig schlief.“

St. John sah sie anerkennend an. „Daran war sie selbst schuld. Sie hätte doch wissen müssen, dass man Zeus lieber nicht um einen Gefallen bittet. Das geht nie gut aus.“

„Dessen war Selene sich vermutlich bewusst, als sie ihren Gefallen bekam. Ich nehme an, die Statue zeigt Selene, *bevor* Zeus sich einmischte.“

„Sie vergessen“, sagte St. John mit neckendem Glitzern im Blick, „dass sie und Endymion trotz seiner Schläfrigkeit fünfzig Kinder bekamen, sie kann mit ihrer Situation also nicht ganz unglücklich gewesen sein.“

„Bei allem Respekt, Lord Nicholas“, sagte Callie, „fünfzig Kinder auf die Welt zu bringen und großzuziehen kann man wohl kaum als glückliche Umstände bezeichnen. Ich kann mir nicht vorstellen, dass sie so ausgeruht wirken würde, wenn die Statue ihr Mutterglück darstellte.“

St. John lachte auf. „Sehr gut formuliert, Lady Calpurnia.

Wenn man nach dieser Unterhaltung geht, dürfte Julianas Debüt eine überaus amüsante Angelegenheit werden ... zumindest für mich."

„Und natürlich hat es für uns alle oberste Priorität, dass du dich gut unterhältst, Nicholas."

Callie versteifte sich, als die ärgerlichen Worte Unheil verkündend in den Salon drangen, und dann begann ihr Herz wie wild zu schlagen. Sie versuchte, nach außen hin ruhig zu bleiben, wusste aber schon, bevor sie sich umdrehte, dass Ralston zu ihnen gestoßen war.

St. John schien ihre Nervosität zu spüren und zwinkerte ihr zu, ehe er sich mit einem breiten Lächeln zum Marquess umdrehte und meinte: „Das hat es, Bruderherz."

Ralstons Miene wurde noch finsterer. Er wandte sich zu Callie und durchbohrte sie mit einem durchdringenden Blick. Callie lief rot an und wandte den Blick ab, sah überallhin, nur nicht zu ihm. Nicholas bemerkte ihr Unbehagen und kam ihr zu Hilfe. „Es gibt keinen Grund, so unhöflich zu sein, Gabriel. Ich habe Lady Calpurnia nur Gesellschaft geleistet, während sie auf Juliana wartete. Wo steckt das Mädchen denn?"

„Ich habe Jenkins angewiesen, sie vorerst nicht zu holen. Erst möchte ich noch mit Lady Calpurnia reden, ehe die beiden zusammentreffen." Er machte eine kleine Pause. „Allein, wenn ich bitten darf, Nick."

Callies Herz begann wie wild zu hämmern. Was konnte er ihr wohl zu sagen haben, was sein Bruder nicht hören durfte?

Nick beugte sich tief über ihre Hand und sagte: „Ich freue mich schon auf nächstes Mal, Lady Calpurnia." Er richtete sich auf, lächelte Callie freundlich an und zwinkerte ihr noch einmal beruhigend zu.

Sie konnte gar nicht anders, als das Lächeln zu erwidern. „Ich mich auch, Lord Nicholas."

Ralston wartete, bis sich die Tür hinter seinem Bruder geschlossen hatte, ehe er Callie bedeutete, in einem Sessel Platz zu nehmen, und sich ihr dann gegenübersetzte. Callie versuchte zu ignorieren, wie winzig die Möbel, ja der ganze Raum im Vergleich zu ihm wirkten, als wäre Ralston House für einen kleineren Mann gebaut worden. Sie neigte den Kopf und betrachtete angelegentlich die Polsterung des Sessels, auf dem sie saß – sie wollte den Eindruck erwecken, Ralston gar nicht zu bemerken. Natürlich war dies vergebliche Liebesmühe. Einen Mann wie Ralston übersah man nicht.

„Ich möchte über Juliana sprechen, bevor Sie sie kennenlernen."

Callie unterdrückte eine Spur Enttäuschung. Musste er so unverbindlich tun? Sie sah nicht auf, richtete die Aufmerksamkeit stattdessen auf ihre Hände, die sie im Schoß verkrampft hatte, und versuchte, nicht daran zu denken, wie diese Hände Ralston vor wenigen Stunden so vertraut berührt hatten. Aber wie sollte sie das vergessen? Sein warme Haut, sein weiches Haar, seine starken, muskulösen Arme – all das hatte sie berührt. Und er wirkte vollkommen unbewegt.

Sie räusperte sich leise und sagte: „Gewiss, Mylord."

„Ich halte es für das Beste, dass Sie nach Ralston House kommen, um Juliana dort einzuweisen. Sie braucht dringend Anleitung, und ich möchte nicht, dass sie sich vor der Countess of Allendale einen Schnitzer erlaubt."

Ihre Augen weiteten sich, als sie den Kopf hob und ihn ansah. „Meine Mutter würde nie weitersagen, dass Ihre Schwester bei mir Unterricht nimmt."

„Trotzdem, die Wände haben Ohren."

„Die Wände von Allendale House nicht."

Er beugte sich vor, kam ihr nah genug, um sie zu berühren, seine Muskeln ballten sich zu kaum kontrollierbarer Kraft. „Lassen Sie mich ganz deutlich werden. In diesem Punkt werde ich nicht nachgeben. Juliana möchte nicht in die Gesellschaft eingeführt werden, sondern würde viel lieber nach Italien zurückkehren. Vermutlich wird sie einige Szenen machen, ehe sie akzeptiert, dass ihr Heim nun hier ist. Ihre Mutter und deren Freundinnen sind Stützen der vornehmen Gesellschaft – Frauen, denen Herkunft und Ruf alles bedeuten. Julianas Stammbaum mag nicht bis zu William dem Eroberer zurückzuführen sein, vermutlich wird sich der schlechte Ruf unserer Mutter nachteilig auf sie auswirken, doch sie wird sich in der Londoner Aristokratie bewegen. Und sie wird eine gute Partie machen. Das werde ich nicht gefährden."

Er sprach absolut sicher, als sei sein Weg der einzige, der Juliana Erfolg verhieß. Und doch war die Dringlichkeit nicht zu überhören, die in seiner Stimme lag. Er hatte recht – Juliana Fiori würde weitaus mehr als Callies Unterstützung brauchen, wenn sie in der Gesellschaft reüssieren wollte. Sie war die Tochter einer gefallenen Marchioness und eines italienischen Kaufmanns, nicht von Adel, in den Augen des *ton* kaum legitim.

Doch Gabriel St. John, der Marquess of Ralston, würde nicht zulassen, dass die dunkle Familiengeschichte die Zukunft seiner Schwester zerstörte. Der Umstand, dass die Brüder St. John sich vorgenommen hatten, Juliana in die Gesellschaft einzuführen, zeigte ihren Mut, und als stolze, liebevolle Schwester respektierte Callie diese Entscheidung. Diese Männer waren es nicht gewohnt zu scheitern.

„Ich freue mich darauf, Ihre Schwester kennenzulernen, Mylord." Ein recht einfacher Satz, aber einer, in dem eine unterschwellige Bedeutung mitschwang: *Ich bin auf Ihrer Seite.*

Er hielt inne, warf ihr einen durchdringenden Blick zu, und zum ersten Mal seit zehn Jahren wich sie diesem Blick nicht aus. Als er weitersprach, war sein Ton weicher. „Ich hätte nicht gedacht, dass Sie heute kommen würden."

Über ihr Gesicht huschte ein Lächeln. „Ich muss zugeben, Mylord, dass ich mit dem Gedanken gespielt habe, mich um diesen Besuch zu drücken."

„Und doch sind Sie gekommen."

Ihre Wangen liefen rosig an, und sie neigte schüchtern den Kopf. „Wir haben eine Abmachung."

Ernster, nachdenklicher sagte er: „Allerdings, das haben wir."

Als sie das tiefere Timbre hörte, wurde Callie ganz heiß, und sie räusperte sich nervös. Betont schaute sie auf die Uhr, die auf einem Seitentischchen stand. „Es wird spät, Mylord. Ich glaube, es ist allmählich an der Zeit, dass ich Miss Juliana kennenlerne. Finden Sie nicht auch?"

Er hielt ihren Blick fest, als wollte er ihre innersten Gedanken lesen. Am Ende schien ihn zufriedenzustellen, was er sah. Wortlos stand er auf und ließ seine Schwester rufen.

Das Erste, was einem an Juliana Fiori auffiel, war nicht ihre Schönheit, obwohl sie wirklich sehr schön war – fesselnde blaue Augen, Porzellanteint und eine dichte Wolke kastanienbrauner Locken, für die die meisten Frauen schwere Körperverletzungen begangen hätten. Auch nicht ihre feinen Züge oder ihre musikalische Stimme mit dem italienischen Akzent. Es war auch nicht ihre Größe, obwohl sie Callie um einiges überragte.

Nein, das Erste, was einem an Juliana Fiori auffiel, war ihre Offenheit.

„Wie albern, beim Einschenken so etwas wie eine richtige Reihenfolge von Milch und Tee festzulegen!"

Callie unterdrückte ein Lachen. „In Venedig legt man auf derlei Dinge wohl keinen besonderen Wert?"

„Nein. Er ist flüssig. Er ist warm. Er ist kein Kaffee. Warum soll man sich da den Kopf zerbrechen?" Julianas Lächeln blitzte auf, in ihrer Wange zeigte sich ein Grübchen.

„Ja, warum?", stimmte Callie zu und fragte sich flüchtig, ob Julianas Brüder einen ebenso liebenswerten Charakterzug aufwiesen.

„Aber machen Sie sich keine Sorgen." Dramatisch hob Juliana eine Hand. „Ich werde es nicht vergessen: erst den Tee, dann die Milch. Es wäre furchtbar, wenn ich einen zweiten Krieg zwischen England und dem Kontinent heraufbeschwören würde."

Callie lachte und nahm von der jüngeren Frau eine Tasse genau richtig ausgeschenkten Tees entgegen. „Bestimmt ist Ihnen das Parlament dankbar für Ihre Diplomatie."

Die beiden tauschten ein Lächeln, ehe Juliana fortfuhr:

„Also, falls ich einem Herzog oder einer Herzogin begegnen würde …", sagte Juliana und legte für Callie sorgsam ein Stückchen Kuchen auf einen kleinen Teller.

„Was Sie ganz gewiss werden", meinte Callie.

„Allora, wenn ich einem Herzog oder einer Herzogin begegne, rede ich sie mit ‚Euer Gnaden' an. Bei allen anderen bin ich auf der sicheren Seite, wenn ich ‚Mylord' oder ‚Mylady' sage."

„Aber nur, wenn sie auch tatsächlich einen Titel tragen."

Juliana legte den Kopf schief und dachte über Callies Worte nach. „Das ist komplizierter als Tee." Sie lachte. „Ich glaube, es ist sehr gut für meine Brüder, dass ich nur kurze Zeit hier bin. Bestimmt können sie ganz schnell jeden Schaden reparieren, den ihre skandalöse italienische Schwester in nur zwei Monaten angerichtet hat."

Callie lächelte sie beruhigend an. „Unsinn. Sie werden den *ton* im Sturm erobern."

Juliana sah sie verwirrt an. „Wozu brauche ich da einen Sturm?"

Callies Lächeln wurde breiter. „Nur eine Redewendung. Sie besagt, dass Sie in der Gesellschaft großen Erfolg haben werden." Sie senkte die Stimme zu einem verschwörerischen Flüstern. „Ich prophezeie, dass die Herren lautstark fordern werden, Sie kennenzulernen."

„Genau wie bei meiner Mutter, ja?" Julianas blaue Augen blitzten, und sie schnitt mit der Hand durch die Luft. „Nein. Bitte schlagen Sie sich aus dem Kopf, eine Ehe für mich zu stiften. Ich werde niemals heiraten."

„Warum denn nicht?"

„Was wäre, wenn ich am Ende genauso wäre wie sie?" Bei diesen leisen Worten wurde Callie nachdenklich. Während sie noch nach der richtigen Antwort suchte, sagte Juliana: „Tut mir leid."

„Sie brauchen sich nicht zu entschuldigen." Callie beugte sich vor. „Ich kann mir vorstellen, wie schwer Ihnen das alles fällt."

Die jüngere Frau senkte den Blick. „Zehn Jahre lang habe ich so getan, als existierte meine Mutter nicht. Und nun finde ich heraus, dass die einzige Familie, die mir noch bleibt, *ihre* ist. Und diese Männer … meine *Brüder* …“ Ihre Stimme verklang.

Callie musterte die junge Frau aufmerksam, ehe sie sagte: „Sie kommen Ihnen nicht recht vor wie eine Familie, nicht?“

Schuldbewusst verzog Juliana das Gesicht. „Ist es so offensichtlich?“

Callie schüttelte den Kopf. „Nein.“

„Ich glaube nicht, dass sie mich mögen.“

Callie widersprach entschieden. „Unmöglich. Sie sind eine äußerst liebenswerte junge Frau. Ich zum Beispiel genieße Ihre Gesellschaft sehr.“

Juliana lächelte schief und meinte: „Ich glaube, Nicholas hat sich inzwischen für mich erwärmt. Aber Ralston …“ Sie sah Callie in die Augen und erklärte leise: „Er lächelt nicht.“

Callie streckte die Hand aus und legte sie auf Julianas Arm. „Darauf würde ich nicht allzu viel geben. Ich glaube, ich könnte an den Fingern einer Hand abzählen, wie oft ich Ralston habe lächeln sehen.“ Und das lag garantiert nicht daran, dass sie ihn nicht genug beobachtet hätte.

Juliana senkte den Blick, betrachtete ein paar Momente Callies Hand auf ihrem Arm und legte ihre eigene Hand dann auf Callies. Als sie den Blick wieder hob, las Callie Zweifel darin. „Ich bereite ihm ziemlich viele Schwierigkeiten, meinen Sie nicht? Die verwaiste Tochter der Frau, die sie alle einst verlassen hat, taucht hier auf und sucht eine neue Familie.“

Callie wusste, dass sie diese unangemessene Unterhaltung eigentlich beenden sollte, schließlich gingen sie die Privatangelegenheiten der Ralstons nichts an. Doch sie konnte sich nicht helfen. „Keine neue Familie. Eine alte“, korrigierte sie. „Eine, zu der Sie immer gehört haben … Sie mussten einfach Ihren Platz darin beanspruchen.“

Juliana schüttelte den Kopf. „Nein. Sie wissen nichts von mir. Ich erinnere sie doch vor allem an unsere Mutter. Sie ist unsere einzige Verbindung. Ich bin mir sicher, dass Ralston nur sie vor Augen hat, wenn er mich ansieht. Bestimmt ist er froh, wenn ich in zwei Monaten wieder abreise."

Obwohl die Mutter in ihr immense Neugier weckte, sah Callie davon ab, sich eingehender nach der Frau zu erkundigen, die drei so bemerkenswerte Kinder herzlos verlassen hatte. Stattdessen sagte sie: „Jetzt kennen Ihre Brüder Sie noch nicht, aber sie werden Sie näher kennenlernen, Juliana. Und sie werden Sie lieben. Ich könnte mir vorstellen, dass sie damit schon begonnen haben. Bestimmt werden sie Sie in zwei Monaten nicht ziehen lassen. Und selbst wenn sie es erlaubten, hoffe ich, dass Sie ihre Meinung ändern und bleiben."

Julianas strahlend blaue Augen füllten sich mit Tränen. „Sieben Wochen und sechs Tage."

Vor Mitgefühl mit der jungen Frau wollte es Callie schier das Herz abdrücken. Sie lächelte weich. „Wirklich, nachdem ich einen Nachmittag mit Ihnen verbracht habe, stelle ich fest, dass mir auch schon wichtig ist, was aus Ihnen wird. Ich glaube, wir werden sehr gute Freundinnen werden."

Juliana schenkte ihr ein Lächeln unter Tränen. Dann atmete die junge Frau tief durch, richtete sich auf und wischte sich die Tränen aus den Augen. „Sind Sie schon lang mit meinem Bruder befreundet?"

Callie erstarrte. „Befreundet?"

„*Sì.* Es ist klar, dass Ralston viel von Ihnen hält und Sie als Freundin betrachtet. Er war heute Morgen sehr erpicht darauf, mir mitzuteilen, dass er Ihre Zustimmung erlangt hat, mich in die Gesellschaft einzuführen. Wenn Sie nicht mit ihm befreundet wären, warum sollten Sie dann hier sein und Ihren eigenen Ruf riskieren, indem Sie mir durch jedes einzelne Fettnäpfchen helfen?"

Callie wusste, dass sie die Wahrheit nicht sagen konnte. *Sehen Sie, Juliana, im Leben einer Frau gibt es einen Punkt, an dem sie für einen Kuss einfach alles tun würde.* Sie hielt inne, suchte nach Worten. Juliana missverstand die Bedeutung ihres Schweigens.

„Ah“, meinte sie vielsagend. „Verstehe. Sie sind mehr als eine Freundin, *sì*?“

Callies Augen weiteten sich. „Was meinen Sie denn damit?“

„Sie sind seine …“ Juliana dachte einen Augenblick nach, suchte nach der korrekten Vokabel. „Seine *inamorata*?“

„Wie bitte?“ Die Frage endete in einem erstickten Quietschen.

„Seine Geliebte, ja?“

„Juliana!“ Nun übernahm die Empörung die Führung, und Callie richtete sich zu einer höchst königlichen Pose auf und sprach in ihrem besten Gouvernantenton. „Mit einem Gast spricht man nicht über Geliebte oder *inamoratas* oder überhaupt über persönliche Dinge!“

„Aber Sie sind doch nicht nur ein Gast!“ Juliana wirkte verwirrt. „Sie sind doch meine Freundin, oder?“

„Natürlich bin ich das. Aber auch mit Freunden spricht man nicht über so persönliche Dinge.“

„Dann möchte ich mich entschuldigen. Ich wusste das nicht. Ich dachte, Sie und Ralston sind …“

„Das sind wir nicht!“, stieß Callie mit zitternder Stimme hervor. „Wir sind kein Liebespaar! Noch nicht einmal Freunde! Ich will Ihnen einzig deswegen helfen, weil ich Sie mag. Ich bin gern in Ihrer Gesellschaft. Der Marquess of Ralston hat überhaupt nichts damit zu tun.“

Juliana sah Callie direkt in die Augen, wartete ein paar Augenblicke und sagte dann: „Ich bin auch gern in Ihrer Gesellschaft, Lady Calpurnia, und ich bin froh, Sie bei diesem Unterfangen an meiner Seite zu haben.“ Sie beugte sich vor und lächelte verschmitzt. „Aber ich glaube auch, dass Sie nicht allein aus reiner Herzensgüte hier sind. Warum sollten Sie es sonst so vehement abstreiten?“

Vor Überraschung riss Callie den Mund auf und schloss ihn wieder, ohne etwas gesagt zu haben.

„Keine Angst. Ihr *segreto* ist bei mir sicher.“

Kopfschüttelnd erklärte Callie: „Aber es gibt doch überhaupt kein Geheimnis. Nichts, was man sicher verwahren müsste."

Juliana grinste noch breiter. „Wenn Sie das sagen." Gedankenvoll neigte sie den Kopf. „Ich werde es trotzdem sicher verwahren."

Callie lehnte sich in ihrem Sessel zurück und musterte streng ihre Schülerin. Juliana grinste wie eine Katze, die soeben ein Schüsselchen Sahne ausgeschleckt hatte.

Und dabei hatte sie erst gestern geglaubt, der Marquis sei der gerissenste Bewohner von Ralston House.

5. KAPITEL

Auf einen zufälligen Beobachter hätte der Marquess of Ralston, der in einem eleganten Salon in Brooke's Herrenclub saß, von Kopf bis Fuß wie ein verwöhnter Aristokrat gewirkt – die in glänzenden Stiefeln steckenden Beine lässig in Richtung des imposanten Marmorkamins ausgestreckt; das Krawattentuch locker, aber nicht lose, das Haar kunstvoll windzerzaust; die Augen halb geschlossen. In einer Hand hatte er ein Kristallglas mit Whisky, doch er hielt das Glas sorglos, sodass die zwei Fingerbreit bernsteinfarbene Flüssigkeit beinahe auf den dicken blauen Teppich tropfte.

Hier, so hätte das ungeübte Auge geschlossen, sah man einen faulen Dandy vor sich.

Diese Beobachtung jedoch wäre vollkommen falsch gewesen; Ralstons lässige Haltung verbarg seinen wahren Zustand – es kostete ihn seine ganze Willenskraft, seinen inneren Aufruhr nicht zu zeigen.

„Ich hatte so das Gefühl, dass ich dich hier finden könnte."

Gabriel sah vom Feuer auf und begegnete dem Blick seines Bruders. „Wenn du hier bist, um mir von weiteren Geschwistern zu berichten, so ist jetzt nicht der beste Zeitpunkt."

„Leider, leider bleiben wir zu dritt. So schwer das auch zu glauben ist." Mit einem Seufzen nahm Nick im Sessel neben Gabriel Platz. „Hast du mit Nastasia gesprochen?"

Ralston nahm einen großen Schluck. „Ja."

„Ah. Das erklärt deine Stimmung. Es ist schließlich nicht einfach, Jahre der Lasterhaftigkeit in wenigen Stunden zu korrigieren.

„Ich habe mich nicht bereit erklärt, mein Leben zu ändern – ich will nur diskreter sein."

„Na gut." Amüsiert legte Nick den Kopf schief. „Immerhin ein Anfang, würde ich sagen, bei jemandem mit deiner Vergangenheit."

Ralstons Miene wurde noch finsterer. Nach dem Tod seines

Vaters hatte er viele Jahre lang einen ebenso lasterhaften wie legendären Pfad beschritten, hatte sich als Wüstling und Lebemann einen Namen gemacht, der im Augenblick als sehr viel skandalöser gehandelt wurde, als ihm eigentlich zukam.

„Sie sieht unserer Mutter so ähnlich."

Gabriel wandte seinem Bruder das Gesicht zu. „Ich hoffe für uns alle, dass dies die einzige Ähnlichkeit ist, die zwischen den beiden besteht. Sonst wäre es wohl am besten, wir würden sie sofort nach Italien zurückschicken. Der Ruf unserer Mutter wird ihr schon Hindernis genug sein."

„Zum Glück bist du reich und verfügst über einen Titel. Juliana braucht nicht zu befürchten, dass sie zu den größten Ereignissen der Saison keine Einladung erhält. Natürlich wirst du sie zu diesen Veranstaltungen begleiten müssen."

Gabriel nahm einen Schluck Whisky und ließ sich nicht provozieren. „Und wieso meinst du, dass dieses Schicksal nicht *dich* ereilen wird, Bruderherz?"

Nick grinste. „Niemand wird die Abwesenheit des zweitgeborenen, unwichtigeren Sohns bemerken."

„Sie werden gar keine Gelegenheit dazu bekommen, Nicholas, da du uns ebenfalls zu diesen Veranstaltungen begleitest."

„Eigentlich bin ich nach Yorkshire eingeladen. Leighton glaubt, meine Fähigkeiten seien unabdingbar bei der Auffindung einer Statue, die er verlegt hat. Ich spiele mit der Idee, seiner Aufforderung nachzukommen."

„Nein. Du wirst nicht davonlaufen, um dich mit deinen Marmorstatuen zu amüsieren, und es mir überlassen, die Meute in Schach zu halten."

Nick hob eine Augenbraue. „Ich bemühe mich, über deine Einschätzung meiner Arbeit hinwegzusehen ... wann kannst du mich denn wieder freigeben?"

Gabriel trank von seinem Whisky. „Was glaubst du, wie schnell bekommen wir sie unter die Haube?"

„Das hängt davon ab, wie schnell wir sie davon abbringen können, niemals heiraten zu wollen. Sie hat furchtbare Angst vor dem Einfluss unserer Mutter, Gabriel. Kannst du ihr das verübeln? Die Frau hat doch jeden von uns gezeichnet. Und dies ist das Kreuz, das Juliana zu tragen hat."

„Sie ist überhaupt nicht wie unsere Mutter. Das beweist schon ihre Angst."

„Trotzdem. Nicht wir müssen davon überzeugt sein, sondern sie. Und der Rest von London." Die Brüder schwiegen eine Weile, ehe Nick hinzufügte: „Glaubst du, Juliana gehört zu den Frauen, die auf eine Liebesheirat warten?"

Ralston knurrte irritiert. „Ich hoffe, sie hat mehr Verstand, als sich so etwas zu erhoffen."

„Frauen neigen zu der Ansicht, dass sie ein Anrecht auf die Liebe haben. Vor allem jüngere Frauen."

„Ich kann mir nicht vorstellen, dass Juliana auf derartige Märchen hereinfällt. Du vergisst, wir wurden von derselben Frau aufgezogen … unmöglich, dass Juliana sich da nach Liebe sehnt. Nicht nachdem sie gesehen hat, wie viel Schaden die Liebe anrichten kann."

Wieder schwiegen die Zwillinge, dann sagte Nick: „Ich hoffe für uns alle, dass du recht hast." Als Ralston nicht antwortete, fügte Nick hinzu: „Lady Calpurnia ist eine hervorragende Wahl."

Ralston ließ ein unverbindliches Knurren hören.

„Wie hast du sie denn dazu gebracht, sich unserer Schwester anzunehmen?"

„Ist das so wichtig?"

Eine von Nicks Brauen schoss in die Höhe. „Plötzlich habe ich den Eindruck, dass es ganz ungeheuer wichtig ist." Als Ralston nicht antwortete, erhob Nick sich und rückte sein Krawattentuch zurecht. „Marbury richtet im Nebenraum ein Kartenspiel aus. Kommst du mit?"

Ralston schüttelte den Kopf und nahm einen großen Schluck Whisky.

Sein Bruder nickte und wandte sich zum Gehen. Ralston sah ihm unter halb geschlossenen Lidern nach und verdammte die unheimliche Fähigkeit seines Bruders, sofort zum Kern jeder delikaten Situation zu kommen.

Lady Calpurnia.

Er hatte sie als Glücksfall betrachtet – eine Frau von unvergleichlichem Ruf, die einfach *erschienen* war. Sie war genau die Richtige, um Juliana auf ihre erste Saison vorzubereiten – hatte er zumindest geglaubt. Aber dann hatte er sie geküsst.

Und der Kuss war ziemlich außergewöhnlich gewesen.

Gleich darauf spottete er über diesen Gedanken. Die Ankunft seiner Schwester hatte ihn überrascht und aufgewühlt. Da wäre jeder Kuss als Ablenkung recht gewesen.

Vor allem, wenn er so freigebig von einer eifrigen, reizenden Gefährtin kam.

Ralston dachte daran, wie Calpurnia sich in seinen Armen angefühlt hatte, dachte an ihre leisen Seufzer und daran, wie sie sich seinem Kuss hingegeben hatte. Er fragte sich, ob sich ihr Enthusiasmus beim Küssen auch auf andere, intimere Dinge übertragen ließ. Einen Augenblick erlaubte er sich die Vorstellung, wie sie in seinem Bett lag, nichts als große braune Augen und zärtliche, volle Lippen, und nichts trug außer einem willigen Lächeln.

Aus einer Ecke des Salons brandete Gelächter und riss ihn aus seinen Träumereien. Er rutschte in seinem Sessel herum, um die unangenehme Enge in seinen Kniehosen zu lindern, und schüttelte den Kopf, um die Vorstellung zu vertreiben, die er heraufbeschworen hatte. Offenbar musste er dringend eine willige Frau finden. Umgehend.

Während er sich die merkwürdigen Ereignisse der letzten Nacht durch den Kopf gehen ließ, nahm er noch einen Schluck und ließ den Whisky dann im Glas kreisen. Er konnte nicht leugnen, dass ihn Lady Calpurnia Hartwell, das unscheinbare kleine Mauerblümchen mit dem ungewöhnlichen Vornamen, dem er nie groß Beachtung geschenkt hatte, ziemlich faszinierte. Normalerweise interessierte er sich nicht für Frauen wie sie. Tatsächlich war sie das genaue Gegenteil von dem Frauentypus, der ihm sonst gefiel – gleichermaßen exquisit, selbstbewusst und erfahren.

Warum also musste er dann ständig an sie denken?

Ein weiterer Heiterkeitsausbruch im Raum bewahrte Ralston davor, noch länger dieser Frage nachgehen zu müssen. Da er ein wenig Abwechslung von seinen beunruhigenden Gedanken gut gebrauchen konnte, lenkte er seine Aufmerksamkeit auf eine Gruppe Männer, die mit großem Enthusiasmus Wetten abschlossen. Finney, der Buchmacher, trug die Wetten im Buch ein, so schnell er konnte.

Um besser sehen zu können, beugte Ralston sich in seinem Sessel vor und erkannte gleich darauf, wem das Interesse des Grüppchens galt: Lord Oxford. Da Oxford im Mittelpunkt des Wettgeschehens stand, brauchte man nicht lange zu fragen, worum es bei all den Wetten ging – um seine anscheinend endlose Suche nach einer Gattin. Oxford, der hauptsächlich wegen seiner Spielleidenschaft tief in der Kreide stand, hatte vor einigen Monaten dem gesamten Club verkündet, dass er sich zu verheiraten gedenke – je reicher die Braut, desto besser.

Ralston fand den lärmenden und dabei meist angetrunkenen Oxford unerträglich, doch war er so erpicht auf eine Ablenkung, dass er eine Ausnahme machte. Er stand auf und näherte sich dem Grüppchen.

„Zehn Guineen auf Prudence Marworthy."

„Die hat doch ein Gesicht wie ein Pferd!" Dies kam von Oxford höchstpersönlich.

„Dafür ist die Mitgift so groß, dass es sich lohnen würde, das Licht auszumachen!", ertönte eine Stimme von weiter hinten. Ralston war der einzige Mann im Raum, der über diesen Witz nicht lachte.

„Ich setze zwanzig Guineen darauf, dass ihn niemand außer Berwicks Tochter nehmen würde!" Der Earl of Chilton warf seinen Einsatz in die Mitte, worauf die anderen aufstöhnten – über die unsensible Wette und vor Überraschung über die große Wettsumme.

„Sie mag ja recht schlicht gestrickt sein", erklärte Oxford lachend, „aber ihr Vater ist der reichste Mann in England."

Ralston konnte sich für derlei niederträchtige Späße nicht begeistern und wandte sich zum Gehen. Er hatte die Tür beinahe erreicht, als sich eine Stimme über den Rest erhob.

„Ich hab's! Das Allendale-Mädel!"

Er erstarrte, drehte sich um, um die Antwort zu hören. Diese Frau verfolgte ihn.

„Ach was, sie hat sich doch gerade erst mit Rivington verlobt", sagte jemand. „Und wenn du glaubst, das Allendale-Engelchen würde sich mit Oxford begnügen, bist du übergeschnappt."

„Nicht die hübsche … die andere."

„Die dicke?"

„Mit dem lächerlichen Namen?"

Oxford stolzierte herum wie ein Pfau, was vermutlich auf zu viel Alkohol zurückzuführen war, und genoss die kindische Aufmerksamkeit. „Allerdings tat Rivington klug daran, ins Allendale-Vermögen einzuheiraten … Lady Cassiopeia wäre nicht das Schlimmste, was einem passieren könnte."

„Calpurnia", sagte Ralston leise, so leise, dass ihn niemand hörte. Gleichzeitig wurde Oxford von einem anderen korrigiert.

Oxford fuhr fort, wedelte dabei abschätzig mit dem Glas in der Hand: „Na, wie sie auch heißen mag, ich hätte dann jedenfalls wieder Geld – genug, um mir eine umwerfende Geliebte zu nehmen, dann bräuchte ich mich um meine Gattin nicht weiter zu kümmern. Nachdem ich den einen oder anderen Stammhalter gezeugt habe. Und ich könnte mir vorstellen, dass sie in ihrem Alter …", er hielt inne, um seiner Bemerkung anzüglichen Nachdruck zu verleihen, „… dankbar für alles ist, was ich ihr gebe."

Seine Bemerkung löste erneut misstönendes Gelächter aus.

Unwillkürlich überkam Ralston Widerwillen. Calpurnia Hartwell würde Oxford niemals heiraten. Eine Frau mit so viel

Leidenschaft würde sich auf gar keinen Fall mit so einem Esel begnügen. Noch nie war sich Ralston einer Sache so sicher gewesen.

„Wer ist bereit, mit mir darum zu wetten, dass sie bis Juni mir gehört?“

Ein paar von Oxfords Freunden beteiligten sich an der Wette, andere wetteten darauf, dass der Earl of Allendale dazwischentreten und die Heirat verbieten würde, und mindestens ein Mann wettete, dass Oxford mit Lady Calpurnia durchbrennen müsste, um sein Ziel zu erreichen.

„Ich nehme alle Wetten an.“ Bei Ralstons Worten verstummten die anderen Männer und wandten sich zu ihm um.

Oxford warf ihm ein breites Lächeln zu. „Ah, Ralston. Ich hatte Sie gar nicht bemerkt. Sie möchten auf meine zukünftige Braut wetten?“

Ralston konnte sich nicht vorstellen, dass die Frau, die letzten Abend ungebeten in sein Haus eingedrungen war, Oxford je als etwas anderes als ein rotes Tuch ansehen würde. So leicht hatte er noch keine Wette gewonnen. Das reinste Kinderspiel. „Allerdings, Oxford, ich nehme alle Wetten auf Lady Calpurnia an. Sie haben bei ihr nicht die geringsten Chancen.“ Er wandte sich zum Buchmacher. „Finney, merken Sie auf. Wenn Oxford überhaupt so weit kommen sollte, Lady Calpurnia einen Heiratsantrag zu machen, so wird sie ihn gewiss abweisen.“

Überraschtes Gemurmel war zu hören, als Finney fragte: „Wie hoch ist Ihr Einsatz, Mylord?“

Ralston sah Oxford in die Augen und sagte: „Tausend Pfund werden wohl für die nötige Spannung sorgen, könnte ich mir denken.“ Dann wandte er sich um und ging hinaus. Das Grüppchen Gentlemen blieb sprachlos zurück.

Die Herausforderung war ausgesprochen.

6. KAPITEL

Callie hatte geglaubt, dass dieser Abend anders sein würde.

Sie hatte erwartet, dass Marianas und Rivingtons Verlobungsball sich als wunderbar erweisen würde. Und das war er auch – jeder Zoll im Raum war geputzt worden, bis er glänzte, vom Boden über die Fenster bis hin zu den riesigen Deckenlüstern und Wandleuchten, in denen Tausende von Kerzen steckten, und den Marmorsäulen an der einen Wand, welche die eindrucksvolle Galerie des Ballsaales stützten, wo sich ruhebedürftige Gäste ergehen und trotzdem Teil des Ballgeschehens bleiben konnten.

Sie war sich sicher gewesen, dass Mariana einen glänzenden Auftritt haben würde, und auch das trat ein: Als strahlende Schönheit hing sie an Rivingtons Arm, absolvierte mit Dutzenden von anderen Paaren einen lebhaften Kontretanz. Und die anderen Gäste schienen mit Callie einer Meinung; sie waren froh, beim ersten großen Ereignis der Saison zu Gast zu sein und Mariana und ihren Herzog feiern zu können. Die vornehme Gesellschaft war in Höchstform, nach der neuesten Mode gekleidet und erpicht darauf, alles zu sehen und von jenen gesehen zu werden, die sie während ihres Winteraufenthaltes auf dem Lande vermisst hatten.

Allerdings hatte Callie sich vorgestellt, dass der Ball für *beide* Allendale-Schwestern etwas Besonderes sein würde.

Und doch saß sie hier, bei den Mauerblümchen. Wie üblich.

Natürlich sollte sie sich inzwischen daran gewöhnt haben – daran, ignoriert und zu den anderen alten Jungfern abgeschoben zu werden. Um der Wahrheit die Ehre zu geben, hatte sie es anfangs sogar vorgezogen, sich dort aufzuhalten. Die Frauen hatten sie in ihrer Mitte aufgenommen, ihr freundlich Platz gemacht auf den Sitzgelegenheiten, die man für sie bereitgestellt hatte. Callie hatte es sehr viel angenehmer gefunden, den Fortgang der Saison von außen zu beobachten, während sie mit den älteren Frauen Klatsch austauschte, statt verlegen auf der anderen Seite des Raums zu stehen und darauf zu warten, dass irgendein passender junger Mann sie zum Tanzen aufforderte.

Nach zwei Saisons, in denen sich nur Glücksritter und alternde Witwer für sie interessiert hatten, hatte Callie die Kameradschaft der alten Jungfern begrüßt.

Und sich schließlich selbst in eine verwandelt.

Sie war sich nicht einmal sicher, wann oder wie es geschehen war, aber es war passiert. Und inzwischen konnte sie auch nicht mehr viel dagegen ausrichten.

Aber an diesem Abend fand Marianas Verlobungsball statt. Es war dies der erste Ball, seit Calpurnia Dinge auf ihrer Liste strich. Und sie hatte ehrlich geglaubt, dass es diesmal anders laufen könnte. Auf einem Fest, das eigens zur Feier der bevorstehenden Vermählung stattfand, hatte sie als Brautjungfer in spe doch sicher besondere Aufmerksamkeit verdient!

Sie schaute auf die Tanzenden und seufzte leise. *Offenbar nicht.*

„Ach, Calpurnia." Miss Genevieve Hetherington, eine ältere unverheiratete Dame mit freundlichen Augen und ohne jegliches Einfühlungsvermögen, tätschelte Callie sanft das Knie. „Sie müssen darüber hinwegkommen, meine Liebe. Manche von uns sind einfach nicht zum Tanzen geschaffen."

„Wahrhaftig nicht", stieß Callie hervor, stand auf und entschuldigte sich. Das war gewiss besser, als eine der beliebtesten alten Jungfern des *ton* zu erdrosseln.

Mit gesenktem Kopf, um möglichst wenige Leute grüßen zu müssen, ging Callie zu dem Raum, in dem die Erfrischungen serviert wurden.

Kurz vor dem Ziel wurde sie von Lord Oxford aufgehalten. „Lady Calpurnia!"

Callie setzte ein süßliches Lächeln auf und wandte sich dem Lord zu, der ihr seinerseits das zahnreichste Grinsen zeigte, das sie je gesehen hatte. Unwillkürlich wich sie einen Schritt vor dem strahlenden Mann zurück. „Lord Oxford. Was für eine Überraschung."

„Ja, das kann ich mir denken." Sein Lächeln wankte nicht.

Sie wartete darauf, dass er weitersprach. Als er schwieg, sagte sie: „Es freut mich, dass Sie heute Abend zu uns kommen konnten."

„Mich freut vor allem, dass ich zu *Ihnen* kommen konnte, Lady Calpurnia."

Die Betonung verwirrte Callie einigermaßen. War Lord Oxfords anzüglicher Ton möglicherweise Absicht? Sicher nicht, schließlich konnte Callie sich nicht einmal erinnern, wann sie das letzte Mal mit dem unverbesserlichen Dandy gesprochen hatte. Sie räusperte sich verhalten. „Oh. Vielen Dank."

„Reizend sehen Sie heute Abend aus." Oxford beugte sich vor, und sein Lächeln wurde womöglich noch breiter. Konnte es sein, dass er mehr Zähne hatte als ein Normalsterblicher?

„Oh." Mit einiger Verspätung dachte Callie daran, züchtig den Kopf zu senken und geschmeichelt statt verdutzt zu wirken. „Danke, Mylord."

Oxford wirkte äußerst selbstzufrieden. „Vielleicht würden Sie mir die Ehre erweisen, mit mir zu tanzen?" Als sie nicht gleich antwortete, hob er ihre Hand an die Lippen und fügte mit gesenkter Stimme hinzu: „Das will ich Sie schon den ganzen Abend fragen."

Ungläubig hob Callie den Kopf. War der Mann vielleicht betrunken?

Während sie noch über die Aufforderung nachdachte, hörte Callie, wie das Orchester einen Walzer anstimmte, was sie sofort gegen den Vorschlag einnahm, mit Oxford zu tanzen. Der Walzer hatte sich in England erst durchgesetzt, nachdem Callie zur alten Jungfer geworden war, und so hatte sie nie eine Möglichkeit bekommen, ihn mit jemand anderem als ihrem Bruder Benedick zu tanzen, der ihr den Tanz zu Hause beigebracht hatte. Ihren ersten Walzer in der Öffentlichkeit wollte sie ganz gewiss nicht mit Oxford tanzen, der grinste, als wäre er nicht gescheit. Rasch warf sie einen Blick zum Erfrischungsraum und überlegte, wie sie am besten entkommen konnte.

„Ach. Na ja. Ich …“, wich sie aus.

„Calpurnia! Da sind Sie ja!“ Miss Heloise Parkthwaite, jenseits der fünfzig und ziemlich kurzsichtig, kam aus dem Nichts herbei und packte Callie am Arm. „Ich habe *überall* nach Ihnen gesucht. Seien Sie doch so lieb und kommen Sie mit, damit ich meinen Saum reparieren kann, ja?“

Calpurnia atmete erleichtert auf; sie war gerettet. „Aber natürlich, Heloise, meine Liebe“, erklärte sie. Sie entzog Oxford ihre Hand und schenkte ihm ein bedauerndes Lächeln. „Vielleicht ein anderes Mal, Mylord?“

„In der Tat! Und beim nächsten Mal kommen Sie mir nicht davon!“ Oxford lachte dröhnend auf, und sie rang sich ein künstliches kleines Kichern ab, ehe sie sich abwandte, um Heloise zum Ruheraum der Damen zu begleiten.

Callie hängte sich bei Heloise ein, und die ältere Dame begann von den gewagten Miedern zu plaudern, die dieses Jahr offenbar sehr in Mode waren. Während sie an den hoffentlich passenden Stellen nickte und etwas murmelte, was ihr Interesse bekunden sollte, ließ Callie die Gedanken schweifen – von der merkwürdigen Begegnung mit Oxford bis hin zu ihrer Liste.

Und entschied, dass sie, wenn sie einen weiteren Abend mit bizarren Gesprächen und einem Sitzplatz in der Jungfernecke erdulden musste, sich ein weiteres Abenteuer wahrhaftig verdient hatte. Sie war fast versucht, Heloise sicher im Damensalon abzuliefern und dann die Gunst der Stunde zu nutzen und sich heimlich davonzumachen, um sich sofort ihrer Liste zu widmen.

Vorausgesetzt natürlich, sie kamen jemals im Damensalon an. Die ältere Frau war abrupt stehen geblieben und linste nun kurzsichtig in die Menge. „Ist das da drüben Ralston? Wie merkwürdig!“

Callies Herz setzte einen Schlag aus, und sie blickte in die Richtung, in die Heloise deutete, konnte aber, da sie zu klein war, um über die Köpfe hinwegzusehen, vor lauter Menschen nichts erkennen. Doch dann fiel ihr wieder ein, dass Heloise so gut wie nichts sah. Callie schüttelte den Kopf und machte sich wieder daran, sich einen Weg durch die Menge zu bahnen. Ralston konnte es nicht gewesen sein.

Heloise stimmte dem offenbar zu. „Nein, Ralston kann das nicht gewesen sein. Er geht so gut wie nie auf Bälle. Vermutlich war es St. John."

Callie stieß die Luft aus, die sie, ohne es zu bemerken, angehalten hatte. Natürlich. Es könnte Lord Nicholas sein. *Bitte lass es Lord Nicholas sein.*

„Seltsam allerdings, dass er sich uns nähert."

Callie fuhr herum – sie konnte sich einfach nicht zügeln –, und sah einen hochgewachsenen, attraktiven Gentleman auf sich zukommen. Mit entschlossenem Blick.

Es war nicht Lord Nicholas.

Selbst wenn die fehlende Narbe seine Identität nicht verraten hätte, hätte Callie es gewusst. Nicholas' Schultern waren nicht ganz so breit, sein Kinn war nicht ganz so kräftig, seine Augen waren nicht ganz so intensiv blau wie die seines Bruders. St. John hatte ihr noch nie den Atem geraubt, hatte ihr Herz noch nie zum Klopfen gebracht, hatte sie nie auf absolut unvorstellbare Gedanken gebracht.

Nein, der Mann, der da auf sie zukam, war ganz entschieden *nicht* Lord Nicholas St. John.

Dabei wünschte sie sich so, er wäre es gewesen.

Rasch sah Callie von einer Seite zur anderen, auf der Suche nach dem schnellsten Fluchtweg, um der Begegnung mit Ralston auszuweichen. Doch von allen Seiten schoben sich Gäste in ihren Weg – nur aus der Richtung nicht, aus der er kam. Sie begegnete seinem wissenden Blick, und dann hob er eine dunkle, makellos gewölbte Augenbraue.

Sie saß in der Falle. Zusammen mit der aufgeregt glucksenden Heloise, der sich vermutlich seit Jahren kein attraktiver Gentleman mehr genähert hatte.

Nicht dass Callie dieses Glück oft beschieden gewesen wäre.

„Lord Nicholas!", rief Heloise eine Spur zu laut. „Wie reizend, Sie zu sehen!"

„Heloise, meine Liebe", raunte Callie ihrer Begleiterin zu, „das ist Ralston."

Heloise schielte zu Ralstons Wange, offenbar auf der Suche nach der verräterischen Narbe. „Oh! Aber natürlich. Verzeihen Sie bitte, Lord Ralston." Sie knickste rasch.

„Kein Grund, sich zu entschuldigen, Miss Parkthwaite." Er neigte sich über Heloises Hand und fügte dann hinzu: „Ich versichere Ihnen, dass ich das als großes Kompliment ansehe. Mein Bruder ist der Hübschere von uns beiden."

„Aber nein, Mylord", kicherte Heloise, errötete und fuchtelte wild mit ihrem Fächer herum. „Gewiss nicht."

Ralston zwinkerte der älteren Dame zu und sagte dann: „Nun, es liegt mir fern, einer Dame zu widersprechen."

Diese Worte brachten sie zum Lachen, und während sie noch in sich hineingluckste, wandte Ralston sich an Callie, die ihm die Hand reichte. Ralston beugte sich darüber, und ein Schauer kroch ihr den Arm empor. „Lady Calpurnia, ich hatte gehofft, dass Sie mir den nächsten Tanz schenken, den Sie zu vergeben haben."

Heloise keuchte überrascht auf, während Callie herausplatzte: „Wie bitte?"

„Den nächsten Tanz", wiederholte Ralston und sah von einer Frau zur anderen, als hielte er sie für leicht derangiert. „Ich gebe gern zu, dass ich nicht so viele Gesellschaften besuche, wie ich vermutlich sollte, aber sicher tanzt man doch noch auf einem Ball, oder?"

„Oh! Aber ja, Mylord", erklärte Heloise hilfreich.

„In dem Fall", meinte Ralston, in dessen Augen der Schalk funkelte, „möchte ich um Ihre Tanzkarte bitten, Lady Calpurnia."

„Ich habe keine Tanzkarte." Sie tanzte so selten, dass sie keine brauchte.

Einen kurzen Moment herrschte Schweigen, als er diese Information verarbeitete.

„Hervorragend. Das vereinfacht die Sache doch beträchtlich, finden Sie nicht?“ Ralston wandte sich noch einmal an Heloise. „Macht es Ihnen etwas aus, wenn ich Ihnen Ihre Begleitung entführe, Miss Parkthwaite?“

Verblüfft schüttelte Heloise den Kopf und stammelte: „Aber nein, keineswegs!“

Callie stand immer noch wie angewurzelt und wollte sich nicht auf die Tanzfläche führen lassen. Sie konnte nicht mit Ralston Walzer tanzen. Ihren ersten Walzer konnte sie doch nicht mit *ihm* tanzen. Sie würde ihn mit keinem anderen mehr genießen können.

Männer wie Ralston sind nicht für Frauen wie dich bestimmt, Callie.

Nein, bestimmt nicht. Vor allem dann nicht, wenn sie drohten, mit einem Walzer zu tanzen. Aus reinem Selbsterhaltungstrieb schüttelte Callie entschieden den Kopf. „Oh, das geht doch nicht, Mylord. Sehen Sie, ich habe Heloise versprochen, sie in den Damensalon …“

„Unsinn!“, widersprach Heloise atemlos. „Ich komme schon zurecht. Sie *müssen* Walzer tanzen, Calpurnia.“ Beim letzten Satz strahlte die ältere Dame Ralston an und nickte aufgeregt.

So fiel die Entscheidung.

Ralston führte sie mitten auf die Tanzfläche, zu ihrem ersten Walzer.

Während er sie über das Parkett geleitete, sah Callie ihre Mutter am anderen Ende des Saals stehen, neben ihr die strahlende Mariana. Die Dowager Countess starrte vollkommen fassungslos zu ihnen herüber. Callie nickte ihr kurz zu und versuchte so auszusehen, als würde sie auf jedem Ball von attraktiven Gentlemen zum Tanzen aufgefordert.

Verzweifelt bemüht, die Situation zu entkrampfen – vor allem um ihrer selbst willen –, sagte Callie trocken: „Für heute Abend haben Sie wahrlich für genug Gesprächsstoff gesorgt, Mylord.“

„Vermutlich sprechen Sie davon, dass ich überhaupt gekommen bin. Nun, ich dachte, nachdem Juliana auf bestem Wege ist, in die Gesellschaft eingeführt zu werden, sollte ich wohl das Meinige dazu beitragen und mich beim *ton* einschmeicheln." Nach einer langen Pause fügte er hinzu: „Warum tanzen Sie eigentlich nicht?"

Callie überlegte kurz, bevor sie erwiderte: „Habe ich doch, ein paar Jahre lang. Und dann … habe ich damit aufgehört."

Diese Antwort schien ihn nicht zu befriedigen, denn er fragte weiter: „Warum?"

Sie lächelte verlegen. „Meine Tanzpartner waren nicht gerade ideal. Wenn sie es nicht auf meine Mitgift abgesehen hatten, dann waren sie alt oder langweilig oder … einfach unangenehm. Mir ist es leichter gefallen, ganz mit dem Tanzen aufzuhören, als ihre Gesellschaft zu ertragen."

„Hoffentlich finden Sie mich nicht ebenso widerwärtig."

Sie sah auf und begegnete seinem amüsierten Blick. Nein. Ralston war nicht widerwärtig. Ganz und gar nicht.

„Nein, Mylord", sagte sie weich, und ihr Tonfall verriet, was sie dachte, ehe sie noch hinzufügte: „Miss Parkthwaite ist anscheinend auch dieser Ansicht. Sie fand sie offenbar überaus charmant."

„Man sollte die Talente, die einem zur Verfügung stehen, zu seinem Vorteil einsetzen, Lady Calpurnia."

„Darin sind Sie bestimmt äußerst geschickt."

Seine Stimme senkte sich ein wenig. „Allerdings, darin bin ich äußerst geschickt."

Davon wollte sie sich nicht aus der Ruhe bringen lassen und erklärte: „Dieser Ruf eilt Ihnen voraus, Mylord." Erst als die Worte ausgesprochen waren, wurde sie sich ihrer Doppeldeutigkeit bewusst.

Er hob eine Augenbraue. „Ach ja?"

Callie lief feuerrot an, blickte angelegentlich auf sein kunstvoll geschlungenes Krawattentuch und wünschte sich, sie wäre genauso flirterfahren und verführerisch wie die Frauen, mit denen er sonst tanzte. Die würden natürlich genau wissen, was man in diesem tändelnden Spiel als Nächstes sagen musste.

„Kommen Sie, Lady Calpurnia", neckte er sie leise, „auf welche meiner ruchlosen Taten beziehen Sie sich?"

Sie hob den Blick und sah die Herausforderung in seinen Augen. „Oh, auf alle möglichen, Mylord", erwiderte sie leichthin und mit Genuss. „Ist es wahr, dass Sie einmal vom Balkon einer gewissen Countess gesprungen und dabei leider in einer Stechpalme gelandet sind?"

Ralstons Augen weiteten sich ein wenig bei dieser leise gestellten Frage, doch dann begannen sie wieder amüsiert zu glitzern. „Ein Gentleman würde ein derartiges Ereignis weder abstreiten noch bestätigen."

Callie lachte. „Im Gegenteil, Mylord. Ein Gentleman würde ein derartiges Ereignis ganz gewiss *abstreiten*."

Er lächelte, ein verwegenes Grinsen, und Callie war dankbar, dass sich einen Augenblick einvernehmliches Schweigen herabsenkte, denn angesichts dieses seltenen Lächelns war sie sich nicht sicher, ob sie die richtigen Worte hätte finden können. Sie ließ sich von der Musik treiben, verlor sich im Tanz, im gemeinsamen Rhythmus ihrer Körper. Wenn dies ihr erster und einziger Walzer sein sollte, wollte sie sich an jeden einzelnen Augenblick erinnern. Sie schloss die Augen, ließ sich von Ralston führen und war sich dabei seiner behandschuhten Finger deutlich bewusst, die so federleicht an ihrer Taille lagen, und der Berührung seiner langen, muskulösen Beine, während sie sich im Takt der Musik drehten. Nach einigen Momenten verlor sie die Orientierung und musste die Augen öffnen, wobei ihr nicht klar war, ob ihr Schwindel von der Bewegung kam oder von dem Mann. Sie begegnete Ralstons Blick und akzeptierte die Wahrheit.

Es war natürlich der Mann.

„Ich hatte gehofft, dass wir über Juliana reden können."

Callie schluckte ihre Enttäuschung hinunter. Obwohl sie Juliana dreimal die Woche besuchte, war ihr Ralston dort noch nicht begegnet – was vermutlich das Beste war, wenn man überlegte, wie sie sich in seiner Nähe in einen rechten Strohkopf verwandelte.

Ihm war das offenbar noch nicht aufgefallen, denn er fuhr fort: „Wann glauben Sie denn, dass meine Schwester bereit ist, es mit Londons Ballsälen aufzunehmen?"

„Spätestens in einer Woche, würde ich sagen. Juliana ist eine sehr gelehrige Schülerin, Mylord. Ihr ist viel daran gelegen, es Ihnen und Ihrem Bruder recht zu machen."

Er nickte zufrieden. „Ich möchte Sie bitten, mit ihr einkaufen zu gehen. Sie wird sich neu einkleiden müssen."

Callies Überraschung war offensichtlich. „Ich bin mir nicht sicher, ob ich dafür die geeignete Begleitung bin, Mylord."

„Mir scheinen Sie durchaus passend."

Sie versuchte es anders. „Zum Kleiderkaufen sollte sie lieber jemand begleiten, der selbst auf dem neuesten Stand der Mode ist."

„Ich will aber Sie." Die Worte waren ebenso offen wie herrisch.

Callie wusste, dass sie sich nicht würde durchsetzen können. Nach einer kleinen Pause nickte sie zustimmend. „Ich muss dazu erst ihre aktuelle Garderobe durchsehen, um festzustellen, was sie braucht."

„Nein. Sie braucht alles. Ich will, dass sie von Kopf bis Fuß neu ausstaffiert wird. Nur vom Besten, und alles nach der neuesten Mode." Sein Ton duldete keinen Widerspruch. „Ich will nicht, dass sie fehl am Platz wirkt."

„Aber wenn sie doch nur zwei Monate …"

„Sie glauben doch nicht im Ernst, dass ich sie nach Italien zurückkehren lasse?"

„Ich …" Callie bemerkte die Entschlossenheit in seinem Ton. „Nein, wohl nicht. Aber, Mylord …", fuhr sie vorsichtig fort, da sie sich nicht sicher war, wie sie ihn auf die Kosten eines so extravaganten Unterfangens aufmerksam machen sollte.

„Geld spielt keine Rolle. Sie soll nur das *Beste* bekommen."

„Also gut“, stimmte sie ruhig zu; schließlich wollte sie viel lieber den Walzer genießen, als sich mit ihm herumzustreiten.

Er gestattete ihr ein paar Augenblicke stillen Vergnügens, ehe er sagte: „Ich möchte auch über die Voraussetzungen sprechen, die nötig sind, damit sie Zutritt zu Almack's erhält.“

Als sie das hörte, machte Callie große Augen. Vorsichtig erwiderte sie: „Almack's ist vielleicht nicht der beste Ort, um Juliana in die Gesellschaft einzuführen, Mylord.“

„Warum denn nicht? Wenn sie dort akzeptiert wird, tut sie sich beim restlichen *ton* doch sehr viel leichter, nicht wahr?“

„Das schon“, stimmte Callie zu. „Nur sind die Patronessen mit den Eintrittskarten nicht allzu großzügig. Nicht jeder bekommt ohne Weiteres Zutritt.“

Ralston machte schmale Augen. „Wollen Sie damit sagen, Sie glauben nicht, dass Juliana eine Eintrittskarte bekommt?“

Callie dachte kurz nach. „An den Manieren Ihrer Schwester werden die Damen des Komitees gewiss nichts auszusetzen haben, aber …“

„Aber gute Manieren allein reichen nicht aus, Lady Calpurnia, oder?“

Sie sah ihm direkt in die Augen. „Nein, Mylord.“

„Liegt es an mir? Oder an meiner Mutter?“

„Hier ist wirklich nicht der richtige Ort, um über all das …“

„Unsinn. Wir befinden uns in Gesellschaft. Werden nicht alle wichtigen Angelegenheiten im Ballsaal besprochen?“ Sein Ton troff vor Ironie. Wenn sie nicht geahnt hätte, wie sehr ihn die Situation belasten musste, hätte sie sich über seine Leichtfertigkeit geärgert.

Er wandte den Blick von ihr ab, starrte über ihren Kopf hinweg. Vorsichtig meinte sie, nachdem sie erst seine mögliche Reaktion bedacht hatte: „Wenn sie selbst einen Titel tragen würde … oder wenn sie nicht in Ralston House leben würde …“ Sie versuchte es anders. „Es wäre vielleicht einfacher, Juliana Zugang zur Gesellschaft zu verschaffen, wenn wir Almack's ganz ausklammern.“

Er schwieg, aber sie konnte spüren, dass eine Veränderung in ihm vorgegangen war. Seine Arme waren auf einmal steif vor Anspannung geworden. Schließlich sah er sie an. „Ich möchte sie nicht verletzen."

„Ich auch nicht." Und das wollte sie auch nicht.

Er hielt inne, als wollte er ihre Gedanken lesen. „Wird es uns gelingen?"

„Ich werde mein Bestes tun." Die Wahrheit.

Ein Mundwinkel zuckte nach oben – wenn sie sich nicht mit allen Sinnen auf ihn konzentriert hätte, wäre es ihr vielleicht entgangen. „So selbstgewiss."

„Man steht nicht sein Leben lang am Rand des Ballsaals, ohne zu erkennen, was man alles braucht, um Ballkönigin zu werden, Mylord."

„Wenn jemand Juliana dabei helfen kann, durch diese haifischverseuchten Gewässer zu navigieren, dann sind das wohl Sie, Lady Calpurnia." Die Worte verrieten einen Respekt, bei dem Callie warm ums Herz wurde, was sie, ohne großen Erfolg, zu ignorieren suchte.

Als der Walzer vorüber war, riskierte sie eine Bitte. „Dürfte ich vielleicht vorschlagen, dass Sie mich zu meiner Mutter bringen?"

Sofort erkannte er, was sie bezweckte. „Glauben Sie, man hält mich für geläutert, wenn man mich mit Ihrer Mutter plaudern sieht?"

„Schaden kann es jedenfalls nicht." Sie lächelte zu ihm auf, während sie gemeinsam an der Tanzfläche entlangschlenderten. „Sie vergessen einen der wichtigsten Grundsätze der Londoner Gesellschaft."

„Und der wäre?"

„Ein vermögender, unverheirateter Marquess wird immer gern auf der Sonnenseite empfangen."

Er hielt inne, ließ einen Finger langsam über ihre Knöchel wandern und raunte ihr ins Ohr: „Und wenn ich mir gar nicht sicher bin, ob ich die Dunkelheit verlassen will?"

Bei diesen Worten, eher geraunt als gesprochen, lief ihr ein Schauer den Rücken hinunter. Sie räusperte sich. „Dafür ist es zu spät, fürchte ich."

„Lord Ralston!", ertönte in diesem Moment die hohe, aufgeregte Stimme ihrer Mutter. Sie waren bei Lady Allendale und Mariana angelangt. Die beiden hatten anscheinend den gesamten Walzer beobachtet und auf diesen besonderen Augenblick gewartet. „Wir dürfen uns glücklich schätzen, dass wir Sie heute Abend bei uns begrüßen dürfen."

Ralston verneigte sich tief. „Ich bin derjenige, der sich glücklich schätzen darf, dass er eine Einladung erhalten hat, Mylady. Lady Mariana, Sie strahlen heute Abend förmlich. Darf ich Ihnen zur bevorstehenden Vermählung alles Gute wünschen?"

Mariana lächelte Ralston warmherzig an und reichte ihm die Hand. „Danke, Mylord. Und darf ich sagen, dass ich sehr neugierig auf Ihre Schwester bin? Callie hat so wunderbare Sachen über sie erzählt."

„Lady Calpurnia war Juliana seit ihrer Ankunft eine gute Freundin." Er blickte zu Callie und fügte hinzu: „Ich bin der Ansicht, dass es niemanden gäbe, der besser geeignet wäre, meiner Schwester zum Erfolg zu verhelfen."

„Darin haben Sie natürlich absolut recht, Mylord", erwiderte Lady Allendale. „Callies Ruf ist tadellos. Außerdem ist eine Frau in ihrem Alter und in ihrer Situation ideal geeignet, Miss Juliana zu unterrichten."

Callie zuckte innerlich zusammen, als sie diese Worte hörte, die – ob beabsichtigt oder nicht – ihren Status als unberührbare alte Jungfer herausstrichen. Genauso gut hätte sie lautstark verkünden können, Callie habe ihr Gelübde als Nonne abgelegt.

Lady Allendale fuhr fort: „Darf ich fragen, Mylord, wie Sie und meine Tochter überhaupt zu dieser Vereinbarung kamen, dass sie Ihre Schwester in die Gesellschaft einführen soll?"

Callie sah rasch zu Ralston hinüber; ihr schlug das Herz bis zum Halse. Wie wollte er die Wahrheit umgehen? Doch er erwiderte nur ruhig: „Ich gestehe, Lady Allendale, dass die Vereinbarung meine Idee war. Ich hatte das außergewöhnliche Glück, Lady Calpurnia zur rechten Zeit am rechten Ort anzutreffen, wie es so schön heißt. Ich weiß nicht, wie ich ihr die großzügige Hilfe vergelten kann.“ Bei dieser Antwort weiteten sich Callies Augen – hatte sie da einen neckenden Unterton herausgehört? Sie wandte sich wieder ihrer Mutter zu, die von der Antwort des Marquess zufriedengestellt schien – so, als wäre es nichts Ungewöhnliches, dass ein Lebemann in nicht ganz geklärter Absicht die Gesellschaft ihrer unverheirateten Tochter suchte.

Sie musste diese beschämende Situation beenden. Sofort. Bevor ihre Mutter etwas wirklich Peinliches tat. Als reichte es nicht schon, dass sie schimmernde auberginefarbene Seide trug, die mit Pfauenfedern aufgeputzt war. Vielen Pfauenfedern.

„Mutter, Lord Ralston hat angeboten, mich in den Erfrischungsraum zu begleiten“, log sie – hoffentlich ebenso geschickt wie Ralston – und wich dabei dem Blick des betreffenden Gentlemans aus. „Können wir dir etwas bringen?“

„Oh, nein, danke.“ Die Dowager Countess wedelte erst abschätzig mit dem Fächer, legte Ralston dann die Hand auf den Arm und fixierte ihn streng. „Lord Ralston, ich freue mich schon, Ihre Schwester bald kennenlernen zu dürfen. Vielleicht möchte sie einmal zum Lunch kommen?“ Es war keine Frage.

Elegant legte Ralston den Kopf schief und nahm das Hilfsangebot der Dowager Countess an. „Das würde Juliana sicher mit Freuden tun, Lady Allendale.“

Callies Mutter nickte entschieden. „Hervorragend.“

Damit wandte Lady Allendale sich ab, die arme Mariana im Schlepptau, um ein paar Neuankömmlinge zu begrüßen. Ralston bot Callie den Arm.

„Ich würde Sie sehr gern zum Erfrischungsraum begleiten“, erklärte er trocken.

Sie hängte sich bei ihm ein. „Bitte entschuldigen Sie die kleine Lüge.“

„Keine Ursache.“ Sie gingen ein paar Schritte, ehe er hinzufügte: „Danke.“ Er hatte offenbar erkannt, dass die Einladung und der Verkehr mit den Allendales seiner Schwester den Weg in die Gesellschaft ebnen würden.

Sie antwortete nicht sofort, da sie in Gedanken ganz bei der erstaunlichen Wendung war, die dieser Abend genommen hatte. Deutlich spürte sie die Wärme von Ralstons Arm unter ihrer Hand, ebenso deutlich die Blicke, mit denen die Vornehmsten der Vornehmen ihren Rundgang durch den Saal verfolgten. Callie konnte einfach nicht aufhören, darüber zu staunen, wie anders sich dieser spezielle Abend entwickelt hatte.

„Danken Sie mir nicht vorschnell, Mylord", sagte sie zögernd. „Wie Sie so taktvoll angemerkt haben, habe ich noch nicht geäußert, was ich im Gegenzug von Ihnen möchte."

Er sah auf sie hinunter. „Ist mir schon aufgefallen. Sie können nicht zufällig damit herausrücken, damit wir es hinter uns haben?"

„Leider nein. Allerdings habe ich eine etwas merkwürdige Frage, wenn es Ihnen nichts ausmacht."

„Aber nein, ich bin Ihnen gern nach Kräften behilflich."

Sie schluckte, nahm allen Mut zusammen und fragte dann so lässig, wie es ihr möglich war: „Könnten Sie mir vielleicht ein gutes Wirtshaus empfehlen?"

Als Frage war dies weder besonders elegant noch besonders delikat formuliert, doch Callie war so gespannt auf die Antwort, dass sie sich unmöglich in vornehmer Zurückhaltung üben konnte.

Zu Ralstons Gunsten muss gesagt werden, dass er sich die Überraschung, die er bei dieser Frage empfunden haben musste, nicht anmerken ließ. Er warf ihr nur einen raschen Seitenblick zu und führte sie weiter zielstrebig durch die vielen Tanzpaare, die ihnen immer wieder den Weg versperrten.

„Wie bitte? Ein Wirtshaus?"

„Ja. Eine Schenke." Sie nickte und lächelte ihn an, in der Hoffnung, er werde nicht weiter nachfragen.

„Wozu?"

Sie hätte wirklich damit rechnen müssen, dass er sich neugierig zeigte. Callie suchte nach einer Erklärung. „Wissen Sie … Mylord“, sie hielt inne, dachte nach. „Also, mein Bruder … Benedick?“ Sie wartete, dass Ralston ihr das mit einem Nicken bestätigte, und fuhr fort: „Also, *Benedick* ist auf der Suche nach einem neuen Wirtshaus, das er frequentieren kann … und ich dachte, Sie hätten vielleicht einen Tipp für ihn.“

„Bestimmt kann ich ihm etwas empfehlen. Ich rede mit ihm.“

„Nein!“

Ob dieser heftigen Reaktion hob er eine Augenbraue. „Nein?“

Sie räusperte sich rasch. „Nein, Mylord.“ Sie hielt inne, suchte nach Inspiration. „Sehen Sie … mein Bruder … es würde ihm nicht gefallen, dass ich mit Ihnen über Wirtshäuser rede.“

„Das wundert mich nicht.“

„Ja, Sie haben recht.“ Sie gab sich Mühe, bekümmert dreinzusehen. „Also ist es vielleicht besser, wenn Sie mir die betreffende Lokalität nennen … für einen Gentleman natürlich …, und ich empfehle ihm die Schenke dann wie nebenbei. Wenn sich der richtige Augenblick ergibt.“

Sie war so damit beschäftigt gewesen, sich ihre Geschichte auszudenken, dass sie gar nicht bemerkt hatte, dass sie stehen geblieben waren. Ralston hatte sie in einen der Alkoven am anderen Ende des Ballsaals geführt, wo es ein wenig ruhiger war.

Er drehte sich zu ihr um und sagte: „Als Lügnerin taugen Sie nicht viel.“

Callie riss die Augen auf. Sie brauchte den Schrecken nicht zu spielen. „Mylord?“

„Ihre Flunkerei. Selbst wenn die Geschichte überzeugend gewesen wäre – was sie aber nicht war –, können Sie Ihre wahren Gedanken nur unzureichend verbergen.“

Sie öffnete den Mund, um zu antworten, doch wollte ihr nichts einfallen, und so schloss sie ihn wieder.

„Wie ich mir dachte. Ich weiß nicht, warum oder für wen Sie ein Wirtshaus suchen sollten, die Frage kommt mir ziemlich merkwürdig vor, vor allem von einer Dame …“ Sie öffnete den

Mund noch einmal, doch er hielt die Hand hoch, um ihr Schweigen zu gebieten. „Aber ich bin heute Abend großzügig … und so neige ich dazu, Ihnen den Gefallen zu tun."

Unwillkürlich lächelte sie. „Danke, Mylord."

„Danken Sie mir nicht vorschnell."

Callie kniff die Augen zusammen – genau dasselbe hatte sie vorhin zu ihm gesagt. „Was wollen Sie?"

Sie war auf eine ganze Reihe von Forderungen gefasst – etwas, was Julianas Unterricht betraf, Zugang zu Almack's, eine Dinnereinladung von ihrer Mutter, sogar von Rivingtons Mutter. Darauf war sie gefasst. In diesem Augenblick schien ihr das der gerechte Ausgleich für den Namen eines Wirtshauses, in dem sie ihre Abenteuer fortführen konnte.

Worauf sie nicht gefasst war, das war sein Lächeln. Als er dann tatsächlich lächelte, ein verwegenes, raubtierhaftes Grinsen, das ihr durch und durch ging – war sie vollkommen überrumpelt. Ihr wurde heiß, und ihr Herz begann zu hämmern. Sie konnte den Blick nicht von seinen weißen Zähnen wenden, seinen weichen Lippen, dem Grübchen in der Wange.

Er war attraktiver denn je.

Ralston nutzte ihre Verblüffung aus und trat so dicht an sie heran, bis sie mit dem Rücken an der Wand stand. Mit einiger Verspätung fiel ihr auf, dass es in dem kleinen Alkoven bemerkenswert still war, wenn man überlegte, wie viele Gäste sich gerade außer Sichtweite tummelten. Er hatte einen Ort ausgewählt, der beinahe zur Gänze von einer massiven Säule und einigen Farnen verdeckt war und ihnen ein gewisses Maß an Privatsphäre schenkte.

Ihn schien es nicht zu kümmern, dass wenige Zoll entfernt der gesamte *ton* versammelt war.

Sie wurde nervös.

Er streckte die Hand aus und strich ihr mit dem Finger über den Arm, legte dort, wo er sie berührte, eine Spur aus Feuer. Dann nahm er ihre behandschuhte Hand in seine, drehte sie um und legte ihr Handgelenk frei. Mit dem Daumen strich er über die zarte Haut, sodass ihr Puls zu rasen begann. Callies gesamte Welt lief in diesem einzigen Moment zusammen, in dieser Liebkosung. Sie konnte den Blick nicht losreißen von dem Punkt, an dem sie einander berührten. Die Wärme seiner Hand, das gleichmäßige Reiben seines Daumens erfüllte all ihre Sinne, drohte sie zu überwältigen.

Sie wusste nicht, wie lang sie so standen, ehe er ihre Hand an die Lippen hob und sie auf die bloßgelegte Stelle am Handgelenk küsste. Sie schloss die Augen und überließ sich ihren Empfindungen – spürte seine weichen Lippen, die sich nun öffneten und einen heißen, feuchten Kuss auf sie hauchten, und dann streiften seine Zähne die empfindsame Stelle. Sie hörte, wie sie aufkeuchte, und öffnete gerade noch rechtzeitig die Augen, um zu sehen, wie er über ihre Haut leckte. Verwegen sah er ihr in die Augen, während er gleichzeitig ihre Sinne in ein heilloses Chaos stürzte, und sie konnte nicht anders, als ihn dabei zu beobachten. Ihr war klar, dass er genau wusste, was er da mit ihr anstellte.

Mit einem letzten Kuss gab Ralston ihre Hand frei, fixierte Callie mit seinem Blick und beugte sich vor. Mehr gehaucht als gesprochen raunte er, und die Worte strichen ihr sanft über die Schläfe: „Das ‚Dog & Dove'."

Zuerst war sie verwirrt. Sie hatte zwar nicht gewusst, was er sagen würde, aber das hatte sie nicht erwartet. Und dann dämmerte ihr inmitten des sinnlichen Nebels, den er über sie geworfen hatte, wovon er sprach. Ihre Augen weiteten sich. Bevor sie noch etwas sagen konnte, war er verschwunden. Langsam gewann sie ihr Gleichgewicht zurück.

Als sie wenig später den Alkoven verließ, vor Vorfreude ganz aufgeregt, überraschte es sie nicht, dass der Marquess den Ball verlassen hatte.

Er hatte ihr jedoch den Namen eines Wirtshauses genannt.

7. KAPITEL

Anne, Sie müssen mir helfen", sagte Callie flehend, während sie ihrer Zofe dabei zusah, wie sie die Frisur löste, die sie vor dem Verlobungsball so sorgfältig aufgesteckt hatte.

„Ich muss gar nichts", versetzte die Zofe empört. „Ihnen ist doch sicher bewusst, dass ich meine Stelle verlieren würde, wenn das herauskäme."

„Sie wissen, dass ich das niemals zulassen würde", erwiderte Callie. „Aber ohne Sie komme ich nicht zurecht."

Anne begegnete Callies Blick im Spiegel. „Nun, dann stehen Ihnen leider schwierige Zeiten bevor, Lady Calpurnia. Denken Sie doch an Ihren Ruf ... wenn man Sie erwischen würde!"

„Man wird mich nicht erwischen." Callie wirbelte zu Anne herum, dass ihr das halb aufgelöste Haar um den Kopf flog. „Erstens sind alle so abgelenkt vom Ball, dass keinem auffallen würde, dass ich nicht mehr da bin. Wenn Sie mir dann noch helfen, mich zu verkleiden, liegt die Gefahr der Entdeckung bei null. Nur diesen einen Abend, Anne. Ich bin im Handumdrehen wieder da, und keiner wird etwas bemerken." Callie hielt inne, hob bittend die Hände und fügte hinzu: „*Bitte*. Habe *ich* nicht auch einmal einen aufregenden Abend verdient?"

Die ältere Frau schwieg; offenbar ließ sie sich Callies Worte durch den Kopf gehen. Schließlich seufzte sie resigniert. „Diese Liste bedeutet für uns beide noch mal den Untergang."

Callie grinste breit. Sie hatte gewonnen. „Hervorragend. Ach, Anne, danke!"

„Sie werden mehr tun müssen, als mir zu danken, wenn der Earl kommt und meinen Kopf verlangt."

„Einverstanden." Callie konnte nicht aufhören zu lächeln, während sie sich umdrehte, um ihrer Zofe besseren Zugang zu der Knopfreihe im Rücken zu verschaffen.

Während Anne die Verschlüsse löste, schüttelte sie den Kopf und murmelte in sich hinein. „Ein Wirtshaus. Mitten in der

Nacht. Ich muss verrückt sein, Ihnen dabei zu helfen."

„Unsinn", widersprach Callie energisch. „Sie erweisen sich einfach als sehr gute Freundin. Eine sehr gute Freundin, die Sonntag, Montag und Dienstag freihaben sollte."

Die Zofe knurrte nur über diesen Bestechungsversuch. „Haben Sie denn jemals eine Schenke von innen gesehen?"

„Natürlich nicht", erklärte Callie. „Dazu hatte ich noch nie Gelegenheit."

„Man könnte meinen, dass es dafür einen Grund gibt", sagte Anne trocken.

„Waren Sie denn je in einer Schenke?"

Die Zofe nickte kurz. „Ich hatte einige Male Anlass, ein Wirtshaus zu betreten. Ich hoffe nur, dass der Marquess of Ralston eines mit ehrbarem Publikum empfohlen hat. Mir will nicht gefallen, dass er Ihnen so bereitwillig dabei hilft, Ihren Ruf zu ruinieren."

„Machen Sie Ralston keine Vorwürfe, Anne. Er hätte mir das Dog & Dove bestimmt nicht empfohlen, wenn er gedacht hätte, dass ich diejenige bin, die dort einzukehren gedenkt."

Anne schnaubte ungläubig. „Dann muss der Mann ein ziemlicher Holzkopf sein, denn jeder halbwegs verständige Mensch durchschaut Ihre Flunkereien, mein Liebes."

Callie ignorierte sie entschlossen. „So oder so liegt vor mir ein Abenteuer, meinen Sie nicht auch? Ob an der Bar wohl ein rotbackiger Bursche mit Zahnlücken steht? Oder ein hübsches, müdes Schankmädchen, das dort arbeitet, damit ihre Kinder Kleidung und zu essen haben? Oder eine Gruppe junger Handwerksburschen, die sich bei einem Glas Bier von ihrem anstrengenden Tagwerk erholen wollen?"

Trocken versetzte ihre Zofe: „Das Einzige, was in dieser Schenke sitzen wird, ist eine schwärmerisch veranlagte Dame, die von der Wirklichkeit enttäuscht werden wird."

„Ach, Anne, wo ist Ihr Sinn für Abenteuer?"

„Ich glaube, Ihrer reicht für uns beide." Als Callie sie ganz bewusst ignorierte, sagte sie ziemlich eindringlich: „Eines müs-

sen Sie mir aber versprechen."
„Ja?"
„Wenn Ihnen irgendwie unbehaglich ist, müssen Sie das Wirtshaus sofort verlassen. Vielleicht sollte ich Ihnen Michael mitschicken", überlegte sie. Michael war ihr Sohn und Kutscher bei den Allendales. „Er würde auf Sie aufpassen."

Dieser Vorschlag machte Callie nervös. Sie drehte sich zu ihrer Zofe um, presste dabei das lose Kleid an die Brust und sagte drängend: „Anne, außer Ihnen darf nie jemand erfahren, wo ich hingegangen bin. Nicht einmal Michael. Ich kann nicht riskieren, dass es herauskommt. Das verstehen Sie doch bestimmt."

Anne dachte kurz nach. Schließlich nickte sie entschieden und meinte nüchtern: „Ein schlichtes braunes Wollgewand wäre wohl das Richtige. Und ein Mantel, um Ihr Gesicht zu verbergen."

Callie lächelte entzückt. „Ich verlasse mich auf Ihre Erfahrung, was Verkleidungen angeht."

„Nun, mit Verkleidungen kenne ich mich nicht besonders aus, aber wie sich eine einfache Bürgerliche kleiden sollte, das weiß ich natürlich." Anne deutete auf den Wandschirm und fuhr fort: „Ich hole Ihnen das Kleid und den Mantel. Während ich weg bin, ziehen Sie schon mal das Kleid aus."

„Eine Haube brauche ich auch."

Anne seufzte. „Ich dachte, wir hätten mit den Spitzenhäubchen abgeschlossen."

„Haben wir auch. Aber heute Abend muss ich mich so gut wie möglich verkleiden."

Ärgerlich in sich hineinmurmelnd, verließ Anne das Zimmer. Vermutlich beschwerte sie sich über die Zumutungen, die langmütige Zofen über sich ergehen lassen mussten.

Sobald Anne weg war, zog Callie das Kleid aus, das sie zum Ball getragen hatte. Während sie aus der blauen Satinrobe schlüpfte, wiegte sie sich zu den leisen Klängen, die aus dem Ballsaal heraufdrangen, wo die Gäste immer noch tanzten und Mariana und Rivington feierten.

Für sie stand außer Frage, dass dies der schönste Ball ihres Lebens gewesen war. Es lag nicht nur an dem Walzer mit Ralston – obwohl der auch dazu beigetragen hatte – oder an dem dekadenten, ziemlich skandalösen Intermezzo mit dem Marquess, mitten auf dem Fest, wo man sie jederzeit hätte ertappen können. Nein, was den Ball für sie so besonders gemacht hatte, das war, dass sie zum ersten Mal in ihrem Leben eine gewisse Kraft in sich verspürt hatte – als ob sie alles tun könnte.

Als ob das Abenteuer, nach dem sie sich so sehnte, schon auf sie wartete und sie nur zuzugreifen brauchte.

Dieses Gefühl der Macht war beinahe zu viel für sie geworden, und so hatte sich Callie kurz nach Ralstons Aufbruch auf ihr Zimmer zurückgezogen. Die geheime Begegnung und die Erregung, die sie erfasst hatte, als Ralston ihr eine Schenke nannte, hatten es ihr unmöglich gemacht, sich weiter mit dem zahmen Geplänkel des *tons* abzugeben. Wie sollte sie über die Saison plaudern, wenn es in ein Wirtshaus zu gehen und Whisky zu kosten galt? Eine neue Callie zu ermutigen?

Das konnte sie natürlich nicht.

Sie war schon öfter vorzeitig von einem Ball aufgebrochen; sie bezweifelte, dass es irgendjemandem auffallen oder sich irgendwer Gedanken deswegen machen würde. Dieser Umstand machte es ihr jetzt umso leichter, zu ihrem Abenteuer davonzuschlüpfen. *Endlich einmal hat es auch sein Gutes, ein Mauerblümchen zu sein!*

Bei diesem Gedanken musste sie lächeln, und dann kündigte ein lautes Klopfen an die Tür Annes Rückkehr an. Die Zofe kam geschäftig herein, die Arme voll braunem Wollstoff.

Vor Aufregung konnte Callie sich nicht zurückhalten und klatschte in die Hände, was ihrer Zofe ein Stirnrunzeln entlockte.

„Ich könnte mir vorstellen, dass Sie die erste Frau sind, die beim Anblick von brauner Wolle applaudiert."

„Vielleicht bin ich die erste, die erkannt hat, welche Bedeutung braune Wolle haben kann."

„Welche denn?"
„Freiheit."

Das Dog & Dove war anscheinend ein beliebter Treffpunkt.

Callie linste aus dem Fenster der Droschke, die sie sich für die Fahrt zur Schenke genommen hatte. Vor Neugier hielt es sie kaum noch auf dem Sitz, und sie hatte die Nase fast gegen die Scheibe gepresst. Bei Tage war sie die Jermyn Street schon unzählige Male entlanggefahren, ohne zu wissen, dass es dort bei Nacht vollkommen anders aussah. Die Verwandlung war wirklich faszinierend.

Vor dem Wirtshaus standen Dutzende von Leuten, beleuchtet von dem gelblichen Licht, das durch die Scheiben drang. Zu ihrer Überraschung entdeckte sie Angehörige der vornehmen Gesellschaft, die mit ihren gestärkten Krawattentüchern Schulter an Schulter mit Kaufleuten standen, den Leuten, auf die man in den Ballsälen so verächtlich herunterblickte, weil sie gezwungen waren, für ihren Lebensunterhalt zu arbeiten.

Unter den Männern befand sich auch eine Handvoll Frauen, einige offensichtlich die Begleitung der Männer, an deren Arm sie hingen, andere allein. Letzteres erfüllte Callie mit leiser Unruhe; ein kleiner Teil ihrer selbst hatte insgeheim darauf gehofft, dass sie bei ihrer Ankunft im Wirtshaus keine unbegleiteten Frauen sehen würde und darauf die Droschke anweisen musste, sie sofort nach Hause zu bringen.

Wenn sie ehrlich war, war sie sich nicht ganz sicher, ob sie verzweifelt oder überglücklich darüber war, dass sie keine Ausrede zur Umkehr hatte.

Callie seufzte, worauf das Fenster beschlug und das Licht aus der Schenke in einen verschwommenen gelben Nebel verwandelte. Sie könnte einfach nach Hause fahren und in Benedicks Arbeitszimmer Whisky trinken. Mit Benedick. Er hatte ihr das schließlich angeboten. In Allendale House, wo sie ihren guten Ruf keinerlei Gefahr aussetzte.

Doch in Allendale House wartete kein Abenteuer. Callie verzog das Gesicht und packte das Blatt Papier in der Hand fester. Zweifel überkamen sie.

Sie hätte Anne mitkommen lassen sollen. Einsame Abenteuer wurden doch eigentlich ziemlich überschätzt.

Aber sie konnte jetzt nicht nach Hause fahren. Nicht nachdem sie die ganze Mühe auf sich genommen hatte, Ralston um eine Empfehlung und Anne um eine passende Verkleidung gebeten hatte. Unruhig zappelte sie unter dem groben Kleid herum, da die Wolle trotz des Leinenhemdchens darunter kratzte. Wenn sie sich die Kapuze des Mantels tief ins Gesicht zog, würde niemand Notiz von ihr nehmen, wenn sie die Schenke betrat, ein Glas Whisky bestellte und an einem Tisch im hinteren Bereich des Schankraums Platz nahm. Sie hatte sich von Anne beschreiben lassen, wie Wirtshäuser eingerichtet waren; sie kam gut vorbereitet. Nun brauchte sie nur noch aus der Droschke auszusteigen.

Leider schienen ihre Beine nicht bereit, ihr zu gehorchen.

Liste oder nicht Liste – das war hier die Frage.

Da wurde der Schlag geöffnet. Plötzlich blieb ihr gar keine Wahl mehr. Der Kutscher fragte leicht verärgert: „Miss? Sie haben doch gesagt, es ginge ins Dog & Dove, oder nicht?"

Callie zerknüllte die Liste in ihrer Hand. „Ja."

„Na, da wären wir."

Sie nickte. „Sehr gut." Und dann stieg sie auf den Tritt, den er für sie bereitgestellt hatte, und dankte ihm.

Sie konnte das. Callie nahm all ihren Mut zusammen, tat den letzten Schritt auf die Straße und landete mit einem Ziegenlederstiefelchen prompt in einer schmutzigen Pfütze. Unwillkürlich schrie sie leise auf, sprang ins Trockene und drehte sich zu dem Kutscher um, der sich nun prächtig zu amüsieren schien. Er warf ihr ein freches Grinsen zu. „Passen Sie mal lieber auf, wo Sie hintreten, Miss."

Callie sah ihn finster an. „Danke für den Ratschlag, guter Mann."

Er legte den Kopf schief und fragte: „Sind Sie wirklich sicher, dass Sie hierbleiben wollen?“

Entschlossen straffte sie die Schultern. „Vollkommen sicher.“

„Na, dann.“ Er tippte sich an die Mütze, sprang auf den Kutschbock, schnalzte mit der Zunge und fuhr ab, auf der Suche nach neuer Kundschaft.

Sie richtete ihren Mantel und wandte sich zum Wirtshaus. Die Liste hatte anscheinend gewonnen. Den Blick fest auf das Pflaster geheftet, um nicht wieder einen falschen Schritt zu tun, ging sie an den desinteressierten Gästen vor der Schenke vorbei und hinein ins Innere.

Er sah sie, sowie sie die Schenke betrat.

Ihm war natürlich klar gewesen, dass sie Geschichte mit ihrem Bruder und dem Wirtshaus erfunden hatte. Schließlich bestand wenig Wahrscheinlichkeit, dass der Earl of Allendale die Hilfe seiner Schwester brauchte, um eine geeignete Schenke zu finden.

Was einen natürlich sofort zu der Frage brachte: Warum um alles in der Welt suchte Lady Calpurnia Hartwell nach einem Wirtshaus?

Und was um alles in der Welt tat sie mitten in der Nacht *in* diesem Wirtshaus? Kümmerte sie ihr Ruf denn gar nicht? Der Ruf ihrer Familie? Und, liebe Güte, der Ruf seiner *Schwester*? Er hatte Julianas Zukunft in ihre Hände gelegt, und nun kam Lady Calpurnia völlig ungeniert in ein Wirtshaus spaziert. Damit würde sie sich bestimmt in Schwierigkeiten bringen.

Ralston lehnte sich zurück, ein Glas Whisky in der Hand, die ganze Aufmerksamkeit auf Callie gerichtet, die wie erstarrt in der Tür stand und ebenso fasziniert wie entsetzt wirkte. Der Schankraum war voller Leute in verschiedenen Stadien der Trunkenheit. Er hatte ihr eines der ehrbareren Etablissements in St. James genannt. Natürlich hätte er sie auch nach Haymarket oder Cheapside schicken können, um ihr eine Lektion zu erteilen, hatte aber – vollkommen zu Recht – angenommen, dass allein diese Lokalität schon ausreichen würde, um sie vollends aus der Fassung zu bringen.

Sie raffte den Mantel enger um sich; ihr Blick huschte im Raum umher, unsicher, wohin sie schauen sollte, um die Contenance zu wahren, wie es die Erziehung von ihr verlangte. Lautes Gelächter schreckte sie auf, und sie sah sich zu der Schar Männer um, die zu ihrer Linken an einem langen Tisch saß.

Die Männer beäugten gerade die Aufwärterin, die auf dem zerschrammten Eichentisch die Bierkrüge servierte und dabei der geneigten Kundschaft ihre üppige Oberweite präsentierte. Callies Augen wurde immer größer, als sie sah, wie ein besonders verwegener Mann die kreischende Serviererin packte und auf seinen Schoß zog, um sie dort grob zu betatschen. Callie wandte rasch den Blick ab, ehe sich die nächste, sicher noch skandalösere Szene bot.

Leider nahm sie dabei ein anderes, ebenso freizügiges Paar ins Visier. Zu ihrer Rechten strich eine äußerst unzulänglich gekleidete Frau einem Gentleman, der offenbar auf der Suche nach Gesellschaft war, aufreizend mit dem Zeigefinger über das Kinn. Die beiden flüsterten miteinander, die Lippen nur wenige Zoll voneinander entfernt, und maßen sich mit so glühenden Blicken, dass nicht einmal die unschuldige Lady Calpurnia Hartwell es missverstehen konnte. Das Paar achtete nicht darauf, dass Callie schockiert nach Luft schnappte und dann entschlossen weiter nach innen vordrang, in den hinteren Bereich des Schankraums, wo sie auf einen leeren Tisch in einer schummrig beleuchteten Ecke zusteuerte – und auf ihn.

Wenn er nicht so wütend auf das alberne Weibsstück gewesen wäre, hätte er sich amüsiert.

Während sie durch den brechend vollen Raum ging, versuchte sie verzweifelt, die anderen Gäste nicht zu streifen oder zu berühren – was in dem Gedränge, das zwischen ihr und dem von ihr gesichteten freien Tisch herrschte, schlichtweg unmöglich war. Schließlich hatte sie ihr Ziel erreicht und setzte sich, ohne die Leute in ihrer Nähe zu beachten, offenbar bemüht, nach außen hin Ruhe zu bewahren. Sie saß mit dem Rücken zu ihm, doch die Kapuze ihres einfachen Wollmantels war nach unten gerutscht, und so beobachtete er, wie sie sich sammelte und auf die Bedienung wartete. Sie hatte das Haar hochgesteckt und unter einem scheußlichen Spitzenhäubchen verborgen. Nur ein paar Löckchen waren entwischt und kringelten sich nun in ihrem Nacken und betonten den anmutigen Hals, der vor Aufregung errötet war.

Einen flüchtigen Augenblick überlegte er, wie es wohl wäre, sie dort zu küssen. Die Szene auf dem Ball der Allendales an diesem Abend hatte seinen Verdacht bestätigt, dass Lady Calpurnia Hartwell eine leidenschaftliche Frau war. Ihre Reaktionen waren unwiderstehlich hemmungslos gewesen – ganz anders als bei den Frauen, mit denen er sonst zusammen war –, sodass er sich unwillkürlich fragte, wie sie wohl reagieren würde, wenn er sie an anderen, skandalöseren Stellen berührte.

Was hatte sie hier bloß zu suchen?

Jeden Augenblick konnte sie entdeckt werden, von einer ganzen Reihe von Leuten, die Verbindungen zur Londoner Gesellschaft hatten – liebe Güte, schließlich war sie in St. James! Und als reichte das nicht schon, hatte sie die Schenke auch noch allein betreten, ohne Begleitung, schutzlos – wenn die falsche Sorte Mann auf sie aufmerksam wurde, könnte sie in eine sehr ernste, unangenehme Lage geraten. Er bemerkte, dass sie ein Stück Papier in Händen hielt, als wäre es ein Talisman. Konnte das ein Liebesbrief sein? War es möglich, dass sie hier mit einem Mann verabredet war?

Von all den unmöglichen Dingen, die sie hätte tun können, wäre dies sicher das Unvernünftigste gewesen. Sie schob das Papier in die Tasche ihres Mantels, als die Aufwärterin erschien.

„Ich nehme einen Whisky, bitte. Einen schottischen Whisky."

Hatte er das richtig verstanden? Hatte sie gerade in aller Seelenruhe einen Whisky bestellt? Sie saß mitten in der Nacht an einem dunklen Tisch in einer Londoner Schenke und bestellte Whisky, als wäre das vollkommen normal?

War die Frau übergeschnappt?

Eines war sicher: Er hatte die kleine Callie Hartwell vollkommen falsch eingeschätzt. Für Juliana war sie ganz sicher *nicht* die geeignete Lehrerin. Er hatte nach einer Frau von tadellosem Charakter Ausschau gehalten – und Callie gefunden, die im Wirtshaus ungerührt Whisky trank.

Nur …

Nur dass sie keineswegs ungerührt wirkte. Mit zusammengekniffenen Augen beobachtete er sie. Sie hielt sich stocksteif. Ihr Atem, den er nach dem Heben und Senken ihrer Brust beurteilte, ging ungleichmäßig und flach. Sie war nervös. Ihr war unbehaglich. Und doch saß sie hier, an einem Ort, von dem er ihr gleich hätte sagen können, dass er ihr nicht behagen würde. *Warum?* Er würde sie fragen müssen. Sie konfrontieren. Und er wusste, dass das für sie nicht angenehm werden würde.

Die Kellnerin kam mit dem Whisky zurück, und Callie bezahlte; Ralston fiel auf, dass sie ein großzügiges Trinkgeld gab. Nachdem die Aufwärterin gegangen war, beugte er sich vor, um zuzusehen, wie Callie das Glas hob und einen großen Schluck nahm. Zwar konnte er ihr Gesicht nicht sehen, doch er bekam mit, wie sie unter heftigem Husten zurückzuckte und den Kopf schüttelte, als wollte sie ihn freibekommen. Dann wiederholte sie die Prozedur. Diesmal konnte sie sich beherrschen, doch die Art, wie sie sich dem Glas mit gesenktem Kopf näherte, verriet ihm, dass das Getränk sie skeptisch stimmte. Offensichtlich hatte sie in ihrem Leben noch keinen Tropfen Whisky getrunken. Nachdem sie das Glas eine ganze Weile beäugt hatte und offenbar mit sich rang, ob sie noch einen Schluck nehmen sollte oder nicht, konnte Ralston seine Neugier nicht länger bezähmen.

„Das kommt davon, wenn man Whisky bestellt."

Beinahe hätte Callie das Glas fallen lassen. Ralston konnte nicht verhindern, dass eine Spur Befriedigung in ihm aufkeimte. Geschah dem Weibsbild recht.

Sie hatte sich sofort zu ihm umgedreht, wodurch der Whisky in ihrem Glas gefährlich hochschwappte, und er stand ganz bedächtig auf, um sich zu ihr zu setzen.

Er hielt ihr zugute, dass sie sich so rasch von ihrer Überraschung erholte, indem sie schnell erwiderte: „Ich hätte mir wohl denken können, dass ich Sie hier antreffe."

„Sie werden einräumen, dass es kein alltägliches Ereignis ist, wenn eine wohlerzogene Dame darum bittet, dass man ihr ein Wirtshaus empfiehlt."

„Wohl nicht." Sie sah in ihr Glas. „Ich könnte Sie nicht zufällig dazu bringen, an Ihren Tisch zurückzukehren und so zu tun, als hätten Sie mich nicht gesehen?"

„Ich fürchte, das ist vollkommen unmöglich. Ich kann Sie hier doch nicht sich selbst überlassen. Sie könnten ganz leicht in eine kompromittierende Lage geraten."

Sie lachte leise. „Das hingegen kann ich mir kaum vorstellen, Mylord."

Er beugte sich noch weiter vor, senkte die Stimme. „Sind Sie wirklich nicht in der Lage, zu erkennen, welchen Schaden Ihr Ruf nehmen könnte, wenn man Sie allein hier antrifft?"

„Ich könnte mir vorstellen, dass der Schaden beträchtlich geringer wäre, als wenn ich hier mit *Ihnen* angetroffen werden würde." Mit einer vagen Geste wies sie auf den Schankraum. „Hier sitzen jede Menge Damen ohne Begleitung."

Ralstons Blick verdüsterte sich. „Ich glaube kaum, dass diese speziellen ‚Damen' damit rechnen, ohne Begleitung zu bleiben."

Sie verstand nicht gleich, was er meinte, und runzelte verwirrt die Stirn. Nach ein paar Momenten begriff sie jedoch, was er ihr sagen wollte, und sah mit schreckgeweiteten Augen zu den Frauen hinüber und dann wieder zu ihm. Er nickte, wie um ihren Verdacht zu bestätigen.

Sie keuchte: „Aber … ich bin doch keine …"

„Ich weiß."

„Ich würde niemals …"

Er legte den Kopf schief. „Es stellt sich aber die Frage … Warum *sind* Sie dann hier?"

Sie schwieg so lange, dass er schon glaubte, sie würde nicht antworten. Dann sagte sie: „Wenn Sie es unbedingt wissen müssen, ich bin hier, um Whisky zu trinken."

Eine dunkle Augenbraue wölbte sich nach oben. „Verzeihen Sie, aber das glaube ich Ihnen nicht."

„Es stimmt aber!"

„Man braucht kein Hellseher zu sein, um zu erkennen, dass Sie keine Whiskytrinkerin sind, Lady Calpurnia."

„Es stimmt aber", wiederholte sie.

Er seufzte irritiert auf und lehnte sich zurück. „Tatsächlich", sagte er, als glaubte er ihr kein Wort.

„Ja!" Allmählich begann sie sich zu ärgern. „Warum fällt es Ihnen so schwer, mir zu glauben?"

„Nun ja, erstens kann ich Ihnen versichern, dass der Whisky in Allendale House vermutlich sehr viel besser ist als das Gesöff, das sie hier ausschenken. Warum also trinken Sie nicht einfach dort einen Whisky?"

„Ich will lieber *hier* einen trinken. Ich finde die Atmosphäre hier … nett."

„Bis vor zwei Stunden wussten Sie nicht mal von der Existenz dieses Lokals", erklärte er.

Sie schwieg. Er erkannte, dass sie nicht antworten würde, und fuhr fort: „Zweitens habe ich den Eindruck, dass Sie gar nicht so erpicht darauf sind, Ihren Whisky auch tatsächlich zu trinken."

In ihrem Blick blitzte Trotz auf. „Ach ja?" Und damit hob sie das Glas, prostete ihm zu und nahm einen riesigen Schluck der bernsteinfarbenen Flüssigkeit.

Sofort begann sie zu husten und zu spucken, presste eine Hand an die Brust und stellte das Glas blindlings ab. Es dauerte ein paar Augenblicke, bis sie sich wieder in der Gewalt hatte, und dann musste sie feststellen, dass er immer noch an ihrem Tisch saß, inzwischen mit einer Miene selbstgefälliger Überlegenheit.

Mit staubtrockener Stimme meinte er wie von oben herab:

„Whisky ist eben gewöhnungsbedürftig."

„Offenbar schon", erwiderte sie verdrießlich. „Meine Kehle brennt wie Feuer."

„Das Gefühl legt sich mit der Zeit." Nach kurzem Schweigen fügte er hinzu: „Vermutlich wäre es ratsam, wenn Sie das nächste Mal nur daran nippen würden, statt einen riesigen Schluck zu nehmen."

„Danke, Mylord. Darauf bin ich noch gar nicht gekommen", erwiderte sie trocken.

„Was tun Sie hier?", fragte er ruhig, fast schmeichelnd. In seinen blauen Augen stand warme Neugier.

„Das habe ich Ihnen bereits gesagt." Sie nahm einen kleinen Schluck Whisky und verzog das Gesicht.

Er seufzte, fixierte sie dabei mit seinem Blick. „Wenn das stimmt, sind Sie leichtsinniger, als ich dachte. Sie haben Ihren Ruf heute Abend ernsthaft in Gefahr gebracht."

„Ich bin aber doch verkleidet."

„Nicht sehr gut."

Nervös hob sie die Hand zu ihrem Spitzenhäubchen. „Niemand hat mich erkannt."

„Ich habe Sie erkannt."

„Bei Ihnen ist das etwas anderes."

Er schwieg, beobachtete sie. „Ja, das stimmt. Bei mir ist es etwas anders. Im Gegensatz zu anderen Männern, denen eine unbegleitete Frau in einem Etablissement wie diesem begegnen könnte, ist mir deutlich daran gelegen, Ihre Ehre zu bewahren."

„Danke, Lord Ralston", erklärte sie wegwerfend, „aber ich brauche Ihren Schutz nicht."

„Mir scheint, Sie brauchen ihn sehr wohl. Oder muss ich Sie daran erinnern, dass Sie und Ihre Familie demnächst gesellschaftlich mit meiner Schwester verkehren werden? Sie hat schon mit genügend Hindernisse zu kämpfen und kann gut darauf verzichten, dass Sie Ihren Ruf und damit gleichzeitig ihre Aussichten ruinieren."

Der Whisky verlieh ihr Mut. „Wenn Sie sich wegen meines

Rufs solche Sorgen machen, Mylord, dann würde ich vorschlagen, Sie suchen sich jemand anderen, der Ihre Schwester in die Gesellschaft einführt."

Er kniff die Augen zusammen. „Nein, Lady Calpurnia. Wir haben eine Abmachung. Ich will Sie."

„Warum?"

„Weil Juliana Ihnen vertraut und gern in Ihrer Gesellschaft ist. Und weil mir nicht genug Zeit bleibt, noch mal von vorn anzufangen und mir jemand anderen zu suchen." Sein Ton war unerbittlich.

Das Schankmädchen kam zurück und beugte sich weit vor, um Ralston ausgezeichneten Einblick in ihre üppigen Reize zu gewähren. „Brauchen Sie heut Abend noch was, Mylord?"

„Heute Abend nicht", sagte Ralston lässig. Er bemerkte, wie schockiert Callie von der offen ausgesprochenen Einladung der Aufwärterin war.

„Ich hätt' noch einiges in petto, um Ihnen ein paar schöne Stündchen zu bereiten, mein Lieber."

Callies Augen wurden groß wie Untertassen.

„Das kann ich mir vorstellen, Herzchen", sagte Ralston lässig, zückte eine Münze und drückte sie dem Schankmädchen in die Hand. „Danke."

Callie atmete scharf ein. Ihr Ton wurde eisig. „Ich habe es satt, wenn man mir dauernd vorschreibt, wie ich mich zu benehmen habe, ganz als könnte ich das nicht selbst entscheiden – vor allem von jemandem wie *Ihnen*."

„Wie meinen Sie das denn?", fragte er unschuldig.

Callie stieß ein verärgertes Knurren aus. „Sie, Sir, sind einfach unverbesserlich."

„Allerdings. Und nachdem wir nun darin übereinstimmen, dass mein Ruf jenseits aller Kritik ist, können wir uns nun wieder Ihrem Ruf zuwenden?" Er wartete ihre Antwort nicht ab. „Sie werden aufhören müssen, Ihren Ruf in Gefahr zu bringen, zumindest so lange, bis Juliana in die Gesellschaft eingeführt ist. Das bedeutet, keine Wirtshausbesuche im Alleingang. Nein, streichen Sie das – *überhaupt keine* Wirtshausbesuche. Und wenn Sie vielleicht noch davon absehen könnten, mitten in der Nacht das Haus zu verlassen, so wäre das ganz hervorragend."

„Gewiss, Mylord." Mutwillig fragte sie, vom Whisky befeuert: „Und wie soll ich verhindern, dass sich mir ein Mann zu Hause unsittlich nähert?"

Ihre Offenheit überraschte ihn, und er zeigte sich bekümmert. „Sie haben vollkommen recht. Bitte verzeihen Sie meine …"

„Wagen Sie es bloß nicht, sich zu entschuldigen", unterbrach Callie ihn mit bebender Stimme. „Ich bin kein Kind, und ich lasse mir auch nicht das Gefühl vermitteln, dass ich über meine Handlungen keinerlei Kontrolle habe. Weder von Ihnen noch von sonst irgendwem. Und ich könnte …"

Sie unterbrach sich. *Und ich könnte es nicht ertragen, von Ihnen zu hören, dass Sie unseren Kuss bedauern.*

Natürlich wusste sie tief im Herzen, dass es stimmte, dass er sie eigentlich in den Alkoven gelockt hatte, um ihr seine Überlegenheit zu beweisen, um sich die Zeit zu vertreiben oder aus sonst irgendeinem vollkommen unromantischen Grund. Trotzdem hatte sie sich zum ersten Mal in ihrem Leben umworben gefühlt. Und sie würde nicht zulassen, dass er ihr das mit einer Entschuldigung zerstörte.

In dem nun folgenden Schweigen trank Callie ihren Whisky aus. Ihr schwindelte. Natürlich hatte Ralston recht gehabt. Mit etwas Übung trank sich der Whisky sehr viel leichter. Sie stellte das Glas ab und beobachtete, wie ein Tropfen der bernsteinfarbenen Flüssigkeit langsam am Glasinneren entlanglief, bis er den Boden erreicht hatte. Mit dem Finger fuhr sie den mäandernden Weg an der Außenseite nach und wartete darauf, dass Ralston etwas sagte.

Da er beharrlich schwieg, fühlte sie sich plötzlich beengt, und sie wäre gern gegangen. „Tut mir leid, dass ich Ihnen den Abend verdorben habe. Nachdem ich getan habe, weswegen ich gekommen bin, lasse ich Sie jetzt, glaube ich, in Ruhe."

Sie erhob sich, setzte die Kapuze auf und zog den Mantel enger um sich. Er stand mit ihr auf, warf sich umgehend den Mantel über die Schultern und griff sich Hut und Stock. Sie sah ihn an und sagte: „Ich brauche keine Begleitung."

„Ich wäre ja ein schöner Gentleman, wenn ich Sie nicht nach Hause begleiten würde, Lady Calpurnia." Ihr fiel auf, dass er die beiden letzten Worte leicht betonte, wie um sie an ihre Stellung zu erinnern.

Sie hatte keine Lust, sich mit ihm herumzustreiten, wollte auch nicht, dass er den Abend, der eigentlich voller Möglichkeiten hätte stecken sollen, weiter ruinierte – am Ende zählte schließlich, dass es ihr gelungen war, einen weiteren Punkt auf ihrer Liste abzuhaken. Stattdessen drehte sie sich um und machte sich auf den langen Weg durch die überfüllte Schenke. Sie wollte das Wirtshaus gern vor ihm verlassen, da sie darauf baute, dass sie, wenn sie die Straße als Erste erreichte, rasch eine Droschke rufen und ihn und den ganzen schrecklichen Zwischenfall hinter sich lassen könnte. Diesmal gelang es ihr jedoch nicht, nicht mit den anderen Gästen in Berührung zu kommen; irgendwie schien sie aus dem Gleichgewicht geraten, und sie war ein wenig benommen. War es möglich, dass ihr dieses kleine Glas Whisky zu Kopf gestiegen war?

Sie trat in die kühle Frühlingsluft hinaus und lief mit hocherhobenem Haupt zur Straße, auf der Suche nach einer Droschke. Hinter ihr rief Ralston seinen Kutscher herbei, der vor dem Wirtshaus auf ihn wartete. Hervorragend, dachte sie, vielleicht hat er sich doch entschlossen, mich in Ruhe zu lassen. Sie ignorierte die leise Enttäuschung, die sich bei diesem Gedanken einstellte, und trat hinter einer parkenden Kutsche auf die Straße. Im letzten Moment fiel ihr die Pfütze ein, in die sie vorhin gestiegen war, und sie tat einen besonders großen Schritt, um nicht noch einmal im Matsch zu landen. Doch sie geriet ins Straucheln, stürzte auf das Kopfsteinpflaster zu. Rasch streckte sie die Hände aus, um sich abzufangen, und wartete auf den Aufprall.

Der nie kam.

Bevor sie noch erfassen konnte, wie ihr geschah, kippte der

Boden, und sie wurde gegen etwas Warmes gedrückt. Sie hörte noch, wie Ralston murmelte: „Nervtötendes Weibsstück!", und dann schloss er die Arme um sie. Sie kreischte leise, als er sie hochhob und sie direkt an seiner Brust landete. An seiner breiten, festen Brust. Ihre Kapuze glitt zurück, und sie sah direkt in seine wütenden blauen Augen. Seine Lippen waren nur ein winziges Stück von ihren entfernt. *So wunderschöne Lippen.* Sie schüttelte den Kopf, um die albernen Gedanken zu vertreiben.

„Sie hätten sich zu Tode stürzen können", sagte er. In seiner Stimme lag ein Gefühl, das sie nicht recht zuordnen konnte. Vermutlich Zorn, dachte sie sich.

„Das finde ich jetzt doch ziemlich unwahrscheinlich", meinte sie, durchaus in dem Bewusstsein, dass sie sich damit bei ihm nicht beliebt machen würde.

„Sie hätten hinfallen und überfahren werden können. Ich halte das keineswegs für unwahrscheinlich."

Sie öffnete den Mund, um etwas zu erwidern, doch er verlagerte sie auf seinen Armen und lenkte sie so von ihrer Auseinandersetzung ab. Vor dem offenen Schlag seiner Kutsche ließ er sie auf den Gehsteig gleiten und deutete mit dem Zeigefinger ins schwach erleuchtete Innere. Dann sagte er in einem Ton, der keine Widerrede duldete: „Hinein mit Ihnen."

Sie nahm die Hand, die er ihr darbot, kletterte in die Kutsche und setzte sich. Ein paar Locken fielen ihr ins Gesicht, und sie hob die Hand, um zu überprüfen, ob ihr Spitzenhäubchen noch ordentlich saß, nur um zu entdecken, dass sie es verloren hatte. „Warten Sie!", rief sie Ralston zu, der gerade zu ihr in die Kutsche steigen wollte. Er hielt inne, sah sie fragend an. „Mein Häubchen. Es ist weg."

Bei diesen Worten kletterte er in den Wagen, setzte sich neben sie und nickte dem Lakaien zu, den Schlag zu schließen. Schockiert sah sie zu, wie er Handschuhe und Hut ablegte, sie auf den Sitz gegenüber warf und dann an das Kutschendach klopfte, um dem Kutscher die Abfahrt zu signalisieren.

„Haben Sie mich nicht gehört?", fragte sie.

„Doch."
„Mein Häubchen ...", begann sie.
„Ich habe Sie gehört", wiederholte er.
„Aber Sie haben nicht ..."
„Nein."
„Warum nicht?"
„Dass Sie dieses Häubchen verloren haben, ist kein Verlust. Sie sollten dankbar sein, weil Sie es los sind. Sie sind zu jung, um so scheußliche Sachen zu tragen."
„Mir hat es gefallen!", erklärte sie empört.
„Von wegen!"
Sie wandte das Gesicht ab und sah aus dem Fenster auf die vorbeiziehende Straße. Natürlich hatte er recht. Sie hasste Spitzenhäubchen und alles, wofür sie standen. Hatte sie eins der schrecklichen Dinger nicht verbrannt? Unwillkürlich lächelte sie. Na gut. Sie war froh, dass sie es los war.
Nicht dass sie das Ralston gegenüber zugeben würde.
„Danke", sagte sie ruhig, und das Wort hallte in der stillen Kutsche wider. Als er nicht antwortete, fügte sie hinzu: „Dass Sie mich gerettet haben."
Ralston knurrte unverbindlich. Offenbar hatte ihn ihr Verhalten verärgert. Na gut.
Nach einigen Minuten des Schweigens unternahm Callie einen neuen Versuch, das Eis zu brechen. „Ich freue mich schon auf Julianas Debüt, Mylord. Ich hoffe sehr, dass es ihr gelingt, eine Liebesheirat zu schließen."
„Ich hoffe, sie schließt nichts dergleichen."
Überrascht starrte sie ihn an. „Wie bitte?"
„Die Liebe tut unserer Familie nicht gut. Ich wünsche sie keinem von uns."
„Das können Sie doch nicht ernsthaft glauben."
Er erwiderte nüchtern: „Warum nicht? Meine Mutter hat in ganz Europa gebrochene Herzen hinterlassen, hat zwei Ehemänner betrogen und drei Kinder verlassen – und sie angeblich alle geliebt. Und Sie meinen, eine Liebesheirat sollte der

Maßstab sein, mit dem ich den Erfolg meiner Schwester im Leben messe? Nein. Ich messe Julianas Erfolg daran, ob sie einen Mann von Charakter und freundlicher Wesensart heiratet – Eigenschaften, die weitaus wichtiger sind als die Liebe."

Zu jedem anderen Zeitpunkt, an jedem anderen Ort hätte Callie es an diesem Punkt wohl damit bewenden lassen. Lag es nun am Whisky oder am Abenteuer überhaupt, jedenfalls wandte sie sich zu ihm und sagte: „Mylord … wollen Sie damit etwa sagen, dass Sie nicht an die Liebe glauben?"

„Die Liebe ist nichts anderes als eine faule Ausrede, etwas zu tun, ohne die Konsequenzen zu bedenken", meinte er gleichgültig. „Ich habe noch nie erlebt, dass die Liebe etwas anderes wäre als ein Vorbote von Kummer und Schmerz. Und als Leitbild schadet sie mehr, als sie nützt."

„Da bin ich entschieden anderer Ansicht."

„Ich habe mit nichts anderem gerechnet", erwiderte er unverblümt. „Lassen Sie mich raten: Sie glauben, dass die Liebe in all ihrer dichterischen Herrlichkeit existiert, so, wie sie von Shakespeare und Marlowe oder diesem elenden Lord Byron und was weiß ich von wem noch besungen wurde."

„Sie brauchen das nicht so verächtlich zu betonen."

„Verzeihen Sie mir." Er bedeutete ihr mit einer Geste, sie möge fortfahren. „Bitte sprechen Sie weiter. Erzählen Sie mir von der wahren Liebe."

Sofort wurde sie nervös. Egal wie theoretisch man darüber sprechen konnte, die Einstellung zur Liebe war doch eine recht … nun, persönliche Angelegenheit. Sie bemühte sich um einen gelehrten Tonfall. „Ich würde nicht so weit gehen zu sagen, dass die Liebe so vollkommen ist, wie es uns die Dichter immer glauben machen wollen, aber ich glaube an Liebesehen. Muss ich auch, ich bin das Ergebnis einer Liebesheirat. Und wenn das nicht Beweis genug ist, so finde ich, dass der heutige Abend auch recht überzeugend war. Meine Schwester und Rivington haben nur Augen füreinander."

„Anziehung ist nicht gleichbedeutend mit Liebe."

„Ich glaube nicht, dass zwischen ihnen nicht mehr als schlichte Anziehung besteht."

Die Worte verklangen in der Stille, und er musterte sie lange und intensiv. Dann beugte er sich vor, hielt erst inne, als er ganz nahe bei ihr war. „Anziehung hat nichts Schlichtes an sich."

„Trotzdem …" Sie verstummte, weil sie nicht mehr wusste, was sie sagen wollte. Er war ihr so nah.

„Soll ich Ihnen zeigen, wie kompliziert Anziehung sein kann?" Seine Stimme klang tief, samten, verführerisch. Seine Lippen waren ihr so nahe, dass sie sie beinahe berührten, sie konnte spüren, wie sie sich beim Sprechen bewegten, spürte ihren Hauch.

Er verharrte dicht bei ihr, wartete auf ihre Antwort. Das schier unerträgliche Verlangen überkam sie, ihn zu berühren. Sie versuchte, etwas zu sagen, brachte aber kein Wort heraus. Sie war nicht einmal fähig, zu denken. Er hatte ihre Sinne überwältigt, ihr blieb nichts anderes übrig, als den winzigen Abstand zwischen ihnen zu schließen.

Sobald sich ihre Lippen berührten, übernahm Ralston die Führung. Er schloss sie in die Arme und zog sie auf seinen Schoß, um besser Zugang zu ihr zu finden. Dieser Kuss war völlig anders als der erste … heftiger, intensiver, nicht so vorsichtig. Dieser Kuss war wie eine Naturgewalt. Callie stöhnte, während er über ihren Hals strich, ihr Kinn umfasste, ihren Kopf neigte, damit ihre Münder besser zueinanderfanden. Er spielte mit ihren Lippen, fuhr mit der Zunge darüber, zog sich dann ein Stück zurück und sah forschend auf ihre halb geschlossenen Augen. Er lächelte schwach.

„So leidenschaftlich", flüsterte er an ihren Lippen, tauchte die Finger in ihr Haar, löste Locken und Haarnadeln. „So begierig. Öffne dich für mich."

Und dann nahm er ihren Mund in einem brennenden Kuss gefangen, und sie öffnete sich ihm, gab Liebkosung um Liebkosung zurück. Sie verfing sich in einem Netz aus langen, trägen, trunkenen Küssen, und alles, woran sie denken konnte, war, dass sie ihm noch näher sein wollte. Und so schlang sie die Arme um seinen Hals, während er ihren Mantel öffnete und nach ihren Brüsten tastete, sie umfasste, anhob. Plötzlich merkte sie, wie er mit den Daumen über ihre Brustspitzen rieb, löste sich aus dem Kuss und keuchte laut auf. Seine Lippen, frei geworden, streiften ihren Hals, bevor er mit der Zunge von ihrem Hals bis zu ihrer Schulter glitt. Er knabberte und leckte an der empfindsamen Stelle, bis Callie vor Lust aufseufzte. Sie fühlte seine Lippen auf der Schulter, und im nächsten Moment löste sich das enge wollene Oberteil, und seine Hände bekamen ihre Brüste zu fassen.

Als sie die kühle Luft an den Brüsten spürte, öffnete sie die Augen und begegnete seinem glühenden Blick. Gleich darauf jedoch löste er den Blick von ihr und schaute auf ihre bloßen Brüste. Im flackernden Licht der Straßenlaternen schimmerte ihre Haut, und als er sie berührte, konnte sie den Blick nicht abwenden von seinen Fingern, die sich so dunkel von ihrer bleichen Haut abhoben. Der Anblick war erotischer als alles, was sie sich je vorgestellt hatte. Er rieb ihre bloßen Brüste, umkreiste sanft die Spitzen, bis sie sich hart aufrichteten.

Unwillkürlich bäumte sie sich auf seinem Schoß auf, und er stieß ein leises Zischen aus, als sie sich gegen ihn drückte. Das erfüllte sie mit einem Gefühl weiblicher Macht, und sie wiederholte die Bewegung, wobei sie sich diesmal absichtlich an ihm rieb. Er atmete tief durch und hielt sie mit eisernem Griff fest. Rau stieß er hervor: „Das ist aber ein gefährliches Spiel, was du da treibst, du Weibsstück. Und ich bin ein formidabler Gegner."

Überrascht riss sie die Augen auf. Als er dann die Lippen über ihrer Brustspitze schloss, war es an ihr, zischend die Luft auszustoßen. Mit der Zunge umkreiste er ihre Brustspitze, saugte sanft daran und bearbeitete die harte Spitze mit Mund und Zähnen, bis sie aufschrie und die Hände in seine Haare wühlte.

Er hob den Mund, blies kühle Luft auf sensible Spitze, neckte sie mit federleichten Liebkosungen. „Ralston." Harsch klang sein Name aus ihrem Mund – und gleichzeitig flehend.

„Ja?“

„Nicht aufhören“, flüsterte sie in die Dunkelheit. „Bitte.“

Seine Zähne blitzten verwegen. Er schüttelte den Kopf, war fasziniert von ihrer Bitte. „So mutig. Du weißt genau, was du willst, obwohl du es doch noch gar nicht kennst.“

„Ralston“, sagte sie noch einmal und wand sich auf seinem Schoß. Sie klang sehnsüchtig. „Bitte.“

Er küsste sie, heftig, konnte dabei die Befriedigung nicht unterdrücken, die er angesichts ihrer ehrlichen Reaktion auf seine Zärtlichkeiten verspürte. Wie lang war es her, seit er das letzte Mal mit einer so freimütigen Frau zusammen gewesen war? An diesen Eifer, diese Leidenschaft könnte er sich gewöhnen. Er ließ von ihren Lippen ab, um sie zu belohnen. „Mit Vergnügen, meine Dame“, sagte er und wandte sich ihrer anderen Brust zu. Callie schrie seinen Namen; Lust durchzuckte ihn, wärmte ihn tief bis in sein Inneres.

Er wollte sie nehmen. Gleich hier in der Kutsche. Er wollte sie ganz besitzen und sie lehren, was die Leidenschaft alles vermochte.

Der Gedanke schockierte ihn, und so löste er sich von ihr und sah hinaus auf die Straße. Gleich darauf begann er zu fluchen. Das hier war keine Frau, die man einfach in der Kutsche nahm. Das hier war Lady Calpurnia Hartwell, die Schwester des Earl of Allendale. Sie war halb nackt, und sie waren nur noch ein kurzes Stück von ihrem Zuhause entfernt. Wie hatte er nur derart die Kontrolle verlieren können?

Er begann Callie anzuziehen, das Oberteil ihres Kleids zu richten, während sie in höchster Verwirrung auf seinem Schoß saß und ihn aus großen Augen ansah. „Wir haben Allendale House beinahe erreicht“, erklärte er.

Als sie das hörte, wurde Callie lebendig. Sie rutschte von seinem Schoß, zerrte an ihrem Mieder. Mit den Handschuhen konnte sie nicht viel ausrichten, und so riss sie daran herum, um sie abzustreifen, und schnürte ihr Mieder fester. Dann sammelte sie die Haarnadeln auf, die in der ganzen Kutsche verteilt lagen, um ihre Frisur wiederherzustellen. Während er sie aus den Augenwinkeln dabei beobachtete, versuchte er nicht, darauf zu achten, wie ihre Brüste gegen das grobe Wollmieder drängten. Er widerstand dem Bedürfnis, sie davon abzuhalten, ihr Haar zu bändigen, und bückte sich stattdessen nach weiteren Haarnadeln, die sie übersehen hatte.

Sie nahm sie entgegen, ihre Finger berührten sich, und wieder durchzuckte ihn die Hitze, die sich zwischen ihnen aufgebaut hatte. „Danke“, sagte sie leise, aufgeregt. Sie steckte die letzte widerspenstige Locke fest und legte die Hände in den Schoß.

Verschwunden war die leidenschaftliche Frau, die er entdeckt hatte; an ihrer Stelle saß wieder die züchtige, wohlanständige Lady Calpurnia. Ralston lehnte sich im Sitz zurück und beobachtete sie, während die Kutsche vor der Einfahrt der Allendales zum Stehen kam.

„Ich wusste nicht, ob der Kutscher dich zur Tür bringen soll“, sagte er. „Willst du dich heimlich hineinschleichen?“

Sie lächelte verhalten. „Das habe ich allerdings vor, Mylord.“

„Ah, dann sind wir also wieder bei ‚Mylord‘ angelangt. Na schön.“

Sie antwortete nicht, neigte stattdessen schüchtern den Kopf. Er konnte es in der dunklen Kutsche zwar nicht sehen, aber er wusste, dass sie rot geworden war.

„Ich möchte Sie gern zur Tür bringen.“

„Dazu besteht kein Grund.“

„Trotzdem …“

Sie unterbrach ihn. „Ich halte es für das Beste, wenn ich allein gehe. Wenn man uns zusammen ertappen würde …“ Sie brauchte den Satz nicht zu vollenden. Mit einem Nicken öffnete Ralston die Tür und stieg aus, um ihr aus der Kutsche zu helfen.

Reglos stand er da und sah ihr nach, bis sie das Haus sicher durch die dunkle Eingangstür betreten hatte. Danach stieg er wieder in den Wagen und bedeutete dem Kutscher mit einem scharfen Klopfen, dass er weiterfahren solle.

8. KAPITEL

Callie schloss die breite Eichentür von Allendale House mit leisen Klicken, bevor sie die Luft ausstieß und sich gegen das kühle Holz lehnte. Sie ließ den Schlüssel in die verborgene Tasche von Annes Mantel gleiten und legte eine Hand an den Puls an ihrem Hals, wie um ihn zu beruhigen.

Die große Marmortreppe lag still in der Dunkelheit; der Ball hatte schon vor Stunden geendet, die Dienstboten hatten die Reinigungsarbeiten abgeschlossen und waren zu Bett gegangen. Schweigen umhüllte Callie und gab ihr Gelegenheit, ihre rasenden Gedanken zu beruhigen. Sie war an diesem Abend zu einem Abenteuer aufgebrochen … und hatte ein Abenteuer erlebt!

Bei dem Gedanken entschlüpfte ihr ein Kichern, und sie schlug die Hand vor den Mund, überrascht von sich selbst. Damen in ihrem Alter kicherten einfach nicht … aber aus irgendeinem Grund schien ihr das die passende Reaktion … während sie sich nach einem Abend voller Aufregung ins Haus zurückstahl. Wieder perlte Lachen in ihr auf, und sie unterdrückte es. Sie musste nach oben und ins Bett gelangen, bevor sie noch erwischt wurde. Schließlich hatte sie sich so bemüht, ihre Aktivitäten an diesem Abend geheim zu halten – sie hatte nicht vor, sich jetzt noch ertappen zu lassen!

Sie schlich durch die marmorne Eingangshalle zu der breiten Treppe, die ihr Schutz vor Entdeckung verhieß. Mit ausgestreckten Händen tastete Callie sich in der Dunkelheit vorwärts, auf der Suche nach dem breiten Mahagonigeländer. Gerade als sie den Fuß auf die unterste Treppenstufe gesetzt hatte, knarrte hinter ihr eine Tür, und ein schmaler Streifen Licht fiel in die Halle. Erschrocken drehte Callie sich um. Die Tür zur Bibliothek stand offen, und Callie begegnete dem Blick ihres Bruders. Sie merkte sofort, dass er verärgert war.

„Ich kann es dir erklären …“

„Wo zum Teufel warst du?“ In seinem Ton mischte sich Ärger mit Fassungslosigkeit.

Sie erstarrte mitten in der Bewegung und zog ihre Fluchtmöglichkeiten in Betracht. Viele hatte sie nicht, keine eigentlich, wenn man den Einfall, das Haus zu verlassen und niemals wiederzukehren, nicht einrechnete.

Callie setzte ein gekünsteltes Lächeln auf und flüsterte: „Wenn ich dir sage, dass ich im Wintergarten war, würdest du mir wohl nicht glauben, oder?“

„Vergiss es“, erwiderte Benedick trocken.

„Dann vielleicht im Morgensalon? Um die längst fällige Korrespondenz in Angriff zu nehmen?“

„Nicht viel besser.“

„Die Orangerie?“

„Meine liebe Callie ...“, in Benedicks Ton lag eine deutliche Warnung, als er den Arm ausstreckte und die Tür zur Bibliothek weiter aufhielt, „... darf ich vorschlagen, dass du mir ein wenig Gesellschaft leistest?“

Callie erkannte eine Niederlage, wenn sie ihr ins Gesicht starrte, und so seufzte sie nur und ging zu ihrem Bruder, der sich nicht vom Türrahmen wegrührte. Sie duckte sich unter seinem ausgestreckten Arm hindurch und betrat die einladende Bibliothek. Als sie die zwei Feuer sah und die vielen Kerzen, die dort brannten, brummte sie in sich hinein: „Man hätte meinen können, dass mir das ganze Licht auf dem Weg ins Haus aufgefallen wäre.“

„Das hätte man allerdings meinen können“, sagte Benedick trocken und schloss die Tür. Callie drehte sich zu ihrem Bruder um, als sie das Schloss klicken hörte.

Der Anblick seiner Schwester in dem hell erleuchteten Raum war keineswegs dazu angetan, Benedicks Stimmung zu verbessern. „Lieber Gott! Was zum Teufel hast du denn da an?“

„Mutter würde es gar nicht gutheißen, wenn du dich in Gegenwart einer Dame einer solchen Ausdrucksweise befleißigst, Benedick.“

Er ließ sich jedoch nicht ablenken. „Erstens bin ich mir nicht sicher, ob Mutter sich angesichts der Umstände nicht selbst dieser Ausdrucksweise befleißigen würde. Und zweitens lässt die augenblickliche Situation doch die eine oder andere Frage offen, was deinen Status als Dame angeht, Callie. Würdest du mir freundlicherweise erklären, wo du dich heute Abend herumgetrieben hast?"

„Ich war heute Abend auf dem Verlobungsball", wich Callie aus, womit sie sich bei ihrem älteren Bruder nicht beliebt machte.

„Allmählich verliere ich die Geduld." Seine dunkelbraunen Augen blitzten. „Nach dem Verlobungsball. Genauer gesagt, wo bist du hingegangen in dieser ...", er wedelte mit der Hand, um zu verdeutlichen, dass er von ihrem Aufzug sprach, „... *Verkleidung*, anders kann man es wohl kaum nennen? Wo hast du das schreckliche Zeug überhaupt her?"

„Ich hab es mir geliehen."

„Von wem?"

„Das sage ich dir nicht."

Erregt ließ er die Hand durch die Luft sausen. „Vermutlich von Anne. Ich sollte sie rauswerfen, weil sie dich in deinem Benehmen auch noch ermutigt."

„Wahrscheinlich. Aber das wirst du nicht tun."

Warnend sah er sie an. „Überspann den Bogen nicht, Calpurnia. Und jetzt will ich Antworten. Wo warst du?"

„Ich bin ausgegangen."

Benedick blinzelte. „Ausgegangen."

„Genau", sagte Callie und nickte entschieden. „Ausgegangen."

„Wohin ausgegangen, Calpurnia?"

„Also wirklich, Benedick", sagte sie in ihrem hochmütigsten Tonfall, „ich frag dich doch auch nicht, wo du dich herumtreibst."

„Callie ...", sagte Benedick drohend.

Sie seufzte noch einmal, erkannte, dass es keinen Ausweg gab. „Also gut. Ich habe mich hinausgeschlichen. Ich war in ..." Sie hielt inne. Es fiel ihr wirklich nicht leicht, es zu sagen.

„Du warst in …?“

„Ich kann es nicht sagen“, flüsterte sie.

Benedick kniff die Augen zusammen. Offenbar war ihm auch der letzte Rest Geduld abhandengekommen. „Versuch es.“

Sie atmete tief durch. „Ich war in einem Wirtshaus.“

„Du warst wo?“ Ihr Bruder schrie beinahe.

„Pssst! Benedick! Du weckst noch das ganze Haus auf!“

„Vielleicht sollte ich das auch!“ Er senkte die Stimme zu einem empörten Flüstern. „Sag mir, dass ich dich missverstanden habe. Hast du gerade gesagt, du wärst in einem Wirtshaus gewesen?“

„Pssst! Ja!“

„Mit wem?“

„Allein.“

„Allein …“ Er hielt inne, fuhr sich mit der Hand durchs Haar. „Warum, um alles in der Welt?“

„Um etwas zu trinken natürlich“, sagte sie, als wäre das vollkommen normal.

„Natürlich“, wiederholte Benedick langsam und schockiert. „Bist du übergeschnappt?“

„Ich glaube nicht.“

„Hat dich jemand erkannt?“ Sie schwieg, was ihn nur noch mehr reizte. „Callie. Hat dich jemand erkannt?“

„Niemand Wichtiges.“

Benedick erstarrte und durchbohrte sie mit seinem Blick. „Wer?“

Sie wich aus. „Das ist vollkommen unwichtig. Es genügt wohl, wenn ich dir sage, dass daraus keine Schwierigkeiten erwachsen werden.“

„Calpurnia.“

„Also gut. Ralston hat mich gesehen. Er war auch dort.“

Benedick ließ sich in einen Brokatsessel fallen. „Lieber Gott.“

Callie tat es ihm nach, setzte sich in den Sessel, der seinem gegenüberstand. „Also, eigentlich hätte es mich nicht weiter überraschen dürfen, schließlich hat er mir das Wirtshaus empfohlen", sagte sie rasch, um ihren Bruder zu besänftigen. Dann jedoch sah sie, wie er die Augen weit aufriss. Anscheinend hatten ihre Worte mehr Schaden als Nutzen gebracht.

„Ralston hat dir ein *Wirtshaus* empfohlen?"

„Na ja, der Gerechtigkeit halber muss ich hinzufügen, dass ich ihn um eine Empfehlung gebeten hatte."

„Ach, na dann. Das ändert alles."

„Es besteht kein Grund, sarkastisch zu werden, Benedick", sagte sie knapp. „Das schickt sich nicht."

„Wohingegen es natürlich der Gipfel der Wohlanständigkeit ist, wenn eine unverheiratete Dame, die Tochter eines Earls, einen der berüchtigtsten Draufgänger Londons bittet, ihr ein Wirtshaus zu empfehlen!"

„Wenn du es so formulierst ... sehe ich natürlich ein, dass es ... fragwürdig wirken könnte."

„Wirken *könnte*?" Benedick fuhr sich noch einmal durch die Haare. „Was hat dich da nur geritten? Was *hast* du dir nur dabei gedacht? Was hat er sich nur dabei gedacht?" Er hielt inne, weil ihm ein Gedanke gekommen war. „Lieber Gott, Callie. Hat er dir Avancen gemacht? Das wird er mir büßen!"

„Nein!", rief sie aus. „Nein! Ich habe mich an ihn gewendet!"

„Um ihn zu bitten, dir ein Wirtshaus zu empfehlen."

„Ja."

„Das hätte er nicht tun sollen."

„Er dachte, die Empfehlung wäre für dich."

„Für mich?", fragte er überrascht und verwirrt.

„Allerdings. Für mich konnte ich doch schlecht danach fragen, oder?"

„Natürlich nicht." Benedick warf ihr einen Blick zu, als wäre sie verrückt geworden. „Warum zum Teufel hast du nicht einfach hier etwas getrunken? Wozu brauchst du ein Wirtshaus?"

„Na ja, zum einen", erklärte Callie nüchtern, „wäre es nicht so ein Abenteuer gewesen, hier zu trinken."

„Ein Abenteuer."

„Allerdings. Und wenn du dir nur einen Augenblick Zeit

nimmst und darüber nachdenkst, wirst du zugeben müssen, dass das alles eigentlich deine Idee war.“

„*Meine* Idee?“ Benedick stieg die Zornesröte ins Gesicht.

„Ja. Du warst es doch, der mich erst vor ein paar Tagen ermuntert hat, das Leben zu genießen, oder nicht?“

Die Worte standen im Raum, und Benedick warf seiner Schwester einen absolut fassungslosen Blick zu. „Du machst Witze.“

„Keineswegs. Du hast damit angefangen. Eindeutig.“ Sie lächelte, recht zufrieden mit sich.

Benedick sah zur Decke, als bäte er um himmlische Geduld. Oder dass Gott seine Schwester auf der Stelle niederstrecken möge. Benedick konnte sich nicht recht entscheiden, was von beidem. Als er weitersprach, duldete sein Ton keinerlei Widerspruch.

„Dann lass es mich auch zu Ende bringen. Ganz eindeutig. Ich habe nichts dagegen, wenn du Abenteuer erleben willst. Hier. Im Haus. Unter diesem Dach. Von mir aus trinkst du, bis du nicht mehr stehen kannst. Fluchst wie ein Hafenarbeiter. Verbrennst deine Stickarbeiten, meine Güte. Aber als dein älterer Bruder, als Oberhaupt der Familie und als *Earl* …“, auf das letzte Wort legte er eine besondere Betonung, „… verbiete ich dir, Wirtshäuser, Schenken und andere Stätten des Lasters zu frequentieren.“

Sie schnaubte amüsiert. „Stätten des Lasters? Das ist aber eine ziemlich puritanische Sichtweise, findest du nicht? Glaub mir, ich war vollkommen sicher.“

„Du warst mit Ralston zusammen“, sagte er, als wäre sie ein wenig einfältig.

„Sein Benehmen war vollkommen ehrbar“, sagte sie, und dann fiel ihr etwas verspätet die Heimfahrt ein – die alles andere als ehrbar gewesen war.

„Man stelle sich vor – meine Schwester und der Marquess of Ralston. Und dann stellt er sich als der Ehrbare von beiden heraus“, sagte Benedick ironisch, worauf Callie die Röte in die

Wange stieg. „Keine Wirtshäuser mehr."

Sie betrachtete ihren Bruder. Jetzt brauchte sie natürlich auch kein Wirtshaus mehr. „Keine Wirtshäuser mehr", stimmte sie zu.

„Wenn du ein Abenteuer willst, dann such es dir zu Hause."

„Wirklich?" Sie warf ihm ein hoffnungsvolles Lächeln zu.

„Oh nein. Was jetzt?"

„Du hättest nicht zufällig eine Zigarre für mich?"

Benedick brach in ungläubiges Gelächter aus. „Vergiss es, Schwesterherz."

„Benedick! Gerade hast du doch gesagt …"

„Ich habe es mir anders überlegt."

„Habe ich dir noch nicht deutlich genug vor Augen geführt, dass ich, wenn du mir nicht hilfst, Lebenserfahrungen zu sammeln, jemand anderen suche, der dazu bereit ist?"

Benedick kniff die Augen zusammen. „Das ist Erpressung."

„Findest du." Sie lächelte breit. „Ich finde, es wäre eine schöne Sache, wenn ein Bruder seiner alten, unverheirateten Schwester hilft, ein Abenteuer zu erleben."

„Ich glaube, du erhoffst dir viel zu viel Aufregung von einer Zigarre."

„Na, dann wäre jetzt doch genau der richtige Zeitpunkt, diese Hoffnungen zunichtezumachen, meinst du nicht?" Sie warf ihm einen flehenden Blick zu. „Bitte. Bisher habe ich noch nicht einmal jemandem beim Rauchen *zugesehen*."

„Das wäre ja auch noch schöner!", erklärte Benedick gebieterisch. „In Anwesenheit von Damen raucht ein Gentleman auch nicht."

„Aber ich bin deine Schwester!"

„Trotzdem."

„Benny …", schmeichelte sie und verfiel auf seinen Spitznamen aus ihrer Kindheit, „niemand wird je davon erfahren. Du hast gesagt, im Haus könnte ich mir Abenteuer suchen!"

Er sah sie an, schwieg längere Zeit, bis sie ganz sicher war, dass sie an diesem Abend keine Zigarre mehr rauchen würde.

Gerade als sie aufstehen und den Raum verlassen wollte, stieß er einen abgrundtiefen Seufzer aus. Als sie das hörte, begann Callie über das ganze Gesicht zu strahlen.

Sie hatte gewonnen.

Aufgeregt klatschte sie in die Hände. „Wunderbar!"

„An deiner Stelle würde ich es nicht bis auf die Spitze treiben", riet Benedick ihr, holte ein silbernes Etui aus seiner Brusttasche und legte es auf den Tisch neben seinem Sessel. Dann tastete er unter dem Tisch nach einer Arretierung und löste sie mit einem Klicken. Zum Vorschein kam eine Geheimschublade.

Callie beugte sich aufgeregt vor, als die Schublade herausglitt, und reckte den Hals. „Das wusste ich ja gar nicht!"

Benedick holte einen kleinen Aschenbecher aus der Schublade und ein kleines Bündel Fidibusse heraus. „Solltest du auch nicht. Morgen früh werde ich es sicher bedauern, dass ich dir das Geheimfach gezeigt habe."

Fasziniert sah Callie zu, wie Benedick das silberne Etui öffnete und zwei lange, schlanke Zigarren herausholte. Eine davon führte er an die Lippen, entzündete einen Fidibus an einer Kerze und hielt das Flämmchen an die Zigarre. Gleich darauf stieg Rauch auf.

„Faszinierend!" Callie legte den Kopf schief und beobachtete, wie die Spitze der Zigarre orangerot aufglühte.

Benedick schloss die Augen, sowohl vor ihrer Unschuld als auch vor seinem eigenen schlechten Benehmen, nahm einen langen Zug, wie um sich selbst Mut zu machen, und bot die Zigarre dann seiner Schwester dar.

Schwindelig vor Aufregung nahm sie sie entgegen. Sobald sie das Rauchwerk behutsam zwischen den Fingern hielt, wusste sie natürlich nicht, wie sie fortfahren sollte. Durch die dünne Rauchsäule, die von der Zigarrenspitze aufstieg, begegnete sie dem amüsierten Blick ihres Bruders. „Und jetzt?"

„Eigentlich ist nichts weiter dabei", erklärte Benedick lässig. „Jetzt rauchst du sie."

„So?", fragte sie wie ein Kind, führte die Zigarre an die Lippen und inhalierte tief.

Sie bemerkte noch, dass Benedick sie erschrocken ansah, und dann begann sie zu husten. Ihr ganzer Körper wurde von schrecklichen Hustenanfällen erschüttert. Sie war sich vage bewusst, dass Benedick ihr die glimmende Zigarre aus der Hand nahm, sodass sie sich auf die Brust schlagen konnte. Verzweifelt schnappte sie nach Luft, was sie nur noch mehr zum Husten brachte. Benedick klopfte ihr auf den Rücken, bis sie ihn mit einer Handbewegung davon abbrachte, da sie befürchtete, er würde ihr damit nur den letzten Rest Frischluft aus der Lunge treiben.

Als sie sich endlich wieder auf etwas anderes als ihr Bedürfnis nach Luft konzentrieren konnte, wurde sie sich ihres Bruders bewusst, der zitternd neben ihr stand. Sie war sich sicher, dass er vor Sorge um sie zitterte, und sah auf, um ihn zu beruhigen – nur um zu entdecken, dass er stattdessen vor kaum unterdrücktem Gelächter bebte. Ihre Miene verfinsterte sich, als sie das breite Grinsen sah, die weiß blitzenden Zähne in dem erhitzten Gesicht.

„Du, mein Guter, bist kein Gentleman."

Die missbilligende Bemerkung gab Benedick den Rest, und er brach in schallendes Gelächter aus. Angesichts dieser Lachsalven sah auch Callie die komische Seite der Sache und stimmte in das Gelächter ein, worauf sie wieder husten musste, sich wieder an die Brust schlug und wieder zu lachen begann.

Nach einer Weile setzte Benedick sich hin und drückte Callies Zigarre im Aschenbecher aus. „Und jetzt wissen wir auch, warum Frauen nicht rauchen", erklärte er, immer noch mit lachender Stimme.

„Was für eine eklige Angewohnheit", meinte Callie. „Wie kannst du nur?"

„Nun ja, sagen wir, es ist gewöhnungsbedürftig."

„Genau das hat Ralston über Whisky gesagt."

„Und hat damit durchaus auch recht", erklärte Benedick. Nach einigen Augenblicken fragte er: „Diesen Teil des Abends

hast du demnach auch nicht genossen?"
„Im Gegenteil. Mir hat jeder Augenblick außerordentlich gefallen. Auch wenn ich nie wieder Whisky trinken oder nie wieder eine Zigarre rauchen mag, werde ich immer froh sein, dass ich diese Dinge ausprobiert habe. Das Abenteuer ist die enttäuschende Erfahrung durchaus wert."
„Mir will diese Abenteuerlust nicht gefallen, die du da entwickelst, Schwesterherz."
„Leider kann ich dir nicht versprechen, dass ich sie demnächst wieder ablege. Es ist wirklich eine Schande, dass Frauen all die Erfahrungen nicht einmal ausprobieren dürfen, die für Männer so selbstverständlich sind. Ihr habt wirklich riesiges Glück." Benedick warf ihr einen skeptischen Blick zu, doch sie fuhr fort: „Komm schon, Benedick, du wirst mir doch jetzt nicht erzählen wollen, dass du mir ein, zwei Abenteuer nicht gönnst, oder? Schließlich hast du mir meine jüngste Erfahrung vermittelt."
„Ein Umstand, den ich am liebsten vergessen möchte."
„Feigling."
Sie lächelten sich an.
„Mutter reißt mir den Kopf ab, wenn sie es herausfindet."
„Sie wird es aber nicht herausfinden", erklärte Callie, „und selbst wenn, hat sie keinerlei Grund, sich aufzuregen. Als endgültig sitzen gebliebene alte Jungfer kann ich mir die eine oder andere Laune wahrhaft leisten."
Benedick lachte auf. „Rauchen und trinken sind ziemlich bemerkenswerte Launen, Callie. Ich bin mir nicht sicher, ob der *ton* sie akzeptieren würde – auch wenn du schon mit einem Bein im Grab stehst." Er dachte kurz nach. „Außerdem bin ich ziemlich schockiert, dass Ralston dich so ermutigt, vor allem, wo du doch so nett bist, seine Schwester in die Gesellschaft einzuführen. Was hat er sich dabei nur gedacht? Er hätte dich umgehend in eine Kutsche stecken und nach Hause bringen sollen."
Callie sah weise davon ab, ihrem Bruder zu erzählen, dass Ralston sie tatsächlich in eine Kutsche gesteckt und nach Hau-

se gebracht hatte. Stattdessen meinte sie: „Ich glaube wohl, er dachte, genau wie du, es wäre meinem Ruf dienlicher, wenn er bei mir bleibt, während ich meine Grenzen auslote. So wurde wenigstens halbwegs der Anstand gewahrt."

„Eine Rolle, die Ralston bestimmt noch nicht oft übernommen hat", knurrte Benedick. „Ich sollte ihn zum Duell fordern."

„Es wäre mir lieber, du tätest es nicht. Ich kann ihn recht gut leiden."

Er fing ihren Blick auf. „Du wirst doch nicht … du kannst doch nicht …" Er beugte sich vor. „Was hat das zu bedeuten?" Sie antwortete nicht, und Benedick probierte es noch einmal. „Ralston … er ist … Callie, Frauen können den Marquess of Ralston nicht einfach nur ‚recht gut leiden'."

Beinahe unhörbar erwiderte sie: „Nein, wohl nicht."

Als er die Traurigkeit in der Stimme seiner Schwester bemerkte, fluchte Benedick leise in sich hinein. „Ich habe gesehen, wie er heute Abend mit dir getanzt hat. Ich weiß, wie sich das angefühlt haben muss. Mir ist auch klar, dass er in dieser albernen Schenke die Rolle des Beschützers gespielt hat – ich bin weiß Gott froh, dass er dich dort gefunden hat, wer weiß, was dir sonst dort zugestoßen wäre, aber du musst wissen, dass … Ralston … Männer wie Ralston …" Er unterbrach sich, da er nicht wusste, wie er sich möglichst taktvoll ausdrücken sollte.

Callie erbarmte sich seiner und bot ihm einen Ausweg aus diesem peinlichen Gespräch. „Ich weiß, Benedick. Ich bin doch nicht dumm. Männer wie Ralston sind nicht für Frauen wie mich bestimmt."

Vielleicht glaube ich es noch, wenn ich es nur oft genug wiederhole.

Sie rang sich ein leises Lachen ab, um die Stimmung aufzuheitern. „Ich könnte mir vorstellen, dass Ralston weitaus mehr Abenteuer bedeuten würde, als ich ertragen könnte."

Er lächelte. „Nicht nur du. Denk auch an deinen armen, alten Bruder."

Sie erwiderte das Lächeln, stand auf und drückte ihm einen

Kuss auf die Wange. „Danke für die Zigarre, Benny." Und damit verließ sie den Raum und ging die große Marmortreppe hinauf in ihr Zimmer.

Langsam und methodisch machte Callie sich zum Schlafen zurecht, wollte sich dabei von Benedicks Worten nicht aufregen lassen. Er hatte sicher recht. Sie passte nicht zu Ralston, hatte nie zu ihm gepasst. Aber an diesem Abend war sie dem nahegekommen. Und wenn sie nur einen einzigen Abend bekommen konnte, dann musste dieser Abend eben ausreichen.

Sie ließ sich die Ereignisse noch einmal durch den Kopf gehen, während sie ihre Frisur löste, Toilette machte und ihr bauschiges weißes Nachthemd anzog. Dann strich sie ihre zerknitterte Liste glatt und sah sie sich noch einmal an. Eine ganze Weile saß sie so an ihrem Schreibtisch, reglos, las die Liste. Seufzend nahm sie den Federkiel und zog einen dunklen Strich durch *Eine Zigarre rauchen und Whisky trinken.*

Schließlich löschte sie die letzte Kerze und kroch ins Bett. Sie träumte von der Frau in Ralstons Kutsche – in Ralstons Armen.

9. KAPITEL

Ein paar Tage später traf Callie gegen Mittag in Ralston House ein; sie wollten an diesem Nachmittag Kleider einkaufen.

Wenn es etwas gab, was Callie verabscheute, dann war es der Kleiderkauf.

Daher hatte sie sich Verstärkung in Gestalt von Mariana mitgebracht. Ihre Schwester zeichnete sich nicht nur durch eine unnatürliche Vorliebe für die Bond Street aus, sie brannte auch vor Neugierde auf Ralstons geheimnisvolle jüngere Schwester.

„Ich war noch nie in Ralston House“, flüsterte Mariana aufgeregt, als sie sich der Tür näherten.

„Dort hattest du bisher auch nichts zu suchen“, erwiderte Callie streng. „Vor der Ankunft von Ralstons Schwester war dies ganz gewiss nicht der richtige Ort für junge unverheiratete Damen.“

Auch nicht für alte unverheiratete Damen, was diese jedoch nicht davon abhielt, den Marquess zu besuchen.

Callie ignorierte die leise innere Stimme und stieg die Stufen zum Eingang empor. Bevor sie noch oben ankam, wurde die Tür aufgerissen, und Juliana schaute eifrig heraus. „Hallo!“, sagte sie, atemlos vor Aufregung.

Hinter ihr stand Jenkins und musterte sie mit wildem Blick; er wirkte durch und durch entsetzt, dass die junge Frau nicht abgewartet hatte, bis ein Lakai die Tür öffnete und die Ankunft ihrer Gäste ankündigte. Sein Mund öffnete und schloss sich, als wüsste er nicht, wie er auf diesen eklatanten Verstoß gegen die Etikette reagieren sollte. Callie unterdrückte ein Lächeln, da der Butler die komische Seite der Situation sicher nicht zu würdigen wusste.

Mariana jedoch erfasste die Lage mit einem Blick und brach in Gelächter aus. Entzückt klatschte sie in die Hände, trat ins Haus und ergriff warmherzig Julianas Hände. „Sie müssen Miss Juliana sein. Ich bin Callies Schwester Mariana Hartwell.“

Juliana knickste – so tief, wie sie ohne Zuhilfenahme ihrer Hände konnte – und sagte: „Lady Mariana, es ist mir eine Ehre."

Mariana schüttelte lächelnd den Kopf. „Verzichten wir doch auf die ‚Lady', Sie müssen Mariana zu mir sagen. Können Sie nicht sehen, dass wir gute Freundinnen werden?"

Juliana erwiderte Marianas Lächeln ebenso strahlend. „Dann müssen Sie mich aber auch Juliana nennen, *no*?"

Callie lächelte beim Anblick der beiden jungen Frauen, die jetzt schon vertraulich die Köpfe zusammensteckten. Jenkins, der hinter ihnen stand, blickte zur Decke. Zweifellos sehnte sich der Butler zurück nach den Tagen, als in Ralston House keine Damen residierten.

Sie erbarmte sich seiner und sagte, zu den Mädchen gewandt: „Wollen wir aufbrechen?"

Kurz darauf hatten sie die Kutsche der Allendales gestürmt und waren unterwegs in die Bond Street, wo sie den Großteil des Nachmittags verbringen wollten. Dorthin zu gelangen war im Gewimmel von Kutschen und Bummlern einfacher gesagt als getan. Während die Kutsche im Schneckentempo vorwärtskroch, wurde Juliana still und drückte sich die Nase am Fenster platt, um das lebhafte Treiben auf der Straße zu beobachten: Angehörige des *ton*, die von einem Laden in den nächsten wechselten, Lakaien, die die Päckchen und Schachteln in Kutschen luden, Gentlemen, die vor Grüppchen plaudernder Damen den Hut zogen. Bond Street zu Beginn der Saison war wirklich unvergleichlich. Callie konnte sich gut vorstellen, dass Juliana es einschüchternd fand, gemeinsam mit dem Rest des *ton* auf Einkaufstour zu sein. Ehrlich gesagt, konnte sie ihr daraus keinen Vorwurf machen.

Mariana schien die Nervosität des Mädchens zu spüren und plauderte fröhlich drauflos. „Natürlich werden wir bei Madame Hebert anfangen." Sie legte die Hand auf Julianas, beugte sich in der Kutsche vor und flüsterte aufgeregt: „Sie ist Französin, die beste Schneiderin in London. *Jeder* will, dass sie für ihn arbeitet … aber sie ist sehr wählerisch, was ihre Kundschaft angeht.

In ihren Kreationen ist man Stadtgespräch!"

Juliana sah Mariana mit großen Augen an und fragte: „Wenn sie so wählerisch ist, wie Sie sagen, warum sollte sie dann mich als Kundin akzeptieren? Ich habe keinen Titel."

„Ach, sie wird Sie ganz bestimmt annehmen. Erstens schneidert sie mir die gesamte Aussteuer – da kann sie es sich nicht erlauben, eine Freundin von mir wegzuschicken. Und als wäre das nicht schon genug", fügte sie nüchtern hinzu, „Ralston ist ein Marquess und reich wie Krösus. Sie würde ihn nicht abweisen."

„Mariana!", rief Callie empört aus.

Mariana sah Callie offen an. „Na, ist doch wahr."

„Trotzdem! Es ist vulgär, über Lord Ralstons finanzielle Verhältnisse zu spekulieren."

„Ach, Quatsch, Callie. Unter Freunden tut das doch jeder." Mariana wedelte abschätzig mit der Hand und grinste Juliana an. „Es stimmt. Ich könnte mir vorstellen, dass er hier auch schon diverse Geliebte hat ausstaffieren lassen."

„Mariana!" Callies Stimme wurde schrill. Juliana lachte, was ihr einen warnenden Blick von Callie eintrug. „Ermutigen Sie sie nicht auch noch."

Die Kutsche hielt an, und Mariana rückte ihren Hut zurecht und band ihn verwegen unter dem Kinn fest. Sie zwinkerte Juliana zu und sprang hinaus auf die Straße. „Es stimmt aber!"

Juliana folgte ihr, ebenfalls lachend, und dann liefen die beiden voraus in den Schneidersalon.

Amüsiert folgte Callie ihnen. Mariana war die perfekte Ergänzung für ihren Ausflug – sie war ebenso lebhaft wie Juliana –, und Callie war ziemlich stolz auf sich, dass sie sie zusammengebracht hatte. Ralston wäre sicher froh, wenn sich seine Schwester mit der zukünftigen Duchess of Rivington anfreunden konnte; eine derartige Verbindung würde Juliana den Eintritt in die vornehme Gesellschaft beträchtlich erleichtern. Vorausgesetzt natürlich, er fand nie heraus, dass Mariana genüsslich seine Privatangelegenheiten durchhechelte – alle offenbar –, ohne sich um Diskretion zu scheren. Callie konnte nur hoffen, dass die Schwester des Marquess etwas vorsichtiger war.

Mariana hatte natürlich recht. Die meisten Männer sorgten dafür, dass ihre Geliebten gut untergebracht und gekleidet waren. Ralston würde da keine Ausnahme bilden. Bei dem Gedanken blitzte eine Erinnerung auf – wie Ralston an jenem ersten Abend, an dem alles begonnen hatte, in seinem dunklen Schlafzimmer all die Dinge aufgezählt hatte, die er seiner Geliebten am Ende der Beziehung gegeben hatte. Der Gedanke ernüchterte sie. Natürlich sollte sie das nicht überraschen, aber ... die Eifersucht, die sie bei der Vorstellung überkam, wie er für eine andere Frau *Kleider* kaufte, tat weh.

Wie viele Geliebte er wohl schon gehabt hatte?

„Lady Calpurnia!"

Die Worte schreckten sie aus ihrem düsteren Tagtraum auf. Sie drehte sich um und entdeckte Lord Oxford, der sich von der anderen Straßenseite näherte. Seine eng anliegende hirschlederne Kniehose und der dunkelblaue Frack, dazu die scharlachrote Weste, die farblich genau zum Knauf seines Spazierstocks und zu seinen Absätzen passte, bildeten ein prachtvolles Ensemble, das nur noch von seinem blitzenden Lächeln überstrahlt wurde. Oxford war wirklich eine Zierde der Gesellschaft.

Wenn man davon absieht, dass er gerade meinen Namen in halb London herumposaunt.

„Lady Calpurnia!", wiederholte er, als er sie kurz vor dem Eingang zu Madame Herberts Salon erreichte. „Was für ein Riesenglück! Gerade habe ich mit dem Gedanken gespielt, Allendale House einen Besuch abzustatten ... und schon stehen Sie hier!"

„In der Tat", sagte Callie und widerstand dem Drang, ihn zu fragen, wie er auf die Idee kam, Allendale House einen Besuch abstatten zu wollen, „hier stehe ich." Als Oxford sie weiter anstrahlte, ohne etwas zu sagen, fügte sie hinzu: „Heute ist ein herrlicher Tag zum Einkaufen."

„Noch herrlicher aufgrund Ihrer Anwesenheit."

Callie runzelte die Stirn. „Ach. Na gut. Vielen Dank, Mylord."

„Vielleicht könnte ich Sie überreden, Ihre Einkäufe zu verschieben und stattdessen mit mir ein Eis essen zu gehen?“

Stellte er ihr nach?

„Ach, das geht nicht … Sehen Sie, meine Schwester ist da drin.“ Sie deutete auf den Schneidersalon. „Sie wird schon auf mich warten.“

„Bestimmt hätte sie Verständnis.“ Er bot ihr den Arm und blinzelte ihr grinsend zu.

Callie erstarrte. Er stellte ihr tatsächlich nach.

Warum?

„Callie!“ Überrascht drehte Callie sich um und entdeckte Mariana, die auf der Suche nach ihrer Schwester den Kopf aus der Tür des Schneidersalons gesteckt hatte und nun verwirrt die sich darbietende Szene betrachtete. „Oh, guten Tag, Lord Oxford.“

Oxford machte einen übertrieben tiefen Kratzfuß, wobei einer seiner Stiefel mit den roten Absätzen artig in Marianas Richtung wies. „Lady Mariana, sehr erfreut.“

Callie legte die Hand vor den Mund, um das Lächeln zu verbergen, das sie sich angesichts dieser bizarren Begegnung nicht verkneifen konnte. Auch um Marianas Lippen zuckte es, und sie sagte: „Ja, schön. Sicher haben Sie nichts dagegen, wenn ich Ihnen meine Schwester jetzt entführe, oder?“

Oxford richtete sich auf und lächelte breit. „Aber keineswegs! Im Gegenteil, diese Wendung macht es nur umso dringlicher, dass ich Lady Calpurnia in Allendale House aufsuche.“

„Das wäre reizend, Mylord“, sagte Callie in einem Ton, den jeder außer ihm als nicht allzu einladend erkannt hätte. Sie nutzte die Gelegenheit zur Flucht und lief zu Mariana. Oben an der Treppe winkte sie Oxford noch einmal kurz zu und folgte dann ihrer Schwester in den Schneidersalon.

„Ich kann nicht fassen, dass er dich mitten auf der Straße aufgehalten hat. Glaubst du, dieser Mann hat überhaupt irgendetwas im Kopf?“, stieß Mariana hervor.

Callie grinste. „Außer seinen Zähnen?“

Die Schwestern lachten und begaben sich dann zu Juliana, die Madame Hebert schon angesprochen hatte. Wie von Mariana vorhergesagt, hatte die Schneiderin offenbar entschieden, es sei gut fürs Geschäft, wenn sie Julianas gesamte Garderobe anfertigte.

Bald waren sie von einer Schar Näherinnen umringt. Einige waren bereits damit beschäftigt, Julianas Maße zu nehmen, andere schleppten ballenweise Stoff in allen erdenklichen Farbschattierungen und Qualitäten herbei. Eine kleine junge Frau mit Brille hockte auf einem Schemel und machte sich Notizen, als Mariana sich ins Gespräch mischte.

„Sie braucht mindestens sechs Abendkleider … sechs Straßenkleider, drei Reitkleider, ein Dutzend Hauskleider, fünf Promenadenkleider …“ Sie machte eine Pause, damit die Gehilfin der Schneiderin mit Schreiben nachkam. „Oh! Und drei Ballkleider … nein, vier. Sie müssen natürlich atemberaubend sein“, erklärte Mariana und warf Madame Hebert einen bedeutsamen Blick zu. „Miss Fiori muss London im Sturm erobern.“

Callie lächelte über die Szene, die sich ihr bot. Mariana erwies sich als genau die richtige Begleitung. Juliana wirkte vollkommen fassungslos. Das arme Ding.

Mariana sah zu Callie. „Was habe ich vergessen?“

Zur Schneiderin gewandt, sagte Callie: „Spenzer, Pelissen, Mäntel und Schultertücher, passend zum Rest … und dann natürlich Unterwäsche. Und Nachthemden.“

Juliana sagte zum ersten Mal etwas. „Ich sehe nicht ein, wozu ich neue Nachthemden brauche. Meine sind vollkommen in Ordnung.“

„Sie brauchen sie, weil Ihr Bruder bereit ist, Ihnen welche zu kaufen“, erklärte Mariana sachlich. „Warum also nicht?“

Juliana sah zu Callie. „Das ist zu viel. Ich bin doch nur noch sieben Wochen hier.“

Mitfühlend schüttelte Callie den Kopf, denn sie konnte das Unbehagen der jüngeren Frau gut verstehen. Juliana kannte Ralston kaum, und nun gab sie auf seine Rechnung ein Vermögen für Kleidung aus. Callie trat näher zu ihr und legte ihr beruhigend die Hand auf den Arm. „Er *will* das doch für Sie tun. Es war *seine* Idee. Ich weiß, Ihnen kommt das extravagant vor …“ Sie fing den klaren, besorgten Blick der jungen Frau auf. „Lassen Sie ihn doch heute einmal den großen Bruder spielen.“

Nach kurzem Nachdenken nickte Juliana. „*Bene*. Ich möchte die Kleider aber vom Stil her … italienischer haben.“

Madame Hebert hörte das und schnaubte empört. „Sie glauben, dass ich eine wilde Lilie nehme und so beschneide, dass sie aussieht wie eine englische Rose? Sie sollen als strahlender italienischer Stern vor den *ton* treten!“

Das entlockte Callie ein leises Lachen. „Famos. Wollen wir die Stoffe aussuchen?“

Bei diesen Worten wurden die Angestellten der Schneiderin munter und begannen Stoffbahnen aufzurollen, ellenweise Musselin und Satin, Jaconet und Krepp, Samt und *Gros de Naples* in jeder erdenklichen Farbe und in jedem erdenklichen Muster.

„Welcher gefällt Ihnen denn?“, erkundigte sich Callie.

Mit leicht benommenem Lächeln wandte Juliana sich den Stoffbergen zu. Mariana trat dazu und hängte sich bei ihr ein. Sie beugte sich vor und murmelte: „Diesen brombeerroten Krepp finde ich herrlich. Der würde wunderbar zu Ihrem Haar passen.“ Zu Callie sagte sie: „Was sagst du, Schwesterherz?“

Callie nickte zu einem hellgrünen Satin hinüber und sagte: „Wenn Sie sich aus diesem Satin kein Abendkleid machen lassen, wäre ich sehr enttäuscht.“

Juliana lachte. „Nun, dann werde ich wohl zugreifen müssen. Mir gefällt ja dieser rosa Musselin.“

Madame Hebert hob den Ballen hoch und reichte ihn an eine Näherin weiter. „Eine ausgezeichnete Wahl, *signorina*. Dürfte ich noch den goldenen Satin vorschlagen? Für den Abend natürlich.“

Mariana drückte Julianas Arm und sagte munter: „Das macht Spaß, nicht wahr?“, worauf Juliana nickte und in Lachen ausbrach. Ralstons Schwester erwärmte sich rasch für ihre Aufgabe, und innerhalb einer Stunde hatte sie Farben und Stoffe für alle Kleider ausgesucht. Während sie mit Mariana bei einer Tasse Tee über Säume und Taillenlinien plauderte, stand Callie abseits und strich über einen himmelblauen Satin, der ihr seit Betreten des Salons immer wieder ins Auge gefallen war. Zum ersten Mal seit langer Zeit hatte Callie wieder Lust, sich ein Kleid arbeiten zu lassen. Für sich.

„Der Stoff, er ruft nach Ihnen, *non*?" Die schwer akzentuierten Worte der Schneiderin rissen Callie aus ihren Gedanken. „Es würde ein wunderschönes Kleid werden. Für Ihren nächsten Ball. Dieser Stoff ist für einen Walzer wie geschaffen."

„Der ist herrlich!" Mariana war neben ihr aufgetaucht.

„Allerdings. Daraus müssen Sie sich etwas machen lassen!", setzte Juliana hinzu.

Sie lächelte und schüttelte den Kopf. „Danke, aber für ein derartiges Kleid habe ich keine Verwendung."

Madame Hebert hob überrascht die Augenbrauen. „Sie gehen nicht auf Bälle?"

„Oh, doch ..." Callie rang nach Worten. „Aber ich tanze nicht."

„Vielleicht hatten Sie bisher nicht das richtige Kleid, Madame. Darf ich sagen ... wenn ich Ihnen aus diesem Stoff ein Kleid arbeiten würde, würden Sie ganz gewiss tanzen." Die Französin drapierte eine Stoffbahn auf den Tisch und arbeitete ein paar Augenblicke, nestelte und raffte. Dann trat sie zurück und ließ Callie einen Blick auf das Ergebnis werfen, das noch kaum aussah wie ein Kleid. Aber es war herrlich.

„Wir werden einen tiefen Ausschnitt arbeiten, um Ihr Dekolleté zur Geltung zu bringen, und eine tiefe Taille. Sie verstecken sich hinter all diesen Rüschen und Volants – wie so viele andere Engländerinnen." Das letzte Wort spuckte Madame Hebert aus, als hätte es einen üblen Geschmack. „Sie brauchen ein französisches Modell. Wir Franzosen wissen die Figur der Frau zu würdigen!"

Bei diesen kühnen Worten errötete Callie, doch gleichzeitig

geriet sie in Versuchung. Schließlich sah sie die kleine Französin an und sagte: „Also gut. Ja."

Mariana und Juliana stießen kleine Schreie des Entzückens aus.

Madame Hebert nickte geschäftsmäßig. „Valerie", sagte sie scharf zu ihrer Gehilfin, „nehmen Sie Lady Calpurnias Maße. Sie bekommt den himmelblauen Satin. Sie braucht auch einen Mantel."

„Oh, ich glaube nicht …"

Die Schneiderin sah Callie nicht an, sondern sprach einfach weiter, als hätte diese nichts gesagt. „Den mitternachtsblauen Satin. Wir füttern ihn mit Chinchilla. Und dann verschwindet der himmelblaue Satin aus dem Regal. Der Stoff gehört allein dieser Dame."

Bei diesen Worten kicherten die Mädchen im Salon. Callie sah Mariana verwirrt an. Ihre Schwester flüsterte: „Madame Hebert räumt den Stoff nur weg, wenn sie ein Kleid ganz allein entwirft, ohne Hilfe ihrer Angestellten. Callie! Wie aufregend!"

Callie schluckte hörbar. Worauf hatte sie sich da nur eingelassen?

Madame Hebert wandte sich an Callie. „Drei Wochen."

Sie nickte. „Und Julianas?"

„Ebenso. Wir liefern, sobald wir fertig sind."

„Das goldene Abendkleid braucht sie schon am Mittwoch", erklärte Mariana, „für die Oper."

Juliana, die gerade müßig über einen lavendelblauen Musselin strich, aus dem sie ein Promenadenkleid bekommen sollte, sah überrascht auf.

„Sie muss am Mittwoch in die Oper gehen, Callie", wiederholte Mariana und sagte dann zu Juliana: „Wir nehmen Sie natürlich mit."

Natürlich, Mariana hatte recht. Am Mittwoch öffnete das Theatre Royal die Pforten; es war die perfekte Gelegenheit, Juliana zum ersten Mal in die Gesellschaft auszuführen. Dort konnte man sie so behutsam wie möglich vorstellen, sie brauchte nur vor und nach der Oper und in den Pausen mit dem *ton* Umgang zu pflegen.

Callie nickte zustimmend. „Mittwoch ist natürlich genau der richtige Tag."

Die Schneiderin hatte schweigend zugehört und sagte nun: „Meine Damen, wir haben bereits Montag. Ich kann das Kleid bis Mittwoch fertigstellen, aber das bedeutet, dass meine Mädchen beide Nächte durcharbeiten müssen." Was sie damit sagen wollte, war klar.

Callie lächelte. Ralston hatte ihr die Führung überlassen. Und er hatte ja gesagt, dass Geld keine Rolle spielte. „Ihr Bruder ist der Marquess of Ralston. Bestimmt akzeptiert er den Preisaufschlag."

Madame Hebert gab sich damit zufrieden und wies zwei Näherinnen scharf an, sofort mit dem Kleid anzufangen.

Sobald sie den Salon verlassen hatten, veranstalteten die drei in der Bond Street ein regelrechtes Einkaufsfest. Nach einem Besuch bei der Putzmacherin bogen sie in ein kleines, enges Gässchen, wo Juliana vor der Auslage einer Buchhandlung stehen blieb. Sie drehte sich zu ihren Begleiterinnen um und sagte: „Würde es Sie schrecklich stören, wenn wir kurz hineingehen würden? Ich möchte meinen Brüdern gern etwas kaufen. Um ihnen für ihre Freundlichkeit zu danken."

„Was für eine hervorragende Idee!" Callie, die ohnehin keinem Buchladen aus dem Weg ging, stieß die Tür mit einem breiten Lächeln auf und bedeutete Juliana, voranzugehen.

Die Türglocke begrüßte die jungen Frauen im Laden und verständigte den Inhaber von ihrer Anwesenheit. Er nickte ihnen höflich zu und widmete sich dann wieder seiner Arbeit. Callie und Mariana stöberten die neuesten Romane durch, sodass Juliana in Ruhe nach einem passenden Geschenk für ihre Brüder suchen konnte.

Das junge Mädchen hatte nie darüber nachgedacht, wie schwierig es sein könnte, für Ralston und St. John genau das Richtige zu finden – etwas, was ihren Interessen entsprach und gleichzeitig etwas ganz Besonderes war, weil es das erste Geschenk ihrer neuen, unerwarteten Schwester war.

Nach einer Viertelstunde hatte Juliana einen großen Band mit Stichen von Pompeji für Nick ausgesucht, in der Hoffnung, dass es für den Liebhaber der Antike genau das richtige Geschenk war.

Ralston jedoch erwies sich als Herausforderung. Sie wusste so wenig von ihm – nur dass er nachts oft stundenlang an seinem Pianoforte saß. Suchend strich Juliana über die Buchrücken und fragte sich, was sie für ihren älteren Bruder aussuchen sollte. Schließlich hielt sie bei einem deutschen Werk über Mozart inne und nahm es zögernd heraus.

„Wenn man nach einer Lebensbeschreibung Mozarts sucht, ist man mit dieser hier bestens beraten. Niemetschek kannte den Meister höchstpersönlich."

Juliana zuckte zusammen und drehte sich dann zu der Stimme um.

Nur wenige Zoll entfernt stand der schönste Mann, den sie je gesehen hatte.

Er war hochgewachsen und breitschultrig, seine Augen hatten die Farbe sonnenwarmen Honigs. Von draußen strömte Nachmittagssonne in den Laden, spielte mit den blonden Locken und betonte die gerade Nase, das kräftige Kinn.

„Ich …" Sie hielt inne und zermarterte sich den Kopf, welche Verhaltensregeln in einer solchen Situation gelten mochten. Was man tat, wenn einem ein Engel eine Musikerbiografie ans Herz legte, hatten sie und Callie noch nicht besprochen. Sicher wäre es nicht verkehrt, sich zu bedanken. Oder? „Danke."

„Gern geschehen. Ich hoffe, dass Ihnen die Lektüre Freude bereitet."

„Oh, es ist nicht für mich. Es ist ein Geschenk. Für meinen Bruder."

„Ah, dann hoffe ich, dass er die Lektüre genießen wird." Er hielt inne, und sie sahen sich lange in die Augen.

Das Schweigen machte Juliana nervös, und so sagte sie

schließlich: „Tut mir leid, Sir, aber ich bin mir ziemlich sicher, dass wir nicht miteinander reden dürfen."

Er schenkte ihr ein schiefes Lächeln, und ihr wurde heiß. „Nur ziemlich sicher?"

„Fast ganz. Ich bin neu in London und kenne die Regeln noch nicht so gut, aber ich meine, mich zu erinnern, dass man einander vorgestellt werden muss." Ihre blauen Augen blitzten.

„Das ist schade. Was, glauben Sie, wird wohl passieren, wenn man uns erwischt? Wie wir am helllichten Tag in aller Öffentlichkeit über Bücher diskutieren?"

Sein entsetzter Ton entlockte ihr ein Lachen. „Man kann nie wissen. Möglicherweise tut sich der Erdboden auf und verschluckt uns angesichts unseres gefährlichen Benehmens."

„Also, in so große Gefahr möchte ich eine Dame keineswegs bringen. Daher will ich mich verabschieden, in der Hoffnung, dass wir uns eines Tages richtig vorgestellt werden."

Einen flüchtigen Augenblick spielte sie mit dem Gedanken, Callie oder Mariana zu rufen, damit diese sie vorstellten, aber sie war sich ziemlich sicher, dass man so etwas nicht tat. Stattdessen blinzelte sie zu dem goldenen Mann auf. „Das hoffe ich auch."

Da verneigte er sich tief und war im nächsten Augenblick verschwunden. Das einzige Zeichen, das seine Anwesenheit verriet, war das leise Klingeln der Türglocke über dem Ladeneingang.

„Juliana?", fragte Callie aus der Nähe. „Haben Sie etwas gefunden?"

Mit einem Lächeln drehte sich Juliana zu ihr um. „Ja. Glauben Sie wirklich, dass Gabriel sich über eine Mozartbiografie freuen würde?"

Callie sah sich den Titel an. „Das halte ich für eine ausgezeichnete Wahl."

Erfreut holte Juliana tief Luft. „Sagen Sie, kennen Sie diesen Mann?"

Mariana folgte Julianas Blick und entdeckte den großen, goldblonden Mann, der sich raschen Schrittes vom Buchladen entfernte. Sie krauste die Nase, sah wieder zu Juliana und fragte: „Warum?"

„Ach, aus keinem besonderen Grund", erwiderte Juliana ausweichend. „Er kam mir irgendwie … bekannt vor."

Mariana schüttelte den Kopf. „Ich glaube nicht, dass Sie ihn kennen. Ich kann mir nicht vorstellen, dass er sich je dazu herabließe, nach Italien zu fahren, ganz zu schweigen, sich mit einem Italiener zu unterhalten."

„Mariana …", sagte Callie warnend.

„Aber wer ist er?", drängte Juliana.

Callie winkte abschätzig und trat zu dem Tisch mit den Sonderangeboten. „Der Duke of Leighton."

„Er ist ein Duke?", fragte Juliana überrascht.

„Ja", nickte Mariana und führte die junge Frau aus dem Buchladen. „Und ein ganz schrecklicher. Er betrachtet jeden, der gesellschaftlich unter ihm steht, als vollkommen indiskutabel. Kaum jemand ist ihm ebenbürtig."

„Mariana! Musst du unbedingt in aller Öffentlichkeit klatschen?"

„Ach, komm schon, Callie. Gib zu, dass du Leighton nicht ausstehen kannst."

„Nun, natürlich nicht", meinte Callie leise. „Das kann schließlich niemand. Ich versuche aber nicht, ganze Buchläden von meinem Missfallen in Kenntnis zu setzen."

Juliana ließ sich das durch den Kopf gehen. Auf sie hatte er durchaus nicht unangenehm gewirkt. Aber er hatte auch nicht gewusst, wer sie war. Wenn er herausgefunden hätte, dass sie die Tochter eines Kaufmanns war …

„Gibt es viele wie ihn? Viele, die mich nur aufgrund meiner Herkunft sofort ablehnen werden?"

Mariana und Callie tauschten einen raschen Blick, bevor Callie leichthin sagte: „Auf solche Leute sollte man nichts geben. Es wird jede Menge Menschen geben, die Sie sofort ins Herz schließen. Keine Sorge."

„Allerdings", fügte Mariana lächelnd hinzu. „Und vergessen Sie nicht, dass ich bald Herzogin werde. Und dann … zum Henker mit den anderen."

„Ich würde nicht wollen, dass sie alle umgebracht werden", erklärte Juliana besorgt.

Die anderen beiden stutzten einen Augenblick, doch dann begann Callie zu lachen. Marianas Bemerkung war einem Verständigungsproblem erlegen. „Das ist eine Redewendung, Juliana. Niemand wird aufgehängt. Es heißt nur, dass Mariana die anderen egal sind."

Juliana verstand. „Ah! *Capisco.* Verstehe! *Sì.* Zum Henker mit ihnen."

Die drei Frauen lachten. Juliana zahlte die Geschenke für ihre Brüder. Nachdem ein Lakai angewiesen worden war, die beiden Päckchen in die Kutsche zu tragen, wandte sie sich mit strahlendem Lächeln an die anderen beiden Frauen. „Wohin gehen wir jetzt?"

Mariana lächelte breit und verkündete: „Natürlich zum Handschuhmacher. Ohne Opernhandschuhe kann man wohl kaum debütieren, nicht?"

10. KAPITEL

Callie stand im Theatre Royal in der Loge der Rivingtons und konnte ein zufriedenes Lächeln nicht unterdrücken, als sie sich im Publikum umsah und die vielen Operngläser entdeckte, die auf Miss Juliana Fiori gerichtet waren.

Die Oper hatte noch nicht einmal begonnen, doch in der Loge drängten sich bereits die Gäste, von den Stützen der Gesellschaft, die angeblich gekommen waren, um der Dowager Duchess ihre Aufwartung zu machen, und dann gar nicht umhinkamen, die hübsche junge Juliana kennenzulernen, bis zu jungen Stutzern, die keinen Grund sahen, den Zweck ihres Besuchs zu verbergen, und sofort nach ihrer Ankunft lauthals verlangten, Juliana vorgestellt zu werden.

Der Abend hätte nicht günstiger in Szene gesetzt werden können, und Callie übernahm die volle Verantwortung für diesen Erfolg.

Juliana war in der Kutsche der Allendales angekommen, und zu Callies Freude war die junge Frau dem Wagen voller Anmut und Selbstbewusstsein entstiegen, als wäre es die natürlichste Sache der Welt, von der vornehmen Gesellschaft unter die Lupe genommen zu werden. Im Opernhaus hatte Juliana dann ihren Mantel abgelegt und das atemberaubende Abendkleid präsentiert, das, wie versprochen, am selben Morgen geliefert worden war: Madame Hebert hatte sich bei dieser Robe selbst übertroffen. Bestimmt verzehrte sich jede zweite Frau an diesem Abend nach dem golddurchwirkten Kleid.

Und dann war sie an diesem wichtigsten Abend der Londoner Opernsaison in die Loge des Duke of Rivington geleitet worden, wo sie der persönliche Gast der Herzoginwitwe, der zukünftigen Herzogin und des Herzogs selbst war. Die Loge der Allendales sollte an diesem Abend leer stehen; der Earl und die Dowager Countess of Allendale und Callie wollten sich die Oper ebenfalls aus der Loge der Rivingtons ansehen – und der

Welt zeigen, dass Juliana von zwei der einflussreichsten Familien Englands akzeptiert wurde.

Und als wäre das nicht genug, so waren auch Ralston und St. John anwesend – was den ehestiftenden Mamas des *ton* noch mehr Nahrung für Klatsch gab. Die schwer zu fassenden Zwillingsbrüder wurden auf derartigen gesellschaftlichen Ereignissen selten gesichtet, und noch seltener zusammen. Callie sah die beiden an, die Seite an Seite ein Stück hinter ihrer Schwester standen – zwei identisch anmutende Wachposten, die durch ihre Körpergröße und Attraktivität ziemlich einschüchternd wirkten.

Callies Herzschlag beschleunigte sich, während sie Ralston musterte. Er war tadellos gekleidet: Er hatte auf die bei den Dandys so beliebte bunte Weste verzichtet und trug stattdessen einen erstklassig geschnittenen schwarzen Frack, schwarze Hosen und eine faltenlose weiße Weste. Sein Krawattentuch war perfekt gestärkt, seine Stiefel glänzten, als wäre er auf irgendeinem Zauberpfad in die Oper gelangt und nicht über Londons schmutzigen Straßen. Er war ohne Fehl und Tadel. Das heißt, bis man die Anspannung in seinen Schultern bemerkte, die geballten Fäuste, den winzigen Muskel, der an seinem Kinn zuckte, während er zusah, wie seine Schwester sich auf Londons gesellschaftlichem Parkett bewegte. Offensichtlich war er zum Kampf bereit, um sicherzustellen, dass sie an diesem Abend akzeptiert wurde.

Als hätte er ihre Aufmerksamkeit gespürt, drehte Ralston sich zu Callie um. Sie atmete scharf ein, als sich ihre Blicke trafen und seine glitzernden, so undurchdringlichen blauen Augen sie gefangen nahmen. Fast unmerklich neigte er den Kopf. Sie verstand sofort, was er damit ausdrücken wollte. *Danke.*

Sie neigte ebenfalls den Kopf.

Da sie nicht sicher war, ob sie ihre Gefühle würde verbergen können, wandte sie sich ab und starrte stattdessen blicklos ins Publikum, voller Ungeduld, dass die Oper endlich anfangen und sie von Ralstons Nähe ablenken möge.

Die Vorstellung hätte schon vor einer halben Stunde beginnen sollen, doch leider kam die Gesellschaft in den seltensten Fällen wegen der Oper … vor allem nicht in der Eröffnungsnacht. Nein, in die Oper ging man, um zu sehen und gesehen zu werden, und die Betreiber des Opernhauses wussten genau, wie sie ihr Publikum zufriedenstellen konnten.

Callie sah zu Juliana, betrachtete die junge Frau voller Stolz, als diese anmutig mit der Dowager Duchess plauderte und die ältere Dame vor den Augen von ganz London zum Lachen brachte. *Perfekt.*

„Sie wirken recht zufrieden mit sich."

Erregung durchzuckte sie, als sie die volltönende Stimme so nah am Ohr hörte. Sie zwang sich zur Ruhe, begegnete Ralstons Blick und sagte: „Allerdings, Mylord. Ihre Schwester schlägt sich sehr gut, finden Sie nicht auch?"

„Ja. Der Abend hätte nicht besser arrangiert werden können."

„Es war Marianas Idee, Rivingtons Loge zu nehmen. Unsere Schwestern sind anscheinend die besten Freundinnen geworden."

„Was größtenteils auf Ihre Initiative hin geschehen ist, könnte ich mir vorstellen."

Callie bestätigte das mit einem Nicken.

„Gut gemacht."

Sie zügelte das Bedürfnis, sich ob dieses Lobs in die Brust zu werfen, und dann verkündete ein Gong den Beginn der Aufführung. Darauf verabschiedeten sich die Besucher in der Loge, und Ralston bot Callie den Arm. „Darf ich Sie zu Ihrem Stuhl geleiten, Lady Calpurnia?"

Callie legte die Hand auf seinen Arm und ließ sich zum Stuhl führen, versuchte dabei das prickelnde Gefühl zu ignorieren, das sie bei seiner Berührung durchfuhr. Dies war ihre erste Begegnung seit dem Abend in der Schenke. In der Kutsche. Die erste Berührung, seit sie in seinen Armen gelegen hatte.

Sobald sie neben Benedick saß, nahm Ralston auf ihrer anderen Seite Platz. Seine Nähe drohte ihre Sinne zu überwältigen. Sie fühlte sich umhüllt von seinem Duft, einer Mischung aus Sandelholz, Zitrone und irgendetwas durch und durch Männlichem. Sie widerstand der Versuchung, sich zu ihm zu beugen und tief einzuatmen. Das würde sich ganz und gar nicht gehören.

Sie suchte nach einem Gesprächsthema, das sie von seiner Nähe ablenken würde. „Mögen Sie die Oper, Mylord?"

„Nicht besonders." Sein Ton war gleichgültig.

„Das überrascht mich", erwiderte sie. „Ich stand unter dem Eindruck, dass Sie Musik lieben. Schließlich besitzen Sie ein Pianoforte ..." Sie unterbrach sich und sah sich verstohlen in der Loge um, ob ihnen von den anderen jemand zuhörte.

Er hob eine Augenbraue und sagte trocken: „Allerdings, Lady Calpurnia."

Der Mann verspottete sie. Sie hatte nicht vor, sich provozieren zu lassen. „Nun, heutzutage hat ja jeder ein Pianoforte." Sie wich seinem Blick aus und fuhr hastig fort: „Die Aufführung heute Abend soll unvergleichlich sein. *Der Barbier von Sevilla* ist eine wunderbare Oper. Ich liebe Rossini sehr. Und ich habe gehört, dass die Sängerin der Rosina einfach brillant sein soll. Ich kann mich im Augenblick nicht an ihren Namen erinnern ..." Sie hielt inne, froh, dass sie sich nun auf sichererem Boden befand.

„Kritikos. Nastasia Kritikos", steuerte er bei.

Die Worte überrollten sie. Nastasia. Sie begriff.

Ich wollte das nicht schwieriger machen als nötig, Nastasia.

Lieber Gott. Die Opernsängerin war seine *Geliebte*. Sie sah zu ihm auf und begegnete seinem ruhigen, unergründlichen Blick.

„Oh", sagte sie beinahe unhörbar.

Er schwieg.

Was hast du denn erwartet? Dass er allen in Hörweite lauthals verkündet, dass der Mezzosopran seine Geliebte war? Die Geliebte, mit der er dich damals verwechselt hat, als du so indiskret in seinem Schlafzimmer aufgetaucht bist?

Nein, am besten war, sie verfolgten diese Unterhaltung nicht weiter. Mit flammenden Wangen beugte sie sich vor und sah über das Geländer der Loge. Würde sie es überleben, wenn sie einfach darüber flüchtete? Vermutlich nicht, dachte sie seufzend. Sie drehte sich wieder um und begegnete erneut seinem Blick. Diesmal wirkte er amüsiert. Er genoss ihre Verlegenheit!

„Zum Springen scheint es mir zu weit", meinte er verschwörerisch.

Er konnte einen wirklich zur Weißglut treiben.

Zum Glück brauchte sie darauf nicht zu antworten, da in diesem Augenblick der Vorhang aufging. Entschlossen richtete sie die Aufmerksamkeit auf die Bühne und zwang sich, nicht mehr an Ralston zu denken.

Natürlich war das unmöglich, vor allem, als die Oper richtig begann und Nastasia Kritikos auf der Bühne erschien. Die griechische Sängerin gab die Rosina, die schöne Frau, an der das ganze Verwirrspiel um Verwechslung und Liebe hing, und sie war die perfekte Besetzung für diese Rolle, eine unvergleichliche üppige Schönheit. Callie konnte nicht aufhören, sich diese aufregende Frau in Ralstons Armen vorzustellen, wurde das Bild nicht los, wie seine dunklen Hände über ihre helle, makellose Haut strichen, konnte den glühenden Neid nicht unterdrücken, der tief in ihr brannte, wenn sie die Sängerin mit sich selbst verglich.

Als wäre ihre unglaubliche Schönheit nicht schon genug, verfügte sie auch noch über die herrlichste Stimme, die je auf einer Opernbühne erklungen war.

Einer so unvergleichlichen Frau konnte ein Mann unmöglich widerstehen.

Die Loge der Rivingtons war so gelegen, dass man von dort aus auch in die Kulissen blicken konnte, und Callie war sich ziemlich sicher, dass Nastasia Kritikos von dort immer wieder zu Ralston schaute, als wartete sie darauf, dass dieser ihre Aufmerksamkeit erwiderte. War es denn möglich, dass sie ihre

Liebschaft wieder aufgenommen hatten? Callie schloss vor diesem Einfall die Augen, doch gleich darauf öffnete sie sie wieder und warf Ralston einen verstohlenen Blick zu. Sie musste ihm Anerkennung zollen für seine Diskretion; anscheinend richtete er seine gesamte Aufmerksamkeit auf das Bühnengeschehen.

Als Nastasias Arie im ersten Akt begann, lauschte er jedoch – wie das restliche Publikum – mit versunkener Andacht. Callie sah vor allem die Ironie im Text: *Mein Lindoro, ewig mein. Doch wenn man mich da anrührt, wo ich verletzlich bin, so steche ich wie eine Viper! Mit hundert Schelmereien, listig ausgedacht, bevor ich weiche, wehr' ich mich!*

„Ich kann mir lebhaft vorstellen, was für eine Viper die sein kann“, brummte Callie in sich hinein, während die Arie ausklang und das gesamte Publikum aufsprang und *„Brava, bravissima!“* rief.

Jetzt stand es fest: Callie würde die Oper nicht genießen.

Als der Vorhang nach dem ersten Akt gefallen war und die Pause ankündigte, seufzte Callie und wünschte sich meilenweit fort. Sie fragte sich, wie schwer es wohl wäre, zu fliehen, ehe der zweite Akt sie weiter quälte.

Hinter sich hörte sie Juliana lachen, und Callie wurde klar, dass sie nicht gehen konnte. Sie hatte versprochen, Ralstons Schwester in die Gesellschaft einzuführen, und genau das würde sie auch tun.

Sie wappnete sich und stand auf, um eine Gesprächsrunde zu finden, an der Ralston nicht beteiligt war. In ihrer Hast wäre sie beinahe mit Lord Oxford zusammengestoßen, der fast direkt nach dem ersten Akt in der Loge aufgetaucht war.

Wie immer perfekt manikürt, bedachte der attraktive Dandy erst die Loge allgemein mit einem Lächeln und fasste dann Callie ins Auge. Während er auf sie zukam, nahm sie seinen sattgrünen Rock in sich auf, der in herrlichem Kontrast zu seiner glänzenden lila Weste stand. Sofort fiel ihr auf, dass die Spitze seines Spazierstocks und seine Absätze genau auf die Weste abgestimmt waren, und sie fragte sich, ob er Stiefel und Stöcke in allen Farben zu Hause hatte. Die Vorstellung war so albern, dass sie lächeln musste.

„Mylord", sagte sie und knickste züchtig, während er sich tief über ihre Hand beugte, „ich freue mich, Sie zu sehen."

„Das Vergnügen ist ganz auf meiner Seite." Bei den Worten, die aus allzu großer Nähe geäußert wurden, stieg Callie die Röte in die Wangen, und sie tat einen kleinen Schritt rückwärts. Er fuhr fort: „Ich habe mir erlaubt, Champagner zu bestellen." Er hielt inne, deutete auf einen Lakaien in der Nähe, der ein Tablett mit Champagnergläsern hielt. „Für Sie … und für den Rest Ihrer Gesellschaft."

Callie legte den Kopf ein wenig schief. Bestimmt hatte sie die Betonung falsch verstanden. „Danke, Mylord." Sie sah zu, wie der Lakai den Champagner verteilte, und wusste nicht recht, wie sie fortfahren sollte. „Gefällt Ihnen die Aufführung?"

„Allerdings. Ich bin vor allem von Miss Kritikos' Leistung beeindruckt, sie ist wirklich … überwältigend." Oxford sagte das mit einem breiten Grinsen in Richtung Bühne, das Callie nicht unbedingt angenehm fand. Er griff nach einem Glas Champagner und bot es ihr an. Als sie es nahm, strich er mit dem Finger über ihren Handrücken, beugte sich vor und senkte die Stimme zu einem verführerischen Flüstern. „Natürlich genieße ich auch die Pause in vollen Zügen."

Diesmal war sie sich sicher, dass er angeheitert war. Musste er doch. Callie entzog ihm die Hand und überlegte, ihm eine heftige Abfuhr zu erteilen. Das wäre die angemessene Vorgehensweise. Doch sie konnte nicht leugnen, dass sie ein gewisses Maß an Befriedigung daraus zog, dass sie, während sie einen Abend durchlitt, an dem sich Ralstons Geliebte beim gesamten *ton* beliebt machte, selbst auch ein wenig Aufmerksamkeit erhielt. Sie warf Ralston, der gerade mit seinem Bruder plauderte, einen verstohlenen Seitenblick zu. Der Marquess begegnete ihrem Blick und hob das Champagnerglas zu einem stummen Gruß. Sofort wandte sie sich wieder Oxford zu und schenkte ihm ein strahlendes Lächeln. „Auch ich genieße die Pause, Mylord."

„Ausgezeichnet.“ Er nahm einen Schluck Champagner und sagte dann etwas undeutlich: „Mögen Sie Kunst?“

Etwas erstaunt von der Frage, sagte Callie: „Ich … also, ja, Mylord.“

Oxford tauschte das leere gegen ein volles Glas und meinte: „Ich würde Sie nächste Woche gern zur Ausstellung der Royal Academy einladen.“

Sie widerstand dem Drang, die Motive des Lords zu hinterfragen; ihr war klar, dass sie sich dieser Einladung nur schwer entziehen konnte. Und so sagte sie: „Das wäre reizend, Mylord.“

„Was wäre reizend?“ Die schleppende Stimme kündigte Ralstons Ankunft an. Callie ließ sich nicht provozieren.

Oxford jedoch schien überaus bereit, dem Marquess von ihrem Gespräch zu berichten. „Ich werde Lady Calpurnia nächste Woche zur Ausstellung in der Royal Academy begleiten“, sagte er. Die Prahlerei in seinem Ton war nicht zu überhören.

„Tatsächlich?“, sagte Ralston.

So ungläubig braucht er nun auch nicht zu klingen. „Allerdings, Mylord. Ich bin schon äußerst gespannt auf die Kunstwerke in diesem Jahr.“ Leichthin legte sie eine Hand auf Oxfords Arm. „Ich kann von Glück reden, so eine Begleitung zu haben.“

„Das *Glück* ist ganz auf meiner Seite“, sagte Oxford, fixierte dabei aber Ralston.

Bevor Callie sich noch über die merkwürdige Betonung wundern konnte, verkündete der Gong das Ende der Pause. Oxford verabschiedete sich, beugte sich dabei wieder tief über Callies Hand. „Guten Abend, meine Liebe. Ich freue mich schon auf nächste Woche.“

„Ich auch, Lord Oxford“, erwiderte sie und knickste.

Dann drehte er sich breit grinsend zu Ralston um, der ihn mit versteinerter Miene betrachtete. „Gute Nacht, alter Knabe.“

Ralston antwortete nicht, blickte stattdessen auf den jungen Dandy hinunter, der jedoch nur auflachte und den Marquess mit dem Spazierstock antippte, ehe er die Loge verließ. Callie sah ihm nach und meinte dann: „So unhöflich hätten Sie nun auch zu ihm nicht sein müssen."

„Er hat nichts im Kopf außer Zähnen", erwiderte er nüchtern.

Callie ignorierte die Worte, ebenso den Umstand, dass sie erst vor wenigen Tagen genau dasselbe gesagt hatte, und setzte sich. Als Ralston seinen Platz neben ihr einnahm, beachtete sie ihn nicht, sondern blickte stattdessen entschlossen zur Bühne.

Aus dem Augenwinkel sah sie, wie ein Lakai mit einem Silbertablett die Loge betrat und eine gefaltete Botschaft brachte. Ralston nahm das Briefchen mit einem Nicken entgegen, drehte das versiegelte Papier um und schob den Finger unter das Wachssiegel.

Callie konnte es sich nicht verkneifen, einen Blick auf das Blatt Papier zu werfen. Die Botschaft war kurz, nur einen Augenblick zu sehen, ehe er das Blatt wieder zusammenlegte. Doch Callie hatte die Botschaft gelesen – und ihre Bedeutung verstanden.

Komm zu mir.
N.

Ralston und Nastasia waren immer noch ein Paar.

Callie unterdrückte ein Aufkeuchen, wandte sich abrupt ab und tat so, als sei sie vollkommen in Bann geschlagen von der Aufführung, die eben wieder begonnen hatte.

Ihr drehte sich der Kopf. Natürlich hätte sie das nicht überraschen sollen. Sie sollte nicht an den Abend neulich denken – an den Verlobungsball und die Umarmung in seiner Kutsche. Sie sollte sich nicht fragen, warum er *sie* geküsst hatte, wenn er doch noch mit Nastasia zusammen war.

Aber natürlich fragte sie sich das.

Und was war mit seiner Schwester? Bestimmt würde er der Aufforderung nicht nachkommen. Nicht ausgerechnet an diesem Abend. Es war Julianas erster Abend in Gesellschaft!

Während der ersten beiden Szenen des zweiten Akts schwankte sie zwischen Kummer und Empörung. Als er zu Beginn der dritten Szene aufstand und die Loge abrupt verließ, behielt die Empörung die Oberhand.

Nein. Sie würde nicht zulassen, dass er seiner Schwester den ersten Abend verdarb. Nicht nachdem Juliana sich so bemüht hatte, dass es ein Erfolg wurde. Nicht nachdem *Callie* sich so bemüht hatte, dass es ein Erfolg wurde. Ganz zu schweigen von all den anderen, die sich für seine Schwester eingesetzt hatten.

Wie konnte er es nur wagen, alles aufs Spiel zu setzen? Und wofür?

Ihr Zorn stieg. Sie straffte die Schultern. Irgendwer musste an Juliana denken.

Sie wandte sich an Benedick und flüsterte: „Mir ist der Champagner anscheinend ein wenig zu Kopf gestiegen. Ich gehe kurz nach draußen."

Ihr Bruder beugte sich vor und sah, dass auch Ralston die Loge verlassen hatte. Er sah sie an und mahnte ruhig: „Keine Abenteuer, Callie."

Sie rang sich ein Lächeln ab. „Keine Abenteuer."

Und damit ging sie aus der Loge.

Sie eilte durch die schwach erleuchteten Gänge des Opernhauses, fragte sich, ob sie Ralston finden würde, ehe er Julianas Aussichten zunichtegemacht hatte. Callie hätte Allendale House darauf gewettet, dass er sich in der Vergangenheit mehr als einmal davongestohlen hatte, um seine Geliebte hier in der Oper zu treffen – vermutlich kannte er den kürzesten Weg in Miss Kritikos' Garderobe. Unwillkürlich stieß sie bei diesem Gedanken einen kleinen Schrei der Empörung aus.

Sie bog um eine Ecke und gelangte in den oberen Wandelgang, wo sie Ralston sah, der auf die große Treppe zustrebte. Ein Blick überzeugte sie, dass außer ihnen niemand anwesend war, und so rief sie: „Ralston! Bleiben Sie stehen!"

Er erstarrte auf der obersten Stufe und warf einen ungläubigen Blick in den Gang, aus dem sie herbeigeeilt kam. Sobald er ihre Entschlossenheit sah, wandelte sich seine offenkundige Fassungslosigkeit in Zorn. Er kehrte um, bis er ihr direkt gegenüberstand.

Bevor sie noch etwas sagen konnte, packte er sie am Arm und zog sie in eine dunkle Nische. Wütend flüsterte er: „Sind Sie übergeschnappt?"

Keuchend vor Anstrengung und Ärger, entriss sie ihm ihren Arm und gab zurück: „Dasselbe könnte ich Sie fragen!"

Er ignorierte ihre Worte. „Was machen Sie hier außen? Wenn man Sie sähe …"

„Also bitte", unterbrach sie ihn. „Das hier ist ein öffentlicher Ort. Was glauben Sie wohl, was passieren würde, wenn man mich sähe? Jemand würde mir den Weg zur Damentoilette zeigen, und dorthin würde ich dann auch gehen. Aber was, wenn man *Sie* sähe?"

Er sah sie an, als wäre sie verrückt. „Wovon reden Sie?"

„Sie sind nicht besonders diskret, Lord Ralston", spuckte sie ihm entgegen. „Von jemandem, der sich solche Gedanken um den Ruf seiner Schwester macht, könnte man eigentlich erwarten, dass er sorgsamer mit seinem eigenen Ruf umgeht." Sie stieß ihm den Finger in die Schulter. „Ich habe das Briefchen gesehen. Ich weiß, dass Sie unterwegs sind zu Ihrer … Ihrer …"

„Meiner?", hakte er nach.

„Ihrer – Ihrer Geliebten!" Mit jedem Wort stach sie heftiger auf ihn ein.

Beim letzten Wort packte er ihren Finger und schob ihn zur Seite weg. Seine blauen Augen blitzten gefährlich. „Sie *wagen* es, mich zu kritisieren? Sie *wagen* es, mein Verhalten in Zweifel zu ziehen? Für wen halten Sie sich eigentlich?"

„Für die Frau, die Ihre Schwester in die Gesellschaft einführen soll. Ich lasse nicht zu, dass Sie ihre Aussichten ruinieren wegen einer …"

„*Sie* lassen nicht zu, dass *ich* ihre Aussichten ruiniere? Wer war es denn, der vor den Augen des gesamten *ton* schamlos mit einem angetrunkenen Dandy geflirtet hat?“

Ihr blieb der Mund offen stehen. „Ich ganz bestimmt nicht!“

„Aber es hatte den Anschein, meine Liebe.“

„Wie können Sie es wagen!“, sagte sie zornig, „wie können Sie es wagen, zu behaupten, ich hätte schamlos geflirtet! Ich war es nicht, die einer *Opernsängerin* mitten in der Vorstellung schöne Augen gemacht hat!“

„Das reicht“, sagte er in mühsam beherrschtem Ton.

„Nein, noch lange nicht!“ Callie konnte sich nicht länger zurückhalten, alle Dämme waren gebrochen. „Ich bin es nicht, die zu einem Stelldichein mit einer … angemalten Geliebten davoneilt … während meine Schwester vor der größten Herausforderung ihres Lebens steht. Haben Sie auch nur die geringste Ahnung, was der *ton* ihr antun wird, wenn Sie ertappt werden, Sie gefühlloser … Unhold?“ Das letzte Wort klang ziemlich schrill.

Sein Blick wurde stumpf, seine Miene versteinerte. Er ballte die Hände zu Fäusten, und sein Ton verriet, dass er sich kaum noch unter Kontrolle hatte. „Wenn Sie endlich fertig sind, Lady Calpurnia, so glaube ich, dass unser Gespräch beendet ist. Was meine Schwester angeht, so brauche ich Ihre Hilfe nicht mehr.“

„Wie bitte?“ Sie war empört.

„Eigentlich ist es ganz einfach. Ich will nicht, dass sie in Ihre Nähe kommt. Sie sind zu riskant.“

Vor Schreck riss sie die Augen auf. „Ich soll ein Risiko sein?“, erwiderte sie. Ihre Stimme zitterte vor Zorn. „Oh, ich werde Ihre Schwester sehen, Mylord. Ich lasse nicht zu, dass Ihre Chancen zerstört werden. Außerdem …“, drohend hob sie den Finger, „lasse ich mir von einem berüchtigten Lebemann und Wüstling nicht vorschreiben, wie ich mich zu verhalten habe.“

Da verlor er die Beherrschung, packte ihre Hand samt drohend erhobenem Finger und zog sie damit direkt an sich. „Wenn ich schon so bezeichnet werde, kann ich auch aufhören, gegen meinen Ruf anzukämpfen.“ Und damit küsste er sie.

Sie wehrte sich gegen ihn, wand sich in seinem festen Griff, doch wohin sie sich auch drehte, er hielt sie fest, mit starken Armen, festen Muskeln und harten, unnachgiebigen Lippen. Sie trommelte ihm mit den Fäusten auf die Schultern, und er fasste sie mit beiden Händen um die Taille und hob sie hoch – sodass ihr nichts anderes übrig blieb, als sich an ihm festzuhalten. Sie keuchte vor Überraschung über diese plötzliche Wendung, und er nutzte die Gelegenheit, in ihren Mund einzudringen, ihr den Atem zu rauben.

Und dann erwiderte sie den Kuss mit Lippen, Zunge und Zähnen, folgte ihm, wohin er sie führte. Er fing ihre Seufzer mit seinem Mund auf, sie genoss sein tiefes Stöhnen der Lust. Nach intensiven Momenten sinnlichen Kampfes wurden seine Lippen sanfter, und er beendete den Kuss sehr viel zarter, als er begonnen hatte.

Die Liebkosungen entlockten Callie einen leisen Schrei, und Ralston lächelte und drückte ihr einen letzten weichen Kuss auf den Mundwinkel. Dann rückte er ein Stück von ihr ab, und ihre Blicke trafen aufeinander. In dem Gang war nichts zu hören, bis auf ihren keuchenden Atem – der sie auch an den intensiven Streit erinnerte, der dem Kuss vorangegangen war.

Er hob eine Augenbraue – eine stille Geste des Siegs.

Seine arrogante Miene weckte erneut ihren Zorn.

Sie richtete sich zu ihrer vollen Größe auf und sagte: „Ich bin nicht eine Ihrer Frauen, die Sie in der Öffentlichkeit traktieren können. Ich rate Ihnen, das nicht zu vergessen."

„Verzeihen Sie", spottete er, „aber ich hatte nicht den Eindruck, als hätten Sie viel gegen diese Rolle einzuwenden."

Sie konnte nicht anders. Wie von selbst holte sie aus, um ihn ins Gesicht zu schlagen. Noch in der Bewegung fürchtete sie den Schlag, konnte sich aber nicht mehr bremsen. Als er ihre Hand wenige Zoll vor seinem Gesicht ergriff und wie in einem Schraubstock festhielt, keuchte sie überrascht auf, begegnete seinem Blick und erkannte den Zorn darin.

Sie hatte eine Grenze überschritten. Lieber Gott. Sie hatte versucht, ihn zu schlagen. Was war nur in sie gefahren? Sie wollte ihm die Hand entziehen, doch er gab sie nicht frei.

„Es … es tut mir leid.“

Seine Augen wurden schmal, doch er schwieg.

„Ich hätte nicht …“

„Aber Sie haben.“

Sie überlegte kurz. „Aber ich wollte es gar nicht.“

Er schüttelte den Kopf, ließ ihre Hand los und strich seinen Rock gerade. „Man kann nicht alles haben, Lady Calpurnia. Wenn Sie auch weiterhin handeln wollen, ohne die Folgen zu bedenken, möchte ich Ihnen empfehlen, wenigstens die Verantwortung dafür zu übernehmen. Sie wollten mich ohrfeigen. Seien Sie wenigstens so mutig, das einzuräumen.“ Er machte eine Pause, wartete auf ihre Antwort. Doch sie schwieg, und er schüttelte den Kopf. „Erstaunlich. Ich hätte nicht gedacht, dass Sie so feige sind.“

Bei diesen Worten lief sie dunkelrot an. „Halten Sie sich von mir fern“, sagte sie mit bebender Stimme, ehe sie sich umdrehte und in Richtung des erleuchteten Foyers und Rivingtons Loge davonlief.

Ralston sah ihr nach. Seine Miene verriet nicht, was er dachte.

11. KAPITEL

„Ich wusste, dass du kommen würdest."

Die Worte, mit weicher Sinnlichkeit geäußert, verrieten eine weibliche Arroganz, die Ralston sofort reizte. Er saß lässig in einem Chintzsessel in Nastasia Kritikos' Garderobe und ließ sich seinen Ärger nicht anmerken. Schließlich hatte er genug Erfahrung mit Frauen, um zu wissen, dass sie aus ihrer Fähigkeit, ihn zur Weißglut zu treiben, beträchtliche Befriedigung ziehen würde.

Ralston betrachtete sie mit verhülltem Blick, als sie sich an ihren Frisiertisch setzte und ihre Frisur zu lösen begann, ein Ritual, dem er schon Dutzende Male beigewohnt hatte. Er musterte sie, ihre Brust, die sich nach der fast dreistündigen Gesangsdarbietung immer noch angestrengt hob und senkte, die Röte in den Wangen, die von der freudigen Erregung ihres Auftritts herrührte; die blitzenden Augen, die ihre Vorfreude auf den nächsten Teil des Abends verrieten, den sie, wie sie glaubte, in seinen Armen verbringen würde. Diese spezielle Kombination von Gefühlen hatte er an der schönen Sängerin schon öfter gesehen – bisher hatte sie unweigerlich dazu geführt, dass sich seine Erregung ins Fieberhafte steigerte.

An diesem Abend jedoch ließ sie ihn kalt.

Er hatte überlegt, ob er einfach nicht auf ihre Nachricht reagieren sollte, ob er stattdessen bis zum Ende der Oper in der Loge bleiben und sie wie geplant mit seiner Familie verlassen sollte. Am Ende jedoch hatte ihm das Briefchen vor allem gezeigt, dass die Opernsängerin unfähig zur Diskretion war. Er würde ihr wohl genau darlegen müssen, in welchem Verhältnis sie ab sofort zueinander standen.

Vermutlich hätte er wissen müssen, dass sie das Ende ihrer Beziehung nicht so leicht hinnehmen würde, hätte sich denken müssen, dass ihr Stolz das nicht zuließ. So viel stand jetzt jedenfalls fest.

„Ich bin gekommen, um dir unweigerlich zu sagen, dass

dieses Briefchen heute Abend das letzte war."

„Da bin ich anderer Meinung", gurrte sie, als ihr die letzten ebenholzschwarzen Locken in einer seidigen Wolke über die Schultern fielen. „Wie du siehst, hat es ja funktioniert."

„Das nächste Mal wird es nicht mehr funktionieren." Sein kalter Blick verriet, dass es ihm ernst damit war.

Nastasia betrachtete ihn im Spiegel, während eine Zofe der Sängerin schweigend dabei behilflich war, das aufwendige Kostüm abzulegen. „Wenn du nicht meinetwegen gekommen bist, Ralston, warum bist du dann hier? Du hasst die Oper, mein Liebling. Und dennoch hast du die Bühne den ganzen Abend über nicht aus den Augen gelassen."

Obwohl sie sich als erhabene Künstlerin betrachtete, hatte Nastasia ihr Publikum immer genau im Auge. Er hatte oft ihre Fähigkeit bewundert, genau zu wissen, welches Mitglied des *ton* wo im Publikum gesessen hatte – sie hatte das Auge der geborenen Klatschtante dafür, wer wen durch sein Opernglas beobachtete, wer mit wem mitten in der Aufführung die Oper verließ, welches Drama sich gerade in welcher Loge abspielte und wann. Daher überraschte es ihn nicht, dass sie ihn entdeckt und ihm das Briefchen geschickt hatte.

Die schöne Griechin zog einen scharlachroten Morgenmantel an und entließ die Zofe knapp. Sobald sie allein war, wandte sie sich Ralston zu. Ihre dunklen, mit Khol umrandeten Augen blitzten, ihre Lippen hatten sich zu einem purpurroten Schmollmündchen verzogen.

Eine angemalte Geliebte …

Ungebeten fielen ihm Callies Worte ein, während er Nastasia auf sich zustolzieren sah, so überzeugt von ihren weiblichen Verführungskünsten, so berechnend in ihren Bewegungen. Er kniff die Augen zusammen, als sie die Schultern bewegte und den Hals bog, um ihr Schlüsselbein zu betonen, eine Stelle, die sich schon so oft als Schwäche von ihm erwiesen hatte. Doch nun verspürte er nichts als Ablehnung, sah in Nastasia plötzlich nichts als eine leblose Kopie von Nicks Statuen – hübsch anzusehen, aber ohne die Tiefe, die einem hübschen Äußeren wahre Schönheit verliehen hätte.

Als sie vor ihm stehen blieb und sich in einer kalkulierten Bewegung zu ihm herabbeugte, um ihre üppigen Brüste zu präsentieren, begegnete er ihrem kühlen, selbstbewussten Blick und sagte trocken: „Ich weiß deine Anstrengungen zu schätzen, Nastasia, aber ich bin einfach nicht mehr interessiert."

Auf dem Gesicht der Opernsängerin erschien ein herablassendes Lächeln. Sie streckte die Hand aus und strich ihm mit erfahrenen Fingern über das Kinn; er widerstand dem Drang, vor ihr zurückzuzucken. „Ich bin gern bereit zu Katz- und Maus-Spielchen, mein Liebling, aber du musst zugeben, dass du keine große Herausforderung bist. Schließlich befindest *du* dich in *meiner* Garderobe."

„Such dir einen anderen, Nastasia."

„Ich will keinen anderen", gurrte sie, band ihren Morgenmantel auf und beugte sich vor, um ihm Zugang zu ihren Brüsten zu gewähren, die von ihrem engen Schnürmieder kaum gehalten wurden. Ihre Stimme senkte sich zu einem verführerischen Wispern. „Ich will dich."

Gelangweilt begegnete er ihrem herausfordernden Blick. „Dann stecken wir in der Zwickmühle. Leider will ich dich nämlich nicht."

Zorn blitzte in ihren Augen auf, so schnell, dass in ihm der Verdacht aufkeimte, sie habe mit dieser Zurückweisung gerechnet. Sie fuhr herum und stürmte mit dramatisch wogendem Morgenmantel zurück zu ihrem Frisiertisch. Ralston rollte mit den Augen, ehe sie sich zu ihm umdrehte und ihn mit einem brennenden Blick fixierte. „Es ist ihretwegen, nicht wahr? Diesem Mädchen in der Loge der Rivingtons."

Sein Ton wurde eisig. „Dieses Mädchen ist meine Schwester, Nastasia, ich werde nicht zulassen, dass du ihr das Debüt verdirbst."

„Glaubst du, ich wüsste nicht, wer deine Schwester ist, Ralston? Ich habe sie sofort erkannt, die mit dem dicken dunklen

Haar und den herrlichen Augen; eine Schönheit, genau wie du. Nein, ich rede von dem Mauerblümchen. Die Frau, die neben dir gesessen hat. Die mit dem langweiligen Haar und den langweiligen Augen und dem langweiligen Gesicht. Sie ist wohl sehr reich, Ralston, denn aus irgendeinem anderen Grund kannst du sie unmöglich haben wollen", schloss sie mit einem selbstzufriedenen Lächeln.

Er ließ sich nicht provozieren, fragte stattdessen schleppend: „Eifersüchtig, Nastasia?"

„Natürlich nicht", spottete sie. „Sie kann mir doch nicht das Wasser reichen."

Unwillkürlich stellte sich eine Vision von Callie ein, nichts als zornige Worte, wütende Blicke und heftige Gefühle. Callie, die nicht einmal dann würde kühl kalkulieren können, wenn sie zehn Jahre Unterricht bekäme. Callie, die ihn durch das Opernhaus verfolgt hatte, ohne daran zu denken, wie das auf andere wirken würde, nur um ihm eine vernichtende Strafpredigt zu halten. Callie, die so lebendig und unberechenbar war – und so ganz anders als die kalte und unantastbare Nastasia.

Er lächelte schief. „Da hast du recht. Man kann euch nicht vergleichen."

Ihre Augen weiteten sich, als sie allmählich begriff. „Das kann nicht dein Ernst sein", sagte sie halb lachend. „Du willst dich dieser … dieser Maus zuwenden?"

„Diese Maus ist eine Dame, Nastasia", wich er aus, „die Schwester eines Earls. Ich verlange, dass du ihr Respekt zeigst."

Ihre Lippen verzogen sich zu einem ironischen Lächeln. „Natürlich, Mylord. Was ich sagen wollte: Du willst, dass dir diese Dame das Bett wärmt? Obwohl du mich haben könntest? Obwohl du all das haben könntest?" Mit einer dreisten Geste wies sie auf ihren üppigen Körper.

Sein Ton wurde ausdruckslos. „Mir scheint, ich muss dich über unser Arrangement aufklären. Also: Es ist vorbei. Und du wirst aufhören, mich zu kontaktieren."

Schmollend schürzte sie die Lippen. „Du lässt mich eiskalt

mit gebrochenem Herzen zurück?"

Er hob eine Augenbraue. „Ich bin zuversichtlich, dass dein Herz nicht lange gebrochen bleiben wird."

Sie begegnete seinem unergründlichen Blick – ihre langjährige Erfahrung als Geliebte von Adeligen verriet ihr offenbar, dass sie Ralston verloren hatte. Er beobachtete, wie sich diese Erkenntnis auf ihrem Gesicht malte, sah auch die Berechnung, als sie ihren nächsten Schritt überlegte. Sie konnte ihm eine Szene machen, aber sie wusste auch, dass ein reicher Marquess, der mit einer ausländischen Opernsängerin im Streit lag, in den Augen des *ton* immer im Recht war.

Sie lächelte. „Mein Herz ist unverwüstlich, Ralston."

Er neigte den Kopf, bestätigte, dass sie sich geschlagen gab.

„Du weißt natürlich, dass eine solche Frau nichts von der Welt weiß, in der du und ich leben."

Er konnte nicht widerstehen. „Was soll das heißen?"

„Sie wird Liebe wollen. Frauen wie sie wollen geliebt werden."

„Mich interessiert nicht, an welche Märchen diese Frau glaubt, Nastasia. Für mich ist sie nichts weiter als die Begleiterin meiner Schwester."

„Vielleicht", meinte Nastasia nachdenklich. „Aber was bist du für sie?" Als er nicht antwortete, lächelte sie schief. „Du vergisst, dass ich den besten Platz im Opernhaus habe."

Ralston stand auf, strich angelegentlich Krawattentuch und Rock glatt, ehe er Hut, Handschuhe und Mantel von der Chaiselongue aufhob, auf der er sie beim Hereinkommen abgelegt hatte. Er zog Nastasias Briefchen heraus und legte es auf die Frisierkommode. Dann drehte er sich zur Opernsängerin um, verbeugte sich tief und verließ den Raum.

Und das alles tat er, ohne ein einziges Wort zu sagen.

12. KAPITEL

„Wie kann er es nur wagen, mich als feige zu bezeichnen!“

Wütend stürmte Callie in ihrem Schlafzimmer auf und ab. Vor einer Stunde war sie nach Hause gekommen, war in dieser Zeit aber noch nicht lange genug zur Ruhe gekommen, dass Anne ihr beim Auskleiden hätte helfen können.

Stattdessen hatte sich die Zofe einfach ans untere Ende von Callies Bett gesetzt und sah nun zu, wie ihre Dienstherrin durch den Raum lief. „Ich bin mir nicht sicher“, meinte Anne trocken, „vor allem wenn man überlegt, wie Sie versucht haben, ihm in der Öffentlichkeit eine Ohrfeige zu verpassen.“

Callie entging Annes Belustigung, sie erfasste nur ihre Worte, warf wütend die Hände in die Luft und sagte: „Genau! Daran ist doch nichts Feiges!“

„Besonders damenhaft ist es allerdings auch nicht.“

„Ja, na gut, aber darum geht es ja nicht“, meinte Callie. „Jetzt geht es darum, dass Gabriel St. John, Marquess of Ralston, sich mir in der Öffentlichkeit genähert hat, als er unterwegs war zu seiner Geliebten, und es fertiggebracht hat, *mich* ins Unrecht zu setzen.“ Sie stampfte mit dem Fuß auf. „Wie *kann* er es nur wagen, mich feige zu nennen!“

Anne konnte das Lächeln nicht unterdrücken. „Um der Gerechtigkeit die Ehre zu geben – es klang, als hätten Sie ihn provoziert.“

Callie blieb stehen und drehte sich ungläubig zu ihrer Zofe um. „Für jemanden, der vor wenigen Tagen noch furchtbar besorgt war, dass mein Ruf wegen eines Wirtshausbesuchs Schaden nehmen könnte, sind Sie ja jetzt erstaunlich schnell bei der Hand, sich auf Ralstons Seite zu schlagen. Sie sollen mich verteidigen!“

„Und das werde ich auch, bis ans Ende der Zeit, Lady Calpurnia. Aber Sie sind auf der Suche nach Abenteuern, und Sie müssen zugeben, dass Ralston Ihnen genau das gibt, wonach Sie suchen.“

„Ich habe ganz bestimmt nicht darauf gewartet, dass er mich davonschleppt und in der Öffentlichkeit küsst!“

Anne hob ungläubig eine Augenbraue. „Dann haben Sie es nicht genossen?“

„Nein!“

„Gar nicht?“

„Kein bisschen.“

„Hmm, hmm.“ Die Zofe klang nicht sehr überzeugt.

„Überhaupt nicht.“

„Ja, ja, ich habe es gehört.“ Anne stand auf, drehte Callie zur Frisierkommode und machte sich daran, die lange Knopfreihe im Rücken zu lösen.

Ein paar Minuten standen sie schweigend da, bis Callie endlich einräumte: „Na gut, ein kleines bisschen hat es mir vielleicht doch gefallen.“

„Ah, ein kleines bisschen.“

Callie seufzte und drehte sich um, obwohl Anne immer noch mit ihren Knöpfen beschäftigt war. Die Zofe setzte sich wieder aufs Bett, während Callie ihren Marsch wieder aufnahm.

„Also schön. Mehr als nur ein bisschen. Ich habe es maßlos genossen, genau wie die anderen Male, als er mich geküsst hat.“ Sie fing den überraschten Blick ihrer Zofe auf und fügte hinzu: „Ja, es hat andere Küsse gegeben. Warum sollte ich sie auch nicht genießen? Der Mann weiß offenbar, was er tut.“

Anne räusperte sich. „Offenbar.“

Callie warf ihrer Zofe einen Blick zu. „Er kann wirklich küssen. Anne, so sind Sie noch nie geküsst worden.“

„Da werde ich mich wohl auf Ihr Wort verlassen müssen.“

Callie nickte ernst. „Ja. Ralston ist genau so, wie man es sich erträumt … im einen Moment nichts als verführerische Worte und Blicke, dann nimmt er einen in den Arm, man weiß gar nicht, wie einem geschieht …“

Verträumt hielt sie inne und sah zur Decke. Anne stand auf, um die Gelegenheit zu ergreifen und Callie beim Auskleiden zu helfen, doch bevor sie noch dazu kam, war Callie wieder wütend geworden und stapfte auf und ab. „Und dann geht der Kerl auf Abstand und sieht einen so selbstzufrieden an, wie es nur ein richtiger Schuft kann. Und wenn man dann versucht, sich zu verteidigen …“

„Indem man ihn ohrfeigt?“

„Und wenn man dann versucht, sich zu verteidigen“, wiederholte Callie, „wissen Sie, was er dann tut?“

„Nennt er einen dann feige?“, fragte Anne ironisch.

„Er nennt einen feige! Das ist einfach unmöglich!“

„Kommt mir auch so vor“, sagte Anne und löste rasch noch ein paar Knöpfe an Callies Kleid.

Diesmal ließ Callie sie gewähren, bis Anne fertig war und ihr aus dem Kleid half. Dann machte Anne sich an die Schnürbrust, und Callie seufzte erleichtert auf, als das enge Mieder gelöst wurde. Mit den Stäbchen schwand auch ein wenig von ihrem Zorn.

Im Hemd stand sie da, schlang die Arme um sich und atmete tief durch. Anne schob sie an den Frisiertisch und begann Callies langes braunes Haar auszukämmen. Das fühlte sich herrlich an, und Callie seufzte mit geschlossenen Augen.

„Natürlich habe ich den Kuss genossen“, murmelte sie nach einer Weile.

„Scheint mir auch so“, sagte Anne nüchtern.

„Ich wünschte, ich würde mich in Ralstons Nähe nicht immer wie ein Dummkopf benehmen.“

„Das haben Sie doch schon immer.“

„Ja, aber jetzt bin ich viel öfter in seiner Nähe. Es ist anders.“

„Inwiefern?“

„Zuvor habe ich von Ralston geträumt. Jetzt verbringe ich wirklich Zeit mit ihm. Rede wirklich mit ihm. Lerne wirklich den echten Ralston kennen. Er ist nicht länger ein Produkt meiner Fantasie. Er ist aus Fleisch und Blut … und ich frage mich …“ Sie hielt inne, wollte nicht sagen, was sie dachte. *Wenn er nun mir gehören würde?*

Sie brauchte die Worte gar nicht auszusprechen; Anne hörte

sie trotzdem. Als Callie die Augen aufschlug und im Spiegel Annes Blick begegnete, sah sie dort die Antwort ihrer Zofe: *Ralston ist nicht für Sie bestimmt, Lady Calpurnia.*

„Ich weiß, Anne", sagte Callie leise.

Natürlich wusste sie es nicht. Nicht mehr. Vor wenigen Wochen hätte Callie noch gelacht über die Vorstellung, dass Gabriel St. John überhaupt ihren Namen kannte … ganz zu schweigen davon, dass er bereit wäre, mit ihr zu plaudern. Und jetzt … jetzt küsste er sie in dunklen Kutschen und dunklen Gängen … und erinnerte sie daran, warum sie sich von Anfang an so nach ihm verzehrt hatte.

Er war an dem Abend unterwegs gewesen zu seiner Opernsängerin – dessen war Callie sich sicher –, und natürlich konnte sie der griechischen Schönheit nicht das Wasser reichen. *Zu mir fühlt er sich ganz bestimmt nicht hingezogen.*

Sie betrachtete sich im Spiegel, listete ihre Schwachpunkte auf: ihr durchschnittliches, langweiliges braunes Haar, ihre übergroßen braunen Augen, ihr rundes Gesicht, so anders als die herzförmigen Gesichter der Schönheiten, ihr allzu breiter Mund, der nicht daran dachte, den obligatorischen Bogen zu beschreiben. Bei jedem Punkt dachte sie an die Frauen, die mit Ralston in Verbindung gebracht worden waren, alles wahre Schönheiten, nach denen sich alle Männer umsahen.

Er hatte sie stehen lassen und war zu seiner Geliebten gegangen, die ihn bestimmt mit offenen Armen empfangen hatte. Welche halbwegs normale Frau würde das nicht tun?

Und Callie war zu ihrem kalten, leeren Bett zurückgekehrt … und hatte vom Unmöglichen geträumt.

Tränen stiegen ihr in die Augen, und sie versuchte, sie wegzuwischen, ehe Anne sie bemerkte, doch kamen sie bald so zahlreich, dass sie ihre Traurigkeit nicht länger verbergen konnte. Sie schniefte, worauf ihre Zofe aufmerksam wurde, nach einem Blick auf sie aufhörte, sie zu kämmen, und neben ihr in die Hocke ging.

Callie ließ zu, dass die ältere Frau den Arm um sie legte, und dann lehnte sie den Kopf an Annes Schulter und ließ den Tränen freien Lauf. Sie schluchzte in das grobe Wollkleid der Zofe, offenbarte endlich den Kummer, der sie schon seit Jahren bedrückte. Nie hatte sie sich etwas anmerken lassen, weder auf den Hochzeiten ihrer Freundinnen noch auf Marianas Verlobungsball noch auf überhaupt irgendeinem gesellschaftlichen Ereignis während der letzten zehn Jahre – sie hatte ihren Kummer verborgen, um das Glück der anderen nicht zu überschatten.

Doch jetzt, wo Ralston ihre Sinne vollkommen durcheinandergebracht hatte und sie an all das erinnerte, was sie sich schon so lange gewünscht hatte und nie bekommen konnte, war es einfach zu viel. Sie konnte es nicht länger unterdrücken.

Sie weinte eine lange Zeit, während Anne ihr beruhigend zusprach und ihr über den Rücken strich. Als sie einfach keine Energie für weitere Tränen mehr hatte, setzte Callie sich auf, entzog sich Anne und bedankte sich mit einem tränenfeuchten Lächeln. „Ich weiß nicht, was über mich gekommen ist."

„Ach, mein liebes Kind", sagte Anne in dem Ton, den sie Callie gegenüber angeschlagen hatte, als diese noch ein kleines Mädchen war und weinend wegen irgendeiner Ungerechtigkeit zu ihr gelaufen kam. „Ihr strahlender Held wird schon noch kommen."

Das entlockte Callie nur ein schiefes Lächeln, denn das sagte Anne schon seit Jahren. „Verzeihen Sie, Anne, aber da bin ich mir wirklich nicht sicher."

„Oh doch, keine Angst", sagte Anne entschieden. „Und zwar dann, wenn Sie es am wenigsten erwarten."

„Ich habe die Warterei einfach so satt." Callie lachte halbherzig. „Vielleicht habe ich mich deswegen einem so düsteren Schuft zugewandt."

Lächelnd umfasste Anne Callies Wange. „Ich glaube, mir ist es lieber, wenn Sie die Punkte auf Ihrer albernen Liste abhaken, als sich in Ralstons Gesellschaft zu begeben. An Ihrer Stelle würde ich mich von ihm fernhalten."

„Das ist leichter gesagt als getan", erwiderte Callie. Der Mann hatte etwas so überaus Unwiderstehliches an sich – anscheinend spielte es keine Rolle, dass er sie zur Weißglut trieb. Im Gegenteil, seine Arroganz machte ihn für sie nur noch attraktiver. Sie seufzte. „Vielleicht haben Sie recht. Vielleicht sollte ich mich von Ralston fernhalten und mich wieder auf meine Liste konzentrieren." Sie nahm die Liste vom Frisiertisch, auf dem sie sie abgelegt hatte. „Allerdings gehen mir allmählich die leichten Aufgaben aus."

Anne knurrte ungläubig, ehe sie trocken kommentierte: „Natürlich, in einem Wirtshaus Whisky zu trinken ist ja eine vollkommen leichte Übung. Was ist noch übrig?"

„Fechten, bei einem Duell dabei sein, eine Pistole abfeuern, in einem Herrenklub spielen und im Herrensitz reiten", sagte sie. Die letzten Punkte las sie lieber nicht vor – die wollte sie nicht einmal ihrer engsten Vertrauten verraten.

„Hmm. Das ist wirklich eine Herausforderung."

„Allerdings", sagte Callie nachdenklich, biss sich auf die Unterlippe und betrachtete ihre Liste.

„Eines jedenfalls ist gewiss", sagte Anne.

„Was denn?"

„Für welchen Punkt Sie sich auch entscheiden, niemand wird Sie feige nennen, wenn Sie ihn in Angriff nehmen."

Bei diesen Worten begegnete Callie Annes Blick, und nach einem Moment überraschten Schweigens brachen die beiden Frauen in Gelächter aus.

„Uff!" Callie umklammerte den Bettpfosten, während Anne energisch an dem Stück Leinen zerrte, das sie um Callies Oberkörper wand. „Ich finde, Sie könnten ruhig ein bisschen sanfter vorgehen, Anne."

„Kann schon sein", erklärte die Zofe und führte den Stoff unter Callies Armen hindurch und flach über ihre Brüste, „aber im Augenblick fühle ich mich nicht besonders sanftmütig."

Callie sah auf ihren platt anliegenden Busen und lächelte, obwohl es sich recht unbehaglich anfühlte. „Ja, schon gut, ich weiß es zu schätzen, dass Sie Ihre Gefühle hintanstellen, um mir zu helfen."

Anne knurrte nur streng und riss an dem Leinenstück. Kopfschüttelnd arbeitete sie weiter. „Die Brüste einbinden und Männerkleider anziehen … ich glaube, Sie sind verrückt geworden."

„Unsinn. Ich probiere einfach mal etwas Neues aus."

„Etwas, bei dem Ihre Mutter Krämpfe bekommen würde, wenn sie davon erführe."

Callie fixierte ihre Zofe mit einem scharfen Blick. „Sie wird aber nicht davon erfahren."

„Sie glauben doch wohl nicht, dass *ich* ihr davon erzählen würde", sagte Anne empört. „Ich wäre meine Stellung los, noch bevor ich alles gesagt hätte!"

„Nicht wenn sie zuvor einen Krampfanfall bekommen würde", scherzte Callie.

Es war später Nachmittag, und Callie und Anne hatten sich in Callies Schlafzimmer zurückgezogen, um den nächsten Punkt auf ihrer Liste vorzubereiten – Fechten.

Callie hatte sich einen ausgefeilten Plan überlegt, wie sie Zutritt zu Benedicks Fechtclub bekommen könnte: Sie wollte dort in der Verkleidung eines jungen Stutzers auftreten, der frisch von der Universität kam und auf der Suche nach einer Sportmöglichkeit war. Nach eifrigem Üben konnte sie ihre Stimme recht gut verstellen, und sie hatte sogar eine Geschichte für ihre Figur entwickelt – Sir Marcus Breton, ein Baronet aus dem Lake District. Außerdem hatte sie Anne angewiesen, ein paar alte Kleider aus Benedicks Schrank zu stibitzen, einschließlich eines Fechtanzugs, den ihr Bruder nicht vermissen würde. Die Frauen hatten eine Woche gebraucht, die Kleider für Callie zu ändern.

Sie trug bereits eine neue Kniehose, die, wie sie einräumen musste, überraschend bequem war, auch wenn sie sich dabei äußerst unschicklich fühlte. Dazu hatte sie dicke Strümpfe und ein Paar Stiefel an, die sie bei einem Stalljungen gegen ein kleines Bestechungsgeld ausgeliehen hatten.

Während sie sich von Anne in Leinen wickeln ließ, wollte

Callie lieber gar nicht erst an die absolute Demütigung denken, die ihr bevorstand, wenn sie an einem von Londons männlichsten Ort als verkleidete Frau ertappt wurde. Sie war schon zu weit gekommen, um jetzt noch aufzuhören.

Anne steckte den Zipfel unter ihrem Arm fest, worauf Callie tief durchatmete, die Liste nahm und unter die Leibbinde steckte. Ohne ihren Talisman wollte sie das Haus nicht verlassen, vor allem nicht auf dieser speziellen Mission. Dann nahm sie ein bauschiges Leinenhemd, zog es sich über den Kopf und steckte es im Hosenbund fest. Sie drehte sich zu Anne um und fragte: „Na, kann man erkennen, dass ich eine Dame bin?"

Anne hob nur eine Augenbraue, und Callie verbesserte sich: „Also gut. Kann man erkennen, dass ich eine *Frau* bin?"

„Ja."

„Anne!" Callie rannte zum Spiegel. „Wirklich?"

„Vollenden wir doch erst einmal die Verwandlung, danach sehen wir weiter", sagte die Zofe sachlich.

„Na schön." Callie ließ sich von Anne ein Krawattentuch binden, das entfernt an eines der kunstvollen Gebilde erinnerte, die momentan in Mode waren. Dann zog sie eine beigefarbene Weste über, schlüpfte in einen dunkelgrünen Rock und setzte sich an den Frisiertisch, um sich von Anne das Haar verstecken zu lassen. „Schade, dass ich Sie auf dem Heimweg nicht bei mir habe. Wie soll ich mich nur an all das erinnern?"

„Ach, Sie werden sich schon erinnern. Müssen Sie ja."

Callie schluckte und beobachtete im Spiegel, wie die Zofe ihr den Hut auf den Kopf setzte und sorgfältig jede vorwitzige Strähne darunterschob. „Den können Sie erst abnehmen, wenn Sie die Fechtmaske aufsetzen."

„Ich setze ihn nicht ab, darauf können Sie sich verlassen." Vorsichtig schüttelte Callie den Kopf, ob der Hut auch fest saß. „Wird er an Ort und Stelle bleiben?"

Anne öffnete den Mund, um zu antworten, doch im nächsten Augenblick klopfte es, und dann ging die Tür auf.

„Callie? Mutter hat gesagt, dass es dir nicht gut geht. Kann ich irgendetwas für …“ Marianas Frage endete mit einem lauten Schrei, als sie den Mann im Schlafzimmer ihrer Schwester entdeckte.

Sofort wurden Callie und Anne lebendig, sprangen auf und liefen zu Mariana. Anne schloss die Schlafzimmertür, stellte sich mit dem Rücken dagegen und streckte die Arme aus, um zu verhindern, dass Mariana hinausrannte. Callie wandte sich an ihre Schwester, die angesichts des fremden Mannes immer nur panisch den Kopf schüttelte.

„Psst. Mariana! Du hetzt uns noch das ganze Haus auf den Hals!“

Bei diesen Worten legte Mariana den Kopf schief, und Callie wartete, bis ihre Schwester begriffen hatte. „Wie kommst du dazu, dich so anzuziehen?“, flüsterte Mariana.

„Die Sache ist ziemlich kompliziert“, erwiderte Callie ausweichend.

„Lieber Gott!“, fuhr Mariana mit weit aufgerissenen Augen fort. „Das ist ja unglaublich! Als ich reinkam, dachte ich tatsächlich, du wärst ein Mann!“

„Ist mir durchaus aufgefallen. Na ja, wenigstens etwas, worum ich dankbar sein kann.“ Callie wandte sich an Anne. „Ist jemand draußen?“

Anne schüttelte den Kopf. „Ich glaube, es ist schon zu spät, als dass noch viele Leute oben wären.“

Mariana konnte ihre Neugier nicht länger bezähmen. „Callie, warum bist du angezogen wie ein Mann?“

„Ich … ich …“ Hilfe suchend blickte Callie zu Anne. Die Zofe verschränkte trotzig die Arme vor der Brust und hob beide Augenbrauen. Callie war auf sich gestellt. „Mariana … ich sag es dir … aber du darfst es nicht weitererzählen.“

„Natürlich!“ Marianas Augen leuchteten auf. „Ich liebe Geheimnisse!“ Sie sprang aufs Bett und bedeutete Callie mit einem Wink, sich umzudrehen. „Lass dich mal anschauen, damit ich die ganze Verkleidung sehen kann.“ Callie tat, wie ihr geheißen wurde.

„Erstaunlich! Was hast du mit deinen …" Mariana deutete allgemein auf Callies Oberkörper.

Callie seufzte. „Wir haben sie gewickelt."

Mariana wandte sich Anne zu. „Ausgezeichnete Arbeit!" Die Zofe nahm das Kompliment mit einem Nicken entgegen. Mariana lächelte ihre Schwester strahlend an. „Und jetzt erzähl."

Callie atmete tief durch und begann. „Vor einigen Wochen habe ich eine Liste von Dingen aufgestellt, die ich gern täte, wenn ich den Mut hätte, meinen Ruf aufs Spiel zu setzen." Mariana blieb der Mund offen stehen, und Callie stellte fest, dass sie das schwierigste Stück schon hinter sich hatte. Sobald dies ausgesprochen war, fiel ihr der Rest ziemlich leicht. Den Besuch bei Ralston ließ sie allerdings aus, sondern erzählte stattdessen vom Dog & Dove.

„Wie war es denn dort?"

„Im Wirtshaus?" Auf Marianas eifriges Nicken hin meinte Callie: „Faszinierend."

„Und der Whisky?"

„Scheußlich. Allerdings nicht so scheußlich wie die Zigarre."

„Die *Zigarre*?" Wieder blieb Mariana der Mund offen stehen.

Callie errötete. „Nach dem Wirtshaus bin ich nach Hause gefahren, und dort haben Benedick und ich noch eine Zigarre geraucht."

„Benedick hat dich eine Zigarre rauchen lassen?" Mariana war fassungslos.

„Psst. Ja, aber du darfst ihm nicht sagen, dass du es weißt."

„Bestimmt nicht." Mariana überlegte, und dann glitt ein koboldhaftes Grinsen über ihr Gesicht. „Zumindest nicht, bis ich irgendetwas von ihm brauche."

„Und so", fuhr Callie fort, „habe ich diesen Nachmittag beschlossen, dass es Zeit wird für den nächsten Punkt auf meiner Liste."

„Und der ist?"

„Fechten."

Mariana blinzelte. „Fechten!" Sie musterte Callie von oben

bis unten. „Das kannst du beim Fechten aber nicht tragen."

„Ich habe einen Fechtanzug, den wir für mich geändert haben. Den ziehe ich im Club an. Sobald ich sicher hineingekommen bin."

„Du hast an alles gedacht!", erklärte Mariana stolz.

„Hoffentlich", versetzte Callie nervös. „Findest du wirklich, dass ich als Mann durchgehe?"

Aufgeregt klatschte Mariana in die Hände. „Oh ja! Ich bin deine Schwester, und *mich* hast du auch getäuscht!" Sie beugte sich vor. „Callie, lass mich mitkommen!"

Anne und Callie tauschten einen Blick. „Was? Nein!" Callie sah ihre Schwester entsetzt an.

„Ich könnte mir von einem Lakaien ein paar Kleider stibitzen. Wir könnten zusammen gehen!"

„Kommt nicht infrage! Denk an deinen Ruf!"

„Dich hält das ja auch nicht davon ab."

„Mariana", sagte Callie langsam, als spräche sie mit einem Kind. „Ich bin eine alte Jungfer. Du sollst in einem Monat einen Herzog heiraten. Ich glaube nicht, dass der *ton* dir einen derartigen Skandal vergeben würde."

Mariana legte den Kopf schief und dachte über Callies Worte nach. Dann seufzte sie tief. „Na schön. Aber lass dir wenigstens von mir in die Kutsche helfen."

Callie lächelte. „Das, Schwesterherz, kann ich dir erlauben."

„Ausgezeichnet." Mariana sah Anne an. „Dir ist bestimmt klar, dass wir Benedick losschicken müssen, wenn du bis zum Dinner nicht zurückgekommen bist."

Callie wurde blass. „Das würdet ihr doch nicht tun!"

„Oh doch", sagte Mariana und wandte sich an die Zofe, damit diese das bestätigte. „Nicht wahr, Anne?"

Anne nickte energisch. „Natürlich. Wir müssen schließlich irgendwie reagieren, wenn Sie nicht zurückkommen. Was, wenn Ihnen etwas passieren würde?"

„Was soll mir in einem Fechtclub schon groß passieren?"

„Man könnte dich durchbohren", überlegte Mariana.

Callie warf ihrer Schwester einen verärgerten Blick zu. „Ich habe vor, im Übungsraum zu fechten. Mit einem Sandsack." Lag es an ihr, oder sah Mariana wirklich enttäuscht aus? „Zum Dinner bin ich zurück."

„Wenn nicht …", begann Mariana.

„Ich werde da sein." Callie strich ihren Überrock glatt. „Wenn du mir jetzt helfen würdest, aus dem Haus zu kommen. Ich habe eine Verabredung mit dem Fechtclub."

Mariana klatschte wieder in die Hände, ganz aufgeregt über Callies Abenteuer. Sie sprang vom Bett und drückte Callie an sich. „Ich bin so stolz auf dich, Schwesterherz. Ich kann es gar nicht erwarten, bis du wieder zurück bist mit Geschichten vom Fechten!" Sie trat einen Schritt zurück und nahm kichernd die *En-garde*-Haltung ein. „Oh, Callie! Wie ich dich beneide!", sagte sie träumerisch.

Callie schüttelte den Kopf über diese Bemerkung und nahm dann von Anne Stock und Handschuhe entgegen. *Ja, ich bin wirklich beneidenswert. Eine alte Jungfer mit neu gefundenem Hang, ihren Ruf zu ruinieren.*

Allerdings hatte es den Anschein, als betrachtete Mariana sie nicht länger als jemand, der sein ganzes Leben nur abwartete.

Das war immerhin etwas.

13. KAPITEL

Callie atmete tief durch, um sich Mut zu machen, als die Kutsche vor Benedicks Fechtclub zum Stehen kam.

Nachdem sie einige Augenblicke vergeblich darauf gewartet hatte, dass der Kutscher den Schlag öffnete und ihr heraushalf, wurde ihr klar, dass er dergleichen für einen Mann nicht tun würde, und so kletterte sie aus der Droschke und landete unbeholfen auf der Straße. Verstohlen blickte Callie sich nach den anderen Gentlemen vor dem Club um. Sie erkannte den Earl of Sunderland, der direkt auf sie zuhielt, und wandte rasch den Kopf ab, voll Furcht, dass er sie erkennen könnte. Doch er ging einfach an ihr vorüber, ohne auf sie zu achten, und so stieß sie den Atem aus, den sie unwillkürlich angehalten hatte.

Während sie sich dem Clubeingang näherte, dachte sie daran, mit dem Stöckchen zu wirbeln, als wäre er eine Verlängerung ihres Arms und nicht irgendein lästiges Ding, das sie tragen musste. Die Tür ging auf, innen stand ein Lakai und betrachtete sie desinteressiert. Die Verkleidung funktionierte!

Sie betrat die Eingangshalle, sprach ein kurzes Dankesgebet, sobald sie sah, dass sie bis auf den Verwalter des Fechtclubs leer war. Der Mann sprach sie sofort an. „Sir, kann ich Ihnen helfen?"

Nun kam das Schwierigste.

Sie räusperte sich, schlug den tiefen Ton an, in dem sie sich geübt hatte. „Das können Sie." Jetzt gab es kein Zurück mehr. „Ich bin Sir Marcus Breton aus Borrowdale. Bis vor Kurzem war ich in Cambridge. Ich bin neu in der Stadt und suche einen geeigneten Fechtclub."

„Tatsächlich, Sir?" Der Verwalter schien zu erwarten, dass sie fortfuhr.

„Ich liebe das Florett", platzte sie heraus, da sie nicht recht wusste, was sie sonst sagen sollte.

„Wir dürfen uns rühmen, über die besten und schönsten

Fechträume in ganz London zu verfügen, Sir."

„Das habe ich von Freunden auch gehört." Der Blick des Verwalters verriet höfliche Neugierde, und Callie erkannte, dass sie das weiter ausführen musste. „Von Allendale zum Beispiel."

Benedick zu erwähnen öffnete ihr Tür und Tor. Der Verwalter neigte freundlich den Kopf und sagte dann: „Wir heißen natürlich jeden Freund des Earls bei uns willkommen. Möchten Sie den Übungsraum aufsuchen und unsere Anlage ausprobieren?"

Gott sei Dank. Callie stürzte sich auf das Angebot. „Das würde ich sehr gern."

Der Verwalter verneigte sich und wies ihr mit einer Geste den Weg durch eine Mahagonitür. Jenseits der Tür lag ein langer, schmaler Flur, von dem zu beiden Seiten nummerierte Türen abgingen. „Das sind die Übungsräume", erklärte der Verwalter. Dann bog er um eine Ecke und zeigte auf eine große Tür. „Das ist der Clubraum. Wenn Sie Ihre Fechtkleidung angezogen haben, können Sie dort auf ein anderes Mitglied zum Üben warten."

Callies Augen weiteten sich bei der Vorstellung, einen Raum voller Männer zu betreten, von denen eine ganze Reihe sie erkennen könnten. Sie unterdrückte ihre Furcht und gab sich Mühe, so ruhig wie möglich zu antworten. „Und wenn ich keinen Partner möchte? Haben Sie auch einen Raum, in dem man am Sandsack üben könnte?"

Der Verwalter warf ihr einen fragenden Blick zu und sagte: „Aber ja, Sir. Sie können Raum sechzehn benutzen. Wenn Sie Ihr Einzeltraining beendet haben und dann doch noch mit einem Partner üben wollen, ziehen Sie einfach am Klingelzug an der Tür, wir suchen Ihnen dann gern einen Sportsmann, der mit Ihnen ficht."

Vor einer weiteren Reihe Türen blieb er stehen und öffnete eine, die in einen kleinen Raum führte. „Hier können Sie sich umziehen, Sir." Er deutete zaghaft auf die Tasche in ihrer Hand. „Wie ich sehe, haben Sie kein Florett mitgebracht; in jedem

Zimmer gibt es Übungsfloretts."

Hatte sie es doch gewusst, dass sie etwas vergessen hatte. „Danke."

Er neigte den Kopf. „Viel Vergnügen beim Trainieren."

Sie trat zur Seite, damit er vorbeigehen konnte, betrat den Umkleideraum und schloss die Tür hinter sich. Dann stieß sie einen tiefen Seufzer aus. Der Weg zum Umkleideraum war selbst schon so etwas wie ein Kampf gewesen.

Callie öffnete die Tasche, die Anne für sie gepackt hatte, nahm den Fechtanzug heraus und begann mit dem Umkleiden. Sobald der Anzug bereitlag, begann sie mit der schwierigen Prozedur, einen ihr völlig fremden Anzug gegen einen anderen zu vertauschen, der für sie genauso bizarr war.

Sobald sie Hose und Strümpfe übergestreift hatte, kämpfte sie sich in das Plastron, das der Seite, die das Florett führte, zusätzlichen Schutz bot. Callie mühte sich, das einärmelige Wams zuzubinden, musste sich aber geschlagen geben – die enge Leibbinde und ihr Mangel an Erfahrung machte es ihr einfach unmöglich, das Kleidungsstück zu befestigen.

Sie hielt inne, lehnte sich schwer atmend an die Wand des Umkleideraums, ehe sie sich klar darüber wurde, dass sie nur im Übungsraum fechten wollte: Sie brauchte keinen Gegner zu fürchten. Warum also sollte sie das unhandliche Kleidungsstück tragen?

Sie legte das Plastron beiseite und griff stattdessen nach der engen Fechtjacke, die ihren gesamten Oberkörper bedecken würde. Callie sah die Jacke schief an und den merkwürdigen Streifen, der Vorder- und Rückseite miteinander verband – zwischen den Beinen. Sie atmete tief durch, ignorierte die brennende Verlegenheit, die sie bei dem bloßen Gedanken daran überkam, ein so freizügiges Kleidungsstück zu tragen, stieg von unten in die Jacke und knöpfte sie bis zu dem hohen Kragen zu.

Als Nächstes setzte sie die Maske auf und steckte ihr Haar sorgfältig darunter fest. Hinter dem dunklen Schutz lächelte sie in sich hinein. Ursprünglich hatte sie das Fechten nicht deswegen auf die Liste gesetzt, weil dieser Sport wie geschaffen war für eine Verkleidung, sondern weil schon der bloße Gedanke sie begeisterte, sich unerkannt und ohne Furcht vor Entdeckung zwischen den männlichen Clubmitgliedern zu bewegen.

Die Handschuhe, der krönende Abschluss ihrer Verkleidung, verdeckten den letzten Rest an freier Haut – einer größer, mit Stulpe, um ihr Handgelenk zu schützen, der andere kleiner, aber immer noch groß genug, um ihre zarten Hände zu verbergen.

„Ausgezeichnet", murmelte sie. Mit klopfendem Herzen verließ sie den Umkleideraum und ging über den verlassenen Flur zurück zum Übungsraum sechzehn.

Sie schob die Tür zum Raum und ging eilig hinein, ehe sie bemerkte, dass der Sandsack, der seitlich nahe der Wand hing, benutzt wurde. Er schwang hin und her und verbarg die Person, die dem Sack soeben einen Hieb von offensichtlich beträchtlicher Kraft verpasst hatte.

Callie schnappte nach Luft und drehte sich um, um den Raum so schnell wie möglich zu verlassen, ohne von dem Übenden entdeckt zu werden.

„Ich habe mich schon gefragt, wann sie mir wohl endlich einen Partner schicken", sagte der Mann trocken.

Callie erstarrte.

Der Fechter fuhr fort: „Wie ich sehe, tragen Sie schon Ihre Maske. Wunderbar."

Langsam drehte sie sich um, die Augen fest zusammengekniffen, und betete, dass sie sich irren möge. Dass er nicht der war, für den sie ihn hielt. Sie zwang sich, die Augen zu öffnen, und verfluchte ihr Pech.

Vor ihr stand, ebenfalls im Fechtanzug und attraktiv wie eh und je, der Marquess of Ralston. Sie versuchte, den Zorn wiederzubeleben, den sie bei der letzten Begegnung empfunden hatte, wurde aber zu sehr von seinem weißen Fechtanzug abgelenkt – eng anliegend, enthüllend, körperbetont. Er sah wie ein antiker Olympionike aus, sehnig, muskelbepackt, vollkommen geformt. Ihr wurde heiß, während sie den Blick an seinen Beinen und seinem Hintern auf und ab wandern ließ.

Callie schluckte, presste die Hand an die Brust. Was fiel ihr ein? Bisher hatte sie noch nie das Hinterteil eines Mannes angestaunt.

Sie musste zusehen, dass sie den Raum verließ.

Wie gelähmt sah sie zu, wie er an den Rand des Raums trat, seine Maske anlegte und den Stulpenhandschuh zurechtrückte. Dann sah er sie an, winkte zu der Matte in der Raummitte, die zum Kämpfen gedacht war. „Sollen wir?“

Sie starrte auf die Matte, ihr Verstand riet ihr dringend zur Flucht, doch leider weigerten sich ihre Füße, dieser Aufforderung nachzukommen.

„Sir“, sagte Ralston, als spräche er zu einem Kind, „gibt es irgendwelche Schwierigkeiten?“

Bei diesen Worten richtete sie den Blick auf ihn, konnte ihn durch die Maske hindurch jedoch nicht genau sehen. Das erinnerte sie daran, dass es umgekehrt genauso war – er würde sie nicht erkennen. *Hier ist deine Chance! Jetzt kannst du wirklich fechten!*

Sie schüttelte den Kopf, um diese verrückten Einflüsterungen zu verscheuchen. Ralston verstand diese Geste jedoch anders. „Gut. Dann sollten wir anfangen.“

Er ging in die eine Ecke der Matte und wartete dort auf sie, während sie vor den Florettständer in einer Ecke des Raums trat, bei mehreren ausprobierte, wie sie in der Hand lagen, und allgemein so tat, als wählte sie eins aus. Hauptsächlich verwendete sie die Zeit darauf, sich zu beruhigen. *Er kann mich nicht sehen. Für ihn bin ich einfach irgendein Mann.*

Natürlich war er für sie ganz gewiss *nicht* einfach irgendein Mann … doch sie schöpfte Mut daraus, dass sie quasi unsichtbar war. Ihre Gedanken rasten, sie versuchte sich jedes Detail ihrer so mageren Fechterfahrungen in Erinnerung zu rufen – die hauptsächlich darin bestanden, dass sie Benedick als jungem Mann beim Angeben zugesehen hatte.

Das hier war ein schrecklicher Fehler.

Sie näherte sich der Matte, stellte sich Ralston gegenüber, der die klassische Fechtstellung eingenommen hatte, den linken Arm erhoben, das Florett im ausgestreckten rechten Arm, beide Beine gebeugt, vollkommen reglos und mit angespannten Muskeln. Er nickte ihr zu und sagte: *„En garde."*

Callie atmete tief durch und nahm ebenfalls Fechtstellung ein. In ihren Ohren rauschte das Blut. *Betrunkene duellieren sich schließlich auch, so schwer kann das wohl nicht sein.*

Allerdings kamen in diesen Duellen auch immer wieder Männer zu Tode.

Sie schob den Gedanken beiseite, wartete darauf, dass er den Kampf eröffnete.

Das tat er auch, er machte einen Ausfall, richtete einen geraden Stoß direkt auf ihren Oberkörper. Callie unterdrückte gerade noch einen Schrei des Entsetzens, geriet aber so in Panik, dass sie mit ihrem Florett wild in die Luft hackte. Klirrend trafen die Klingen aufeinander.

Ralston zog sich sofort zurück, als er bemerkte, mit welch unerfahrenem Gegner er es zu tun hatte. Sein Ton war trocken, als er meinte: „Wie ich sehe, ist es mit Ihrer Fechtkunst nicht allzu weit her."

Callie räusperte sich, senkte die Stimme und sagte leise: „Ich bin Anfänger, Mylord."

„Das dürfte noch untertrieben sein, könnte ich mir vorstellen."

Bei diesen Worten ging Callie wieder in Fechtstellung. Ralston tat es ihr gleich und meinte: „Wenn Ihr Gegner angreift, versuchen Sie nicht, mit aller Kraft anzugreifen. Zeigen Sie ihm nicht, wie weit Ihre Fähigkeiten reichen. Führen Sie ihn stattdessen in einen richtigen Kampf."

Callie nickte. Ralston griff sie erneut an, vorsichtiger diesmal. Er ließ sie mehrmals parieren, bevor er sie von der Matte drängte. Sobald sie mit beiden Füßen auf dem Holzboden stand, entließ Ralston sie aus seinem Angriff. Er drehte sich um, nahm seinen Platz auf der Matte ein und wartete darauf, dass sie nachkam. Diese Übung wiederholten sie mehrere Male; Ralston unterwies sie in den Grundlagen der Fechtkunst und bestärkte sie in ihrem Selbstvertrauen, sodass sie seine Stöße energischer und mit mehr Festigkeit abwehrte.

„Viel besser“, sagte er nach der vierten Runde ermutigend, und Callie verspürte eine Woge der Wärme bei diesem Lob. „Diesmal greifen Sie mich an.“

Ralston angreifen? Callie schüttelte den Kopf. „Oh … ich …“, wich sie aus.

Er lachte. „Ich versichere Ihnen, junger Mann, dass ich einiges vertrage.“

Die gesamte Übung gestaltete sich als weitaus umfangreicher, als sie erwartet hatte. Aber jetzt konnte sie keinen Rückzieher mehr machen, oder? Sie stieß den Atem aus, bevor sie die inzwischen vertraute Stellung einnahm und mit einem lauten „Ha!“ auf ihn losstürzte.

Geschickt lenkte er ihre Klinge ab, leicht, aber doch mit so viel Nachdruck, dass sie auf die Knie fiel. Er schnaubte amüsiert über diese Ungeschicklichkeit, was heiße Empörung in ihr aufsteigen ließ. Sofort streckte er ihr die Hand hin, um ihr aufzuhelfen, doch sie warf nur einen Blick auf seine Hand und schüttelte abwehrend den Kopf. Sie brannte darauf, ihn wieder anzugreifen.

Sie versuchte es erneut. Diesmal gelang es ihr, mehrere Treffer zu landen, ehe er angriff und sie erneut von der Matte drängte. Ernüchtert angesichts seiner geschickten Manöver – musste der Mann eigentlich in allem gut sein? – ging sie auf ihn los und schlug sein Florett mit ihrer Waffe beiseite. Seine abgelenkte Klinge fuhr an ihrer Fechtjacke entlang, schlitzte den Stoff auf und ritzte sie am Oberarm.

Callie ließ das Florett fallen und fasste sich am Arm. Vor Schmerz taumelte sie rückwärts, geriet aus dem Gleichgewicht und landete hart auf dem Hinterteil. „Au!“, rief sie laut aus, vergaß dabei ganz ihre Verkleidung. Ihre ganze Aufmerksamkeit richtete sich auf den Riss in ihrer Jacke und auf ihre Verletzung.

„Was zum Teufel?"

Callie bemerkte die Verwirrung in Ralstons Stimme und sah erschrocken auf. Er kam auf sie zu, riss sich mit einer Hand die Maske vom Kopf und warf sie beiseite, dass es nur so schepperte. Sie rutschte auf der Matte nach hinten, etwas ungeschickt, da ihr nur eine Hand zur Verfügung stand, während er seine Handschuhe ablegte und sie mit schmalen Augen von oben musterte.

In einem verzweifelten Versuch, ihn doch noch von ihrer Spur abzubringen, senkte sie die Stimme und sagte: „Es ist nur ein Kratzer, Mylord. Mir ... mir geht es gut."

Ralston runzelte finster die Stirn, und er fluchte lauthals. An seinem Ton hörte sie, dass er sie als Frau erkannt hatte, sah es an dem wütenden Blick, den er ihr zuwarf. Nun war er bei ihr, ragte bedrohlich über ihr auf. Er beugte sich zu ihr herab, wollte ihr die Maske abnehmen. Aus Angst vor Entdeckung versuchte sie, ihn aufzuhalten, doch vergebens. Mit einer fließenden Bewegung riss er ihr die Maske herunter, und im nächsten Augenblick fiel ihr das Haar auf die Schultern.

Seine Augen weiteten sich, als er sie sah, und ohne ein weiteres Wort ließ er die Maske fallen. Seine blauen Augen blitzten, wirkten vor Zorn beinahe dunkelblau.

„Ich ...", begann sie unsicher.

„Schweigen Sie." Seine Stimme war knapp, befehlsgewohnt, als er neben ihr niederkniete und ihren Arm in die Hände nahm. Vorsichtig untersuchte er ihre Verletzung, atmete dabei schwer. Sie spürte seine Hände, sanft und gleichzeitig bebend vor Zorn. Er riss am Ärmel ihrer Fechtjacke; als sie den Stoff reißen hörte, verzog sie das Gesicht. Dann griff er in seine Tasche und holte ein präzise gefaltetes Leinentaschentuch hervor, mit dem er die Wunde erst abtupfte und dann verband. Sie sah ihm dabei zu, gebannt von seinen geschickten Bewegungen. Als er den Verband am Ende fixierte, schnappte sie hörbar nach Luft. Er sah sie an und hob eine Augenbraue, wie um sie herauszufordern, sich doch über die Verarztung zu beschweren.

Die Luft zwischen ihnen wurde immer dicker vor Spannung. Sie konnte es nicht ertragen. „Ich …“

„Warum tragen Sie kein Plastron?“, fragte er tödlich ruhig.

Alles hatte sie erwartet, nur das nicht. Sie sah ihm ins Gesicht, das dem ihren so nah war, und sagte: „M…Mylord?“

„Ein Plastron. Der Teil des Fechtanzugs, der den bewaffneten Arm schützen soll. Vor genau dieser Art von Verwundung.“ Er klang, als läse er aus einem Lehrbuch vor.

„Ich weiß, was ein Plastron ist“, brummte sie.

„Ach ja? Warum tragen Sie dann keines?“ In der Frage schwang eine Empfindung mit, die sie nicht genau einordnen konnte, die ihr aber nicht gefiel.

„Ich … ich hätte nicht gedacht, dass ich eines brauche.“

„Was für eine unglaubliche Dummheit!“, platzte er heraus. „Sie hätten dabei sterben können!“

„Es ist doch nur eine Fleischwunde!“, rief sie.

„Was zum Teufel wissen Sie denn von Fleischwunden? Und wenn ich jetzt mit voller Wucht zugestoßen hätte?“

„*Sie* hätten doch gar nicht hier sein sollen!“ Die Worte waren ihr unversehens entschlüpft. Sie sahen einander an, blaue Augen fixierten braune, und dann schüttelte Ralston den Kopf, als könnte er seinen Augen nicht trauen.

„*Ich? Ich* hätte nicht hier sein sollen?“ Seine Stimme zitterte. „Als ich das letzte Mal nachgesehen habe, war das noch mein Fechtclub! Ein Fechtclub für Männer! Sie waren, als ich letztes Mal nachgesehen habe, eine Frau! Und Frauen fechten nicht!“

„Da kann ich Ihnen nicht widersprechen“, meinte sie ausweichend.

„Was zum Teufel haben Sie hier zu suchen? Wo zum Teufel ist Ihr Verstand geblieben?“

Callie rümpfte die Nase, ganz als säße sie nicht vor ihm auf dem Boden, in Männerkleidung und in einer Situation, die sich, wenn sie sich nicht täuschte, als ihr Ruin erweisen würde. „Ich würde es vorziehen, wenn Sie sich einer anderen Sprache befleißigen würden.“

„Sie würden das vorziehen? Nun, ich würde es vorziehen, wenn Sie sich nicht in meinem Fechtclub herumtreiben würden, zum Kuckuck! Und wenn wir schon beim Thema sind, auch nicht in meinen Wirtshäusern und meinem Schlafzimmer! Aber anscheinend wird keiner von uns das bekommen, was er sich wünscht.“ Er hielt inne. „Um Himmels willen, Weib, liegt es in Ihrer Absicht, sich gesellschaftlich völlig unmöglich zu machen?“

Bei diesen Worten stiegen Callie die Tränen in die Augen. „Nein“, flüsterte sie mit brechender Stimme. Sie wandte den Blick ab, wünschte sich plötzlich weit fort von diesem Ort, von ihm.

Angesichts ihrer Tränen fluchte er verhalten in sich hinein. Er hatte sie nicht aus der Fassung bringen wollen. Im Grunde hatte er ihr nur *Angst* machen wollen, damit sie mit diesen verdammten Dummheiten aufhörte; zum Weinen hatte er sie bestimmt nicht bringen wollen. Sein Ton wurde weicher. „Was dann?“ Als sie nicht antwortete, drängte er schmeichelnd: „Callie.“

Sie sah ihn noch einmal an und schüttelte den Kopf. Dann atmete sie tief durch und sagte: „Sie verstehen nicht.“

Wieder fixierte er sie mit seinem Blick und setzte sich dann zu ihr auf den Boden, so nahe, dass sein Knie ihren verletzten Arm stützte. „Erklären Sie es mir“, forderte er sie energisch auf.

„Eigentlich ist alles in Ordnung, wissen Sie“, sagte Callie leichthin, obwohl das, was sie sagte, von immenser Bedeutung war. „Es ist so … selbst jetzt, wo ich mit dem gesellschaftlichen Ruin konfrontiert bin, mit Ihrem Zorn und meiner Furcht, und mir meine Wunde nicht geringe Schmerzen verursacht – nicht dass Sie sie nicht wunderbar verarztet hätten, verstehen Sie mich da nicht falsch, Mylord.“ Er nahm das Lob mit einem Nicken entgegen. „Trotz alledem“, fuhr sie fort, „erlebe ich heute einen der schönsten Tage meines Lebens.“

Sie sah die Verwirrung in seinem Blick, und sie bemühte sich, es noch klarer auszudrücken. „Sehen Sie, heute fühle ich mich zum ersten Mal richtig *lebendig*.“

„Lebendig?"

„Ja. Achtundzwanzig Jahre habe ich damit zugebracht, die Erwartungen der anderen zu erfüllen ... so zu sein, wie es die anderen von mir erwarten. Und es ist so schrecklich, das eigene Leben nach fremden Erwartungen zu gestalten." Sie machte eine Pause. „Sie hatten recht. Ich bin feige."

Bei diesem leidenschaftlichen Geständnis wurde sein Blick weich. „Ich bin ein Esel. Ich hätte das nicht sagen sollen."

„Das sind Sie nicht!"

„Ich glaube, so ganz kann ich Ihnen da nicht zustimmen. Fahren Sie fort."

„Ich bin nicht verheiratet, habe keine Kinder, bin kein wichtiges Mitglied der Gesellschaft." Sie fuchtelte mit ihrem unverletzten Arm herum, als läge das Leben, das sie beschrieb, draußen vor der Tür. „Mich nimmt ohnehin niemand wahr. Wieso also nicht damit aufhören, ein zauderndes Mauerblümchen zu sein, und endlich all die Dinge in Angriff nehmen, von denen ich immer geträumt habe? Warum nicht in Wirtshäuser gehen, Whisky trinken und fechten? Ich muss zugeben, dass all diese Dinge weitaus interessanter waren als die schrecklichen Teegesellschaften, Bälle und Stickereien, mit denen ich mir bisher die Zeit vertrieben habe." Sie sah ihn an. „Verstehen Sie, was ich meine?"

Er nickte ernst. „Ja. Sie versuchen, die wahre Callie zu finden."

Ihre Augen weiteten sich. „Ja! Irgendwo unterwegs habe ich Callie verloren. Vielleicht habe ich sie nie gehabt. Aber heute habe ich sie gefunden."

Er lächelte reuig. „Callie ist eine Fechterin?"

Sie erwiderte das Lächeln. „Callie ist viele Dinge, Mylord. Ich habe sie auch im Wirtshaus gefunden."

„Ah", sagte er wissend. „Dann ist Callie eine Lebedame."

Sie errötete. „Das glaube ich nicht."

Stille breitete sich zwischen ihnen aus, und er beobachtete, wie ihr die Röte in die Wangen stieg. Dann nahm er ihren verletzten Arm und hauchte einen Kuss auf den Handrücken. Als sie seine Lippen auf ihrer Haut spürte, warm und weich, atmete sie tief ein und sah ihm in die Augen. Sein Blick ruhte auf ihr, und plötzlich zuckte sie zusammen. Seine Zunge leckte um einen Fingerknöchel.

Er nahm ihre Überraschung zur Kenntnis, lächelte und drehte ihre Hand um. Eine Sekunde später widmete er sich mit Zunge und Lippen der empfindsamen Stelle in der Mitte. Ihr Atem beschleunigte sich, und sie schloss die Augen, weil der Anblick seiner Lippen auf ihrer bloßen Haut unerträglich erotisch wurde.

Er löste die Lippen von ihrer Hand, und als sie die Augen wieder öffnete, sah sie, dass er sie beobachtete, mit einem verwegenen Lächeln auf den Lippen. Dann streckte er die Hand nach ihrem Gesicht aus, fuhr die Kontur ihres Kinns nach, und sie erschauerte. Als er etwas sagte, war seine Stimme so rau und belegt, dass ihr heiß wurde. „Auf dem Gebiet würde ich noch nicht aufgeben, Kaiserin."

Sie hielt den Atem an ob dieses Koseworts, das verschwommene Erinnerungen heraufbeschwor. Doch er sorgte dafür, dass die Gegenwart die Vergangenheit verscheuchte. Er fasste sie am Kinn und zog sie näher an sich heran. „Sie vergessen, dass ich ihr schon mehrmals begegnet bin … zum Beispiel in der Kutsche …"

Seine Lippen schwebten direkt vor den ihren, und ein Schauder der Erwartung überlief sie. „Oder im Opernhaus …"

Sie versuchte, die Distanz zwischen ihnen zu schließen, worauf er sich gerade weit genug zurückzog, um sie vor Verlangen fast wahnsinnig werden zu lassen. „Oder im Schlafzimmer. Wenn ich ehrlich bin", fügte er hinzu, und seine Worte strichen wie eine Liebkosung über ihre Lippen, „gefällt mir diese verwegene Seite an ihr ziemlich gut."

Und dann senkten sich seine Lippen auf ihren Mund, und sie war verloren. Sein weicher Mund, seine sanften Zärtlichkeiten verzehrten sie – dieser Kuss war ganz anders als die anderen davor. Dieser Kuss verbrannte sie, ließ sie alles vergessen – sich selbst, die Welt um sie herum –, alles außer dem herrlichen Gefühl, seine Lippen auf den ihren zu spüren.

Sie keuchte vor Lust, und er nutzte die Gelegenheit, sie mit seinem Kuss geradezu zu verschlingen, bis ihr schwindelig wurde. Ohne nachzudenken, reckte sie sich ihm entgegen, ihrem Anker in einem Meer der Sinnlichkeit, legte ihm die Arme um den Hals und wühlte die Finger in sein dichtes, weiches Haar. Er stieß einen tiefen, befriedigten Laut aus, als sie sich so fest an ihn schmiegte, und legte über ihre Wange und die Kehle hinab eine Spur von Küssen, von denen jeder berauschendes Entzücken in ihr auslöste.

Die hochgeschlossene Fechtjacke war ihm im Weg, und so knöpfte er sie geschickt auf, während er die empfindsame Haut an ihrem Hals liebkoste, soweit der Ausschnitt es ihm erlaubte. Als er die Jacke ganz geöffnet hatte, entzog er sich der Umarmung, um das Kleidungsstück auseinanderzuziehen. Sein verhüllter Blick fiel auf die gebundenen Brüste, die sich unter dem festen Leinen hoben und senkten. Er schüttelte den Kopf, bevor er wieder ihren Blick suchte. „Das hier“, sagte er und ließ die Finger über den Rand der Binde gleiten, „ist der reinste Hohn.“

Dann sah er die Sehnsucht in ihrem Blick, die leidenschaftlich geöffneten Lippen, die geröteten Wangen, und nahm ihre Lippen erneut in einem hungrigen Kuss gefangen. Einen langen Augenblick später machte er sich an der Brustbinde zu schaffen. Nachdem er das eine Ende der Binde herausgezupft hatte, begann er die Bahn abzuwickeln.

Callie beobachtete, wie sein Blick seinen Händen folgte. Sein Atem ging keuchend, seine Augen waren dunkel, und auf einmal wurde ihr klar, dass sie hier in seinen Armen lag. In den Armen des einzigen Mannes, den sie je begehrt hatte. Des einzigen Mannes, von dem sie je geträumt hatte. Und während er sie entblößte, erkannte sie mit unmissverständlicher Gewissheit, dass auch ihre Seele sein war. Sie würde niemals aufhören, ihn zu begehren.

Während ihr diese Erkenntnis durch den Kopf ging, keuchte sie vor Entzücken auf, als die Binde schließlich fiel und ihre Brüste befreit waren – es fühlte sich einfach herrlich an. Seine Augen wurden noch dunkler, und sie sah an sich herunter, sah die roten Linien auf ihrer sonst so hellen Haut. Verlegen wollte sie ihre Blöße bedecken, doch er fing ihre Hände auf.

„Nein“, sagte er mit belegter, verführerischer Stimme. „Du hast diese Schönheiten höchst unfreundlich behandelt. Als ihr Retter gehören sie nun mir.“

Bei diesen Worten flammte in Callie Hitze auf, tief im Innersten, und er gab ihre Hände frei und liebkoste sie. Mit warmen, starken Händen umfasste er ihre Brüste, entlockte ihr wohlige Seufzer, während er sanft über ihre wunde Haut strich. Dann legte er die Lippen auf die roten Male, die der Leinenstreifen hinterlassen hatte, leckte über die überempfindliche Haut, ließ sanfte Küsse auf ihre Brust herabregnen.

Lange liebkoste er ihre Haut mit den Lippen, mied dabei absichtlich die Brustspitzen, die bei jeder Berührung, jedem Kuss härter wurden. Callie begann sich zu winden, drängte sich ihm entgegen, damit er sie dort berührte, wo sie es sich am verzweifeltsten ersehnte.

Er bemerkte die Regungen und hob den Kopf, um ihr in die Augen zu sehen. „Was denn, Kaiserin?“, fragte er. Die Worte an sich waren schon eine Liebkosung, ebenso sein Atem, der zart über ihre wunde Haut fächelte. „Möchtest du mich hier spüren?“ Rasch fuhr er mit dem Finger über eine Brustspitze, worauf Callie einen leisen Schrei ausstieß ob der Explosion der Gefühle, die diese federleichte Berührung hervorrief. Er strich über die andere Brustspitze. „Oder hier?“

„Ja …“ Das Wort kam nur als Stöhnen heraus.

Als er es hörte, lächelte er befriedigt. „Du brauchst es nur zu sagen.“

Und dann nahm er eine angeschwollene Spitze zwischen die Lippen, und sie glaubte, vergehen zu müssen vor lauter Lust. Doch im nächsten Moment begann er daran zu saugen, und eine nie gekannte Hitze durchzuckte sie bis ins Innerste. Diese für sie vollkommen neue, wunderbare Empfindung verzehrte sie, auch als er sich der anderen Brust widmete und die Liebkosungen wiederholte, fester diesmal. Er fuhr mit den Zähnen über die Brustspitze, linderte den köstlichen Schmerz anschließend mit Zunge und Lippen, und sie schrie auf, sehnte sich nach etwas, was sie nicht zu benennen wusste.

Er schien zu spüren, was sie brauchte, strich mit einer Hand über die Innenseite ihres Oberschenkels, bahnte sich einen Weg bis zu ihrem geheimsten Innersten. Sanft umfasste er sie mit einer Hand, ungezügelte Lust durchzuckte sie, und sie war sich der störenden Stofflagen nur zu bewusst, die ihn daran hinderten, sie dort zu berühren, wo sie es sich am dringendsten ersehnte. Sie wand sich, versuchte, sich näher an ihn zu drängen, worauf er noch einmal den Kopf hob und sie ansah.

Er küsste sie gründlich, raubte ihr den letzten Atem, bevor er sagte: „Sag mir, was du willst, meine Schöne."

„Ich …" Sie hielt inne, weil zu viele Worte gleichzeitig auf ihre Zunge drängten. *Ich will, dass du mich berührst. Ich will, dass du mich liebst. Ich will, dass du mir zeigst, was ich im Leben bisher versäumt habe.* Unsicher schüttelte sie den Kopf.

Er lächelte, presste die Hand noch einmal fest an sie und sah zu, wie sie von einer Welle der Lust erfasst wurde. „Unglaublich", flüsterte er an ihrem Hals, „wie du darauf ansprichst."

„Ich will …" Sie seufzte, als er wieder eine harte Brustspitze in den Mund nahm. „Ich will … ich will dich", sagte sie, und in diesem Moment schienen diese schlichten Worte genau richtig, um ihren Empfindungen Ausdruck zu verleihen.

Er bewegte die Finger, und sie keuchte auf. „Willst du mich hier, Kaiserin?"

Verlegen schoss sie die Augen und biss sich auf die Unterlippe.

„Sehnst du dich hier nach mir?"

Sie nickte. „Ja."

„Meine arme süße Liebste." Seine Worte loderten wie Feuer

an ihrem Ohr, während er ihr einen Ärmel der Fechtjacke abstreifte und den Streifen wegschob, um sich Zugang zu den Kniehosen zu verschaffen. Er ließ eine Hand in den Bund gleiten und entlockte Callie einen weiteren Seufzer, als er dabei den Flaum ihres Venushügels streifte. Schließlich teilte er die feuchten Falten und schob einen Finger in die feuchte Wärme. „Hier?"

Sie keuchte und packte seinen Unterarm.

Mit leisem Knurren beobachtete er, wie sie versuchte, die Gefühle zu erfassen, die sich ihrer bemächtigt hatten. Seine Stimme war ebenfalls rau vor Erregung, als er sagte: „Ich glaube, du möchtest noch mehr."

Er begann den Finger in ihr zu bewegen, während er gleichzeitig an einer Brustspitze saugte; Callie konnte keinen klaren Gedanken mehr fassen. Aufreizend streichelte ihr pulsierendes Fleisch, drängte ihre Beine auseinander, um sich besser Zugang zu verschaffen. Mit einem Finger umkreiste er ihre Knospe, und sie wand sich stöhnend, ohne recht zu wissen, wie ihr geschah. Seine festen, erfahrenen Hände, der feuchte Sog seiner Lippen drängten sie immer weiter auf einen Abgrund zu, den sie nicht benennen konnte. Ein Schauer der Lust durchrieselte sie, als er die weiche, warme Stelle fand, die das Ende der Welt zu bezeichnen schien, und sie schrie auf, als er sie dort liebkoste.

Sie verkrampfte sich, während Wellen der Lust über sie hinwegschwappten, im Einklang mit seinen Bewegungen, und er spürte diesen Wandel in ihr. Er gab ihre Brustspitze frei und machte sich über ihren Mund her, reizte sie mit Zunge und Zähnen, betäubte sie mit seinem Kuss. Schließlich löste er sich von ihr und schaute ihr in die Augen, sah die Verwirrung und die Leidenschaft in ihrem Blick. Er schob den Finger tief in sie hinein, und sie keuchte. Die Anspannung tief in ihrem Inneren stand kurz vor der Erlösung.

Er brachte die Lippen an ihr Ohr und flüsterte: „Gib dich hin, meine Schöne …"

Bei diesen Worten wandte sie sich zu ihm, sah das Verständnis in seinem Blick, bevor sich zu dem einen Finger ein zweiter gesellte, in rhythmischer Bewegung, fester, schneller, als wüsste er genau, was sie brauchte, wo sie ihn brauchte. Sie schrie auf, als die Empfindungen sie überrollten – Empfindungen, die sie nie zuvor erfahren hatte.

„Ich fang dich auf, wenn du fällst." Die Worte, voller Leidenschaft, erwiesen sich als der letzte Tropfen.

Er sah sie an, während sie in den Abgrund taumelte, sich dabei fest an ihn klammerte.

Sie pulsierte unter seiner Berührung, wand sich, bettelte nach mehr, während er schon dabei war. Und als er ihr die letzte Zuckung entrungen, den letzten Schrei ihrer Leidenschaft mit seinen Lippen aufgefangen hatte, fing er sie tatsächlich auf. Mit sicheren Händen führte er sie zurück auf festen Boden.

Er hielt sie in seinen Armen, während sie allmählich wieder zu sich kam, streifte ihre Schläfen mit den Lippen, streichelte ihr sanft den Rücken, die Arme, die Beine. Nachdem ihr Atem sich beruhigt hatte, ließ Callie die Arme von seinem Hals sinken und ihren verletzten Arm wieder auf ihm ruhen. Ralston zischte, als ihre Hand auf seinem Schoß zu liegen kam, packte sie rasch und schob sie weg.

Callie, die nur bemerkte, dass er ihre Berührung zurückgewiesen hatte, wurde sofort unsicher. Ralston erkannte es sogleich. Er drückte einen warmen Kuss auf ihre jetzt verkrampfte Hand, begegnete ihrem verletzten Blick und sagte: „Es ist ziemlich schwierig, einem so faszinierenden Ausbruch der Leidenschaft beizuwohnen und nicht davon berührt zu werden, meine Schöne."

Ihre Sorge verwandelte sich in Verwirrung. Zur Erklärung drückte er ihre Hand auf die Außenseite seiner Kniehose, sodass sie die Beule dort spüren konnte. Da verstand sie, und obwohl sie errötete, zog sie die Hand nicht von ihm weg. Stattdessen verstärkte sie vorsichtig den Druck, genoss das leise Stöhnen, das sie als Reaktion bekam. „Kann …" Sie schluckte, versuchte es noch einmal. „Kann ich etwas … tun?"

Sein Mundwinkel hob sich zu einem schmerzlichen Grinsen, ehe er sie an sich zog, noch einmal küsste und erst aufhörte, bis sie sich erneut voll Erregung an ihn klammerte. „Ich könnte mir zwar nichts Schöneres vorstellen, Kaiserin, als dass du etwas tust, aber ich glaube, wir haben schon zu viel getan, angesichts der Tatsache, dass jeden Augenblick jemand hereinkommen könnte."

Die Worte scheuchten sie wie ein kalter Guss aus ihrer Verträumtheit auf. Ihr Blick flog zur – unverschlossenen – Tür, die nur darauf wartete, dass ein weiterer Fechter hereinkam und sie überraschte.

„Oh!" Sie sprang auf, zuckte zusammen, als sie den Schmerz im Arm verspürte. Rasch schob sie den nackten Arm in den Ärmel der zerrissenen Fechtjacke zurück, wandte sich von ihm ab und lief in eine Ecke des Raums, während sie gleichzeitig versuchte, die Jacke noch zuzuknöpfen. Was hatte sie sich nur dabei gedacht?

Natürlich hatte sie an nichts anderes als an ihn gedacht.

„Ich glaube, du hast ein wichtiges Teil deiner Ausrüstung vergessen."

Bei diesen Worten fuhr sie herum und sah, dass er lässig auf sie zukam, in den Händen den Leinenstreifen, mit dem sie ihre Brüste gebunden hatte. Beim Näherkommen flüsterte er: „Niemand wird dich für einen Mann halten, wenn du diese herrlichen Brüste sich selbst überlässt. Ehrlich, bei deinen prachtvollen …"

„Danke", unterbrach sie ihn entschieden, ignorierte die Hitze, die ihr in die Wangen stieg, und nahm ihm den Leinenstreifen ab.

„Du wirst Hilfe brauchen, meine Schöne."

Nein. Eine so intime Aufgabe durfte sie ihm nicht übertragen. Sie würde einfach die Entdeckung riskieren müssen. Benedicks Rock ermöglichte ein gewisses Maß an Abdeckung. Unwillkürlich sah sie an sich herab, als wollte sie abschätzen, wie offensichtlich ihr Dekolleté war.

Es war ziemlich offensichtlich.

Ralston schien ihre Gedanken lesen zu können und nahm ihr das Leinenstück wieder ab. „Man würde dich sofort durchschauen, Kaiserin. Lass dir von mir helfen.“ In seinen Augen blitzte es verwegen auf. „Ich verspreche, mich wie ein vollendeter Gentleman zu betragen.“

Über diese Bemerkung musste sie dann doch lachen, so lächerlich war sie. Er begann ebenfalls zu grinsen, und so gab sie nach kurzem Überlegen nach. Sie schlüpfte wieder aus der Jacke und kehrte ihm schüchtern den Rücken zu. Ein Ende der Binde hielt sie fest an ihre Brüste gepresst. Sie wartete darauf, dass er den Stoff um sie wickelte, aber er bewegte sich nicht. Nach einiger Zeit warf sie einen Blick über die Schulter und stellte fest, dass er dicht hinter ihr stand und sie beobachtete. Sie warf ihm einen fragenden Blick zu.

„Dreh dich.“

Es dauerte einen Augenblick, ehe ihr klar wurde, was er meinte. Er wollte, dass sie sich in die Brustbinde hineinwickelte, statt stillzustehen, während er um sie herumging. Langsam begann sie sich zu drehen, erkannte sofort die verführerische Note dieser Übung. Etwas an der Bewegung, an seinem Blick, der dunkel auf ihr ruhte, während sie sich drehte, verlieh ihr das Gefühl, eine Verführerin zu sein – wie Salome. Er berührte sie nicht, während sie sich drehte, nur für ihn tanzte, und überließ es ihr, die Geschwindigkeit und die Stärke zu bestimmen, mit der ihre Brüste gebunden wurden. Und als sie das Ende der Stoffbahn erreicht hatte, drehte sie sich direkt in seine Arme.

Ralston sah ihr tief in die Augen, während er das Stoffende in die Leibbinde steckte, und dann hob er ihr Gesicht an, um sie zu küssen. Diesmal war der Kuss weich und süß, von fast qualvoll langsamer Zärtlichkeit, sodass ihr Herz vor Verlangen zu pochen begann. Mit der anderen Hand strich er sanft über ihre gebundenen Brüste, erkundete sie so lange, bis sie am liebsten die Binde abgeworfen hätte.

Schließlich löste er sich von ihren Lippen, neigte den Kopf

und strich mit den Lippen am Rand der Brustbinde entlang. „Ihr armen, armen Schönheiten“, murmelte er und liebkoste sie mit Händen und Mund, sodass ihr wieder heiß wurde und sich tief in ihrem Innersten eine weitere Welle der Leidenschaft aufbaute.

Gerade als sie dachte, sie könnte es nicht länger ertragen, hörte er auf, bückte sich, um ihre Fechtjacke aufzuheben, und half ihr hinein. Geschickt schloss er die Knopfreihe, während sie einfach nur zusah; sie war viel zu aufgewühlt, um irgendetwas Sinnvolles zustande zu bringen.

Als er fertig war, ging er zu der Fechtausrüstung, die sie vorhin hatten liegen lassen. Kurz bevor er die Matte erreicht hatte, bückte er sich und hob den Zettel auf, der unbemerkt zu Boden gefallen war, als er sie von ihrer Brustbinde befreit hatte. Sie erkannte sofort, worum es sich handelte, und rief: „Moment. Nicht.“

Er war gerade dabei, das Papier aufzufalten, und hielt inne. Neugierig sah er ihr entgegen. Sie legte die Hand auf seine, ergriff den Zettel an einer Ecke und wollte ihn ihm entziehen, doch er fasste ihn fester.

„Warum nicht?“, fragte er. Seine Stimme war glatt, neckend.

„Er gehört mir.“

„Mir scheint, du hast ihn verloren.“

„Das hätte ich nicht, wenn du nicht einfach angefangen hättest, meine …“ Sie unterbrach sich, wollte den Satz nicht vollenden.

Er hob eine Augenbraue. „Also, ich habe ganz gewiss nicht die Absicht, mich deswegen zu entschuldigen.“

Sie straffte die Schultern und nahm ihre würdevollste Pose ein. „Trotzdem, der Zettel gehört mir.“

Mit einer raschen Bewegung des Handgelenks entzog Ralston ihr den Zettel, sodass er wieder im alleinigen Besitz des Papiers war. Ihr schlug das Herz bis zum Hals, weil er sich erneut daranmachte, den Zettel zu entfalten. „Bitte, Gabriel. Tu es nicht.“

Ob es daran lag, dass sie seinen Vornamen verwendet hatte

oder an ihrem bittenden Ton, wüsste er niemals zu sagen, doch Ralston hielt in der Bewegung inne, sah sie an und fragte: „Was ist es denn, Callie?"

Sie schüttelte den Kopf, wandte den Blick ab und stammelte: „Nichts … es ist albern … es ist etwas Persönliches."

„Sag mir, was es ist, dann sehe ich es nicht an."

Rasch schaute sie ihn an. „Wenn ich es dir sage, brauchst du es ja auch nicht mehr anzusehen", meinte sie mürrisch.

Er schwieg, drehte das zerknitterte Stück Papier immer wieder in der Hand. Verärgert seufzte sie auf. „Also schön. Es ist eine Liste." Sie streckte die Hand aus, als erwartete sie, dass er ihr nun die Liste zurückgab und die Sache damit erledigt wäre.

Er sah sie fragend an. „Was für eine Liste?"

„Eine private Liste", gab sie zurück und versuchte, ihrer Stimme einen Klang damenhafter Verachtung zu verleihen, in der Hoffnung, dass er sich dann schämen und diesen speziellen Kampf verloren geben würde.

„Eine private Einkaufsliste? Eine Liste mit ungebührlichen Büchern, die du gern lesen möchtest? Eine Liste mit Männern?" Sie errötete bei der Vorstellung, und seine Augen weiteten sich. „Lieber Himmel, Callie, ist es eine Liste mit Männern?"

Zornig stampfte sie mit dem Fuß auf. „Meine Güte, nein! Es spielt überhaupt keine Rolle, was auf dieser Liste steht, Ralston. Wichtig ist nur, dass sie mir gehört."

„Keine gute Antwort, Kaiserin", sagte er und begann den Zettel aufzufalten.

„Warte!" Sie legte noch einmal die Hand auf seine. Die Vorstellung, er könnte ihre geheimsten Wünsche entdecken, war ihr unerträglich. Ohne ihn anzusehen, sagte sie: „Wenn du es unbedingt wissen musst, es ist eine Liste mit … Dingen … die ich gern ausprobieren möchte."

„Wie bitte?"

„Eine Liste mit Dingen. Dinge, die Männer ohne Weiteres tun können, die uns Frauen aber verwehrt bleiben, aus Sorge um unseren kostbaren Ruf. Da jedoch den meisten Leuten mein

Ruf vollkommen egal ist, habe ich beschlossen, dass es keinen Grund gibt, warum ich den Rest meines Lebens still sitzen und mit den anderen alten Jungfern Stickbilder anfertigen sollte. Ich habe genug davon, immer nur abzuwarten."

Er hob eine Augenbraue. „Du magst ja viel sein, Kaiserin, aber als abwartend würde ich dich niemals bezeichnen."

Wie nett von ihm, das zu sagen.

Sie schluckte, schloss die Finger über dem Zettel.

Er beobachtete sie, betrachtete ihre ineinander verschlungenen Hände. Natürlich war er neugierig geworden. „Auf dieser Liste stehen also die Dinge, von denen Lady Calpurnia glaubt, dass sie das Leben ausmachen."

Diese Bemerkung war ihr aus früheren Unterhaltungen vertraut. Vielleicht hätte sie zugestimmt, wenn er dies vor ihrem Intermezzo im Übungsraum gesagt hätte. Doch diese kurzen, kostbaren Augenblicke in Ralstons Armen hatten alles verändert. In seiner Umarmung war Callie wirklich lebendig geworden. Sie hatte endlich das Leben erfahren dürfen, von dem sie seit ihrer ersten Begegnung mit Ralston vor einem Jahrzehnt – einem Jahrhundert – geträumt hatte. Im Vergleich dazu verblasste der Whisky – selbst wenn er in einem Wirtshaus getrunken worden war. *Das* konnte sie ihm natürlich nicht sagen.

„Die Liste gehört mir. Ich wäre dir dankbar, wenn du sie mir ungeöffnet zurückgeben würdest. Unser Gespräch ist schon peinlich genug, findest du nicht?"

Er reagierte nicht, sodass sie gezwungen war, ihm in die Augen zu schauen. Anscheinend hatte er in ihrem Blick die Wahrheit erkannt, denn er gab seine Trophäe frei. Rasch legte sie den Zettel neu zusammen und steckte ihn sich in die Jackentasche. Er beobachtete sie und sagte dann: „Fechten steht dann wohl auf dieser Liste?"

Sie nickte.

„Und Whisky?"

Wieder nickte sie.

„Was noch?"

Küssen. „Glücksspiel."
„Du lieber Himmel. Und?"
„Eine Zigarre."
Er schnaubte. „Na, das wird aber schwierig werden. Nicht einmal ich würde dich eine Zigarre rauchen lassen. Und meine Moralvorstellungen sind bestenfalls fragwürdig zu nennen."
Die hochnäsige Bemerkung verärgerte sie. „Diesen speziellen Punkt konnte ich tatsächlich schon abhaken."
„Wie das? Wer hat dir denn eine Zigarre gegeben?"
„Benedick."
„Das ist ja richtig unverantwortlich ..." Erstaunt hielt Ralston inne. „Das wird er mir büßen."
„Das hat er über dich und den Whisky auch gesagt."
Er lachte auf. „Ja, das kann ich mir vorstellen. Dann weiß er also von dieser albernen Liste?"
„Nein. Nur meine Zofe weiß Bescheid." Sie hielt inne. „Und jetzt ... du."
„Was dein Bruder wohl sagen wird, wenn er herausfindet, dass ich dich in seinem Fechtclub verletzt habe?"
Die Frage, so ruhig gestellt, erschreckte sie. „Du würdest es ihm sagen?", fragte sie ungläubig.
„Ach, ich weiß nicht", meinte er, hob ihre Handschuhe auf und reichte sie ihr.
Sie nahm die Handschuhe, ohne sie anzuziehen. „Das kannst du nicht!"
„Warum denn nicht?"
„Denk doch ..." Sie überlegte. „Denk doch, was es über dich aussagen würde!"
Er lächelte und streifte seine eigenen Handschuhe betont umständlich über. „Dass ich ein Lebemann und Wüstling bin. Und das haben wir doch längst festgestellt." Der nüchterne Ton, in dem er das sagte, unterstrich nur die Wahrheit seiner Worte. Callie brannten die Ohren, weil ihr einfiel, dass sie ihm genau das vor ein paar Abenden im Opernhaus voller Zorn vorgeworfen hatte.

Er fuhr fort: „Ganz zu schweigen davon, dass du den Club noch verlassen musst, ohne von irgendwelchen *anderen* Männern ertappt zu werden, die deinem Bruder – und jedem, der es hören will – nur zu gerne von deiner Indiskretion erzählen würden. Du magst in einer ruhigen Stunde angekommen sein, Kaiserin, aber es geht auf fünf Uhr zu. Die Räume werden voller Männer sein, die ihre Nachmittagsübungsstunde absolvieren wollen, ehe sie zum Essen und den Abendgesellschaften nach Hause zurückkehren."

Das hatte sie nicht bedacht. Sie hatte sich so darauf konzentriert, in den Club zu gelangen, dass sie gar nicht auf die Idee gekommen war, ihr Abgang könnte sich ebenfalls als Herausforderung erweisen. Jetzt, wo er ihre Aufmerksamkeit darauf gelenkt hatte, konnte sie auf dem Flur das Gelächter und die derben Scherze der Männer hören, die an ihrem Übungsraum vorbeizogen. Sie drängte die Verlegenheit zurück, die sie bei dem Gedanken überkam, dass jeder dieser Männer leicht vor einiger Zeit den Raum hätte betreten und sie inmitten eines höchst ungebührlichen Akts erwischen können.

„Natürlich würde ich nur zu gern Stillschweigen bewahren", unterbrach er ihre Überlegungen, „und dir aus der schwierigen Situation helfen, in die du dich anscheinend gebracht hast. Aber das hat seinen Preis."

Sie runzelte die Stirn und sah ihn misstrauisch an. „Was für einen Preis?"

Er hob ihre Maske auf und reichte sie ihr. „Ich schütze deinen Ruf heute, wenn du mir erlaubst, dies für die gesamte Dauer der Liste zu tun."

Ihr blieb der Mund offen stehen.

„Ah", sagte er jovial, „anscheinend verstehst du, was ich meine. Ja. Wenn ich feststellen muss, dass du irgendeinen Punkt deiner Liste ohne meine Begleitung abgearbeitet hast, werde ich deinem Bruder alles erzählen."

Sie schwieg lange Zeit; in ihr brodelte es. „Das ist Erpressung."

„Was für ein schlimmes Wort. Aber wenn du es so nennen

willst, soll es mir recht sein. Glaub mir, es ist am besten so. Es ist offenkundig, dass du einen Begleiter brauchst, und ich biete mich für diese Aufgabe an, zum Wohl unserer beider Familien."

„Du kannst doch nicht …"

„Anscheinend doch", erklärte er nüchtern. „Und jetzt kannst du entweder die Maske aufsetzen und dir von mir helfen lassen, den Club zu verlassen, oder du kannst dein Glück allein versuchen. Wie willst du es halten?"

Sie sah ihn lange an. So gern sie ihn auch dort stehen gelassen hätte, samt seiner selbstzufriedenen Miene, und selbst aus diesem Chaos hätte finden mögen, wusste sie doch, dass ihre Chancen, unerkannt zu entkommen, mit ihm beträchtlich besser standen.

Callie setzte die Maske auf, ließ sich Zeit dabei, ihr Haar darunter festzustecken. Als sie fertig war, sagte sie gedämpft: „Mir scheint, ich habe gar keine Wahl."

Er lächelte verwegen. „Ausgezeichnet."

14. KAPITEL

„Nein! Nein! *Non!* Miss Fiori, Damen müssen beim Tanzen Anmut und zierliche Zurückhaltung zeigen! Sie sehen mir viel zu oft ins Gesicht!“

Während sie den beleidigten Worten des Tanzmeisters lauschte, wandte Callie sich den deckenhohen Fenstern zu, die auf den eindrucksvollen Park von Ralston House hinausgingen, und verbarg ein Lächeln. Den kleinen Franzosen mochte Juliana von all ihren Lehrern am wenigsten leiden, obwohl er einer der besten Tanzmeister von ganz England war. Die beiden hatten sehr unterschiedliche Ansichten, was die Rolle des Tanzens im Leben einer jungen Frau anging, und Callie hatte den leisen Verdacht, dass es Juliana Spaß machte, ihn zu piesacken.

„Bitte um Entschuldigung, Monsieur Latuffe“, sagte Juliana, und ihr Ton verriet, dass sie es keinesfalls ernst meinte. „Ich wollte nur sichergehen, dass ich weiß, wo Sie sich herumtreiben – damit ich Ihnen dabei nicht auf die Zehen trete.“

Der Tanzmeister riss die Augen auf. „Miss Fiori! Junge Damen reden nicht darüber, dass sie auf *Zehen treten* könnten. Wenn etwas so Entsetzliches passieren sollte, können Sie sicher sein, dass Ihr Tanzpartner es nicht bemerken wird. Denn beim Tanzen sollte eine Dame *feder*leicht sein.“

Julianas Lachen zeigte, dass sie davon keineswegs überzeugt war, was Monsieur Latuffe wiederum zu einem lautstarken Anfall veranlasste. Callie legte die Hand vor den Mund, um nicht in amüsiertes Gelächter auszubrechen – wodurch sie ihren Status als unbeteiligte Beobachterin gefährdet hätte.

Callie überwachte die Tanzstunde nun schon seit geraumer Weile von einem Sofa am Rand des Ballsaals aus, in deren Verlauf Juliana und Monsieur Latuffe diverse Kontretänze, eine Quadrille und ein Menuett geübt hatten. Beide Parteien verloren allmählich die Geduld, und Callie fand es immer schwieriger, angesichts der Zankereien ihre Belustigung zu verbergen. Sie setzte eine – wie sie hoffte – neutrale Miene auf und drehte sich zu Juliana und Monsieur Latuffe um.

Unter wildem Armgefuchtel stolzierte der Franzose auf das Pianoforte zu. Dort saß der Klavierspieler, der für die nachmittägliche Tanzstunde engagiert worden war und der nun ziemlich unsicher dreinsah. Monsieur Latuffe legte eine Hand aufs Herz, die andere auf das Pianoforte, atmete mehrere Male tief durch und murmelte aufgeregt auf Französisch in sich hinein. Um Callies Mundwinkel zuckte es, während sie leise Flüche über britische Inseln, italienische Frauenzimmer und die Quadrille aufschnappte. Letzteres setzte sie in leises Erstaunen – wenn er sogar den Glauben an den Tanz verlor, musste Juliana sich als schlimme Heimsuchung herausgestellt haben.

Callie ging zu Juliana hinüber und fing ihren Blick auf. Die junge Frau rollte entnervt mit den Augen. Callie grinste und flüsterte: „Nur noch zwanzig Minuten. Versuch doch, es zu ertragen."

Juliana antwortete mit zusammengebissenen Zähnen. „Dir ist hoffentlich klar, dass ich das nur für dich mache."

Callie drückte der jungen Frau den Arm und sagte: „Dafür werde ich dir bestimmt immer dankbar sein."

Juliana kicherte. Dann drehte sich der Tanzmeister um. „Spielt alles keine Rolle", erklärte er entschieden. „Jetzt machen wir mit dem Walzer weiter. Den Walzer muss doch auch eine junge Dame wie Sie respektieren."

Juliana riss die Augen auf. Sie sah zu Callie und flüsterte: „Eine junge Dame wie ich?"

Nun musste Callie kichern, während der Franzose die überrumpelte Juliana in die Arme nahm und sie zu der mitreißenden Musik so energisch auf dem Tanzparkett herumschwenkte, wie man es dem kleinen Mann gar nicht zugetraut hätte. Callie schenkte dem offenkundig erleichterten Pianisten ein freundliches Lächeln und sah zu, wie das Paar sich im Takt der Musik wiegte und drehte. Während des Tanzes führte Monsieur Latuffe allerdings seinen Vortrag über die Gebote und Verbote der Tanzetikette fort – in rascher Folge wurde Juliana dafür getadelt, dass ihr Griff zu fest sei, ihre Haltung zu steif und ihr Blick zu wild. Callie hatte den Verdacht, dass der wilde Blick kein Thema mehr sein würde, wenn die junge Frau erst einmal den Armen ihres Tanzmeisters entronnen wäre.

Callie war machtlos gegen das breite Grinsen, das sich in ihrer Miene festgesetzt hatte, vor allem als Juliana ihrem Lehrer direkt ins Auge sah und ihm dann in voller Absicht auf den Fuß trat. *Vermutlich ist damit auch die Theorie erledigt, wonach eine junge Frau beim Tanzen federleicht sei.*

„Liegt es an mir, oder sorgt meine Schwester tatsächlich dafür, dass ihr Tanzmeister sich jeden Shilling sauer verdienen muss?“ Die Bemerkung, aus nächster Nähe gesprochen, überraschte Callie, und sie fuhr herum. Dicht hinter ihr stand Nicholas St. John, den Blick amüsiert auf seine Schwester gerichtet.

Callie ignorierte den Knoten in ihrer Brust, wollte nicht darüber nachdenken, ob dies Gefühl Enttäuschung oder Erleichterung darüber war, dass *dieser* St. John heute Nachmittag bei ihnen auftauchte. Stattdessen lächelte sie Nick freundlich zu und meinte: „Ich glaube, wenn man Ihrer Schwester Gelegenheit dazu gäbe, würde sie Monsieur Latuffe mit Freuden die Leviten lesen.“

Schweigend sah Nick zu, wie Juliana und ihr Tanzlehrer lautstark diskutierten, ob eine junge Dame einem jungen Herrn zulächeln dürfe – selbst wenn es ihr Bruder war –, während sie mit einem anderen Gentleman Walzer tanzte. Zu Callie gewandt, sagte Nick: „Also, ich bin mir nicht ganz sicher, ob ich ihr daraus einen Vorwurf machen könnte.“

Callie lachte. „Unter uns, ich bin ziemlich in Versuchung, ihr freie Hand zu gewähren.“

„Aus Rache an verflossenen Tanzmeistern?“

„Das auch … hauptsächlich aber, weil ich den daraus resultierenden Zirkus sicher genießen würde.“

Nick hob eine Augenbraue. „Na so was, Lady Calpurnia, ich muss wirklich gestehen, einen so boshaften Sinn für Humor hätte ich Ihnen gar nicht zugetraut."

„Nein! Nein! *Non!*" Die verbale Explosion auf der anderen Seite des Raums unterbrach Nicks und Callies Geplänkel. Die beiden tauschten einen amüsierten Blick, während der Tanzmeister schimpfte: „Der *Herr* führt die Dame. Ich bin der Gentleman. *Sie* folgen mir! Sie sind nichts als ein Blatt im Wind!"

Dieser Vergleich zog einen zornigen italienischen Wortschwall nach sich. Callie verstand zwar nicht alles, doch der Sinn der Tirade war unmissverständlich.

Nick warf Callie ein Grinsen zu. „Anscheinend finden Frauen keinen Gefallen daran, wenn man sie mit Laub vergleicht."

„Italienerinnen jedenfalls nicht."

Diese Worte entlockten ihm ein Lachen, worauf das tanzende Paar ihn mit wütenden Blicken durchbohrte. Nick räusperte sich, wandte sich Callie zu, streckte die Hand aus und fragte: „Wollen wir den beiden zeigen, wie man es richtig macht?"

Sprachlos sah Callie auf die dargebotene Hand. „Sir?"

„Aber, aber, Lady Calpurnia", flüsterte er neckend, „sagen Sie bloß nicht, Sie hätten Angst, Monsieur Latuffe würde Ihre Fähigkeiten kritisieren."

Callie straffte in gespielter Empörung die Schultern. „Gewiss nicht!"

„Na dann?"

Sie legte ihre Hand in die seine.

„Hervorragend."

Nick winkte dem Klavierspieler zu, einen weiteren Walzer anzustimmen, nahm sie in die Arme, und dann begannen sie, durch den sonnendurchfluteten Saal zu schweben. Während sie sich neigten und drehten, reckte Callie den Hals, um Juliana und Monsieur Latuffe im Auge zu behalten.

„Lady Calpurnia", sagte Nick schließlich, „wenn ich nicht so selbstsicher wäre, würde mich Ihr mangelndes Interesse zutiefst treffen."

Sofort richtete Callie die Aufmerksamkeit wieder auf Nick, lachte dann aber, als sie das Zwinkern in seinen Augen sah.

„Verzeihen Sie, Mylord. Ich habe mich nur bereitgehalten, mich ins Getümmel zu werfen, falls die beiden handgreiflich werden sollten.“

„Keine Sorge. Ich werde der Erste sein, der Latuffe zu Hilfe eilt, falls meine Schwester von den Gefühlen übermannt wird, mit denen sie so offensichtlich zu kämpfen hat.“ Er nickte zu Juliana hinüber. Callie folgte seinem Blick und sah, dass seine Schwester höchst verärgert wirkte.

„Es wäre doch schade, wenn Italien und Frankreich einen Krieg vom Zaun brächen, gerade wo Napoleon besiegt worden ist“, meinte Callie ironisch.

Nick grinste. „Ich tue wirklich mein Bestes, den Frieden zu erhalten.“

„Hervorragend“, sagte Callie in gespieltem Ernst. „Ist Ihnen aber auch klar, dass Sie unter Umständen selbst den Tanzlehrer geben müssen?“

Nick tat, als ließe er sich das durch den Kopf gehen. „Meinen Sie, der Pianist käme zurück?“

Callie, die das Spiel genoss, legte den Kopf schief und betrachtete den drahtigen jungen Mann am Pianoforte. „Vermutlich nicht, Sir. Was für ein Glück, dass Ihr Bruder ebenfalls ein Virtuose am Pianoforte ist.“

Die Worte waren gesagt, bevor sie bedacht hatte, was sie verrieten. Man musste Nick zugutehalten, dass er nicht ins Straucheln geriet. Er bedachte sie nur mit einem neugierigen Blick und fragte ruhig: „Woher wissen Sie denn, dass mein Bruder Klavier spielt, Lady Calpurnia?“

Callie zögerte, suchte verzweifelt nach einem Ausweg. „Das … das ist doch … allgemein bekannt, oder nicht?“ Sie bemühte sich um einen unschuldigen Blick.

Nicks Mundwinkel hob sich zu einem schiefen Grinsen. „Nein, ist es nicht. Ihre Bemühungen hätten mich allerdings überzeugt, wenn ich nicht sein Zwillingsbruder wäre. Wann haben Sie ihn spielen hören?“

Callie öffnete den Mund, schloss ihn wieder.

„Sollte ich vielleicht lieber fragen, *wo* Sie ihn haben spielen hören?"

Nahm er sie auf den Arm? Sie war ertappt worden, doch würde sie nicht kampflos untergehen. Sie sah Nick in die Augen und versetzte: „Nirgends."

Er beugte sich vor und flüsterte: „Lügnerin."

„Sir!", protestierte sie, „ich versichere Ihnen, dass Lord Ralston nicht …"

„Machen Sie sich nicht die Mühe, ihn zu verteidigen", sagte Nick lässig. „Sie vergessen, dass ich meinen Bruder sehr gut kenne."

„Aber wir haben doch gar nicht …" Callie unterbrach sich und spürte, wie ihr eine verräterische Röte in die Wangen stieg.

Nick hob eine Augenbraue. „Ach ja?"

Angelegentlich betrachtete Callie Nicks Krawattenknoten. Er ließ ein paar Augenblicke verstreichen und brach dann in Gelächter aus. „Keine Angst, Lady Calpurnia, Ihr Geheimnis ist bei mir bestens aufgehoben. Allerdings muss ich zugeben, ein wenig eifersüchtig zu sein. Schließlich weiß jeder, dass ich der hübschere St. John bin."

Da konnte auch sie sich ein Lachen nicht verkneifen, und dann schwenkte er sie so schnell herum, dass sie beinahe den Boden unter den Füßen verlor, um der Situation die Ernsthaftigkeit zu nehmen. Sie hob den Kopf und entdeckte, dass Nicks Augen vor jungenhaftem Vergnügen funkelten. Ihr Blick blieb an Nicks Narbe hängen, ehe sie sich besann und rasch wegsah.

„Das Ding sieht ziemlich übel aus, was?"

Callie sah ihn wieder an und musterte freimütig seine Wange. „Keineswegs. Eigentlich überraschend, aber ich habe viele Frauen sagen hören, dass sie Sie damit noch attraktiver finden."

Er zog eine Grimasse. „Die Damen sehen das zu romantisch. Ich bin kein Pirat, den es zu bessern gilt."

„Nein? Wie schade. Ich habe gehört, dass Sie ein halbes Jahrzehnt im Mittelmeer gesegelt sind, Schiffe geplündert und Unschuldige entführt haben."

„Die Wahrheit ist weit weniger aufregend.“

In gespieltem Entsetzen sah sie ihn an. „Sagen Sie bloß, Sie ziehen meine Version vor!“

Darüber lachten sie gemeinsam, und Callie fragte sich, wie es möglich war, dass sie sich in Nicholas St. Johns Gesellschaft so ungezwungen fühlte, während sein Zwilling solche Macht über ihre Gefühle hatte.

Es lag nun eine gute Woche zurück, seit sie Ralston zum letzen Mal gesehen hatte – seit er sie aus dem Fechtclub heraus- und in seine Kutsche hineingeschmuggelt hatte, um sie nach Allendale House zurückzubringen. In den dazwischenliegenden acht Tagen war sie mehrmals in Ralston House gewesen – um Julianas Unterricht zu beaufsichtigen oder um mit der jungen Frau und Mariana Tee zu trinken. Jedes Mal hatte sie gehofft, Ralston zu begegnen, hatte gehofft, dass er sich zu ihr gesellen würde. Bei einem Haus voller Dienstboten und einer so mitteilsamen Schwester hatte er sicher gewusst, wann Callie im Haus war.

Zweimal hatte sie in Erwägung gezogen, sich zu entschuldigen und ihn selbst aufzusuchen, hatte sich Dutzende von Methoden ausgedacht, wie sie eine Begegnung zwischen ihnen herbeiführen könnte, vom zufälligen Betreten seines Arbeitszimmers bis zu irgendwelchen erfundenen Gründen, warum sie mit ihm über seine Schwester reden musste. Bedauerlicherweise hatte es den Anschein, als gestaltete sich Julianas Debüt recht mühelos – in einer Woche würde sie auf ihren ersten Ball gehen –, und Callie hatte bisher nicht die Nerven gefunden, einfach Ralstons Arbeitszimmer zu betreten.

Was für eine Ironie, wenn man überlegte, dass sie bei ihrem allerersten Besuch die Unverfrorenheit besessen hatte, Ralstons Schlafzimmer aufzusuchen. Aber damals war die Situation eine andere gewesen. Es war um ihre Liste gegangen. Jetzt lagen die Dinge anders.

Sie hatte in Betracht gezogen, sich mithilfe der Liste Zutritt zu Ralston zu verschaffen – schließlich hatte sie versprochen, ohne seine Begleitung keinen weiteren Punkt auf der Liste in

Angriff zu nehmen, und sie war schon ziemlich versessen darauf, etwas Neues auszuprobieren. Aber die Vorstellung, dies auszunutzen, um ihn zu sehen, kam ihr ziemlich erbärmlich vor. Sie fühlte sich dann beinah wie ein Schoßhündchen, das seinem Herrchen eifrig hinterherhechelte. Nein. In Wahrheit wollte sie ihn nicht aufsuchen müssen. Sie wollte, dass das Intermezzo im Fechtclub, das für sie alles verändert hatte …, nun, dass es an ihm auch nicht ganz spurlos vorübergegangen war.

Sie wollte, dass er zu ihr kam. War das denn zu viel verlangt?

„Na … wenn das kein herzerwärmender Anblick ist!"

Die Musik verstummte, als diese trockene Bemerkung in den Ballsaal geworfen wurde, und Callie hielt den Atem an, als ihr das Objekt ihrer Träumereien plötzlich einen gelangweilten Blick zuwarf.

Mein Gott. Ich hab ihn herbeigezaubert.

Sie schüttelte den Kopf, um den albernen Gedanken zu verscheuchen, und wollte sich von Nick lösen, nur um festzustellen, dass dieser nicht daran dachte, sie freizugeben. Als sie ihn verwirrt ansah, zwinkerte er ihr zu und beugte sich zu ihr herunter. „Lassen Sie sich nicht in die Karten sehen. Wir haben nur miteinander getanzt."

Ihre Augen weiteten sich, als Nick sie langsam losließ, sich etwas zu tief vor ihr verneigte und ihr dann auf übertriebene Weise die Hand küsste. Callies Blick huschte zu Ralston, der lässig am Eingang des Ballsaals lehnte und sie beide mit unergründlichem Blick musterte. Sofort wurde ihr unbehaglich – und dann loderte Empörung in ihr auf. Nick hatte natürlich recht. Sie hatten nur miteinander getanzt. Warum also kam sie sich vor wie ein ungezogenes Kind, das man bei etwas Unartigem erwischt hatte?

„Lord Ralston", rief Latuffe aus und eilte auf den Marquess zu. „Wir fühlen uns geschmeichelt, dass Sie eine von Miss Fioris Unterrichtsstunden mit Ihrer Anwesenheit beehren."

„In der Tat", gab Ralston lässig zurück, doch sein Blick ruhte immer noch auf Nick und Callie.

„In der Tat! In der Tat! *Oui!*“, wiederholte der Tanzmeister eifrig und folgte dem Blick des Marquess. „Lord Nicholas und Lady Calpurnia waren mir eine große Hilfe, indem sie diesen schwierigen Stunden Frohsinn verliehen haben.“

„Das haben sie also getan? Ihren Stunden … Frohsinn verliehen?“ Ralstons trockener Ton traf sein Ziel. Callie hielt die Luft an und spürte, wie Nick sich verspannte.

„Oh ja“, bekräftigte der Tanzmeister. „Sehen Sie, Ihre Schwester lässt sich nicht formen, und sie …“

„Soll das etwa eine *Kritik* sein?“, unterbrach Juliana frech von der anderen Seite des Saals, worauf Callie sich überrascht zu ihr umdrehte. Juliana sah es und fügte hinzu: „Na, möchtest *du* etwa, dass es von dir heißt, du seiest leicht zu formen?“

„Genau darauf will ich hinaus! Genau darauf! *Précisement!*“ Latuffe wedelte verzweifelt mit den Händen. „Was ist das nur für eine junge Dame, die so respektlos mit ihrem Lehrer umgeht?“

Juliana runzelte die Stirn. Sie wandte sich dem Franzosen zu und sagte, ebenfalls aufgeregt herumfuchtelnd: „Wenn Sie vielleicht ein besserer *Lehrer* und kein so ein *idiota* wären, könnten Sie sich meinen Respekt verdienen!“

Auf diesen Ausbruch hin erstarrte der gesamte Raum. Bevor jemand das Wort ergreifen konnte, fuhr Monsieur Latuffe auf dem Absatz zu Ralston herum. Er begann zu reden, und seine Stimme wurde mit jedem Wort lauter. „Genau aus diesem Grund habe ich es mir zur Regel gemacht, niemals *gewöhnliche* Leute zu unterrichten. Dass es ihr beklagenswert an Manieren mangelt, ist ja nur allzu deutlich geworden!“ Er zog ein Taschentuch heraus und tupfte sich damit theatralisch die Stirn ab.

Die Stille im Raum war zum Schneiden dick. In Ralstons Wange zuckte ein Muskel, und dann befahl er mit eisiger Stimme: „Raus aus meinem Haus.“

Der Franzose sah Ralston überrascht an. „Sie können doch unmöglich zornig auf *mich* sein, Mylord.“

„Ich finde es immerhin erfrischend, dass Sie sich Ihrer Stellung bewusst sind, Latuffe", erklärte Ralston kühl. „Ich erlaube nicht, dass Sie derart respektlos mit meiner Schwester reden. Sie sind entlassen."

Latuffe begann unzusammenhängend zu stottern, bevor er schließlich aus dem Raum stürmte. Der Klavierspieler schlich ergeben hinter ihm her.

Die übrigen vier standen stumm da, bis Latuffe den Raum verlassen hatte. Dann klatschte Juliana entzückt in die Hände. „Habt ihr sein Gesicht gesehen? Ich möchte wetten, dass noch keiner so mit ihm gesprochen hat. Das war wunderbar, Gabriel."

„Juliana …", begann Callie, hielt jedoch inne, als Ralston die Hände hob.

„Juliana, verlasse den Raum."

Das Mädchen riss die Augen auf. „Du kannst damit doch nicht sagen wollen … ich wollte doch gar nicht …"

„Du wolltest den besten Tanzmeister in ganz London nicht aus dem Haus scheuchen?"

Juliana schnaubte verächtlich. „So gut ist er nun auch wieder nicht."

„Doch, das versichere ich dir."

„Das ist aber traurig für London."

Nicks Mundwinkel zuckten, während Ralston die Lippen zu einer dünnen Linie zusammenpresste. „Du musst lernen, deine Ansichten für dich zu behalten, Schwesterherz, sonst wirst du nie gesellschaftsfähig sein."

Julianas Blick verdüsterte sich, wie um anzudeuten, dass ihr Wille ebenso viel zählte wie der ihres Bruders. „Dürfte ich dann vorschlagen, dass du mich nach Italien zurückreisen lässt, Bruder? Glaube mir, dort würde ich dir sehr viel weniger Schwierigkeiten machen."

„Das bezweifle ich zwar nicht, aber wir haben uns auf zwei Monate geeinigt. Du schuldest mir noch fünf Wochen."

„Vier Wochen und fünf Tage", korrigierte sie scharfzüngig.

„Wenn es nur schon weniger wären. Geh auf dein Zimmer

und komm erst wieder, wenn du dich wie die Dame zu benehmen gedenkst, die du angeblich sein sollst."

Juliana musterte ihren älteren Bruder mit zornblitzenden Augen, machte auf dem Absatz kehrt und stürmte aus dem Ballsaal.

Callie sah ihr nach und warf Ralston dann einen vorwurfsvollen Blick zu. Kühl erwiderte er den Blick, als wollte er sie herausfordern, sein Verhalten zu kritisieren. Mit kaum merklichem Kopfschütteln, das ihre Enttäuschung anzeigen sollte, folgte Callie ihrer Schutzbefohlenen.

Ralston sah ihr nach, bevor er sich an Nick wandte. „Jetzt brauche ich etwas zu trinken."

Callie fand Juliana in ihrem Schlafzimmer, wo sie Kleider aus ihrem Schrank riss. Als sie den wachsenden Berg aus Seide und Satin sah, der zu Füßen der jungen Frau lag, und die verstörte Zofe, die unsicher in einer Ecke des Zimmers stand, strich Callie ihr Kleid glatt, setzte sich auf die Bettkante und wartete darauf, dass Juliana sie bemerkte.

Nach einer langen Weile, in der nur Julianas schwere Atemzüge und hin und wieder ein gemurmelter Satz Italienisch zu hören waren, wirbelte sie schließlich zu Callie herum, die Hände in die Hüften gestemmt. Julianas Blick war wild vor Enttäuschung, ihr Gesicht vor Aufregung und Zorn rot angelaufen. Sie atmete tief durch und verkündete dann: „Ich reise ab."

Callie hob überrascht die Augenbrauen. „Wie bitte?"

„Ich reise ab. Ich kann hier nicht länger bleiben. Keine Minute länger!" Sie wandte sich ab und wuchtete einen großen Schrankkoffer aufs Bett, unter einer leisen Tirade, von der Callie die italienischen Worte für Bruder, Bulle und Artischocke zu erkennen meinte.

„Juliana …", begann Callie vorsichtig, „findest du nicht, dass du hier mit Kanonen auf Spatzen schießt?"

Ungläubig wandte sich Juliana zu ihr um. „Kanonen? Spatzen? Warum sollte ich auf Spatzen schießen?"

Callie unterdrückte ein Lächeln und erklärte: „Ich meine, ist deine Reaktion nicht ein wenig übertrieben? Das mit der Kanone und den Spatzen ist nur eine Redewendung."

Juliana legte den Kopf schief und ließ sich das durch den Kopf gehen. Schließlich schüttelte sie den Kopf. „Nein, gar nicht! Eigentlich hätte ich sogar gedacht, er würde früher erkennen, dass er mich hasst." Sie begann, die Kleider in den Koffer zu stopfen. Ihre Zofe warf Callie einen Blick zu, entsetzt über die raue Behandlung, die ihre Herrin den Roben angedeihen ließ.

Callie hätte gelacht, wenn die Situation nicht so aufgeladen gewesen wäre. „Er hasst dich doch nicht."

Juliana hob den Kopf; offenbar glaubte sie ihr nicht. „Nein? Hast du *gesehen*, wie er mich angeschaut hat? Hast du gehört, wie er gesagt hat, er wünschte, ich wäre schon weg?"

Callie konnte sich nicht helfen, sie musste über die maßlose Empörung der jungen Frau ein wenig lächeln – eine Empörung, die sich nur noch steigerte, als Juliana die Belustigung ihrer Freundin bemerkte. „Findest du das etwa amüsant?", fragte sie anklagend.

„Aber nein … na ja, ein bisschen", räumte Callie ein, weil sie sah, wie Juliana puterrot anlief. „Weißt du, du bist es einfach nicht gewohnt, einen großen Bruder zu haben."

„Nein – und anscheinend habe ich jetzt einen, der sich aus seiner Rolle herzlich wenig macht!"

„Unsinn. Er betet dich an. Das tun sie alle beide."

„Ha! Da irrst du dich aber gewaltig! Ich bin für sie nichts als eine Riesenenttäuschung!" Sie wandte sich wieder ihrem Schrank zu und begann, Schuhe aus seinen Tiefen hervorzuzerren. Ihre Stimme war nur gedämpft zu hören, als sie fortfuhr: „Ich bin eine … Bürgerliche … eine Italienerin … Katholikin." In den Pausen warf sie die Schuhe hinter sich.

„Ich versichere dir, dass Ralston sich aus alledem nichts macht."

„Ha!" Schwer atmend drehte Juliana sich zu Callie um. „Vielleicht nicht! Aber ich versichere dir, dass er sich garantiert etwas daraus macht, dass ich die Tochter seiner Mutter bin … einer Frau, die er verachtet."

Callie schüttelte den Kopf. „Ich kann mir nicht vorstellen, dass er dich für die Fehler deiner Mutter …"

„Du hast leicht reden, Callie. *Du* hattest schließlich nicht unsere Mutter!" Callie schwieg, während Juliana begann, Schuhe in den Koffer zu werfen. „Unsere Mutter war eine furchtbare Frau. Kalt und absolut fasziniert von sich selbst. Ich erinnere mich nur an sehr wenig, außer dass sie immer *uno specchio* mit sich herumtrug – einen Spiegel, damit sie sich immer betrachten konnte." Sie verlor sich in ihren Erinnerungen. „Und sie wollte nie angefasst werden. Sie hatte immer Angst, dass ihre Kleider zerknittern oder Flecken bekommen könnten."

Julianas Stimme wurde leiser. „Sie hat mir nicht erlaubt, sie zu berühren. ‚Kinder haben schmutzige Hände', hat sie immer gesagt. ‚Wenn du einmal älter bist, wirst du mich verstehen.'" Sie schüttelte den Kopf. „Aber ich verstehe es nicht. Welche Frau würde nicht wollen, dass ihre Tochter sie berührt? Dass ihre Söhne sie berühren? Wie konnte sie uns nur alle verlassen?"

Sie sah auf den Koffer, in dem sich in wildem Durcheinander Kleider, Schuhe und Unterwäsche türmten. „Ich habe immer davon geträumt, Brüder zu haben – die ich berühren dürfte. Die mir erlauben würden, schmutzig zu sein. Die mit mir spielen würden. Und mich beschützen. *Una famiglia.*" Ein Lächeln huschte über ihr Gesicht. „Und nun stellt sich heraus, dass ich welche habe. Sie hat mir welche geschenkt."

„Das zumindest ist etwas Gutes, das sie für dich getan hat." Callie ging neben Juliana in die Hocke und legte den Arm um das junge Mädchen.

„Und jetzt habe ich alles kaputt gemacht."

Callie schüttelte den Kopf. „Streit kann vorkommen. Glaub mir, er will nicht, dass du abreist."

Juliana sah Callie an. Ihre blauen Augen sahen Ralstons so ähnlich. „Ich könnte sie lieben."

Callie lächelte. „Gut. Genau wie es sein soll."

„Was ist, wenn für mich hier kein Platz ist? Ich bin ganz anders als sie. Und was ist, wenn ich trotzdem nirgends anders hingehöre?“

Callie hielt das Mädchen fest umarmt, während Juliana ihre Fragen stellte – deren Antwort entscheidend für ihre Zukunft waren.

Und während sie schweigend dahockten, erkannte Callie, dass nur Ralston Juliana davon überzeugen konnte, dass hier ihr angestammter Platz war, auf den sie ein Anrecht hatte.

Sie musste ihn suchen gehen.

15. KAPITEL

Eine so harsche Kritik hat Juliana nicht verdient."
Ralston drehte sich von dem großen Fenster weg, das auf den Park von Ralston House hinausging, und sah seinem Zwillingsbruder in die Augen. „Sie hat ihren Tanzmeister einen Idioten geheißen."

„Nun, um ihr Gerechtigkeit widerfahren zu lassen – ganz falsch lag sie damit ja nicht." Nick ging zu Ralston und bot ihm ein Glas Whisky an, das sein Bruder gern annahm. Schweigend standen die beiden am Fenster und sahen dem Spiel der Sonnenstrahlen im Blätterdach zu, das unregelmäßige Schatten auf die Erde malte.

Nach einer Weile warf Ralston seinem Bruder einen Blick zu. „Verteidigst du sie?"

„Keineswegs. Deine Reaktion war jedoch ein bisschen viel für sie. Sie ist empfindsamer, als sie aussieht."

Ralston nahm einen großen Schluck Whisky. „Wenn ich an den mörderischen Blick denke, den sie mir zuwarf, bin ich mir nicht so sicher, ob sie überhaupt etwas Empfindsames an sich hat."

„Möchtest du mir vielleicht erklären, was dich so aufgeregt hat?"

„Nein", versetzte Ralston.

Nick wandte sich vom Fenster ab und ging zu einem großen Sessel am Kamin. Er setzte sich, nahm einen großen Schluck und wartete ab. Der Blick, den Ralston seinem Bruder über die Schulter hinweg zuwarf, hätte einen geringeren Mann in die Flucht geschlagen. Nick jedoch lehnte sich zurück und meinte: „Mir scheint, sobald du Lady Calpurnia und mich hast tanzen sehen, hat es bei dir prompt ausgesetzt."

„Das ist reichlich übertrieben."

„Finde ich nicht, Gabriel. Du hast den Pianisten in Angst und Schrecken versetzt, den Tanzmeister gefeuert und unsere Schwester aus dem Zimmer geworfen, ganz zu schweigen von deiner Andeutung, ich sei kein echter Gentleman."

„Willst du etwa behaupten, du hättest nicht völlig schamlos mit der Dame geflirtet?" Ralstons Stimme klang fast schon mürrisch.

„Geflirtet? Ja. Schamlos? Nein."

Ralston sah wieder auf den Park hinaus. Natürlich hatte Nick nicht schamlos geflirtet.

Als sie herangereift waren, hatten die Zwillinge höchst unterschiedliche Wege gewählt, um den Einfluss ihrer Mutter abzuschütteln, die den Ruf der Ralstons so nachhaltig geschädigt hatte. Während Gabriel es genossen hatte, den niedrigen Erwartungen des *ton* gerecht zu werden, was seine Frauengeschichten anging, war Nick den Erwartungen von Anfang an entkommen, indem er beinahe ein Jahrzehnt auf dem Kontinent verbracht und sich mit der Antike beschäftigt hatte. Natürlich hatte sein Bruder auch Affären gehabt, doch Ralston hatte nie erlebt, dass Nick sich so öffentlich an eine Frau gebunden hatte, dass Gerüchte aufgekommen wären. Und das Ergebnis? Beide Zwillinge waren bei den Frauen begehrt, doch aus sehr verschiedenen Gründen. Ralston war ein stadtbekannter Lebemann, Nick der vollkommene Gentleman.

„Wir haben sogar von dir geredet", fügte Nick hinzu, was seinem Bruder einen überraschten Blick entlockte. Der jüngere St. John nutzte die Chance, seinen Punkt zu verdeutlichen. „Sag mir etwas. Woher weiß Lady Calpurnia, dass du gut spielst?"

Ralston machte eine kurze Pause, in der er die Frage überdachte. „Dass ich was gut spiele?"

„Das Pianoforte", erklärte Nick, als spräche er mit einem Kind.

„Weiß ich nicht."

Nick seufzte tief. „Du magst mir ja ausweichen, aber die Sache ist doch ziemlich offensichtlich, Gabriel. Die einzige Möglichkeit, wie sie in Erfahrung hätte bringen können, dass du ein Virtuose am Pianoforte bist, wie sie es ausgedrückt hat, ist, dass sie dich gehört hat. Und ich glaube nicht, dass ich dich je außerhalb deines Schlafzimmers habe spielen sehen. Eine solche Angewohnheit ist nicht unbedingt etwas, womit ein Marquess groß angibt."

Er hielt inne, wartete darauf, dass sein Bruder etwas sagte. Als Ralston schwieg, fuhr Nick fort: „Dann ist sie also deine Geliebte."

„Nein." Ralstons Antwort kam wie aus der Pistole geschossen. Sein Ton war scharf wie Säure, und er drehte sich in ungezügelter Heftigkeit zu seinem Bruder um. „Sie ist nicht meine Geliebte. Und den nächsten Mann, der es wagt, darüber Spekulationen anzustellen, fordere ich zum Duell. Ganz egal wer er ist."

Die Drohung war eindeutig.

Überrascht blinzelte Nick seinen Bruder an. „Na so was. Das war erhellend. Ich muss gestehen, es freut mich, das zu hören. Ich hatte schon gehofft, dass sie ihre Ehre nicht so leichthin aufgibt."

Da Ralston nichts erwiderte, sondern seinen Bruder nur wütend anfunkelte, fuhr Nick fort: „Dir ist natürlich klar, dass sie nicht zu den Frauen gehört, mit denen du sonst etwas anfängst."

„Ich habe nichts mit ihr angefangen."

„Nein, natürlich nicht." Nick winkte lässig ab. „Es ist ja auch völlig normal, dass du mich an einem Tag zweimal wegen einer Frau angehst."

„Ich bemühe mich, ihren guten Ruf zu wahren. Sie ist eng mit Juliana verbunden. Wir können nicht riskieren, dass uns irgendwelcher Klatsch ins Haus kommt", erklärte Ralston in einem Versuch, Nick abzulenken.

„Bisher hast du dir doch auch nie etwas aus einem guten Ruf gemacht", sagte Nick trocken.

„Bisher hatte ich auch keine Schwester."

Ungläubig hob Nick eine Augenbraue. „Ich glaube nicht, dass es hierbei überhaupt um Juliana geht. Ich glaube, es geht um Lady Calpurnia. Und ich glaube, dass du mehr riskierst als ihren guten Ruf."

„Jedenfalls besteht kein Grund zu der Annahme, dass du mir gegenüber ihre Ehre verteidigen müsstest, Nick. Du hast doch gesehen, was für einen Blick sie mir zugeworfen hat, bevor sie Juliana nachgegangen ist. Es würde mich nicht überraschen, wenn dies das letzte Mal gewesen wäre, dass ich Lady Calpurnia Hartwell zu Gesicht bekommen habe."

„Wärst du über eine solche Wendung denn froh?"

„Aber ja."

„Dann wäre es in Ordnung, wenn ich ihr den Hof machen würde?"

Die Worte trafen Ralston wie ein Schlag. Er spannte sich an, begegnete dem amüsierten, wissenden Blick seines Bruders mit zusammengekniffenen Augen.

„Wie ich sehe, wäre es nicht in Ordnung. Interessant."

„Du gehst zu weit, Nick."

„Vermutlich. Aber irgendjemand muss dir ja die Wahrheit vor Augen führen."

„Die da wäre?"

„Calpurnia Hartwell ist nicht die richtige Sorte Frau für dich."

„Welche Sorte Frau ist sie denn?"

„Die Sorte, die sich Liebe wünscht."

„Liebe." Ralston spuckte das Wort förmlich aus. „Callie ist nicht so dumm, an Märchen zu glauben. Man wird nicht so alt wie sie, ohne zu erkennen, dass Liebe eine Illusion ist."

„Aha, Callie nennst du sie schon?"

„Sei froh, dass ich dir nicht auf der Stelle eine verpasse", knurrte Ralston.

„Mmmmh", meinte Nick unbestimmt. Er sah seinen Bruder einen langen Moment an, stand auf und ging zur Tür. Dort drehte er sich noch einmal um. „Eines noch. Und diesmal bitte die Wahrheit. Bist du hinter ihr her?"

Ja. „Nein", spottete Ralston. „Was sollte ich denn wohl mit einem so reizlosen, spröden Ding anfangen?" *In Wirklichkeit gar nicht so reizlos, gar nicht so spröde.* Ralston schob den Gedanken beiseite. „Hast du je erlebt, dass ich einer Frau wie ihr den Hof gemacht hätte? Ich brauche sie wegen Juliana. Das ist alles. Es ist nicht meine Schuld, wenn sie mich attraktiv findet."

Sein Bruder nickte und öffnete die Tür, die bis jetzt angelehnt gewesen war. Auf der anderen Seite stand Callie, totenbleich und mit weit aufgerissenen Augen. Wenn Ralston seine Gefühle nicht so gut unter Kontrolle gehabt hätte, hätte er jetzt heftig geflucht.

Es war offensichtlich, dass sie alles mit angehört hatte.

Für Juliana hatte Callie keinen Gedanken mehr übrig. Sie blickte von einem Bruder zum anderen, öffnete den Mund, da sie das Gefühl hatte, etwas sagen zu müssen.

Natürlich gab es nichts zu sagen. Ralston hatte genug geredet.

Sie atmete tief durch, während seine Worte noch im Raum nachzuhallen schienen. *Was sollte ich denn wohl mit einem so reizlosen, spröden Ding anfangen?* Nun ja. Wenigstens kannte sie jetzt die Wahrheit. Darin musste sie doch irgendwo Trost finden können.

Im Moment natürlich nicht, aber … bestimmt irgendwann … irgendwann in der Zukunft … Seine Worte bereiteten ihr fast körperliche Schmerzen.

Und urplötzlich verspürte sie Zorn, der wie ein heftiger, willkommener Sturm in ihr aufbrandete.

Sie wünschte sich nichts mehr, als es diesem arroganten, aufgeblasenen Mann heimzuzahlen, der nicht den Eindruck erweckte, ein Gentleman zu sein.

„Na", sagte sie beim Eintreten, und ihre Stimme troff vor Sarkasmus, „Sie scheinen ja ziemlich von sich eingenommen, Mylord."

Bei diesen Worten schossen zwei Paar Augenbrauen in die Höhe. Sie ließ den Marquess nicht aus den Augen, hörte aber, wie Nick überrascht hüstelte und sagte: „Ich glaube, ich schaue mal nach Juliana. Vielleicht ergeht es ihr ein bisschen besser als meinem Bruder."

Er verbeugte sich tief, obwohl Callie ihn vollkommen ignorierte, verließ den Raum und schloss die Tür mit einem leisen Klicken hinter sich.

Darauf wurde Callie munter. „Wie können Sie es nur wagen?"

Gabriel ging auf sie zu. „Ich wollte doch nicht …"

Sie gebot ihm mit erhobener Hand zu schweigen. „Sie haben die Tanzstunde Ihrer Schwester ruiniert, ganz zu schweigen von unserem Nachmittag."

Er blieb stehen, verblüfft vom plötzlichen Themenwechsel. „Sie hat sich die Tanzstunde schon selbst ruiniert, finden Sie nicht?"

„Nein. Ich finde, Sie haben sie für sie ruiniert. Und für uns auch." Sie richtete sich zu ihrer vollen Größe auf und straffte die Schultern. „Und da Sie mich Julianas wegen brauchen, wäre ich Ihnen verbunden, wenn Sie sich in Zukunft von unserem Unterricht fernhielten, bevor Sie uns noch mehr Stunden verderben."

Er blinzelte, als er diese in eisigem Ton vorgetragenen Worte vernahm, und sagte dann kühl: „Ich hatte den Eindruck, als hätten Sie es genossen."

Trotzig hob sie das Kinn. „Stellen Sie sich vor, das habe ich auch. Es ist sehr bedauerlich, dass der Nachmittag so abrupt geendet hat." Sie sah ihn von oben herab an und machte dann auf dem Absatz kehrt, um den Raum zu verlassen. Gerade hatte sie die Hand auf den Türknauf gelegt, da drehte sie sich noch einmal um. „Sie sollten sich bei Ihrer Schwester entschuldigen."

Er schnaubte spöttisch. „Wofür denn?"

„Sie ist jung und allein und hat schreckliche Angst, dass sie Sie enttäuschen könnte, Lord Ralston. Über mich können Sie ja sagen, was Sie möchten, aber versuchen Sie doch bitte daran zu denken, dass sie recht empfindsam ist. Und dass sie Sie braucht."

„Ich bin kein Ungeheuer.“

Sie lächelte ausdruckslos. „Nein. Natürlich nicht.“

Er konnte sich des Eindrucks nicht erwehren, dass sie das selbst nicht glaubte.

Da sie Anstalten machte, das Zimmer zu verlassen, sagte er rasch: „Steht er auf Ihrer Liste?“

„Wie bitte?“, fragte sie steif und wandte sich mit königlicher Verachtung zu ihm um.

Er erklärte, als hätte er es mit einem Einfaltspinsel zu tun: „Nicholas, Callie. Mein Bruder. Steht er auf Ihrer Liste? *Punkt 3: St. John an Land ziehen?*“

Callie riss die Augen auf. „Sie glauben, Ihr Bruder steht auf meiner Liste?“

„Genau das glaube ich.“ In seinen Augen flackerte ein Gefühl, das sie nicht recht einordnen konnte. „Und, stimmt es?“

Sie konnte das Gelächter nicht unterdrücken, das angesichts dieser albernen Frage in ihr aufstieg. „Nein, Ralston, das stimmt nicht. Ich versichere Ihnen, wenn ich einen Mann auf meiner Liste stehen hätte, dann sicher nicht Ihren Bruder.“

„Wen denn dann?“

Wider jedes bessere Wissen wärst du es, du Klotzkopf. „Das Gespräch ist für mich beendet.“ Callie wandte sich wieder zur Tür zurück. Und dann stand er neben ihr, packte sie an der Hand und wirbelte sie zu sich herum. Als sie seine Wärme spürte, zuckte sie zusammen; sie bemühte sich, ihre Panik zu ignorieren.

„Für mich aber nicht.“

„Lord Ralston“, begann Callie mit zornblitzendem Blick, „Sie scheinen unter dem Eindruck zu stehen, dass ich Ihren Launen in irgendeiner Weise verpflichtet bin. Erlauben Sie, dass ich Sie korrigiere. Ihre Dienstboten und Ihre Familie mögen Sie ja nach Gutdünken herumkommandieren, aber ich bin weder das eine noch das andere. Und auch wenn Sie mich für ein reizloses, sprödes Ding halten, das immer nur *abwartet*, habe ich genug davon, von Ihnen herumgeschubst zu werden. Ich gehe jetzt.“

Er zuckte ein wenig vor ihrem Zorn zurück. „Ich habe nie behauptet, dass Sie immer nur *abwarteten*. An Ihnen ist überhaupt nichts Passives."

Sie entriss ihm ihre Hand und funkelte ihn wütend an. Einen Augenblick glaubte er fast, sie wollte ihm etwas antun.

Als sie auf dem Absatz kehrtmachte und die Hand nach dem Türknopf ausstreckte, legte er die Hand auf die Tür und drückte sie zu. „Sie mögen weder meine Dienstbotin noch ein Mitglied meiner Familie sein, Calpurnia, aber wir haben eine Übereinkunft getroffen."

Bei diesen Worten erstarrte sie. „Ich habe meine Seite der Abmachung erfüllt."

„Julianas Benehmen heute Nachmittag beweist das Gegenteil."

„Ach, ich bitte Sie", sagte Callie verächtlich, „wir wissen doch beide, dass sie so weit ist."

„Ich weiß nichts dergleichen. Und ich werde beurteilen, wann sie so weit ist."

„Als wir unser Abkommen trafen, war von derartigen Bedingungen keine Rede."

„Sie wurden aber auch nicht ausdrücklich ausgeschlossen. Ich stelle sie eben jetzt. Sie haben bekommen, was Sie wollten. Oder haben Sie das vergessen?" Bei diesen Worten lief ihr ein Schauer den Rücken hinunter. Er stand hinter ihr, und sie spürte seinen warmen Atem auf ihrem bloßen Hals. Hitze durchzuckte sie.

„Ich habe es nicht vergessen." Die Worte kamen ihr wie von selbst über die Lippen, und sie schloss kurz die Augen.

Darauf legte er ihr die Hand auf den Arm und drehte sie zu sich um, ganz ohne Druck auszuüben. Der Zorn war aus ihrem Blick verschwunden, hatte einer ganzen Reihe von Gefühlen Platz gemacht. „Ich auch nicht. Nicht dass ich es nicht versucht hätte."

Bevor sie noch überlegen konnte, was damit wohl gemeint war, drückte er seine Lippen auf die ihren, und sie konnte nicht mehr denken.

„Ich habe versucht, den Kuss zu vergessen … und die Fahrt in der Kutsche … und den Fechtclub … aber irgendwie gehst du mir einfach … nicht mehr aus dem Sinn.“

Beim Sprechen küsste er sie – lange, betörende Küsse, Küsse, die ihre Sinne aufwühlten. Dann geleitete er Callie durch das Zimmer zu einem großen Sessel am Kamin und ließ sie dort Platz nehmen. Er kniete vor ihr hin, umfasste eine Wange mit starker, warmer Hand und warf ihr einen glühenden Blick zu.

Kopfschüttelnd, so, als wüsste er nicht recht, was über ihn gekommen war, küsste er sie noch einmal, knurrte dabei tief in der Kehle. Sie grub die Hände in sein dichtes, dunkles Haar, während er ihre Unterlippe zwischen die Zähne nahm und daran knabberte und leckte, bis sie glaubte, sie müsste vergehen, so intensiv war die Empfindung. Sie wimmerte, und er belohnte sie, indem er den Kuss vertiefte und ihr alles gab, was sie sich wünschte.

Plötzlich löste er sich aus dem Kuss, schob eine Hand unter ihre Röcke und liebkoste die Innenseite ihrer Schenkel. Er verlagerte ihr Gewicht, strich ihr mit den Lippen von der Wange bis zum Ohr, biss sanft zu, während er leise auf sie einredete, wobei die Worte mehr Empfindung als Geräusch waren.

„So weiche Haut …“, flüsterte er und ließ die Finger über die Innenseite ihrer Oberschenkel gleiten. Er machte Callie ganz verrückt vor Begehren. „Ich frage mich, wie du dich wohl hier fühlst …“ Er kniete sich etwas anders hin, um besser Zugang zu ihren Oberschenkeln zu bekommen, dort, wo sie seine Berührung am meisten ersehnte. „Jetzt, wo ich es weiß … werde ich immer daran denken müssen, wie sich diese weiche, wunderbare Haut anfühlt …“ Er drückte ihr einen zarten, genüsslichen Kuss auf den Nacken und ließ die Hand weiter nach oben wandern, näher an ihre Mitte.

Callie fuhr ihm mit den Händen über die Brust, über die Schulter, voller Sehnsucht, ihm nahe zu sein, seufzte, presste sich an ihn, drängte sich gegen die Hand an der verborgenen, dunklen Stelle, die sie erst kürzlich entdeckt hatte. Er lächelte an ihrem Hals, zog sich bedächtig zurück, strich leicht über ihre Beine. Dann rückte er von ihr ab, und sie öffnete die Augen.

„Ich gehe nirgendwohin, Kaiserin", sagte er mit verwegenem Lächeln. „Ich will dich nur besser sehen können."

Ehe sie noch begriff, was er damit meinte, hatte er ihre Röcke schon hochgehoben. Rasch richtete sie sich auf. „Nein …", sagte sie, verlegen von der bloßen Vorstellung, dass er eine so intime Stelle *anschauen* wollen könnte.

Er streckte die Hand aus, schob sie ihr in den Nacken und zog sie zu sich herunter, um sie zu küssen. Als sie wieder ganz weich und nachgiebig geworden war, gab er sie wieder frei und sagte: „Oh, ja, Kaiserin."

Dann schob er noch einmal ihre Röcke hoch und teilte sanft ihre Schenkel, streichelte sie dort mit starken, erfahrenen Händen. „So glatt, so weich", murmelte er, drückte weiche, nasse Küsse auf die Innenseite eines Knies und legte einen warmen, verruchten Pfad aus Küssen über ihren Schenkel, bis sie sich ihm öffnete. Callie schloss die Augen vor diesem sündhaften Anblick, konnte aber nicht anders, als sich ihm zu öffnen, als er sie darum bat – sie war nun vollkommen in seiner Gewalt, ein Opfer der Leidenschaft.

Als er die Stelle erreicht hatte, wo sich ihre Schenkel trafen, rückte er ein Stück von ihr ab und bewunderte die dunklen, glänzenden Löckchen, die den Eingang zu ihrem Geschlecht verdeckten. Er strich über das weiche Haar, worauf sie heftig zusammenzuckte. Sie öffnete die Augen und begegnete seinem verhüllten Blick. Als er antwortete, drang seine Stimme in sie, genau wie seine Finger an ihrer Pforte spielten. „Diesen Moment habe ich mir nachts immer wieder vorgestellt, wenn ich allein in meinem Bett lag. Ich habe an dich gedacht, wie du vor mir liegst, offen, für mich allein."

Begierde breitete sich in ihr aus wie flüssige Lava.

„Ich habe mir vorgestellt, dass ich dich so berühren würde … dich öffnen, liebkosen würde …" Seine Worte spiegelten das wider, was er tat. Er teilte ihr Geschlecht, streichelte die heißen, feuchten Lippen. Sie keuchte, drängte ihm die Hüften entgegen, flehte im Stillen nach mehr. Sanft umkreiste er ihre Knospe mit der Fingerspitze und beobachtete, wie sie unter den Empfindungen zusammenzuckte.

Wieder drängte sie sich ihm entgegen, doch diesmal ließ er die Hände von ihr abgleiten … von der Stelle, wo die Welt zu beginnen und zu enden schien, und sie schrie empört auf. Einen Augenblick dachte sie schon, er wolle aufhören, doch stattdessen legte er die Lippen auf die Stelle, die eben noch von seinen Fingern liebkost worden war.

Nach einer Weile hob er den Kopf und fragte: „Berührst du dich selbst, meine Schöne?“ Er ließ den Finger über ihre feuchte Knospe gleiten.

Callie kniff die Augen zusammen … sie konnte nichts sagen … konnte nicht antworten … konnte seinen Blick nicht erwidern, dunkel vor kontrollierter Leidenschaft. Aber er ließ sie nicht davonkommen.

„Kaiserin“, schmeichelte er, während er mit einem Finger an ihrer Pforte spielte, „antworte mir. Tust du es?“ Die Worte waren kaum lauter als ein Flüstern, ein schamloses, lüsternes Raunen, auf das sie unmöglich reagieren konnte. Auf das sie unmöglich *nicht* reagieren konnte.

Sie nickte, biss sich mit einem leisen Stöhnen auf die Zunge. Ihre Wangen liefen feuerrot an, in einer Mischung aus Leidenschaft und Verlegenheit. Weiß blitzten seine Zähne auf, und dann nahmen seine Finger die quälenden Liebkosungen wieder auf.

„Hier etwa?“ Das Wort war nur ein Hauch, der über ihre Schenkel strich, während er mit einem Finger tief in sie eindrang und den Daumen auf die Stelle setzte, die sie besonders entflammte. „Berührst du dich da?“

Sie keuchte auf. „Ja!“

Ein zweiter Finger gesellte sich zu dem ersten, rieb und liebkoste sie und sandte Pfeile der Lust durch ihren Körper – der nicht mehr unter ihrer Kontrolle stand. Er gehörte ihm. Sie hatte immer gewusst, dass es so sein würde.

„Woran denkst du, wenn du dich hier berührst?“ Die Worte wurden an ihre Haut gehaucht, während er sich unter Küssen von ihrem Oberkörper zu der Stelle vorarbeitete, wo seine Hände ihr bereits den Verstand raubten. Sie biss sich auf die Lippe – sie konnte es ihm nicht sagen, konnte nicht antworten.

Er drückte einen Kuss auf ihren Bauch und sah zu ihr auf. „Kaiserin …“ Sein Ton war schmeichelnd, und nun hätte sie nichts lieber getan, als ihm alles zu erzählen – irgendetwas.

Sein Finger drang noch tiefer in sie ein, sein Daumen umkreiste die kleine feurige Knospe, und sie drängte sich seiner Berührung entgegen, begierig auf mehr, während er sich langsam entzog. Sie öffnete die Beine noch weiter und wimmerte, weil er die Liebkosung unterbrochen hatte, nur um im nächsten Augenblick aufzukeuchen, als er in die Härchen auf ihrem Venushügel blies und sie keinen klaren Gedanken mehr fassen konnte.

„Meine Schöne …“ Sein Ton war träge. Wenn er nicht ebenso schwer geatmet hätte wie sie, hätte sie gedacht, das Ganze ließe ihn völlig unberührt.

Sein Daumen teilte die feuchten Lippen, die ihr Innerstes bedeckten, und einen Moment versteifte sie sich, peinlich berührt von seinem Interesse. Sein Blick wanderte an ihrem Leib nach oben, bis er dem ihren begegnete – in seinen durchdringend blauen Augen lag eine Verheißung, die sie nicht ganz verstand, nach der sie sich aber dennoch verzehrte.

„Callie …“ Sein Atem berührte sie in ihrem Innersten, so heiß und intensiv.

„Ich …“ Er blies kühle Luft auf sie, ein Luftstrom, der sie genau dort reizte, wo ihre Lust zusammenfloss. Sie keuchte. Er brachte sie um.

„An wen denkst du?“

Sie ertrug es nicht länger.

„An dich.“

Die Worte schienen in einem Schrei zu enden, als er sie mit den Lippen für ihre Ehrlichkeit belohnte. Seinen Mund auf sich zu spüren war für Callie eine unglaubliche Erfahrung. Sie grub die Hände in sein Haar, während er leckte, saugte, die Zunge kreisen ließ, bis sie beinahe den Verstand verlor. Seufzend vor Lust, schob sie sich vor, eine Bewegung, mit der sie nach mehr bettelte, obwohl sie gleichzeitig vor Scham fast verging.

Als seine Zunge die geschwollene, reife Knospe fand, sie fest umkreiste und eine Welle der Lust auslöste, rief Callie seinen Namen und packte ihn bei den Schultern, um ihn wegzustoßen, um sich näher an ihn zu ziehen. Darauf griff er nach ihren Hüften, damit sie stillhielt, schloss die Lippen über ihrer geheimsten Stelle und begann zu saugen. Mit seinem nur allzu geschickten Mund brachte er sie bis an den Rand des Höhepunkts.

„Nein …“, keuchte Callie und schüttelte den Kopf, um sich gegen die machtvollen Empfindungen zu wehren, die sie durchpulsten, „Gabriel … hör auf …“

Das ignorierte er, leckte fester, saugte stärker, drang mit einem erfahrenen Finger tief in sie ein, um noch mehr süße Feuchtigkeit zum Fließen zu bringen. Und dann, als wüsste er genau, was ihr Körper brauchte, beschleunigte er die Bewegungen, Finger und Zunge in perfektem Einklang, bis Callie von einer Welle der Leidenschaft und Lust mitgerissen wurde. Gerade als sie glaubte, es nicht länger ertragen zu können, brach die Welle, und Callie barst mit ihr, konnte nichts anderes mehr tun, als sich der reinen Empfindung zu überlassen. Sie schrie seinen Namen, als um sie die Welt zersplitterte.

Sein Mund wurde weicher, seine Finger hielten still, während sie allmählich wieder in den Tag, den Raum zurückfand. Er hob den Kopf und beobachtete sie aufmerksam, als sie die Augen öffnete und seinem Blick begegnete, der von Leidenschaft und Befriedigung und etwas anderem erfüllt war, was sie nicht benennen konnte. Er beugte sich vor und bemächtigte sich ihrer Lippen mit einer dunklen Intensität, die ihr fremd war. Sein Kuss fühlte sich mehr wie ein Brandzeichen denn wie eine Liebkosung an.

Im nächsten Moment entzog er sich ihr und sagte mit harscher Stimme: „Du willst mich also doch."

Die Worte drangen durch den Nebel an Gefühlen, der sie umgab, und sie versteifte sich sofort. Mit lebhafter Klarheit erkannte sie, was er damit sagen wollte. Nicht die Leidenschaft hatte ihn dazu getrieben, sie am helllichten Tag in seinem Arbeitszimmer zu befriedigen, sondern das Bedürfnis, sich und seine männliche Überlegenheit zu beweisen. Das hier war nichts weiter als ein Wettbewerb; sie war nichts anderes als eine Trophäe.

Er wollte sie nicht ... natürlich nicht. Sie war ja auch *reizlos und spröde*.

Bei dem Gedanken wurde ihr eiskalt. Callie richtete sich auf und schob ihn mit aller Kraft von sich, sodass er zurücktaumelte. Mit einem Mal wollte sie unbedingt weg von seinem Mund, seinen Händen, seiner Hitze. Sie stand auf, strich aufs Geratewohl ihre Röcke glatt, stolperte an ihm vorbei und eilte zur Tür. Hauptsache weg von ihm.

„Callie ...", sagte er, stand ebenfalls auf und folgte ihr. Sie drehte sich um, sah, dass er dicht hinter ihr stand, und streckte die Hand aus, als könnte sie ihn dadurch aufhalten. Als könnte sie dadurch verhindern, dass er zu fest in ihrem Herz Wurzeln schlug. Als wäre es dafür nicht schon längst zu spät.

Mit zerzaustem Haar, aufgelöstem Krawattentuch, aufgeknöpfter Weste bot Ralston ein Bild der Ausschweifung. In diesem Augenblick stand außer Frage, dass Gabriel St. John, Marquess of Ralston, ein Wüstling reinsten Wassers war. Ein Intermezzo wie dieses hatte er sicher schon mit zahllosen anderen Frauen gehabt – vermutlich um sich auf genau dieselbe Art zu beweisen. Callie schüttelte den Kopf. Sie war enttäuscht von sich. Dass sie ihm nichts bedeutete, war so offensichtlich. Wieso hatte sie das nur nicht gesehen?

Weil du es nicht sehen wolltest. Du bist Selene. Dazu verdammt, einen ewig schlafenden Sterblichen zu lieben. Sie schloss die Augen, unterdrückte die Tränen mit reiner Willenskraft. Zumindest so lange, bis sie den Raum verlassen hatte. Und sein Haus.

Arrogant hob er eine Braue. „Leugnest du es?“

Sie war verletzt, und sie konnte es nicht länger verbergen. Mit kleinlauter Stimme sagte sie: „Ich leugne es nicht. Es warst immer nur du.“

Aufmerksam beobachtete sie seine Reaktion, beobachtete, wie ihm klar wurde, dass sie die Wahrheit sagte. Und dann ergänzte sie: „Ich wünschte einfach, es wäre jemand anders.“ Mit diesen Worten drehte sie sich um und – zum Kuckuck mit dem Stolz – floh aus dem Zimmer.

Er sah ihr nach, anscheinend unbewegt. Erst als er die Haustür ins Schloss fallen hörte, fluchte er lauthals, dass es im ganzen Zimmer widerhallte.

Viel später saß Ralston an seinem Pianoforte und hoffte, dass sein Instrument auch diesmal die Aufgabe erfüllen würde, die es schon sein Leben lang übernommen hatte: ihm beim Vergessen zu helfen. Er spielte energisch – mit einer Kraft, die dem Instrument unbändige Töne entlockte. Die Noten erklangen rasch, wild, seine Finger flogen über die Tasten, und er schloss die Augen und wartete darauf, dass die Musik Callie aus seinem Kopf vertrieb. *Es warst immer nur du.*

Die Musik hüllte ihn ein. Er verharrte bei den tieferen Tönen, den dunkleren, und goss all seine Emotionen in sein Spiel. Der Klang, poetisch und sehnsuchtsvoll, war wie eine Strafe für ihn, da er ihm immer wieder Callies Miene in Erinnerung rief, ihre verletzte, schmerzerfüllte Miene, kurz bevor sie aus dem Haus geflohen war. Bevor sie vor ihm geflohen war.

Ich wünschte einfach, es wäre jemand anders.

Er fluchte, und das Geräusch wurde vom Pianoforte geschluckt. Ihre kühle Reaktion auf ihn – wahrlich wohlverdient – hatte ihn dennoch mit dem Wunsch erfüllt, sie in Besitz zu nehmen. Als die Seine zu kennzeichnen.

Bis an die Grenzen des Erträglichen hatte er sie gezwungen, hatte ihr einen neuen Blick auf sich selbst, ihren Körper, ihre Seele, eröffnet. Er hatte gewusst, was er da tat, hatte gespürt, dass er zu weit ging. Aber er hätte auch dann nicht aufhören können, wenn er gewollt hätte. Er war genauso im Moment gefangen gewesen wie sie. Selbst wenn der König höchstpersönlich sein Arbeitszimmer betreten hätte, hätte Ralston Schwierigkeiten gehabt, aufzuhören.

Diese Erkenntnis schockierte ihn, und er unterbrach sein Spiel. Er schüttelte den Kopf, als könnte er die Erinnerung an sie damit verscheuchen. Was hatte diese Frau nur an sich? Diese reizlose, spröde Frau, die ihm davor nie aufgefallen war? Auf einmal hatte sie nichts Reizloses oder Sprödes mehr an sich.

Und er hasste sich dafür, dass er sie so beschrieben hatte.

Nein … Lady Calpurnia Hartwell breitete auf ziemlich spektakuläre Weise die Flügel aus – sie war auf einmal eine ganz andere Frau als die, die er gekannt hatte. Und es war diese berauschende Kombination von unschuldiger Neugier und weiblicher Willenskraft, die ihn dazu verführt hatte, sich so zu benehmen, wie er sich benommen hatte.

Er begehrte sie. Aus einem Gefühl heraus. Auf eine Art, wie er noch keine Frau begehrt hatte.

Natürlich konnte er sie nicht bekommen.

Nick hatte recht: Callie sehnte sich nach Liebe. Das hatte Ralston von Anfang an gewusst – schließlich hatte sie nie einen Hehl daraus gemacht, dass sie an die Macht der Liebe glaubte. Wie es sich wohl anfühlte, wenn man so unverbrüchlich an die Liebe glaubte? Dass die Liebe nur Gutes mit sich brachte? Dass sie einem das Glück brachte?

Er schüttelte den Kopf und beugte sich tief über die Tasten des Pianoforte. Diese Seite der Liebe kannte er nicht. Er kannte nur den Schmerz, den sie verursachte, den niederschmetternden Kummer, den das Ende einer Liebe nach sich zog. Eine Erinnerung an seinen Vater blitzte in ihm auf, wie dieser seiner Frau ewige Liebe gelobt hatte. Einer Frau, die ihren Pflichten als Gattin und Mutter einfach den Rücken kehrte, ohne je zurückzublicken. Zweimal.

So viel also zur ewigen Liebe.

Er fluchte lautstark. Auch wenn er Callies Einstellung zur Liebe nicht teilte, gab ihm das nicht das Recht, sie so gewissenlos zu behandeln. Zwar war nicht zu leugnen, dass ihm der Nachmittag mit ihr großen Genuss verschafft hatte, dennoch räumte er ein, dass ein derartiges Verhalten untragbar war. Sie hatte etwas unendlich Besseres verdient.

Er würde sich bei ihr entschuldigen. Selbst wenn er sein Handeln keineswegs bereute.

Schließlich nahm er sein Spiel wieder auf, langsamer, nachdenklicher, so, wie es seiner Stimmung entsprach.

Kurz darauf klopfte es. Ralston hörte auf zu spielen und drehte sich auf der Klavierbank um. Einen flüchtigen Augenblick fragte er sich, ob es wohl möglich sei, dass Callie zurückgekehrt war, dass sie nun vor der Tür stand und darauf wartete, dass er sie hereinrief.

„Herein."

Die Tür ging auf, und er erkannte die Frau, die sich dort von dem hellen Licht des Flurs silhouettenhaft abhob. Seine Schwester.

An diesem Tag herrschte wahrhaftig kein Mangel an Frauen, denen er Abbitte schuldete.

„Juliana, komm herein." Er stand auf, griff nach einer Zunderbüchse und entzündete rasch die Kerzen eines Kandelabers. Er winkte sie zu einem Sessel in der Nähe des großen Kamins. „Ich habe gar nicht bemerkt, dass es mittlerweile so dunkel geworden ist."

„Es ist schon ziemlich spät", sagte Juliana leise, setzte sich und wartete, während er weitere Kerzen entzündete und schließlich ihr gegenüber Platz nahm. Als sie den Mund öffnete, um etwas zu sagen, hob er die Hand, um sie am Sprechen zu hindern.

„Bitte, erlaube erst, dass ich mich bei dir entschuldige." Ihre Augen weiteten sich, als er hinzufügte: „Ich hätte die Beherrschung nicht verlieren dürfen."

Sie lächelte. „Mir scheint, Unbeherrschtheit ist noch etwas, was wir gemeinsam haben, Bruderherz."

Einer seiner Mundwinkel hob sich. „Allerdings."

Juliana seufzte und entspannte sich. „Ich bin gekommen, um *fare la pace*."

Gabriel streckte die Beine aus, lehnte sich mit einem Lächeln über das Italienisch seiner Schwester zurück. „Ich würde mich sehr freuen, Frieden zu schließen."

Sie holte ein großes, in braunes Papier geschlagenes Päckchen heraus. „In Italien sagen wir, dass kleine Geschenke die Freundschaft erhalten."

Er nahm das Päckchen entgegen. „Das sagen wir in England auch."

Sie grinste. „Schön, dass manche Dinge überall gleich sind."

„Ich könnte mir denken, dass du in letzter Zeit zu viele Veränderungen erlebt hast."

Sie senkte den Kopf. „Du sagst es." Ihr Blick fiel auf das Geschenk. „Bist du nicht neugierig, was in dem Päckchen ist?"

Gabriel sah auf das Geschenk, das sorgfältig verpackt worden war, um den Inhalt zu schützen, und stellte fest, dass er in der Tat äußerst neugierig war. Wann hatte er zum letzten Mal ein Geschenk bekommen? Ein Geschenk von jemandem, der keine Gegenleistung erwartete? Er sah seine Schwester an und entdeckte die erwartungsvolle Vorfreude in ihrer Miene – offensichtlich hoffte sie, dass er sich über das, was sich in dem schlichten braunen Papier verbarg, freuen würde.

Ja. Er war sehr neugierig.

Er machte sich über das Geschenk her, zerrte den Bindfaden herunter und zerriss das Papier. Dann hielt er die Mozart-Biografie in Händen, erstaunt von ihrer Aufmerksamkeit. „Woher wusstest du, dass ich eine große Vorliebe für Mozart hege?"

Sie lächelte. „Ich wohne auch in diesem Haus. Es ist nicht schwer, deinen Lieblingskomponisten zu erraten."

Ehrfürchtig strich er über den Ledereinband. „Ich fange noch heute Abend mit dem Buch an." Ernst sah er sie an. „Danke, Juliana."

Sie lächelte ihn etwas schüchtern und verlegen an. „Gern geschehen. Freut mich, dass es dir gefällt."

„Ja, sehr."

Er staunte darüber, dass diese junge Frau, die so viel durchgemacht hatte, die ohne viel Federlesens in ein fremdes Land zu fremden Leuten verfrachtet worden war, für ihn ein Geschenk gekauft hatte.

„Ich habe für dich aber kein Geschenk."

Sie lachte. „Natürlich nicht. Warum auch?" Als er darauf keine Antwort wusste, fügte sie hinzu: „Wir sind eine Familie. Familien tun so etwas, oder nicht?"

Er schwieg nachdenklich. Schließlich meinte er: „Eigentlich habe ich keine Ahnung, was Familien tun. Es liegt lange zurück, dass ich außer Nick jemanden hatte."

Juliana ließ sich das durch den Kopf gehen. „Ach so. Na dann. Wollen wir uns darauf einigen, dass Familien so etwas tun? Zumindest *unsere* Familie?"

„Das klingt nach einer ausgezeichneten Idee."

Juliana klatschte in die Hände und grinste breit. „Wundervoll!" Beiläufig fügte sie hinzu: „Weißt du eigentlich, dass ich mir immer einen Bruder gewünscht habe, der mich verwöhnt?"

Er lachte über ihre gespielte Unschuld. „Wirklich? Dürfte ich vorschlagen, dass du diesen speziellen Wunsch mit Nick besprichst?"

Sie riss die Augen auf und brach in Gelächter aus. „Das halte ich für einen ausgezeichneten Plan!" Sie senkte die Stimme zu einem verschwörerischen Flüstern. „Meinst du, dass er sich als sehr extravagant erweisen wird?"

„Man kann immer auf das Beste hoffen."

„Das kann man allerdings!"

Einvernehmliches Schweigen senkte sich auf sie herab. Juliana sah zu, wie Gabriel in dem neuen Buch blätterte. Schließlich sah er auf und fragte: „Wann hast du denn die Zeit gefunden, das hier zu kaufen?"

Juliana wedelte mit der Hand und sagte: „Vor ein paar Wochen waren Callie, Mariana und ich in der Bond Street und haben dort einen Buchladen entdeckt – das Buch wurde sehr empfohlen –, und Callie schien zu glauben, dass du dich darüber freuen würdest."

Er erstarrte, als er Callies Namen hörte. „Ach ja?"

Juliana nickte. „Ich finde, bei ihr bekommt man immer hervorragende Ratschläge." Als er nur in seinem Sessel herumrutschte und schwieg, sah sie ihn aus zusammengekniffenen Augen an. „Du siehst aus, als hättest du ein schlechtes Gewissen, Bruderherz."

Gabriel wandte den Blick ab und schaute angelegentlich auf den Kandelaber, den er vorhin in ihrer Nähe abgestellt hatte. „Ich habe heute alles getan, um sie vor den Kopf zu stoßen. Ich glaube, im Moment ist sie recht … ärgerlich auf mich."

„Ah", sagte sie. Ihr Ton war neckend. „Du willst sagen, dass Monsieur Latuffe heute Nachmittag nicht der einzige *idiota* im Raum war."

Um Ralstons Mund zuckte es reuig. „Nein, anscheinend nicht." Er entspannte sich wieder. „Weißt du, ich glaube nicht, dass jemand je so mit mir geredet hat."

Ein Lächeln blitzte auf. „Du brauchst wohl schon lange eine Schwester."

Das ließ er sich durch den Kopf gehen. „Ich glaube fast, dass du recht hast."

„Callie ist ganz anders als andere Frauen", sagte Juliana, womit sie sich weit, weit vorwagte. „Sie ist immer so bereit, alles zu tun, um eine Situation in Ordnung zu bringen."

Ein Bild erschien ungebeten vor seinem inneren Auge: Callie, wie sie in der Tür zu seinem Arbeitszimmer stand, so offensichtlich verletzt von den Dingen, die sie zufällig mit angehört hatte, und doch so bereit, Juliana vor ihm zu verteidigen – und um ihm genau zu sagen, an welchen Stellen er es als Bruder übertrieben hatte. Als ob ihr persönlicher Stolz irgendwie weniger wichtig gewesen wäre als Julianas Glück.

Nachdem er die Aufmerksamkeit wieder auf seine Schwester Juliana gerichtet hatte, bemerkte er ihren wissenden Blick. „Anscheinend ist es dir auch aufgefallen."

„Ja. Sie ist wirklich außergewöhnlich."

„Vielleicht solltest du dich auch entschuldigen für deine …" Sie wedelte mit der Hand, suchte nach dem Wort.

„… Idiotie?"

Sie lächelte. „Wenn du so willst."

Er rutschte in seinem Sessel herum, schlug die Beine übereinander, und dann wurde es wieder still, als jeder seinen eigenen Gedanken nachhing. Schließlich ergriff Gabriel das Wort: „Interessierst du dich für Kunst?"

Erstaunt sah sie auf. „Ja."

„Ich würde dich sehr gern zur Ausstellung in der Royal Academy einladen." Er hob das Buch hoch. „Zum Dank für das Geschenk."

„Du brauchst dich nicht für das Geschenk zu bedanken. Weißt du noch? Familien tun so etwas."

Er neigte den Kopf. „Dann möchte ich gern, dass unsere Familie in die Ausstellung der Royal Academy geht."

„Ach, na dann. Wenn du dir das zur Gewohnheit machen willst … Da bleibt mir wohl gar nichts anderes übrig, als die Einladung anzunehmen."

Er lachte. „Wie überaus großzügig von dir."

„Finde ich auch."

Gabriel beugte sich lächelnd vor. „Weißt du, Juliana, ich glaube, du brauchst wohl schon lange einen Bruder."

Juliana legte noch einmal den Kopf schief, eine Angewohnheit, die er allmählich ziemlich liebenswert fand. „Ich glaube, du könntest recht haben."

16. KAPITEL

Callie stieg vor Somerset House aus der Kutsche der Rivingtons und drehte sich zu Mariana um, die nach ihr aus dem Wagen kletterte. Die Schwestern waren sofort von Scharen von Menschen umgeben, die alle Einlass zur Kunstausstellung der Royal Academy begehrten, einer der beliebtesten Veranstaltungen der Saison.

Sie sah, wie Mariana sich mit liebevollem Blick bei Rivington einhängte und sich von ihm die breite Marmortreppe zum Eingang von Somerset House hinaufführen ließ, wo die Ausstellung bereits eröffnet war. Callie unterdrückte einen leisen Seufzer, als sie dem so offenkundig verliebten Paar nachsah.

„Lady Calpurnia?"

Callie fuhr zusammen und drehte sich zu ihrem eigenen Begleiter um, Lord Oxford.

„Wollen wir?"

Callie setzte ein strahlendes Lächeln auf und legte die Hand auf den dargebotenen Arm. „Aber ja, Mylord."

Sie folgten Mariana und Rivington in die Galerie. Callie wollte sich von Oxfords merkwürdigem Benehmen nicht den Nachmittag verderben lassen. Die Ausstellung der Royal Academy war schon immer eine von Callies liebsten Veranstaltungen der Saison gewesen, da sie den Londonern einen seltenen Einblick in das Schaffen der berühmtesten Künstler des Landes bot. Callie liebte Kunst und bemühte sich, die Ausstellungen immer zu besuchen.

„Ich habe gehört, Mylord, dass wir heute die neusten Stiche von Blake zu sehen bekommen", sagte sie, während sie die Eingangstreppe hinaufgingen.

Oxford warf ihr einen merkwürdigen Blick zu und fragte ungläubig: „Sie sind doch nicht etwa wegen der Kunst hier, oder?"

Callie zeigte sich verwirrt. „Natürlich. Ich genieße die schönen Künste sehr. Sie etwa nicht?"

„Ach, ein hübsches Gemälde gefällt mir schon recht gut", erklärte Oxford. „Aber niemand geht auf eine Vernissage, um die Kunst zu betrachten, Lady Calpurnia. Da geht es doch eher darum, zu beweisen, dass man eine Einladung bekommen hat."

Callie neigte den Kopf, damit Lord Oxford nicht sah, wie sie mit den Augen rollte. „Oh ja. Das ist natürlich auch eine beeindruckende Leistung."

„Waren Sie denn schon einmal hier?", erkundigte sich Lord Oxford. Seine Stimme klang jetzt schon eine Spur prahlerisch.

Callie zögerte, war sich nicht sicher, ob sie ihm eine ehrliche Antwort geben sollte. Sie brauchte es nicht zu tun.

Mariana, die mit Rivington darauf gewartet hatte, dass Callie und Oxford sie einholten, sprang für sie ein. „Unser Vater war Förderer der Royal Academy, Lord Oxford. Dies ist einer von Callies liebsten Tagen im Jahr."

„Tatsächlich? Ich hätte nicht gedacht, dass Sie so ... kunstbeflissen sind." Das Wort klang aus seinem Mund ein wenig fremd.

„Oh, wenn es um Kunst geht, kennt Callie sich ganz hervorragend aus. Sie sollten mal hören, wenn sie über die Maler der Renaissance loslegt." Mariana schenkte dem Lord ein strahlendes Lächeln und fuhr fort: „Sicher macht es Ihnen nichts aus, wenn ich meine liebe Schwester kurz entführe, nicht wahr? Ich sehe da hinten einen Pearce hängen, auf den wir uns ganz besonders gefreut haben."

Damit packte Mariana Callie am Arm und zog sie durch die Menschenmenge, fort von ihren Begleitern. „Igitt. Der ist ja unerträglich. Was um alles in der Welt hat dich geritten, seine Einladung anzunehmen?"

„Er hat die Einladung ausgesprochen, Mariana. Falls es dir noch nicht aufgefallen ist: In meiner Lage ist es mir nicht möglich, Einladungen abzulehnen." Sie machte eine kleine Pause. „Außerdem, so schlimm ist er auch nicht."

„Er ist ein Trottel. Und ein Trinker", erklärte Mariana rundweg und lächelte Lady Longwell zu, an der sie gerade vorbeikamen und die ihnen ihrerseits zunickte. „Liebe Güte, du verkleidest dich als Mann und schleichst dich in Benedicks Fechtclub ein, und dann traust du dich nicht, *Oxford* zurückzuweisen?"

„Psst!" Callie sah sich um, um sicherzugehen, dass niemand Marianas Worte gehört hatte. „Bist du verrückt, das hier zu erwähnen? Tatsache ist, dass ich Oxfords Einladung angenommen habe. Unser jetziges Benehmen ist reichlich unhöflich."

„Pah. Rivington wird ihn schon unterhalten." Mariana war etwas abgelenkt; sie stand auf Zehenspitzen und reckte den Hals. „Du hast nicht zufällig Juliana gesehen, oder?"

Callie erstarrte. „Juliana Fiori?"

Mariana warf Callie einen merkwürdigen Blick zu. „Ja, Calpurnia. Juliana Fiori. Nach welcher Juliana sollte ich denn sonst Ausschau halten?"

„Ich wusste nicht, dass sie kommen wollte."

„Mmm", sagte Mariana und sah sich um. „Anscheinend hat Ralston ihr angeboten, sie zu begleiten. Ich habe ihr versprochen, dass wir uns Blakes *Jerusalem* nicht ohne sie ansehen würden."

Callie öffnete den Mund, wusste jedoch nicht, was sie sagen sollte, wusste nur, dass ihr nichts anderes übrig blieb, als die Ausstellung zu verlassen, bevor sie Ralston über den Weg lief. Sie konnte ihm nicht begegnen, konnte sich nicht im selben Raum aufhalten wie er. Es spielte keine Rolle, dass außer ihm halb London zugegen war. In Callie stieg Panik auf.

„Ah … hier sind ja die Damen, nach denen wir gesucht haben." Callie und Mariana wirbelten herum und sahen sich Oxford und Rivington gegenüber. Oxford fing Callies Blick auf und schenkte ihr ein strahlendes Lächeln. „Sie haben uns stehen lassen, aber wir sind hervorragende Fährtenleser!"

„Diesen Anschein hat es, Mylord." Der Nachmittag wurde immer seltsamer. Sie hätte zu Hause bleiben sollen. So viel stand fest.

„Lady Calpurnia, darf ich Sie zu den Gemälden in der nördlichen Galerie geleiten?"

„Ich …" Einen flüchtigen Augenblick zog Callie in Betracht,

es abzulehnen, doch dann wurde ihr klar, dass ein Nachmittag in Lord Oxfords Gesellschaft weitaus weniger unangenehm wäre, als Ralston einen ganzen Nachmittag lang aus dem Weg zu gehen. „Das würde mir sehr gefallen, Mylord."

„Wunderbar." Er bot Callie den Arm. Sie hängte sich ein, und dann gingen sie durch den Hauptausstellungsraum in Richtung des nördlichen Ausgangs. Unterwegs sagte er: „Dann müssen wir uns heute die Renaissancekünstler ansehen, nicht wahr?"

Sie biss sich auf die Zunge, sah davon ab, ihm zu erklären, dass es sich um eine zeitgenössische Ausstellung handelte, es also keine Renaissancemaler zu besichtigen gab. Stattdessen lächelte sie nur stumm und ließ sich von Oxford führen. Als sie die etwas leerere nördliche Galerie betraten, wandte sich der mit einem strahlenden Lächeln an sie und sagte: „Na, was meinen Sie?"

Callie erwiderte das Lächeln und entgegnete höflich: „Die Ausstellung dieses Jahr ist hervorragend. Vielen Dank für Ihre Begleitung."

Er beugte sich vor. „Kommen Sie, Lady Calpurnia. Sie haben doch sicher mehr als das zu sagen." Er deutete auf ein großes Porträt und fragte: „Was halten Sie davon?"

Callie betrachtete das Bild, ein recht vorteilhaftes Porträt des Königs, und meinte: „König George war damit sicher ziemlich zufrieden."

Oxford lachte. „Sehr diplomatisch von Ihnen."

Callie lachte ebenfalls und betrachtete ihn. Gewiss, er war ein Dandy und reichlich fade, aber er hatte offenbar Sinn für Humor und war nicht unbedingt hässlich. Überrascht stellte sie fest, dass sie den Nachmittag genoss.

Oxford beugte sich noch weiter vor. „Ich hatte gehofft, dass wir Gelegenheit bekämen, uns von Ihrer Schwester und Rivington abzusondern."

Sie hob die Augenbrauen. „Mylord?"

„Ich weiß", sagte er, missverstand ihre Zurückhaltung. „Es ist kaum zu glauben, dass dies geschieht." Mit einem Finger strich er ihr diskret über den Oberarm, sein Lächeln wurde noch breiter, und er beugte sich erneut vor zu ihr. „Aber es passiert tatsächlich, Lady Calpurnia."

„Lord Oxford", sagte sie rasch und suchte nach einer Ablenkung, um ihnen beiden Peinlichkeiten zu ersparen. „Ich dachte, wir wollten die Renaissancegemälde suchen gehen? Hier sehe ich sie nicht."

„Vielleicht sollten wir sie in einer ruhigeren, abgeschiedeneren Örtlichkeit suchen?", sagte er leise. Roch sein Atem etwa nach Whisky?

Callie meinte ausweichend: „Vielleicht hängen sie ja inzwischen wieder im Hauptausstellungsraum."

Er überlegte. „Ich verstehe. Sie befürchten, dass man uns beobachten könnte."

Sie hielt sich an den Worten fest. „Allerdings, genau das befürchte ich."

Verständnisvoll ließ er die Zähne aufblitzen. „Natürlich. Gehen wir in den Hauptausstellungsraum zurück."

Wer hätte gedacht, dass Oxford so verständnisvoll sein kann?

Callie war so überrascht von diesem Taktikwechsel, dass sie ihn ebenfalls mit einem wunderschönen Lächeln bedachte. Sie gingen zurück in den Hauptraum, zurück ins Gedränge. Sobald sie wieder im Menschengetümmel standen und von allen Seiten bedrängt wurden, war es für Callie unmöglich, nicht gegen Oxford gedrückt zu werden, und dabei spürte sie, wie er ihr mit einer Hand über die Kehrseite strich. Sie zuckte zurück vor dieser allzu vertraulichen Berührung und sagte, die Hand an der Kehle: „Ich fühle mich wie ausgedorrt. Ob Sie mir wohl etwas Limonade holen könnten, während ich meine Schwester suche?"

Oxford kniff die Augen auf eine Weise zusammen, die wohl Sorge signalisieren sollte, und sagte: „Aber natürlich."

„Oh, danke, Mylord", erwiderte sie in einem Versuch, kokett zu sein.

Sie beobachtete, wie er sich abwandte und in der Menge verschwand. Langsam stieß sie die Luft aus. Dieser ganze Nachmittag war ein Fehler gewesen.

„Wie ich sehe, frisst Oxford Ihnen schon aus der Hand." Die trockene Bemerkung, so nah an ihrem Ohr geraunt, ließ sie zusammenzucken.

Sie zwang sich zur Ruhe und drehte sich zu dem Sprecher um. „Lord Ralston. Was für eine Überraschung", sagte sie. Ihr Ton strafte ihre Bemerkung Lügen. Plötzlich war sie sehr müde. Sie hatte die Wortgefechte mit Ralston satt, hatte es satt, Oxford zu überlisten, hatte es satt, hier unter Londons Reichen und Schönen zu stehen. Sie wollte nach Hause.

„Lady Calpurnia." Ralston verneigte sich. „Ich hatte gehofft, Sie hier anzutreffen."

Die Worte und die logische Schlussfolgerung, dass er sie von sich aus sehen wollte, hätte sie vor einigen Monaten noch in Hochstimmung versetzt. An diesem Tag jedoch wünschte sie sich nichts mehr, als einfach auf dem Absatz kehrtzumachen und davonzulaufen. In seine blauen Augen zu sehen erinnerte sie nur an den Schmerz und die Verlegenheit, die er ihr bei ihrer letzten Begegnung bereitet hatte. Bei der Vorstellung, sich noch einmal mit ihm zu unterhalten, nachdem sie wusste, dass sie wenig mehr war als eine Schachfigur in einem Spiel, das sie nicht recht verstand, zog sich ihr Herz zusammen.

Sie konnte sich jetzt nicht höflich und zuvorkommend geben. „So ganz entspricht das wohl nicht der Wahrheit, da bin ich mir sicher. Und Sie wussten, dass Sie mich hier antreffen würden. Sie waren doch dabei, als Oxford mich eingeladen hat."

„Allerdings, das war ich." Er legte den Kopf schief, als wollte er ihr in diesem Wortgefecht einen Punkt zugestehen. „Ich habe dennoch gehofft, Sie heute Nachmittag zu treffen. Obwohl ich zugeben muss, dass ich es ziemlich entmutigend fand, als ich gesehen habe, wie Sie Oxford angelächelt haben, als wäre er der einzige Mann hier."

Sie tat ihm nicht den Gefallen, ihn die Wahrheit wissen zu lassen. „Oxford war überaus entgegenkommend."

„Entgegenkommend“, wiederholte Ralston. „Klingt ja, als wäre er ein Empfangskomitee, finden Sie nicht?“

Sie verbarg nicht, wie erbittert sie war. „Wollten Sie etwas von mir, Mylord?“

„Eine interessante Frage“, meinte er rätselhaft und fügte hinzu: „Ich möchte gern mit Ihnen reden.“

Plötzlich kam Oxford ihr wie das kleinere Übel vor. „Jetzt passt es mir aber nicht. Vielleicht ein andermal? Ich bin in Begleitung hier.“ Energisch wandte sie sich von ihm ab, um sich rasch zu entfernen.

„Mir scheint, Ihre Begleitung hat Sie sich selbst überlassen“, beobachtete Ralston ironisch. „Ich kann doch nicht zulassen, dass Sie sich allein durch dieses Gedränge schieben. Das wäre ganz und gar nicht das Benehmen eines Gentlemans.“

Zorn loderte auf. *Kann er mich nicht einfach in Ruhe lassen?* Callie kniff die Augen zusammen. „Ja, natürlich würden Sie nicht wollen, dass man Sie für etwas anderes als einen *Gentleman* hält.“ Die leichte Betonung des Wortes sprach Bände. „Sie brauchen sich nicht zu sorgen, Mylord. Bestimmt kommt Oxford bald zurück.“

„In diesem Gewühl? Darauf würde ich mich nicht verlassen“, meinte er trocken.

Der Mann war zum Verzweifeln. Callie wollte einfach gehen, musste aber feststellen, dass die Menschenmenge zu dicht war und sie nicht entkommen konnte. Wütend stampfte sie mit dem Fuß auf. „Das haben Sie mit Absicht gemacht“, sagte sie mürrisch.

„Sie glauben, ich habe all diese Leute hergelockt, um Ihnen eine Falle zu stellen?“

„Das würde ich Ihnen durchaus zutrauen.“

„Da überschätzen Sie meine Macht über den *ton* aber gründlich, Kaiserin.“

Sie errötete, als sie den vertraulichen Spitznamen hörte, und flüsterte: „Nennen Sie mich nicht so.“

Er nahm sie am Ellbogen und führte sie in die westliche Galerie. Sie protestierte kurz, erkannte dann aber, dass sie Aufmerksamkeit erregen würde, wenn sie sich aus seinem Griff wand. Dem Klatsch wollte sie natürlich keine Nahrung geben.

Sobald sie in der westlichen Galerie waren, gab er ihren Ellbogen frei, führte sie jedoch durch die Menschenmenge, die sich vor den unzähligen Bildern drängte, ans hintere Ende des Raums, das mit einem riesigen Wandschirm abgetrennt war.

„Wohin führen Sie mich da?“, flüsterte sie. Ihr Blick huschte unstet zwischen den vielen Menschen im Raum umher, denen anscheinend nicht auffiel, dass sie soeben entführt wurde.

Er schob sie hinter den Wandschirm und folgte ihr in den stillen Alkoven, wo sie plötzlich wieder allein waren. Callie wurde erneut von ihren Gefühlen übermannt, einer Mischung aus Furcht und Erregung. Der riesige Wandschirm aus Mahagoni war mehrere Fuß von der Wand mit den nach Westen hinausgehenden Fenstern aufgestellt worden, damit die Besucher beim Betrachten der Bilder nicht durch Sonnenstrahlen gestört wurden. Der Wandschirm endete hoch über ihren Köpfen, fing den hellen Sonnenschein ein und dämpfte die Geräusche auf der anderen Seite.

Genau der richtige Ort für ein Stelldichein. Callie schob den Gedanken beiseite und beschwor den Zorn und die Kränkung herauf, die sie seit ihrer letzten Begegnung immer wieder empfunden hatte. Sie durfte nicht zulassen, dass er die Oberhand behielt. Nicht hier. „Sind Sie verrückt geworden?“, flüsterte sie wütend.

„Niemand hat uns gesehen.“

„Woher wollen Sie das wissen?“

„Weil ich es weiß.“ Er streckte die Hand aus, um ihr Gesicht zu berühren.

Sie zuckte zurück. „Fassen Sie mich nicht an.“

In seinen Augen blitzte ein Gefühl auf, doch bevor sie es benennen konnte, war es schon wieder verschwunden. „Ich würde nie etwas tun, um Ihren guten Ruf zu gefährden, Callie.“ Die Worte klangen ehrlich.

„Verzeihen Sie, Mylord, aber ich habe eher den Eindruck, dass Sie meinen guten Ruf leichtfertig aufs Spiel setzen, sobald Sie nur in meiner Nähe sind“, stieß sie hervor. Sie wollte ihn unbedingt verletzen – er sollte denselben Schmerz spüren, den sie die letzten Tage durchlitten hatte.

Ralston grinste schief. „Das habe ich wohl verdient.“

„Und noch viel mehr.“ Kühn sah sie ihm in die Augen. „Ich habe Ihnen damals in Ihrem Ballsaal gesagt, dass ich genug von derlei Intermezzos habe. Und von Ihnen. Sie haben mein Interesse ganz erstaunlich fehlinterpretiert. Und wenn Sie mich jetzt entschuldigen möchten, Lord Oxford sucht sicher nach mir.“

„Sie können das mit Oxford doch unmöglich ernst meinen.“

Callie ignorierte ihn, ging stattdessen an ihm vorüber und um den Wandschirm herum, um in den Raum dahinter zu entfliehen. Er ergriff jedoch ihre Hand, und die Berührung ließ sie innehalten. Er hielt sie nicht so fest, dass sie sich ihm nicht hätte entziehen können, doch die Hitze, die durch seinen Handschuh an ihre Hand drang, veranlasste sie, ihm in die Augen zu sehen.

In diesem Augenblick wünschte er sich nur noch, dass sie bei ihm blieb. Dass sie ihm vergab. Er war gemeinsam mit Juliana eingetroffen und hatte sich gleich auf die Suche nach Callie gemacht, um sie für sein flegelhaftes Benehmen um Verzeihung zu bitten. Er war bereit, alles zu tun, um den offensichtlichen Schmerz wiedergutzumachen, den er ihr zugefügt hatte. Und er hatte sie beinahe sofort entdeckt, an der Tür zur nördlichen Galerie – sie hatte Oxford angestrahlt und amüsierte sich offenbar prächtig. Der Anblick hatte ihn erzürnt – Callie so anziehend und glücklich, Oxford so stutzerhaft und dumm.

So offen hatte sie ihn noch nie angelächelt. Und wenn sie es täte, würde er nie so reagieren wie Oxford, der Dummkopf, der einfach weggegangen war. Nein. Wenn sie ihn je so ansah, würde er sie in die Arme nehmen und bis zur Besinnungslosigkeit küssen. Zum Teufel mit der Kunstausstellung.

Verdammt. Er wollte sie auf der Stelle bis zur Besinnungslosigkeit küssen, und dabei lächelte sie ihn nicht einmal an.

Er würde schon einen Weg finden, den Schaden wiedergutzumachen. Aber zuerst musste er Oxford ausschalten. Die dumme Wette, die er mit dem albernen Kerl abgeschlossen hatte, war einfach nur – nun ja, dumm. Ralston war nun klar, dass er Oxford dazu aufgestachelt hatte, seine Fähigkeiten unter Beweis zu stellen, indem er Callie eroberte. Er würde in seinen Bemühungen nicht nachlassen. Vor allem nicht, wenn er dabei eintausend Pfund gewinnen konnte.

„Lassen Sie sich nicht auf Oxford ein", sagte Ralston.

„Warum denn nicht?" Ihre Stimme klang spöttisch.

„Er ist nur auf Geld aus und besitzt die Intelligenz einer Ziege."

„Natürlich", erwiderte sie schlicht, so, als hätte er soeben erklärt, der Himmel sei blau.

Er runzelte die Stirn. „Warum sind Sie dann in seiner Begleitung hier?"

„Weil er mich eingeladen hat."

Diese Antwort, die so offensichtlich auf der Hand lag, ärgerte ihn. Er fuhr sich durch das Haar und meinte: „Das sollte aber nicht ausreichen, Callie. Zum Kuckuck."

Sie lächelte, ein kleines, trauriges Lächeln, das ihn nervös machte. „Sie haben recht. Es sollte nicht ausreichen."

Bei diesen Worten verspürte er einen merkwürdigen Druck in der Brust. In diesem Augenblick fiel die Entscheidung. Oxford konnte sie nicht bekommen. Ralston würde es nicht zulassen.

Sie sahen einander mehrere Augenblicke lang tief in die Augen, und dann wollte sie ihm ihre Hand entziehen, und er stellte fest, dass er sie nicht loslassen konnte. Seine Finger schlossen sich fester um ihre, unnachgiebig. Überrascht sah sie ihn an.

„Gehen Sie mit mir aus", sagte er.

„Mylord?"

„Was würden Sie gern unternehmen? Sie würden mir doch sicher dieselbe Chance einräumen wie Oxford."

„Das ist kein Wettbewerb", sagte sie ruhig. Er spürte, dass in den Worten irgendeine unterschwellige Bedeutung mitschwang, die er nicht ganz verstand.

Doch er ignorierte es fürs Erste und wiederholte: „Gehen Sie mit mir aus. Sie bestimmen, wohin. Noch einmal in die Oper. Auf ein Picknick mit Mariana und Rivington. Zu einer Kutschfahrt."

Sie dachte einen Augenblick nach. „Ich will nicht, dass Sie mich dahin begleiten."

„Warum nicht?"

„Weil ich ein neues Leben anfangen will. Ich will nichts Reizloses mehr. Nichts Sprödes."

Diese Worte trafen ihn wie ein Schlag, da er seine eigenen verletzenden Formulierungen sofort erkannte. Verdammt. Was konnte er nur sagen, um es wieder in Ordnung zu bringen? Er fuhr sich noch einmal durch das dunkle Haar, wodurch sich mehrere Locken lösten. Plötzlich schien ihm dieses Gespräch wichtiger als jedes andere, das er je geführt hatte.

„Gott, Callie. Es tut mir leid. Geben Sie mir eine Chance, Ihnen zu beweisen, dass ich kein vollkommener Schuft und Dummkopf bin."

„Für einen Dummkopf halte ich Sie nicht."

„Dass ich ein Schuft bin, streiten Sie also nicht ab", sagte er mit schiefem Lächeln. „Na gut. Suchen Sie sich etwas aus. Was Sie wollen."

Sie seufzte ungeduldig und sah überallhin, nur nicht zu ihm. Schließlich fiel ihr Blick auf ihre ineinander verschlungenen Hände, ehe sie sagte: „Was ich will?"

Seine Augen wurden schmal, als ihm die Erkenntnis dämmerte. „Sie denken an Ihre verdammte Liste, stimmt's?"

„Nun, Sie haben ja verlangt, dass ich ohne Ihre Begleitung keinen weiteren Punkt abhake."

„Ja, das stimmt."

„Ich könnte natürlich auch Oxford bitten ..." Sie brach ab, was ihm ein leises Lachen entlockte.

„Allmählich wissen Sie, wie Sie mich nehmen müssen, Sie

Biest. Also schön. Wir kümmern uns um einen weiteren Punkt auf Ihrer Liste. Was soll es sein?“

Sie dachte einen Augenblick nach und biss sich auf die Unterlippe. Dies lenkte Ralstons Aufmerksamkeit von ihrem Gespräch ab. Kurz überlegte er, sie zu küssen, damit sie aufhörte, auf ihrer Lippe herumzukauen. Einen langen Moment verlor er sich in Erinnerungen an ihren süßen Mund, ihre weichen Lippen, die wilde Leidenschaft, mit der sie ihm begegnet war. Schon bei dem Gedanken wurde ihm heiß, und er stand kurz davor, sich ihrer Lippen zu bemächtigen, als selbige Lippen ein Wort formten: „Glücksspiel.“

Seine Augenbrauen hoben sich, und er schüttelte den Kopf, als wollte er ihn freibekommen. Hatte sie etwa gerade „Glücksspiel“ gesagt?

Sie nickte eifrig. „Ja. Glücksspiel. In einem Herrenclub.“

Er lachte. „Das kann doch nicht Ihr Ernst sein.“

„Doch, allerdings, Mylord.“

„Sie haben mich gerade gebeten, Sie bei Brooks’s hineinzuschmuggeln, Callie. Ich glaube, wir können uns all diese förmlichen Anreden endgültig schenken. Ich heiße Gabriel, und wie du heißt, weiß ich ja.“

Sie lächelte schüchtern. „Also schön, Gabriel. Ich möchte, dass du mich zum Glücksspiel mitnimmst. In deinem Herrenclub.“

„Keine Frau hat je die Schwelle von Brooks’s überschritten, Callie …“

Sie unterbrach ihn trocken. „Das kann ich wirklich kaum glauben.“

„Also gut, keine Dame hat je die Schwelle von Brooks’s überschritten. Wenn wir erwischt werden, werfen sie mich raus.“ Er schüttelte den Kopf. „Dürfte ich dich vielleicht stattdessen zu einer Runde *vingt-et-un* in Ralston House überreden? Wir können um Geld spielen. Ich versichere dir, dass die Erfahrung genau dieselbe sein wird.“

„Ich glaube eigentlich nicht, dass es genau dasselbe wäre“, meinte Callie. „Teil des Nervenkitzels ist doch der Club selbst.“

„Warum das denn?“ Er war ehrlich verblüfft.

Sie versuchte es anders. „Hast du dich je gefragt, was Frauen wohl bei ihren Teekränzchen und nach dem Dinner treiben? Worüber wir reden, wie wir ohne euch leben?“

„Nein.“

„Natürlich nicht. Weil unser Leben offen daliegt. Wir mögen allein in einem Zimmer sitzen, von den Männern getrennt, aber euch gehören die Häuser, in denen wir zusammenkommen, ihr wart schon in den Zimmern, in die wir uns zurückziehen. Es besteht immer die Möglichkeit, dass ihr hereinkommt, daher beschäftigen wir uns mit Stickereien oder oberflächlichem Klatsch und erlauben uns nie, etwas zu tun oder zu sagen, was die Grenzen von Anstand und Sitte überschreitet, aus Angst, ihr könntet es mitbekommen.

Für euch ist es anders“, fuhr sie mit wachsender Leidenschaft fort. „Männer haben diese geheimen Orte … Wirtshäuser, Fechtschulen und Herrenclubs. Und dort könnt ihr tun, fühlen und erfahren, wonach immer euch ist. Weit weg von den neugierigen Blicken eurer Frauen.“

„Genau“, sagte er. „Und genau deswegen kann ich dich nicht zu Brooks's mitnehmen.“

„Warum solltet ihr die Einzigen sein, denen eine solche Freiheit zugestanden wird? Warum, glaubst du, habe ich wohl diese Liste? Ich will diese Freiheit auch erfahren. Ich will den geheimen Ort sehen – das Allerheiligste, an dem Männer echte Männer sein können.“

Er antwortete nicht, unsicher, wie er mit dieser willensstarken, ihm plötzlich so fremden Frau umgehen sollte. „Callie“, sagte Ralston ruhig und fest, in einem Versuch, die Diskussion zu beenden, „wenn du erwischt werden würdest, wäre das dein Ruin. Glücksspiel ist eine Sache, jedoch … bei Brooks's?“

„Hat der große Marquess of Ralston etwa Angst, was geschehen könnte, wenn er ein solches Risiko eingeht? Ist das derselbe Mann, der im Hyde Park eine preußische Fürstin kompromittiert hat?“

Er blinzelte. „Ich habe nichts dergleichen getan."

Callie konnte ein leises Lächeln nicht unterdrücken. „Ah, haben wir endlich eine Geschichte gefunden, die keinen wahren Kern hat." Er betrachtete sie mit zusammengekniffenen Augen, als sie sich zu ihrer vollen Größe aufrichtete und mit dem Stolz einer Königin sagte: „Ich brauche dich nicht, weißt du. Ich kann mich allein bei White's reinschleichen – mit einem Empfehlungsschreiben von Benedick."

Gabriel sah sie ungläubig an. „So etwas würde er nie schreiben."

„Braucht er auch nicht", erwiderte sie nüchtern. „In seinen Fechtclub habe ich mich ja auch ohne seine Hilfe eingeschlichen."

„Aber du hast mich gebraucht, um dich dort wieder rauszuholen!", sagte er eine Spur lauter, als es sich für ihren verstohlenen Treffpunkt empfahl.

„Sagst du, du nimmst mich nicht mit?"

„Genau das."

„Schade. Ich hatte mich so auf deine Begleitung gefreut."

Fassungslos schüttelte er den Kopf. „Das kannst du nicht machen."

„Warum nicht? Weil ich eine Frau bin?"

„Nein! Weil du verrückt bist! Die werden dich ertappen!"

„Bisher hat mich noch keiner erwischt."

„Ich habe dich erwischt. Zwei Mal!"

„Wie ich schon sagte", spottete sie, „du bist etwas anderes."

„Inwiefern?", fragte er erbost.

„Nun, mir scheint, dass du mein Komplize bist." Sie lächelte, ein breites Grinsen, das dem Lächeln, das sie Oxford vorhin geschenkt hatte, nicht unähnlich war.

Er hörte auf zu schimpfen, spürte die geballte Kraft ihrer Anerkennung, worauf ihn eine Welle unsinnigen Stolzes überlief … Stolz darauf, dass er derjenige war, an den sie sich in ihrer Aufregung wandte, Stolz darauf, dass er derjenige war, den sie bei einem solchen Abenteuer um Begleitung bat. Und in diesem sonnendurchfluteten Augenblick, während wenige Zoll von ihrem Versteck entfernt halb London tobte, sah er plötzlich, wie schön sie war – sah ihre strahlenden braunen Augen und ihr Haar, das im Sonnenlicht mahagonifarben glänzte, und ihren Mund, so breit und einladend und herrlich genug, um einen Mann in die Knie zu zwingen.

Sie war wirklich etwas ganz Außergewöhnliches.

Diese Erkenntnis raubte ihm den Atem, so intensiv war sie. „Mein Gott. Du bist wunderschön."

Ihre Augen weiteten sich schockiert, als sie die Worte hörte, und wurden dann schmal vor Misstrauen. „Versuche nicht, mich mit Komplimenten von meinem Vorhaben abzulenken."

„Ich würde nicht im Traum daran denken."

„Weil ich es tun werde. Ich werde spielen. Ich lasse mich von meinem Ziel nicht abbringen."

„Natürlich nicht."

„Mir zu sagen, ich sei … ich sei …"

„Wunderschön."

„Ja, genau. Also, das wird mich nicht abhalten."

„Sollte es auch nicht."

„Ich bin kein Dummkopf, weißt du."

Er kam einen Schritt näher. „Ich weiß. Ich nehme dich mit."

„Selbst wenn du mich nicht mitnimmst …" Sie hielt inne. „Wie bitte?"

„Ich habe gesagt, ich nehme dich mit."

„Oh. Na dann."

„Ja, ich finde auch, dass das ziemlich großherzig von mir ist." Er steckte eine Locke hinter ihrem Ohr fest.

„Ich bin nicht wunderschön", platzte sie heraus.

Er lächelte schief. „Na, na", meinte er ruhig und betrachtete sie forschend, als wollte er sich diese neue Callie, die er eben erst entdeckt hatte, genau einprägen. „Da bin ich anderer Ansicht."

Und dann legte er seine Lippen auf die ihren, und sie war wie trunken von seinem Kuss und seinen Worten, die beide gleichermaßen berauschend waren. Der Kuss war anders als die anderen – weicher, vorsichtiger, als entdeckten sie beide etwas ganz Neues, ein Konzert der Zärtlichkeit. Gabriel hob den Kopf und wartete darauf, dass sie die Augen öffnete. Als sie es tat, war er wieder überrascht von ihrer Schönheit. Er musterte ihr Gesicht, beobachtete, wie sie von dem sinnlichen Ort zurückkehrte, an den der Kuss sie versetzt hatte.

„Du hast gesagt, ich wäre reizlos."

Langsam schüttelte er den Kopf, wie verzaubert von den klaren, gefühlstiefen braunen Augen. „Du bist überhaupt nicht reizlos." Und dann küsste er sie noch einmal.

Ihr Mund war sein Festmahl. Er nippte an ihren Lippen, genoss ihren Geschmack, ihre Weichheit. Sie schlang die Hände um seinen Hals, grub die Finger in seine dunklen Locken. Diese Liebkosung schickte ihm einen Schauer den Rücken hinunter. Er knabberte an ihr, an ihren Lippen, leckte die Stelle, an der sie vorher herumgekaut hatte. Als er sich von ihr löste und ihr erneut in die Augen sah, atmeten sie beide schwer, und Gabriel wünschte all die Londoner auf der anderen Seite des Wandschirms zum Teufel.

Er musste aufhören. Schließlich war er dabei, genau das zu tun, was er sich eigentlich streng verboten hatte. Hatte er nicht gelobt, dass er sie nicht noch einmal kompromittieren würde? Das war er ihr schuldig. Er war ihr noch viel mehr schuldig.

Eine Vision tat sich vor seinem inneren Auge auf: Callie, nackt, sonnenüberflutet. Er schob das Bild beiseite. Dies war nicht der richtige Zeitpunkt, sich Fantasien hinzugeben, die ihn nur noch mehr erregten – die Ausbuchtung in seiner Kniehose war so schon offensichtlich genug. Er löste Callies Hände aus seinem Haar und küsste sie auf jeden einzelnen Fingerknöchel, ehe er ihr wieder in die Augen sah.

„Ich muss dich um Verzeihung bitten."

Sie runzelte die Stirn. „Wie bitte?"

Er drückte ihr einen Kuss auf die Stirn, glättete die Linien dort und zog sie in die Arme, ehe er fortfuhr: „Ich muss mich entschuldigen. Für alles. Für den Nachmittag in Ralston House, den Fechtclub, mein Gott, Callie, sogar für diesen Nachmittag. Ich habe dich ganz fürchterlich behandelt, habe dich ständig kompromittiert. Und – ich muss dich um Verzeihung bitten."

Callie blinzelte ihn an. Im Sonnenschein wirkte ihre Haut vollkommen rosig. Als sie nichts sagte, meinte er: „Ich würde gern alles wiedergutmachen. Dich zu Brooks's mitzunehmen wäre einmal ein erster Schritt."

Ein Schatten flog über Callies Gesicht – als wäre sie enttäuscht – und war im nächsten Augenblick verschwunden.

Ralston fuhr fort. „Wir gehen gleich heute Abend."

„Heute Abend?"

„Außer du hast vor, auch noch den Abend mit Oxford zu verbringen?", fragte er kühl.

„Nein … allerdings wollte ich auf den Ball der Cavendishs. Ich werde mich wohl entschuldigen müssen." Sie wich seinem Blick aus.

„Das wäre ideal. Wenn wir gehen, während der Ball in vollem Gang ist, wird die ganze Prozedur viel einfacher."

„Was soll ich denn anziehen?", fragte sie still.

Unwillkürlich stellte sich ein Bild von Callie in Männerkleidung ein: die eng sitzende Fechthose, die gewickelten Brüste, die sich an ihn drängten, ihr Teint vor Vergnügen gerötet. Schon wieder wurden ihm seine Kniehosen unbehaglich eng, und er wand sich ein wenig, ehe er sagte: „Männerkleidung, nehme ich an. Hast du etwas, was sich für einen Clubbesuch eignet? Oder musst du deinen Fechtanzug tragen?"

Sie errötete ob dieser Neckerei und schüttelte den Kopf. „Nein, ich habe schon etwas, was besser passt."

Natürlich hatte sie das. Er verkniff es sich, zu fragen, wann sie Anlass gehabt habe, etwas Passenderes zu tragen. Das Ganze war eine schreckliche Idee.

Dennoch, er hatte ihr sein Wort gegeben. Besser er begleitete sie als irgendjemand anders. Besser er als Oxford. Die Vorstellung, dass sie in Männerkleidung mit diesem Oxford ausging, war so schrecklich, dass er dem Kerl am liebsten sofort die Faust ins Gesicht gerammt hätte.

Darauf bedacht, die Vorstellung von Callie und Oxford so schnell wie möglich loszuwerden, ging Ralston zum Rand des Wandschirms und warf rasch einen Blick in den Saal dahinter, um sicherzugehen, dass keiner sie bemerkte, wenn sie aus ihrem Versteck zurückkamen. Nachdem er sich vergewissert hatte, dass niemand hinsah, führte er sie geschickt um den Wandschirm herum. Sein lässig schlendernder Gang lud sie ein, es ihm nachzutun, als sie dem Hauptsaal zustrebten. „Soll ich dich um halb zwölf vor Allendale House abholen?“, fragte er mit abgewandtem Blick und so leise, dass gewiss nur sie es hören konnte.

Sie nickte. „Das ist eine gute Zeit. So spät, dass jeder auf dem Ball sein wird, aber noch nicht so spät, dass die ersten schon wieder zurückkommen.“ Überrascht sah sie auf. „Du bist darin ja ziemlich gut.“

Er neigte den Kopf, als nähme er ein Kompliment entgegen. „Das ist nicht das erste Mal, dass ich ein heimliches Stelldichein plane.“

Sie wandte den Blick ab. „Nein, vermutlich nicht“, sagte sie leise und blieb dann vor dem Bildnis eines Spaniels stehen. Sie atmete tief durch. „Am Hintereingang.“

Er nickte kaum merklich. „Ich habe mich mit Juliana versöhnt.“ Er wusste nicht, warum er das Bedürfnis verspürte, ihr das zu erzählen, aber so war es nun einmal.

In ihrem Gesicht malte sich Überraschung, so schnell, dass er sich nicht ganz sicher war, ob er sich nicht getäuscht hatte. „Das freut mich sehr. Sie ist ein liebes Mädchen. Und ich glaube, dass sie sich inzwischen sehr viel aus euch macht.“

Bei den Worten wurde ihm unbehaglich, obwohl er nicht recht wusste, warum.

Callie schien es zu bemerken. „Ich freue mich sehr“, sagte sie noch einmal.

Er nickte. „Was hältst du davon?“, fragte er und zeigte auf das Hundebild.

Sie warf ihm einen merkwürdigen Blick zu und sagte dann:

„Ich halte es für ein riesiges Hundebildnis."

Er betrachtete das Bild von allen Seiten und meinte dann ernsthaft: „Eine scharfsinnige Beobachtung." Sie lachte auf, und er fuhr fort: „Die schönen Künste waren nie meine Stärke. Ich sehe mich eher als Musikkenner. Wie du ja weißt." Der letzte Satz wurde leise an ihrem Ohr geraunt. Sie sollten sie aus der Ruhe bringen, sie an den Abend im Schlafzimmer erinnern … an ihren ersten Kuss. Diese Strategie funktionierte: Ralston konnte sich eines leisen Entzückens nicht erwehren, als er sie nach Luft schnappen hörte.

„Ich glaube, ich kehre jetzt besser zu meiner Schwester zurück", erklärte Callie mit ein wenig schwankender Stimme.

„Ich bring dich hin."

„Nein!", sagte sie, etwas lauter als geplant. Sie unterbrach sich, fuhr dann fort: „Ich glaube, ich gehe lieber allein."

Einen Moment lang spielte er mit dem Gedanken, das Thema zu forcieren – und sie zu zwingen, sich von ihm begleiten zu lassen. Aber er wusste, wann er aufhören musste. „Ja, vielleicht ist das besser", stimmte er zu und beugte sich über ihre Hand. Leise fügte er hinzu: „Dann also heute Abend?"

Sie hielt seinem Blick lange stand und nickte schließlich. „Heute Abend."

Und damit war sie verschwunden.

17. KAPITEL

Um neun Uhr an diesem Abend ging Callie aufgeregt in ihrem Schlafzimmer auf und ab und zählte die Stunden, bis sie die Hintertreppe hinunterschleichen und ihr nächstes Abenteuer beginnen konnte. Ihre Nerven waren zum Zerreißen gespannt, seit sie Ralston an diesem Nachmittag entkommen war. Der Rest der Vernissage hatte sich als endlos erwiesen: Oxford hatte dauernd von sich gesprochen und ihr merkwürdige Avancen gemacht, und Mariana und Rivington hatten nur Augen füreinander gehabt. Das konnte nicht einmal Blakes *Jerusalem* aufwiegen.

Zu Hause fand sie natürlich noch weniger Ablenkung als in der Royal Academy. Gleich nach ihrer Rückkehr hatte Callie sich in ihr Schlafzimmer zurückgezogen und Kopfschmerzen vorgeschützt, damit ihre Mutter ihr erlaubte, dem Ball der Cavendishs fernzubleiben. Nun ging sie in ihrem Zimmer auf und ab und wurde in dem beengten Raum fast wahnsinnig.

Sie drehte sich zu der Uhr um, die in einer Raumecke stand, um noch einmal nachzusehen, wie spät es war. Zehn nach neun. Sie seufzte und warf sich auf die Bank am Erkerfenster, das auf den Garten von Allendale House hinausging.

Wenn Ralston nur nicht so unmissverständlich klargemacht hätte, dass ihre Intermezzos – die Momente, bei denen sie sich so lebendig und euphorisch gefühlt hatte – ein Fehler waren.

Sie wäre am liebsten im Boden versunken, als er den Kuss beendet und sich dafür entschuldigt hatte. Ein solches Verhalten war eines Gentlemans zwar würdig, aber es passte einfach nicht zu Ralston, sich zu entschuldigen, wenn er sein Benehmen nicht auch wirklich bereute.

Callie konnte nur annehmen, dass er es bereute, sich je mit ihr eingelassen zu haben – eine naive alte Jungfer war ja auch nicht direkt die ideale Gefährtin für einen Wüstling.

Aber er hat mich wunderschön genannt. Sie seufzte noch einmal, zog die Füße auf die Bank und ließ diesen Moment erneut vor ihrem inneren Auge Revue passieren. Es war genauso wunderbar gewesen, wie sie es sich ausgemalt hatte – der attraktive Ralston, der Mann, nach dem sie sich mehr als ein Jahrzehnt gesehnt hatte, hatte sie endlich bemerkt. Hatte sie nicht nur bemerkt, sondern auch gesagt, dass sie wunderschön sei.

Und dann hatte er sich ihr entzogen und sich entschuldigt. Für alles. Da wäre es ihr lieber gewesen, er hätte sie überhaupt nie beachtet, als dass er ihre gemeinsame Zeit *bereute*.

Callie stand auf und trat an den Spiegel, der in einer Ecke des Raums stand. Sie betrachtete sich, beurteilte sich – das Haar zu braun, die Augen zu braun, die Statur zu klein, der Mund zu voll, insgesamt unmodisch füllig, mit zu üppigen Brüsten, zu breiten Hüften.

Kein Wunder, dass er sich entschuldigt hat.

Sie seufzte und wünschte sich, sie könnte die Erinnerung an Ralstons ernste Worte bannen, so offen und edelmütig, dass sie am liebsten ausgespuckt hätte.

Oder geweint.

Sie atmete tief durch, drängte die Tränen zurück, die ihr schon in den Augen brannten. An dem Abend, der, wie sie hoffte, der aufregendste ihres Lebens werden würde, wollte sie nicht weinen. Aufregend nicht Ralstons wegen … sondern allein ihretwegen.

Und ein bisschen auch Ralstons wegen.

Also gut, auch ein bisschen Ralstons wegen. Aber vor allem ihretwegen.

Sie dachte einen Augenblick nach, versuchte herauszufinden, was sie mehr lockte: das Glücksspiel oder der Herrenclub selbst. Es war unmöglich, das herauszufinden. Sie würde einfach abwarten müssen, bis sie es am eigenen Leib erfuhr. Was nicht mehr lange … wieder sah sie auf die Uhr. Zwölf nach neun. Konnte es sein, dass die Uhr kaputt war? Unmöglich, dass es erst zwei Minuten her war, seit sie zum letzten Mal auf die Uhr gesehen hatte. Sie sah auf die Uhrzeiger, wartete darauf, dass der Minutenzeiger auf die dreizehn wanderte. Die Wartezeit nahm kein Ende. Ja. Die Uhr war ganz eindeutig kaputt.

Callie fuhr auf dem Absatz herum und ging zur Tür, um sich in den Flur hinauszuschleichen und dort auf die Uhr zu sehen. Bestimmt war es schon fast elf. Sie würde sich rasch anziehen müssen, wenn sie rechtzeitig fertig werden wollte. Sie musste Anne rufen.

Kaum hatte sie einen Schritt zur Tür getan, als diese aufflog und Mariana hereingeplatzt kam. Ihre Schwester schloss die Tür gleich wieder und baute sich dann, die Arme in die Seiten gestemmt, vor ihr auf, keuchend, als wäre sie gerannt.

Nach einem raschen Blick auf das glatte, unbenutzte Bett durchbohrte Mariana Callie mit einem triumphierenden Blick und sagte: „Wusste ich es doch!“ Sie klang, als hätte sie gerade das Rad erfunden. Oder etwas ebenso Weltbewegendes.

Callie riss die Augen auf. „Was wusstest du?“

Mit vorwurfsvoll blitzendem Blick deutete Mariana auf ihre Schwester. „Ich wusste, dass du nicht krank bist!“ Sie senkte die Stimme zu einem Flüstern. „Du willst einen weiteren Punkt auf deiner Liste abhaken!“

Callie stand wie erstarrt, ehe sie sich nach einer Weile abwandte und eine Hand an den Kopf legte. Dann ging sie auf ihr Bett zu. „Wie kommst du denn auf die Idee? Ich bin gerade aufgestanden, um mir ein Mittelchen von der Köchin bringen zu lassen.“

Sie warf Mariana einen raschen Blick zu und sah, dass die Schwester ihr kein Wort glaubte. „Ein Mittelchen von der Köchin?“, sagte sie ungläubig. „Selbst auf dem Totenbett würdest du kein Mittelchen von unserer Köchin nehmen.“ Mariana eilte zum Bett und sprang darauf, als trüge sie ein Nachthemd und nicht etwa ein atemberaubendes seidenes Ballkleid. „Was ist heute Abend dran? Pferderennen? Boxen? Schnupftabak?“

Callie legte sich aufs Bett und zog sich ein Kissen über das Gesicht.

„Ich weiß! Ein Bordell!“

Schockiert schob Callie das Kissen von ihrem Gesicht herunter. „Mariana! Nun lässt du aber die Fantasie mit dir durchgehen! Natürlich will ich nicht ins Bordell!“

Mariana verzog enttäuscht das Gesicht. „Oh. Wie schade.“

Callie warf ihrer Schwester einen spöttischen Blick zu. „Ja. Sehr schade. Trotzdem werde ich heute Abend keine übel beleumdeten Örtlichkeiten aufsuchen.“

„Aber vielleicht an einem anderen Abend?“

Callie schüttelte den Kopf. „Ich kann gar nicht fassen, dass du in wenigen Monaten eine Duchess werden sollst.“

Mariana grinste und zuckte auf höchst undamenhafte Weise mit den Schultern. „Genau! Ich werde Duchess. Wer sollte mich dann noch kritisieren? Außer Mutter natürlich.“

Callie erwiderte das Lächeln ihrer Schwester. „Kommst du nicht zu spät zum Ball?“

„Ich will da nicht hin. Ich will mit dir gehen.“

„Ich gehe ja nirgendwohin.“

„Du weißt, dass Lügen eine Sünde ist“, mahnte Mariana ernsthaft.

„Also gut. Ich gehe noch aus, aber du kannst nicht mitkommen. Wenn wir uns beide krank stellen, wird Mutter wissen, dass etwas nicht stimmt.“

Begeistert klatschte Mariana in die Hände. „Wohin gehst du denn?“

„Wie viel Uhr haben wir?“

Mariana kniff die Augen zusammen. „Callie. Lenk nicht ab.“

„Ich lenke doch gar nicht ab! Ich will nur nicht zu spät kommen.“

„Zwanzig nach neun.“

Callie seufzte und ließ sich auf das Bett zurücksinken. „Dieser Abend nimmt überhaupt kein Ende mehr!“

„Callie!“, sagte Mariana scharf. „Wohin gehst du?“

Callie sah ihre neugierige Schwester an. „Wenn es je halb zwölf werden sollte, so gehe ich zum Glücksspiel.“

Mariana keuchte auf. „Nein!“

Callie grinste. „Ja!“

„Willst du in eine Spielhölle?“

„Nein … ich dachte, dort könnte ich zu leicht erwischt werden. Ich gehe zu Brooks's.“

Mariana erstarrte. „In den *Herren*club?“

Callie nickte und wurde rot.

„Du glaubst, in einem Herrenclub wirst du nicht so leicht erwischt wie in einer Spielhölle?“ Mariana schüttelte erstaunt den Kopf. „Du bist verrückt!“

„Bin ich nicht!“

„Wie willst du denn je dort … Mein Gott! Callie! Frauen haben bei Brooks's doch gar keinen Zutritt! Wenn sie dich erwischen …“

„Werden sie aber nicht.“

„Woher willst du das wissen?“

Callie zögerte, wusste nicht, was sie sagen sollte. Mariana drängte: „Callie.“

„Ralston nimmt mich mit.“

Mariana blinzelte zweimal. Callie wartete darauf, dass ihre Schwester diese Information verdaute.

„Der *Marquess* of Ralston?“

„Genau der.“

„Du gehst mit *Ralston*?“ Wenn die Bemerkung nicht so nervtötend gewesen wäre, hätte Callie über Marianas quietschende Stimme gelacht. Stattdessen zupfte sie an der Decke herum und nickte. „Ich wusste es!“, krähte Mariana triumphierend. „Ich wusste es seit eurem ersten Walzer! Auf meinem Verlobungsball!“

„Mariana, sei still. Das ganze Haus kann dich hören“, flüsterte Callie panisch.

„Wenn du ertappt wirst, bist du ruiniert“, verkündete Mariana, als wäre Callie darauf nie im Leben gekommen.

Callie nickte wieder.

„Na dann. Müssen wir eben Sorge tragen, dass du nicht erwischt wirst.“ Callie fasste neuen Mut, als sie Marianas „wir“ hörte. „Ich habe das Gefühl, dass du erstklassig darauf vorbereitet bist, dich aus dem Haus zu schleichen … aber wie willst du wieder reinkommen?“

„Auf demselben Weg, hatte ich gedacht – durch die Hintertür und über die Dienstbotentreppe.“

Mariana schüttelte den Kopf. „Das geht nicht. Die Tür am Ende der Treppe oben quietscht fürchterlich, Mutter wird dich hören.“

Callie überlegte. „Dann muss ich die Tür eben ölen.“

Mariana nickte. „Und achte auf die drittletzte Stufe von oben. Sie knarrt.“

Callie sah ihre Schwester an. „Woher weißt du das denn?“

„Sagen wir, dass Rivington und ich diese Treppe auch schon ein, zwei Mal benutzen mussten.“

Callie warf ihrer Schwester einen schockierten Blick zu. „Mariana!“

„Für *dich* ist es jetzt ein bisschen spät, dich aufzuregen, meinst du nicht? *Ich* bin mit Rivington wenigstens verlobt“, zog Mariana sie auf. „Du triffst dich mit Ralston zu einem nächtlichen Rendezvous! Mein Gott! Versprich mir, dass du mir alles erzählst?“

„Es ist kein Rendezvous“, protestierte Callie. „Er hilft mir einfach nur. Wir sind … Freunde.“

„Ein Freund setzt den guten Ruf einer Freundin nicht aufs Spiel, Calpurnia.“ Mariana senkte die Stimme. „Hast du mit ihm …“ Sie wedelte vielsagend mit der Hand.

„Hab ich mit ihm was?“, fragte Callie unschuldig, als hätte sie ihre Schwester nicht verstanden.

Mariana betrachtete sie mit schmalen Augen. „Callie. Du weißt ganz genau, was ich fragen will.“

Callie wich ihrem Blick aus. „Ganz bestimmt nicht.“

Mariana kreischte entzückt auf. „Doch! Du weißt es! Und du hast!“ Sie klatschte in die Hände. „Wie köstlich!“

„Das ist gar nicht köstlich.“

Mariana verzog enttäuscht das Gesicht. „Oh. Wie schade. Er sieht aus, als würde er …“

„Mariana!“, unterbrach Callie sie. „Das meine ich doch nicht.“

„Dann ist es also doch köstlich?“

Callie seufzte. „So ziemlich.“

Mariana grinste schelmisch. „Darüber möchte ich gern alles erfahren.“

„Nun, wirst du nicht. Und dieses Gespräch ist vollkommen ungehörig.“

Mariana tat Callies prüde Bemerkung mit einer Handbewegung ab. „Du weißt genau, wenn ihr miteinander erwischt werdet, müsst ihr heiraten. Stell dir bloß mal den Skandal vor!“

Callie kniff die Augen zusammen – es fiel ihr nur zu leicht, sich den Skandal vorzustellen. „Ich lasse mich nicht erwischen.“

„MARIANA!“ Der schrille Schrei der Dowager Countess of Allendale, der von unten zu ihnen heraufdrang, bewahrte Callie vor weiteren Peinlichkeiten. Mariana rollte mit den Augen und sagte: „Meine Güte, kann die Frau kreischen. Du solltest sehen, was sie anhat, Callie. Ein Samtkleid. Kanariengelb. Dazu der passende Turban. Sie sieht aus wie eine pelzige Banane.“

Callie verzog das Gesicht, als sie sich das vorzustellen versuchte. „Das gehört eben zu ihrem Reiz.“

„Ein Wunder, dass Rivington mir einen Heiratsantrag gemacht hat.“

Der trockene Kommentar entlockte Callie ein Lächeln. „Viel Spaß heute Abend.“

Mariana umarmte ihre Schwester kurz. „Du bist diejenige, die Spaß haben wird. Ich werde den ganzen Abend an dich denken. Morgen will ich alles erfahren! Versprich mir das!“

„Ich verspreche es dir.“

Mariana stand auf, strich ihre Röcke glatt und tat einen aufgeregten Hüpfer in Callies Richtung, ehe sie sich verabschiedete. Callie folgte ihr zur Tür und presste das Ohr dagegen, um zu lauschen, wie die Familie das Haus verließ. Dann eilte sie ans Fenster, um dort auf das Hufgetrappel und das Geratter der Kutsche zu warten, die bewiesen, dass die anderen wirklich zum

Ball aufgebrochen waren. Als sie nichts mehr hörte, wandte sie sich vom Fenster ab und rief nach Anne.

Sie hatte vor Ralstons Eintreffen noch so viel zu tun.

Zehn Minuten vor der vereinbarten Zeit stahl Callie sich durch den dunklen Garten zu dem Tor in der Mauer am anderen Ende. Sie schob den Riegel auf und zog das Tor auf. Es quietschte laut in den Angeln. „Verdammt“, sagte sie irritiert. Musste in diesem Haus denn jede Tür geölt werden?

Dank Mariana hatte Callie jedoch damit gerechnet, dass sie das Ölkännchen vielleicht brauchen würde, das Michael ihr vorhin gebracht hatte – ohne ihr auch nur eine Frage nach dem Warum zu stellen, der Gute –, und war nun gewappnet. Sie hob das Kännchen, ließ etwas Öl in das Scharnier laufen, schwenkte die Tür hin und her, um das misstönende Kreischen zu unterbinden. Als sie mit dem oberen Scharnier fertig war, widmete sie sich dem unteren.

Sie war so in ihre Arbeit vertieft, dass sie gar nicht bemerkte, wie Ralston näher kam.

„Na, hier haben wir mal einen vielseitig begabten Gentleman“, sagte er trocken. Überrascht fuhr sie zusammen. Sie sah von unten zu ihm auf, lächelte und träufelte noch ein paar Tröpfchen Öl in die Türangel. Er streifte die Handschuhe ab, ging neben ihr in die Hocke und nahm ihr das Ölkännchen ab. „Ich muss schon sagen, von all den Stelldicheins in einem Leben ist dies das erste, bei dem quietschende Scharniere geölt werden müssen.“

Sie lächelte. „Ich konnte doch nicht riskieren, dass meine Familie mich erwischt, falls ich später als sie nach Hause kommen sollte.“

Er nickte, was in der Dunkelheit kaum wahrnehmbar war. „Eine kluge Vorsichtsmaßnahme.“ Er beendete seine Aufgabe, stellte das Ölkännchen beiseite und holte ein Taschentuch heraus, mit dem er sich die Hände reinigte. Danach reichte er es an sie weiter. Im Aufstehen gab er ihr die Hand, um auch ihr aufzuhelfen. Er trat einen Schritt zurück, um ihre Verkleidung zu begutachten. Zwar konnte man es bei dem spärlichen Licht nicht genau erkennen, aber er sah, dass sie schwarze Abendgarderobe trug, was für Brooks's äußerst angemessen war. Ihre Stiefel glänzten im Mondlicht, das weiße Hemd, die weiße Weste und das perfekt gestärkte Krawattentuch hoben sich strahlend von dem dunklen Überrock und der dunklen Hose ab. Anne entwickelte allmählich Übung darin, ihre Herrin mit Männerkleidung auszustaffieren. Zur Vervollkommnung ihrer Erscheinung war Callies Haar unter einem schwarzen Kastorhut verborgen. Schwungvoll schwenkte sie ihren Stock und fragte leise: „Na, wie findest du es?"

„Auch wenn du für einen Herrn ein wenig klein geraten bist, wirst du schon durchgehen. Vorausgesetzt, bei Brooks's ist es genauso dunkel wie hier. In eurem Garten. Mitten in der Nacht." Er presste die Lippen zusammen und schüttelte dann den Kopf. „Man müsste schon ein ziemlicher Narr sein, um nicht zu merken, dass du eine Frau bist. Das wird eine Katastrophe geben."

Ralston zog die Handschuhe wieder an und steuerte auf seine Kutsche zu. Sie folgte ihm und meinte: „Im Fechtclub hast du doch auch nicht gemerkt, dass ich eine Frau bin."

Er knurrte unverbindlich.

„Ich habe schon oft festgestellt, dass die Leute nur das sehen, was sie *erwarten*, nicht das, was wirklich da ist."

Er öffnete den Schlag der Kutsche und half ihr in das dunkle Innere hinauf. Als sie über die Polster rutschte, um Platz für ihn zu machen, hätte sie schwören können, dass sie ihn hatte sagen hören: „Das war ein schrecklicher Einfall", bevor er sich neben sie setzte, die Tür hinter sich zuzog und ans Dach der Kutsche klopfte, um die Abfahrt zu signalisieren.

Schweigend ratterten sie durch die Straßen. Callie bemühte sich, Ralstons offensichtliche Bedenken zu ignorieren, die ihrem Vorhaben galten, sie in seinen Club zu schmuggeln. Sie war so weit gekommen … jetzt würde sie ganz gewiss nicht mehr umkehren. Die Fahrt dauerte nicht lange, und als die Kutsche am Ziel eintraf, setzte Callie sich auf die Sitzkante, um bessere Sicht zu haben. Während sie die Nase an die Scheibe drückte, holte Ralston einen großen Mantel hervor und reichte ihn ihr. „Hier. Zieh den an."

„Aber ich …"

„Darüber lasse ich nicht mit mir reden", unterbrach er sie kurz angebunden. „Meine Mitgliedschaft ist in Gefahr, wenn du erwischt wirst."

„Von meinem guten Ruf ganz zu schweigen", brummte sie in sich hinein.

Er sah sie streng an. „Ja. Nun, heute Abend mache ich mir größere Sorgen um meinen Club. Zieh den Mantel an, schlag den Kragen hoch, halte den Kopf gesenkt. Schau niemandem in die Augen. Bleibe dicht bei mir. Sieh überhaupt niemanden an. Und setz um Himmels willen nicht diese lächerliche Stimme ein, von der du glaubst, sie klinge männlich."

„Aber ich …"

„Nein, Callie. Ich habe dir versprochen, dass ich dich zu Brooks's mitnehme. Aber ich habe nicht versprochen, dass alles nach deinem Kopf läuft."

Sie seufzte. „Na schön."

Er öffnete den Schlag und sprang aus der Kutsche. Dann ging er zum Clubeingang, ohne ihr einen weiteren Blick zuzuwerfen. Einen Augenblick beobachtete sie ihn, überrascht, dass er seine ritterlichen Instinkte so leicht ignorieren konnte und es ihr einfach selbst überließ, wie sie aus dem Wagen kam. Sie stieg aus und schlug die Tür zu.

Viel zu laut knallte der Wagenschlag zu, was die Aufmerksamkeit Ralstons und ein paar anderer Passanten erregte. Da die Leute sich nach ihr umdrehten, geriet Callie ins Stocken. Voll Panik sah sie Ralston an. Der hob nur eine Braue, als wollte er fragen, ob sie jetzt fertig sei.

Sie neigte den Kopf, versteckte das Gesicht in dem üppigen Kragen seines Mantels und ging zu ihm. Als sie nur noch ein paar Schritte entfernt war, betrat er den Club und riss die Tür so weit auf, dass sie auch noch durchkam.

Callies erster Gedanke beim Überschreiten der Schwelle war, dass Brooks's atemberaubend war. Sie hatte nicht gewusst, was sie erwarten sollte, aber damit hatte sie nicht gerechnet. Der marmorne Eingang mit seinen Goldverzierungen verriet den Reichtum und den Status der Mitglieder.

Beim Anblick des weitläufigen Raums hielt sie den Atem an – er war wie ein Herrenzimmer in dunklen Tönen gehalten und mit kostbaren Hölzern ausgestattet. Und *überall* hielten sich Männer auf. Sie standen in kleinen Grüppchen in der Eingangshalle und nickten Ralston zu, als der an ihnen vorbeikam und Callie durch einen langen Korridor in den rückwärtigen Teil des Gebäudes führte. Verstohlen spähte sie in die Räume, deren Türen offen standen, dabei immer um Diskretion bemüht. Manche waren groß, hell erleuchtet und von Männern bevölkert, die Billard oder Karten spielten oder plauderten, andere waren kleiner und intimer und boten nur wenigen Herren Platz, die darin Portwein tranken und rauchten.

An jeder offenen Tür verlangsamte Callie ihren Schritt und versuchte sich zu merken, was in den Räumen passierte und wer sich darin aufhielt; sie wollte so viel wie möglich von diesem geheimnisvollen, faszinierenden Ort in sich aufnehmen. Ralston führte sie immer tiefer in das Gewirr von Korridoren. Die Flure wurden dunkler, die Zahl der offenen Türen nahm ab. Schließlich entdeckte Callie eine offene Tür; der Raum dahinter erstrahlte im Kerzenlicht. Von innen hörte sie wahrhaftig eine Frau lachen, und sie blieb abrupt stehen. Das musste sie sich näher ansehen.

Sie linste durch den Türspalt und bekam ganz große Augen, sobald sie erkannte, was sich auf der anderen Seite abspielte. Im Raum hielten sich drei Männer auf. Ihr Gesicht verbarg sich hinter einer Dominomaske, und die Sessel, in denen sie saßen, waren zu einem kleinen Kreis arrangiert. Die Männer wirkten recht entspannt, hatten den Blick aber wie gebannt auf die Frau gerichtet, die in der Mitte des Kreises stand, groß und drall, mit ebenholzschwarzer Haarmähne, die ihr bis auf den Rücken herabwallte. Sie war atemberaubend: hohe Wangenknochen, ein herrlicher Teint, schwarz geschminkte Augen, üppige rote Lippen, die zu einem wissenden Lächeln verzogen waren. Callie konnte den Blick nicht von ihr wenden – genau wie die Männer im Raum –, denn es war offensichtlich, dass die Frau eine Kurtisane war.

Sie trug ein Kleid, das nicht für die Öffentlichkeit bestimmt war – ein kühnes saphirblaues Seidengewand mit engem Oberteil, das eher wie ein Schnürmieder aussah. Die Brüste quollen beinahe über den Rand des Dekolletés, als sie sich über einen der Männer beugte. Callie hielt den Atem an, als der die Hand ausstreckte und die Brust an einer Seite liebkoste, wobei er die weiblichen Reize der Frau fixierte. Sie lachte leise bei der Berührung, umfasste kühn die Hand des Mannes und zeigte ihm, wie sie von ihm gestreichelt werden wollte. Er befolgte ihre Anweisungen, und dann griff ein anderer Mann nach dem Saum ihres Kurtisanenkleides und hob ihn an, Stück für Stück, entblößte erst ihre langen Beine und schließlich ihren runden Hintern. Dann begann er die Kehrseite der Frau zu streicheln. Callie keuchte auf.

Das Keuchen verwandelte sich in ein leises Quietschen, als Ralston sie am Arm packte und sie von der Stelle wegzog, an der sie wie festgewurzelt gestanden hatte. Er knurrte ihr leise ins Ohr: „Genau deswegen haben Frauen keinen Zutritt zu Herrenclubs."

„Für diesen speziellen Raum scheint das aber nicht zu gelten", erwiderte sie scharfzüngig.

Er antwortete nicht, führte sie stattdessen zur nächsten offen stehenden Tür, schob sie in den Raum und schloss und verriegelte die Tür hinter ihnen. Als sie das ominöse Klicken hörte, fuhr sie zu Ralston herum, der sie von der Tür aus wütend anfunkelte.

„Habe ich mich nicht klar genug ausgedrückt? Du solltest dicht bei mir bleiben und niemanden ansehen."

„Habe ich doch auch gar nicht gemacht!"

„Dann hast du also nicht gerade in ein Zimmer voller Leute hineingeschaut?"

„So viele waren nun auch nicht drin", wich Callie aus. Sein Blick wurde schmal. „Es ist ja nicht so, als hätten sie mich gesehen!"

„Sie hätten dich aber sehen können!"

„Die hatten doch Wichtigeres zu tun", erklärte sie. „Vielleicht könntest du mir etwas erklären?"

Sein Blick wurde vorsichtig. „Vielleicht."

„Wie kann es sein, dass eine Frau ... ausreichend ist ... für drei Männer?"

Ralston hob den Blick zur Decke und stieß ein ersticktes Geräusch aus. Dann sah er sie an. „Ich weiß es nicht."

Sie warf ihm einen ungläubigen Blick zu. „Sie ist wohl eine sehr talentierte Kurtisane."

Er fuhr sich durch die Haare und sagte mit belegter Stimme: „Callie."

Unschuldig fuhr sie fort: „Nun, das muss sie wohl sein, oder nicht?"

„Ja."

„Wie faszinierend." Sie lächelte strahlend. „Mir ist bisher noch nie eine Kurtisane begegnet, weißt du."

„Das habe ich mir fast gedacht."

„Sie hat genauso ausgesehen, wie ich es mir immer vorgestellt habe! Nun ja, sie war ein gutes Stück hübscher."

Ralstons Blick huschte durchs Zimmer, als suchte er nach dem schnellsten Fluchtweg. „Callie. Möchtest du nicht lieber spielen, als über Kurtisanen zu sprechen?"

Sie legte den Kopf schief und überlegte. „Ich weiß nicht ... beides ist die Zeit wert, findest du nicht?"

„Nein", sagte er mit überraschtem Lachen, „finde ich nicht."

Sie ignorierte ihn und sah sich im Raum um. Er war mit griechischen Friesen geschmückt, auf denen sich diverse Gottheiten tummelten, und mit einem großen Spieltisch und diversen

Stühlen ausgestattet. Auf einer Seite des Raums standen vor dem Kamin, in dem ein lustiges Feuer prasselte, zwei Sessel und eine Chaiselongue. An den Wänden, an denen keine riesigen Marmorstatuen standen, zogen sich Bücherregale entlang. Es war ein gemütliches, allerdings ziemlich maskulines Zimmer.

Sie drehte sich wieder zu Ralston um. „Werden sich die anderen nicht wundern, dass wir uns hier in diesem Raum verschanzen?"

Ralston legte Hut und Handschuhe ab und warf sie auf ein Tischchen neben der Tür. „Das möchte ich bezweifeln. Um diese Uhrzeit sind die Männer meist vollauf beschäftigt mit den … Dingen, die sie sich für den Abend vorgenommen haben."

„Mit den Dingen", wiederholte sie trocken und legte ebenfalls Hut und Handschuhe ab. Dann zog sie den Mantel aus und hängte ihn an einen Haken. Nachdem sie sich Ralston wieder zugewandt hatte, sah sie, dass er sie scharf musterte. „Du bist doch nicht etwa immer noch wütend auf mich, oder? Wir sind ohne Schwierigkeiten hier hereingekommen. Niemand da draußen weiß, dass ich hier bin."

Ein langer Moment verstrich, währenddessen er ihre Kleidung gründlich musterte. Er schüttelte den Kopf. „Ich finde es einfach unfassbar, dass im ganzen Club niemand bemerkt hat, dass du genauso wenig ein Mann bist wie eine Giraffe."

Ihr Mundwinkel hob sich. „Wenn ich eine Giraffe wäre, wäre es ihnen bestimmt aufgefallen, könnte ich mir vorstellen. Und warum sagst du das? Findest du meine Verkleidung etwa nicht gelungen?" Sie sah an sich herunter, plötzlich unsicher geworden. „Ich weiß, ich habe ziemlich … viel Figur, aber ich dachte, ich hätte sie versteckt … na ja, so gut es geht."

Mit tiefer, dunkler Stimme erwiderte er: „Callie, da bräuchte es schon einen Blinden, damit er in diesen Kleidern deine Figur nicht bemerkt. In meinem Bekanntenkreis gibt es keinen Mann, der ein so hübsches …"

„Das reicht, mein Bester", unterbrach sie ihn geziert, als stünde sie nicht in Herrenkleidern und in Begleitung eines der berüchtigtsten Lebemänner in Brooks's Herrenclub. „Es ist schon spät. Ich würde jetzt gern das Glücksspiel erlernen, wenn es dir nichts ausmacht."

Er grinste nur ein wenig selbstgefällig, zog einen Stuhl heraus und wies sie an, am Kartentisch Platz zu nehmen. Sie ließ sich auf dem angebotenen Stuhl nieder, war sich dabei seiner Nähe nur zu sehr bewusst. Nachdem er sich ihr gegenüber hingesetzt hatte, hob er das Kartenspiel, das dort bereitgelegen hatte, und sagte: „Ich glaube, wir sollten mit *vingt-et-un* anfangen."

Dann erklärte er die Spielregeln – dass das Ziel des Spiels darin bestand, mit ihren Karten einundzwanzig Punkte zu erreichen beziehungsweise an diesen Wert so nahe wie möglich heranzureichen, ohne ihn zu überschreiten. Sie spielten mehrere Runden. Erst ließ Ralston sie gewinnen, doch dann schlug er sie vernichtend. Beim fünften Spiel war sie ganz aufgeregt, weil sie zwanzig Punkte beisammen hatte, doch dann deckte er seine einundzwanzig Punkte auf.

Verärgert, weil sie schon wieder verloren hatte, platzte Callie heraus: „Du hast geschummelt!"

Er sah sie an und riss in gespielter Empörung die Augen auf. „Wie bitte? Wenn du ein Mann wärest, würde ich dich deswegen fordern!"

„Und ich versichere dir, dass ich das Duell gewinnen würde, denn ich ziehe einher für die Wahrheit in Sanftmut und Gerechtigkeit."

Er lachte und mischte die Karten neu. „Zitierst du jetzt schon aus der Bibel?"

„Allerdings", sagte sie züchtig, ein Bild der Frömmigkeit.

„Beim Glücksspiel."

„Welchen besseren Ort gäbe es, um jemanden wie dich auf den rechten Weg zurückzubringen?", fragte sie mit schelmisch funkelndem Blick. Sie tauschten ein Lächeln, und dann gab er die Karten aus. Nüchtern fuhr sie fort: „Es wäre jedoch recht praktisch, wenn du mich fordern würdest. Ich möchte gern zu einem Duell gehen."

Er erstarrte einen Augenblick und gab sich dann mit einem Kopfschütteln geschlagen. „Natürlich willst du zu einem Duell gehen. Gibt es auf dieser Liste eigentlich irgendetwas, was mich nicht schockieren würde?"

Sie schaute ihre Karten an und sagte: „Oh, ganz bestimmt nicht."

„Nun, nachdem es ja anscheinend meine spezielle Aufgabe geworden ist, dir beim Abarbeiten deiner Liste zu helfen, muss ich doch nachfragen ... wie gefällt dir denn dein jetziges Abenteuer?"

Sie krauste die Nase und dachte nach. „Der Club ist ziemlich bemerkenswert. Ohne dich hätte ich dieses Erlebnis ganz bestimmt nicht gehabt, Gabriel. Aber ich muss sagen, dass ich nicht recht verstehe, was am Spielen so aufregend sein soll. Gut, es ist ein netter Zeitvertreib, aber mir ist einfach nicht klar, was andere am Glücksspiel finden, dass so viele im Schuldgefängnis landen."

Er lehnte sich auf seinem Stuhl zurück und beobachtete sie genau. „Du kannst es nicht verstehen, meine Schöne, weil du nichts riskierst."

„Ich soll etwas riskieren?"

„Ja", sagte er. „Der Reiz des Glücksspiels beruht zu einem großen Teil auf dem Nervenkitzel, den man beim Gewinnen verspürt, und der Angst vor dem Verlieren."

Sie ließ sich das durch den Kopf gehen und nickte dann nachdenklich. „Sollen wir demnach um Geld spielen?"

Er nickte. „Wenn du möchtest."

Doch sie überlegte es sich noch einmal anders. „Dir ist es doch ziemlich egal, wenn du Geld verlierst."

„Ziemlich."

„Dann birgt die Sache für dich ja keinerlei Risiko."

„Das spielt keine Rolle. Das ist deine Nacht. Nur du brauchst den Nervenkitzel zu spüren. Ich bin nur dein williger Gehilfe."

Sie konnte sich ein Lächeln nicht verkneifen, als sie diese bescheidene Selbstbeschreibung hörte. „Oh nein, Gabriel", sagte sie. „Wenn wir richtig spielen wollen, möchte ich, dass du auch das Gefühl hast, verlieren zu können."

Seine blauen Augen glitzerten. „Was hast du dir vorgestellt?"

Erregung loderte in ihr hoch. „Also gut, für jedes Spiel, das ich gewinne … musst du mir eine Frage beantworten. Wahrheitsgemäß."

Er runzelte die Stirn. „Was für Fragen?"

„Warum?", neckte sie. „Hast du Angst, du könntest verlieren?"

Er beugte sich vor. „Also schön, Kaiserin. Wenn *ich* gewinne, musst du mir eine Gunst erweisen … die ich dann noch festlege."

Bei diesen Worten überlief sie ein Schauer, gefolgt von blinder Panik. „Was für eine Gunst?"

„Warum?", spöttelte er. „Hast du Angst?"

Ja. Sie sah ihm fest in die Augen. „Natürlich nicht."

„Ausgezeichnet", erwiderte er und gab rasch die Karten aus. „Dann wollen wir die Sache mal ein wenig interessanter machen."

Plötzlich fand Callie das Glücksspiel furchtbar aufregend. Bei jeder Karte, die sie zog, hielt sie den Atem an. Fieberhaft suchte sie nach Wegen, Ralston zu schlagen. Und die erste Runde gewann sie tatsächlich … obwohl sie sich unwillkürlich fragte, ob er sie vielleicht hatte gewinnen lassen.

Nicht dass ihr das etwas ausgemacht hätte. Sie wollte ihre Antwort. Nachdenklich lehnte sie sich zurück und sah zu, wie er mit seinen langen, feingliedrigen Fingern die Karten einsammelte, sorgfältig stapelte und dann mischte, während er auf ihre Frage wartete. Sie sah ihn an. „Klär mich über die Kurtisanen auf."

Er lachte kurz und schüttelte den Kopf. „Ich habe mich bereit erklärt, Fragen zu beantworten. Das war keine Frage."

Sie rollte mit den Augen. „Also gut. Kommen Kurtisanen oft hierher?"

„Ja."

Als er sich nicht weiter äußerte, hakte sie nach: „Und sind sie dann öfter für mehrere Männer zuständig?"

„Callie", meinte er nüchtern, „worauf willst du in Wahrheit hinaus?"

Sie kräuselte die Nase. „Ich habe einfach Schwierigkeiten, zu verstehen, wie sie … also … was sie mit ihr … ich meine …"

Er lächelte spöttisch und wartete darauf, dass sie den Satz zu Ende brachte.

„Oh … du weißt doch, was ich meine."

„Glaub mir, ich weiß es nicht."

„Es waren drei Männer und nur eine Frau?"

„Tatsächlich?"

„Du bist unerträglich! Du hast versprochen, meine Fragen zu beantworten!"

„Wenn du eine Frage stellen würdest, meine Liebe, würde ich sie dir auch beantworten."

„Kann man von ihr wirklich erwarten, dass sie drei Männer …" Sie hielt inne, suchte nach dem Wort.

„… befriedigt?", schlug er liebenswürdig vor.

„… unterhält."

Er begann, die Karten auszuteilen. „Ja."

„Wie?"

Er sah zu ihr auf und grinste verwegen. „Willst du darauf wirklich eine Antwort?"

Ihre Augen weiteten sich. „Ähm … nein."

Da begann er zu lachen, ein tiefes, dröhnendes Gelächter, das sie von ihm noch nie zu hören bekommen hatte. Sie war starr vor Staunen, als sie sah, wie es ihn veränderte. Sein Gesicht wirkte viel offener, seine Augen leuchteten, und seine Haltung war viel entspannter. Unwillkürlich musste sie lächeln, noch während sie ihn schalt: „Du machst dich über mein Unbehagen lustig."

„Allerdings, Kaiserin."

Sie errötete. „Nenn mich doch nicht so."

„Warum nicht? Du wurdest schließlich nach einer Kaiserin benannt."

Sie schloss die Augen und sagte übertrieben schaudernd: „Ich ziehe es vor, nicht an diesen scheußlichen Namen erinnert zu werden."

„Du solltest ihn annehmen", meinte er offen. „Du bist eine der wenigen Frauen, die ich kenne, die einem solchen Namen Ehre machen könnte."

„Das hast du schon einmal gesagt."

Neugierig sah er sie an. „Wirklich?"

Sie begegnete seinem Blick und bedauerte es sofort, diese uralte Erinnerung erwähnt zu haben, die für ihn so unbedeutend sein musste, während sie ihr doch so viel bedeutete. Ihre Stimme war leise, sie versuchte, ihn vom Thema abzulenken. „Ja. Ich erinnere mich nicht, wann. Wollen wir weiterspielen?"

Er warf ihr einen scharfen Blick zu und nickte dann. Bei der nächsten Runde war sie so durcheinander, dass er mit Leichtigkeit gewann, mit zwanzig zu achtundzwanzig Punkten.

„Du hättest aufhören sollen, als du bei neunzehn warst", meinte er beiläufig.

„Warum? Ich hätte doch trotzdem nicht gewonnen", brummte sie.

„Na so was – meine liebe Calpurnia …", sie war sich sicher, dass er den Namen verwendete, um sie zu provozieren, „… ich glaube fast, du bist eine schlechte Verliererin."

„Keiner verliert gern."

„Mmmmh. Und du hast gerade verloren."

Sie seufzte. „Na dann raus damit. Was möchtest du?"

Er beobachtete sie, wartete, bis ihr Blick zu ihm zurückkehrte. „Lass dein Haar herunter."

Sie runzelte die Stirn. „Warum?"

„Weil ich gewonnen habe. Und du hast den Bedingungen zugestimmt."

Sie überlegte kurz, hob dann die Hände und nahm die Nadeln aus ihrer Frisur. Als ihr kurz darauf das Haar in weichen Wellen auf die Schultern fiel, sagte sie: „Bestimmt sehe ich ziemlich albern aus, in Männerkleidern, mit dem ganzen Haar."

Sein Blick hielt sie fest, seit sie die Locken gelöst hatte. „Sei versichert, ‚albern' ist nicht das Wort, das ich verwenden würde."

Seine Stimme hatte wieder jene dunkle Färbung angenommen, nach der sie inzwischen so verrückt war, und ihr Puls begann zu rasen. Sie räusperte sich. „Wollen wir weiterspielen?"

Er gab die Karten aus. Sie gewann. Um einen kühlen, ruhigen Ton bemüht, fragte sie: „Hast du eine Geliebte?"

Mitten in der Bewegung erstarrte er, und sofort bereute sie die Frage. Eigentlich wollte sie doch gar nicht wissen, ob er eine Geliebte hatte. Oder?

„Nein."

„Oh." Sie war sich nicht sicher, welche Antwort sie erwartet hatte. Diese jedenfalls nicht.

„Du glaubst mir nicht?"

„Doch. Ich meine, du wärst doch nicht hier bei mir, wenn du woanders sein könntest, mit jemandem wie …" Sie unterbrach sich, erkannte, dass ihre Worte missverständlich waren. „Nicht dass ich glaube, du wärst hier … um mit mir …"

Er beobachtete sie; seine Miene war unergründlich. „Ich wäre trotzdem hier bei dir."

„Wirklich?", quietschte sie.

„Ja. Du bist anders. Erfrischend."

„Oh. Na ja. Danke."

„Eine Geliebte kann recht schwierig sein."

„Ich könnte mir vorstellen, dass dir das nicht gefällt."

„Nein, allerdings nicht", stimmte er zu. Er legte die Karten auf dem Tisch ab. „Warum interessierst du dich so für Geliebte und Kurtisanen?"

Nicht für Geliebte im Allgemeinen. Für deine Geliebten. Sie zuckte mit den Schultern. „Für Frauen, die nicht so … frei sind, ist das ein faszinierendes Thema."

„Frei würde ich sie eigentlich nicht nennen."

„Oh! Aber das sind sie doch! Sie können sich benehmen, wie sie wollen und mit wem sie wollen. Sie sind ganz anders als die

Damen der Gesellschaft. Von uns erwartet man, dass wir ruhig dasitzen und Däumchen drehen, während Männer sich in der Welt umsehen und sich die Hörner abstoßen können. Ich finde, es wird höchste Zeit, dass wir Frauen das auch dürfen. Und genau das tun diese Frauen."

„Du hast eine übertrieben romantische Vorstellung davon, was diese Frauen tun können und was nicht. Sie hängen von den Männern ab, mit denen sie verbunden sind. Sie werden von ihnen mit allem versorgt. Mit Geld, Essen, Kleidung."

„Worin unterscheidet sie das von mir? Ich hänge in diesen Dingen von Benedick ab."

Bei dem Vergleich fühlte er sich sichtlich unwohl. „Das ist etwas anderes. Er ist dein Bruder."

Sie schüttelte den Kopf. „Da täuschst du dich. Es ist genau dasselbe. Nur dass Frauen wie die im Zimmer nebenan sich die Männer aussuchen können, von denen sie abhängen."

Sein Ton wurde ernst. „Du weißt überhaupt nichts über die Frau nebenan, Callie. Sie ist nicht frei, im Gegenteil. Glaub mir. Und noch ein Rat: Hör auf, sie zu verklären, sonst bringt dich das noch in Schwierigkeiten."

Ob es nun eine Folge ihres Abenteuers war oder des Geplänkels mit Ralston, Callies Zunge schien sich auf einmal vollkommen von jeder Vernunft und Zurückhaltung zu verabschieden. „Warum?", fragte sie. „Ich muss zugeben, dass mich die Vorstellung fasziniert. Wenn mir jemand anböte, seine Geliebte zu werden, würde ich das nicht von vornherein ablehnen."

Bei dieser Bemerkung verschlug es ihm die Sprache. Callie konnte sich ein kleines, triumphierendes Lächeln nicht verkneifen, als sie sah, wie überrascht er war. Mit gerunzelter Stirn sah er zu, wie sie die Karten ergriff und anfing, sie auszuteilen. Er packte ihre Hand und hinderte sie am Weitermachen. In seinem Blick loderte ein Gefühl, das sie nicht direkt identifizieren konnte, sie wusste nur, dass es nichts Gutes verhieß. „Das ist nicht dein Ernst." Sein Ton duldete keine Widerrede.

„Ich …" Sie spürte sofort die Gefahr und entschied sich für

die Wahrheit. „Nein, ist es nicht.“

„Steht es auf deiner Liste?“

„Was? Nein!“ Ihr Schock war so echt, dass er von ihrer Ehrlichkeit überzeugt war.

„Du bist viel zu viel wert, als dass du für irgendeinen Dandy die Geliebte spielen solltest, Callie. Das ist keine glanzvolle Rolle. Auch keine romantische. Diese Frauen leben in einem goldenen Käfig. Du jedoch solltest ein Piedestal bekommen.“

Sie schnaubte verächtlich. „Danke, ich würde es vorziehen, wenn man mich nicht mit Glacélederhandschuhen und Entschuldigungen anfassen würde.“ Sie zog ihre Hand unter seiner heraus. Die Berührung wurde allmählich unerträglich heiß. Zu nahe an dem, was sie wirklich wollte – was sie ihr Leben lang gewollt hatte.

„Entschuldigungen?“

Sie schloss kurz die Augen und nahm allen Mut zusammen. „Ja. Entschuldigungen. Wie die, die du heute früh so wunderschön formuliert hast. Wenn ich jemand anders wäre … deine Opernsängerin … die Frau nebenan … hättest du dich dann auch entschuldigt?“

Er wirkte verwirrt. „Nein … aber du bist nicht diese Frauen. Du hast etwas Besseres verdient.“

„Etwas Besseres“, wiederholte sie aufgebracht. „Genau das meine ich doch! Du und die übrige Gesellschaft glauben, dass es besser ist, mich auf ein Piedestal von Anstand und Sitte zu setzen – was gut und schön gewesen wäre, wenn mich all die Zeit auf diesem Piedestal nicht zur alten Jungfer hätte werden lassen. Vielleicht sollten unverheiratete junge Frauen wie unsere Schwestern dort sitzen. Aber was ist mit mir?“ Ihre Stimme wurde leiser. „Hier oben bekomme ich doch nie eine Chance, das Leben richtig auszukosten. Hier oben gibt es nur Staub und unerwünschte Entschuldigungen. Der gleiche Käfig wie bei der Frau nebenan …“, sie deutete zum Flur, „… nur anders vergoldet.“

Während dieses leidenschaftlichen Ausbruchs beobachtete er

sie reglos. Da er nicht reagierte, sah sie zu ihm auf, doch seine Miene war unergründlich. Was verbarg er nur vor ihr?

„Gib die Karten aus."

Sie tat wie geheißen, und das nächste Spiel verging schweigend. Inzwischen war deutlich geworden, dass er nicht mehr nur *vingt-et-un* spielte. Seine harte Miene verriet ihr, dass er gewinnen wollte; bei dem Gedanken hämmerte ihr das Herz in der Brust – was würde er nach ihrem Ausbruch tun?

Nach seinem Sieg warf er die Karten auf den Tisch. Schweigend stand er auf, ging zur Anrichte und goss ihnen zwei Gläser Whisky ein. Bei seiner Rückkehr bot er ihr ein Glas an.

Sie nahm es entgegen und nippte an der bernsteinfarbenen Flüssigkeit, überrascht, dass sie diesmal nicht wie im Wirtshaus husten musste. Im Gegenteil, der Alkohol verstärkte nur die Wärme, die sie verspürt hatte, als sie darauf wartete, dass Gabriel seinen nächsten Wunsch nannte.

Er ging zum Kamin und machte es sich in einem der beiden Sessel dort bequem. Sie beobachtete ihn, während er ins Feuer starrte, fragte sich, was er wohl dachte. Überlegte er, ob er sie nach Hause bringen sollte? Schließlich hatte sie an diesem Abend genug gesagt, um nicht nur sich, sondern auch ihn in Verlegenheit zu bringen. Ob sie sich entschuldigen sollte?

„Komm her." Die Worte durchmaßen den Raum, obwohl er nicht von den tanzenden Flammen aufsah.

„Warum?"

„Weil ich es wünsche."

Vor einer Stunde hätte sie über diesen Befehl nur gelacht, doch jetzt fühlte Callie sich aus irgendeinem Grund davon fasziniert. Sie erhob sich und ging zu ihm. Kurz vor seinem rechten Arm blieb sie stehen. Sie wartete; das Blut rauschte ihr in den Ohren, und ihr eigener Atem schien den ganzen Raum zu erfüllen.

Das Warten war quälend.

Und dann drehte er sich zu ihr um, maß sie mit gebieterischem Blick und sagte: „Setz dich."

Das hatte sie nicht erwartet. Hölzern ging sie zu dem anderen Sessel, doch er hielt sie auf, indem er hinzufügte: „Nicht dort, Kaiserin. Hier."

Überrascht und verwirrt wandte sie sich zu ihm um. „Wo?"

Er streckte die Hand aus. „Hier."

Das Wort hallte im Zimmer nach. Er wollte, dass sie sich auf seinen *Schoß* setzte? Sie schüttelte den Kopf. „Ich kann nicht."

„Du wolltest es doch ausprobieren, meine Schöne", sagte er warm und schmeichelnd. „Komm. Setz dich zu mir."

Auch ohne dass er es ihr ausdrücklich sagte, wusste sie, dass dies ihre Gelegenheit war, alles kennenzulernen. *Mit Ralston.*

Sie stellte sich vor ihn hin und sah ihm in die Augen. Sie sagte nichts, sie brauchte auch nichts zu sagen. Im nächsten Augenblick hatte er sie auf seinen Schoß gezogen und ihre Lippen mit seinen bedeckt.

Jetzt gab es kein Zurück mehr.

Sie gab sich dem Abenteuer hin. Und ihm.

18. KAPITEL

Der Kuss war dunkler, bewusster, intensiver als all die anderen Küsse davor. Callie hatte sofort das Gefühl, dass Ralston ihr die Erfahrung vermittelte, um die sie gebeten hatte. Die Vorstellung erregte sie – dass dieser Mann, nach dem sie sich jahrelang gesehnt hatte, ihr den einen verruchten, verlockenden Ort zeigen würde, den sie so unbedingt kennenlernen wollte.

Er liebkoste ihre Unterlippe mit der Zunge, während er mit den Händen über ihren Körper strich, ihre Weste aufknöpfte und von den Schultern streifte und schließlich ihr Hemd aus dem Bund ihrer Kniehose zog. Seine warmen, kraftvollen Hände legten sich auf die weiche, bloße Haut über ihrer Hose, und gleichzeitig drang er mit der Zunge tief in ihren Mund ein. Er liebkoste und streichelte sie, löste Wellen der Lust in ihr aus, als seine Hand sich langsam nach oben stahl, zu ihren Brüsten. Sie war überwältigt von den Empfindungen, die er mit Mund und Händen in ihr auslöste, und konnte nur abwarten, bis er sie dort berührte, wo sie es sich ersehnte … und wie sie es sich ersehnte.

Als er auf die Leinenbinden stieß, zuckte er zusammen und fluchte verhalten.

„Binde sie nicht wieder ein“, sagte er. Er atmete inzwischen schwer, genau wie sie. Mit der freien Hand umfasste er ihren Hinterkopf und durchbohrte sie mit einem Blick. „Nie mehr.“

Sein Ton war dunkel, besitzergreifend, und sie schüttelte den Kopf, zum Zeichen, dass sie sich seinen Wünschen fügen würde. „Ich tue es nie wieder.“

Er fixierte sie lang mit seinem Blick, als wollte er die Wahrhaftigkeit ihrer Worte abwägen. Zufriedengestellt verschloss er ihre Lippen zu einem langen, berauschenden Kuss. Gleichzeitig schob er ihr Batisthemd hoch und ließ nur so lang von ihren Lippen ab, wie es dauerte, ihr das Hemd über den Kopf zu ziehen. Dann nahm er den Kuss wieder auf und warf das Hemd beiseite, das unbeachtet auf den Boden flog, während er sich schon wieder an ihrer Leinenbinde zu schaffen machte. Sie rechnete damit, dass er sie davon befreien wollte, doch er breitete die Hände aus und gab ihren Mund frei. Seine warmen, festen Hände auf ihr im Verbund mit der kühlen Luft auf ihren Lippen, seinen harten Schenkeln und ihren vereinten Atemzügen reichten aus, um sie so durcheinanderzubringen, dass sie ein Weilchen brauchte, bis sie fragend die Augen aufschlug.

Sofort begegnete sie seinem Blick. Sie hielt den Atem an, als sie die mühsam beherrschte Leidenschaft darin sah. Sie spürte, wie seine Brust sich hob und senkte, und dann fragte er: „Soll ich dich befreien, meine Schöne?"

Diese Bemerkung ging Callie durch und durch. Sie dachte an ihr Gespräch eben, und sie verstand die unterschwellige Bedeutung. Ihr blieb der Mund offen stehen, und er konnte nicht widerstehen und beugte sich vor, um an ihrer feuchten Unterlippe zu knabbern. Dann lehnte er sich zurück und formulierte die Frage anders, wobei er mit einem Finger über das schwellende Fleisch über der Leinenbinde strich.

„Soll ich dich aus deinem Käfig befreien?"

Ihr wurde schwach bei diesen Worten, die voll sinnlicher Verheißung steckten. Er bot ihr alles Abenteuer, alle Aufregung, die sie sich gewünscht hatte – all die Dinge, die sie nicht auf ihre Liste hatte schreiben können, die sie sich nicht hatte eingestehen können, nicht einmal in ihren stillsten Momenten. Wie konnte sie da ablehnen?

Sie nickte zustimmend.

Mehr brauchte er nicht.

Langsam wickelte er die lange Leinenbinde ab, schob dabei ihre Hände weg, als sie ihm helfen wollte. „Nein", sagte er, und in seiner Stimme schwang ein Versprechen mit, „das ist mein Geschenk. Ich packe es selbst aus."

Und das tat er dann auch. Langsam befreite er ihre Brüste, bis sie in seine Hände fielen. Wie beim letzten Mal strich er sanft über die wunde Haut. Er liebkoste die roten Male, die die Leinenbinde hinterlassen hatte, leckte sie mit der Zunge, strich federleicht mit den Händen darüber. Wie von selbst gruben sich ihre Finger in sein weiches, dunkles Haar, um ihn festzuhalten, während sie selbst den Kopf in den Nacken sinken ließ, ganz kraftlos von den aufregenden Empfindungen, die er in ihr hervorrief.

Er umfing sie, um sie zu stützen, während seine Lippen ihren Tribut forderten. Wellen der Erregung überliefen sie, als er sanft an einer harten Brustspitze saugte, und sie keuchte auf. Nie zuvor hatte sie sich so wunderbar gefühlt, so weiblich, so *lebendig*. Und alles nur seinetwegen. Der Gedanke verblasste, als er sich der anderen Brust widmete, Callie dabei hochhob, als wöge sie nichts, und so umsetzte, dass sie nun rittlings auf ihm saß und er ihre Fülle noch besser erreichen konnte. Dabei rutschte die Leinenbinde auf ihre Hüften herunter, und ein gefalteter Zettel fiel heraus. Er streifte auf dem Weg nach unten seinen Unterarm und landete in seinem Schoß. Von der merkwürdigen Berührung abgelenkt, sah er auf den Zettel zwischen ihnen, hob ihn hoch und hielt ihn ihr hin. Sie nahm ihn entgegen, staunte über das elektrisierende Gefühl, als sich ihre Finger berührten. Sie sah ihm in die Augen und ließ das Papier achtlos fallen.

Er zog sie enger an sich. Seine Hände waren überall, liebkosten ihren Po, ihre Beine, ihre Brüste, hoben ihr schweres Haar an, um ihren Nacken für seinen heißen, feuchten Mund freizulegen. Er arbeitete sich an ihrem Hals empor und leckte ein Ohrläppchen, dann wandte er sich wieder abwärts, ließ Küsse auf ihr Schlüsselbein regnen und schließlich auf ihren Busen. Er liebkoste ihre Brüste, saugte und leckte an den drängenden Brustspitzen, während ihre Hände ebenfalls auf Entdeckung gingen, sich unter seinen Mantelkragen schoben, über seine breiten Schultern und die muskulöse Brust strichen.

Sie legte die Finger an die Knöpfe seiner Weste, zog daran, unsicher, wie sie weiter vorgehen sollte. Er gab eine rosige Brustspitze frei und sah ihr in die Augen. „Nimm dir, was du willst, Kaiserin."

Von dem Moment, da sie diesen sinnlichen Pfad betreten hatten, hatte er sie ermutigt, Grenzen zu ignorieren und kühn und entschieden zu handeln. An diesem Abend war es nicht anders. Seine Worte spornten sie zu Taten an. Ungeschickt machte sie sich an den Knöpfen zu schaffen, öffnete seine Weste und legte sein dünnes Leinenhemd frei. Unsicher hielt sie inne. Sie kaute auf ihrer Unterlippe herum, während sie sich ihren nächsten Schritt überlegte.

Er beobachtete sie, die Augen zu Schlitzen zusammengekniffen, und weigerte sich, ihr die Entscheidung abzunehmen. Doch er konnte nicht widerstehen, ihren Hinterkopf zu umfassen und ihre malträtierte Lippe zu küssen. Er leckte und saugte daran, bis sie beide schwer atmeten. Erst dann gab er sie wieder frei, entspannte sich, bedeckte ihre auf seiner Brust ruhenden Hände mit seinen und sah zu, wie sie sich zu fassen versuchte. „Was wirst du jetzt mit mir anfangen?"

Nervös legte sie den Kopf schief. „Ich möchte, dass du weniger Kleider anhast."

Er grinste über die schüchterne Formulierung – die so gar nicht zu diesem Augenblick passen wollte. Seine Antwort war heiser, worauf sie ein Schauer der Lust überlief. „Nun, einer Dame kann ich gewiss nichts abschlagen."

Artig schlüpfte er aus Rock und Weste, wobei er sich vorbeugen musste. Die Bewegung zwang ihn, sich an sie zu pressen, und er stöhnte auf. Schließlich hatte er die äußeren Hüllen abgelegt und ließ sich in den Sessel zurücksinken, packte sie dabei fest bei den Schenkeln, nicht willens, den engen Kontakt an dieser Stelle enden zu lassen. Er drückte sich noch einmal an sie und sah, wie sie vor Lust aufseufzte – er hatte genau die Stelle getroffen, an der sie sich nach Berührung verzehrte.

Er sah ihr in die Augen und stemmte sich noch einmal vor, und noch einmal überlief sie eine Welle der Leidenschaft. „Ist es das, was du willst, meine Schöne?"

Die Frage kam mit einem Keuchen heraus, und sie bemerkte, dass ihn diese Bewegung ebenso reizte wie sie selbst. Darauf lächelte sie kühn und rieb sich kreisend an seinen Schenkeln. Sofort legte er ihr die Hände auf die Hüften, um sie fest an sich zu ziehen. Seine Augen wurden schmal, und angesichts seiner Leidenschaft fühlte sie sich unendlich stark.

Kühn schüttelte sie den Kopf, wollte den Blick nicht von ihm wenden. „Noch weniger Kleider."

Lächelnd richtete er sich auf und beugte sich vor. Dann zog er sich das Hemd aus der Hose und über den Kopf und schickte es auf denselben Weg wie ihr Hemd vorhin.

Ralston beobachtete sie dabei, wie sie ihn beobachtete, legte die Finger an ihre Brustspitzen und begann sie zu massieren. „Und jetzt, Kaiserin?"

Es war das erste Mal, dass sie einen Mann ohne Hemd zu sehen bekam. Sie musste schlucken, als sie ihn so sah – so prachtvoll, muskulös und *männlich* –, ihr Mund war plötzlich ganz trocken geworden. Mühsam hob sie den Blick zu seinem Gesicht und sagte: „Darf ich … dich berühren?"

Er lachte leise. „Nur zu."

Ihr Blick glitt zu seiner Brust, und sie ließ die Hände folgen. Behutsam fuhr sie mit den Fingerspitzen an seiner Seite entlang, ließ sie über die breite Brust gleiten. Mit dem Daumen rieb sie über die flache Brustwarze und riss die Augen auf, als diese sich aufrichtete und sein Atem sich beschleunigte. Sie wiederholte die Bewegung, und er stieß aus tiefster Kehle ein leises Knurren aus. Besorgt sah sie auf. „Habe ich dich verletzt?"

„Nein", stieß er hart hervor. Um es ihr zu beweisen, küsste er sie ausgiebig, schob ihr die Zunge tief in den Mund, spiegelte die Liebkosung, indem er nun seinerseits über eine ihrer geschwollenen Brustspitzen rieb, bis sie sehnsüchtig aufwimmerte. Dicht vor ihren Lippen raunte er: „Hat dich das verletzt?"

Sie schüttelte den Kopf und atmete zittrig ein. „Nein." Sie streichelte ihn noch einmal. „Es tut weh, aber irgendwie angenehm. Es fühlt sich herrlich an."

Er nickte. „Allerdings."

Mit dem Daumen beschrieb sie langsame Kreise auf seiner Brust, beugte sich vor und berührte ihn dort mit dem Mund.

Sie spürte seinen Herzschlag, als sie mit den Lippen über seine warme Haut glitt. Sie fragte sich, was wohl passieren würde, wenn … ihre Lippen fanden seine Brustwarze, und sie leckte daran.

Zischend sog er den Atem ein, grub die Finger in ihr Haar, als sie seine Liebkosungen von vorhin aufgriff und warm und fest über seine Brust leckte. Er ließ sie mit Mund und Händen auf Erkundung gehen, bis er es nicht länger ertrug und sie schließlich zu einem weiteren Kuss nach oben zog. Hungrig labte er sich an ihren Lippen, bis sie keinen klaren Gedanken mehr fassen konnte, bis sie nichts als ein Pfützchen Weiblichkeit in seinen Armen war. Es war, als wüsste er genau, in welchem Moment sie ins Reich der reinen Lust gelangte, denn genau zu diesem Zeitpunkt nahm er sie in die Arme und trug sie zu der niedrigen Chaiselongue, ohne den Kuss zu unterbrechen.

Callie streckte sich auf der Chaiselongue aus, und er folgte ihr, umgab sie von Kopf bis Fuß mit seiner Hitze.

„Ich will dich nackt sehen, Kaiserin." Heiß fächelten ihr die Worte über die Ohren, und als er ihr Ohrläppchen zwischen die Zähne nahm, überlief sie ein Schauer nach dem anderen. „Ich will dich von Kopf bis Fuß verwöhnen."

Sie konnte ihm nicht widerstehen, konnte den Worten nicht widerstehen, von denen sie schon seit Jahren träumte. Und so ergriff sie seine Hand und schob sie kühn zu ihrem Hosenlatz. Diese Geste gab ihm alle Erlaubnis, die er benötigte, und im nächsten Augenblick hatte er ihr Stiefel und Hosen ausgezogen, und Callie war nackt, für ihn entblößt.

Ralston betrachtete sie in aller Ruhe, strich über ihren üppigen Körper, legte die Hände auf ihre Haut, die teils vor Leidenschaft, teils vor Verlegenheit rot übergossen war. Sie versuchte sich zu bedecken, aber er ließ es nicht zu, hielt ihre Hände spielerisch zurück und weidete sich an ihrem Anblick. Sie gab es auf, ihre Brüste verstecken zu wollen, versuchte aber weiterhin, das Büschel brauner Haare an ihrer intimsten Stelle zu verbergen.

Er nahm jedoch ihre Finger dort weg und schob stattdessen

seine eigenen an diese Stelle. Noch einmal küsste er sie leidenschaftlich, bevor er ein Stück von ihr abrückte, um sie zu fragen: „Macht dich das verlegen, meine Schöne?"

Als sie nickte, presste er den Handballen fest gegen ihre Pforte und hörte befriedigt, wie sie vor Lust aufstöhnte. „Dazu besteht kein Grund ... komm, ich bedecke dich."

Bei diesen Worten brach Callie in überraschtes Gelächter aus, in das er mit einstimmte. Während er den Finger zwischen die geschwollenen Lippen schob und tief in sie eindrang, verwandelte sich ihr Lachen in ein Stöhnen.

„Du bist so schön, meine Liebe."

Sie schloss die Augen, die erotischen Zärtlichkeiten im Verbund mit den ersehnten Koseworten waren einfach zu viel für sie. Erneut nahm er ihre Lippen in Besitz. „Eine solche Leidenschaft ist mir noch nicht begegnet. Eine solche Empfänglichkeit. Am liebsten würde ich dich fesseln und dich mir zu Willen machen." Vor Callies innerem Auge erschien ein Bild ihrer selbst, wie sie seinen Liebkosungen gefesselt und hilflos ausgeliefert war. Überrascht öffnete sie die Augen und begegnete seinem amüsierten Blick. Er erriet, was sie dachte, und versprach: „Eines Tages werde ich dir zeigen, wie viel Spaß ein solches Intermezzo machen kann ... aber nicht heute." Mit dem Daumen rieb er über ihr Fleisch, suchte und fand die feste Knospe der Lust, und sie drängte sich seiner Berührung entgegen. Er fuhr fort: „Heute will ich, dass du mich auch berührst." Er umkreiste sie mit dem Finger, was Callie sehnsüchtigen Protest entlockte. Lächelnd verschloss er ihr den Mund mit einem Kuss und schob einen zweiten Finger in sie, drang tief in sie vor und flüsterte an ihren halb geöffneten, feuchten Lippen: „So schön."

Immer weiter trieb er sie an den Abgrund, seine Lippen, seine Hände waren überall zugleich. Sie war sein Pianoforte; mit seinen warmen Fingern, seinem verruchten Geraune spielte er auf ihrem Körper, ihrem Geist. Sie konzentrierte sich auf seine Hand, auf die Finger, die tief in sie hineinglitten und sie dem Gipfel entgegentrieben, auf die köstlichen Liebkosungen seines

Daumens, der den Ort umkreiste, an den sich offenbar all ihr Denken, Fühlen, Wollen zurückgezogen hatte. Sie drängte sich an ihn, flehte nach mehr, schrie seinen Namen.

Und dann war er zwischen ihren Beinen, spreizte sie weit auseinander und hielt sie fest, während sein Mund sich der Stelle bemächtigte, an der sie ihn am dringendsten brauchte. Er umspielte und reizte sie mit einer Intensität, die sie kaum ertragen konnte – die machtvoll züngelnden Zärtlichkeiten raubten ihr den Atem und machten jeden vernünftigen Gedanken unmöglich. Sie bestand nur noch aus reiner Empfindung. Blind streckte sie die Hände zu seinem Kopf aus, wühlte die Finger in sein Haar, während er ihr pralles Fleisch mit Fingern, Zunge und Lippen umwarb, bis sie dachte, sie würde sterben, wenn er je damit aufhörte. Sie spürte, wie sich eine Welle der Lust in ihr aufbaute, wuchs und wuchs, während seine Liebkosungen immer fester und schneller wurden, er die Zungenspitze kühn über ihre Knospe schnellen ließ, bis sie beinahe den Verstand verlor. Sie bäumte sich auf, als die Welle schließlich brach und sich über sie ergoss. Sie schrie und klammerte sich an ihn – den Felsen in der Brandung.

Nun wurden seine Liebkosungen sanfter, er holte sie zurück in die Gegenwart, streichelte sie beruhigend, und schließlich sah er auf zu ihr. Er hielt den Atem an, als er ihrem Blick begegnete, in dem Leidenschaft und neu erwachte Weiblichkeit brannten. Sie streckte ihm die Hand entgegen und sagte: „Komm her."

Bei den Worten erschauerte er, und er konnte nicht anders, er musste sich neben ihr ausstrecken. Sie strich über seine Flanke, bis zu seiner Kniehose, die sich über seiner harten Männlichkeit spannte. Neugierig fuhr sie daran entlang und genoss es, als er die Luft hörbar einsog. Mit einem Lächeln, das von weiblicher Macht kündete, wiederholte sie die Zärtlichkeit, fester diesmal, und er packte ihre Hand, um ihr Einhalt zu gebieten.

Schwer atmend sagte er: „Die Willenskraft eines Mannes hat ihre Grenzen, Kaiserin. Wenn du mich noch einmal so berührst, kann ich nicht garantieren, dass ich mich weiter in der Hand habe."

Callie befreite sich aus seinem Griff, legte die Hand an sein Gesicht und zog ihn zu einem weiteren Kuss zu sich herab. Diesmal beherrschte sie die Zärtlichkeit. Diesmal war es ihre Zunge, die in seinen Mund vordrang, waren es ihre Lippen, die über seine volle Unterlippe strichen. Als sie den Kuss beendete, strich sie erneut an seinem Oberkörper entlang, zu den Knöpfen seiner Kniehose hinab. Während sie seinen Blick festhielt, löste sie mit zitternden Fingern den straff gespannten Hosenlatz. Sie schob die Hand hinein, bekam seinen harten Schaft zu fassen und nahm ihn fest in die Hand. Seine Augen verdunkelten sich, als sie ein wenig nervös fragte: „Und wenn ich dich so berühre?"

Callie hielt den Atem an. Ralston erstarrte und regte sich eine ganze Weile nicht mehr, sodass sie sich schon fragte, ob sie es vollkommen falsch angefangen hatte.

Und dann bewegte er sich. Mit einem Stöhnen tief in der Kehle verschloss er ihren Mund zum Kuss. Eine Hand legte er Einhalt gebietend auf ihre und sah ihr in die Augen. Ihr Eifer und ihre Unschuld hatten etwas an sich, ebenso die Leidenschaft, die er in ihren Augen lodern sah, was ihn schier umbrachte. Er sah ihr in die samtbraunen Augen und erkannte, dass ihm eine Frau wie diese noch nie begegnet war. Sie steckte voller Widersprüche, voller Leidenschaft, Unschuld, Abenteuerlust, Prüderie und Schüchternheit. Diese berauschende Mischung hätte auch den hartgesottensten Zyniker fasziniert – und er war in der Tat fasziniert.

Er wollte sie. Unbedingt. Er schob den Gedanken beiseite. Sie hatte etwas Besseres verdient. Einmal im Leben würde er sich wie ein Gentleman verhalten. Er schloss die Augen, um sie nicht ansehen zu müssen, nackt, offen, einladend und leidenschaftlicher als alle Frauen, die ihm je begegnet waren.

Für das, was er jetzt tun würde, hätte er einen Orden verdient.

Er nahm ihre Hand von sich weg, drückte ihr einen warmen, feuchten Kuss in die Handfläche und sagte, wobei er es sich allerdings nicht verkneifen konnte, sie zu streicheln, sie war so weich: „Ich glaube, ich sollte dich nach Hause bringen."

Ihre Lider flatterten, das einzige Anzeichen, dass sie ihn gehört hatte. Er sah den Zweifel in ihrem Blick und wünschte sich nichts mehr, als sie an sich zu ziehen und ihr genau auseinanderzusetzen, was er gern getan *hätte*, im Gegensatz zu dem, was er glaubte, tun zu *müssen*.

„Aber ich will nicht nach Hause gehen. Du hast gesagt, du wolltest mich aus meinem Käfig befreien. Willst du dein Versprechen etwa brechen?" Die Frage war neckend und verführerisch, der Ruf einer Sirene, während sie sich gleichzeitig an ihn schmiegte. Die ungeschickte Bewegung ließ sein Herz rascher klopfen.

Er küsste sie noch einmal, unfähig, nicht wenigstens etwas von der Süße zu kosten, die sie ihm darbot. Nachdem er sie freigegeben hatte, seufzte sie an seinen Lippen. „Bitte, Gabriel ... zeig mir doch, wie es sein könnte. Lass mich davon kosten. Ein einziges Mal."

Diese Worte, so offen und ehrlich, trafen ihn mitten ins Mark. Ihm wurde klar, dass er von Anfang an zum Scheitern verurteilt gewesen war. Er konnte sie nicht zurückweisen.

Und dann lagen seine Kniehosen auf dem Boden, und er kauerte über ihr, schob sich zwischen ihre Beine, bettete sich auf ihrem weichen Körper. Er küsste sie auf ihren Hals, strich über ihre Brüste, kniff in die Spitzen, bis sie hart wurden und sich seinen Lippen entgegenreckten. Dann nahm er die rosigen Spitzen in den Mund, entlockte ihr Lustschreie. Ihre Hände strichen über seine Schultern. Er dachte an die Lust, die er immer wieder in ihren Armen gefunden hatte. Und diese Lust würde sich nun hundertfach steigern.

Er drängte sich gegen das weiche Haar an ihrer Mitte, spürte die feuchte Wärme, die ihn dort erwartete, und es bedurfte aller Willenskraft, nicht sofort tief in sie einzudringen. Stattdessen rieb er sich nur leicht an ihr, was ihr ein Seufzen entlockte. Sie bäumte sich ihm entgegen, suchte etwas, was sie nicht benennen konnte, und er entzog sich ihr, begegnete ihrem leidenschaftlichen Blick mit einem aufreizenden Grinsen. „Was willst du von mir, meine Schöne?“

Wieder bäumte sie sich auf, versuchte sich an ihn zu drängen, und wieder entzog er sich ihr. Sie betrachtete ihn aus zusammengekniffenen Augen. „Du weißt genau, was ich will.“

Er nahm ihre volle Unterlippe zwischen die Zähne und saugte sanft daran, bevor er seine Hüften an sie presste, ihr das gab, wonach sie sich sehnte. „Ist es das, was du willst, Kaiserin?“

Sie keuchte und nickte, und er drängte sich noch einmal an sie, spürte die süße Feuchte, die ihn umgab, und nun begann er zu stöhnen. „Oh Gott, Callie … du bist so süß.“ Er näherte sich ihr, klopfte mit der Spitze seiner Männlichkeit an die Stelle, an dem sich all ihre Lust konzentrierte.

Scharf sog sie die Luft ein. „Ich will …“, begann sie, unterbrach sich dann aber unsicher.

„Sag es mir, meine Schöne.“ Er leckte die Stelle, wo ihr Kinn in den Hals überging, strich träge über ihre Brüste und rieb sich auf eine Weise an ihr, die sie beide in den sicheren Wahnsinn trieb.

„Ich … ich weiß nicht, was ich will.“ Sie strich ihm über den Rücken, drängte sich an ihn, worauf er harsch die Luft ausstieß. „Ich fühle mich so …“, er hob den Kopf, um sie zu beobachten, während sie nach dem richtigen Wort suchte, „… so leer.“

Er belohnte sie für diese sehnsüchtigen, freimütigen Worte, indem er sie leidenschaftlich küsste, mit der Zunge dabei tief in ihren Mund eindrang. Dann bewegte er sich ein wenig, schob die Hand zwischen sie und tastete nach dem Einlass zu ihrem Innersten. „Hier, meine Schöne?“, flüsterte er ihr ins Ohr, mehr Liebkosung als Sprache. „Fühlst du dich hier leer?“ Er drang mit dem Finger in sie ein, und sie seufzte seinen Namen. „Willst du mich hier?“

Sie biss sich auf die Lippen und nickte.

„Sag es, Kaiserin. Sag es mir.“ Ein zweiter Finger gesellte sich zu dem ersten, dehnte sie, erfüllte sie.

„Ich will dich.“

„Wo?“ Die Finger bewegten sich gemeinsam, zeigten ihr die Antwort.

„Gabriel …“ Das Wort war Begehr und Protest zugleich.

Er lächelte an ihrem Hals. „Wo, meine Schöne?“

Sie brachte ihn noch um. „In mir.“

Darauf zog er die Finger zurück, und sie hob die Hüften, um ihn zurückzuholen. Er legte einen Pfad samtweicher Küsse entlang ihres Schlüsselbeins, und dann legte er sich zwischen ihre Schenkel und schob statt der Finger sein hartes Glied an ihre Pforte. Er umfasste ihr Gesicht und sah ihr in die Augen; sie sollte sich in einem so intimen Augenblick nicht vor ihm verstecken.

Sie hielt den Atem an, als er ein Stück weit in sie eindrang. Dann verharrte er in ihrer samtenen, feuchten Wärme, und es war das Schwierigste, was er je gemacht hatte. Er beobachtete, welche Empfindungen in ihren braunen Augen aufflackerten. „Tut das weh?“

Sie schloss die Augen, schüttelte den Kopf. „Nein“, wisperte sie. „Ja. Es fühlt sich … ich will …“ Sie sah ihn an. „Ich will mehr. Ich will alles. Ich will dich. Bitte.“

Die heftigen Gefühle, die sich in ihren Worten und ihrem Blick spiegelten, hätten ausgereicht, um ihn zum Höhepunkt zu bringen, doch er erlaubte sich nicht, es für sie zu ruinieren, diese erste Kostprobe der Leidenschaft. Er hielt inne, saugte an ihren Brustspitzen, ließ die Hand wieder zu ihrer harten, heißen Knospe wandern. Er rieb kreisförmig, sah zu, wie in ihrem Blick die Leidenschaft aufloderte. „Callie …“, flüsterte er. „Ich werde dir wehtun. Das kann ich nicht ändern.“

„Ich weiß“, erwiderte sie atemlos. „Es ist mir egal.“

Er küsste sie, langsam und vorsichtig, streichelte sie, als hätten sie alle Zeit der Welt. „Mir aber nicht“, wisperte er, sein Daumen kreiste schneller, und ihre Hüften bewegten sich in einem Rhythmus, der sie beide entflammte. „Aber ich mache es wieder gut.“

Er ließ sich auf sie gleiten, biss die Zähne zusammen, um

sich zurückzuhalten, während er langsam, Zoll um Zoll, in ihrer köstlichen Wärme versank.

Und als sie sich schließlich vor Lust wand, zog er sich noch einmal aus ihr zurück und drang dann in einer fließenden Bewegung bis zum Ansatz in sie ein. Vor Schmerzen sog sie die Luft ein, und er verharrte über ihr, mit angespannten Muskeln. „Tut mir leid“, flüsterte er und bedeckte ihre Wangen mit Küssen.

Mit einem kleinen Lächeln begegnete sie seinem Blick. „Nein … es ist nicht … es ist nicht schlimm.“ Sie legte den Kopf schief, als überlegte sie. „War es das?“

Bei dieser naiven Frage entfuhr ihm ein kleines, angespanntes Lachen. „Das ist nicht mal nah dran.“

„Oh.“ Sie bewegte sich, und nun begann er zu keuchen. „Oh … das ist ziemlich …“ Sie bewegte sich noch einmal, und er gebot ihr mit starker Hand Einhalt. Solange sie mit den Hüften kreiste, wollte er sich nicht in ihr bewegen.

„In der Tat“, sagte er und saugte träge an einer Brustspitze. „Es ist wahrhaftig ziemlich.“

Er zog sich fast ganz aus ihr zurück und drang dann noch einmal tief in sie ein, in einer geschmeidigen Bewegung, die den Schmerz so gut wie beseitigte und stattdessen einen Funken der Lust zündete. „Oh … ja.“

„Ja?“, neckte er sie und wiederholte die Bewegung.

Diesmal kam sie seinem Stoß mit den Hüften entgegen und seufzte. „Ja.“

„Finde ich auch“, sagte er und begann sich rhythmisch in ihr zu bewegen, mit drängenden Stößen, die sie beide in wilde Leidenschaft versetzten. Nach langen Augenblicken tiefer, köstlicher Liebkosungen begann Callie sich unter ihm zu bewegen, kippte die Hüften, um den Druck seiner Stöße zu erhöhen.

Ralston verlagerte das Gewicht, um ihr entgegenzukommen, und beschleunigte das Tempo. Mit zusammengebissenen Zähnen wehrte er sich gegen die überbordende Lust, die ihr Körper ihm verschaffte, so eng und heiß. Callie begann zu schreien, leise, helle Lustschreie, bei denen er die Kontrolle zu verlieren drohte. Nie im Leben hatte er sich so nach Erlösung gesehnt, nie hatte er sie so verzweifelt hinauszögern wollen, um seiner Gefährtin die Erfüllung zu verschaffen, die sie verdient hatte.

„Gabriel“, rief sie klagend, „ich brauche …“

„Ich weiß“, hauchte er ihr ins Ohr, „ich weiß, was du brauchst. Nimm es dir.“

„Ich kann nicht …“

„Doch, du kannst.“

Und dann legte er noch einmal den Daumen auf ihre Mitte, drückte und streichelte sie, während er schnell und tief in sie stieß, und die Kombination dieser Empfindungen war einfach zu viel. Die Spannung, die sich allmählich aufgebaut hatte, drohte sie zu überwältigen, alles zu verzehren, was sich ihr in den Weg stellte, einschließlich ihres Verstandes. Sie schrie seinen Namen und bäumte sich auf, voller Angst, was als Nächstes geschehen würde, aber doch nicht bereit, sich abschrecken zu lassen.

Er begegnete ihrem wilden Blick. „Schau mich an, Kaiserin. Ich will sehen, wie du dich auflöst. Ich will zuschauen, wenn du gemeinsam mit mir ins Leere fällst.“

„Ich kann nicht … ich … ich weiß nicht, wie“, stieß sie hervor und warf dabei den Kopf von einer Seite zur anderen.

„Wir finden es gemeinsam heraus.“

Und das taten sie. Die aufgestaute Anspannung entlud sich, und sie begann um ihn zu zucken, ihn in süßem, unerträglichem Rhythmus zu reizen. Sie schrie seinen Namen, kratzte ihm die Schultern auf, als sie ihn Halt suchend packte, und er beobachtete sie, wie sie in Leidenschaft zerfloss.

Und erst nachdem sie selbst den Höhepunkt überschritten hatte, ließ er sich gehen, rief ihren Namen, als er ihr auf den Gipfel der Lust folgte, mit einer Macht, die er noch nie zuvor erlebt hatte. Danach sank er auf ihr zusammen, keuchend wie sie, und suchte wieder zu Kräften zu kommen.

Lange lag er so da, bis sich sein Atem beruhigte, und er besaß noch die Kraft, sich auf die Arme zu stützen und auf sie hinabzublicken. Während er ihre gerötete, feuchte Haut betrachtete, ihr befriedigtes Lächeln und die schweren Augenlider, wurde sich Ralston plötzlich über etwas klar.

Er hatte so etwas noch nie erlebt … so jemanden wie sie. Nie zuvor hatte er bei einer Frau gelegen, die so offen und freimütig war … hatte noch nie eine Frau gekannt, die Lust so bereitwillig schenkte und empfing und die Leidenschaft so begeistert annahm. Jemand wie sie war ihm noch nie begegnet. Er ließ den Blick über ihre Gestalt wandern, nackt und schön im Schein des golden flackernden Feuerscheins. Sie schmiegte sich an ihn, und alles, woran er denken konnte, war, dass er sie noch einmal nehmen wollte. Sofort. Natürlich war sie ein wenig wund …

Dieser Gedanke ergoss sich über ihn wie eine kalte Dusche.

Und dabei war sie noch Jungfrau. Mein Gott.

Was hatte er sich nur dabei gedacht? Eine Jungfrau hatte etwas Besseres verdient, verdammt. Nicht dass er je in einer vergleichbaren Situation gewesen wäre, aber er war sich sicher, dass sie Poesie verdient hatten und Rosen und zumindest ein richtiges Bett. Nicht eine Chaiselongue in einem Herrenclub.

Mein Gott. Sie war noch Jungfrau, und ich habe sie behandelt, als wäre sie eine gemeine …

Er schüttelte den Kopf, wollte den Satz nicht einmal in Gedanken zu Ende führen. Als er darüber nachdachte, was er angerichtet hatte, überkam ihn Selbsthass. Er hatte von Anfang an gewusst, dass sie noch unschuldig war. Sie hatte ihm vertraut. Und er hatte dieses Vertrauen missbraucht. In Brooks's Herrenclub, du lieber Himmel. Mein Gott. Was hatte er nur getan?

Bei dem Gedanken wurde er ganz blass.

Sie bemerkte es. „Ist irgendetwas nicht in Ordnung?"

Ihre Frage holte ihn in die Gegenwart zurück; es fiel ihm schwer, ihr in die Augen zu sehen. Stattdessen hauchte er ihr einen sanften Kuss auf die Schulter und richtete sich auf. Er ignorierte das Verlustgefühl, das sich einstellte, als er sich von ihrem warmen, willigen Leib löste.

Hastig begann er sich anzuziehen, und nach einiger Zeit

stand auch Callie auf und tat es ihm nach. Er versuchte, sie nicht anzusehen, konnte aber nicht widerstehen, als sie sich von ihm abwandte, um ihre Kniehosen anzuziehen. Es juckte ihn in den Händen, sie zu berühren, sie an sich zu ziehen und noch einmal ihren weichen Körper zu spüren. Energisch verdrängte er den Tagtraum und machte sich daran, sein Krawattentuch zu binden, während sie ihr Hemd überstreifte. Auf die Leinenbinde verzichtete sie.

Sie drehte sich um, um nach ihrer Weste Ausschau zu halten, und begegnete seinem Blick. Die Traurigkeit in ihren Augen war nicht zu übersehen. Offenbar bereute sie schon, was sie getan hatten.

Er bückte sich und hob den Leinenstreifen auf, den sie liegen lassen hatte, und ließ ihn durch die Finger gleiten. „Brauchst du den noch?"

„Nein", sagte sie leise. „Dein Mantel ist groß genug, dass ich mich darin verstecken kann ... Außerdem habe ich dir doch versprochen, sie nicht wieder zu binden."

Die Worte und die erotische Macht, die vorhin in ihnen mitgeschwungen hatte, hallten zwischen ihnen wider und wiesen ihn erneut auf sein unverzeihliches Verhalten hin. Sie wandte sich von ihm ab, während er sagte: „Stimmt, das hast du."

Er legte die Leinenbinde zusammen und steckte sie in seine Weste. Dann bückte er sich, um den Rock vom Boden aufzuheben. Dabei fiel ihm ein Stück Papier auf, das darunterlag – die Liste, die sie beide auf diesen wilden Weg geführt hatte.

Während er sich aufrichtete, öffnete er schon den Mund, um ihr das Stück Papier darzubieten, schwieg dann aber, als er erkannte, dass sie ihm resolut den Rücken zukehrte, stocksteif, mit gestrafften Schultern, als machte sie sich auf eine Schlacht gefasst. Soeben steckte sie ihre Haare zu ihrer ursprünglichen Frisur auf.

Aus irgendeinem Grund wollte er ihre alberne Liste nicht erwähnen. Stattdessen steckte er das zerknitterte Stück Papier ein und wartete dann darauf, dass sie sich zu ihm umdrehte.

Ein paar Minuten später war es so weit, und ihm fielen sofort die Gefühle in ihrem Blick auf. Ihre Augen glänzten vor ungeweinten Tränen. Angesichts ihres Kummers kam er sich wie ein ausgemachter Schuft vor. Er schluckte und suchte nach etwas, was er sagen könnte. Offensichtlich wartete sie darauf, dass er das Wort ergriff, die Worte aussprach, die seine Schuld tilgen würden ... die Worte, die verhindern würden, dass ihre Tränen zu fließen begannen.

Er wollte die richtigen Worte finden. Auch wenn er nicht in der Lage war, den Schaden wiedergutzumachen, den er mit seinem gedankenlosen, herzlosen Verhalten angerichtet hatte, konnte er sich doch von jetzt ab wie ein Gentleman verhalten. Und so sprach er das aus, was ein Gentleman in einer vergleichbaren Situation seiner Ansicht nach sagte. Das, was Frauen in dieser Situation hören wollten, dessen war er sich sicher. Das, was ihre Tränen sicher trocknen würde.

„Bitte, verzeih mir mein Verhalten. Natürlich heirate ich dich."

Er wartete den langen Augenblick ab, in dem die Worte zwischen ihnen hingen. Callies Augen weiteten sich schockiert, wurden dann schmal, als glaubte sie, sein Verstand sei gründlich in Mitleidenschaft gezogen. Sicher würde sie bald erkennen, dass er sich wie ein Gentleman verhielt, darauf wartete er. Er wartete auch darauf, dass sie sich über seinen Heiratsantrag freute, dankbar dafür war. Aber im Grunde wartete er nur darauf, dass sie etwas sagte – irgendetwas. Er wartete eine schier endlos lange Zeit, während sie den Mantel anzog, die Handschuhe überstreifte und den Hut aufsetzte.

Und als sie fertig war und ihn ansah und endlich etwas sagte, war es, als hätte er gar nicht gesprochen. „Danke für diesen überaus erbaulichen Abend. Würde es dir etwas ausmachen, mich nun nach Hause zu bringen?"

Na ja. Wenigstens hatte sie nicht geweint.

19. KAPITEL

„Was für ein arroganter ... aufgeblasener ... schrecklicher Mann!" Callie riss Bücher aus der Bibliothek von Allendale House und warf sie auf die wachsenden Haufen zu ihren Füßen. Dabei sprach sie laut mit sich selbst. „*Natürlich heirate ich dich.* Ich würde ihn auch dann nicht heiraten, wenn er der letzte Mann in London wäre!"

Sie blies sich eine Locke aus den Augen und wischte sich die Hände an dem grauen Wollkleid ab, das sie trug. Dann betrachtete sie den Schaden, den sie innerhalb der letzten Stunde angerichtet hatte. In der Bibliothek herrschte ein einziges Durcheinander. Überall lagen Bücher – auf Tischen und Stühlen und in unordentlichen Haufen auf dem Boden.

Nach der in steinernem Schweigen verbrachten Heimfahrt vor wenigen Stunden war Callie ins Haus und auf ihr Zimmer zurückgeschlichen, hin- und hergerissen zwischen dem Wunsch, ins Bett zu kriechen und niemals wieder aufzustehen, und dem ebenso starken Verlangen, Ralston House sofort aufzusuchen, den Hausherrn aufzuwecken und ihm genau zu sagen, wohin er sich seinen großzügigen, ritterlichen Heiratsantrag stecken könnte.

Mehrere Stunden lang versuchte sie es mit Ersterem ... spielte dabei im Kopf die Ereignisse des Abends immer wieder durch – und schwankte zwischen Tränen und Zorn darüber, wie gründlich er diesen so bemerkenswerten Abend zerstört hatte. Er hatte ihr gezeigt, wie unglaublich Leidenschaft sein konnte, sie hatte eine erste Ahnung von Ekstase bekommen, und dann war er hingegangen und hatte alles verdorben. Und hatte sie mit der Nase darauf gestoßen, dass sie für die Leidenschaft nicht gemacht war – kurz nachdem sie sie zum ersten Mal hatte schmecken dürfen.

Nein, Ralston hatte nicht etwa eine ganze Reihe von wunderbaren Bemerkungen gemacht, die in ihrer Situation möglich und angemessen gewesen wären – etwa: *Von allen Frauen, die ich je kennengelernt habe, bist du die unvergleichlichste*, oder: *Wie könnte ich ohne dich leben, nachdem ich in deinen Armen das Paradies gefunden habe*, bis hin zu: *Ich liebe dich, Callie, mehr als ich mir je hätte träumen lassen. Wollen wir noch einmal?* –, nein, stattdessen hatte er alles ruiniert, indem er hingegangen war und sich entschuldigt hatte.

Und, schlimmer noch, eine Heirat erwähnt hatte.

Nicht dass es vollkommen verkehrt gewesen wäre, in dieser Situation eine Ehe zu erwähnen. Sie hätte es sogar begrüßt, wenn er so etwas gleich nach *Von allen Frauen, die ich je kennengelernt habe, bist du die unvergleichlichste* und vielleicht vor *Wie könnte ich ohne dich leben, nachdem ich in deinen Armen das Paradies gefunden habe* getan hätte. Denn wie wunderbar wäre es gewesen, wenn er ihr anbetend in die Augen gesehen und gesagt hätte: *Mach mich zum glücklichsten, zufriedensten, beseeltesten Mann der Welt, Callie. Heirate mich.*

Wenn er das gesagt hätte – oder etwas Vergleichbares, auf den genauen Wortlaut wäre es ihr nicht angekommen, da war sie großzügig –, wäre sie ihm selig in die Arme gefallen und hätte sich von ihm auf dem Heimweg bis zur Bewusstlosigkeit küssen lassen. Und jetzt läge sie immer noch im Bett und würde von einem langen, glücklichen Leben als Marchioness of Ralston träumen.

Stattdessen stand sie hier, um halb zehn Uhr früh, am Morgen nach dem Abend, welcher der glücklichste ihres Lebens hätte sein sollen – aller Abende, auch der zukünftigen –, und räumte die Bibliothek um.

Die Hände in die Hüften gestemmt, nickte sie entschieden. „Das kann ich genauso gut jetzt erledigen."

Na ja. Wenigstens hatte sie nicht geweint.

Sie nieste. Als Erstes würde sie abstauben müssen.

Entschlossen marschierte sie zur Tür und riss sie auf, um einen Lakaien anzuweisen, ihr so schnell wie möglich einen Federwisch zu bringen. Im selben Moment entdeckte sie Mariana und Anne, die mit einem Dienstmädchen auf der anderen Seite des Flurs standen und die Köpfe zusammensteckten.

Die drei schreckten auf, als sie die Tür gehen hörten. Callie bemerkte, dass ihre Zofe bei ihrem Anblick nach Luft schnappte. Callie sagte zu dem Dienstmädchen: „Ich brauche einen Staubwedel." Das Mädchen sah sie völlig verblüfft an, als hätte es den Satz nicht verstanden. Callie versuchte es noch einmal. „Um abzustauben. Die Bücher. In der Bibliothek." Das Mädchen stand wie festgewurzelt da. Callie seufzte. „Ich möchte gern *heute* noch in der Bibliothek abstauben … meinen Sie, das wäre möglich?"

Bei der Frage setzte sich das Mädchen endlich in Bewegung und eilte den Flur entlang, um den Befehl auszuführen. Callie fixierte Mariana und Anne mit einem strengen Blick. *Zumindest sind sie so vernünftig, keinen Kommentar abzugeben.*

„Ach je", sagte Mariana, „anscheinend ist es noch schlimmer, als wir dachten."

Callie warf ihrer Schwester einen Blick zu, der Bände sprach. Dann machte sie auf dem Absatz kehrt und ging in die Bibliothek zurück, um die langwierige Aufgabe in Angriff zu nehmen, all die ungeordneten Bücherhaufen in alphabetischer Reihenfolge zu sortieren. Von ihrem Platz auf dem Boden sah Callie, dass Mariana und Anne ihr in den Raum gefolgt waren. Anne baute sich resolut neben der geschlossenen Tür auf, während Mariana sich vorsichtig auf einer Sessellehne niederließ.

Mehrere Minuten lang beobachteten sie schweigend, wie Callie Bücher von den Stapeln nahm. Schließlich brach Mariana das Schweigen. „Bei welchem Buchstaben bist du?"

Callie sah inmitten der Bücherhaufen zu ihrer Schwester auf und sagte natürlich: „A."

Mariana beugte sich vor, um einen Bücherstapel zu ihren Füßen zu begutachten. Geschickt nahm sie eines herunter, lächelte selbstzufrieden und meinte: „Alighieri. *Inferno.*"

Callie wandte sich wieder ihren Stapeln zu. „Das ist Dante. Der wird unter D einsortiert."

„Wirklich?" Mariana krauste die Nase. „Das kommt mir aber merkwürdig vor. Der Nachname fängt doch mit einem A an."

„Michelangelos Nachname fängt mit einen B an, trotzdem ordnen wir ihn bei M ein.“

„Hamm“, meinte Mariana und tat interessiert an diesem Thema. „Muss an den Italienern liegen.“ Sie hielt kurz inne, als das Dienstmädchen anklopfte und mit einem Staubwedel hereinkam. Sobald das Mädchen wieder weg und die Tür geschlossen war, fuhr Mariana abwesend fort: „Ich frage mich, ob Juliana unter J oder unter F einsortiert werden würde.“

Bei der Erwähnung von Ralstons Schwester versteifte Callie sich, dann machte sie sich mit ihrem Staubwedel an die Arbeit. „Keine Ahnung. J vermutlich.“

Anne mischte sich ein. „Schade, dass sie keine St. John ist. Der Buchstabe S hat mir schon immer gut gefallen.“

Mariana nickte. „Ganz meine Meinung.“

Callie fuhr zu Mariana herum. „Was wollt ihr zwei eigentlich?“

„Was ist letzte Nacht geschehen?“

Callie sah auf das Regalfach, das sie gerade einräumte. „Nichts weiter.“

„Nein?“

„Nein.“

„Warum räumst du dann die Bibliothek um?“, erkundigte sich Mariana.

Callie zuckte mit den Schultern. „Warum nicht? Ich habe heute nichts weiter zu tun.“

„Und da fällt dir nichts Besseres ein, als die Bibliothek umzuräumen.“

Callie fragte sich, wie schwierig es wohl sein würde, ihre Schwester zu erwürgen.

„Eine Tätigkeit, der Sie sich immer dann widmen, wenn Sie sich ablenken wollen?“

Und ihre Zofe.

Mariana stand auf und lehnte sich an das Regal, an dem Callie gerade arbeitete. „Du hast versprochen, dass du mir alles erzählst, weißt du noch?“

Callie zuckte mit den Schultern. „Es gibt nichts zu erzählen."

In diesem Augenblick klopfte es an die Tür. Die drei Frauen wandten sich zum Butler um, der sich tapfer bemühte, das Chaos zu übersehen, das in der sonst so makellos aufgeräumten Bibliothek ausgebrochen war.

Er trat ein und machte die Tür hinter sich energisch zu, als wollte er sie vom Flur abschirmen. „Mylady, Lord Ralston ist hier. Er bittet um ein Gespräch."

Mariana und Anne tauschten einen erstaunten Blick. Dann wandte Mariana sich an Callie und betrachtete sie süffisant. „Ach ja?"

Callie bedachte ihre Schwester mit einem Augenrollen und wandte sich an den Butler. „Danke, Davis. Sagen Sie dem Marquess bitte, dass ich nicht zu Hause bin. Er kann es später erneut versuchen, falls es ihn nicht stört, eventuell noch einmal unverrichteter Dinge abziehen zu müssen."

„Sehr wohl, Mylady." Der Butler verbeugte sich und verließ den Raum.

Callie schloss die Augen, atmete zittrig ein und versuchte sich zu beruhigen. Mariana und Anne standen Schulter an Schulter und betrachteten sie aufmerksam. Anne sagte: „Es gibt also nichts zu erzählen, hmmm?"

„Nein", erwiderte Callie, verzweifelt bemüht, ihre Stimme ruhig klingen zu lassen.

„Du bist eine schlechte Lügnerin", beobachtete Mariana beiläufig. „Man kann nur hoffen, dass Davis das besser hinbekommt als du."

Fast noch bevor sie zu Ende gesprochen hatte, ging die Tür zur Bibliothek auf, und der alternde Butler kehrte zurück.

„Ist er weg?", fragte Callie ihn.

„Ähm. Nein, Mylady. Er sagte, dass er auf Ihre Rückkehr warten wolle."

Mariana blieb der Mund offen stehen. „Wirklich?"

Davis nickte in Richtung der jüngeren Hartwell-Schwester. „Jawohl, Mylady."

Mariana lächelte Callie strahlend an. „Na, das scheint sich doch noch zu einem richtigen Abenteuer zu entwickeln."

„Ach, halt doch den Mund." Zum Butler gewandt, sagte Callie: „Davis, Sie müssen ihm klarmachen, dass ich nicht empfange. Für Besuch ist es noch viel zu früh."

„Darauf habe ich bereits hingewiesen, Mylady. Leider war der Marquess ziemlich … hartnäckig."

Callie schnaubte verärgert. „Ja. Das hat er so an sich. Sie müssen sich eben durchsetzen."

„Mylady …", sagte der Butler zögernd.

Callie verlor die Geduld. „Davis, Sie gelten als einer der besten Butler Londons."

Davis warf sich in die Brust. Jedenfalls so weit, wie ein Butler dies tun konnte, ohne die nötige Würde zu verlieren. „Englands, Mylady."

„Ja, na schön. Meinen Sie, Sie könnten diesem Ruf heute Morgen … alle Ehre machen?"

Anne kicherte, und Davis' Miene trübte sich.

Mariana betrachtete den Butler freundlich und meinte: „Sie will Sie nicht beleidigen, Davis."

Mit versteinerter Miene erwiderte der Butler: „Natürlich nicht." Dann verbeugte er sich, tiefer, als er es Callies Erinnerung nach je getan hatte, und empfahl sich.

Callie seufzte und machte sich wieder an die Arbeit. „Dafür wird er sich an mir rächen, oder?"

„Zweifellos. Den nächsten Monat werden Sie nichts als verkochtes Rindfleisch serviert bekommen", meinte Anne, die sich das Lachen kaum verkneifen konnte.

Mariana begutachtete einen Bücherstapel und erkundigte sich leichthin: „Meinst du, dass Ralston sich fortschicken lässt?"

„Darauf würde ich nicht wetten."

Callie schlug das Herz bis zum Hals, als sie die trockene Bemerkung hörte. Sie fuhr herum, doch die Bücherregale versperrten ihr den Blick. Weiter vorn sah sie Anne, die mit weit aufgerissenen Augen zur Tür starrte.

Im darauf folgenden Schweigen wandte sich Mariana zu ihrer Schwester um. Sie ignorierte den flehenden Blick, schenkte ihr ein engelhaftes Lächeln und sagte reizend: „Callie, mir scheint, du hast Besuch."

Callie kniff die Augen zusammen. Es gab wirklich nichts Schlimmeres auf der Welt als eine Schwester.

Mariana sprang auf, strich die Röcke glatt und wandte sich zur Tür – und zu Ralston. „Herrlicher Tag heute", sagte sie.

„In der Tat, Lady Mariana", kam Ralstons körperlose Stimme. Callie stampfte mit dem Fuß auf. *Muss er denn gar so ruhig sein?*

„Ich glaube, ich gehe ein wenig im Garten spazieren", meinte Mariana im Plauderton.

„Das klingt nach einer hervorragenden Idee."

„Ja, finde ich auch. Wenn Sie mich also bitte entschuldigen möchten. Anne?" Callie sah, wie ihre Schwester knickste und dann den Raum verließ, die verräterische Anne auf den Fersen. Sie jedoch blieb, wo sie war, und hoffte, dass Ralston von selbst wieder ging, wenn sie sich nicht rührte. Ein Gentleman würde sie nicht zwischen engen Bücherregalen bedrängen. Und am Abend davor hatte er ja wirklich unmissverständlich bewiesen, dass er ein Gentleman war.

Schweigen senkte sich herab, und Callie räumte Bücher ein, zwang sich, Ralstons Ankunft zu ignorieren. *Adams, Aesop, Aischylos.*

Sie hörte Schritte näher kommen, sah aus dem Augenwinkel, wie er am Ende des Regals ankam und sie beobachtete. *Ambrose, Aristoteles, Arnold.*

Ja, sie würde einfach so tun, als wäre er gar nicht da. Wie konnte er so still bleiben? Das würde ja einen Heiligen auf die Palme bringen. *Augustinus.*

Sie ertrug es nicht länger. Ohne die Augen von dem Regal zu wenden, in dem sie die Buchrücken gerade säuberlich aufreihte, sagte sie mürrisch: „Ich empfange nicht."

„Interessant", sagte er schleppend. „Denn es hat doch den Anschein, als hättest du mich empfangen."

„Nein. Du bist ohne Aufforderung in meine Bibliothek geplatzt."

„Die Bibliothek, ja?", versetzte er ironisch. „Ich war mir nicht sicher, in den Regalen stehen ja gar keine Bücher."

Sie warf ihm einen ärgerlichen Blick zu. „Ich räume um."

„Ja, das habe ich mir auch gedacht."

„Und deswegen *empfange ich nicht.*" Sie betonte die letzten Worte in der Hoffnung, dass er erkannte, wie unhöflich sein Benehmen war, und wieder ging.

„Ich glaube, über dergleichen sind wir hinaus, findest du nicht?"

Anscheinend machte es ihm nichts aus, unhöflich zu sein. Na schön. Ihr würde es auch nichts ausmachen. „Was willst du hier?", fragte sie kalt.

Sie wandte sich zu ihm um. Ein Fehler. Er sah genauso wundervoll aus wie immer – glattes Haar, goldener Teint, makelloses Krawattentuch und die Augenbrauen gerade so anmutig gewölbt, dass sie das Gefühl vermittelt bekam, ein rechter Bauerntrampel zu sein. Sofort wurde sie sich bewusst, dass sie ihr graustes, eintönigstes und jetzt sicher auch schmutzigstes Kleid trug und man ihr vermutlich ansah, dass sie ein Bad und etwas Schlaf dringend nötig hatte.

Er konnte einen wirklich und wahrhaftig zur Weißglut treiben.

„Ich möchte unser Gespräch von gestern Abend fortführen."

Sie antwortete nicht, hob stattdessen ein paar Bücher vom Boden auf.

Er beobachtete sie reglos, als legte er sich seine nächsten Worte sehr genau zurecht. Sie wartete, räumte dabei die Bücher langsam ein, wünschte, er würde nichts sagen. Hoffte, er würde einfach aufgeben und den Raum verlassen.

Doch er trat zu ihr, ließ ihr kaum Platz in dem beengten Raum neben dem Regal. „Callie, ich kann mich gar nicht genug entschuldigen." Seine Stimme war ruhig, aufrichtig.

Bei seinen Worten schloss sie kurz die Augen, ließ die Finger über die Bücherrücken gleiten. Sie sah die Buchstaben, die Goldlettern, konnte sie aber nicht lesen. Während sie tief durchatmete, wappnete sie sich gegen die Gefühle, die sie zu überwältigen drohten. Entschlossen schüttelte sie den Kopf, schaute ihn dabei aber nicht an – das wagte sie nicht. „Bitte entschuldige dich nicht“, flüsterte sie. „Dazu besteht keinerlei Grund.“

„Natürlich besteht dazu Grund. Mein Verhalten war verwerflich.“ Er wedelte mit der Hand. „Wichtiger jedoch ist nun, dass ich die Sache sofort in Ordnung bringe.“

Was er damit sagen wollte, war klar. Callie schüttelte noch einmal den Kopf. „Nein“, sagte sie leise.

„Wie bitte?“ Seine Überraschung war offensichtlich.

Sie räusperte sich, bemühte sich, ihre Stimme diesmal fester klingen zu lassen.

„Nein. Es gibt keine Sache, die in Ordnung zu bringen wäre.“

Er lachte ungläubig auf. „Das kann nicht dein Ernst sein.“

Entschlossen straffte sie die Schultern und schob sich vorbei an ihm in den lichten mittleren Bereich der Bibliothek. Sie wischte sich die Hand an ihrem Kleid ab und sortierte angelegentlich einen Stapel Bücher auf einem Tisch, ohne im Geringsten auf Titel und Autorennamen zu achten. „Mein voller Ernst. Du glaubst, du hättest irgendeine Untat begangen, aber ich versichere dir, das ist keineswegs der Fall.“

Er fuhr sich durch die Haare; seine Miene verriet inzwischen eine gewisse Gereiztheit. „Callie, ich habe dich kompromittiert. Und zwar gründlich. Und nun möchte ich das gern wieder in Ordnung bringen. Wir werden heiraten.“

Sie schluckte und sah ihn nicht an – aus Angst, sie könnte weich werden. „Nein, mein Guter, werden wir nicht.“ Diese Worte waren vielleicht die schwersten, die sie je ausgesprochen hatte. „Nicht dass ich deinen Heiratsantrag nicht zu schätzen wüsste“, fügte sie höflich hinzu.

Er wirkte ganz und gar verwirrt. „Warum nicht?“

„Warum was?“

„Warum willst du mich nicht heiraten?“

„Nun, zum einen hast du mich nicht gefragt. Du hast es einfach verkündet."

Er sah zur Decke, als wollte er Geduld herabflehen. „Also schön. Willst du mich heiraten?"

Die Worte riefen in Callie einen traurigen Nervenkitzel hervor. Ob er nun dazu gezwungen war oder nicht – ein Heiratsantrag vom Marquess of Ralston rangierte auf ihrer Liste wunderbarer Momente ganz oben. Ein echter Glanzpunkt.

„Nein. Aber vielen Dank, dass du gefragt hast."

„Von allen albernen …" Er beherrschte sich. „Möchtest du, dass ich vor dir niederknie?"

„Nein!" Callie konnte sich nicht vorstellen, dass sie es ertragen könnte, wenn er vor ihr niederkniete, um sie um ihre Hand zu bitten. Das wäre ein wirklich grausamer Scherz des Universums.

„Wo zum Teufel liegt das Problem?"

Das Problem ist, dass du mich gar nicht willst. „Ich sehe einfach keinen Grund, warum wir heiraten sollten."

„Du siehst keinen Grund", wiederholte er, wie um diese Worte auszuprobieren. „Ich könnte mir vorstellen, dass ich dir ein, zwei ziemlich gute Gründe nennen kann."

Endlich sah sie ihm in die Augen und wurde von der Überzeugung, die sie dort erkannte, ein wenig aus dem Gleichgewicht gebracht. „Bestimmt hast du nicht jeder Frau, die du kompromittiert hast, einen Heiratsantrag gemacht. Warum bei mir damit anfangen?"

Bei dieser gewagten Bemerkung weiteten sich seine Augen schockiert. Bald darauf jedoch wich dieses Gefühl aufkeimender Verärgerung. „Lass uns das doch ein für alle Mal klären. Offenbar hältst du mich für weitaus verderbter, als ich wirklich bin. Entgegen deiner Annahme habe ich tatsächlich jeder Frau, die ich entjungfert habe, einen Heiratsantrag gemacht. Nämlich genau *einer*."

Errötend wandte Callie den Blick ab und biss sich auf die Unterlippe. Die Situation regte ihn offensichtlich auf, und das tat ihr leid. Aber er konnte sich unmöglich mehr aufregen, als sie selbst es tat. Sie hatte einen herrlichen Abend in den Armen des einzigen Mannes verbracht, den sie je gewollt hatte, und er hatte ihr – aus irgendeinem neu erwachten Pflichtgefühl – prompt einen Heiratsantrag gemacht, der so romantisch geriet wie ein Kuhhandel.

Und von ihr wurde erwartet, dass sie ob der überwältigenden Großmut des Marquess of Ralston vor Dankbarkeit zusammenbrach. Nein, danke. Sie würde einfach den Rest ihrer Tage mit der wunderbaren Erinnerung an die letzte Nacht zubringen und damit zufrieden sein.

Hoffte sie.

„Deine ehrenwerten Absichten wurden zur Kenntnis genommen …"

„Meine Güte, Callie, nun hör schon auf mit den Albernheiten." Sein Ton war so verärgert, dass es ihr doch zu denken gab. „Dir ist doch klar, dass du schwanger sein könntest."

Bei diesen Worten legte Callie unwillkürlich die Hand an die Taille. Sie unterdrückte die intensive Sehnsucht, die sie bei der Vorstellung erfasste, von Ralston ein Kind zu bekommen. Diese Möglichkeit war ihr gar nicht in den Sinn gekommen – aber wie groß war schon die Wahrscheinlichkeit? „Das möchte ich sehr bezweifeln."

„Trotzdem besteht die Möglichkeit. Ich werde nicht zulassen, dass mein Kind als Bastard auf die Welt kommt."

Callie funkelte ihn an. „Ich auch nicht. Aber findest du nicht auch, dass dies ein wenig voreilig ist? Schließlich ist das Risiko ziemlich gering."

„Jedes Risiko, und sei es noch so klein, ist zu groß. Ich will, dass du mich heiratest. Du bekommst alles von mir, was du dir je wünschen könntest."

Du wirst mich nie lieben. Das könntest du nicht. Ich bin zu reizlos. Zu langweilig. Gar nicht das, was du verdienst. All das ging ihr durch den Kopf, doch sie schwieg, schüttelte nur den Kopf.

Er seufzte ungeduldig. „Wenn du Vernunftgründen nicht zugänglich bist, bleibt mir nichts anderes übrig, als mit Benedick zu sprechen."

Callie keuchte auf. „Das würdest du doch nicht tun!"

„Du schätzt mich offensichtlich vollkommen falsch ein. Ich werde dich heiraten, und ich bin mir nicht zu schade, deinen Bruder dazu zu bringen, dich zum Traualtar zu zwingen."

„Benedick würde mich nie zwingen zu heiraten", protestierte Callie.

„Das werden wir ja bald herausfinden." Kampfbereit standen sie sich gegenüber und funkelten sich eine Weile zornig an. Dann fragte er weicher: „Wäre es denn so schlimm?"

In Callies Brust loderten die Gefühle hoch, und sie konnte nicht gleich antworten. Natürlich wäre es nicht schlimm, Ralston zu heiraten. Ralston zu heiraten wäre wunderbar. Schließlich hatte sie sich jahrelang nach ihm verzehrt, ihn voll Sehnsucht vom Rand der Ballsäle aus beobachtet, die Klatschkolumnen nach Neuigkeiten von ihm und seinen Eskapaden durchforstet. Während die Matronen der Gesellschaft über die zukünftige Marchioness of Ralston spekuliert hatten, hatte Callie sich heimlich vorgestellt, wie sie neben ihrem geliebten Marquess saß und Hof hielt.

Aber in all den Jahren hatte sie immer nur von einer Liebesheirat geträumt. Sie hatte sich vorgestellt, dass er sie eines Tages in einem überfüllten Ballsaal oder in einem Laden in der Bond Street oder bei einer Dinnereinladung sehen und sich Hals über Kopf in sie verlieben würde. Und dann würden sie glücklich bis ans Ende ihrer Tage leben.

In ihrem Alter, in ihrer Stellung wusste sie, dass ihre beste Chance, doch noch zu heiraten und eine Familie zu gründen, in einer lieblosen Vernunftehe lag, aber sich auf so etwas ausgerechnet mit Ralston einzulassen, war einfach zu viel für sie.

Sie sehnte sich nun schon so lange nach ihm, dass sie einfach nichts anderes akzeptieren konnte als Liebe. Also sammelte sie sich und sagte dann: „Natürlich wäre es nicht schlimm. Du würdest bestimmt einen guten Ehemann abgeben. Ich bin nur zufällig nicht auf der Suche nach einem Mann."

„Verzeih, wenn ich dir nicht glaube", spottete er. „Jedes unverheiratete Frauenzimmer in London ist auf der Suche nach einem Mann." Er hielt inne, überlegte. „Liegt es an mir?"

„Nein." *Eigentlich bist du ziemlich vollkommen.* Er würde sie weiter bedrängen, bis sie ihm einen Grund nannte. Sie zuckte mit den Schultern. „Ich finde einfach, dass wir nicht zusammenpassen."

Er warf ihr einen ausdruckslosen Blick zu. „Du findest, wir passen nicht zusammen."

„Genau." Sie sah ihn an. „Das finde ich."

„Wie zum Teufel kommst du darauf?"

„Nun, ich entspreche ja nicht gerade der Sorte Frau, die du bevorzugst."

Erstaunt sah Ralston sie an, schaute dann zur Decke hoch, als wollte er um mehr Geduld bitten. „Und die wäre?"

Callie seufzte aufgebraucht. Musste er sie dauernd so bedrängen? „Du bestehst wirklich darauf, dass ich es ausspreche?"

„Allerdings, Callie. Denn ich verstehe wirklich nicht, worauf du hinauswillst."

In diesem Augenblick hasste sie ihn. Hasste ihn beinahe so sehr, wie sie ihn anbetete. Ärgerlich wedelte sie mit der Hand. „Schön. Kultiviert. Erfahren. Alles, was ich nicht bin. Ich bin das genaue Gegenteil von dir und den Frauen, mit denen du dich sonst abgibst. Ich lese viel lieber, als auf Bälle zu gehen. Ich verabscheue die Gesellschaft, und ich bin in Liebesdingen dermaßen unerfahren, dass ich mitten in der Nacht zu dir nach Hause fahren musste, um meinen ersten Kuss zu bekommen. Was mir jetzt noch fehlt, ist eine Ehe mit einem Mann, der es schon am Traualtar bereut, mich geheiratet zu haben." Die Worte strömten nur so aus ihr hervor, in einem hastigen, wilden Schwall. Sie ärgerte sich, dass er sie so lange bedrängt hatte, bis sie ihm ihre Unsicherheiten offenbarte.

Sie beendete ihre Tirade mit einem gebrummten „Jedenfalls vielen Dank, dass du mich gezwungen hast, das alles zu sagen."

Er blinzelte sie an, schweigend, ließ sich alles durch den Kopf gehen. Und dann erklärte er schlicht: „Ich werde es nicht bereuen."

Diese Worte gaben ihr den Rest. Sie hatte genug. Genug von seiner Freundlichkeit, seiner Leidenschaft. Genug von den Gefühlen, welche er in ihrem Herz und ihrem Körper weckte. Nicht länger mehr wollte sie mit ihm allein sein und es hinterher bedauern. Und ganz bestimmt wollte sie sich nicht mehr einreden, sie könnte doch eine Chance bei Ralston haben, wie sie es im Lauf der letzten Wochen immer wieder getan hatte. Das war vorbei, ein für alle Mal. „Wirklich? So, wie du dein Verhalten in deinem Arbeitszimmer nicht bereust? Oder das, was gestern Abend passiert ist?" Bekümmert schüttelte sie den Kopf. „Du hattest es hinterher immer sehr eilig, dich zu entschuldigen, Ralston. Für mich liegt jedenfalls auf der Hand, dass du dich niemals freiwillig dazu entschließen würdest, mich zu heiraten."

„Das ist nicht wahr."

Bewegt sah sie zu ihm auf. „Natürlich ist es wahr. Und, ehrlich gesagt, will ich nicht, dass du ein Leben lang an jemanden gebunden bist, der so … reizlos und spröde ist wie … ich." Als er diese Worte hörte, dieselben Worte, die er damals in seinem Arbeitszimmer benutzt hatte, zuckte er leicht zusammen, doch sie ignorierte es. „Ich könnte es nicht ertragen. Daher vielen Dank, aber ich werde dich nicht heiraten." *Ich liebe dich schon zu lange. Und zu sehr.*

„Callie, ich hätte das nie sagen …"

Sie hob beide Hände, um ihn zum Schweigen zu bringen. „Hör auf. Bitte."

Er sah sie direkt an, und sie spürte seinen ratlosen Zorn. Dann sagte er energisch: „Wir sind noch nicht fertig miteinander."

Lange sah sie ihm in die Augen und erklärte: „Doch."

Er machte auf dem Absatz kehrt und stürmte aus dem Raum.

Sie sah ihm nach, horchte, bis die Haustür von Allendale House lärmend ins Schloss fiel, bevor sie endlich den Tränen freien Lauf ließ.

20. KAPITEL

Ralston ging direkt zu Brooks's, was ein Fehler war. Als wäre es nicht schon genug, dass sie ihn abgewiesen hatte und er sich nun wie ein Schuft vorkam, nein, sie hatte auch seinen Club für ihn ruiniert. Gründlich.

Binnen zwölf Stunden war aus diesem Ort, der eigentlich dazu gedacht war, Männern Trost und Zuflucht vor der rauen Wirklichkeit zu schenken, ein Mahnmal aus Mahagoni und Marmor für Callie Hartwell geworden. Als er in der großen Eingangshalle stand, ringsum das Dröhnen männlicher Stimmen, konnte Ralston an nichts anderes denken als sie: Callie in Männerkleidung, wie sie in den dunklen Fluren des Clubs herumschlich; Callie, wie sie durch die offenen Türen gespäht hatte, um die Atmosphäre ihres ersten – und hoffentlich auch letzten – Herrenclubs in sich aufzusaugen; Callie, wie sie ihn an ihrem privaten Kartentisch angelächelt hatte; Callie, wie sie nackt und rosig überhaucht vor Leidenschaft dagelegen hatte.

Er warf einen Blick in den Flur, den sie am Abend davor genommen hatten, und plötzlich überkam ihn das aberwitzige Verlangen, noch einmal in das Kartenzimmer zu gehen, in dem sie den gestrigen Abend verbracht hatten. Einen flüchtigen Moment überlegte er, ob er sich eine Kanne Kaffee in den Raum bringen lassen sollte, wo er sich dann in Ruhe mit Erinnerungen an ihren Abend und all die Dinge quälen konnte, die er falsch gemacht hatte. Er entschied sich jedoch dagegen, im Interesse seiner eigenen geistigen Gesundheit.

Er war ehrlich entsetzt von ihrer ablehnenden Reaktion auf seinen Heiratsantrag. Schließlich kam es nicht jeden Tag vor, dass ein attraktiver, junger, reicher Marquess einer Frau die Ehe antrug. Noch seltener geschah es allerdings, stellte er sich vor, dass dieser Marquess dann zurückgewiesen wurde. Wie lange war er ehestiftenden Mamas und verzweifelten Debütantinnen aus dem Weg gegangen, die alle in irgendeiner Weise um die Stellung der Marchioness of Ralston konkurriert hatten. Und jetzt, als er diese Stellung endlich anbot, hatte seine Auserwählte ihm einen Korb gegeben.

Wenn sie glaubte, sie könnte ihn nach letzter Nacht einfach abweisen und ihm den Rücken zukehren, lag sie vollkommen falsch.

Wütend zog er den Mantel aus und warf ihn einem Lakaien zu, nicht ohne vorher noch ihren Duft an dem schweren Tuch wahrgenommen zu haben – eine Mischung aus Lavendel, Mandeln und … Callie. Bei dem Gedanken verfinsterte sich seine Miene. Der Lakai, der anscheinend befürchtete, die Laune des Marquess ausbaden zu müssen, verzog sich schleunigst, was Ralston mit einem gewissen Maß an Befriedigung erfüllte, wie er sich eingestehen musste.

Dieses Vergnügen währte jedoch nicht lange; schon bald kochte wieder Empörung in ihm hoch. *Was zum Teufel ist nur mit ihr los?*

Er konnte nicht fassen, dass sie ihn abgewiesen hatte. Sie konnte doch nicht ernsthaft glauben, dass sie nicht zusammenpassten. Sie mochte ja Jungfrau gewesen sein, aber selbst sie musste doch gespürt haben, dass ihr Zusammensein letzte Nacht – und all die anderen Male davor – etwas Besonderes gewesen war. Im Schlafzimmer würde ihre Ehe sicher nicht scheitern. Und jenseits der Leidenschaft bestanden zwischen ihnen ja noch weitere Gemeinsamkeiten: ihre Intelligenz, ihr Sinn für Humor, ihre Reife. Und von alledem abgesehen, war sie einfach wunderschön. Weich an all den richtigen Stellen. Ralston ließ die Gedanken schweifen … ein Mann konnte sich jahrelang in ihren üppigen Rundungen verlieren.

Ja, Lady Calpurnia Hartwell wäre genau die richtige Marchioness für ihn.

Wenn sie das nur selbst auch erkennen könnte.

Ralston fuhr sich durch die Haare. Eine Ehe mit ihm würde ihr einen Marchioness-Titel, Reichtum, Ländereien und einen der begehrtesten Junggesellen Englands einbringen. Was zum Teufel wollte die Frau eigentlich?

Eine Liebesehe.

Das gab ihm zu denken. Vor einiger Zeit hatte sie ihm einmal erzählt, dass sie an die Liebe glaubte, und er hatte sich darüber lustig gemacht, indem er ihr gezeigt hatte, dass gegenseitige Anziehungskraft ebenso mächtig war wie die Liebe, auf die sie so vertraute. Sie konnte ihn doch nicht nur deswegen abgewiesen haben, weil sie auf die wahre Liebe wartete. Er schüttelte den Kopf. Ihn ärgerte schon die Vorstellung, dass sie ihren guten Ruf und ihre Zukunft riskierte, indem sie seinen Heiratsantrag ablehnte, nur weil sie sich nicht von ihren kindischen Illusionen lösen konnte.

Die Idee war einfach grotesk. Er hatte keine Lust mehr, darüber nachzudenken.

Ralston begab sich in den Raum neben der Eingangshalle, wo sich immer irgendein Zeitvertreib fand. Er dachte an eine politische Debatte, die ihn in Atem halten würde, doch der Raum war praktisch leer, bis auf eine kleine Runde, die beim Kartenspiel saß, Oxford und zwei weitere Herren. Zerknittert, wie sie waren, saßen sie vermutlich schon die ganze Nacht dort.

Angewidert von Oxfords unverantwortlichen Spielgewohnheiten und nicht gerade begierig darauf, von der Gruppe ins Gespräch gezogen zu werden, wollte Ralston den Raum so schnell und leise verlassen, wie er ihn betreten hatte. Bevor er das jedoch tun konnte, entdeckten ihn die anderen.

„Ralston, alter Junge. Kommen Sie, spielen Sie eine Runde mit uns“, rief Oxford jovial.

Ralston hielt inne, überlegte, wie er der Einladung am besten aus dem Weg gehen konnte, als Oxford hinzufügte: „Nutzen Sie die Chance, gegen mich zu spielen, solange Sie noch können. Bald werden Ihre Taschen um einiges leichter sein.“ Die vielsagende Bemerkung, auf die die Runde in amüsiertes Gelächter ausbrach, veranlasste Ralston, sich zu Oxford umzudrehen.

Seine Miene wurde hart, als er sich dem Tisch näherte. An Oxfords rotem Gesicht und den tief in den Höhlen liegenden Augen sah er, dass er ziemlich betrunken war. Mit Blick auf die

Gewinne, die sich vor Oxfords Mitspielern stapelten, erwiderte Ralston ausdruckslos: „Offenbar sind es nicht meine Taschen, die heute in Gefahr sind, Oxford."

Oxford sah ihn finster an. Dann fiel ihm wieder ein, warum er Ralston ursprünglich an den Tisch gerufen hatte. „Na, bald hab ich jede Menge Geld, das ich verspielen kann ..." Er hielt inne, schluckte. „Wissen Sie, ich habe vor, mich noch vor Ende der Woche zu verloben."

Ralston ignorierte die überwältigende Vorahnung, die ihn überkam, und fragte so beiläufig, wie er konnte: „Mit wem denn?"

Mit seinem langen, bleichen Zeigefinger deutete Oxford auf Ralston und krähte triumphierend: „Na, mit Callie Hartwell natürlich! Sie können die tausend Pfund ...", er schwankte leicht, „... schon mal abzählen."

Bei diesen Worten überlief es Ralston heiß, und dann überkam ihn der brennende Wunsch, Oxford die Faust ins Gesicht zu rammen. Nur aufgrund eiserner Selbstbeherrschung blieb er ruhig und sagte: „Sie glauben, Sie haben sie erobert, ja?"

Grinsend fletschte Oxford die Zähne, was ihn ziemlich schwachsinnig aussehen ließ. „Allerdings. Gestern bei der Ausstellung war sie wie Wachs in meinen Händen." Er zwinkerte seinen Freunden zu.

Ralston erstarrte – was für eine faustdicke Lüge. Er ballte die Hände zu Fäusten, und in ihm staute sich eine Riesenmenge Energie auf, die sich irgendwie entladen musste – am liebsten, indem er Oxford in der Luft zerriss.

Oxford jedoch bemerkte offenbar nichts von Ralstons Anspannung und fuhr arglos fort: „Morgen besuche ich sie und bringe die Sache mit dem Heiratsantrag hinter mich. Dann schaue ich mal, wie ich das Mädchen bis Ende der Woche kompromittiert kriege, damit Allendale gar nichts anderes übrig bleibt, als mich in der Familie willkommen zu heißen. Wahrscheinlich ist er mir ohnehin dankbar, wenn ich seine vertrocknete alte Schwester mit einer ordentlichen Mitgift nehme."

Die Vorstellung, Oxford könnte Hand an Callie legen, gab Ralston den Rest. Binnen weniger Augenblicke hatte er Oxford vom Stuhl hochgehoben, als wöge der Mann nicht mehr als ein Kind. Darauf sprangen seine Freunde erschrocken auf und brachten sich in Sicherheit, wobei sie in ihrer Hast die Stühle umwarfen.

Oxford hing in Ralstons Griff, und der Marquess roch die Furcht des Schwächeren, was ihn nur noch mehr anwiderte. Knurrend sagte er: „Lady Calpurnia ist tausendmal besser als Sie. Sie sind es nicht wert, dieselbe Luft zu atmen wie sie."

Dann gab er Oxford frei. Als sein Gegner darauf prompt und schwerfällig auf seinem Stuhl in sich zusammensank, fühlte Ralston sich in seiner Männlichkeit so bestärkt, dass er Oxford mit einer Arroganz betrachtete, die eines Königs würdig gewesen wäre, und hinzufügte: „Ich habe tausend Pfund gesetzt, dass sie Sie nicht nehmen wird, und dabei bleibe ich. Nein, ich bin mir dessen so sicher, dass ich meinen Einsatz hier und jetzt verdoppele."

Ralston beobachtete Oxford, sah, wie seine Hände ein wenig zitterten, als er die Ärmel seines Rocks zurechtzupfte. Er erwiderte: „Nach Ihrem rüpelhaften Benehmen, Ralston, wird es mir ein noch größerer Genuss sein, Ihre Taschen zu erleichtern."

Ralston machte auf dem Absatz kehrt und verließ wortlos den Raum; er sagte sich, dass er mit seinem Verhalten eine Dame verteidigt hatte, in deren Schuld er stand.

Es war einfacher, das zu glauben, als sich mit den Gefühlen zu befassen, die immer noch in ihm brodelten bei der Vorstellung, Callie könnte Lady Oxford werden.

Später an diesem Nachmittag schob Callie die Tür zu Madame Heberts Salon in der Bond Street auf, darauf erpicht, den nächsten qualvollen Abschnitt dieses Tages hinter sich zu bringen. Nachdem Ralston aus dem Haus gestürmt war, hatte Callie eine Weile bitterlich geweint, bis die Nachricht gekommen war, dass die Schneiderin das bestellte Ballkleid und ein paar Stücke von Julianas Garderobe fertiggestellt hatte.

Sie hatte die Nachricht als Zeichen betrachtet, dass sie den Tag nicht mit Selbstmitleid verschwenden dürfe, und sich auf einen Besuch bei der Schneiderin vorbereitet, ein Ausflug, den sie nur wenig reizvoller fand als eine Beerdigung. Dennoch brauchte sie unbedingt eine Ablenkung, und genau das würde ihr die Französin in ihrem Salon bieten.

Sie hatte Mariana überredet, sie zu begleiten, worauf diese zuerst aufgebrochen war, um Juliana in Ralston House abzuholen. Normalerweise wäre Callie mitgekommen, doch sie konnte den Gedanken einfach nicht ertragen, dem Marquess an diesem Tag noch einmal zu begegnen – so unwahrscheinlich das auch sein mochte –, und so war sie allein zur Schneiderin gefahren, stand nun am Eingang des Salons und wartete darauf, dass jemand von ihrer Anwesenheit Notiz nahm.

Im Schneidersalon war lebhafter Betrieb, Madame Hebert war nirgendwo zu sehen, und ihre Gehilfinnen eilten rastlos zwischen Anproberaum und Ladenlokal hin und her, die Arme voller Stoffbahnen, Knöpfe, Spitzen und allerlei Applikationen. Drei Damen standen im Verkaufsraum des Salons, begutachteten die ausgestellten Modelle und lobten lauthals die kunstvolle Arbeit der Näherinnen.

„Oh! Lady Calpurnia!“, ertönte es da eifrig und mit schwerem französischem Akzent. Valerie, Madame Heberts zuverlässige Gehilfin, war aus dem rückwärtigen Teil des Salons gekommen und knickste nun eilig in Callies Richtung. „Ich soll Ihnen von Madame Hebert ausrichten, dass es ihr leidtut, Sie warten zu lassen. Sie bedient gerade noch eine andere Dame, ist aber gleich für Sie da. Für den Nachmittag steht sie Ihnen ganz zur Verfügung, und zwar …“, sie wedelte mit der Hand, weil ihr der korrekte Ausdruck nicht einfiel, „… *tout de suite* … sofort. Ja?“

„Ja, natürlich, ich warte.“

„Valerie!“, drang Madame Heberts Stimme aus dem Ankleidezimmer, und dann steckte die Französin den Kopf durch den stoffverhängten Durchgang, der den Ankleideraum mit dem Ladenlokal verband. „Bring Lady Calpurnia nach hinten. Ich habe gleich für sie Zeit.“ Die Schneiderin winkte Callie mit einem ermutigenden Lächeln zu sich. Als sie und Valerie sich dem Vorhang näherten, sagte Madame Hebert leiser zu ihrer Gehilfin: „Du kannst dann Miss Kritikos zu Ende bedienen.“

Callie erstarrte mitten im Schritt, direkt vor dem Durchgang zum Ankleideraum. Hatte sie richtig gehört? War es möglich, dass jenseits des Vorhangs Ralstons ehemalige Geliebte stand? Das hatte ihr an diesem Tag nun wirklich noch gefehlt. Sie straffte die Schultern und wappnete sich, den Raum zu betreten. Nastasia Kritikos kannte Callie sicher gar nicht, daher würde Callie einfach so tun, als wüsste sie ebenfalls nicht, wer die Opernsängerin war.

Sie schob sich durch die Vorhänge und entdeckte, dass eine solche Entscheidung weitaus leichter getroffen als umgesetzt war. Nastasia stand mit dem Rücken zum Durchgang in der Mitte des Anproberaums auf einem Podest, überlebensgroß. Callie staunte über die kurvenreiche Figur der Primadonna, die schmale Taille, die wohlgerundeten Hüften und die üppigen Brüste. Die Griechin drehte sich vor dem riesigen Spiegel hin und her und betrachtete sich und ihr atemberaubendes scharlachrotes Kleid kritisch von allen Seiten. Die Robe schmiegte sich an Nastasias hochgewachsene Gestalt. Das Mieder wurde im Rücken von einer Reihe von eleganten Bändern gehalten, die alle zu einer perfekten kleinen Schleife gebunden waren.

Callie schluckte; sie kam sich sofort blass und reizlos vor und wünschte sich, sie hätte einen anderen Tag gewählt, um ihr Kleid abzuholen. Als sie bemerkte, dass sie die andere Frau anstarrte, fing Callie sich und drehte sich um, um Madame Hebert zu folgen. Während sie hinter Nastasia vorbeiging, konnte Callie es sich nicht verkneifen, noch einen Blick auf das Spiegelbild der Sängerin zu werfen und ihre Schönheit zu bestaunen. Sie und Ralston hatten sicher ein atemberaubendes Paar abgegeben. Nastasia war großartig – mit einer Schönheit gesegnet, von der eine Frau wie Callie nur träumen konnte, wobei ihr Porzellanteint, ihre glänzenden schwarzen Locken und ihr schön geschwungener Mund nur einen Teil ihrer Anziehungskraft ausmachten. Dafür waren im Grunde nicht einzelne Körpermerkmale verantwortlich, sondern das Selbstvertrauen und das Selbstbewusstsein der Opernsängerin. Sie dominierte den Ankleideraum genauso, wie sie die Bühne dominierte – ganz und gar.

Sie war herrlich.

Und Callie beneidete die andere Frau, die sie im Spiegel beobachtete, um alles – von ihrer makellosen Haltung bis hin zu den faszinierenden veilchenblauen Augen … die Callie im Spiegel ansahen.

Sie lief rot an, wandte rasch den Blick ab und beeilte sich, Madame Hebert einzuholen. Callie folgte der Französin um einen hohen Paravent, der eine Seite des Raums abtrennte, und blieb abrupt stehen, als sie die Schneiderpuppe sah, über die das möglicherweise herrlichste Gewand drapiert war, das sie je gesehen hatte.

Madame Hebert sah sie mit einem verständnisvollen Lächeln an. „Es gefällt Ihnen?“

„Oh ja …“ Callie juckte es in den Fingern, den Stoff zu berühren, über die Seide zu streichen, die herrlicher war, als sie in Erinnerung hatte.

„Ausgezeichnet. Ich glaube, nun wird es Zeit, dass Sie das Kleid so sehen, wie es gedacht war – an Ihnen. Finden Sie nicht?“

Die Schneiderin drehte Callie um und machte sich an den Knöpfen ihres Straßenkleides zu schaffen. Dann wies sie auf die Kollektion von Unterwäsche, die neben dem Kleid auslag, und meinte: „Mit der Wäsche fangen wir an.“

Sofort schüttelte Callie den Kopf. „Oh, das geht nicht … ich habe jede Menge Sachen für darunter … ich brauche nichts Neues.“

In diesem Augenblick war Callies Kleid aufgeknöpft und fiel auseinander. Madame Hebert meinte: „Ich versichere Ihnen, Sie brauchen etwas Neues.“ Sie half Callie aus Schnürmieder und Hemd und sagte: „Die stolzesten Frauen sind die, die an jedes Stück Stoff glauben, das sie tragen. Es sind diejenigen, die mit ihren Beinkleidern genauso glücklich sind wie mit ihren Roben. Man kann genau unterscheiden zwischen einer Frau, die sich in Seide und Satin hüllt, und einer, die …“, die Schneiderin machte eine kleine Pause, in der sie Callies abgetragenes Hemd zu Boden fallen ließ, „… anderes trägt.“

Callie schlüpfte in die neue, herrliche Unterwäsche, die mit den verschiedensten Dingen aufgeputzt war – Satinschleifen, winzigen handgearbeiteten Stoffrosen in wunderhübschen Farben, Spitzeneinsätzen, die der Wäsche eine Spur Weiblichkeit verliehen, die Callie bisher nie für nötig gehalten hatte. Während die Schneiderin ihr Schicht für Schicht in die Sachen half, kam Callie sich ein wenig albern vor, weil sie das Gefühl von Spitze und Seide auf der Haut so genoss, doch Madame Hebert hatte recht gehabt. Es fühlte sich fast ein wenig verrucht an, so frivole Unterkleidung zu tragen – vor allem, da Anne der einzige Mensch war, der die Sachen je zu Gesicht bekäme.

Doch in diesem Augenblick beugte sich die Schneiderin vor und flüsterte, als hätte sie Callies Gedanken gelesen: „Vergessen wir doch nicht – man weiß nie, wer ein solches Geschenk eines Tages auspacken könnte, *oui*?“ Callie lief puterrot an, und die Französin lachte wissend.

Und dann hatte sie das Kleid an; es passte wie angegossen. Madame Hebert wirkte äußerst angetan, als sie ihre Kundin umkreiste und das Kleid bis ins kleinste Detail prüfte. Sie sah die staunende Callie zufrieden an und sagte: „Und jetzt hinaus ins Anprobezimmer, dann werfen wir einen näheren Blick darauf.“

Callie folgte der Schneiderin in den Hauptraum. Nastasia stand immer noch auf ihrem Podest, Valerie arbeitete am Saum des roten Gewands. Beherzt schob Callie alle Unsicherheit beiseite und kletterte auf das zweite Podest im Raum, Madame Hebert drehte sie sanft zu einem großen Spiegel, und Callie riss vor Überraschung die Augen auf, als ihr klar wurde, dass die Frau im Spiegel sie war. Sie schüttelte den Kopf. So hatte sie sich noch nie gesehen – nicht mehr prüde und reizlos, sondern … nun ja, äußerst bemerkenswert.

Ihre Brüste wurden von dem tiefen Ausschnitt geschickt ins rechte Licht gerückt, wirkten voll und üppig, ohne vulgär zu erschienen. Die Schnittführung über Taille, Hüften und Bauch ließ sie wohlproportioniert statt füllig aussehen, und die Farbe – das herrlichste, schimmerndste Blau, das sie je gesehen hatte – verlieh ihrem sonst etwas kräftigen Teint einen rahmweißen Schimmer.

Auf ihrem Gesicht breitete sich ein Lächeln aus. Madame Hebert hatte recht behalten. Dieses Kleid war wie gemacht für den Walzer. Callie konnte nicht widerstehen und wirbelte aufgeregt zu der Schneiderin herum. „Ach, ist das herrlich, Madame."

Die Schneiderin erwiderte Callies Lächeln. „Allerdings, das ist es." Sie legte den Kopf schief und nahm Callies Spiegelbild kritisch in Augenschein. „Der Rock muss ein wenig gekürzt werden. Verzeihen Sie … ich hole ein Mädchen, das mir beim Abstecken des Saumes hilft."

Die Französin verschwand durch eine Tür, während Callie sich wieder ihrem Spiegelbild zuwandte. Sie bewunderte den Fall des Kleides, den herrlichen Schnitt – der so anders war als alles, was in Londons Ballsälen derzeit zu sehen war und genau richtig für ihre unfashionable Figur.

„Madame Hebert ist eine echte Künstlerin, nicht wahr?"

Callies Blick huschte zum Spiegel, aus dem sie ein Paar violette Augen musterte. Mit höflichem Lächeln entgegnete sie: „Allerdings."

Nastasias Blick fiel auf Valeries Spiegelbild, und sie sah zu, wie das Mädchen ein Stück Saum absteckte. Dann sagte sie lässig: „Ralston haben ihre Arbeiten immer gefallen."

Unsicher wandte Callie den Blick ab. Sie hatte noch nie mit irgendjemandes Geliebter gesprochen. Gewiss nicht mit der Geliebten des Mannes, den sie liebte.

Nastasia fuhr ein wenig gelangweilt fort: „Sie brauchen nicht vor mir zurückzuscheuen, Lady Calpurnia. Wir sind keine Mädchen mehr, die gerade erst dem Schulzimmer entronnen sind, wir sind erwachsene Frauen, nicht? Ich weiß, dass er jetzt mit Ihnen liiert ist. Das ist der Lauf der Welt, meine Liebe."

Callie riss schockiert den Mund auf und schüttelte den Kopf. „Er ist nicht … mit mir liiert."

Die Opernsängerin hob eine makellose Augenbraue. „Wollen Sie mir ernsthaft erzählen, Ralston hätte Sie nicht verführt?"

Callie wurde rot und wandte erneut den Blick ab. Nastasia lachte. Es klang ganz und gar nicht gemein, wie Callie eigentlich erwartet hätte, sondern amüsiert. „Sie haben das nicht von ihm erwartet, stimmt's? Und doch möchte ich wetten, dass Sie jeden Moment genossen haben. Ralston ist ein ganz besonderer Mann … ihm liegt mehr daran, dass seine Partnerin auf ihre Kosten kommt, als er selbst." Callies Wangen waren flammend rot, während die Griechin freimütig fortfuhr: „Ich hatte viele Geliebte … und nur einer war ebenso großzügig wie Ralston. Sie haben Glück, dass er Ihr erster Mann ist."

Callie glaubte, vor Verlegenheit im Erdboden versinken zu müssen. Auf der Stelle.

„Darf ich Ihnen einen kleinen Rat geben?"

Callie fuhr auf und sah die schwarzhaarige Schöne im Spiegel an. Nastasia schaute sie nicht länger an, sondern blickte zu einem großen Fenster, durch das die Nachmittagssonne hereinströmte. Nach einigen Augenblicken des Schweigens siegte bei Callie die Neugier. „Bitte sehr."

Nastasia klang, als spräche sie von weit weg. „Als ich achtzehn war, ist mir der erste meiner Männer begegnet. Dimitri war großzügig und freundlich, ein großartiger Liebhaber … alles, was ich mir je erträumt hatte … alles, wonach ich mich mein Leben lang gesehnt hatte. Es war unvermeidbar, dass ich mich in ihn verliebte. Diese Liebe überstieg alles, was ich kannte … alles, wovon ich gehört hatte … sie hatte mythische Ausmaße. Er war der einzige Mann, den ich je geliebt habe." Sie hielt inne.

Ein Ausdruck tiefen Kummers huschte über ihr Gesicht, so schnell, dass Callie sich nicht ganz sicher war, ob sie sich nicht getäuscht hatte. „Aber er konnte meine Liebe nicht erwidern. Zu einem solchen Gefühl war er einfach nicht fähig. Und so hat er mir das Herz gebrochen."

Unwillkürlich stiegen Callie die Tränen in die Augen, als sie die traurige Geschichte der anderen Frau hörte. Sie konnte ihre Neugier nicht bezähmen. „Was ist dann passiert?"

Nastasia zuckte elegant mit den Schultern. „Ich habe Griechenland verlassen. Und meine Stimme hat den Sieg davongetragen."

Valerie hatte ihre Aufgabe beendet und erhob sich, und Nastasia schien aus weiter Ferne zurückzufinden. Ihr Blick klärte sich, und sie inspizierte die Arbeit der jungen Frau im Spiegel. „Ralston ist Ihr Dimitri. Passen Sie gut auf Ihr Herz auf."

Bedeutungsschwangeres Schweigen senkte sich herab, in dem die beiden Frauen ihr Spiegelbild musterten. „Wenn Sie noch einmal vor der Wahl stünden … würden Sie ihn diesmal auch ohne Liebe nehmen?", platzte Callie heraus und bereute es, kaum dass sie die Frage gestellt hatte.

Nastasia dachte lange darüber nach, ihre Miene ein Bild des Kummers. Als sie Callies Blick im Spiegel begegnete, standen ihre Augen voll Tränen. „Nein", flüsterte sie. „Ich habe ihn so geliebt, dass ich es einfach nicht ertragen hätte, nicht wiedergeliebt zu werden."

Callie wischte sich eine Träne von der Wange. In diesem Augenblick kehrte Madame Hebert zurück, die Gehilfin im Schlepptau. Von dem Gespräch ihrer Kundinnen hatte die Schneiderin nichts mitbekommen. Nastasia wandte sich der Französin zu. „Lady Calpurnias Kleid ist wunderschön", sagte sie. „Bitte arbeiten Sie mir auch eines aus diesem Stoff."

Madame Hebert meinte kurz angebunden: „Tut mir leid, Miss Kritikos. Der Stoff ist nicht mehr vorrätig."

Nastasia musterte Callie prüfend von Kopf bis Fuß. „Nun, mir scheint, es wird allmählich zur Gewohnheit, dass Sie die

Dinge bekommen, die ich gern hätte, Lady Calpurnia." Sie lächelte verhalten. „Möge Ihnen damit mehr Glück beschieden sein als mir. Dieses Kleid wird dabei sicher hilfreich sein."

Callie neigte zur Antwort den Kopf. „Danke, Miss Kritikos. Und wenn ich mir die Bemerkung erlauben darf: Ich halte Sie für ein großartiges Talent."

Nastasia stieg von dem Podest und versank in einem tiefen, anmutigen Knicks, womit sie endlich Callies gesellschaftliche Stellung anerkannte. „Sie sind zu freundlich, Mylady." Damit ging sie mit Valerie in ein Nebenzimmer, wo vermutlich weitere Kleider zu Nastasias Begutachtung ausgebreitet lagen. Sie sah der Griechin nach, überrascht und bekümmert über den Verlauf, den ihr Gespräch genommen hatte.

Sie drehte sich zu der Schneiderin um, die sie neugierig betrachtete, und lächelte ihr tränenfeucht zu. Ihr war natürlich bewusst, was Madame Hebert dachte: Was hatten sich eine Opernsängerin und die Schwester eines Earls nur zu sagen?

Die Französin führte ihren Salon jedoch schon zu lange, um ein Risiko einzugehen und ihre Kundinnen mit neugierigen Fragen zu ihrem Privatleben zu belästigen. Stattdessen zwang sie ihr Geschäftssinn, sich auf Callies Rocksaum zu konzentrieren.

Madame Hebert passte die Rocklänge an, gab ihrer Gehilfin ein paar Anweisungen und verließ den Raum. Schweigend begann das Mädchen, den Saum abzustecken, während Callie sich das Gespräch mit Nastasia noch einmal durch den Kopf gehen ließ. Die Worte der Sängerin übten eine ziemliche Macht aus: Für Callie waren sie wie ein Schlag ins Gesicht gewesen. Natürlich war ihr die Wahrheit bewusst gewesen, Ralston würde nie dazu fähig sein, sie so zu lieben, wie sie sich das wünschte, doch Nastasias Geschichte – die sie sofort als wahr erkannt hatte – verstärkte nur noch Callies Kummer.

Sie sah auf ihr Spiegelbild, das allmählich in Tränen verschwamm. Selbst wenn sie jeden Tag so schön wäre wie die Frau im Spiegel, würde das Ralston nicht dazu bringen, sie zu lieben. Wenn er jemand anders gewesen wäre – jemand, den sie nicht so sehr oder auch gar nicht liebte –, hätte sie seinen Heiratsantrag vielleicht angenommen. Aber sie träumte einfach schon zu lange davon, die Seine zu sein. Seinetwegen war ihr eine Vernunftehe einfach nicht mehr möglich. Sie wollte alles von ihm: seine Gedanken, seinen Körper, seinen Namen und vor allem sein Herz.

Vielleicht war es ein Fehler gewesen, ihn abzuweisen. Vielleicht hätte sie die Gelegenheit wahrnehmen sollen, seine Marchioness zu werden. Die Mutter seiner Kinder zu werden. Callies Herz zog sich zusammen, als sie sich kleine dunkelhaarige, blauäugige Kinder vorstellte, die sich an ihre Röcke klammerten. Aber vermutlich hatte Nastasia recht. Das größte Elend wäre für sie nicht, ganz ohne ihn leben zu müssen, sondern mit ihm zu leben, ohne ihn *ganz* zu bekommen.

Callie seufzte still und versuchte, ihre trüben Gedanken zu verscheuchen, um diese neue, schönere Version von sich zu begutachten. Aus dem Verkaufsraum ertönte ein vertrautes Lachen, und sie zwang sich zu einem Lächeln, als Juliana und Mariana nach hinten stürmten und bei Callies Anblick abrupt zum Stehen kamen.

„Oh, Callie …", sagte Mariana gedämpft, fast ehrfürchtig. „Du siehst wunderschön aus."

Mit einem Nicken nahm Callie das für sie so ungewohnte Kompliment entgegen. „Ach, nein."

Juliana nickte eifrig. „Es stimmt. Du bist wunderschön."

Callies Wangen röteten sich. „Danke."

Langsam ging Mariana um ihre Schwester herum. „Das Kleid ist absolut atemberaubend, Callie … aber es ist mehr … du hast etwas an dir …" Sie hielt inne, sah in die großen, braunen Augen ihrer Schwester. „Du *fühlst* dich auch schön, stimmt's?"

Diese Worte zauberten ein Lächeln in Callies Augen. „Der Gedanke ist mir tatsächlich schon gekommen."

Juliana lachte. „Brava! Es wird Zeit, dass du dich schön fühlst, Callie." Als Mariana ihr ermutigend zunickte, fuhr Juliana fort: „Ich habe dich von Anfang an ganz wunderbar gefunden, Callie, natürlich. Aber jetzt, mit diesem Kleid … das musst du zum Ball anziehen. *Dovete!* Du *musst* einfach!“ In drei Tagen sollte der Ball der Salisburys stattfinden, den sie dazu nutzen wollten, Juliana in die Gesellschaft einzuführen. Die junge Frau klatschte aufgeregt in die Hände. „Wir machen gemeinsam unser Debüt. In unseren neuen Kleidern! Obwohl ich mir nicht vorstellen kann, dass eines von meinen so schön aussieht wie dieses hier!“

Mariana nickte zustimmend, und Callie blickte überwältigt von einer zur anderen. „Oh, ich glaube nicht, dass dieses Kleid rechtzeitig zum Ball fertig sein wird. Es muss noch gesäumt werden, und bestimmt hat Madame Hebert wichtigere Kundinnen als mich.“

„Wenn Sie es für den Ball brauchen, Mylady, sollen Sie es auch bekommen.“ Madame Hebert war zurückgekehrt, um nachzusehen, wie weit ihre Gehilfin schon war. „Ich säume es selbst und lasse es gleich in der Frühe liefern – unter einer Bedingung.“ Sie beugte sich zu Callie und sagte: „Sie müssen mir versprechen, dass Sie jeden Walzer tanzen.“

Callie lächelte und schüttelte den Kopf. „Ich fürchte, das liegt nicht in meiner Hand.“

„Unsinn“, meinte die Schneiderin verächtlich. „In diesem Kleid hinterlassen Sie einen Pfad aus gebrochenen Herzen. Die Männer werden *alle* hinter Ihnen her sein!“

Callie lachte über das unwahrscheinliche Bild, das diese Bemerkung heraufbeschwor, nur um festzustellen, dass die anderen Frauen diese Idee keineswegs komisch fanden. Ihr Gelächter erstarb, und Mariana sagte: „Und ob sie hinter ihr her sein werden!“

Juliana lächelte nachdenklich und legte den Kopf schief. „Ich stimme ebenfalls zu. Ich kann es gar nicht erwarten, Gabriels Gesicht zu sehen, wenn du ihm in diesem Kleid gegenüberstehst. Einfach traumhaft!“

Mariana sah ihre Freundin an und meinte nüchtern: „Ach, Ralston ist eine ausgemachte Sache, würde ich sagen.“

Callie schnappte nach Luft, als sie diese kecke, unangebrachte

Bemerkung hörte, und wurde rot. Waren ihre Gefühle für Ralston etwa so offensichtlich? Hatte Juliana etwas zu ihrem Bruder gesagt?

Niemand achtete auf ihr Unbehagen; die Mädchen fuhren fort zu kichern, und Madame Hebert geleitete Callie zum Wandschirm zurück.

Sobald sie hinter der Abtrennung standen, riskierte Callie einen Blick auf Madame Hebert und sah deren wissendes Lächeln. Dann sagte die Schneiderin ruhig: „Der Marquess of Ralston ist also hinter Ihnen her, ja?"

Callie schüttelte den Kopf über diese dreiste Frage und antwortete sofort: „Nein. Gewiss nicht." Madame Hebert stieß nur ein leises Geräusch aus und begann, das Ballkleid aufzuknöpfen. Sie schwieg so lange, dass Callie schon dachte, das Gespräch sei vorüber.

Erst als sie aus der himmelblauen Seide stieg, die sich zu ihren Füßen bauschte, fügte die Schneiderin hinzu, als hätte Callie nichts gesagt: „Nun, wenn Ralston Ihr Ziel ist, ziehen Sie die schöne Wäsche an, Mylady. Er wird daran ebenso viel Freude finden wie Sie."

Callie lief puterrot an, während die Französin leise auflachte.

21. KAPITEL

Callie und Mariana standen am Rand des Ballsaals von Salisbury House und beobachteten den steten Zustrom der Gäste. Der riesige Saal war in das goldene Licht Tausender von Kerzen getaucht, die hoch über ihnen in großen Kristalllüstern flackerten. An einer Seite des Ballsaals zogen sich Spiegel entlang, die das Licht zurückwarfen und den Saal doppelt so groß wirken ließen. Es sah aus, als wäre ganz London dort versammelt. Vielleicht war das ja tatsächlich der Fall. Es herrschte jedenfalls ein Riesengedränge – Frauen in Seide und Satin in allen erdenklichen Farben standen in Grüppchen beisammen und klatschten, Männer in dunklem Abendanzug redeten über Politik und Parlament.

Callie stellte sich auf die Zehenspitzen und sah sich im Saal um, befürchtete, sie hätten Julianas Ankunft möglicherweise versäumt. Es wurde allmählich spät, und ein neues Mitglied des *ton* tat gut daran, nicht gerade auf seinem ersten Ball zu spät zu erscheinen. Ralston weiß das doch bestimmt, dachte Callie, während sie den Saal nach der jüngeren Frau absuchte.

Sie waren sich darin einig gewesen, dass der Ball bei den Salisburys ideal war, Juliana in die Gesellschaft einzuführen. Dieser Ball, einer der größten der Saison, wurde jedes Jahr von den ausnehmend freundlichen Salisburys veranstaltet, die Callie immer als eines der angenehmsten Paare in London betrachtet hatte. Beim Tod ihres Vaters hatten Lord und Lady Salisbury sie besonders unterstützt – Callies am Boden zerstörte Mutter ebenso wie den jungen, schlecht vorbereiteten Benedick, der die Hilfestellung des Earl of Salisbury dringend brauchen konnte. Die Salisburys waren Freunde, und sie würden Juliana und Ralston fraglos willkommen heißen. Dessen war Callie sich sicher.

Vorausgesetzt natürlich, sie trafen überhaupt noch ein.

Callie seufzte. Sie war ebenso nervös wie bei ihrem eigenen Debüt.

„Sie kommen schon noch“, meinte Mariana ruhig. „Ich kenne Ralston bei Weitem nicht so gut wie du, aber doch gut genug, um mir sicher zu sein, dass er diesen Abend nicht verpassen würde.“ Sie warf Callie einen verschmitzten Blick zu. „Und wenn er dich in diesem Kleid sieht, wird er froh sein, den Ball nicht verpasst zu haben.“

Callie rollte mit den Augen und meinte trocken: „Das ist ein bisschen zu viel, Mariana, selbst für deine Verhältnisse.“

Mariana lachte und zuckte mit den Schultern. „Vielleicht … aber es stimmt doch. Madame Hebert hat sich selbst übertroffen. Es ist ein atemberaubendes Kleid.“

Callie sah an sich selbst herunter, auf den Fall der blauen Seide und den weiten Rock, der bei jedem Schritt mitschwang. Der Stoff, den sie bisher nur bei Tageslicht gesehen hatte, nahm bei Kerzenschein einen vollkommen neuen Glanz an. Er schimmerte, als wäre er lebendig, wie der blaueste Ozean. Sie lächelte ein wenig, als sie daran dachte, wie sie sich im Spiegel betrachtet hatte. Verschwunden war die vertrocknete alte Jungfer mit dem Spitzenhäubchen; dieses Kleid hatte sie völlig verwandelt.

„Sie sind da.“

Marianas Bemerkung riss Callie aus ihren Träumereien, und sie blickte zum Eingang des Ballsaals, wo eine breite Treppe den Ballgästen einen ausgezeichneten Blick auf die Neuankömmlinge bot. Am Rand der Treppe und am Treppenabsatz darüber drängten sich die Menschen, doch das Trio, das eben eingetroffen war, war nicht zu übersehen.

Juliana gab ihren schneeweißen Mantel ab und stand dann hoch aufgerichtet oben an der Treppe. Ihr zartrosa Kleid mit der hohen Taille war für den Anlass perfekt – wunderschön gearbeitet, aber nicht protzig. Direkt hinter ihr kamen Ralston und St. John, legten ihre Mäntel ab und traten neben ihre Schwester. Beide wirkten entschlossen, Juliana zu beschützen, und blickten von oben auf die Menge herab, als bereiteten sie sich auf eine Schlacht vor. Um Callies Mund spielte ein Lächeln. Für die Leute im Saal kam die Londoner Gesellschaft einem Schlachtfeld vielleicht so nahe wie nichts sonst.

Callies Blick blieb an Ralston hängen. Ihr klopfte das Herz bis zum Hals. Sie betrachtete das feste Kinn, die kühle Entschlossenheit in seinen Augen – die so blau waren, dass sie die Farbe von ihrem Standpunkt in der Mitte des Ballsaals aus erkennen konnte. Und dann sah er sie an. Ihr wurde warm, als sein Blick über sie strich und auf ihr verweilte. Unbewusst seufzte sie, ein tiefer, resignierter Seufzer, worauf Mariana sie mit dem Ellbogen anstieß. „Callie, versuch doch bitte, dich nicht zu benehmen, als wärst du wahnsinnig in diesen Mann verliebt, ja?"

Callie fuhr herum zu ihrer Schwester und flüsterte empört: „Bin ich doch gar nicht!"

„Mmmh. Und ich bin Königin Charlotte", erwiderte Mariana trocken. Sie ignorierte den wütenden Blick ihrer Schwester und meinte: „Jetzt ist es also so weit."

Callie folgte Marianas Blick und sah, wie Juliana der Countess und dem Earl of Salisbury vorgestellt wurde. Sie sah zu, wie die junge Frau einen makellosen Knicks vollführte, mit niedergeschlagenen Augen und heiterem Lächeln. Ihr langer Hals verlieh ihr eine schwanenhafte Anmut, die sicher den Neid jeder Frau im Raum hervorrief, die sie beobachtete. Und sie beobachteten sie alle.

Mariana stieß einen zufriedenen Laut aus. „Sie macht das besser, als ich es je gekonnt habe."

Callie ignorierte Mariana und sah sich im Ballsaal um, sah die Blicke, die Juliana von überall auf sich zog.

Es würde nicht einfach werden.

„Sie soll ja illegitim sein, mütterlicherseits", hörte Callie eine Dame von links wispern. Sie drehte sich um und entdeckte den Duke und die Dowager Duchess of Leighton, die Juliana beide anstarrten. Zorn erfüllte Callie, als sie die Verachtung im hübschen Gesicht des Herzogs sah, während seine Mutter fortfuhr: „Ich kann mir nicht vorstellen, was Salisbury dazu bewogen haben könnte, sie bei sich zu empfangen. Es ist ja nicht so, als wäre Ralstons Ruf viel besser. Ich bin mir sicher, dass er selbst schon eine ganze Reihe von Bankerten gezeugt hat."

Die Worte, einerseits völlig unpassend, andererseits nicht unerwartet, waren einfach zu viel. Callie warf der Dowager Duchess einen langen, strengen Blick zu, ein Blick, der gesehen werden sollte.

Der Duke of Leighton fing den Blick auf und erwiderte ihn kühl. „Andere zu belauschen ist eine schreckliche Angewohnheit, Lady Calpurnia."

Vor einem Jahr hätte Callie nicht den Mut aufgebracht, ihm zu antworten – doch an diesem Abend sagte sie mit vielsagendem Blick zur Dowager Duchess: „Ich könnte mir wohl schlimmere Angewohnheiten denken, Euer Gnaden."

Damit durchquerte sie den Ballsaal, um Juliana vor diesem Natterngezücht zu beschützen.

Mariana folgte ihr auf dem Fuß. „Gut gemacht, Schwesterherz! Wie die das Gesicht verzogen haben! Herrlich!"

„Sie haben es verdient. Dieser Snobismus ist unmöglich", sagte Callie abwesend. Ihr ging es jetzt vor allem darum, zu Juliana vorzudringen und sie für diesen Abend unter den Schutz der Allendales zu stellen. Damit würde sie der Klatscherei zwar keinen Riegel vorschieben, aber es würde sicher helfen.

Während sie sich durch die Menge arbeiteten, kamen sie auch an Rivington vorbei. Mariana legte ihrem Verlobten rasch die Hand auf den Arm und sagte: „Komm und sag Juliana Guten Tag." Rivington war natürlich klar, was Mariana eigentlich sagen wollte: *Komm und zeig allen, dass ein Herzog sie billigt.* Er folgte ihr sofort.

Callie schob sich am letzten Grüppchen plaudernder Leute vorbei und fand Juliana allein mit ihren Brüdern, mehrere Fuß entfernt von den anderen Ballgästen, die zusammenstanden und anscheinend so in ihre diversen Gespräche vertieft waren, dass sie sich nicht losreißen konnten, um Juliana zu begrüßen. Callie wusste es besser, genau wie die anderen Gäste. Ralston und St. John standen zu beiden Seiten ihrer Schwester und sahen aus, als wären sie bereit, gegenüber halb London handgreiflich zu werden. Callie begegnete kurz Ralstons Blick und bemerkte seinen offenkundigen Zorn auf diese Gesellschaft, so schnell bereit, jene zu meiden, die sie nicht gleich akzeptierten. Wie oft hatte sie sich genau so gefühlt wie er in diesem Augenblick?

Sie hatte jetzt allerdings keine Zeit, Mitgefühl mit ihm zu haben. Seine Schwester brauchte sie. „Juliana!“, sagte sie mit hoher, klarer Stimme, sodass jeder der Umstehenden sie hören konnte; sie war sich der Wichtigkeit dieses Augenblicks sehr bewusst. „Ich freue mich so, dass du hier bist! Mariana und ich haben schon darauf gewartet, dass du endlich eintriffst!“

Mariana ergriff Julianas Hände und sagte: „Und wie! Ohne dich war der Abend reichlich langweilig!“ Eifrig wandte sie sich an Rivington. „Findest du nicht auch, mein Lieber?“

Der Duke of Rivington beugte sich tief über Julianas Hand. „Allerdings, Miss Fiori. Ich würde Sie sehr gern zum nächsten Tanz führen“, sagte er warm und eine Spur lauter als sonst. „Vorausgesetzt, Sie sind noch nicht versprochen.“

Überwältigt von dieser Begrüßung, schüttelte Juliana den Kopf. „Nein, Euer Gnaden.“

Mariana strahlte ihren zukünftigen Ehemann an und sagte: „Was für eine hervorragende Idee!“ Dann beugte sie sich zu Juliana vor und flüsterte verschwörerisch: „Pass nur auf, dass er dir nicht auf die Zehen tritt.“

Die vier lachten über Marianas Scherz, und dann führte Rivington Juliana in die Mitte des Saals. Mariana und Callie sahen zu, wie die beiden ihre Plätze bezogen und Juliana ihre erste öffentliche Anerkennung erfuhr – in Form eines Tanzes mit einem der mächtigsten Männer Englands. Die Schwestern sahen sich an und konnten ihr breites, stolzes Lächeln nicht verbergen.

„Ich muss sagen, ich hätte auch nicht übel Lust auf einen Tanz“, ertönte es da direkt hinter ihnen. Sie drehten sich um und fanden sich einem lächelnden St. John gegenüber. „Lady Mariana, sagen Sie bloß nicht, Sie hätten diesen Tanz schon versprochen?“

Mariana sah mit übertriebener Miene auf ihre Tanzkarte und erwiderte lachend: „Das hatte ich tatsächlich, aber mein Partner tanzt anscheinend lieber mit Ihrer Schwester."

Nick schüttelte den Kopf und setzte eine tragische Miene auf. „Ich werde mich bemühen, Ihnen adäquaten Ersatz zu bieten, Mylady."

„Das wäre wirklich reizend von Ihnen", sagte Mariana, lächelte strahlend und ließ sich von ihm auf die Tanzfläche geleiten.

Amüsiert sah Callie ihnen nach. Beinahe hätte sie darüber sogar vergessen, dass die beiden sie mit Ralston allein zurückgelassen hatten. Beinahe.

Unsicher, was sie nach ihrem letzten Gespräch zu ihm sagen sollte, drehte sie sich zu ihm um und begegnete einem unergründlichen Blick. Nervös entschied sie sich für das sicherste Thema. „Lord Ralston", sagte sie förmlich, „Ihre Schwester ist heute Abend anscheinend in bester Verfassung."

„Allerdings. Dank Ihnen und Ihrer Familie."

„Rivington erweist sich als hervorragendes zukünftiges Familienmitglied." Callies Lippen verzogen sich zu einem stillen Lächeln, während sie die tanzenden Paare beobachtete.

Ralston grinste schief. „Ich stehe in seiner Schuld." Er sah sie ernst an. „Und in Ihrer."

Seine Augen verdunkelten sich, als sein Blick über sie wanderte, und Callie spürte, wie er das Gewicht ein winziges Stück verlagerte. Und da wurde ihr klar … er hatte das Kleid bemerkt. *Fordere mich zum Tanzen auf.* Sie wusste, dass das eine schlechte Idee war – sie durfte sich an diesem Abend wirklich nicht von Ralston mitreißen lassen, schließlich hatte sie ihn erst vor wenigen Stunden abgewiesen und beschlossen, sich von nun an fern von ihm zu halten. *Fordere mich zum Tanzen auf, damit ich meinen ersten Walzer in diesem Kleid mit dir tanze.* Sie brachte die leise Stimme zum Schweigen und entschied, dass sie ab sofort die albernen Träumereien sein lassen würde. Mit Ralston zu tanzen war ganz entschieden eine *fürchterlich* schlechte Idee.

„Lady Calpurnia, darf ich Sie zum Tanz bitten?"

Zuerst war Callie aus gutem Grund verwirrt, schließlich hatte sie alle Willenskraft darauf gerichtet, dass Ralston diese Worte aussprach. Stattdessen kamen sie aus einer ganz anderen Richtung – erklangen hinter ihrer rechten Schulter. Sie blinzelte unsicher, registrierte kaum Ralstons finstere Miene, drehte sich um und sah Lord Oxford.

Nein! Sie unterdrückte den Wunsch, mit dem Fuß aufzustampfen.

Sie konnte die Aufforderung nicht ablehnen, es wäre nicht nur überaus unhöflich, dies zu tun, Callie konnte es sich auch gar nicht leisten, irgendeine Aufforderung zum Tanz auszuschlagen. Schließlich kamen sie nicht gerade zahlreich herein. Sie warf Ralston einen raschen Blick zu, fragte sich, ob er wohl einschreiten und den Tanz für sich beanspruchen würde. Wenn er behauptete, dass er sie schon aufgefordert hätte, würde sie es nicht abstreiten.

Doch er schwieg, betrachtete sie nur mit diesem kalten, unergründlichen Blick. Sie wandte sich Oxford zu. „Ich würde sehr gern mit Ihnen tanzen, Mylord. Vielen Dank."

Der Lord bot ihr den Arm, und sie legte die Hand darauf.

Bei der Berührung teilten sich seine Lippen zu einem breiten Grinsen, das allerdings nicht bis zu seinen Augen vordrang. „Hervorragend."

Ralston sah zu, wie Oxford Callie zum Walzer führte. Zorn brannte in seinen Adern, als er sah, wie der andere Mann den Arm um sie legte ... sie berührte. Nur seine in langen Jahren entwickelte Zurückhaltung hielt ihn davon ab, zur Tanzfläche zu stürmen und sie aus den Armen dieses nur auf ihr Geld erpichten Dandys zu reißen.

Verdammt, ich sollte derjenige sein, der mit ihr tanzt, haderte Ralston im Stillen. Er ließ sie nicht aus den Augen, während Oxford sie durch den Ballsaal wirbelte, bis ihr blaues Kleid nur noch verschwommen zu erkennen war. Als ob das, was passiert war – ihre entschiedene Abweisung seines Heiratsantrags –, nicht schon genug schmerzte, musste er nun auch noch mit ansehen, wie sie in Oxfords Armen lag, gekleidet wie ein Engel.

Wo zum Teufel hatte sie dieses Kleid aufgetrieben? Es stand ihr wunderbar, schmiegte sich an ihre üppige, weibliche Gestalt, hob ihre herrlichen Brüste hervor, ihre sanft geschwungenen Hüften, ihre sinnliche Figur. Ein Kleid wie dieses war dazu gemacht, zu betonen, zu ermutigen und die Männerwelt verrückt zu machen. Ein Kleid wie dieses diente nur einem Zweck – einen Mann dazu zu verführen, es ihr wieder auszuziehen.

In diesem Augenblick drehten Oxford und Callie sich so, dass sie Ralston direkt gegenüberstanden. Er begegnete ihrem Blick und war erschüttert von der Traurigkeit, die sich darin zeigte. An diesem Abend hatte sie etwas an sich, was anders war als sonst, etwas fast Tragisches. Instinktiv wusste er, dass er der Grund für diese Traurigkeit war – weil er alles verdorben hatte. Er hatte den Heiratsantrag vermasselt und sie irgendwie dazu gebracht, zu glauben, er wolle sie in Wirklichkeit gar nicht heiraten.

Er unterdrückte einen Fluch, als Oxford und Callie wieder von den Paaren auf der Tanzfläche verschluckt wurden. Hin und wieder sah er das blau schimmernde Kleid noch aufblitzen, wenn das Wogen der Tanzenden es gestattete, doch je weiter das Paar sich entfernte, desto finsterer wurde seine Laune.

Ralston begann am Rand des Ballsaals entlangzuschlendern, um zu verhindern, dass sie ganz aus seinem Gesichtskreis verschwanden. Im Vorübergehen nickte er hin und wieder Bekannten zu, bemüht, so langsam zu gehen, dass er keine Aufmerksamkeit erregte, aber doch rasch genug, um mit den Tanzenden Schritt zu halten.

„Lord Ralston, was für eine Freude, Sie heute Abend hier zu sehen", schnurrte die Countess of Marsden, während er sich an ihr vorbeidrängte.

Er blieb stehen, nicht fähig, unhöflich zu sein, trotz der lüsternen Miene der Dame; er hätte sich nicht gewundert, wenn sie plötzlich begonnen hätte, sich verführerisch die Lippen zu lecken. „Lady Marsden", sagte er und schlug einen gelangweilten Ton an, von dem er wusste, dass er die Countess verärgern würde. „Freut mich, dass Sie sich freuen. Ich würde gern Ihren Ehemann begrüßen“, sagte er vielsagend. „Ist er da?“

Die Augen der Countess wurden schmal, und er wusste, dass seine Bemerkung ins Schwarze getroffen hatte. „Nein, leider nicht.“

„Ah“, sagte er abwesend, schon im Gehen begriffen. „Schade. Bestellen Sie ihm doch schöne Grüße.“

Er sah zu den Tanzenden und entdeckte Juliana, die Rivington anlachte, der sie munter durch den Saal wirbelte und ganz London zeigte, dass Juliana Fiori, ob nun Halbschwester oder nicht, aus dem Ausland oder nicht, als Tanzpartnerin ebenso geeignet war wie jede andere Dame im Raum. Ralston schwoll das Herz, als er seine Schwester betrachtete, die gerade den Duke anlächelte, als wäre es völlig normal, dass sie mit einem der angesehensten Mitglieder des englischen Hochadels tanzte. Der vornehmen Gesellschaft würde es schwerfallen, etwas an ihr auszusetzen zu finden, sie würde aber ihr Bestes tun. Zusammen mit Nick, den Rivingtons und den Allendales würde es ihm jedoch gelingen, Juliana zu beschützen – so gut es ging. Die Allianz mit Callie war eine der besten Entscheidungen, die er hätte treffen können, damit Juliana in der Gesellschaft akzeptiert wurde.

Callie.

Sie war etwas Besonderes. Auch während sie ihn bedrängt, geärgert und abgewiesen hatte, hatte sie jedes ihrer Versprechen erfüllt und Juliana in eine Debütantin verwandelt, auf die jeder Bruder stolz sein konnte. Allein hätte er das weiß Gott nie geschafft, trotz aller neu erwachten ehrbaren Absichten. Dass Juliana heute Abend hier war und Erfolge feiern konnte, war allein Callies Verdienst. Und irgendwie war sie Teil seines Lebens geworden.

Der Gedanke beflügelte ihn; plötzlich wusste er, dass er Callie noch einmal allein sprechen musste. Inzwischen hatte er nicht mehr so sehr das Gefühl, er müsste sie aus Anstand und Verantwortung heiraten, inzwischen *wollte* er sie heiraten. Absurderweise hatte er den Eindruck, dass er sie umso dringender heiraten wollte, je entschiedener sie ihn zurückwies. Nun musste er sie nur noch davon überzeugen, dass sie es auch wollte.

Er musterte die Menschenmenge, versuchte sie in der Masse zu entdecken – hielt Ausschau nach einem Aufblitzen himmelblauen Satins, damit er sie, wenn der Tanz endlich vorüber war, zu einem Gespräch unter vier Augen davonlotsen konnte.

Die Musik endete in einem schwungvollen Crescendo, und dann kamen die Paare zum Stehen. Ralston sah zu, wie sie die Tanzfläche verließen, da das Orchester eine Pause einlegte. Er sah, dass Juliana und Rivington zu Mariana und Nick gingen, um ihr früheres Gespräch wieder aufzunehmen, doch Oxford und Callie waren nirgendwo zu sehen.

Wohin zum Teufel waren sie gegangen?

Nach ihrem Walzer führte Oxford Callie in ein kleines, abgelegenes Zimmerchen, das auf der anderen Seite des Ballsaals von Salisbury House von einem dunklen Korridor abging. Die Türen zum Flur standen offen, um möglichst viel frische Luft in den stickigen Ballsaal zu bekommen, und so hatte Oxford sie nach dem Tanz in diesen abgeschiedenen Bereich geführt, damit sie, wie er es ausdrückte, einen ruhigen Moment miteinander genießen konnten.

Die angelehnte Tür stets im Blick, warf Callie Oxford ein unsicheres Lächeln zu. „Danke, Mylord, für Ihre Begleitung", sagte sie anmutig. „Ich vergesse immer wieder, wie unangenehm warm es auf Bällen sein kann."

Oxford tat einen Schritt auf sie zu. „Bitte, verschwenden Sie keinen Gedanken daran."

Callie rückte ein Stück von ihm ab, während er immer näher kam. „Ich habe ziemlich Durst, Mylord. Vielleicht könnten wir jetzt in den Ballsaal zurückgehen und uns auf die Suche nach Erfrischungen begeben?"

„Vielleicht könnten wir uns auch mit anderen … Aktivitäten von unserem Durst ablenken?" Er hielt inne. „Liebling."

Callie hob erstaunt die Brauen. „Mylord“, protestierte sie, als er noch näher kam und sie neben der Tür gegen die Wand drängte. Allmählich wurde sie nervös. „Lord Oxford!“, rief sie aus, unsicher, welche Motive ihn leiteten.

Er beugte sich zu ihr vor. „Rupert“, korrigierte er sie. „Ich bin der Ansicht, es wird Zeit, dass wir die Förmlichkeiten hinter uns lassen. Finden Sie nicht auch?“

„Lord Oxford“, erwiderte sie entschieden, „ich möchte jetzt zurückgehen. Sofort. Das hier ist höchst ungebührlich.“

„Sie werden Ihre Meinung ändern, wenn Sie sich angehört haben, was ich Ihnen zu sagen habe“, erwiderte er. „Sehen Sie …“, er machte eine lange Pause, „… ich biete Ihnen die Möglichkeit, meine Gemahlin zu werden.“

Callies Augenbrauen schossen in die Höhe.

Er bemerkte ihre Überraschung und versuchte es noch einmal. Diesmal redete er mit ihr, als wäre sie ein Kind. „Sie haben die Möglichkeit zu heiraten. Mich.“

Lieber Himmel, gab es in ganz London denn keinen einzigen Mann, der seinem Heiratsantrag eine Prise Romantik verleihen konnte?

Callie unterdrückte ein nervöses Lachen und schob sich in Richtung Tür. „Mylord, ich fühle mich geehrt, dass Sie an mich gedacht haben …“ Sie verstummte, suchte nach geeigneten Worten, um ihn freundlich abzuweisen.

Doch im nächsten Augenblick hatte er die Arme um sie geschlungen und seine Lippen auf die ihren gepresst, zu einem nassen, weichen und überaus unangenehmen Kuss. Er schob ihr die Zunge in den Mund. Callie zuckte vor ihm zurück, legte ihm die Hände auf die Schultern, um ihn von sich zu stoßen. Er jedoch hielt diese Geste für eine Liebkosung und machte weiter, drängte sie so heftig gegen die Wand, dass sie den Türstock schmerzhaft im Rücken spürte. Er flüsterte: „Sei doch nicht so schüchtern. Wir werden schon nicht erwischt. Und wenn doch, sind wir eben verlobt.“

Callie versuchte, sich Oxford zu entziehen, und schüttelte

den Kopf ob so viel Arroganz. Die Vorstellung, dass sie bei der bloßen Erwähnung eines Heiratsantrags vor Dankbarkeit in die Knie gehen sollte, hätte sie verletzt, wenn sie nicht so grotesk gewesen wäre. Wieder stieß sie ihn mit aller Kraft zurück und sagte: „Ich fürchte, Sie sind ganz und gar auf dem Holzweg." Er hielt inne, als sie sich zwischen ihm und der Wand hindurchschlängelte. „Ich habe nicht die Absicht, Sie zu heiraten. Ich möchte, dass Sie jetzt gehen."

Oxford blinzelte zweimal, als könnte er diese Entscheidung nicht verstehen. „Das kann nicht Ihr Ernst sein."

Die Ironie der Situation war ihr durchaus bewusst: Achtundzwanzig Jahre hatte sie darauf gewartet, dass irgendjemand Interesse an ihr zeigte, und nun, wo zwei Männer ihr einen Heiratsantrag machten, wies sie beide zurück. War sie denn verrückt?

„Allerdings, mein vollkommener Ernst. Anscheinend haben Sie meine Freundschaft missverstanden."

„Freundschaft!", höhnte Oxford, worauf ihr plötzlich ein wenig Angst wurde: Sein Ton war harsch geworden. „Sie glauben, ich will Freundschaft? Im Gegenteil. Ich suche eine Ehefrau." Er spie ihr die Worte entgegen, als wäre sie nicht ganz richtig im Kopf.

Unwillkürlich fuhr Callie vor ihm zurück, überrascht von diesem neuen Oxford: Verschwunden war der stets lächelnde geistlose Dandy, an seine Stelle war ein zorniger, unangenehmer Mann getreten. „Dann standen Sie wohl unter dem falschen Eindruck, ich sei auf der Suche nach einem Ehemann."

Oxford verzog verächtlich die Lippen und erklärte dann rüde: „Ach, kommen Sie. Sie erwarten doch wohl nicht, dass ich Ihnen abnehme, Sie hätten nicht von alldem geträumt. Ist das nicht der Augenblick, von dem alle alten Jungfern träumen?"

Stolz richtete sie sich zu ihrer vollen Größe auf. „Gewiss, Lord Oxford, wir träumen davon, einen Heiratsantrag zu bekommen. Allerdings nicht von Ihnen."

Zorn erfasste ihn, und er versteifte sich. Sein Gesicht lief dunkelrot an. Normalerweise wäre sie stolz darauf gewesen, eine solche Veränderung bewirkt zu haben, doch jetzt befürchtete sie einen flüchtigen Moment, er könnte sie schlagen. Er tat es nicht, trat stattdessen einen Schritt zurück und befreite sie von seiner erdrückenden Nähe. Sie beobachtete, wie sein Zorn sich in Abscheu verwandelte, und endlich erkannte sie, was er in Wahrheit für sie empfand: nichts als riesengroße Verachtung.

„Sie machen einen schrecklichen Fehler“, warnte er sie.

„Das möchte ich ehrlich bezweifeln.“ Callies Ton wurde kalt, sie wappnete sich gegen den Mann. „Unser Gespräch ist hiermit beendet.“

Mit zornfunkelnden Augen sah er sie an. Entschlossen wandte sie sich von ihm ab und sah wieder hinaus in den dunklen Park. „Mein Heiratsantrag ist der beste, den Sie je bekommen werden. Glauben Sie denn, dass irgendwer ein Schweinchen wie Sie *wirklich* haben will?“ Die Worte sollten sie verletzen, und sie taten es auch. Sie hielt sich kerzengerade, als er den Raum verließ, und lauschte den sich entfernenden Schritten. Erst dann setzte sie sich wieder hin.

Und dann stieß sie einen langen Seufzer aus, merkte, wie ihre Kraft sie verließ, während Oxfords schreckliche Bemerkung wie ein Mühlrad in ihrem Kopf herumging. Natürlich hatte er recht. Sie hatte in ihrem Leben erst zwei Heiratsanträge erhalten, und keiner von beiden hatte irgendetwas mit ihr zu tun gehabt. Oxford hatte es nur auf das Geld abgesehen, das er mit ihrer Mitgift erhalten hätte, und Ralston … Ralston versuchte, ihren Ruf zu schützen, was zwar ehrbar war, aber kein bisschen romantisch. Warum gab es niemanden, der sie einfach um ihrer selbst willen begehrte?

Bei dem Gedanken stiegen ihr Tränen in die Augen. Was für ein Durcheinander. Sie senkte den Kopf und sank in sich zusammen, stemmte dann den Rücken gegen die Lehne, bis ihre Muskeln schmerzten. Mehrmals atmete sie tief durch und fragte sich, wie lange sie wohl in diesem Raum bleiben könnte, ehe man sie vermisste.

„Du solltest nicht hier allein sein."

Sie versteifte sich, als sie die entschiedenen Worte hörte, drehte sich aber nicht um. Ralston wollte sie bestimmt kein verweintes Gesicht zeigen. „Woher wusstest du, dass ich hier bin?"

„Ich habe Oxford aus dieser Richtung kommen sehen. Ist etwas passiert? Geht es dir gut?"

Sie flüsterte in die Dunkelheit: „Bitte geh weg."

Kurze Stille trat ein, dann war eine Luftbewegung zu spüren, als er auf sie zutrat und die Hand nach ihr ausstreckte. „Callie?", sagte er, und die leise Sorge in seiner Stimme zerriss ihr das Herz. „Geht es dir gut? Mein Gott. Hat Oxford dich angefasst? Ich bringe ihn um."

Sie atmete noch einmal tief durch. „Nein … nein. Er hat nichts gemacht. Mir geht es gut. Ich wäre dir dankbar, wenn du gehen würdest, bevor mein … mein Ruf … in Mitleidenschaft gezogen wird."

Er lachte leise. „Darüber sind wir doch längst hinaus, meinst du nicht?" Sie reagierte nicht, und er fuhr fort, an ihren Hinterkopf gerichtet: „Das ist teilweise der Grund, warum ich dich gesucht habe."

Sie krampfte sich noch fester in die Armlehne ihres Sessels. „Ralston, bitte. Geh einfach."

„Ich kann nicht." Er kam näher, legte ihr die Hände auf die Schultern, und sein Ton war flehend und verlockend zugleich. „Callie, du musst mir eine Chance geben, dich davon zu überzeugen, dass es mir ernst ist mit meinem Heiratsantrag. Bitte, heirate mich."

Es war zu viel. Sie konnte es nicht ertragen. Wieder liefen ihr die Tränen die Wangen herab, schnell und unbeherrscht. Sie schwieg, verzweifelt darum bemüht, keinen Laut von sich zu geben und ihren Kummer nicht zu verraten. Noch einmal flüsterte er nah an ihrem Ohr die wunderbaren, verlockenden Worte: „Heirate mich."

Sie senkte den Kopf. „Ich kann nicht."

Kurze Pause. „Warum nicht?"

„Ich … ich will dich nicht heiraten." Diese Lüge war beinahe unerträglich.

In seine Stimme schlich sich Ärger. „Das glaube ich dir nicht."

„Es ist aber wahr."

„Sieh mich an und sag es noch einmal."

Sie schwiegen, und die Worte hingen zwischen ihnen. Callie überdachte ihre Möglichkeiten. Ihr blieb gar nichts anderes übrig. Sie wandte sich zu ihm um und dankte ihrem Schöpfer, dass ihr Gesicht dabei im Schatten blieb. Mit zitternder Stimme erklärte sie: „Ich will dich nicht heiraten."

Langsam schüttelte er den Kopf. „Das glaube ich dir nicht. Du willst mich doch. Glaubst du, mir wäre nicht aufgefallen, wie gut wir zusammenpassen? Von unserem Charakter her? Körperlich?" Sie schwieg, und er sagte: „Soll ich es dir noch einmal beweisen?" Seine Lippen waren den ihren so nah, sie war sich seiner so bewusst. Sein Atem streichelte sie auf eine Weise, dass sie nichts lieber getan hätte, als den Abstand zwischen ihnen zu schließen und den Kuss entgegenzunehmen, nach dem sie sich sehnte. „Du weißt, dass ich dir alles geben würde."

Sie schloss die Augen vor diesen Worten und ihrer dunklen Verheißung. „Alles nicht", sagte sie traurig.

„Alles, was ich dir geben kann", versprach er, streckte die Hand aus und berührte ihr Gesicht, zog sich jedoch zurück, als sie fast heftig vor ihm zurückzuckte.

„Und was passiert, wenn das nicht ausreicht?" Die Frage stand zwischen ihnen.

Er legte die Hand auf den Stuhl hinter ihr, und Callie fuhr zusammen, als sie es hörte. „Was willst du denn noch, Callie? Ich bin reich. Ich bin attraktiv …"

Sie unterbrach ihn mit einem schmerzlichen, enttäuschten Lachen. „Glaubst du, daraus mache ich mir etwas?", fragte sie, zornig, traurig und verletzt, alles auf einmal. „Ich würde dich auch arm und hässlich nehmen … das wäre mir egal … solange du …"

Sein Blick wurde schmal, als sie sich unterbrach. „Solange ich was?"

Solange du mich liebst.

Sie schüttelte den Kopf, schwieg lieber, weil sie sich selbst nicht vertraute.

Er stieß den Atem aus und versuchte es noch einmal. Ihre Weigerung verwirrte ihn dermaßen, dass er allmählich wütend und verdrossen wurde. „Was willst du denn von mir? Sag es mir, dann gebe ich es dir. Ich bin ein Marquess, zum Kuckuck noch mal!"

Das war's. Jetzt reichte es ihr. „Und wenn du der König wärst, ich heirate dich nicht, verdammt noch mal!"

„Warum denn nicht?"

„Aus vielerlei Gründen!"

„Nenn mir einen vernünftigen Grund!" Er war ihr so nahe, er war so wütend, und so sagte sie das Erste, was ihr in den Sinn kam. „Weil ich dich liebe!"

Diese Erklärung überrumpelte sie beide. Er erholte sich als Erster. „Was?"

Sie schüttelte den Kopf und begann wieder zu weinen. Schließlich sagte sie mit einer Stimme voller Selbstironie: „Bitte zwing mich nicht, es zu wiederholen."

„Ich …" Er hielt inne, wusste nicht, was er sagen sollte.

„Du brauchst nichts zu sagen. Tatsächlich wäre mir das sogar lieber. Aber so ist es. Ich kann dich nicht heiraten. Es würde mich einfach umbringen, den Rest meines Lebens mit dir zu verbringen, wenn du mich nur aus einem neu entdeckten – und vollkommen unangebrachten – Pflicht- und Ehrgefühl heraus heiratest."

Er sah sie lange an, sah den Tränen nach, die ihr ungehindert über die Wangen liefen. „Ich …", wiederholte er, zum ersten Mal im Leben völlig sprachlos.

Sie ertrug es nicht, ihn anzusehen. „Erinnerst du dich an den ersten Abend in deinem Schlafzimmer?", flüsterte sie. „Als wir unser Abkommen ausgehandelt haben?"

Den Abend, an dem alles anders wurde. „Natürlich."

„Erinnerst du dich auch, dass du mir noch einen Gefallen zugesagt hast? Meiner Wahl? In der Zukunft?“

In seinem Magen sammelte sich kalte Furcht. Plötzlich wusste er, was sie sagen würde. „Callie, bitte tu es nicht.“

„Ich möchte dieses Versprechen einlösen. Jetzt in diesem Moment. Bitte, geh weg.“

Der Schmerz, der in ihrer Stimme mitschwang, war herzzerreißend. Ralston brannte darauf, sie zu berühren, zu trösten. Stattdessen fuhr er sich durch die Haare und fluchte heftig. „Callie …“ Er hielt inne, wusste nicht, was er sagen sollte, wollte aber unbedingt etwas sagen, irgendetwas, was sie dazu bringen würde, ihn zu heiraten.

Sie hielt eine Hand hoch, und Ralston staunte flüchtig darüber, wie ruhig sie war. „Bitte, Gabriel. Wenn du dir auch nur irgendetwas aus mir machst“, wiederholte sie, „dann geh bitte weg. Geh weg und lass mich in Ruhe.“

Und weil dies die einzige Bitte war, die er ihr erfüllen konnte, ging er.

Callie saß lange in dem stillen Raum, ließ sich von der Dunkelheit einhüllen. Die Tränen waren bald versiegt, machten einer tiefen Trauer Platz, die aus dem Gefühl der Endgültigkeit resultierte, das ihre Begegnung mit Ralston mit sich gebracht hatte.

Denn in diesem Moment wusste sie mit absoluter Sicherheit, dass sie für immer allein bleiben würde. Nachdem sie Ralstons Antrag so endgültig abgelehnt hatte, konnte sie auch nie einen anderen nehmen. Wenn sie Ralston nicht haben konnte, wollte sie auch keinen anderen.

Vielleicht hatte sie einen Fehler gemacht. Vielleicht hätte ihre Liebe für sie beide gereicht. Aber könnte sie mit dem Wissen leben, dass er sie eigentlich gar nicht gewollt hatte? Dass er ihr den Heiratsantrag nur deswegen gemacht hatte, weil es das Richtige gewesen war? Dass er, wenn er sich selbst überlassen gewesen wäre, eine unendlich welterfahrenere Frau gefunden hätte? Eine unendlich schönere? Eine unendlich …?

Nein, das könnte ich nicht ertragen. Mir ist wirklich nichts an-

deres übrig geblieben, als ihn abzuweisen.

Sie wischte sich eine Träne von der Wange und schniefte leise. Eigentlich wurde es höchste Zeit, dass sie zum Ball zurückkehrte, aber sie konnte sich einfach nicht überwinden.

„Callie?“

Das Flüstern, kaum wahrnehmbar, kam von der Tür. Callie fuhr herum und entdeckte Juliana, die durchs Dämmerlicht spähte, um sicherzugehen, dass die Frau in der Dunkelheit tatsächlich ihre Freundin war.

Callie wischte sich eine weitere Träne von der Wange, richtete sich im Sessel auf und sah zu der jungen Frau hinüber. „Juliana, du solltest hier nicht allein sein.“

Bei diesen Worten schloss Juliana die Tür hinter sich, ging zu Callie und setzte sich auf eine Ottomane. „Ich habe es allmählich satt, dass man mir dauernd sagt, was ich zu tun und zu lassen habe. *Du* bist doch auch hier, oder? Also bin ich nicht allein.“

Über diese Verteidigungsrede musste Callie unter Tränen lächeln. „Das ist natürlich wahr.“

„Und es sieht aus, als könntest du Gesellschaft brauchen, *amica*. Genau wie ich.“

Callie blinzelte, richtete den Blick auf Julianas Gesicht und sah, dass ihre blauen Augen ... verletzt wirkten. Callie schob ihren eigenen Kummer beiseite und fragte: „Was ist passiert?“

Juliana wedelte mit der Hand, eine Geste, mit der sie, wie Callie wusste, Unbekümmertheit vorschützte. „Ich bin vom Ball weggelaufen und habe mich verirrt.“

Callie sah ihre Freundin an. „Juliana, du darfst dich von ihnen nicht aus der Fassung bringen lassen.“

Juliana verzog die Lippen. „Ich bin nicht aus der Fassung. Im Gegenteil, ich will ihnen zeigen, wozu ich fähig bin.“

Callie lächelte das junge Mädchen an. „Ja! Genau so musst du ihnen gegenübertreten, stolz und stark. Sei einfach du selbst. Sie werden dir nicht widerstehen können, das garantiere ich dir.“

Über Julianas Gesicht flog ein Schatten – so flüchtig, dass

Callie ihn beinahe nicht gesehen hätte. „Es hat den Anschein, als würden mir manche schon widerstehen können."

Callie schüttelte den Kopf und legte dem Mädchen tröstend eine Hand aufs Knie. „Ich verspreche dir, dass sie das nicht lange werden durchhalten können."

„Darf ich dir etwas sagen?" Juliana neigte sich noch näher zu ihr, bis sie beinahe mit der Stirn aneinanderstießen.

„Immer."

„Ich habe mich entschlossen, hierzubleiben. In England."

„Wirklich?" Callie riss die Augen auf, als ihr bewusst wurde, was das bedeutete. „Das ist ja wunderbar!" Freudig klatschte sie in die Hände. „Wann bist du denn zu der Entscheidung gelangt?"

„Gerade eben."

Callie lehnte sich zurück. „Der *Ball* hat dein Schicksal entschieden?"

Die jüngere Frau nickte entschieden. „Allerdings. Ich kann mich von diesen feinen Pinkeln …", sie hielt inne, erfreut, dass ihr dieser unfeine Ausdruck eingefallen war, „… doch nicht einfach vergraulen lassen. Wenn ich nach Italien zurückgehen würde, wer würde ihnen denn dann eine Lektion erteilen?"

Callie lachte. „Ausgezeichnet! Es wird mir eine Freude sein, dir bei deinem Unterricht zuzusehen!" Sie drückte Julianas Hände. „Und deine Brüder, Juliana … sie werden sich *so* freuen!"

Juliana strahlte. „Ja … das glaube ich auch." Doch als sie Callie in die Augen sah, wurde ihre Miene ernst. „Ich bin mir allerdings nicht sicher, ob Gabriel so gute Nachrichten verdient hat."

Callie senkte den Kopf.

Nun ergriff Juliana Callies Hände. „Callie, was ist denn passiert?"

„Nichts."

Dein Bruder hat mir nur das Herz gebrochen. Das ist alles.

Juliana wartete darauf, dass Callie wieder aufsah, und als sie es tat, die Augen tränennass, sah sie sie forschend an. Nach einem langen Augenblick schien Juliana gefunden zu haben, wonach sie gesucht hatte.

Sie drückte die Hand ihrer Freundin und sagte: „Du musst ihm stolz und stark gegenübertreten; sei einfach du selbst."

Diese Bemerkung, ein Widerhall derer, die Callie vor wenigen Augenblicken ausgesprochen hatte, brachte die Tränen zum Fließen. Lautlos liefen sie ihr über die Wangen.

Sofort hockte sich Juliana zu Callie auf die Sessellehne und zog sie in eine feste Umarmung.

Und während Juliana sie so hielt, fasste Callie eine Angst in Worte, die sie nicht länger verleugnen konnte: „Aber was ist, wenn ich nicht genüge?"

22. KAPITEL

Ralston verließ den Ball sofort. Die Kutsche ließ er für seine Geschwister stehen und ging zu Fuß nach Hause; Ralston House lag nicht weiter als eine Viertelmeile entfernt.

Sein Leben lang war er genau dieser Situation aus dem Weg gegangen: Beziehungen zu Frauen, mit denen er zu viel gemeinsam hatte, hatte er stets gescheut, hatte ehestiftende Mütter um jeden Preis gemieden, vor lauter Angst, dass er die Frauen, die sie ihm aufzudrängen versuchten, vielleicht *mögen* könnte. Er war in einem Haushalt aufgewachsen, der von einer Frau zerstört worden war, zerfressen von der unerwiderten Liebe, die am Herzen seines Vaters genagt hatte, der am Ende sogar daran gestorben war – er hatte dem Fieber, dem er erlegen war, nichts mehr entgegenzusetzen gehabt.

Und nun war er mit Callie konfrontiert, der frischen, unverbrauchten, offenen, reizenden, klugen Callie, die das genaue Gegenteil seiner Mutter zu sein schien und trotzdem ebenso gefährlich war wie die ehemalige Marchioness. Denn als sie ihn mit ihren atemberaubenden braunen Augen angesehen und ihm ihre Liebe gestanden hatte, hatte Ralston alle Fähigkeit zum klaren Denken verloren.

Und als sie ihn gebeten hatte zu gehen, hatte er genau gewusst, was sein Vater empfunden hatte, als Ralstons Mutter ihn verlassen hatte – dieses Gefühl vollkommener Hilflosigkeit, als müsste er wehrlos mit ansehen, wie ihm ein Teil seiner selbst gestohlen wurde, ohne dass er etwas dagegen unternehmen konnte.

Was für ein schreckliches Gefühl. Wenn das Liebe war, wollte er nichts davon wissen.

Es regnete, ein feiner Londoner Sprühregen, der aus allen Richtungen gleichzeitig kam und einen nassen Glanz über die dunkle Stadt legte. Ein Schirm war da völlig nutzlos. Ralston achtete jedoch gar nicht auf den Regen, er hatte immer noch

Callies Gesicht vor Augen, tränenüberströmt, verstört – und alles nur seinetwegen.

Wenn er ehrlich zu sich wäre, müsste er zugeben, dass er von dem Moment an, da sie in seinem Schlafzimmer aufgetaucht war – nichts als große, braune Augen und verführerische Lippen –, dazu verdammt gewesen war, die Sache zu verpfuschen. Hätte er besser aufgepasst, wäre ihm klar gewesen, dass sie sein angenehmes Leben völlig durcheinanderbringen würde.

Heute Abend hatte sie ihm nun Gelegenheit gegeben, zu seinem alten Leben zurückzukehren. Seine Zeit in Herrenclubs zu verbringen, in Sportclubs und Wirtshäusern, und zu vergessen, dass er sich je mit einem abenteuerlustigen Mauerblümchen eingelassen hatte, das sich keiner gesellschaftlichen Grenzen bewusst schien.

Eigentlich hätte er die Gelegenheit, das ärgerliche Weibsstück loszuwerden, begeistert ergreifen sollen.

Aber nun lauerten Erinnerungen an sie an all diesen Orten. Und wenn er jetzt an sein Leben dachte, bevor sie in sein Schlafzimmer eingedrungen war, fand er es gar nicht mehr so angenehm. Plötzlich schien es ihm an Gelächter zu fehlen, an Gesprächen und an unschicklichen Besuchen in Wirtshäusern und Clubs und an abenteuerlustigen Damen. Es mangelte an breitem Lächeln und üppigen Kurven und verrückten Listen. Es mangelte an Callie.

Und die Aussicht, zu einem Leben ohne sie zurückzukehren, war einfach trostlos.

Stundenlang irrte er nun schon durch die Straßen, war gedankenverloren mehrfach an Ralston House vorbeigegangen. Sein Mantel war vollkommen durchnässt, als er endlich aufsah, nur um festzustellen, dass er vor Allendale House stand. Das Haus lag im Dunkeln, bis auf ein Licht in einem Zimmer, das auf den Garten hinausging. Lange stand Ralston da und betrachtete das goldene Leuchten.

Dann war die Entscheidung gefallen.

Er klopfte an, und als der alte Butler, den er schon einmal

überrannt hatte, die Tür öffnete und ihn erschrocken anstarrte, hatte Ralston nur eines zu sagen: „Ich möchte Ihren Dienstherrn sehen."

Der Butler schien zu spüren, dass die Angelegenheit äußerst wichtig war, denn er wies weder darauf hin, wie spät es war, noch behauptete er, der Earl of Allendale sei nicht zu Hause. Stattdessen bat er Ralston lediglich zu warten und schlurfte davon, um den Besucher anzumelden.

Im Handumdrehen war er wieder da, nahm Ralstons tropfenden Mantel und den Hut entgegen und bedeutete ihm, das Arbeitszimmer des Earls zu betreten. Ralston trat in den großen, hell erleuchteten Raum und schloss die Tür hinter sich. Benedick lehnte an einem großen Schreibtisch aus Eiche, eine Brille auf der Nasenspitze, und las in einem Bündel Papiere. Er sah auf, als die Tür klickend geschlossen wurde. „Ralston", begrüßte er den Marquess.

Ralston neigte den Kopf. „Danke, dass Sie mich empfangen haben."

Benedick lächelte und legte die Papiere auf den Schreibtisch. „Mein Abend hat sich, ehrlich gesagt, ziemlich langweilig gestaltet. Sie bieten mir eine willkommene Abwechslung."

„Ich bin nicht sicher, ob Sie immer noch so denken, nachdem ich Ihnen gesagt habe, warum ich gekommen bin."

Der Earl hob eine Augenbraue. „Na, dann sollten Sie gleich mal damit herausrücken, finden Sie nicht?"

„Ich habe Ihre Schwester kompromittiert."

Zuerst war nicht zu erkennen, ob Benedick Ralstons Geständnis überhaupt gehört hatte. Er bewegte sich nicht, wandte auch nicht den Blick von seinem Gast. Dann aber richtete er sich zu seiner vollen Größe auf, setzte die Brille ab und legte sie auf die Papiere, die er eben auf dem Schreibtisch abgelegt hatte, und ging auf Ralston zu.

Er baute sich vor ihm auf und meinte: „Ich nehme an, dass Sie von Callie reden?"

Ralstons Blick wankte nicht. „Ja."

„Und vermutlich übertreiben Sie die Situation auch nicht."

„Nein. Ich habe sie kompromittiert. Gründlich."

Benedick nickte nachdenklich und hieb ihm dann die Faust ins Gesicht.

Ralston sah den Schlag nicht kommen: Er taumelte rückwärts und hielt sich die schmerzende Wange. Als er sich wieder aufrichtete, schüttelte Benedick die Hand aus. Er sagte entschuldigend: „Musste leider sein."

Ralston nickte ruhig und tastete die zarte Haut um sein Auge ab. „Etwas anderes habe ich auch nicht erwartet."

Benedick ging zu einem niedrigen Tisch und goss ihnen zwei Gläser Whisky ein. Eines davon bot er Ralston an und sagte: „Sie sollten mir besser die ganze Geschichte erzählen."

Ralston nahm das Glas entgegen und meinte: „Eigentlich ist es ganz einfach. Ich habe Ihre Schwester kompromittiert und möchte sie gern heiraten."

Benedick setzte sich in einen großen Ledersessel und musterte Ralston scharf. „Wenn es so einfach ist, warum kommen Sie dann klatschnass mitten in der Nacht in mein Haus?"

Ralston setzte sich dem Earl gegenüber und sagte: „Nun, vermutlich ist es für mich einfach."

„Ah." Benedick begann zu verstehen. „Callie hat Sie abgewiesen."

„Ihre Schwester kann einen zur Weißglut treiben."

„Ja, sie neigt dazu."

„Sie will mich nicht heiraten. Und so bin ich hergekommen, um Sie um Hilfe zu bitten."

„Natürlich wird sie Sie heiraten", erklärte Benedick, und eine Welle der Erleichterung überlief Ralston – weitaus machtvoller, als er sich eingestehen wollte. „Aber ich werde sie nicht dazu zwingen. Sie müssen sie schon davon überzeugen."

Die Erleichterung war nur von kurzer Dauer. „Ich habe es versucht. Sie ist Vernunftgründen nicht zugänglich."

Benedick lachte, als er die Überraschung und Verärgerung in Ralstons Stimme hörte. „Da höre ich jemanden reden, der ohne Schwestern aufgewachsen ist. Die sind Vernunftgründen nie zugänglich."

Ralston lächelte ein wenig. „Ja, das wird mir allmählich auch klar."

„Hat sie Ihnen gesagt, warum sie Sie nicht heiraten will?"

Ralston nahm einen großen Schluck Whisky und überlegte kurz. „Sie sagt, dass sie mich liebt."

Benedicks Augen weiteten sich. „Das klingt eher nach einem Grund, jemanden zu heiraten."

„Genau das finde ich auch." Er beugte sich vor. „Aber wie überzeuge ich sie davon?"

Benedick lehnte sich zurück, sah Ralstons finstere Miene und erbarmte sich. „Callie ist hoffnungslos romantisch. War es schon von klein auf. Und es liegt daran, dass wir alle einer Liebesehe entstammen, dass sie jeden Liebesroman gelesen hat, der ihr im Lauf der letzten zwanzig Jahre untergekommen ist, und weil ich sie immer ermutigt habe, sich einer Ehe ohne Liebe zu widersetzen. Es überrascht mich nicht, dass sie Sie ohne Liebesschwüre nicht heiraten will. Was mich gleich zu meiner nächsten Frage führt: Lieben Sie sie denn?"

„Ich ..." Ralston hielt inne, völlig verwirrt. Liebte er sie?

Benedick grinste schief, als er die widerstreitenden Gefühle in Ralstons Miene sah. „Das müssen Sie aber noch besser hinkriegen, wenn sie Sie dasselbe fragt, alter Knabe."

„Ich werde ihr ein guter Ehemann sein."

„Das bezweifle ich nicht."

„Ich habe genug Geld, genug Ländereien und den Titel, um dies zu erreichen."

„Wenn ich Callie recht kenne, macht sie sich aus alledem gar nichts."

„Stimmt. Was ein weiterer Grund ist, warum sie Welten besser ist, als ich verdient habe. Aber Sie sollten sich etwas daraus machen. Deswegen komme ich auch zu Ihnen."

Benedick tauschte einen langen Blick mit Ralston. „Ich weiß es zu schätzen."

„Dann habe ich also Ihren Segen?"

„Sie zu heiraten? Ja, aber meine Zustimmung ist es nicht, die Sie brauchen."

„Ich kann sie zu nichts zwingen. Aber um sie überzeugen zu können, brauche ich Zeit mit ihr. Allein. Und zwar so bald wie möglich."

Benedick nahm einen Schluck Whisky und betrachtete Ralston aufmerksam. Er sah die Enttäuschung in seinem Blick und die Anspannung in seiner Haltung, und so erbarmte sich der Earl des Mannes, den seine Schwester so zermürbte. „Wenn Callie nur halb so verstört ist, wie Sie in diesem Augenblick aussehen, wird sie in der Bibliothek sitzen."

Ralston runzelte die Stirn. „Warum erzählen Sie mir das?"

Benedick grinste schief. „Sagen wir mal, mir gefällt die Vorstellung nicht, dass meine Schwester halb so verstört sein sollte, wie Sie aussehen. Versuchen Sie Ihr Glück in der Bibliothek, ich werde Sie nicht stören. Aber, lieber Himmel, lassen Sie sich nicht von meiner Mutter erwischen, sonst ist hier die Hölle los."

Ralston lächelte halbherzig über Benedicks scherzhafte Bemerkung. „Ich bemühe mich nach Kräften, nicht aufzufallen – auch wenn es für mich vielleicht der einfachste Weg wäre, ans Ziel zu gelangen, wenn Ihre Mutter verlangt, dass ich Callie heirate." Er stand auf und straffte die Schultern, als stünde er im Begriff, in die Schlacht zu ziehen. Ernst blickte er auf Benedick herab und sagte: „Danke. Ich verspreche Ihnen, dass mein Lebenswerk ab sofort darin besteht, Ihre Schwester glücklich zu machen."

Benedick erhob das Glas auf dieses Versprechen des Marquess. „Solange nur Ihr Tagwerk morgen darin besteht, dass Sie sich eine Sondererlaubnis besorgen."

Ralston bestätigte mit einem ernsten Nicken, dass er Callie so bald heiraten würde, wie es nur menschenmöglich war, und ging aus dem Raum. Dann überquerte er die dunkle, stille Eingangshalle und blieb vor der Bibliothek stehen. Vorsichtig legte er die Hand auf den Türknauf und atmete einmal tief durch, um seinen Herzschlag zu beruhigen. Er war noch nie so aufgeregt gewesen, noch nie so nervös vor einem Gespräch, so bereit, alles zu tun, was nötig war, um zu bekommen, was er wollte. Die nächsten Minuten würden die wichtigsten Minuten seines Lebens sein.

Er öffnete die Tür, entdeckte sie in dem Dämmerlicht sofort. Sie saß mit dem Rücken zur Tür in einem der Ledersessel am Kamin, einen Ellbogen auf die Sessellehne und das Kinn in die Hand gestützt, und starrte ins Feuer. Er bemerkte den blauen Satin, der über die Sessellehne bis fast auf den Boden quoll; sie trug immer noch das wunderschöne blaue Kleid, das sie auf dem Ball angehabt hatte. Sie seufzte, als er die Tür leise schloss und sich ihr näherte. Er blieb einen Augenblick hinter ihr stehen, bewunderte ihren Hals, die weiche Haut über ihrem Schlüsselbein. „Ich will jetzt wirklich keine Gesellschaft, Benedick."

Er erwiderte nichts, schlich stattdessen um den Sessel und setzte sich schließlich auf die Ottomane, die sie beim Platznehmen beiseitegeschoben hatte. Da hob sie endlich den Kopf, stieß hörbar die Luft aus, richtete sich auf und stellte die Füße auf den Boden.

„Was … was machst du denn hier?"

Er beugte sich vor, die Ellbogen auf die Knie gestützt, und sagte: „Ich habe versucht, mich von dir fernzuhalten. Aber es gibt ein paar Dinge, die ich dir einfach sagen muss."

Sie schüttelte den Kopf und starrte ihn aus großen Augen an. „Wenn du erwischt wirst … Benedick sitzt gleich gegenüber! Wie bist du reingekommen?"

„Der Butler hat mich reingelassen. Außerdem weiß dein Bruder, dass ich hier bin. Und ich fürchte, Kaiserin, er ist auf meiner Seite."

„Du hast es ihm erzählt?", fragte sie entsetzt.

„Ja. Du hast mir ja keine andere Wahl gelassen. Und jetzt sei still und hör zu, ich habe dir so viel zu sagen."

Callie schüttelte den Kopf, weil sie wahrlich nicht auf ihre Standfestigkeit vertraute, wenn er sie mit schönen Worten überschüttete. „Gabriel – bitte nicht."

„Nein. Du spielst jetzt mit unser beider Leben, Callie. Ich lasse nicht zu, dass du Entscheidungen triffst, ohne genau zu wissen, worum es geht." Sie zog die Beine an und rollte sich zu einem traurigen kleinen Ball zusammen, sodass es Gabriel schier das Herz zerriss. „Du liebst mich. Hast du nicht das Gefühl, dass du es dir selbst schuldest, dir anzuhören, was ich dazu zu sagen habe?"

Sie kniff die Augen zusammen und stöhnte vor Verlegenheit auf. „Oh Gott. Bitte sei still. Ich kann es nicht fassen, dass ich es dir gesagt habe."

Er streckte die Hand aus und strich ihr über die Wange. Mit tiefer, heiserer Stimme sagte er: „Weißt du, ich lasse nicht zu, dass du es zurücknimmst."

Da öffnete sie die Augen und warf ihm einen klaren Blick zu, der ihm schier den Atem raubte. „Ich nehme es auch nicht zurück."

„Gut", erklärte er. „Und jetzt hör zu." Er wusste nicht, wo er beginnen sollte, und so sagte er einfach das, was ihm in den Sinn kam. „Meine Mutter war sehr schön – dunkle Haare, strahlend blaue Augen, ein zartes Gesicht, genau wie meine Schwester. Sie war kaum älter als Juliana, als sie uns verlassen hat – sie ist auf den Kontinent geflohen, um ihrer Familie und ihrem Leben hier zu entkommen. Ich erinnere mich nicht sehr gut an sie, aber eines weiß ich noch sehr gut: Mein Vater war vollkommen verrückt nach ihr.

Ich erinnere mich daran, wie ich, als ich noch klein war, spätabends aus dem Bett geschlüpft bin, um sie zu belauschen. An einem speziellen Abend habe ich aus dem Arbeitszimmer meines Vaters ganz merkwürdige Geräusche gehört. Ich bin nach unten geschlichen, weil ich neugierig war. Im Flur war es dunkel, vermutlich war es schon spät, und die Tür zum Arbeitszimmer stand offen."

Er verstummte, und Callie rutschte auf dem Sessel nach vorn. Eine ungute Vorahnung überkam sie, als sie diese Geschichte hörte, diese Erinnerung von vermutlich entscheidender Bedeutung. Sie wartete darauf, dass er fortfuhr. Sie hätte die ganze Nacht darauf gewartet.

„Ich habe hineingeschaut und meine Mutter von hinten gesehen, ihren schönen Rücken, ihre kerzengerade, erbarmungslose Haltung, genau so, wie sie es bei Nick und mir immer gemacht hat. Sie ist in der Mitte des Raums gestanden, in einem makellosen Kleid in einem hellen Lavendelton …" Er hielt inne, und als er weitersprach, schwang in seiner Stimme ein überraschter Unterton mit. „Erstaunlich, an welche Details man sich nach so langer Zeit noch erinnert …" Und dann erzählte er weiter.

„Sie stand meinem Vater gegenüber, und er kniete vor ihr – er *kniete* –, hielt eine Hand von ihr mit beiden Händen fest, und er weinte." Die Geschichte kam ihm nun flüssiger über die Lippen, und Callie beobachtete, wie er sich in seiner Erinnerung verlor. „Die Geräusche, die ich oben gehört hatte, waren die Schluchzer meines Vaters. Er flehte sie an, doch zu bleiben. Er schwor ihr seine unsterbliche Liebe, sagte, er liebe sie mehr als sein Leben, mehr als seine Söhne, mehr als alles sonst auf der Welt. Er flehte sie an, bei ihm zu bleiben, immer und immer wieder, und er erklärte ihr immer wieder, wie sehr er sie liebe, als könnte er ihren kühlen Blicke, ihrer kühlen Reaktion auf ihn und uns Kinder damit Einhalt gebieten.

Am nächsten Morgen war sie weg. Und er auch, in gewissem Sinne." Er hielt inne, in Gedanken ganz bei diesem Augenblick vor fünfundzwanzig Jahren. „In jener Nacht habe ich mir zwei Dinge geschworen. Erstens, dass ich nie wieder lauschen wollte, und zweitens, dass ich niemals der Liebe zum Opfer fallen würde. An diesem Tag fing ich an, Klavier zu spielen … es war das Einzige, was sein Weinen übertönen konnte."

Als er Callie ansah, bemerkte er, dass ihre Wangen tränenüberströmt waren, und er kehrte sofort in die Gegenwart zurück. Er umfasste ihr Gesicht mit den Händen, wischte die Tränen mit den Daumen weg. „Oh, Callie, wein doch nicht." Er beugte sich vor und küsste sie zärtlich. Dann legte er seine Stirn an ihre und lächelte. „Wein nicht um mich, Kaiserin. Das bin ich nicht wert."

„Ich weine nicht um dich", sagte sie und legte ihm die Hand an die Wange. „Ich weine um den kleinen Jungen, der nie eine Chance bekam, an die Liebe zu glauben. Und um deinen Vater, der sie offensichtlich auch nie erfahren durfte. Denn das war bloße Verliebtheit, keine Liebe. Liebe ist niemals einseitig oder selbstsüchtig. Sie ist großzügig und verändert das Leben zum Guten. Die Liebe zerstört nicht, Gabriel. Sie baut auf."

Er ließ sich ihre Worte durch den Kopf gehen, ihren leidenschaftlichen Glauben an ein Gefühl, dem er sein gesamtes Erwachsenenleben aus dem Weg gegangen war. Und dann sagte er ihr die Wahrheit. „Ich kann dir keine Liebe versprechen, Callie. Der Teil von mir, der das hätte können … gekonnt hätte … ist mir schon so lange fremd. Aber was ich dir sagen kann … ich werde mein Bestes geben, dir ein freundlicher, guter und großzügiger Ehemann zu sein. Ich werde es mir zur Aufgabe machen, dir das Leben zu bereiten, das du verdient hat. Und wenn ich mich durchsetze, wirst du nie daran zweifeln müssen, wie viel mir an dir liegt."

Er rutschte von der Ottomane und kniete vor ihr nieder, sodass Callie nicht umhin kam, die Parallelen zwischen der gegenwärtigen Situation und der Geschichte zu sehen, die er eben erzählt hatte. „Bitte, Callie. Bitte erweise mir die große Ehre, meine Frau zu werden." Die Worte wurden in einem so leidenschaftlichen Flüsterton geäußert, dass Callie verloren war. Wie konnte sie es ihm jetzt noch abschlagen, nach allem, was er offenbart hatte? Wie konnte sie es sich selbst abschlagen?

„Ja", flüsterte sie, so leise, dass er es kaum hörte.

Er lächelte schief. „Sag das noch mal."

„Ja", sagte sie, entschiedener diesmal, sicherer. „Ja, ich heirate dich."

Und dann hatte er die Hände in ihren Haaren, dass die Haarnadeln nur so in alle Richtungen davonflogen, und seine Lippen lagen auf den ihren, bis sie keine Luft mehr bekam, und sie berührte ihn – diesen erstaunlichen Mann, den sie so lange schon liebte und der nun endlich ihr gehörte.

Callie seufzte in Ralstons Mund – bemerkte, dass er nach Whisky und irgendetwas Exotischem, Männlichem schmeckte –, und dann erfasste sie ein absolutes Hochgefühl. Das war Ralston, ihr zukünftiger Mann, bei ihm fühlte sie sich so wunderbar und so lebendig. Und dann küsste er sie auf den Hals, flüsterte ihren Namen wie ein Gebet, während er ihre Arme über seine Schultern legte und die Lippen auf ihr Dekolleté drückte. Callie keuchte auf, als er seine starken Hände auf ihren Oberkörper legte und ihre Brüste in einer Geste absoluter Besitzergreifung umfasste.

„Dieses Kleid", sagte er mit belegter Stimme, „ist einfach sündhaft."

Callie konnte sich das Lächeln nicht verkneifen, als er sich zurücklehnte und ihre Brüste ansah, die gegen den Ausschnitt ihres Kleides drängten. „Findest du?"

„Allerdings. Ein Kleid wie dieses ist dazu geschaffen, die Männer verrückt zu machen … indem es all deine üppigen Kurven betont …", träge schob er den Finger unter den Satin, gerade weit genug, um über eine Brustspitze zu streichen, „… ohne zu viel zu verraten. Es ist eine quälende Erfahrung", fügte er hinzu und zog ihren Ausschnitt ein Stückchen nach unten, sodass eine drängende Knospe der frischen Luft und seinen heißen Lippen ausgesetzt war. Er saugte kurz, bis sich Callie zu winden begann, gab sie dann frei und sagte: „Wenn wir verheiratet sind, kaufe ich dir in jeder Farbe eins."

Sie kicherte, doch das Lachen ging in ein Seufzen und dann ein leises Stöhnen über, als sein Mund mit ihrem empfindsamen Fleisch seinen Zauber wirkte. Er zog den Laut in die Länge, bis ihm wieder einfiel, wo sie sich befanden.

„Wie mir scheint", erklärte Gabriel und rückte von ihr ab, „befinden wir uns für derlei delikate Spielchen an einem sehr ungünstigen Ort, schließlich ist deine Familie gleich um die Ecke." Er begegnete ihrem Blick, und die fließende Hitze darin versengte ihn fast, und so bemächtigte er sich stöhnend noch einmal ihrer Lippen zu einem heißen, verzehrenden Kuss, der ihnen einen Augenblick lang jede Vernunft raubte. Als er schließlich von ihr abrückte, keuchten sie beide. Mit einem zärtlichen Kuss auf die zarte Haut ihres Dekolletés schob er ihr Kleid wieder nach oben.

„Ich kann nicht bleiben, Kaiserin. Die Versuchung ist einfach zu groß, und ich bin weder stark noch gut genug, dir zu widerstehen“, flüsterte er ihr ins Ohr, die Nase in ihrem Haar vergraben, das für ihn inzwischen nicht mehr einfach nur braun war, sondern eine Mischung aus Schokolade, Mahagoni und Zobel – ganz eindeutig seine neue Lieblingsfarbe – geworden war. „Ich komme morgen wieder. Vielleicht könnten wir im Hyde Park ausreiten?“

Callie wollte nicht, dass er ging. Wollte nicht, dass die Nacht so endete. Wollte nicht riskieren, dass dies nur ein wunderbarer Traum war, aus dem sie wieder erwachen musste. „Bleib doch“, flüsterte sie, legte ihm kühn eine Hand in den Nacken und fing seine Lippen in einem ausgedehnten Kuss. „Bleib.“

Er lächelte und legte seine Stirn an ihre. „Du bist ein schlechter Einfluss. Ich versuche, ein neues Kapitel aufzuschlagen – in Zukunft werde ich mich mehr wie ein Gentleman verhalten.“

„Und wenn ich nun will, dass du ein Lebemann bleibst?“, neckte sie ihn, fuhr ihm mit den Fingern über den Hals und die Brust, machte sich an den Knöpfen seiner Weste zu schaffen. „Vielleicht sogar ein Wüstling?“ Sie löste den ersten Knopf, und er packte ihre vorwitzige Hand und führte sie zu einem raschen Kuss an die Lippen.

„Callie“, sagte er warnend, als sie mit der freien Hand nach dem zweiten Knopf griff.

„Und wenn ich nun den Filou will, Gabriel?“, fragte sie leise und süß.

„Was sagst du da?“

Sie küsste ihn zärtlich leicht auf das Kinn und flüsterte ihm mit zitternder Stimme zu: „Bring mich ins Bett, Gabriel. Lass mich ein bisschen vom Skandal kosten."

Sein Atem beschleunigte sich, und er erkannte: Wenn er jetzt ging, wäre es das Edelste, was er je getan hatte. Kehlig erwiderte er: „Ich finde, du hast in den letzten Wochen genug Skandal zu kosten bekommen, Kaiserin."

„Aber sobald wir verheiratet sind, bin ich wieder die langweilige alte Callie. Das hier könnte meine letzte Chance sein."

Über ihre Miene huschte ein leiser Selbstzweifel, und er umfasste ihr Gesicht mit beiden Händen. „Täusch dich da nicht, meine Schöne, an dir ist nichts Langweiliges." Er küsste sie noch einmal und streichelte sie, bis sie sich ihm keuchend entzog.

Sie begegnete seinem Blick mit ihrer sirenenhaftesten, verführerischsten Miene und schmeichelte: „Komm mit nach oben, Gabriel."

Darauf trat eine lange Pause ein, und Callie glaubte schon, sie habe den Bogen überspannt. Er stand auf, streckte ihr die Hand entgegen und zog sie ebenfalls hoch. „Dir ist klar, dass wir umgehend heiraten müssen, wenn wir erwischt werden."

Erregung überlief sie. „Ja."

„Und dass du dann nicht die Traumhochzeit haben kannst, von der deine Mutter bestimmt seit Ewigkeiten träumt."

Callie schüttelte den Kopf. „Eine solche Hochzeit wollte ich ohnehin nie. Mariana kann sie für uns beide haben." Sie ließ die Hände an seinen Armen nach oben gleiten.

„Und dass deine Mutter mir nie verzeihen wird, dass ich ihre ältere Tochter ruiniert habe." Er legte die Arme um sie, zog sie näher an sich.

„Oh, natürlich vergibt sie uns. Ein Marquess wird selten Opfer mütterlichen Zorns. Und außerdem hast du etwa vergessen, dass ich längst ruiniert bin?"

Sein dunkles, verruchtes Lächeln blitzte auf. „Ein hervorragendes Argument."

„Die Hintertreppe führt direkt zu meinem Zimmer", wisperte sie. „Die Türangeln gehen vollkommen lautlos. Ich habe sie eigenhändig geölt."

Er lachte. „Es wäre doch schade, einen solchen Fleiß zu verschwenden. Also dann, meine Liebe, geh voran."

Sie schlichen die Treppe hinauf – vermieden es, auf die dritte Stufe von oben zu treten – und in Callies Schlafzimmer. Mit leisem Klicken schloss sich die Tür hinter ihnen, und sofort heizte sich die Atmosphäre zwischen ihnen auf. Callie war nervös. Verschwunden war die Sirene von vorhin, sie war nur noch Erwartung.

Und nun stand sie in diesem Zimmer, in dem sie ihr Leben lang geschlafen hatte, mit Ralston, der zu groß für diesen Raum schien, dessen Kraft und Männlichkeit überhaupt nicht zu diesem zierlichen Zimmerchen passen wollte. Sie blickte auf ihre Hände, die fest ineinander verschlungen waren, und fragte sich, ob sie sich je daran gewöhnen würde, in einem so intimen Rahmen so eng mit ihm zusammen zu sein. *Bestimmt nicht.*

Und dann berührte er sie – hob ihr Kinn und bedeckte ihre Lippen mit den seinen und zog sie an sich –, und sie war zu keinem Gedanken mehr fähig.

Rasch öffnete er die winzige Knopfreihe an ihrem Kleid. Sie spürte, wie der Stoff aufklaffte und kühle Luft an ihren erhitzten Leib drang, und sie wusste, dass er bei ihr bleiben und diese Nacht die wichtigste Nacht in ihrem Leben werden würde – die Nacht, in der sie Ralstons Heiratsantrag angenommen hatte, die Nacht, in der sie ihm ihre Liebe gestanden hatte, die erste Nacht ihres gemeinsamen Lebens. Und es fühlte sich absolut richtig an, dass er da war, dass er sie mit Händen und Lippen liebkoste, während er ihr das Kleid abstreifte und …

„Meine Güte, Kaiserin!"

Seine Worte rissen sie aus ihren Gedanken. Sein Blick ruhte wie gebannt auf der schönen Seidenunterwäsche, dem zarten Stoff, der sich an ihre Rundungen schmiegte und verführerisch andeutete, was er verbarg. Er erinnerte sie an einen Wolf – hungrig darauf bedacht, seine Beute zu fangen –, und sie hielt den Atem an, als ihre Blicke sich begegneten und sie das Begehren in seinen Augen sah.

Sie errötete. „Madame Hebert hat gesagt, ich würde sie brauchen."

Sein Blick verdunkelte sich. „Madame Hebert hatte recht." Er spielte mit einem Satinbändchen am Saum ihres Hemdes. „Wie fühlst du dich damit?"

Flatternd schlossen sich ihre Lider, und eine Woge heißer Verlegenheit erfasste sie. Er drehte sie um, legte die Hände auf die Schnürung ihres Korsetts und raunte ihr warm ins Ohr: „Wie fühlt es sich an, in warme Seide gehüllt zu sein?"

Sie sagte das Erstbeste, was ihr in den Sinn kam: „Ich fühle mich weiblich."

Er breitete die Hände über ihre Hüften. „Was noch?"

Schon atmete sie schwerer als sonst, und die Ahnung des Kommenden ließ ihre Stimme heiser vor Erregung klingen: „Ich fühle mich … wunderschön."

Er belohnte sie mit einem weichen Kuss. „Gut. Denn du bist exquisit. Und …?"

Das Wort schwebte zwischen ihnen, während er das Korsett aufschnürte und es einfach zu Boden fallen ließ. Sie öffnete die Augen und sah, dass er sie zum Spiegel umgedreht hatte. Wie gebannt sah sie zu, wie seine Hände über ihren Oberkörper strichen, sie an sich zogen, sich zu ihren Brüsten stahlen, sie umfassten und wogen. Sie keuchte auf, als sie seine Wärme durch die Seide spürte und seine Hände auf dem hellblauen Hemd sah. Das Spiegelbild zog sie magisch an, ihr war schüchtern und sinnlich zugleich zumute, und sie fragte sich, ob sie wohl den Blick abwenden sollte.

Plötzlich bemerkte sie, dass er sie beobachtete – das Spiel der Emotionen in ihrer Miene beobachtete. Im nächsten Moment ertönte seine Stimme dunkel und heiser an ihrem Ohr: „Fühlst du dich mit den Sachen auch liederlich?"

„Ja", gestand sie. „Ich fühle mich damit …" Sie hielt inne, suchte nach dem richtigen Wort. „Ich fühle mich lebendig damit."

Beifällig knurrte er. „Ich fühle mich auch lebendig, wenn ich sie sehe.“ Und dann hob er sie in die Arme und trug sie zum Bett, sie war nackt und die Seide war vergessen, denn an ihre Stelle war seine köstliche Wärme getreten, seine Lippen und seine Hände.

Er küsste sie auf das Schlüsselbein, und sie lächelte, als er bei der zarten Narbe an ihrem Arm verharrte, wo er sie während der Fechtstunde verletzt hatte. „Tut mir leid, dass ich dir wehgetan habe, meine Schöne“, flüsterte er und verwöhnte die schwache Linie mit Lippen und Zunge.

Sie warf den Kopf auf dem Kissen herum, während er sie am ganzen Körper streichelte, ihr alle Kraft raubte. Sie schlug die Augen auf und ließ ihn ihre Begierde sehen. „Entschuldige dich bloß nicht für das, was an diesem Nachmittag geschehen ist; ich würde nichts daran ändern wollen.“ Sie umfasste sein Gesicht mit den Händen und zog ihn zu einem brennenden Kuss an sich.

Nach langen Momenten machte er sich daran, sich mit den Lippen an ihrem Körper nach unten zu arbeiten, worauf sie ihm Einhalt gebietend die Hände auf die Schultern legte. „Warte“, flüsterte sie.

„Was gibt es denn, meine Schöne?“

„Diesmal will ich dich berühren.“

In dem Dämmerlicht blitzten seine Zähne weiß auf. „Wenn ich mich recht entsinne, hast du mich letztes Mal auch berührt, und ich habe es nicht lang ausgehalten.“

„Wärst du bereit, es noch einmal zu versuchen?“

Er hob eine Augenbraue und dachte nach. Dann grinste er und streckte sich neben ihr auf dem Rücken aus, die Hände unter dem Kopf verschränkt, nackt und ohne jede Scham. „Bitte sehr, Kaiserin, ich gehöre ganz dir.“

Ich gehöre ganz dir. Die Worte hallten in ihr wider, erregten sie zutiefst. Er gehörte ihr. Dies war die erste in einer langen Reihe von Nächten, in denen sie ihn würde berühren, seine wunderbare Wärme würde spüren können. Er gehörte ihr. Bei dem Gedanken spielte ein Lächeln um ihre Lippen.

„Du siehst aus wie eine Katze, die gerade ein Schüsselchen Sahne ausgeschleckt hat."

„So fühle ich mich auch", erwiderte sie und blickte staunend auf seinen Körper, die Muskelstränge, das dunkle, weiche Haar auf seiner Brust, das sich nach unten hin zu einer schmalen Linie verjüngte … *liebe Güte*. Es war das erste Mal, dass sie ihn ganz zu sehen bekam. Er war lang und hart und so groß, dass sie sich kaum vorstellen konnte, wie sie zusammenkommen sollten.

Als hätte er ihre Gedanken gespürt, sagte er: „Fass mich an, meine Liebe."

Diesen dunklen, einladenden Worten konnte sie nicht widerstehen, und so legte sie Hand an, strich ihm über die Brust und hinunter zu dem Körperteil, der sie so nervös machte. Er zuckte zusammen, als sie ihn vorsichtig anfasste, so leicht, dass es ihn verrückt machte. Sofort zog sie die Hand zurück. „Habe ich dir wehgetan?"

„Nein", sagte er, und seine Stimme zitterte vor mühsam beherrschter Leidenschaft. „Mach das noch mal." Das tat sie, schloss die Finger um seine seidige Männlichkeit und liebkoste ihn mit einer Unschuld, die ihn schier umbrachte. Stöhnend legte er seine Hand auf ihre und zeigte ihr, wie sie ihn halten, wie ihn liebkosen musste.

Was ihr an Übung fehlte, machte sie durch ihren Eifer wett, und Ralston hatte bald das Gefühl, noch nie im Leben so hart und erregt gewesen zu sein. Ihre warme Hand bewegte sich inzwischen schon sicherer, und er genoss ihre Berührung, bis sein Atem stoßweise ging und er erkannte: Wenn er die Finger noch länger gewähren ließ, würde er sich nicht mehr zurückhalten können.

Und dann fragte sie ihn, und er glaubte, den Verstand verlieren zu müssen: „Darf ich … dich küssen?"

Er stieß ein harsches Lachen aus und sagte mit zusammengebissenen Zähnen: „Nein."

„Aber du hast das doch auch gemacht … bei mir."

„Ja, Kaiserin, und eines Tages darfst du das auch gern tun.

Aber heute geht es nicht … ich will dich schon viel zu sehr."

„Oh", sagte sie. „Ich verstehe." Ihr Blick verriet, dass sie sich da nicht so ganz sicher war.

Er nahm ihre Hand weg, rollte sich über sie und bettete sich zwischen ihre Schenkel. Sein Schaft drängte sich gegen ihre Mitte, wo sie feucht, bereit und voller Erwartung war. „Ich will dich zu sehr, um dir allzu freie Hand zu lassen. Deine Berührungen machen mich jetzt schon ganz verrückt." Dann ließ er Küsse auf ihre Brüste herabregnen, liebkoste mit Lippen, Zunge und Zähnen erst die eine, dann die andere Brustspitze, was ihr einen leisen Schrei entlockte. „Ich verbringe viel lieber den Rest des Abends in dir, bis wir beide nicht mehr klar denken können."

Noch einmal drückte er sich gegen sie, rieb sich an ihrer begierigen Knospe, worauf sie eine Welle der Lust überlief. „Ist dir das nicht auch lieber?"

„Oh ja", seufzte sie, als er die Bewegungen wiederholte.

Er zwickte sie in die Schulter, und seine Lippen verzogen sich zu einem Lächeln. „Das habe ich mir gedacht."

Mit einem einzigen köstlichen Stoß glitt er ganz in sie hinein, und erst nach einem langen Augenblick fiel ihr auf, dass es gar nicht wehtat, dass er sie diesmal einfach nur ausfüllte und erfüllte und sie sich absolut vollkommen fühlte.

Er hielt inne. „Alles in Ordnung, meine Schöne?"

„Ja, wunderbar", sagte sie, und in ihrer Stimme schwangen Lust und Ehrfurcht. Sie bewegte sich unter ihm, und er stöhnte, bewegte sich mehrmals in ihr und zog sich dann aus ihr zurück, bis er sie nur noch mit der Spitze berührte und sie schon glaubte, diesen Rückzug nicht ertragen zu können.

„Gabriel", seufzte sie. „Bitte."

Er belohnte sie, indem er sich in ihr versenkte, so tief es ging, tiefer noch, bis er sich genau im richtigen Winkel bewegte und sie aufschrie.

Da ließ er kurz ab und flüsterte ihr neckend ins Ohr: „Vorsicht, Kaiserin, du willst doch nicht, dass wir erwischt werden." Ihre Augen weiteten sich, und er lächelte. „Diese Angst vor

Entdeckung verleiht dem Ganzen noch eine zusätzliche Würze, nicht wahr?“

Wie um ihre Willenskraft zu prüfen, streichelte er sie direkt über der Stelle ihrer Vereinigung, fand die kleine Knospe der Lust und streichelte sie dort, bis sie sich auf die Unterlippe biss, um nicht laut herauszuschreien. Und dann bewegte er sich wieder in ihr, steigerte die köstliche Reibung, lockte sie auf den Gipfel der Lust, während er sie gleichzeitig immer wieder mahnte, ruhig zu bleiben. Sie konnte sich nicht zurückhalten, und so verschloss er ihre Lippen mit einem innigen Kuss, um ihren Schrei aufzufangen, als sie sich unter ihm pulsierend auflöste und ihm einen Vorgeschmack auf das Paradies gab.

Und da entzog sie ihm ihre Lippen und flüsterte: „Ich liebe dich“, immer wieder, wie eine Litanei, und dann war er ebenfalls verloren, konnte seine eigenen Lustschreie kaum unterdrücken, während er sich in ihr verströmte.

Nach einigen langen Augenblicken stemmte er sich von ihr herunter, worauf sie leise aufseufzte, weil sie ihn noch länger auf sich spüren wollte. Als er dann neben ihr lag, zog er sie sofort in die Arme. Callie legte die Wange an seine Brust und flüsterte noch einmal, dass sie ihn liebte, so leise, dass er es kaum hörte, und schlief ein.

Gabriel lag lange Zeit da und betrachtete die Schlafende. Er labte sich an ihrer einfachen, kraftvollen Schönheit und staunte über die Intensität dieses Augenblicks, dieses Abends. Während er ihren Duft in sich aufnahm, wurde er von einem fremden, beunruhigenden Gefühl übermannt, und er fragte sich flüchtig, woher es wohl kam.

23. KAPITEL

Callie wurde von Papiergeraschel geweckt.

Sie öffnete die Augen, fühlte sich im trüben, grauen Licht der Dämmerung desorientiert und schloss noch einmal die Augen. Das Feuer im Kamin war schon vor Stunden ausgegangen, und sie kuschelte sich enger an die einzige Wärmequelle in der Nähe, schmiegte sich an glatte, warme Haut … und dann wurde ihr mit einem Mal bewusst, zu wem diese Haut gehörte.

Sie riss die Augen auf und begegnete Ralstons frechem, amüsiertem Blick.

„Guten Morgen, Kaiserin." Sie spürte die Worte mehr, als dass sie sie hörte, da er sie in seiner Schlaftrunkenheit eher gebrummt als gesprochen hatte, und sie errötete. Schließlich passierte es nicht alle Tage, dass sie beim Aufwachen einen Mann im Bett vorfand. Sie wusste nicht recht, wie sie sich verhalten sollte, war sich aber sicher, dass es sich nicht gehörte, ihn zu ignorieren. In einem verzweifelten Versuch, etwas von ihrer Damenhaftigkeit zu retten, entzog sie sich ihm und sagte: „Guten Morgen. Wie spät ist es?"

„Kurz vor fünf", erwiderte er, legte einen Arm um sie und zog sie an sich, sodass sie wieder dicht an seinem warmen, harten, nackten Körper lag. „Viel zu früh, um aus diesem Bett aufzustehen."

„Sie werden uns erwischen!", flüsterte sie.

„Bevor das passiert, bin ich längst weg, meine Schöne", versprach er, „aber zuerst muss ich dir etwas zurückgeben." Er hob die freie Hand, und sie erkannte voller Schrecken das Stück Papier, das er darin hielt. Ihre Liste.

Sie stürzte sich darauf, doch er hielt es mit Leichtigkeit von ihr weg, sodass sie gezwungen war, über seine Brust zu klettern, um nach dem Papier zu greifen. Bald erkannte sie jedoch, dass sie auf verlorenem Posten stand, und hielt inne. Anklagend sah sie ihn an. „*Du* hattest sie also!"

„Du brauchst mich nicht so anzusehen, als hätte ich sie gestohlen, meine Schöne“, erklärte er in gespielter Empörung. „Du hast sie verlegt. Ich habe sie für dich gerettet.“

„Nun“, erklärte sie sehr süß, „dann habe ich ja großes Glück, dich als Retter auf meiner Seite zu wissen.“ Sie streckte die Hand aus. „Und jetzt möchte ich sie zurück.“

„Nur zu gern“, erwiderte er und wedelte lässig mit der Liste herum, „aber meinst du nicht, dass du mir im Lichte unserer neuen Beziehung Einblick in deine Liste gewähren solltest? Es würde mir nicht gefallen, wenn du mich nach unserer Hochzeit mit allerlei exzentrischen Aktivitäten überraschen solltest.“

Callie riss die Augen auf. „Nein! Das darfst du nicht! Du hast versprochen, dass du sie dir nicht ansiehst.“ Sie zappelte auf ihm und versuchte erneut, ihm die Liste zu entreißen.

„Je nun, das hast du nun davon, dass du dich an einen stadtbekannten Schuft gebunden hast“, neckte er sie und stöhnte, als sich ihre Brüste gegen seinen Brustkorb drückten. Er gebot ihr mit einer Hand Einhalt. „Sei vorsichtig, Kaiserin, sonst muss ich mich noch einmal als Filou beweisen.“

Seine Worte, aber mehr noch seine Reaktion erfüllten sie mit dem Bewusstsein ihrer weiblichen Macht. Sie glitt an ihm auf und ab, rieb sich an ihm und genoss es, als er zischend die Luft einsog. „Du Biest“, knurrte er und nahm ihre Lippen in einem langen Kuss gefangen. Dann löste er sich jedoch von ihr und meinte: „Nein, ich lasse mich nicht ablenken. Schauen wir uns die Liste mal an.“

Callie gab sich geschlagen und barg ihr Gesicht an seiner Seite, während er die Liste las. Ihre Wangen waren flammend rot. Was würde er nur von ihr denken? Was würde er sagen? Sie wartete darauf, dass er auf ihre alberne Liste reagierte, während sie sein Brusthaar in der Nase kitzelte.

Er schwieg eine lange Weile. Dann fragte er: „Was davon hast du als Erstes gemacht?“

Sie wäre vor Verlegenheit am liebsten gestorben und schüttelte nur den Kopf.

„Callie. Was kam zuerst?"

Sie sagte etwas, doch es wurde von seiner Brust so gedämpft, dass er sie nicht verstand.

„Ich kann dich nicht hören, meine Schöne."

Sie drehte den Kopf, presste ihr Ohr an seine Brust, sodass sie seinen starken, regelmäßigen Herzschlag hören konnte. „Das Küssen."

Seine Brust hob und senkte sich, als er tief durchatmete. „Die Nacht damals, als du im Ralston House aufgetaucht bist."

Sie nickte. Ihr Gesicht brannte. „Ja", flüsterte sie.

„Warum ich?"

Die Frage hatte er ihr damals in seinem Schlafzimmer auch gestellt, und sie hatte mit einer Halbwahrheit geantwortet. Aber an diesem Morgen, als die Dämmerung mit langen, rosa Streifen über den Himmel kroch, stellte Callie fest, dass sie nicht lügen wollte. Er sollte ihr wahres Ich kennenlernen. Selbst wenn sie damit alles aufs Spiel setzte.

„Weil ich von dir geküsst werden wollte. Von Anfang an habe ich mir gewünscht, dass ich meinen ersten Kuss von dir bekomme."

„Neulich in Ralston House", begann er ruhig und streichelte ihr dabei über die Schultern, „hast du gesagt, dass es immer nur ich war. Was hast du damit gemeint?"

Sie verkrampfte sich, und er wartete, während sie über ihre Antwort nachdachte. Schließlich erklärte sie, wobei sie ihn nicht ansah: „Ich liebe dich schon ewig. Viel länger, als ich dich lieben sollte, denke ich."

„Wie das?"

Sie schwieg so lange, dass er hätte glauben können, sie würde nicht antworten. „Wir sind uns schon einmal begegnet. Ich war jung und leicht zu beeindrucken. Du warst charmant und unerreichbar … ich konnte gar nicht anders." Sie wandte den Blick ab, starrte ins Leere. „Du bist schwer zu ignorieren."

„Warum erinnere ich mich nicht?", fragte er leise.

„Ich bin nicht gerade berühmt für meine sagenhafte Schönheit." Sie lächelte geisterhaft, und dann fiel ihr Blick auf ihre Hand, die auf seiner Brust lag und träge über das Haar dort strich. „Ich falle kaum jemandem auf."

Er ergriff ihre Hand, hielt sie fest und zwang Callie, ihm in die Augen zu sehen. „Ich weiß nicht, wie es passieren konnte, dass ich dich nicht bemerkt habe, aber lass dir sagen, dass ich ein ziemlicher Dummkopf war, es nicht zu tun." Sie hielt die Luft an, als sie diese ehrlichen, offenen Worte hörte.

Sein Blick wandte sich wieder der Liste zu. „Du musst noch ein paar Sachen ausstreichen."

Sie folgte seinem Blick und las. „Spielen in einem Herrenclub", stimmte sie zu. „Ich streiche es, sobald du mir die Liste gibst. Falls das noch in diesem Leben passieren sollte", fügte sie bedeutungsschwer hinzu.

Er sah sie an. Sein Blick war ernst, obwohl er sich um einen leichten Ton bemühte. „Nicht nur das Spielen, Callie. Es wird Zeit, dass du dir bewusst wirst, wie schön du bist."

Sie wandte den Blick ab, doch er umfasste ihr Kinn und zwang sie, ihn wieder anzusehen. „Du bist die vielleicht schönste Frau, die ich je gesehen habe."

„Nein ...", wisperte sie. „Das bin ich nicht. Aber es ist sehr nett, dass du das sagst."

Entschieden schüttelte er den Kopf. „Hör mir gut zu. Ich kann gar nicht alles aufzählen, was an dir alles schön ist – ein Mann könnte sich in deinen Augen verlieren, in deinen wunderschönen, vollen Lippen, in deinem seidenweichen Haar, deinen weichen, üppigen Rundungen, in deinem cremeweißen, makellosen Teint und der Art, wie du zart errötest. Ganz zu schweigen von deiner Wärme, deiner Klugheit, deinem Humor und der Art, wie du mich bezauberst, wann immer du einen Raum betrittst."

Bei seinen Worten, die sie so furchtbar gern glauben wollte, stiegen ihr Tränen in die Augen.

„Zweifle nie an deiner Schönheit, Callie. Denn deine Schönheit hat mich für alle anderen unempfänglich gemacht. Und, ehrlich gesagt, ich wünschte, ich hätte dich schon vor Jahren gefunden."

Ich auch, dachte sie. Was wäre geschehen, wenn er sie vor all den Jahren bemerkt hätte? Wenn er ihr damals den Hof gemacht hätte? Hätte sie eine von Leidenschaft und Romantik erfüllte Ehe geführt? Hätte sie nie diese herzzerreißende Einsamkeit erleben müssen, die sie sich so lange nicht hatte eingestehen wollen?

Und was war mit ihm? Hätte er zu lieben gelernt?

Ihre Gefühle zeigten sich auf ihrem Gesicht, und auch wenn er nicht genau wissen konnte, was sie dachte, schien er sie doch zu verstehen. Er küsste sie leidenschaftlich, und sie erwiderte den Kuss, verlieh der Liebkosung eine Innigkeit, die ihm den Atem raubte.

Als sie sich voneinander lösten, grinste er verwegen. „Dann muss ich die verlorene Zeit wohl irgendwie wettmachen." Und sie konnte nicht anders, sie musste über seinen draufgängerischen Ton lachen. „Möchtest du heute noch einen Punkt auf deiner Liste streichen?"

„Sehr gern. Was schlägst du denn vor?" Sie schaute auf die Liste, die er hatte fallen lassen, weil er kurzfristig das Interesse verloren hatte. Im nächsten Augenblick hatte er sie über sich gezogen. Sie keuchte, als sie ihn warm und fest unter sich spürte, wie er sich zwischen ihren Schenkeln anfühlte.

„Ich glaube, es wird Zeit, dass du einmal im Herrensitz reitest." Als sie verstand, was er damit meinte, verspürte sie plötzlich glühende Hitze zwischen den Beinen, wo er sich schon hart gegen sie reckte.

„Du meinst doch nicht …" Sie hielt inne, als er sie in eine sitzende Position aufrichtete, ihre Brüste umfasste und mit den Daumen über die Spitzen rieb.

„Aber ja, genau das meine ich, Kaiserin." Seine Worte klangen weich und verführerisch, während er sie gerade so weit zu sich herunterzog, dass er sich Zugang zu ihren Brustspitzen verschaffen konnte, um erst die eine, dann die andere zu küssen.

Gleichzeitig strich er ihr über den Rücken und das wohlgerundete Hinterteil, setzte sie um, spreizte ihre Schenkel. Er gab eine schwellende Brustspitze frei und beobachtete sie unter schweren Lidern, während er ihr half, sich aufzurichten. Wieder berührte er sie, und seine Hände hinterließen eine Spur aus Feuer. Schließlich strich er über ihre feuchten Lippen, massierte die kleine Knospe, die er mittlerweile in Besitz genommen zu haben schien.

Im frühmorgendlichen Licht flüsterte sie seinen Namen, und er ermutigte sie sanft: „So ist es gut, Kaiserin, komm mir zuliebe. Ich will, dass du dich über mir auflöst … so leidenschaftlich … so schön."

Die Worte waren sündhaft, verrucht, verführerisch und einfach perfekt, und Callie musste alle Willenskraft zusammennehmen, um den Kopf zu schütteln. Mit der Hand stützte sie sich auf seiner Brust ab und sagte: „Nein … Ich will nicht … nicht ohne dich."

Die Worte erschütterten ihn bis ins Mark, und er konnte an nichts anderes mehr denken, als in sie einzudringen und gemeinsam mit ihr den Gipfel der Lust zu erklimmen. „Bitte, Gabriel", flehte sie. „Bitte komm zu mir."

Er hatte nie eine Chance gehabt.

Gleich darauf hatte er sie angehoben und sich an ihrer warmen, feuchten Pforte in Stellung gebracht, und er ließ sie spüren, welche Macht sie über ihn hatte, als sie sich auf ihn herabsenkte und ihn bis zum Anschlag in sich aufnahm. Ihre Augen weiteten sich vor Lust, und in diesem Augenblick betete er sie an – ihre eifrige Unsicherheit machte sie einfach unwiderstehlich.

Er legte die Hände an ihre Hüften, führte sie nach oben, dann wieder nach unten, er zeigte ihr, wie sie sich bewegen musste und ermutigte sie zu experimentieren. „So ist es richtig, meine Schöne", flüsterte er und beobachtete, wie sich ihr üppiger Körper auf ihm in süßer Qual hob und senkte. „Reite mich." Und das tat sie, sie fand ihren eigenen köstlichen Rhythmus – der ihn, dessen war er sich gewiss, bestimmt umgebracht hätte, wenn er nicht unbedingt hätte erleben wollen, wie die Ekstase ihr Gesicht erstrahlen ließ, wenn sie Erlösung fand.

Er brauchte nicht lange zu warten. Leise Lustschreie markierten ihren Weg zum endgültigen Ziel. Er hielt sie bei den Hüften, mit festem Griff, ermutigend, während sie der Erlösung entgegenstrebte. „Nimm es dir, Kaiserin", sagte er heiser, während er beobachtete, wie sie auf einer Welle der Lust ritt, die Augen geschlossen, den Kopf in den Nacken geworfen, in vollkommener Hingabe. „Nimm dir, was du willst."

Sie öffnete die Augen, und er sah die Begierde in ihrem Blick. „Komm mit", sagte sie, ohne die erotische Kraft dieser Worte zu verstehen. Und er konnte nichts anderes tun, als ihr zu geben, wonach sie verlangte. Er bäumte sich unter ihr auf, während sie schon kraftlos auf ihn niedersank, und fing ihre Schreie mit einem Kuss auf. Dann rollte er sie auf den Rücken, ließ nicht ab in seinem kraftvollen Rhythmus, bis sie einen neuen Gipfel der Lust erklomm. Erst dann überließ er sich der machtvollen Erlösung – am liebsten hätte er ihre Arme und ihr Bett nie wieder verlassen.

Danach lagen sie ineinander verschlungen auf dem Bett, ganz betäubt von ihrem Liebesspiel. Plötzlich begann Callie leise in sich hineinzulachen. Er hob den Kopf, sah das alberne Grinsen in ihrem Gesicht und fragte sie: „Was amüsiert dich denn so, meine Schöne?"

„Ich habe nur gedacht …", sie hielt inne, musste vor Lachen Luft holen und begann noch einmal: „Ich habe nur gedacht, wenn Reiten im Herrensitz immer so ist, entgeht den Damen ja eine der besten Erfahrungen, die man im Leben machen kann." Wieder brach sie in Gekicher aus.

Er zog sie an sich zu einer innigen Umarmung und seufzte, lächelte dabei aber gleichzeitig zur Decke empor und meinte: „Weißt du, Kaiserin, Männer wissen es nicht unbedingt zu schätzen, wenn in diesem speziellen Augenblick gelacht wird. Es hat verheerende Auswirkungen auf das Selbstvertrauen."

Erschrocken fuhr sie auf, sah dann aber, dass er lächelte, und meinte neckend: „Tut mir schrecklich leid, mein Bester. Es wäre mir wirklich unangenehm, ein so zerbrechliches Ego wie das des Marquess of Ralston zu beschädigen."

Mit einem spielerischen Knurren drückte er sie auf die Matratze. „Du Biest. Das sollst du mir büßen." Und er begann sie auf den Hals zu küssen, knabberte an ihrem Schlüsselbein, bis sie vor Genuss seufzte.

„Wenn das meine Buße sein soll, dann kannst du schon einmal damit rechnen, dass ich dich die nächsten Monate erbarmungslos aufziehen werde."

„Hoffentlich nicht nur die nächsten Monate", erklärte er schleppend, abgelenkt von ihren herrlichen weißen Brüsten, „sondern die nächsten Monate. Jahre. Jahrzehnte."

„Jahrzehnte", wiederholte sie ehrfürchtig. *Mein Gott. Er wird mein Ehemann.*

„Mmmm-hmm", brummte er und löste sich dann von ihr. „Und aus diesem Grund muss ich nun, so schwer es mir auch fällt, dein warmes, weiches Bett verlassen. Ich tröste mich mit der Tatsache, dass das sehr bald schon nicht mehr nötig sein wird."

Sie sah ihm beim Ankleiden zu, bewunderte seine herrliche Gestalt, bevor er sich zu einem zärtlichen Abschiedskuss zu ihr herabbeugte. „Gehst du heute Abend auf den Ball der Chiltons?"

„Ich hatte es vor."

„Hervorragend. Dann sehen wir uns dort. Heb einen Walzer für mich auf." Er küsste sie noch einmal. „Heb sie mir alle auf."

Sie lächelte. „Das würde aber Aufsehen erregen."

„Allerdings, aber ich glaube, unser Ruf übersteht das schon." Er zwinkerte ihr zu. „Bis dahin habe ich die Sondererlaubnis besorgt. Wie fändest du es denn, wenn wir heute Abend in Chilton House heiraten und die ganze Sache hinter uns bringen könnten?"

Ihr wurde warm in der Brust. „Ich glaube, dass sämtliche

Mitglieder des *ton* dann Krämpfe bekommen würden."

„Was es nur umso verlockender macht", sagte er und gab ihr einen letzten Kuss. Und dann war er fort, und sie blieb benommen, erschöpft und glücklich zurück.

Beinah im nächsten Augenblick war sie eingeschlafen. Und als sie träumte, träumte sie von ihm und ihrer gemeinsamen Zukunft.

„Oh, Callie! Ein Marquess!"

Callie quittierte diesen begeisterten Ausruf ihrer Mutter mit einem Augenrollen und sah Hilfe heischend zu ihren Geschwistern hinüber, die ihr gegenüber in der Kutsche saßen. Doch sie brauchte nicht lange, um zu erkennen, dass von dort keine Unterstützung zu erwarten war. Mariana grinste über das ganze Gesicht, offensichtlich begeistert, dass ihre eigene Hochzeit an diesem Abend nur das zweitaufregendste Ereignis der Saison sein würde, und Benedick sah aus, als überlegte er ernsthaft, aus dem fahrenden Wagen zu springen, um dem aufgeregten Getöse der Mutter zu entgehen.

„Ich kann einfach nicht fassen, dass du dir einen Marquess geangelt hast, Callie! Und dann auch noch Ralston! Und *du*, Benedick", fuhr die Dowager Countess an ihren Sohn gewandt fort, „ich kann einfach nicht fassen, dass du mir Ralstons Pläne so lange vorenthalten hast!"

„Ja nun, Callie und Ralston wollten die Sache eben geheim halten, Mutter." Die Countess brach darauf in andauerndes Geschwätz aus, worauf Benedick eine Augenbraue hob und lautlos die Worte formte: *vor uns allen.*

Callie konnte nicht verhindern, dass ihr Fuß sich selbstständig machte. „Au!", rief Benedick aus und rieb sich das malträtierte Schienbein.

„Oh, tut mir so leid, Benedick", sagte Callie freundlich. „Ich bin wohl vor lauter Nervosität ein bisschen fahrig."

Aus schmalen Augen sah Benedick sie an, doch ihre Mutter sprang ihr unabsichtlich bei: „Natürlich sind es die Nerven!

Ach, man stelle sich vor! Unsere Callie! Verlobt! Mit *Ralston*!"

„Mutter, bitte versuche doch, heute Abend kein allzu großes Tamtam um diese Neuigkeit zu machen, ja?", bat Callie. „Ich möchte Ralston ungern in Verlegenheit bringen."

Benedick und Mariana platzten beide mit einer Lachsalve heraus bei der Vorstellung, ihre Mutter solle zu solcher Zurückhaltung fähig sein. „Dafür ist es jetzt ein bisschen zu spät, Callie, findest du nicht?", zog Benedick sie auf, und im nächsten Moment kam die Kutsche zum Stehen, und er sprang herunter, um seiner Mutter und seinen Schwestern beim Aussteigen behilflich zu sein.

Bevor sie die Kutsche verließ, legte die Countess Callie tröstend eine Hand aufs Bein. „Unsinn, Callie. Ralston ist schon so lange in der Gesellschaft unterwegs, er weiß, wie derartige Dinge gehandhabt werden. Er wird einer Mutter in Hochstimmung bestimmt vergeben."

Callie stöhnte, nachdem ihre Mutter ausgestiegen war. „Ich hätte Ralston bitten sollen, mit mir durchzubrennen."

Mariana grinste breit. „Jetzt weißt du, wie ich mich fühle." Sie zwinkerte ihrer Schwester zu und folgte dann der Dowager.

Als Callie den Wagen verlassen hatte, erklomm ihre Mutter schon die Treppe von Chilton House. Sie konnte es gar nicht abwarten, ihre Neuigkeiten all jenen mitzuteilen, die ihr zuhören wollten. Callie hatte das dumpfe Gefühl, dass sich dieser Abend noch zu dem grässlichsten ihres Lebens entwickeln könnte. Sie sah in die lachenden Augen ihrer Geschwister und meinte: „Ihr seid mir auch keine Hilfe."

Der älteste und der jüngste Hartwell-Sprössling lächelten, nicht in der Lage, ihre Erheiterung zu bezähmen. „Solltest du nicht lieber nach Ralston suchen, Callie? Aber besser, bevor Mutter ihren Zauber gewirkt hat", schlug Mariana hilfreich vor.

„So nennst du das also? Zauber?" Callie beobachtete, wie ihre Mutter, ein Leuchtsignal in Hellgrün, samt riesigem Kopfputz aus Spitze und Straußenfedern, aufgeregt auf Lady Lovewell einredete und dazu mit dem Fächer auf den Arm dieser größten Klatschbase des *ton* klopfte. „Lieber Himmel", klagte Callie.

„Ich habe es auch schon mit Beten versucht", meinte Benedick leutselig. „Bei ihr scheint es aber nicht zu funktionieren. Ich glaube, sie hat ein Abkommen mit unserem Schöpfer."

„Oder mit jemand anderem", meinte Callie, zupfte ihr Schultertuch zurecht und ging ihrer Mutter hinterher. Das Gelächter ihrer Geschwister folgte ihr.

In Chilton House machte Callie sich auf die Suche nach Ralston, doch der Ballsaal war zum Bersten voll. Und so blieb sie einfach im Saal stehen, versuchte unbekümmert zu wirken und drehte sich dabei langsam im Kreis, auf der Suche nach ihm. Da sie so klein war, gestaltete sich diese Aufgabe als besonders schwierig. Schließlich gab sie es auf und begab sich, alter Gewohnheit folgend, zur Altjungfernecke.

Sie war gerade um eine Ecke gebogen und hatte Miss Heloise und Tante Beatrice schon im Visier, als hinter ihr eine tiefe, vertraute Stimme sagte: „Wohin des Wegs, Kaiserin?"

Ein Schauer lief ihr über den Rücken, und sie drehte sich zu Ralston um, nicht in der Lage, ihre Freude zu verbergen, ihn zu sehen. Als sie sich ihm dann gegenübersah – diesem großen, breitschultrigen, attraktiven, makellos gekleideten und krawattenbetuchten Prachtexemplar –, überkam sie Schüchternheit.

Was sagte man zu seinem Verlobten, den man zuletzt gesehen hatte, als er sich kurz vor Tagesanbruch aus dem Schlafzimmer geschlichen hatte?

Arrogant hob er eine Augenbraue, als könnte er ihre Gedanken lesen. Sie hörte, wie das Orchester einen Walzer anstimmte, und er ergriff ihre Hand. „Ich würde sehr gern den ersten Walzer mit meiner Verlobten tanzen", sagte er lässig.

„Oh", erwiderte sie leise. Sie ließ sich von ihm auf die Tanzfläche geleiten, wo er sie in die Arme nahm.

Nach einigen Augenblicken des Schweigens sagte er: „Und, wohin warst du unterwegs?"

Sie schüttelte leicht den Kopf, unfähig, den Blick von seinem

Krawattentuch zu lösen. „Nirgendwohin."

Er rückte ein Stück von ihr ab und legte den Kopf schief, um sie anzusehen. „Callie", sagte er in einem Ton, dem bestimmt noch keine Frau hatte widerstehen können, dessen war sie sich sicher. „Wohin warst du unterwegs?"

„In die Jungfernecke", platzte sie heraus und bedauerte es sofort. Es war ja nicht so, als wäre dies der offizielle Name.

Er blinzelte. Sein Blick schweifte zu den älteren Damen hinüber und dann zu ihr zurück. Dann hob sich ein Mundwinkel zu einem schiefen Grinsen. „Warum?"

Ihre Wangen wurden flammend rot. „Ich … ich weiß nicht."

„Du bist keine alte Jungfer mehr, meine Schöne", raunte er ihr ins Ohr.

„Nenn mich nicht so." Callie sah sich um, ob irgendwer sie beobachtete und ihn vielleicht gehört haben könnte. Sie hatte den Eindruck, als beobachteten sie *alle*. Ihre Mutter war fleißig gewesen.

Rasch drehte er sie zu sich um, um ihre Aufmerksamkeit wieder auf sich zu ziehen. „Aber es stimmt doch", beharrte er. „Du wirst sehr bald die Marchioness of Ralston sein. Ich sage ja nicht, dass du nicht auch weiterhin mit den Damen plaudern kannst", neckte er sie. „Ich sage nur, dass du den Ort umbenennen musst, an dem du das tust."

Sie lächelte unwillkürlich. „Ich würde viel lieber mit dir Walzer tanzen, als bei ihnen zu sitzen", erklärte sie rasch, und dann fragte sie sich, ob sie zu vorwitzig gewesen war … ob sie ihn zu sehr bedrängte. Schließlich hatte Ralston sich früher nie viel in Gesellschaft bewegt, es gab keinen Grund, warum er jetzt damit anfangen sollte. Sie riskierte einen Seitenblick und begegnete seinem amüsierten, verständnisvollen Blick.

„Mir wäre das auch lieber, meine Liebe."

Immer wieder musste sie an die wunderbaren Worte denken, während sie durch den Saal wirbelten, und sie sonnte sich im Wissen, dass sie wieder mit ihm tanzen würde, sooft sie wollte, wenn sie verheiratet waren. Callie sah an ihm vorbei und entdeckte Juliana, die sie mit strahlendem Lächeln beobachtete. Sie sagte: „Du hast deinen Geschwistern von uns erzählt."

„Ich dachte, es wäre besser, wenn sie es von mir erfahren würden statt von deiner Mutter."

Bei diesen Worten zuckte Callie zusammen. „Tut mir furchtbar leid, Gabriel, ich habe versucht, sie zum Schweigen zu bringen."

Er lachte. „Das hättest du gar nicht erst versuchen sollen. Lass ihr doch die Freude, meine Schöne."

„So wirst du nicht lang empfinden", warnte Callie ihn.

„Na denn, genießen wir meine Großherzigkeit, solange sie andauert, findest du nicht?"

Die Musik verklang, und sie kamen wirbelnd zum Stehen. Danach begaben sie sich zu Juliana, die sich mit einem kleinen Jubelschrei in Callies Arme stürzte. Callie lachte über das junge Mädchen, blieb aber nicht unberührt von der Aufregung über die Verlobungsnachricht.

Sie hatte jedoch keine Zeit zu plaudern, denn im nächsten Augenblick begann die Quadrille, und Nick trat zu ihnen und forderte sie mit einer tiefen Verneigung zu diesem Tanz auf. Gern ließ sie sich von ihrem zukünftigen Schwager auf die Tanzfläche führen, und bald standen sie auf der anderen Seite des Saals. Nach der Quadrille wurde sie zu einem Kontretanz aufgefordert, eine zweite Quadrille, ein Menuett – und so ging es weiter, bis sie am Ende der ersten Ballhälfte jeden Tanz getanzt hatte. Und sie genoss es in vollen Zügen.

Während sie mit Lord Weston durch den Saal schlenderte, einem reizenden jungen Mann, der einmal ein Herzogtum erben sollte, staunte sie über die merkwürdige Wendung, die ihr Leben genommen hatte. *Von der Jungfernecke zur „belle" des Balls, und alles, was es dazu gebraucht hat, war ein Heiratsantrag.*

Sie hielt inne. Ein Heiratsantrag von Ralston.

Ralston.

Und dann stand er vor ihr, als hätte sie ihn herbeigewünscht. Er nahm sie am Ellbogen, geleitete sie am Rand der Tanzfläche entlang. „Genießt du den Abend?", fragte er sie unschuldig.

„Du weißt ganz genau, dass ich den Abend genieße", sagte sie mit zusammengebissenen Zähnen. „Du hat das mit Absicht gemacht!"

Zu ihrer Überraschung bog er plötzlich ab und zog sie durch eine unauffällige Tür hinaus auf einen kleinen, verschwiegenen Balkon. „Ich weiß nicht, wovon du redest."

Sie sah ihn an, sein Profil zeichnete sich dunkel ab vor dem goldenen Kerzenschein aus dem Saal. „Du hast sie dazu gebracht, mit mir zu tanzen! Wegen meiner Liste! Wie peinlich!" Sie atmete tief durch und drehte sich wieder um, um auf den dunklen Park hinauszublicken. „Wie peinlich!", wiederholte sie.

„Callie", sagte Ralston, offenkundig verwirrt. „Ich habe ehrlich keine Ahnung, wovon du sprichst."

Sie sah hinauf in den sternenübersäten Himmel. *„Auf einem Ball keinen einzigen Tanz aussetzen"*, sagte sie ruhig. „Ralston, ich habe in meinem Leben noch nie so viel getanzt wie heute Abend. Du willst mir doch nicht erzählen, dass du nichts damit zu tun hast. Du hast die Liste doch gesehen."

„Ich will dir tatsächlich erzählen, dass ich nichts damit zu tun habe", meinte er, „weil ich nämlich nichts damit zu tun habe."

Sie drehte sich wieder zu ihm um. „Eigentlich ist das ja auch sehr lieb, dass du dir solche Mühe gibst, mir beim Abarbeiten meiner Liste zu helfen. Wahrscheinlich sollte ich mich bei dir bedanken."

„Du kannst mir gern danken, meine Schöne, aber ich habe wirklich nichts damit zu tun." Er tat einen Schritt auf sie zu. „Soll ich es dir beweisen?"

Sie spürte seine Körperwärme, die ihr an diesem kühlen Frühlingsabend sehr willkommen war. „Bitte sehr."

„Ich sehe dir nicht gern dabei zu, wenn du mit anderen Männern tanzt. Mir wäre es viel lieber, wenn wir nie mehr auf einen Ball gehen würden, damit ich nie wieder zusehen muss, wie eine Reihe Schurken die Gelegenheit nutzt, dich viel zu vertraulich zu berühren."

Empört keuchte sie auf. „Das war doch nicht vertraulich!"

„Du wirst dich daran gewöhnen müssen, dass ich derartige Dinge anders beurteile." Er kam noch näher, sodass kaum noch ein Zoll Abstand zwischen ihnen war. Er strich ihr eine Locke aus dem Gesicht. „Sie waren vertraulich. Vor allem bei Weston."

Das entlockte ihr ein Lachen. „Lord Weston ist wahnsinnig in seine Frau verliebt." Lady Weston galt allgemein als eine der schönsten Frauen Londons.

„Neben dir verblasst sie aber", erklärte er ernst, köstliche, wunderbare Worte.

Callie errötete. „Dann warst das wirklich nicht du?"

Er schüttelte den Kopf; um seine Lippen spielte ein Lächeln. „Wirklich nicht, Kaiserin. Mich überrascht es gar nicht, dass sie mit dir tanzen wollen. Schließlich bist du heute Abend bemerkenswert schön."

Er hob ihr Kinn an, und ihr fehlten die Worte. „Ach?"

„Ja", sagte er, umfasste ihre Wangen und drehte ihren Kopf gerade so, dass er sie küssen konnte. Er labte sich an ihrem Geschmack, knabberte an ihrer vollen Unterlippe und bemächtigte sich dann ihrer Lippen zu einem tiefen, leidenschaftlichen Kuss, bei dem ihr die Knie weich wurden. Mit der Zunge strich er an der Innenseite ihrer Unterlippe entlang, drang tief in sie vor, um ihre Süße zu schmecken. Sie seufzte in seinen Mund, begierig auf mehr, wäre mit ihm gern anderswo gewesen, irgendwo, wo sie sich aneinander ergötzen konnten. Sie drängte sich an ihn, begierig nach seiner Wärme, und als in ihrem Magen ein Feuerband aufzüngelte, stieß er tief in der Kehle ein leises Knurren aus.

„Ich hätte wissen sollen, dass ich Sie hier draußen antreffen würde, wie Sie sie tüchtig malträtieren, Ralston. Stellen Sie sicher, dass Sie gewonnen haben?"

Callie rückte sofort ein Stück ab von Ralston, als sie diese Worte hörte, die von der Tür zum Ballsaal drangen. Sie konnte den Sprecher zwar nicht sehen, doch sie hörte den Abscheu in seiner Stimme, und es lief ihr kalt den Rücken hinunter.

Ralston versteifte sich und wandte sich dem Neuankömmling zu, wobei er versuchte, Callie mit dem Körper zu verdecken. „Oxford“, sagte er in warnendem Ton.

„Ich habe von Ihrer bevorstehenden Hochzeit gehört“, sagte Oxford, daher trat Callie aus Ralstons Schatten hervor, um dem Lord selbst entgegenzutreten. „Ich muss zugeben, dass ich ziemlich überrascht war darüber, das Sie solches Interesse an Lady Calpurnia entwickelten, Ralston.“

„An Ihrer Stelle wäre ich sehr vorsichtig, was ich noch alles sage, Oxford“, stieß Ralston mit zusammengebissenen Zähnen hervor.

„Warum sollte ich?“ Callie bemerkte, dass Oxford hin und her schwankte, und fragte sich, ob er vielleicht angeheitert war. „Ich hab doch nichts mehr zu verlieren. Ich habe schließlich schon verloren, nicht?“

In diesem Moment kamen Mariana und Benedick auf den Balkon geeilt und unterbrachen das Gespräch. „Callie“, sagte Mariana atemlos, „du solltest mit mir kommen.“

Callies Augen weiteten sich. „Warum? Was ist passiert?“

Mariana warf Ralston einen vernichtenden Blick zu. „Bis jetzt noch nichts, Gott sei Dank.“ Sie wandte sich wieder ihrer Schwester zu und wiederholte: „Du musst mitkommen. Sofort.“

Callie schüttelte den Kopf und ging rückwärts, bis sie Ralstons Nähe spürte. Sie sah Oxfords selbstzufriedenes Grinsen, Marianas flehenden Blick und Benedicks stoische Miene und wandte sich an Ralston. „Gabriel?“, fragte sie verwirrt und verunsichert.

„Callie, geh mit Mariana“, unterbrach Benedick.

„Fällt mir nicht ein. Ich gehe nicht, bevor mir jemand erklärt hat, was genau hier vor sich geht“, sagte sie zu Benedick, und an Mariana gewandt: „Mariana?“

Mariana seufzte. „Es heißt, dass Oxford und Ralston eine Wette auf dich abgeschlossen haben.“

Die Idee war so grotesk, dass Callie lachte. „Was für eine Wette?“

„Drinnen sagen sie, Ralston hat mit Oxford gewettet, dass der dich nicht erobern kann.“ Benedick ließ Ralston nicht aus den Augen und konnte seinen Abscheu kaum bezähmen. „Und als er merkte, dass Oxford kurz vor dem Ziel stand, hat er dich selbst erobert.“

„Es heißt, dass du kompromittiert worden wärst, Callie, weswegen Ralston ...“ Mariana verstummte.

Callie lachte noch einmal. „Wie dramatisch. Ist das zu fassen?“ Lächelnd drehte sie sich zu Ralston um, in der Erwartung, dass er ihre Belustigung teilte. Als sie seiner harten, ausdruckslosen Miene begegnete, dämmerte ihr jedoch die Wahrheit. „Oh.“ Sie blickte zu dem selbstzufriedenen Oxford. „Oh.“

„Armes Mädchen. Und Sie dachten, er will Sie tatsächlich“, spottete er.

„Hören Sie auf, Oxford.“ Ralstons Ton war eiskalt.

Callie drehte sich zu ihm. „Du hast gewettet? Um mich?“

„Allerdings“, erwiderte Oxford prahlerisch, als machte es ihn glücklich, an einem Augenblick teilzuhaben, der ihr Leben für immer verderben könnte. „Er hat gewettet, dass Sie mich nicht heiraten würden. Und als es so aussah, als könnte ich gewinnen, hat er den Einsatz verdoppelt und Ihnen den Hof gemacht, damit er gewinnt. Vermutlich war es auch kein Nachteil, dass er seiner Schwester durch die Verbindung mit Ihrer Familie einen Platz in der Gesellschaft gesichert hat.“

Callie wandte den Blick nicht von Ralston. „Ist das wahr? Hast du mich zum Gegenstand einer Wette gemacht?“

Ralston zögerte, suchte nach der richtigen Antwort. Und in diesem Augenblick wusste Callie es.

Ralston tat einen Schritt auf sie zu, doch sie wich zurück. Beruhigend legte Mariana ihr eine Hand auf den Rücken, während er beinahe verzweifelt sagte: „Aber so war das gar nicht.“

„Wie viel?“

„Callie“, flüsterte Mariana, darauf bedacht, eine Szene zu verhindern. Callie hob nur die Hand, um sie zum Schweigen zu bringen.

„Wie viel, Ralston?“

Er sah sie nicht an. „Zweitausend Pfund.“

Callie hatte das Gefühl, als hätte ihr jemand einen Schlag in die Magengrube versetzt.

„Wann?“, flüsterte sie.

„Callie ...“

„Wann?“, wiederholte sie lauter.

„Am Nachmittag nach dem Verlobungsball deiner Schwester.“

Callie verzog das Gesicht. „An dem Tag, an dem du mich zum Tanzen aufgefordert hast.“

Seine Augen weiteten sich, als er den zeitlichen Zusammenhang bemerkte. „Callie ...“

„Nein.“ Sie schüttelte den Kopf. „Und wann hast du den Einsatz verdoppelt?“

Als er nicht antwortete, fragte sie Oxford: „Wann hat er ihn verdoppelt?“

Oxford zögerte. „Dienstag.“

An dem Tag hat er mir den Heiratsantrag gemacht. Noch vor Kurzem hatte er sie lediglich als Gegenstand einer Wette betrachtet.

„Ich hätte es wissen sollen“, wisperte sie so traurig, so verstört, dass Ralston glaubte, ihm müsse das Herz brechen. „Ich hätte wissen müssen, dass du nicht wirklich ... dass du niemals ...“ Ihre Stimme verklang. Sie atmete tief durch, bevor sie zu ihm aufsah. In ihren braunen Augen glitzerten Tränen. „Ich hätte dich auch so bei Juliana unterstützt. Ich hätte alles getan, worum du mich gebeten hättest.“

Dass sie ihm so unverbrüchlich verbunden gewesen war, überwältigte sie, und ihr lief eine Träne die Wange hinab, die sie ärgerlich wegwischte. Sie hörte kaum noch die Geräusche, die vom Ball zu ihnen drangen, so rauschte ihr das Blut in den Ohren. Eine Welle altvertrauter Unsicherheit schlug über ihr zusammen.

Sie war einfach unglaublich dumm gewesen.

Wie oft hatte sie sich gesagt, dass Ralston nicht für sie bestimmt war? Dass sie zu reizlos, zu plump, zu unerfahren und uninteressant war, um sein Interesse zu fesseln. Wie oft war sie gewarnt worden? Von ihrer Familie, ihren Freundinnen, sogar seiner *Geliebten*, du liebe Güte! Und dennoch hatte sie sich erlaubt, daran zu glauben, dass der Traum Wirklichkeit werden konnte. Dass eines Tages die Welt in eine kleine Schieflage geraten war und Ralston sich einfach so in sie verliebt hatte. Und dabei hatte er nur … Wetten auf ihre Zukunft abgeschlossen. Mit ihren Gefühlen, ihrer Liebe gespielt, als wäre sie ein Spielzeug, das man benutzte und dann beiseiteschob.

Und sie fühlte sich gründlich beiseitegeschoben.

Es fiel ihr so leicht, zu glauben, dass sie ihm so wenig bedeutete. Es war so verlockend, in die Unsichtbarkeit zurückzukehren, die von ihrem Dasein als abwartendem Mauerblümchen rührte und in der sie sich so behaglich eingerichtet hatte.

Und das schmerzte sie am meisten.

Sie richtete sich zu ihrer vollen Größe auf und straffte die Schultern, und dann sagte sie ausdruckslos: „Sie haben gewonnen, Mylord. Denn ich werde nicht nur Lord Oxford nicht heiraten, Sie heirate ich auch nicht. Ich entbinde Sie von der Verlobung. Sie sind frei und können Ihr zügelloses, lasterhaftes Leben wieder aufnehmen."

Er öffnete den Mund, um etwas zu sagen, um sie aufzuhalten, um alles zu erklären – seinen albernen Stolz, seinen lächerlichen, unvernünftigen Zorn auf diesen idiotischen Oxford –, aber sie unterbrach ihn, bevor er überhaupt etwas sagen konnte. „Ich möchte Sie nur bitten, dass Sie sich von mir fernhalten."

Und dann war sie fort, war an Benedick und Oxford vorbei in den Ballsaal getreten. Mariana folgte ihr auf dem Fuß.

Ralston wollte ihr nachgehen; ihre neu entdeckte Stärke, ihre kraftvolle Sicherheit, ihre Entschlossenheit, keine halbherzigen Kompromisse einzugehen, verunsicherten ihn ebenso, wie sie ihn stolz machten. Er wollte sie aufhalten und ihr die ganze Wahrheit erzählen – dass es ihm nicht um Julianas Debüt ging oder um den Ruf seiner Familie oder dergleichen.

„Lassen Sie sie in Ruhe." Die harten, gefühllosen Worte kamen vom Earl of Allendale, der sich zwischen Ralston und der Tür zum Ballsaal aufgebaut hatte, sobald seine Schwester gegangen war.

„Ich wollte sie nicht verletzen. Die Wette hat überhaupt nichts zu bedeuten. Ich brauche das Geld nicht, das wissen Sie doch, Allendale."

„Ja, das weiß ich, mir ist aber noch nicht klar, was Sie geritten hat, mit diesem albernen Spiel weiterzumachen", erklärte Allendale unbewegt und sah Ralston herausfordernd an. „Trotzdem *haben* Sie sie verletzt. Und wenn Sie sich ihr noch einmal nähern, schlage ich Sie zusammen. Wir werden auch so schon alle Hände voll zu tun haben mit der gelösten Verlobung."

„Die Verlobung ist nicht gelöst." Ralstons Stimme klang stählern.

„Lassen Sie doch, Ralston, sie ist es nicht wert", sagte Oxford munter.

Ralston drehte sich zu dem beinahe vergessenen Dandy um, der ganz allein das Beste in seinem Leben zerstört hatte, und sagte: „Wie bitte?"

„Ich sagte, sie ist es nicht wert", wiederholte Oxford, der blind war für Ralstons verhärtete Miene und für seine angespannte Haltung. „Sicher, das Beste an diesen späten Mädchen ist, dass sie ganz versessen sind auf ein paar Matratzenspiele, aber Sie können mir doch nicht ernsthaft erzählen, dass Sie tatsächlich auf ein so hässliches, reizloses Exemplar zurückgreifen müssen. Obwohl es ja den Anschein hatte, als wäre sie mehr als bereit gewesen, für Sie die Röcke zu heben ... und das ist ja wohl auch schon etwas."

Benedick erstarrte, und Ralston überlief heiß glühender Zorn bei diesen abwertenden, gemeinen Worten, die sich gegen die Frau richteten, die er heiraten wollte. Denn für ihn stand immer noch außer Frage, dass Callie seine Frau werden würde.

Ob er nun betrunken war oder nicht, Oxford würde für seine

unflätigen Bemerkungen büßen müssen.

Ralston packte Oxford bei den Rockaufschlägen und rammte ihn gegen die Wand, die eine Seite des Balkons begrenzte. Die Wucht des Aufpralls drückte Oxford die Luft aus den Lungen. Nach Atem ringend, sank er auf dem Boden zusammen, die Hand auf die Brust gepresst.

Ralston sah auf die ekelhafte Kreatur zu seinen Füßen und sagte: „Sie haben die Ehre meiner zukünftigen Marchioness besudelt. Wählen Sie Ihre Sekundanten. Wir treffen uns im Morgengrauen.“

Er wandte sich von dem stotternden Oxford ab und drehte sich zu Benedick um. „Wenn ich mit ihm fertig bin, hole ich Ihre Schwester. Und wenn Sie vorhaben, mich von ihr fernzuhalten, besorgen Sie sich schon einmal eine Armee.“

24. KAPITEL

Callie saß in ihrem Schlafzimmer auf der Fensterbank, wischte sich die Tränen aus dem Gesicht und ließ die Ereignisse dieses Abends noch einmal an sich vorüberziehen.

Wie sollte sie nur ohne ihn weiterleben? Und wie sollte sie gleichzeitig weiterleben in dem Bewusstsein, dass ihm die gemeinsame Zeit so wenig bedeutet hatte – sie hatte ihm nur dazu gedient, eine Wette zu gewinnen und seine Schwester in die Gesellschaft einzuführen.

Es konnte doch nicht möglich sein. Alles in ihr sträubte sich gegen die Vorstellung, dass er sie so herzlos benutzt haben sollte.

Aber er hatte es auch nicht abgestritten.

Und warum sollte sie es nicht glauben. Der Marquess of Ralston, dieser unverbesserliche Wüstling, würde nicht zögern, sie für seinen persönlichen Vorteil zu benutzen. Hatte er es nicht getan? Von Anfang an? Er hatte ihr seine Küsse verkauft, wenn sie dafür seine Schwester unterstützte. Wie war sie nur auf die Idee verfallen, er könnte sich geändert haben?

Sie hatte so daran geglaubt, dass es möglich wäre – dass die jahrzehntelange Verachtung von Gefühlen nichts als eine unbedeutende Facette seiner durchwachsenen Vergangenheit war. Dass ihre Liebe groß genug war, um ihm zu beweisen, dass die Welt es wert war, zu lieben und Vertrauen zu fassen. Dass sie ihn in den Mann verwandeln könnte, von dem sie schon so lange träumte.

Das war vielleicht die schlimmste Einsicht – dass Ralston, der Mann, nach dem sie sich über ein Jahrzehnt lang gesehnt hatte, gar nicht existierte. Er war nie der starke, schweigsame Odysseus gewesen, nie der stolze Darcy, nie Antonius, mächtig und leidenschaftlich. Er war immer nur Ralston gewesen, arrogant, fehlerbehaftet und ganz und gar aus Fleisch und Blut.

Und er hatte auch nie vorgegeben, etwas anderes zu sein. Er hatte ihr nie etwas vorgemacht, ihr nie Liebe vorgeheuchelt, ihr nie vorgegaukelt, er sei mehr als das, was er war. Er hatte sogar ausdrücklich gesagt, dass er sie nur Julianas wegen gebraucht hatte.

Julianas wegen und anscheinend auch wegen zweitausend Pfund. Nicht dass er das Geld gebraucht hätte.

Das machte es fast noch schlimmer.

Sie neigte den Kopf, als eine Welle des Kummers sie erfasste und ihr erneut die Tränen kamen.

Oh, Callie. Wie konntest du nur so dumm sein?

Selbst als sie den wahren Ralston kennengelernt hatte – den Ralston, der nicht aus dem Stoff geschneidert war, aus dem die Helden gemacht waren –, hatte Callie die Wahrheit nicht gesehen. Und statt zu erkennen, dass ihr nichts als Herzeleid bevorstand, hatte sie sich verliebt, nicht in ihr Fantasiebild, sondern in den echten, fehlerhaften Ralston.

Die ganze Zeit hatte sie sich auf die Vorstellung konzentriert, dass er sich ändern würde, doch an diesem Abend war deutlich geworden, dass die machtvolle Veränderung, die sie hatte miterleben dürfen, nicht die seine gewesen war.

Sondern ihre.

Und sie hatte sie fast zur Gänze ihm zu verdanken.

Blind starrte sie auf die zerknitterte, fleckige Liste in ihrer Hand – die Liste, die als ihre begonnen, aber irgendwann ihnen beiden gehört hatte. Ihr brach schier das Herz, als ihr klar wurde, dass Ralston ein wesentlicher Teil dieser neuen, kühnen, abenteuerlustigen Callie gewesen war, dass er sie durch jeden Punkt auf ihrer Liste geleitet hatte. Durch seine Hilfe war sie für immer verändert.

Wie sollte sie einen solchen Kummer überleben? Wie sollte sie je vergessen, wie sehr sie ihn liebte?

Sie hatte keine Ahnung.

Sie wusste jedoch, dass sie in diesem Zimmer keinen Augenblick länger verweilen konnte. Deswegen sprang sie auf und marschierte entschlossen durch ihr Schlafzimmer, öffnete die Tür und begab sich durch das stille Haus zu Benedicks Arbeitszimmer. Sie würde versuchen, sich noch einmal zu betrinken. Männer schienen Trost daraus zu ziehen, wenn es ihnen ganz besonders schlecht ging, was also sollte sie davon abhalten, dasselbe zu tun?

Sie betrat den Raum und blieb in der Tür stehen, überrascht, ihren Bruder hinter dem riesigen Schreibtisch vorzufinden, den Blick ins Leere gerichtet. Als er ihre Schritte auf dem Holzboden hörte, schaute er auf, und sie sah, wie ein Schatten über sein Gesicht huschte. „Callie“, sagte er, und in seinem Ton lag etwas, was ihr erneut die Tränen in die Augen trieb. „Es ist vier Uhr morgens.“

„Tut mir leid“, sagte sie und machte sich daran, den Raum zu verlassen.

„Nein.“ Er winkte und bedeutete ihr, doch hereinzukommen. „Bleib hier.“

Leise schloss sie die Tür hinter sich, tappte zum Schreibtisch und ließ sich in einem gemütlichen Sessel gegenüber nieder. Sie zog die bloßen Füße an. „Weißt du noch“, sagte sie, und in ihrer Stimme zitterten ungeweinte Tränen, „als ich klein war, habe ich auch immer im Nachthemd in diesem Sessel gesessen und Vater dabei zugesehen, wie er seine Papiere auf dem Schreibtisch sortiert hat. Lange habe ich gar nicht verstanden, wieso er immer so viel zu tun hatte. Ich habe immer gedacht, es gehört doch sowieso schon alles ihm, der Titel, das Haus, die Ländereien, die Sachen.“

Benedick nickte. „Mir ging es genauso. Stell dir meine Überraschung vor, als ich herausfinden musste, dass all das tatsächlich Arbeit macht, dass Vater nicht nur so getan hat.“

Sie lächelte unter Tränen. „Es ist erstaunlich. Hier sitze ich in meinem Nachthemd, in diesem Sessel, und schaue dir zu. Es hat sich nicht viel verändert.“

Benedick sah ihr in die Augen. „Callie?“

Da begannen die Tränen zu fließen, still und rasch stürzten sie ihr die Wangen herab. Sie schüttelte den Kopf, schaute traurig in ihren Schoß und zupfte an ihrem Nachthemd herum. „Ich dachte, ich könnte ihn ändern."

Benedick seufzte.

„Jetzt sehe ich auch, dass ich das nicht kann. Ich dachte nur … ich dachte nur, ich könnte ihn dazu bringen, mich zu lieben."

Er saß lange da und legte sich seine Worte sorgfältig zurecht. „Callie … Liebe muss wachsen. Nicht jeder empfindet Liebe auf den ersten Blick, so wie unsere Eltern. Oder Mariana und Rivington. Ralston war lange Zeit allein."

Die Tränen flossen weiter. „Ich liebe ihn", wisperte sie.

„Ist es nicht möglich, dass er dich auch liebt?"

„Er hat zweitausend Pfund auf meine Zukunft gewettet, Benedick."

Ein schwaches Lächeln huschte über sein Gesicht. „Ich will nicht leugnen, dass es ziemlich idiotisch von ihm war, das zu tun … aber ich kann mir nicht vorstellen, dass es bei der Wette um mehr ging als um Stolz."

„Stolz?"

Er nickte. „Männlichen Stolz."

Callie schüttelte den Kopf. „Dein Geschlecht ist absolut bizarr." Sie zuckte mit den Schultern. „Aber das heißt nicht, dass er mich liebt. Ich bin mir nicht mal sicher, ob er sich überhaupt etwas aus mir macht."

„Das ist doch albern", erklärte Benedick rundweg. „Mir wäre am liebsten, wenn du und Ralston euch nie wieder seht, Callie, bei dem ganzen Skandal, den ihr heute Abend hervorgerufen habt – ganz zu schweigen von all den anderen Skandalen, die ihr fraglos angezettelt habt, ohne mein Wissen –, nicht dass ich je davon erfahren möchte." Er hielt inne. „Wie dem auch sei, du vergisst, dass ich ihn gestern Abend gesehen habe. Er kam zu mir, bevor er zu dir in die Bibliothek ging. Ralston macht sich etwas aus dir. Das weiß ich, sonst hätte ich ihm nie meinen Segen gegeben."

„Du irrst dich", flüsterte Callie. „Ich dachte, ich hätte genug Liebe für uns beide. Aber da habe ich mich getäuscht."

Schweigen senkte sich auf sie herab, und Benedick sah

stumm zu, wie seiner Schwester die Tränen über die Wangen liefen. Schließlich sagte er: „Callie … Ralston hat Oxford gestern Abend gefordert."

Callie fuhr auf. Sie war sich sicher, ihren Bruder falsch verstanden zu haben. „Wie … wie bitte?"

„Er hat Oxford zum Duell gefordert."

Callie schüttelte den Kopf, versuchte sich von dem Nebel zu befreien, der sie soeben eingehüllt hatte. „Nein. Das kann nicht stimmen. Bist du sicher, dass er es war und nicht St. John? Die beiden sind Zwillinge, weißt du? Die kann man schon mal miteinander verwechseln."

„Ja, Callie. Dessen bin ich mir bewusst. Ich bin mir auch vollkommen sicher, dass *Ralston* und Oxford die Kontrahenten sind, schließlich war ich dabei, als er ihn gefordert hat. Und wenn man überlegt, dass es dabei um dich geht …"

„Um mich?", quietschte Callie. „Ralston würde sich nie meinetwegen duellieren. Ich bin es doch nicht wert, dass er sein Leben aufs Spiel setzt. Ich meine, es ist ja nicht so, als würde er mich lieben, Benedick", spottete sie. Benedick schwieg und sah sie nur besorgt an. „Oh Gott."

„Vielleicht liebt er dich nicht, Callie. Aber ich möchte wetten, dass er ziemlich gewaltige Gefühle für dich hegt, sonst würden er und Oxford nicht in diesem Augenblick ihre Sekundanten wählen."

Er riskiert alles für mich.

Wenn das keine Veränderung war, was dann?

Callie riss die Augen auf. „Oh Gott." Sie beugte sich vor, streckte die Hand über den Schreibtisch, um ihn am Arm zu packen. „Benedick, du musst mich dort hinbringen."

„Callie …" Benedick schüttelte den Kopf. „Ich kann dich nicht dort hinbringen, das weißt du."

Sie sprang auf und verkündete: „Benedick! Er könnte sterben!" Und damit stürmte sie aus dem Zimmer und die breite Treppe empor zu ihrem Schlafzimmer, Benedick dicht auf den Fersen. Sie riss entschlossen die Tür auf, rannte zum Schrank und holte ein Kleid heraus. „Er könnte sterben!“

Benedick schloss die Tür hinter sich und versuchte, Callie mit leiser Stimme zu beruhigen. „Er wird nicht umgebracht, Callie. Das passiert heutzutage bei Duellen fast nie mehr.“

Sie wandte sich ihm zu, die Arme voller Musselin. „Irre ich mich, Benedick, oder läuft es so: zwanzig Schritte auseinander, umdrehen, *feuern*? Eine *Pistole*? Eine *geladene* Pistole?“

„Nun ja“, räumte Benedick ein und fügte hinzu: „Aber heutzutage rechnet man nicht mehr damit, dass jemand stirbt. Ich meine, man muss doch ins Gefängnis, wenn man jemanden im Duell tötet, meine Güte.“

„Ah, dann ist das eine Art Gentlemens' Agreement?“

„Genau.“

„Es findet mehr zum Schein statt?“

„Richtig“, erwiderte er, erfreut, dass sie es verstand.

Ihre Augen wurden schmal. „Und wenn einer der fraglichen Gentlemen nicht schießen kann?“

Benedick öffnete den Mund und schloss ihn wieder.

Callie schüttelte den Kopf und trat hinter ihren Wandschirm. „Du bringst mich hin.“

Gleich darauf hing ihr Nachthemd über dem Wandschirm.

Benedick warf verzweifelt die Hände in die Höhe und kehrte dem Hauptort des Geschehens vorsichtshalber den Rücken zu. „Ich bringe dich nicht hin. Du wartest hier, wie es sich für eine Frau gehört.“

„Vergiss es! Ich bin nicht länger zahm und fügsam.“

„Wie kommst du auf die Idee, du wärst es je gewesen?“

Benedick drehte sich um und sah, dass Callie fertig angezogen war und ein Paar Stiefel überstreifte. Ihre Augen blitzten. „Du hast zwei Möglichkeiten, Benedick. Entweder du begleitest mich wie ein braver Bruder, oder du trittst beiseite, wenn ich das Haus verlasse und mitten in der Nacht allein durch London kutschiere.“

„Du findest das nie.“

„Unsinn. Du vergisst, dass ich ein, zwei Wirtshäuser in der

Stadt kenne. Bestimmt hat sich das Duell dort schon herumgesprochen. Solche Neuigkeiten verbreiten sich doch immer wie ein Lauffeuer."

Er riss die Augen auf. „Soll ich dich einsperren?"

„Dann klettere ich draußen am Spalier herunter!", verkündete sie.

„Verdammt, Callie!"

„Benedick, ich liebe ihn. Ich liebe ihn seit zehn Jahren. Und ich hatte ihn einen Tag, bevor ich alles verdorben habe. Beziehungsweise er hat alles verdorben, da bin ich mir immer noch nicht ganz sicher. Aber du glaubst doch nicht etwa, dass ich keinen Finger krumm machen würde, um ihn zu retten?"

Die Worte hingen zwischen ihnen, als sich Bruder und Schwester kampfbereit gegenüberstanden.

„Bitte, Benny", sagte sie bittend, klagend. „Ich liebe ihn."

Der Earl of Allendale seufzte tief.

„Herr, erlöse mich von meinen Schwestern. Ich lasse die Karriole vorfahren."

„Bist du sicher, dass du das tun willst?" Nick lehnte an einer einsamen Eberesche, hatte die Schultern gegen die morgendliche Kälte hochgezogen und sah zu, wie Ralston seine Pistolen prüfte. „Du könntest dabei umkommen."

„Ich werde nicht umkommen", erklärte Ralston abwesend und sah auf das weite Feld, das Oxford als Schauplatz ihres Duells gewählt hatte.

„Bessere Männer als du haben das auch schon gesagt, Gabriel. Ich will dich nicht beerdigen müssen."

„Würde dir ganz recht geschehen", erklärte Ralston düster, während er sorgfältig die Pistole lud. „Du wärst dann Marquess."

„Ich habe genug Zeit mit dir verbracht, um zu wissen, dass ich kein Marquess sein möchte, vielen Dank."

„Na, dann muss ich mich bemühen, den Titel zu behalten."

„Hervorragend."

Schweigen senkte sich herab, während die Brüder darauf warteten, dass Oxford und sein Sekundant eintrafen. Das Duell sollte im Morgengrauen stattfinden, und das Feld war in hellgraues Licht getaucht, das die Frühlingslandschaft aller Farben beraubte und die Landschaft öde und leer erscheinen ließ.

Nach einigen Minuten erklärte Ralston: „Ich kann ihm nicht durchgehen lassen, dass er solche Sachen über sie sagt."

„Ich verstehe schon."

„Sie hat so viel Besseres verdient."

„Sie hat dich verdient. Lebend."

Ralston wandte sich seinem Bruder zu und sah ihn fest an. „Du musst mir etwas versprechen."

Nick wusste sofort, was Ralston sagen würde. „Nein."

„Doch. Du musst. Du bist mein Bruder und mein Sekundant. Dir bleibt gar nichts anderes übrig, als dir meinen Letzten Willen anzuhören und ihn dann auszuführen."

„Wenn dies dein letzter Wunsch ist, folge ich dir in die Hölle und sorge dafür, dass du es bereust."

„Trotzdem." Ralston sah zum Himmel auf und zog seinen Mantel enger um sich. „Versprich mir, dass du dich um sie kümmerst."

„Du wirst dich selbst um sie kümmern, Bruderherz."

Ihre Blicke begegneten sich. „Ich schwöre vor dir und Gott, dass ich das tun werde. Aber wenn mir etwas geschehen sollte, versprich mir, dass du dich um sie kümmerst. Versprich mir, dass du ihr sagst …" Ralston unterbrach sich.

„Was soll ich ihr sagen?"

Ralston atmete tief durch, und bei den Worten wurde ihm die Brust eng. „Sag ihr, dass ich ein Dummkopf war. Dass das Geld keine Rolle gespielt hat. Dass ich, als ich gestern Abend mit der schrecklichen Möglichkeit konfrontiert war, sie verloren zu haben, erkannt habe, dass sie das Wichtigste ist, was ich je hatte … wegen meiner Arroganz und weil ich nicht akzeptieren wollte, was ich im Herzen schon so lang gefühlt habe …" Er brach ab. „Was zum Teufel habe ich nur getan?"

„Mir scheint, du bist hingegangen und hast dich verliebt."

Ralston ließ sich das durch den Kopf gehen. Der alte Ralston hätte über die Bemerkung gespottet – so langweilig, fantastisch und erschreckend –, doch nun wurde ihm auf einmal ganz warm bei der Vorstellung, in Callie verliebt zu sein. Und dass sie diese Liebe erwiderte. Vielleicht war er tatsächlich „hingegangen und hatte sich verliebt".

Nick fuhr fort und konnte sich dabei ein gönnerhaftes Lächeln nicht verkneifen: „Soll ich dir sagen, was ich tun würde, wenn ich herausfände, dass ich ein Riesentrottel war und die einzige Frau verloren habe, an der mir je wirklich lag?"

Ralston betrachtete seinen Bruder aus schmalen Augen. „Ich werde dich wohl kaum davon abhalten können."

„Allerdings nicht", versetzte Nick. „Ich kann dir sagen, dass ich nicht auf diesem gottverlassenen Feld stünde in dieser gottverlassenen Kälte und auf diesen Trottel Oxford wartete, damit er auf mich schießt. Ich würde dieser ganzen albernen, antiquierten Übung den Rücken zukehren, die Frau suchen und ihr sagen, dass ich ein Riesentrottel war. Und dann würde ich tun, was es eben braucht, um sie dazu zu überreden, es noch einmal mit mir zu versuchen, obwohl ich ein Riesentrottel bin. Zu guter Letzt würde ich sie zum nächsten Pfarrer schleppen und heiraten. Und ihr ein Kind machen."

Vor seinem inneren Auge sah er Callie hochschwanger, mit seinem Kind, und Ralston schloss die Augen, weil ihm der Anblick so viel Freude machte. „Ich dachte, wenn ich mir erlaube, sie zu lieben, werde ich wie Vater. Ich dachte, sie würde mich schwach machen. So wie ihn."

„Du bist nicht wie Vater, Gabriel."

„Das sehe ich jetzt auch. Sie hat es mir gezeigt." Er hielt inne, dachte an Callies große braune Augen, ihren breiten, lächelnden Mund. „Mein Gott, sie hat so viel mehr aus mir gemacht, als ich war."

Diese Aussage, die so viel Überraschung und Erstaunen barg, wurde von lautem Geschrei untermalt. Oxford, sein Sekundant

Lord Raleigh und der Wundarzt waren eingetroffen.

Nick fluchte leise in sich hinein. „Ich muss zugeben, ich hatte gehofft, Oxford wäre letzte Nacht so betrunken gewesen, dass er das Duell vergessen hat."

Er nahm Ralston die Pistole ab und ging zu Raleigh, um die Vorgehensweise festzulegen. Wie es dem Brauch entsprach, trat Oxford vor Ralston und streckte ihm die Hand entgegen. Sein Blick war ängstlich. „Nebenbei bemerkt, Ralston, ich möchte mich für das, was ich über Lady Calpurnia gesagt habe, entschuldigen. Und ich dachte, es könnte Sie interessieren, dass ich die zweitausend Pfund zwar im Augenblick nicht habe, ich aber einen Weg finden werde, wie ich meine Schulden begleichen kann."

Ralston versteifte sich, als Oxford auf die dumme Wette zu sprechen kam, die so viel Schmerz und Kummer verursacht hatte. Er ignorierte Oxfords ausgestreckte Hand und sagte: „Behalten Sie das Geld. Ich bekomme dafür sie. Sie ist alles, was ich will."

Die Wahrheit seiner Worte war für Ralston ziemlich überwältigend. Jetzt, wo er herausgefunden hatte, wie sehr er Callie wollte, erschöpfte ihn schon die bloße Aussicht auf ein Duell. Warum stand er auf diesem kalten, nassen Feld, wenn er sich doch in Callies Haus schleichen und in ihr weiches, einladendes Bett steigen könnte, um sie so lange mit Entschuldigungen zu traktieren, bis sie ihm vergab und ihn sofort heiratete?

Nick und Raleigh kamen zurück. Beide wollten die Sache so schnell wie möglich hinter sich bringen. Während Raleigh Oxford von den Regeln in Kenntnis setzte, nahm Nick Ralston beiseite und sagte leise: „Zwanzig Schritt, umdrehen, feuern. Und ich weiß aus sicherer Quelle, dass Oxford in die Luft schießen will."

Ralston nickte. In die Luft zu schießen bedeutete, dass der Ehre Genüge getan war und beide Kontrahenten am Leben bleiben konnten. „Ich auch", sagte er, zog den Mantel aus und tauschte ihn gegen die Pistole, die Nick ihm hinhielt.

„Gut.“ Nick legte sich den Mantel über den Arm. „Dann bringen wir es hinter uns, ja? Es ist eiskalt.“

„Eins … zwei …“ Ralston und Oxford standen Rücken an Rücken, als Raleigh anfing, die Schritte auszuzählen. Während er zum rhythmischen Ausrufen der Zahlen – „fünf … sechs …“ – langsam ausschritt, dachte Ralston an Callie, an ihre strahlenden Augen, ihr warmes Lächeln. „Zwölf … dreizehn …“ Callie, die in diesem Augenblick vermutlich im Bett lag und fest schlief. „Sechzehn … siebzehn …“ Er konnte es gar nicht abwarten, die Sache mit Oxford hinter sich zu bringen und zu ihr zu eilen. Er würde sich entschuldigen und ihr alles erklären und sie anflehen, ihn zu heiraten, und dann …“

„Aufhören! Nein!“

Der Ruf kam über das Feld, und er drehte sich danach um, wusste, noch bevor er sie sah, dass Callie hier war … dass sie auf ihn zurannte. Und alles, woran er in diesem Augenblick denken konnte, war, dass Oxford danebenschießen wollte, und wenn er zufällig in ihre Richtung feuerte …

Ralston überlegte nicht lange. Er rannte los.

„Zwanzig!“

Ein einzelner Schuss hallte über das Feld.

Und Ralston fiel auf die Knie, sah, wie sich Callies große braune Augen – an die er schon den ganzen Morgen dachte – vor Schrecken weiteten, wie sie den Mund aufriss, er hörte den Schrei, der die morgendliche Stille zerriss, gefolgt von Nicks Fluch und Benedicks Ruf nach dem Wundarzt, und Oxfords hoher, näselnder Stimme: „Ich habe doch danebengeschossen!“

Und als ihm die Kugel ins Fleisch drang, hatte Ralston nur einen Gedanken: *Ich habe ihr nie gesagt, dass ich sie liebe.*

Er sah zu, wie Callie vor ihm in die Knie ging und seinen Rock wegschob, seine Brust abtastete, die Wunde suchte.

Sie lebt noch.

Erleichterung überlief ihn, heiß, verwirrend, und er hatte nur Augen für sie, wiederholte im Geist immer wieder, dass sie noch lebte und unverletzt war, bis die Wahrheit in ihm donnernd widerhallte. Der Ansturm der Gefühle, den er in den wenigen Augenblicken vor seiner Verletzung erlebt hatte – die Angst, sie verloren zu haben, dass sie verletzt worden sein könnte –, raubte ihm den Atem.

Vor Schmerz sog er zischend den Atem ein, als sie seinen Arm berührte, und sie erstarrte. Mit Tränen in den Augen sah sie ihn an. „Wo bist du verletzt?"

Er schluckte den Kloß hinunter, der sich bei ihrem Anblick in seiner Kehle gebildet hatte – sie war so besorgt, so schmerzerfüllt, so in ihn verliebt. Alles, was er noch wollte, war, sie in die Arme zu schließen.

Aber zuerst wollte er sie durchschütteln.

„Was zum Teufel machst du hier?", brach es aus ihm heraus, und es kümmerte ihn nicht, dass sie vor Überraschung die Augen aufriss.

„Gabriel", unterbrach Nick leise und schnitt den Ärmel von Ralstons Rock mit einem Messer ab, „pass doch auf."

„Jetzt nicht!" Ralston wandte sich wieder an Callie. „Du kannst doch nicht einfach quer durch London gondeln, wann immer du Lust dazu verspürst, Callie."

„Ich bin gekommen, um dich zu retten …", begann Callie und verstummte.

Ralston lachte auf. „Mir scheint, du hast stattdessen dafür gesorgt, dass ich angeschossen werde."

Er hörte kaum, wie Oxford unsicher erklärte: „Ich habe danebengeschossen."

„Gabriel." Nicks Stimme bekam einen warnenden Unterton, während er den Ärmel vom Rock wegriss. Gabriel zuckte zusammen. Er war sich sicher, dass Nick seine Schmerzen genoss. „Es reicht."

„Und Sie!", ging Ralston auf Benedick los. „Was zum Teufel haben Sie sich dabei gedacht, sie hierherzubringen?"

„Ralston, Sie wissen so gut wie ich, dass sie sich nicht aufhalten lässt."

„Sie müssen Ihre Frauen besser unter Kontrolle bekommen,

Allendale", erklärte Ralston und wandte sich an Callie. „Wenn du meine Frau bist, sperre ich dich ein, das schwöre ich."

„Gabriel!" Nick war zornig.

Ralston war es egal. Er wandte sich an seinen Bruder, während der Wundarzt neben ihm niederkniete und die Schusswunde begutachtete. „Sie hätte getötet werden können."

„Und was ist mit dir?" Diesmal ergriff Callie das Wort, ihre eigene aufgestaute Energie machte sich in einem Zornesausbruch Luft. Überrascht drehten sich die Männer zu ihr um. „Was ist mit dir und deinem idiotischen Plan, meine Ehre dadurch wiederherzustellen, dass du mitten im Nirgendwo mit Schusswaffen herumspielst – und zwar mit *Oxford*?" Sie sprach den Namen des Lords voller Verachtung aus. „Wie die Kinder. Was für eine lächerliche, unnötige, durch und durch *männliche* Vorgehensweise … wer duelliert sich denn heutzutage noch?"

„Ich habe danebengeschossen", warf Oxford ein.

„Ach, Oxford, wen interessiert das schon", erwiderte Callie, ehe sie sich wieder Ralston zuwandte und sagte: „Du hast dir Sorgen um mich gemacht? Was meinst du, wie ich mich gefühlt habe, als ich den Schuss gehört habe? Als ich den Mann, den ich liebe, zu Boden gehen sah? Von allen selbstsüchtigen Dingen, die du im Leben schon gemacht hast, Gabriel – und ich könnte mir vorstellen, dass da eine ganze Menge zusammenkommt –, ist dies das Arroganteste und Ekelhafteste!" Sie weinte jetzt, entweder unfähig oder nicht willens, die Tränen zu unterdrücken. „Was soll ich denn tun, wenn du *stirbst*?"

Beim Anblick ihrer Tränen verließ ihn jeder Kampfesmut. Er konnte den Gedanken nicht ertragen, dass sie sich um ihn Sorgen machte. Er schüttelte den Wundarzt ab und umfasste ihr Gesicht mit den Händen, achtete dabei nicht auf die Schmerzen in seinem Arm, als er sie an sich zog und entschlossen sagte: „Ich werde nicht sterben, Callie. Es ist nur eine Fleischwunde."

Diese Worte, ein Widerhall dessen, was sie zu ihm vor vielen Wochen im Fechtclub gesagt hatte, entlockte ihr ein Lächeln. „Was weißt du schon von Fleischwunden?", konterte sie.

Er lächelte. „So ist es recht.“ Er küsste sie sanft, ohne sich dabei von den anderen stören zu lassen, und fügte hinzu: „Wir haben einfach beide Narben am Arm.“ Darauf füllten sich ihre Augen wieder mit Tränen. Skeptisch betrachtete sie seine Wunde, doch er versicherte ihr: „Ich werde nicht sterben, meine Schöne. Noch lange nicht.“

Callie hob eine Braue, eine Geste, die sie von ihm gelernt hatte. „Ich bin mir nicht sicher, ob ich das glaube, Gabriel. Mir scheint, du bist kein sehr guter Schütze.“

Nick lachte auf, und Ralston warf seinem Bruder einen strengen Blick zu. Dann sagte er zu Callie: „Nur fürs Protokoll, Calpurnia, ich bin ein hervorragender Schütze, solange ich mir keine Sorgen machen muss, dass du meiner Kugel im Weg stehen könntest.“

„Warum hast du dir Sorgen wegen mir gemacht? Du warst derjenige, der ein Duell austragen wollte.“

Der Arzt stocherte in der Wunde, worauf Ralstons Arm von heftigem Schmerz durchzuckt wurde. „Mylord“, sagte der Wundarzt, als Ralston zischend die Luft einsog, „ich fürchte, wir werden die Kugel herausschneiden müssen. Das wird nicht angenehm werden.“

Ralston nickte dem Wundarzt zu, der eine Kollektion übel aussehender Instrumente aus seiner Arzttasche nahm.

Callie schaute die Instrumente nervös an und sagte: „Sind Sie sicher, dass Sie das hier machen wollen, Doktor? Vielleicht sollten wir irgendwo hingehen, wo es ein wenig bequemer ist?“

„Der Ort hier eignet sich genauso wie jeder andere, Mylady“, erwiderte der Arzt liebenswürdig. „Das ist nicht die erste Kugel, die ich auf diesem Feld herausoperiere, und ich bin mir sicher, dass es auch nicht die letzte sein wird.“

„Verstehe“, sagte sie, doch ihr Ton verriet, dass sie es eigentlich nicht recht verstand.

Mit der freien Hand ergriff Ralston die ihre. Dann begann er mit einer Dringlichkeit zu sprechen, die sie bei ihm noch nie gehört hatte. „Callie … die Wette.“

Sie schüttelte den Kopf. „Mir ist diese dumme Wette völlig egal, Gabriel."

„Trotzdem." Er zuckte zusammen, als der Arzt die Wunde untersuchte. „Ich war ein Dummkopf."

Misstrauisch beäugte sie das Vorgehen des Arztes und stimmte Ralston dann zu. „Allerdings. Aber ich war auch ein Dummkopf – weil ich das Schlimmste geglaubt habe. Und dann hat Benedick mir gesagt, dass du hier bist … und ich habe mir solche Sorgen gemacht, dass du erschossen werden könntest. Und jetzt bin ich hier und habe auch noch dafür gesorgt, dass du tatsächlich angeschossen wirst."

„Besser als wenn du angeschossen worden wärst – das hätte mir sehr viel Kummer bereitet. Weißt du, Kaiserin, es sieht ganz so aus, als hätte ich mich gründlich in dich verliebt."

Sie blinzelte zweimal, mit großen Augen, als hätte sie ihn nicht ganz verstanden. „Wie bitte?", wisperte sie.

„Ich liebe dich. Ich liebe deinen extravaganten Namen und dein schönes Gesicht und deinen scharfen Verstand und deine alberne Liste und deine Abenteuerlust, die, wie ich vermute, höchstwahrscheinlich die eigentliche Ursache für meinen Tod sein wird. Und das alles wollte ich dir unbedingt noch sagen, bevor du auf einem Feld erschossen würdest."

Die anderen Männer wandten sich geschlossen ab, peinlich berührt und sehr darauf bedacht, diesem überaus privaten Augenblick, der trotz ihrer Anwesenheit und trotz Ralstons blutiger Wunde stattfand, so schnell wie möglich zu entfliehen.

Callie war egal, wer es alles mitbekommen hatte. Ihr ging es allein darum, dass sie sich nicht verhört hatte. Sie sah Ralston in die Augen und sagte: „Bist du … bist du sicher?"

Er grinste schief. „Ganz sicher. Ich liebe dich. Und ich bin bereit, dies mein Leben lang zu tun."

„Wirklich?"

Sie lächelte wie ein kleines Mädchen, dem man nach dem Essen eine Extraportion Nachtisch versprochen hatte.

„Ja. Eines bleibt uns jedoch noch."

„Was du willst." Ihr war egal, was er wollte, solange er sie liebte.

„Nick!", rief er, und als sein Bruder sich umdrehte, sagte er: „Würdest du bitte meine Pistole suchen? Callie braucht sie."

Callie lachte herzhaft, verstand sofort, was er wollte, und das Geräusch trug weit über das Feld und erregte die Aufmerksamkeit der anderen Männer. „Gabriel, nein!"

„Oh doch, mein kleiner Wildfang", sagte er liebevoll. „Ich will diese Liste abarbeiten. Offenbar ist sie eine Gefahr für deinen Ruf und mein Leben. Und nachdem du heute Morgen schon das Duell streichen kannst, bin ich zuversichtlich, dass wir gleich zwei Fliegen mit einer Klappe schlagen können und du Gelegenheit bekommst, eine Pistole abzufeuern."

Callie sah ihm lange in die Augen, las seine Gedanken und strahlte dann über das ganze Gesicht. „Also gut, ich tu's. Aber nur, um dir eine Freude zu machen."

Er lachte auf und verzog gleich darauf das Gesicht, weil sein Arm wie Feuer brannte. „Wie großherzig von dir."

„Natürlich ist dir bewusst, was passieren wird, wenn wir diesen Punkt auch abhaken?"

Ralston betrachtete sie aus schmalen Augen. „Was denn?"

„Ich werde eine neue Liste anfangen müssen."

Er stöhnte. „Nein, Callie. Die Zeit der Listen ist vorüber. Es grenzt an ein Wunder, dass ich die hier überlebt habe."

„Auf meiner neuen Liste steht nur ein Punkt."

„Das klingt mir sehr gefährlich."

„Oh, das ist es auch", stimmte sie glücklich zu. „Sehr gefährlich. Vor allem für deinen Ruf."

Nun wurde er neugierig. „Was ist das für ein Punkt?"

„Einen Wüstling bessern."

Er überlegte, und dann zog er sie an sich und küsste sie tief. Als er sich von ihr löste, legte er seine Stirn an die ihre und flüsterte: „Abgemacht."

EPILOG

Callie bemühte sich, ganz zwanglos zu wirken, als sie aus dem stickigen Ballsaal von Worthington House floh und die breite Marmortreppe in den dunklen Park hinunterging. Sie verspürte Erregung, als sie in die Schatten des Heckenlabyrinths eintauchte. Die Dunkelheit, zusammen mit dem warmen Sommerabend und dem süßen, berauschenden Duft des Lavendels betörten ihre Sinne, während sie dem gewundenen Pfad durch das Labyrinth folgte.

Nach dem Duell hatte es sich wie ein Lauffeuer herumgesprochen, dass Lady Calpurnia Hartwell und der Marquess of Ralston in ungehöriger Umarmung ertappt worden seien, und zwar in aller Öffentlichkeit. Als reichte das nicht schon, fügten die Klatschbasen an, sei am Ort dieses skandalösen Geschehens kurz davor ein *Duell* ausgetragen worden.

Sie kam zu einer Art Lichtung, in deren Mitte ein großer Springbrunnen stand, der im Mondlicht glänzte. Innerhalb der Lichtung blieb sie stehen, nahm den Anblick in sich auf, der ihr nach all den Jahren immer noch vertraut war. Ihr Herz begann zu rasen, als sie auf den Springbrunnen zuging und mit einer Hand in das kühle Wasser fasste, das von den Puttenkörpern herabperlte.

Einen Moment später umfasste sie von hinten ein starker Arm und zog sie an eine breite, harte Brust. Sie konnte nicht aufhören zu lächeln, während Ralston ihr verrucht ins Ohr flüsterte: „Ich war mir nicht sicher, was mich erwarten würde, als ein Lakai mir die skandalöse Einladung zu einem heimlichen Stelldichein brachte.“ Seine Lippen drängten sich heiß in ihren Nacken und leckten sie dort, sodass es ihr kalt den Rücken hinablief. „Sie sind eine ernsthafte Gefahr für meinen Ruf, Lady Ralston.“

Sie seufzte ob dieser Liebkosung und erwiderte: „Du vergisst, mein Lieber, dass ich alles von dir gelernt habe.“ Sie drehte sich in seinen Armen um, fuhr ihm durch das Haar und sah ihm in die lächelnden Augen. „Du hast aus mir eine rechte Lebedame gemacht."

Ja, sie beide hatten sich verändert.

Nicht dass das groß eine Rolle gespielt hatte.

Sie hatten nach knappen vierzehn Tagen geheiratet. Da Oxford allen Gerüchten über Wetten und Duelle und sein eigenes Verhältnis zu Callie die Nahrung entzog und Ralston offenbar glühend in seine neue Braut verliebt war, fiel es den Klatschtanten schwer, für diese hastige Hochzeit andere Gründe zu vermuten als drängende Liebe – und die vornehme Welt schien überaus bereit, sowohl dem Marquess als auch seiner frischgebackenen Marchioness etwaige kleine Verstöße gegen den guten Ton nachzusehen.

„Ah, was bin ich doch für ein glücklicher Mann, so eine Lebedame zur Frau zu haben", erklärte er, ehe er ihr die Lippen mit einem Kuss verschloss, bei dem sie weiche Knie bekam. „Du darfst mich jederzeit in die Dunkelheit locken, meine Schöne. Eigentlich …", er hielt inne, küsste sie auf den Hals, legte eine feurige Spur mit seinen Küssen, „… würde es mir sehr gefallen, wenn du mich nach Hause bringen und mich dir dort vorknöpfen würdest. Meinst du, wir können sofort aufbrechen?"

Sie lachte, genoss jeden Moment dieses skandalösen Gesprächs. „Da dies der erste Ball ist, den wir als Mann und Frau besuchen, bin ich der Ansicht, dass wir uns nicht im Schutz der Dunkelheit davonschleichen können, ohne alle Chancen zu zerstören, je wieder eingeladen zu werden."

Er strich ihr mit der Zunge über das Schlüsselbein, umfasste eine Brust mit den Händen, murmelte: „Wäre das denn so schlimm? Denk an all die Dinge, die wir stattdessen zu Hause unternehmen könnten. Ich versichere dir, meine Liebe, du brauchtest die Aufregungen am Abend nicht zu missen."

Sie lachte, und dann wurde das Geräusch zu einem tiefen Seufzen, als er eine Brustspitze durch das Kleid hindurch leicht streichelte. „Ja, nun ja, ich glaube, Juliana würde die Gesellschaft schon ein wenig vermissen. Inzwischen gehört sie schon richtig dazu, findest du nicht auch?“

Nachdenklich sah er sie an. „Allerdings. Ich habe dir nie dafür gedankt, dass du sie dazu überredet hast, bei uns zu bleiben.“

„Ich kann mir nicht vorstellen, dass irgendeine Frau, egal ob Schwester oder nicht, dich je freiwillig wieder verlassen würde, wenn sie dich einmal gefunden hat, Gabriel.“ Sie lächelte in seine strahlenden blauen Augen. „Ich fürchte, mich wirst du auch nicht mehr los.“

„Hervorragend“, sagte er an ihren Lippen. „Denn ich werde dich niemals gehen lassen.“

Sie küssten sich leidenschaftlich, labten sich am anderen, bis Callie sich ihm entzog und ihn ansah. „Ich glaube, ich liebe dich schon mein Leben lang.“

Seine blauen Augen blitzten im silbrigen Mondschein. „Und ich werde dich für den Rest meines Lebens lieben, Kaiserin.“

Sie legte den Kopf in den Nacken und lächelte in den Nachthimmel hinauf, und er hielt den Atem an, als er sie sah, weil sie so exquisit war, so schön.

„Weißt du eigentlich, dass du mich hier zum ersten Mal Kaiserin genannt hast? Hier in diesem Park?“

Er legte den Kopf schief. „Wie ist das möglich?“

Sie entzog sich seiner Umarmung und wandte sich zum Brunnen um. „Das war vor zehn Jahren. Ich hatte eben erst debütiert und wollte mich im Heckenlabyrinth verstecken, um mich irgendwie vom Misserfolg meiner ersten Saison abzulenken. Und da bin ich dir begegnet.“ Träge ließ sie die Finger durch das Wasser gleiten und dachte an jenen Abend vor langer Zeit. „Damals konnte ich noch nicht ahnen, dass du mich volle zehn Jahre lang ablenken würdest.“

Er küsste sie noch einmal, liebkoste ihre volle Unterlippe, bis sie seufzte, und sagte schließlich: „Ich will dich noch viel länger ablenken.“ Er ergriff ihre Hand und küsste sie auf die Fingerspitzen. Dann sagte er: „Ich weiß, mir sollte es leidtun um die zehn Jahre, die du gewartet hast, aber ich muss zugeben, ich freue mich schrecklich, dass du gewartet hast, bis ich endlich die Augen aufmache und dich sehe, meine Liebste." Er zog sie wieder in die Arme und fügte hinzu: „Aber ich ärgere mich schon, dass ich dich nicht einfach damals sehen konnte ... denn inzwischen könnten wir auf zehn glückliche Jahre zurückblicken und hätten eine ganze Schar Kinder."

„Und zwei Narben weniger."

Er lachte. „Das auch, mein kleiner Wildfang."

Langsam streichelte sie ihm die Wange, sonnte sich in der Wärme seiner Berührung. „Du führst da ein überzeugendes Argument an, aber dann hätte ich meine Liste nie geschrieben. Und du hättest von den Punkten darauf nicht profitieren können. Denk nur an den Punkt heute Abend."

Er hob eine Braue. „Welchen Punkt?" Seine Augen verdunkelten sich, und er zog sie an sich, genoss das Gefühl, sie in seinen Armen zu spüren. Er hob sie hoch, trug sie zu einer nahen Bank und legte sie darauf. Dann kniete er sich neben sie und schob die Hände unter ihren Rocksaum, um ihre Knöchel zu liebkosen. Die Berührung verhieß noch sehr viel mehr. Callie lachte leise und seufzte dann, als er die Hände weiter nach oben schob.

„Allerdings", sagte sie. Um ihre Lippen spielte ein geheimnisvolles Lächeln, als sie ihm die Arme um den Hals schlang. *„Stelldichein in einem Garten."*

Sein Mund verharrte kurz über dem ihren, und er flüsterte: „Mir liegt es fern, dir irgendein Abenteuer zu verwehren."

– ENDE –